Au bout de l'exil

Micheline Duff

Au bout de l'exil

La Grande illusion *

Les Méandres du destin **

L'Insoutenable Vérité ***

ÉDITIONS FRANCE LOISIRS

Édition du Club France Loisirs,
avec l'autorisation des Éditions Québec Amérique.

Éditions France Loisirs,
123, boulevard de Grenelle, Paris.
www.franceloisirs.com

ISBN : 978-2-298-06699-9

À mes amis lecteurs,

Le bonheur ne réside pas au bout de l'exil, mais dans les petits riens du quotidien...

Bon voyage et belles découvertes en compagnie de Camille, Anne et Marguerite !

Micheline Duff

La Grande illusion

« Les illusions perdues sont, hélas !
des feuilles tombées de l'arbre du cœur. »

José de Espronceda

À Monique
et à tous les arrachés de la terre
qui ont eu à s'enraciner dans un
ailleurs au nom de l'espoir

1

Joseph repoussa la porte avec impatience mais eut le temps de recevoir la gifle cinglante du vent qui sifflait avec rage autour de la maison. À travers les nuages, une lune presque pleine tentait de se frayer une ouverture. Il frissonna.

— Es-tu certain, Joseph ? Je peux rester pour veiller avec toi, si tu veux. Je n'ai pas envie de t'abandonner, ça n'a pas de sens ! Je pourrais préparer du thé…

— Non, non, non et non ! Va-t-il falloir te le répéter cent fois, la sœur ? Cette nuit, je préfère rester seul avec Rébecca. C'est la dernière fois, tu devrais comprendre ça. T'en fais pas pour moi ! Plus tard, je vais monter me coucher avec Camille. La nuit va passer rapidement et demain matin, à huit heures, les petites et moi, on sera prêts pour les funérailles.

Hélène haussa les épaules. Même écrasé par le deuil, son frère se montrait toujours aussi revêche. Les voisins et la parenté n'en finissaient plus de partir. À part la famille de Rébecca originaire de Sherbrooke, ils avaient défilé toute la journée auprès de la dépouille étendue dans le cercueil de pin blanc qu'on avait installé sur des chaises au milieu du salon, entre deux cierges. Tous s'étaient effondrés devant le corps refroidi dont la pâleur égalait celle de la blouse de dentelle que Joseph lui avait enfilée avec l'aide de sa sœur.

Partir si jeune, au bout de son sang, un bébé mort encore présent au fond de ses entrailles, quelle horreur ! Une mère de trois jeunes enfants dont le quatrième n'aura pas vu le jour... Joseph ne saurait jamais s'il venait de perdre un fils ou une autre fille. Qu'importe ! Sa femme venait de disparaître sans crier gare, et il s'agissait de la pire catastrophe de son existence.

Un mal aigu s'était déclaré la veille, et Rébecca s'était mise, pour une raison inexpliquée, à vomir sans arrêt. Puis un sang épais et abondant avait commencé à paraître dans ses sous-vêtements. À bout de forces, elle avait dû garder le lit, puis elle avait perdu conscience. Quelques heures plus tard, une hémorragie massive l'avait emportée avant même l'arrivée du médecin que Joseph aurait dû aller chercher plus rapidement.

Maintenant, il était trop tard, Rébecca ne reviendrait plus jamais. Demain matin, on la conduirait en terre derrière l'église de Saint-Alexis de Grande-Baie. Sur la croix de bois, on inscrirait 1849-1880. On pleurerait un bon moment, on s'embrasserait, on se serrerait les uns contre les autres en jetant des regards éplorés sur le veuf et sa famille, on tenterait de consoler les enfants en leur inventant des histoires d'anges auxquelles on essayait désespérément de croire, puis chacun s'en retournerait chez soi pour vaquer à ses occupations. À la longue, on oublierait. Joseph resterait seul avec sa peine et ses trois orphelines. En cette triste fin d'été, sa femme, Rébecca Allaire, venait de rejoindre, à trente et un ans, le monde du silence. Et de l'absence.

Une fois la porte refermée, l'homme s'approcha lentement de la dépouille de sa femme et se pencha au-dessus d'elle. Il la regarda sans verser une larme. Enfin tous partis ! Depuis deux jours, il avait été emporté dans un tourbillon sans fin : la sage-femme venue pour tenter de sauver le bébé, le docteur qui n'avait pu que constater le décès, le curé avec son extrême-onction, les voisins et la famille en larmes, sans oublier la transformation de la maison en chapelle ardente et l'organisation des funérailles... Cris, pleurs, lamentations, prières, ça n'avait pas arrêté.

Plus que tout au monde, il désirait passer les dernières heures en solitaire auprès de Rébecca. Non que leur union eût connu un bonheur incomparable, non que sa femme lui eût jamais manifesté un amour enthousiaste et inconditionnel, non qu'il eût goûté avec elle cette complicité qui fusionne les couples et rend leur union harmonieuse. Non... À ses yeux, son épouse était demeurée une femme secrète et repliée sur elle-même. Mystérieuse, même. Oh ! comme mère, elle s'était toujours montrée parfaite. Pour le soin et l'éducation des enfants, pour le ménage, il n'avait rien eu à redire. Mais comme épouse, il aurait souhaité partager sa vie avec une amoureuse plus ardente et plus fougueuse. Hélas ! Rébecca s'était toujours comportée en femme de devoir, plutôt froide et distante. Il l'avait adorée, pourtant, et comblée de petits soins. Mais ses gentillesses semblaient la laisser indifférente. D'une grande beauté, non seulement elle attirait l'admiration et le désir des hommes, mais elle suscitait aussi l'envie des autres femmes sans même s'en rendre compte. Chaque hiver, lorsqu'il la quittait malgré lui pour les chantiers, Joseph se languissait d'elle sans bon sens, envieux de tous ceux qui passaient la saison froide à Grande-Baie. Souvent, ses compagnons se moquaient de lui :

— Moi, être marié à une belle créature de même, je ferais attention pour pas me la faire voler !

Il y faisait attention, en effet. Il se montrait même très jaloux ! Jaloux du beau-frère qui ne tarissait pas d'éloges à son sujet, jaloux du voisin, ce veuf joyeux et coureur de jupons, jaloux du docteur qui posait la main sur son ventre et farfouillait parfois dans ses parties intimes, jaloux du curé qui recevait ses confidences dans le secret du confessionnal. Jaloux maladif, jaloux jour et nuit, jaloux à en perdre l'esprit.

Au printemps, dès son retour du camp de bûcherons, il l'observait longuement et ne cessait de l'interroger, dévoré de soupçons. Elle l'accueillait pourtant à bras ouverts même si elle ne répondait que vaguement à ses questions. Puis il s'en allait travailler aux champs pour tirer de la terre léguée par son père la subsistance de sa famille. Souvent, il revenait à la maison, au beau milieu de la journée, simplement pour jeter, mine de rien, un œil scrutateur et possessif sur sa « créature ».

L'autre jour, cependant, il ne l'avait trouvée nulle part, ni dans la maison ni aux alentours. Il avait pensé devenir fou en la voyant revenir de chez le voisin par le sentier longeant le ruisseau. Quand Rébecca avait prétendu être tout bonnement allée lui porter quelques pots de ses confitures de gadelles en compagnie de Camille, il était entré dans une grande fureur. Sa femme n'avait pas le droit de se rendre seule dans la maison d'un autre homme, même accompagnée d'un enfant ! Surtout pas chez cet escogriffe qu'il avait toujours détesté ! Qu'est-ce qu'elle faisait là, hein ? Ses confitures et ses petits plats, elle devait les cuisiner uniquement pour son mari et sa famille. Pas pour le blanc-bec d'à côté ! Rébecca appartenait à lui seul, elle lui devait l'exclusivité, elle lui devait fidélité et obéissance, et son devoir consistait à demeurer dans sa maison et son jardin.

Blanc de colère, Joseph avait ordonné qu'elle ne sorte plus à l'extérieur en son absence. Rébecca avait monté les marches en pleurant et la petite Camille, la seule des filles qui n'allait pas encore à l'école, n'avait pas compris pourquoi ses parents se querellaient de la sorte.

C'est au lendemain de ce fameux jour que Rébecca avait subitement commencé à se sentir malade. Elle se trouvait bien avancée, là, maintenant, immobile dans son cercueil. Elle ne rirait plus jamais, elle ne serait plus jamais belle. Et elle n'irait jamais plus chez le voisin. Tant pis pour elle ! Étrangement, Joseph se sentait soulagé. Il n'aurait plus à la surveiller ni à se tourmenter à son sujet. Le sentiment de paix qui l'envahissait soudain n'allégeait pas, cependant, son chagrin de l'avoir perdue.

Il se versa un verre d'eau-de-vie et l'avala d'un trait.

« Tiens ! ma femme, à défaut de boire à ta santé, laisse-moi au moins boire à ma nouvelle liberté ! »

Il sentit une chaleur réconfortante l'envahir. Il n'avait pourtant aucune raison de se réjouir. Son regard se porta sur les bouquets de fleurs disposés autour de la dépouille. D'humbles petites fleurs des champs cueillies par ses filles... Quand elles s'étaient mises à sangloter, trop impressionnées de voir leur mère inerte et glacée, couchée dans une boîte, il n'avait pas su trouver les mots pour les réconforter et avait préféré créer une diversion en les envoyant chercher des fleurs pour « maman qui sera sûrement contente de partir pour le ciel dans un cercueil bien décoré ». Elles les avaient rapportées d'une main hésitante, la larme à l'œil.

Pauvres petites... Il les aimait pourtant, mais comme le plus maladroit des pères, incapable de trouver les mots et les gestes pour leur exprimer son affection ou pour les consoler. L'essentiel avait toujours consisté, pour lui, à assurer leur bien-être et à combler leurs besoins concrets, laissant les cajoleries et autres manifestations de tendresse à la mère.

Depuis le dernier soupir de Rébecca, il n'avait guère eu le temps de songer à elles. Comment allaient-elles se remettre de cette lourde perte ? À treize ans, Marguerite restait une enfant plutôt secrète, mais déterminée comme sa mère. Comment vivrait-elle la séparation d'avec l'unique personne à qui elle acceptait de s'ouvrir un peu ? De deux ans plus jeune, Anne, véritable sosie de sa sœur, s'en tirerait mieux. Insouciante et enjouée, elle s'adaptait plus facilement à toutes les situations. Quant à Camille, ce bébé gâté, elle n'aurait pas le choix de s'habituer à l'absence de celle qui faisait tous ses caprices. À six ans, la benjamine ne réalisait pas vraiment la gravité du drame qui venait de survenir dans sa vie.

Joseph se versa une autre rasade. Combien lui en faudrait-il pour se donner le courage d'accomplir le geste qu'il avait secrètement planifié depuis quelque temps? Tirer le rideau sur ce cauchemar, y mettre un point final et tourner enfin la page. Changer de vie, repartir à zéro... La mort de sa femme ne suffisait pas à lui en donner la force. Demain, le soleil se lèverait sur le même horizon, la même misère. Ces durs hivers à arracher le pain quotidien des siens à coups de hache sur l'écorce pour un misérable salaire, ces trop courts étés à s'acharner sur ce terrain rocailleux, soumis à l'épuisement comme aux périodes de sécheresse ou de déluge. Soumis aux prix du marché aussi... Cette existence en équilibre précaire entre un bonheur familial médiocre et la responsabilité d'élever des enfants dans cette maison de bois trop étroite et mal isolée... Tout cela ne lui disait plus rien.

Une seule chose l'obsédait maintenant : en finir, prendre la fuite, se sauver au loin pour arriver à oublier tout ça. Pour recommencer à neuf. Pour réinventer le bonheur qu'il n'avait jamais connu auprès d'une femme qui avait toujours refusé de lui appartenir tout entière.

L'eau-de-vie brûlait la gorge de Joseph. Le feu... Seul le feu peut purifier. Il est la lumière, il réchauffe, il enrichit la terre et régénère les forêts. Il efface tout, le feu, et il permet de renaître. Il est puissant, plus puissant que l'homme. Plus fort que Joseph, traqué dans ce salon maudit où la morte semblait le narguer derrière son masque de paix vissé sur le visage.

Eh bien ! elle ne gagnerait pas, la morte ! C'était lui, Joseph, le maître, qui sortirait vainqueur de ce drame. Il se leva d'un bond et manqua de perdre pied en butant contre la bouteille d'alcool vide traînant par terre. « Allons, mon vieux, le temps est venu. Un peu de cran, que diable ! Tu l'as tellement voulu… »

Il ne lui restait plus qu'à atteler Belle et à transporter les enfants dans la charrette, enveloppées dans leur édredon. Au cours de la journée, personne n'avait remarqué, au fond du hangar, la voiture remplie de vêtements et de victuailles qu'il avait préparée en douce, la nuit précédente, après le départ du docteur et du prêtre. Les visites de condoléances, tout au long de la journée, n'avaient fait que le conforter dans son projet infernal. Si le bonheur se trouvait ailleurs, au bout de l'exil, il irait jusque-là. Il devait à lui-même et à ses enfants de s'y rendre.

Plongées dans un sommeil alourdi par la forte dose de sirop qu'il leur avait fait ingurgiter avant de les mettre au lit, la veille, les fillettes épuisées n'eurent pas conscience qu'on les transportait une à une sur une couche de paille étendue au fond de la charrette. Quand la lune apparaîtrait à travers ses écheveaux de ouate, la vieille picouille Belle saurait bien trouver son chemin en direction du sud, sur la route même qu'elle empruntait pour transférer les colons vers les coupes de bois à l'automne et pour les ramener au printemps. Ces hommes de fer, durs à l'ouvrage, qui avaient charrié leurs rêves d'émancipation jusque dans cette région sauvage, sur les bords du Saguenay, aux confins du monde... Ils n'y avaient rencontré que la misère et l'exploitation par les maudites compagnies anglaises. Georges Laurin, son père, avait bien fait de quitter sa terre de Grande-Baie pour retourner à Baie-Saint-Paul d'où il venait. Lui, son fils Joseph, ferait encore mieux.

Quand tout se trouva en place, Joseph pénétra dans la maison pour une dernière fois. Saisissant deux lampes à huile, il en déversa le contenu sur le cadavre de sa femme, sur les rideaux et le long des murs. Puis il y jeta le feu avec un des cierges encore allumés.

— Bon voyage en enfer, Rébecca !

Il grimpa ensuite d'un seul saut sur la voiture, s'installa sur la banquette et, sifflant Belle discrètement, mit l'équipage en branle vers sa nouvelle destinée.

2

Au lever du jour, les outardes traversaient le ciel, l'une derrière l'autre, en brodant au point de croix des flèches en direction du sud. Elles aussi s'en allaient chercher le bien-être loin de ce pays de froidure. Cette terre de Caïn.

Joseph aurait voulu accélérer la cadence pour s'éloigner au plus vite de ce qu'il laissait derrière lui. Fuir, malgré le passé auquel il n'échapperait guère : dans la charrette dormaient ses trois fillettes. Il leur jeta un coup d'œil anxieux. Le plus longtemps elles dormiraient, le mieux cela vaudrait.

Ils traversèrent les dernières rues du village en direction de Grande-Baie et longèrent la baie des Ha! Ha! bien longtemps avant le chant du coq. Personne ne les vit passer. Les rares cultivateurs dormaient encore et à peine un chien avait-il aboyé, une fois ou deux. Quelques milles plus loin, l'équipage mit définitivement le cap vers le sud.

La lune avait disparu. « Pourvu qu'il ne se mette pas à pleuvoir », songea Joseph. La charrette roula cahin-caha au rythme lent de Belle sur le chemin rendu quasi impraticable par les pluies diluviennes des premiers jours de septembre. Dégrisé, le père tentait de rester sur la bonne voie. À peine reconnaissait-il le sentier caillouteux qui le menait chaque automne vers les chantiers de la Price Brothers & Co. La route longea d'abord la rivière des Ha ! Ha ! et ensuite la rivière Hamel, serpentant à travers les vallées et contournant les montagnes recouvertes de pins et de bouleaux jaunes.

L'aube enlumina peu à peu le paysage. Cette journée promettait d'être chaude. Joseph songea à s'arrêter un peu. Belle, le poitrail déjà ruisselant de sueur, commençait à manifester des signes de fatigue. Il ne put s'empêcher de remarquer les taches de sang accrochées par le début de l'automne à la cime des arbres, ravivant des souvenirs cauchemardesques qu'il valait mieux oublier. Tout ce sang qu'avait perdu Rébecca… Il préféra regarder ailleurs.

Plus il s'éloignait de Grande-Baie, plus l'homme se sentait revivre, délivré d'un poids sans mesure. Qu'importe ce qui se passait là-bas en cet instant précis. Il imaginait, non sans l'ébauche d'un sourire, l'effarement du voisin devant les ruines fumantes de la maison et celui du curé et des enfants de chœur, en surplis de dentelle et encensoir à la main, à la porte de l'église de la paroisse Saint-Alexis, dans l'attente du convoi funèbre. Hé ! Hé ! le diable pouvait bien aller s'étouffer dans les émanations d'encens, Rébecca n'avait plus besoin de ça. Sa femme n'existait plus. Ni pour les gens de

Grande-Baie, ni pour lui, Joseph son mari, ni pour ses enfants, ni même pour le bon Dieu. Le feu avait fait place nette. Tout nettoyé, tout fait disparaître. Dieu bénisse le feu…

Le cri des bernaches bien plus que les soubresauts du chemin tirèrent Marguerite du sommeil. Ce teint de lait, ces traits parfaits, cette abondante chevelure blonde… « Trop belle ! Une autre qu'il faudra garder à l'œil avant longtemps », songea Joseph. Mais, pour l'instant, il s'agissait de la rassurer, de lui expliquer la situation.

— On s'en va où, papa ?

— Chut ! Marguerite ! Tu vas réveiller tes sœurs ! On s'en va loin, très loin, ma chouette. On s'en va à l'autre bout du monde.

— Mais… maman ?

— Elle n'est plus là, maman, tu le sais bien. Et elle ne sera plus jamais là.

— On devait l'amener à l'église, ce matin. Monsieur le curé…

— Ta mère n'a pas besoin de ça, ces cérémonies-là !

— Elle est déjà rendue au ciel ?

— Euh… On peut toujours le souhaiter !

— Moi, je veux aller à l'église et reconduire ensuite maman au cimetière. Je veux connaître l'endroit où elle va dormir pour toujours.

La jeune fille se mit à geindre, le visage enfoui dans ses mains.

— Arrête ! Je ne veux plus entendre parler d'elle, c'est clair ?

Marguerite sursauta. Pourquoi cesser d'évoquer sa mère? Elle n'avait qu'une envie, en cet étrange matin : aller retrouver celle qu'elle adorait pour lui parler encore et encore, la supplier de ne pas l'abandonner du haut du ciel, elle, son modèle, sa protectrice, son guide, son ange gardien. Elle, la meilleure maman du monde. Retourner à Grande-Baie pour contempler son visage une dernière fois, pour lui faire ses adieux.

D'ailleurs, que faisait-elle là, en ce petit matin frais, couchée au fond de la charrette sur une route perdue? Où se trouvaient sa maison, sa chambre, son nid chaud et douillet? Normalement, elle aurait dû, comme tous les enfants du monde, partir pour l'école du rang avec sa sœur Anne à côté d'elle, son dîner dans un sac et ses devoirs sous le bras. Comme tous les enfants qui n'avaient pas perdu leur mère, emportée par une affreuse maladie. Ses pleurs redoublèrent.

Les deux autres fillettes, ankylosées par le voyage, ne mirent pas de temps à rejoindre leur aînée dans ses lamentations.

— Maman, maman…

Joseph sentit la moutarde lui monter au nez. Il n'avait pas organisé cette fuite pour entendre ses enfants appeler la morte dans un concert de pleurnichages.

— Ça suffit! Vous m'entendez? Je ne veux plus entendre prononcer ce nom-là. Plus jamais! Qu'il n'en soit plus question! Maman n'est plus là et il ne sert à rien de l'appeler. Elle ne reviendra plus. La première d'entre vous qui parle encore d'elle, je la fais descendre de la charrette et je la laisse en plan sur le chemin.

Ahuries, les enfants ravalèrent leur salive et gardèrent le silence, trop candides pour réaliser que, dorénavant, plus rien ne serait pareil. La petite Camille ne cessait de pousser des soupirs entrecoupés de sanglots. Les autres se rapprochèrent d'elle et les trois orphelines de mère formèrent un bloc compact et immobile. Un bloc qui ne remplacerait jamais la disparue mais un bloc qui posait déjà un premier jalon sur le chemin inconnu où le malheur les conduisait. Dieu seul savait ce que leur réservait l'avenir. La voiture reprit la route dans un silence funèbre.

Le soleil était déjà haut quand on s'arrêta de nouveau près de la rivière pour prendre une bouchée et laisser reposer la jument. Joseph avait tout prévu : un quignon de pain, du lard salé, un pot de confitures et quelques pommes. Trop contentes de se délier enfin les jambes, les fillettes se mirent à sautiller sur les roches émergeant de la rivière jusqu'à ce qu'Anne, la plus téméraire, perde pied et s'étale de tout son long au milieu du cours d'eau heureusement peu profond.

Joseph bondit sur ses pieds.

— Vilaine ! Je t'avais dit de rester tranquille !

Le coude éraflé et les vêtements complètement trempés, la fillette se mit à brailler à fendre l'âme.

— Maman, je veux ma maman…

La gifle partit comme un éclair.

— Je vous ai dit de ne plus prononcer ce nom-là ! Allez, les filles, on repart !

Effarée, Marguerite jeta un regard de reproche à son père et se pencha sur sa sœur pour la consoler.

La voiture poursuivit lentement sa route en direction de Baie-Saint-Paul, petit bourg installé sur la rive nord du fleuve Saint-Laurent. Quand vint le temps de traverser le lac des Ha ! Ha ! à l'endroit où il se rétrécissait passablement, Joseph resta perplexe. La construction de la route régionale entre Grande-Baie et le fleuve en chantier depuis une dizaine d'années était loin d'être achevée. On traversait encore l'étranglement sur un bac à billes tiré à l'aide de câbles métalliques. Mais le père n'arrivait pas à l'actionner seul et il ne trouva pas âme qui vive aux alentours pour l'aider dans son entreprise. Qu'à cela ne tienne ! Il décida de faire traverser la charrette à gué, l'eau paraissant peu profonde.

Il s'y enfonça jusqu'à la taille, jurant et vociférant, tirant de toutes ses forces sur Belle qui refusait d'avancer, paralysée de frayeur. Les fillettes, tout aussi apeurées, restaient agrippées les unes aux autres. Quand l'eau commença à envahir la charrette, elles se mirent à crier.

— Cramponnez-vous, les filles. On va y arriver !

Ils y arrivèrent, en effet, mais tous les vêtements, non seulement ceux qu'elles portaient mais aussi tous ceux contenus dans les ballots, se trouvèrent trempés. Même les provisions de nourriture furent perdues. Deux jarres roulèrent hors de la voiture, les confitures et les marinades se fracassèrent sur les ridelles, le pâté de canard et les rillettes cuits par Rébecca au début de la semaine partirent à la dérive, emportés par le courant. Joseph garda son sang-froid et réussit à sauver quelques sacs. Une fois sur l'autre rive, tous poussèrent un soupir de soulagement.

— C'est bon, les filles ! On n'ira pas plus loin, aujourd'hui. Voici ce que vous allez faire : d'abord enlever vos jupes et vos blouses et les étendre sur l'herbe. Puis, vous allez cueillir des branches de bois mort. Beaucoup de branches. Nous allons allumer un grand feu pour faire sécher tout ça. Le feu, ça règle toujours tout...

L'étonnante lueur qui enflamma, l'espace d'une seconde, le regard de l'homme en prononçant ces dernières paroles n'échappa pas à Marguerite. À vrai dire, elle connaissait mal son père. Il passait ses hivers aux chantiers et ses étés dans les champs. Quand il se trouvait à la maison, il régnait en seigneur. Toute la famille, à commencer par la mère, lui obéissait au doigt et à l'œil et se pliait à ses caprices sans regimber.

Son départ annuel pour quelques mois représentait un allégement que la fillette n'avait jamais osé exprimer.

Ce soir-là, un brasier fumant éclaira le campement jusque tard dans la nuit. Si Camille réussit tant bien que mal à trouver le sommeil, les pleurs étouffés de ses deux grandes sœurs se mêlèrent longtemps aux hurlements des loups, plus haut dans la montagne.

Mais leur père, gavé d'eau-de-vie, ne les entendit pas.

3

Yvette Laurin, penchée dans son jardin, n'en revenait pas de voir surgir, au tournant de la rue, son fils Joseph accompagné de ses trois petites-filles chéries. Quelle belle surprise ! Elle déchanta vite devant leur mine défaite. Les enfants restaient muettes et se contentaient de la dévisager tristement. Quant au père, il semblait passablement perturbé. Elle remarqua alors leurs vêtements souillés et humides, leurs visages sales, leurs cheveux défaits. Elle porta la main à la bouche.

— Oh ! mon Dieu ! Où est Rébecca ? Est-il arrivé un malheur ? Que se passe-t-il ? Dites quelque chose, pour l'amour du ciel !

Joseph baissa la tête.

— Un grand malheur, maman. Rébecca a rendu l'âme il y a trois jours en l'espace de quelques heures.

— Ah ! je m'étais bien doutée qu'une tragédie allait s'abattre sur la famille. L'autre nuit, en allant fermer une fenêtre d'en haut, j'ai vu un corbeau noir quitter la mansarde à tire-d'aile, en croassant en direction de la lune. Ce genre de signe ne trompe pas : il s'agissait du diable. Ne me dis pas que Rébecca a encore fait une fausse couche ! La troisième en quatre ans…

— Pas cette fois. Je viens de vous le dire, maman, Rébecca est morte ! Le bébé semblait pourtant bien vivant dans son ventre, mais elle s'est mise à vomir du sang tout à coup, comme ça, sans raison. Puis, ça a commencé à lui sortir de partout. C'est à n'y rien comprendre. Elle est morte au bout de son sang quelques heures plus tard. L'enfant a dû mourir en même temps qu'elle. C'est effrayant !

La grand-mère se signa et alla entourer ses petites-filles de ses bras.

— Mes pauvres, pauvres enfants… Et toi, mon chéri, que vas-tu faire ? Je n'en reviens pas…

— Ne pleurez pas, maman. Rébecca est sûrement bien, là où elle se trouve maintenant.

Quant à nous... Où est papa ? Je vais avoir besoin de lui.

— Il est parti acheter des provisions au magasin général. Je l'attends d'une minute à l'autre.

Depuis son accident au moulin à scie de Grande-Baie, une vingtaine d'années auparavant, Georges Laurin et sa femme étaient redescendus vivre près du fleuve, à Baie-Saint-Paul, avec leurs enfants, laissant seulement dans la région du Saguenay leurs deux aînés, Joseph et sa sœur Hélène. Pour le reste de la famille, l'aventure de la colonisation avait pris fin à ce moment-là. Comment le père aurait-il pu continuer à travailler au moulin, puis à défricher et cultiver la terre avec un seul bras ? Ce malheureux coup du destin avait jeté par terre tous ses projets.

Un certain matin de juin 1838, Georges Laurin était pourtant arrivé dans la région du Saguenay, sur la goélette de son ami Thomas Simard, avec une âme de pionnier, bien décidé à développer l'industrie forestière avec ses treize compagnons. Courageusement, les hommes avaient monté un abri de fortune et entrepris l'exploitation de la pinière entre la rivière Ha ! Ha ! et la rivière à Mars. Le père de Joseph avait alors vingt ans.

Quelques mois plus tard, sa bien-aimée, la belle Yvette, était partie de La Malbaie avec d'autres hommes, femmes et enfants, pour rejoindre l'homme de sa vie. Une nuée d'insectes avait accueilli les familles, et les rigueurs du climat n'avaient pas tardé à les tyranniser. Mais rien n'avait réussi à décourager ces bâtisseurs de pays. On s'était rapidement organisé et on avait construit des refuges à la hâte. Un premier moulin n'avait pas tardé à s'ériger. On s'était alors lancé dans la construction de goélettes pour profiter de la voie navigable du Saguenay et transporter les madriers de bois destinés à l'exportation vers l'Angleterre, pour le compte du richissime William Price.

Grâce à leur amour et leur courage, Yvette et Georges avaient résisté à la rudesse de l'existence dans ce lieu de colonisation, et onze beaux et vigoureux enfants étaient venus remplir leur maison de gaieté. Fiers de leur famille, ils faisaient l'envie de leur entourage.

Hélas, un grave accident à la scierie avait mis un terme à ce beau rêve. D'un commun accord, le couple avait pris la décision de ramener la famille dans Charlevoix où les perspectives d'embauche, pour un manchot, seraient sans doute plus nombreuses. L'aînée, Hélène, déjà mariée et mère de famille, avait préféré demeurer à Grande-Baie. Joseph, le plus vieux des garçons, hérita de la maison familiale et de la terre à moitié défrichée par son père. Le jeune homme s'empressa de faire la « grande demande » à Rébecca, la plus belle demoiselle du canton. L'année suivante, leur première fille, Marguerite, venait au monde.

Dans leur petite maison de la rue Sainte-Anne, à Baie-Saint-Paul, les grands-parents Laurin avaient coulé des jours heureux malgré le handicap du père. Devenu maître de poste, Georges avait honnêtement gagné la pitance de sa progéniture. Au fil du temps, les enfants avaient quitté le foyer, un à un, pour aller fonder une famille à leur tour. Tous étaient restés dans la région de Charlevoix, à l'exception de Léontine qui avait émigré aux États-Unis avec les siens.

L'attitude bizarre, voire quelquefois inquiétante, de leur fils Joseph préoccupait Yvette et Georges et constituait une entorse à leur bonheur. Ces dernières années, il lui arrivait parfois de surgir, seul et à l'improviste, et de demeurer chez eux sans prononcer une parole durant plusieurs jours. Sa mère avait beau le questionner pour savoir s'il s'était disputé avec Rébecca ou s'il avait eu des ennuis au travail ou sur sa terre, il se contentait de hausser les épaules. Puis il repartait sans avertir, comme il était arrivé. Ce genre de visites énervait la grand-mère qui n'osait, les rares fois où elle la rencontrait, interroger sa belle-fille sur les agissements de son mari.

Enfant, Joseph adoptait très souvent un comportement marginal. Solitaire et renfermé, il se mêlait rarement aux jeux des autres garçons. Ou bien il y semait la zizanie, agaçant l'un, agressant l'autre, dérogeant constamment aux règles du jeu. Au bout du compte, il se mettait invariablement à bouder, réfugié dans un silence inexplicable. Jamais il n'exprimait le fond de sa pensée, ni ses satisfactions ni ses déceptions, encore moins ses joies et ses chagrins.

À une occasion, vers l'âge de quinze ans, il avait disparu durant quatre jours. Affolés, les parents et les voisins l'avaient cherché partout, le croyant noyé dans le Saguenay. Mais un bon matin, il était réapparu à la lisière du bois sans donner d'explications. Yvette se le rappellerait toujours : ce même matin, précisément, un terrible incendie s'était déclaré dans le village voisin, du côté de L'Anse-Saint-Jean, et tous ceux qui avaient participé aux recherches du garçon avaient dû, après son retour au bercail, se mobiliser de nouveau pour aller contrer le feu.

Personne n'avait pu savoir où Joseph était allé, pas même sa mère. Georges avait prétendu, en riant jaune, qu'une « créature » du village d'à côté avait probablement mis le grappin sur son fils pour une couple de jours. Mais il savait bien, au fond, qu'il n'en était rien. Un doute terrible l'avait alors effleuré, mais il n'avait pas trouvé le courage d'en parler.

Plus tard, quand Joseph avait rencontré Rébecca, joli brin de fille arrivée récemment dans la paroisse de Bagotville, la mère s'était remise à espérer que son fils mènerait enfin une vie simple et normale. Il n'en fut rien. Une fois marié, Joseph se montra jaloux et autoritaire envers sa femme et trop sévère avec ses enfants. Rébecca persistait à envoyer à sa belle-mère des lettres rassurantes mais trop polies et trop concises. Yvette savait toutefois lire entre les lignes : le bonheur ne foisonnait pas dans la famille de son singulier fils.

Bien sûr, la perte subite de sa femme n'arrangerait pas les choses pour les trois fillettes. Mais, devant la quantité de bagages entassés dans la charrette, la grand-mère se prit à penser, folle de joie, que son fils avait abandonné sa terre et venait définitivement s'installer à Baie-Saint-Paul auprès du reste de la famille. Hélas, Joseph ne mit pas de temps à éteindre d'aussi belles illusions.

— Vous voulez rire, maman ! J'en ai fini avec ce pays de misère ! Je m'en vais aux États-Unis. Là où il fait bon vivre.

— D'après les lettres de ta sœur Léontine, mon fils, l'argent ne pousse pas dans les arbres, là-bas non plus. Il se gagne même assez durement, semble-t-il.

— On verra bien.

— Laisse-nous les petites, au moins. Le temps de t'installer quelque part…

— Pas question ! Mes filles viennent avec moi.

— As-tu une adresse où aller ? Tu devrais avertir ta sœur Léontine.

— Fichez-moi la paix avec ma sœur Léontine ! Je ne veux dépendre de personne. Surtout pas d'elle ! Je peux me débrouiller tout seul. J'ai trente-huit ans, maman !

— Mais Camille n'a que six ans. C'est un trop long voyage pour elle. Prends au moins le train. On a ouvert la ligne du Grand Tronc, paraît-il.

Joseph sentit la moutarde lui monter au nez. Il regrettait soudain son passage chez ses parents. Par contre, Belle, sa vieille jument, tirait de la patte. De toute évidence, il lui fallait changer de cheval. Consolider la charrette aussi, et lui trouver une nouvelle bâche. Avec l'aide de son père, bien entendu. Sans oublier de remplacer les provisions tombées au fond du lac lors du passage à gué et, peut-être même, emprunter un peu d'argent. Sa mère y verrait, il n'en doutait pas un instant. Et puis, une visite chez les grands-parents ferait du bien aux enfants. Ça leur changerait les idées. Après tout, elles avaient un deuil à vivre.

Par le carreau de la fenêtre, il les voyait virevolter, le visage rayonnant, sur les balançoires suspendues au grand chêne, en compagnie de leurs cousins et cousines de la rue d'à côté. Déjà, elles semblaient avoir oublié leur malheur, et cela le rendit fort aise.

Quand le grand-père Georges se manifesta au bout du chemin, les enfants coururent vers lui et lui sautèrent au cou. Joseph soupira et se dit que le bonheur devait bien se trouver quelque part. À lui de le trouver.

Trois jours plus tard, une charrette entièrement retapée et remplie à ras bord de victuailles traversait le village de Baie-Saint-Paul, tirée par une jeune et puissante bête de trait. Avec ses lourdes pattes poilues et son énorme poitrail, Titan ne les mènerait certes pas au grand galop jusqu'à la frontière américaine, mais le brave cheval portait bien son nom : il possédait la force et l'endurance d'un véritable titan. Il ne les abandonnerait pas en cours de route.

Si Joseph leur avait au moins donné une idée précise de sa destination, cela aurait rassuré les grands-parents debout sur le pas de la porte à les regarder partir sans trop d'espoir de les revoir un jour tous les quatre. Joseph avait dû, cruellement, arracher ses filles, une à une, des bras de leur grand-mère éplorée.

— Du courage, que diable ! Allons, les parents ! Vous viendrez nous voir aux États quand on sera installés. Les enfants vont vous écrire, maman.

— Oui, oui, renchérit Camille, je vais vous envoyer de beaux dessins, mémère.

Croyant à peine à cette dernière promesse, Yvette, en larmes, se pencha encore une fois pour embrasser ses petites-filles.

— Soyez heureux, mes amours, et n'oubliez que, quelque part, dans la belle province de Québec, quelqu'un vous aime et pense à vous souvent. Puis… revenez nous voir un de ces jours. Au revoir !

Marguerite, suffisamment mature pour réaliser le tragique de la situation, se promit de ne pas oublier cette invitation.

4

Lorsque la charrette s'approcha de l'embarcation amarrée au quai de bois du port de Québec, Titan, pas plus docile que Belle, s'arrêta net et refusa obstinément de franchir la passerelle menant sur le traversier. Joseph fulminait. Plus il haussait le ton et plus il fouettait le cheval rageusement, moins celui-ci bougeait.

— T'as peur des feux follets, hein, mon maudit lâche ! Ben, ils ne vont pas nous avoir, les feux follets, cré-moé ! Hue ! Dia ! Avance donc, sale bête !

Ils se mirent à quatre hommes avant de réussir enfin à faire passer la charrette et ses passagères sur le nouvel engin à vapeur communément appelé *horse-boat*, qui transportait les voitures et les chevaux entre Québec et Lévis.

Ce soir-là, le vent charroyait d'épais nuages noirs et soulevait d'énormes vagues à la surface de l'eau. De toute évidence, un violent orage montait. Toutefois, cela ne semblait nullement déranger les membres de l'équipage. Leur air indifférent finit par rassurer les Saguenayens. Mais quand le bac s'engagea sur le fleuve sous les grondements du tonnerre, les petites Laurin se tapirent sous la bâche, saisies de terreur. Anne risqua tout de même une question.

— C'est quoi, papa, des feux follets ?

Joseph approcha son visage de sa fille. Dans la pénombre, elle crut voir briller une étincelle au fond des pupilles de son père et elle se demanda s'il ne s'agissait pas là précisément des fameux feux follets. Une haleine de tabac et d'eau-de-vie l'effleura. Joseph avait bu, encore une fois, tout en conduisant la charrette.

— Les feux follets sont les âmes des trépassés. La nuit, elles remontent des profondeurs de l'abîme sous forme de flammes errantes et elles viennent terroriser les voyageurs, surtout ceux qui se transportent sur l'eau.

— Qu'est-ce que ça veut dire « des trépassés » ?

— Ça signifie des morts, ma fille. Et des mortes.

— Pensez-vous que maman pourrait revenir ?

— Seule l'âme des mécréants peut revenir.

— Ah ! bon. Maman était croyante et bonne. Et pourquoi nous ferait-elle peur ? Moi, je pense qu'elle reviendrait plutôt pour nous embrasser.

— Ça reste à prouver, ça, ma fille…

Joseph s'approcha du bord de l'embarcation et ne remua plus, laissant derrière lui ses trois filles plus effrayées par les feux follets que par l'orage. Dès les premiers éclatements des éclairs au-dessus de l'eau noire, elles se mirent à hurler. Curieusement, elles n'appelaient pas Joseph à leur secours mais, à travers leurs pleurs, on pouvait les entendre implorer leur mère : « Maman, maman… »

Joseph ne broncha pas durant toute la traversée, le visage tourné vers le large. Même les paquets de pluie qui lui cinglaient la figure ne le ramenèrent pas sous l'abri où s'étaient réfugiées les enfants.

L'heure que mit l'embarcation pour atteindre l'autre rive contre vents et marées parut une éternité. Au débarquement, Titan s'ébroua et, cette fois, il ne se fit pas prier pour traverser d'un pas rapide la plate-forme vers la terre ferme. Il faisait une nuit d'encre et Joseph décida, à la grande joie des enfants, de demander le gîte aux religieuses du couvent Notre-Dame-de-toutes-Grâces de Lévis dressé sur la falaise au-dessus du port, plutôt que de bivouaquer sous la charrette à la pluie battante.

Si la traversée avait figuré les couleurs de l'apocalypse, le court séjour chez les sœurs de la Charité eut l'heur de faire oublier les derniers événements aux enfants. La grande bâtisse de briques beiges, haute de quatre étages, prit vite des allures de paradis avec son calme et son silence, son intérieur propret, ses parquets sentant bon la cire et ses statues entourées de plantes à l'extrémité des corridors. L'instinct maternel, bien plus que l'élan de charité, anima les saintes femmes à la vue des trois orphelines éplorées qui grelottaient à leur porte. On les gava de douceurs, on les lava, dorlota, bichonna. Elles dormirent dans des draps secs au fond d'un dortoir, après un repas chaud et abondant, non sans avoir raconté aux religieuses, en long et en large, les malheurs survenus dans leur existence, ces derniers temps.

De son côté, Joseph, seul représentant de la gent masculine dans ce refuge de femmes, fut envoyé dans la nouvelle partie de l'édifice dont la construction s'achevait et servait déjà d'hospice et d'hôpital pour les prêtres âgés ou malades. Dans le réfectoire de cette section, le lendemain matin, un tout jeune prêtre, plutôt blême et décharné, tenta d'engager la conversation avec lui, en dépit de son attitude peu avenante.

— Bonjour ! Je suis le père Antoine Lacroix, missionnaire chez les Oblats. Vous venez de perdre votre femme, paraît-il ? Permettez-moi de vous offrir mes condoléances, monsieur.

— Comment savez-vous ça ?

— Les nouvelles vont vite dans cet endroit. Et… on m'a dit que vous vous dirigez vers les États-Unis ?

— Ouais…

— Vous n'êtes pas le seul, vous savez. Des dizaines de milliers de Canadiens français ont fait comme vous, même si, ces dernières années, le flot s'est quelque peu interrompu à cause de la récession. Je reviens de Lowell, au Massachusetts. J'y ai travaillé comme missionnaire pour la communauté francophone. Malheureusement, un début de tuberculose m'a ramené ici, il y a quelques mois. On m'oblige à l'inaction et au repos. Dieu merci, je me porte mieux maintenant, et j'ai bon espoir d'y retourner sous peu.

Joseph s'arrêta brusquement de manger, cuillère en l'air. Le prêtre nota la montée d'intérêt et poursuivit son questionnement.

— Où comptez-vous installer vos pénates? Connaissez-vous quelqu'un là-bas pour vous accueillir?

L'espace d'une seconde, Joseph entrevit l'image de sa sœur Léontine installée justement à Lowell avec sa famille, et pour laquelle il ressentait peu d'affinité. Non, il ne dépendrait pas d'elle. Ni d'elle ni de personne.

— Je compte justement me rendre jusqu'à Lowell mais je n'ai pas de lien, là-bas.

— Ah! vous allez aimer cette ville industrielle. Quoique la vie n'y soit pas aussi facile qu'on veut bien le faire croire. Les promoteurs américains qui parcourent la province à la recherche d'immigrants abusent de la crédulité des gens et dorent un peu trop la médaille. Mon meilleur ami, André-Marie Garin, exerce là-bas la fonction de curé dans l'unique paroisse francophone. Si jamais vous avez besoin d'assistance, ne vous gênez pas pour le contacter. Il vous aidera à trouver un logement, peut-être même du travail. Saluez-le pour moi et dites-lui que j'ai bon espoir de le rejoindre bientôt.

L'homme inscrivit un mot pour son ami sur un bout de papier qu'il glissa dans une enveloppe tirée d'un pan de sa soutane, comme s'il avait prévu cette rencontre matinale. Joseph empocha machinalement l'enveloppe, puis il serra la main du prêtre en le remerciant froidement. De quoi se mêlait-il, celui-là ?

Au milieu de la matinée, les trois filles quittèrent les religieuses à regret, non seulement les bras chargés de provisions, mais le cœur plus léger, rassurées par les promesses des sœurs de prier pour elles et pour le repos de l'âme de leur maman. Tout se passerait bien, les « épouses du Seigneur » l'avaient dit ! De plus, sœur Sainte-Vitaline avait expliqué que les feux follets n'existaient pas, sauf dans l'imagination des humains. Jamais personne ne reviendrait pour leur faire du mal, surtout pas leur mère ! Bien au contraire, Rébecca veillait sûrement sur ses filles et son mari. Les petites n'avaient qu'à lui parler dans le secret de leur cœur, et leur maman les entendrait.

Maigre consolation pour des orphelines impitoyablement déracinées, extirpées sans crier gare du nid où elles avaient vécu heureuses. En soupirant, les sœurs suivirent la charrette des yeux jusqu'à sa disparition au détour du grand chemin. Si seulement leur père ne se montrait pas aussi renfrogné, aussi replié sur lui-même… Perdu dans sa bulle, Joseph Laurin donnait l'impression d'habiter un univers connu de lui seul. Bien sûr, ses filles semblaient ne pas manquer de l'essentiel, il voyait à ce qu'elles mangent et dorment au sec et en sécurité, mais son attention s'arrêtait là. Leurs questions sans réponse, leur chagrin, leur déroute, leur désarroi, il ne les voyait guère, sans doute anéanti lui-même par son propre malheur.

Le convoi prit la direction de Sherbrooke, en passant par Saint-Gilles, sur l'ancien chemin Craig cahoteux et boueux. On traversa Lower Ireland[1] et on fit une pause à Irelande pour se restaurer derrière le presbytère de la petite église anglicane Holy Trinity, sise au croisement des chemins Craig et Gosford.

Joseph prenait conscience de la présence anglophone dans la région, signe indéniable qu'on approchait des États-Unis où l'on parlait exclusivement une langue étrangère qu'il ignorait totalement. Y avait-il seulement songé un instant? Comment se débrouillerait-il, là-bas? Déjà, il ne comprenait pas un traître mot de ce que les gens rencontrés ici, sur la route, lui disaient.

1. Ancien nom donné au village de Saint-Jean-de-Brébeuf à cause de la présence anglophone dans le canton.

Au cours de la journée, plusieurs personnes lui avaient courtoisement adressé la parole en anglais et il s'était contenté de hocher la tête. L'un d'eux l'avait finalement pris par le bras et obligé à descendre sur le côté de la charrette pour lui montrer, d'un geste de la main, une roue sur le point de se détacher.

Pour la première fois, un doute s'insinua dans l'esprit du Saguenayen pendant qu'il effectuait la réparation. Il avait beau se sentir fort et brave, comment se tirerait-il d'affaire dans un lieu à la culture et aux mœurs si différentes ? Arriverait-il à se faire une place au soleil dans ce pays lointain et rempli d'étrangers ?

Il se rappela la lettre que Rébecca avait reçue de Léontine, l'été dernier. Il l'avait lue et relue à plusieurs reprises, et c'est à ce moment-là précisément que l'idée d'émigrer avait commencé à germer dans son esprit. Rébecca, elle, ne voulait rien entendre de s'expatrier. Nulle part, dans sa lettre, sa sœur Léontine ne faisait allusion à des problèmes de langue ou de vie sociale. Au contraire, elle semblait apprécier son existence à Lowell, dans la collectivité francophone de plus en plus nombreuse. Ce que le missionnaire lui avait confirmé, ce matin même. Non, il n'y avait pas lieu de s'inquiéter. Le bonheur, et surtout la paix, semblaient possibles dans cet ailleurs qui le faisait rêver.

En passant dans la région de Sherbrooke, Marguerite aurait bien aimé revoir ses petits cousins

Allaire dont elle avait conservé un souvenir flou avant que son oncle Alfred, frère de Rébecca, ne quitte Jonquière, après quelques années, pour retourner avec les siens dans les Cantons de l'Est, pour l'exploitation des mines d'amiante. Mais Joseph haussa les épaules quand elle en fit mention. La parenté ne l'intéressait pas, surtout celle du côté de sa femme. Rien ne l'intéressait d'ailleurs. Rien d'autre que sa folle odyssée vers cette contrée inconnue où s'étaient exilés d'autres Canadiens français dont on n'entendait plus parler, sinon pour lire leurs lettres vantardes qui éveillaient les fantasmes des pauvres et cultivaient les ambitions les plus démesurées.

Écrasés par la chaleur humide et suffocante, inattendue pour la saison, on reprit la route à la sortie de Sherbrooke, et les enfants arrivèrent difficilement à somnoler au fond de la charrette. Titan manifesta des signes de fatigue en fin d'après-midi, les narines dilatées et les yeux exorbités. Il avait péniblement avancé pendant plusieurs heures avec une lenteur mortelle sur les terrains marécageux longeant une rivière. Puis, petit à petit, le chemin était devenu raviné et avait commencé à serpenter entre les collines qui se transformèrent bientôt en hautes montagnes, premiers contreforts de la chaîne des Appalaches.

Joseph décida de s'arrêter sur le bord d'un petit lac pour établir le campement. Après tout, rien ne pressait, personne ne l'attendait nulle part. Personne ne l'attendrait plus jamais. Il pourrait disparaître ici avec ses trois filles et nul n'en saurait jamais rien. Perdue à l'autre bout du monde, la famille de Joseph Laurin ! Seule au milieu des épinettes. Sans liens, sans attaches, sans amis. Même plus de parenté. Rien ! La pleine liberté ou plutôt la pleine libération. Et la pleine solitude. Joseph avait coupé tous les ponts, maintenant. Sauf celui qui le rattachait encore à ses enfants.

Les malheureuses petites, que deviendraient-elles aux États-Unis ? À la vérité, il ne s'était pas vraiment posé la question. Il les emmenait comme on emporte son manteau et ses bottes. Parce qu'elles faisaient partie de son existence. Peut-être aurait-il dû les abandonner à leur grand-mère à Baie-Saint-Paul ou, même, les laisser dormir là-haut, au moment de mettre le feu à la maison ? Elles seraient maintenant parties pour l'au-delà avec leur mère et n'auraient pas à vivre cette terrible séparation. Et lui, il pourrait jouir d'une liberté plus complète, plus réelle. Mais il ne servait à rien d'y songer. Il les avait sur les bras, à présent. Qu'allait-il en faire ?

— Papa, est-ce qu'on peut aller se baigner sur la plage, là-bas ?

La petite Camille le regardait avec ses grands yeux innocents, le visage dévasté par des morsures d'insectes. Qu'il la trouvait mignonne, celle-là ! Sa préférée. Sa princesse... La seule, avec ses cheveux bruns et ses yeux noisette, qui ne ressemblait ni à lui ni à Rébecca. Ni à ses sœurs. Un ange…

Conciliant, il accorda sa permission. Les deux autres ne se firent pas prier pour retirer leurs longues jupes et se jeter dans l'eau fraîche avec des cris de joie. Joseph s'allongea dans l'herbe et les regarda batifoler. Avec le temps, le bonheur reviendrait. Il se surprit à sourire et décida d'« arroser ça » avec quelques lampées d'alcool.

La nuit était passablement avancée quand une envie pressante d'uriner réveilla Anne. Avec précaution, elle enjamba ses sœurs endormies sur les ballots de vêtements et dégringola hors de la charrette. Des braises se consumaient quelques pieds plus loin mais personne ne se trouvait autour.

— Papa? Où êtes-vous, papa?

Le huard, sur le lac, entendit-il l'appel de l'enfant? Il répondit par son cri plaintif et obsédant. Elle eut beau dilater les paupières et fouiller à tâtons dans la charrette et autour du feu, elle ne trouva nulle trace de son père et, tout aussi inquiétant, du cheval. Rien ne bougeait en cette nuit étoilée, pas même un souffle de vent pour agiter la moindre feuille. N'y tenant plus, elle s'accroupit en relevant sa robe de nuit. Au moins se libérer d'abord de ça…

C'est alors qu'elle l'aperçut, immobile derrière un buisson. S'y trouvait-il au moment où elle avait quitté la voiture? Ses grands yeux brillaient comme des charbons ardents. Il se leva soudain sur ses pattes de derrière et émit un grognement sourd. Paralysée de frayeur, l'enfant se sentait incapable de faire un mouvement.

— Papa! Papa! Il y a un ours! Vite, papa, j'ai peur!

Sans doute impressionné par les cris de l'enfant, l'ours détala sans demander son reste. Les hurlements d'Anne n'affolèrent pas que l'animal. Les deux autres sœurs ne mirent pas de temps à partager sa frayeur.

— Papa est parti avec Titan, et j'ai vu un ours! Maman, maman, j'ai peur…

Marguerite, tout aussi épouvantée, tenta de se faire rassurante autant pour elle-même que pour ses sœurs.

— L'ours est parti, là! Et il ne reviendra plus. Les ours, ça craint les humains, surtout ceux qui crient. Vite, grimpe dans la charrette!

— Mais… papa?

— Il va rappliquer, voyons! Peut-être qu'il n'arrivait pas à s'endormir et a décidé d'aller faire un tour sur le dos de Titan. Ou bien, il est parti chercher du bois sec pour attiser le feu et il s'est égaré à la noirceur.

— Oui, oui, c'est ça : il a perdu son chemin et il attend la clarté pour revenir. Et s'il rencontrait l'ours?

À peine rassurées, les trois sœurs commencèrent à crier « Papa, papa ! » à pleins poumons. Mais leurs petites voix chevrotantes se perdaient dans la nuit. À part un faible écho, nul ne répondit. Ni l'ours, ni le huard, ni le père. Le silence effroyable qui se mit à les entourer leur donna la chair de poule. Elles s'enfouirent sous les couvertures sans fermer l'œil du reste de la nuit. Leur unique consolation fut la longue prière que Marguerite adressa à haute voix à Rébecca pour lui demander de les protéger. Ses petites filles s'ennuyaient d'elle sans bon sens, elles se sentaient seules et épuisées, elles avaient peur. Il fallait que leur maman leur vienne en aide…

Il faisait encore sombre quand Camille se leva d'un bond.

— Je vois des feux follets, je vois des feux follets !

— Où ça ? Ça n'existe pas, des feux follets ! La religieuse du couvent nous l'a dit : il s'agit d'une légende.

— Là, derrière ces sapins, j'ai vu du feu. On dirait que ça bouge. Je n'ai pas rêvé, je l'ai vraiment vu !

Malgré elle, Marguerite plissa les yeux pour scruter l'arrière des sapins. Elle lança un cri d'effroi en voyant effectivement une petite flamme s'agiter derrière les arbres.

— Ah ! mon Dieu ! Ah ! mon Dieu !

Tremblantes et muettes de peur, les fillettes virent la lueur s'approcher. C'est Camille, la première, qui reconnut son père monté sur Titan. Il tenait un tison enflammé à la main et dessinait des arabesques dans les airs. Elles se mirent à pleurer de soulagement.

— Papa, papa, où étiez-vous ?

— J'étais allé faire un tour, tout simplement. Je me suis éclairé avec cette torche.

— On a eu peur, vous savez. Il y avait un ours…

— Tout est fini, maintenant. Je suis revenu exprès pour toi, ma princesse. Et pour vous aussi, mes grandes.

— Vous n'allez plus vous en aller et nous laisser encore toutes seules, hein, papa ?

— Dites donc, les filles, je meurs de faim, moi ! Si on mangeait un peu ?

5

Quand il découvrit la pancarte à peine visible au ras du sol, Joseph leva les bras en l'air en criant « Victoire ! » comme s'il venait de franchir l'ultime pas entre le malheur et le bonheur.

Comme si cette ligne virtuelle de démarcation entre son pays et le pays voisin signifiait la fin de tous ses problèmes. *New Hampshire, USA.* D'un côté, le dénuement, de l'autre, la prospérité. D'un côté, le deuil et les souvenirs amers, de l'autre, la résurrection et le recommencement. Comme une renaissance. Comme si Joseph Laurin venait de reprendre vie dans une autre dimension, une autre existence.

La pensée de l'inconnu ne le tourmentait plus. Il allait faire fortune aux États-Unis, il en avait la certitude. Oh *yesssss*! Léontine l'avait écrit dans sa lettre : à Lowell, l'ouvrage ne manquait pas, il se trouvait même à la portée de la main, presque au coin de la rue. Joseph jouissait d'une réputation de bon travailleur, de ceux qui n'ont pas peur de retrousser leurs manches. En peu de temps, il réorganiserait sa vie et celle de sa famille. Il ne vivrait plus de longs hivers rigoureux dans les bois, loin des siens, et il n'aurait plus à en arracher pour cultiver une terre peu fertile soumise aux intempéries. Encore quelques jours de voyagement, et il allait offrir à ses filles une existence de princesses. Oh ! il ne fallait pas se leurrer : ce ne serait pas l'éden au début, et il faudrait y mettre le temps et l'énergie. Il se sentait prêt.

À l'instar de leur père, les enfants se mirent à applaudir et à danser de joie au milieu de la route sans trop comprendre l'objet de cet élan spontané d'enthousiasme.

— C'est ici les États-Unis, papa ? Ça ressemble beaucoup à chez nous, on dirait !

— Attends, ma belle Marguerite, attends d'arriver dans une grande ville, t'en reviendras pas !

À vrai dire, Marguerite comprenait mal l'exaltation de son père. Elle ne voyait que montagnes, cours d'eau et forêts à perte de vue. Sans doute s'était-elle illusionnée sur le prétendu paradis terrestre où les menait Joseph. La ville, la ville... Qu'était-ce donc que cette merveille plus extraordinaire que Bagotville, Québec, Lévis ou Sherbrooke ? À quoi ressemblait cette agglomération où l'industrialisation galopante générait autant de pouvoirs financiers ? Tous ces mots dont elle ne comprenait pas le sens et que son père ne cessait de rabâcher...

La jeune fille soupira. « Encore quelques jours de trajet », avait dit Joseph. Tout cela l'inquiétait. Lui faudrait-il retourner aux études dans une langue étrangère ou bien existait-il des écoles pour les francophones dans ce pays ? Et où habiteraient-ils ? Elle aimait bien sa maison de Grande-Baie, elle ! Son père aurait-il suffisamment d'argent et de temps pour en rebâtir une semblable ? Et pour leur procurer des vêtements d'hiver, surtout à elle qui avait passablement grandi dernièrement ? Déjà que ses souliers la blessaient, tant ils étaient étroits et usés.

Et ses sœurs ? Ni l'une ni l'autre ne semblait comprendre les raisons de cette expédition. Elles se laissaient ballotter sur la charrette sans poser de questions ni protester, subissant les désagréments du voyage comme une fatalité. De temps en temps, Joseph les laissait courir dans les sous-bois, histoire de se délier les jambes et de cueillir des petits fruits. Marguerite les regardait sautiller en chantonnant et elle enviait leur insouciance.

Ce mois-ci, Camille aurait dû commencer sa première année à l'école de Grande-Baie, son ancienne école et celle où Anne aurait dû retourner en septembre. Là où enseignait la douce mademoiselle Rose-Emma. Et là où se trouvaient ses bonnes amies. Elle était partie sans leur dire au revoir. Peut-être allaient-elles vite l'oublier, elle, Marguerite, la plus brillante du groupe de finissantes ? Cette année, c'est au couvent que sa mère avait promis de l'envoyer. Son inscription était même réglée. Songer à ce beau projet tombé à l'eau la rendait si nostalgique que, devant la pancarte à la peinture délavée, elle commença à pleurer sans pouvoir s'arrêter. Ses sœurs avaient beau minauder, l'encourager, rien n'y faisait. Anne la prit par la main.

— Pleure pas, Marguerite, ça va bien aller, tu vas voir. Papa l'a dit.

Joseph finit par s'en mêler, contenant difficilement sa colère.

— Ça va faire, le braillage ! C'est le temps de se réjouir, pas de se lamenter. Si tu n'apprécies pas ce que je fais pour vous, Marguerite, ça te regarde. Mais ne viens pas me taper sur les nerfs avec tes larmes de bébé. Et cesse donc de décourager tes sœurs !

— Pas de ma faute si je m'ennuie tout à coup de Grande-Baie. Et puis, maman…

— Grande-Baie ? Oublie ça ! Et cesse de parler de ta mère, compris ?

Marguerite ravala ses larmes et en voulut à son père de son incompréhension. Elle se promit qu'au contraire, elle n'oublierait jamais les lieux de son enfance et l'existence qu'elle y avait menée auprès de Rébecca. La tendresse de sa mère et la quiétude qu'elle ressentait quand elle se pressait contre sa poitrine lui manqueraient toujours. Un jour, quand elle serait devenue une adulte libre, elle retournerait à Grande-Baie à la recherche de ses souvenirs, et personne au monde ne l'en empêcherait, surtout pas son père ! Elle se le jura en cet instant précis, là, devant la vilaine pancarte à moitié effacée. *New Hampshire, USA*… Peuh ! des mots qu'elle ne savait même pas comment prononcer !

Une voiture chargée de passagers les doubla quelques milles plus loin. Le conducteur retira son chapeau et s'inclina pour saluer Joseph.

— Pierre Léger, de Saint-Hyacinthe. Alors, mon cher, on s'en va, comme nous, remplir son portefeuille aux États ?

Joseph fit mine de n'avoir pas entendu. L'homme insista.

— Eh ! les amis, d'où venez-vous ? Vous rendez-vous tout droit à Lowell ou vous avez l'intention de nicher ailleurs ?

— Nous, on vient de Grande-Baie ! s'écrièrent en chœur les sœurs Laurin. Et on s'en va à Lowell aussi !

Une fillette d'une douzaine d'années se souleva et se pencha dangereusement au-dessus de la rambarde.

— Tu parles d'une coïncidence ! Et où allez-vous habiter ? Nous, on s'en va chez un de nos oncles dans la rue Aïken. Et nous allons tous travailler à la même compagnie.

— Ah ! bon.

— Et vous ?

Anne et Marguerite se tournèrent vers Joseph qui restait sans réaction. Ainsi, cette famille-là avait organisé son séjour à l'avance. Tandis qu'eux… Comme Joseph persistait dans son mutisme, monsieur Léger ordonna à son cheval d'accélérer la cadence. Il n'avait pas de temps à perdre avec cet homme asocial.

— Hue, la Grise !… Et bonne chance, les amis ! On se reverra peut-être là-bas !

Quelques instants plus tard, l'équipage disparaissait au tournant du chemin. Les filles poussèrent un soupir. Cette rencontre aurait pu s'avérer intéressante. Elles auraient pu se faire des amis, passer un moment avec des gens qui paraissaient joyeux. Au lieu de cela…

Malgré la densité des nuages, une chaleur suffocante continuait d'imprégner la région. On poursuivit le voyage en silence, le corps baigné de sueur et l'esprit embrouillé, oscillant entre le dépit et le fol espoir.

Ce soir-là, le père décida d'installer le campement sous un pont couvert enjambant la rivière Connecticut. Si l'orage faisait encore des siennes, ils pourraient au moins se mettre à l'abri sous les vieilles planches de cèdre du pont.

Les provisions venaient sérieusement à manquer. Ne restaient que quelques pots de ketchup aux fruits et une jarre de lard salé pour nourrir les voyageurs. Joseph se fit néanmoins rassurant.

— Ce n'est pas grave. Demain, on parviendra à notre premier grand village américain. Presque une ville. Il me reste un peu d'argent, on fera provision au magasin général. Pour ce soir, je vais tenter d'attraper quelques truites. Et vous, les filles, si vous alliez aux alentours pour cueillir des champignons ou quelques petits fruits oubliés par les ours.

Il regretta ces dernières paroles. Terrifiées par l'évocation des ours, les filles refusèrent obstinément de descendre de la charrette.

— Bande de poules mouillées ! Allez jouer sur le pont, alors ! Les ours ne fréquentent pas les ponts couverts. Trop de bruit, trop d'activité. Allez, ouste ! Déguerpissez ! Je ne veux pas vous revoir d'ici à une heure ou deux.

Il dut répéter la consigne par deux fois avant que les enfants ne se mettent en branle, d'un pas traînant. Trop craintives pour s'éloigner, elles préférèrent rester sur le pont plutôt que de se hasarder dans les boisés environnants. Papa l'avait dit : les ours ne viennent pas sur les ponts. Elles se mirent à organiser des courses à cloche-pied. La première qui perdait l'équilibre se trouvait automatiquement éliminée de la compétition. Bien sûr, la petite Camille, moins habile, perdait à tous les coups.

Emportées par leur jeu, les fillettes ne remarquèrent pas l'attelage qui se dirigeait à une vitesse folle vers le pont, au tournant du chemin. C'est le bruit infernal des sabots et des roues de la diligence s'engageant sur les poutres de bois qui leur fit tourner la tête. Marguerite et Anne eurent le réflexe de s'agripper à la paroi de treillis pour éviter d'être happées par la voiture. Mais Camille, figée de terreur à la vue des deux bêtes énormes qui galopaient vers elle, mit une seconde de trop avant de réagir et buta contre la poutre qui balisait le passage étroit. Le devant de la diligence la frappa de plein fouet et la projeta sur le muret. Elle s'écroula sur le tablier du pont, meurtrie et couverte de sang.

La voiture s'arrêta enfin quelques pieds plus loin, et le cocher s'en vint en courant trouver les enfants. De toute évidence, il ne s'était pas attendu à trouver dans le virage trois fillettes en train de s'amuser au milieu de la voie. Il avait eu du mal à ralentir les chevaux emportés à vive allure. Passablement énervé, l'homme se pencha au-dessus de Camille qui ne bougeait plus, inconsciente.

— *Oh ! my God ! Oh ! my God !*

Prenant ses jambes à son cou, Anne s'en fut chercher Joseph immergé un peu plus loin dans la rivière jusqu'à la taille, une magnifique truite au bout de sa ligne. Il lâcha tout et accourut sur le pont pour constater que sa benjamine se trouvait dans un état pitoyable, inanimée et couverte de blessures. Il se mit à hurler.

— Non ! Pas toi aussi ! Camille, reviens à toi, je t'en supplie, reviens à toi… Pas toi aussi, ma princesse, non ! non !

Le cocher s'approcha de lui, le prit par les épaules et le regarda directement dans les yeux pour tenter de le ressaisir. Il lui offrit d'amener l'enfant au plus vite chez un médecin.

— Quoi ?

— *Doctor, DOC-TOR !*

Dans l'énervement, l'homme criait plutôt qu'il ne parlait. Comme le mot ressemblait à s'y méprendre à « docteur », Joseph fit oui de la tête, se demandant bien où l'énergumène dénicherait un médecin au milieu de cet endroit perdu. Mais, déconcerté, il ne pouvait que le laisser faire.

Avec mille précautions, on installa la blessée sur la banquette arrière de la diligence qui ne transportait heureusement aucun passager. Puis les autres prirent place sur le banc d'en face. Joseph, pâle et muet, ne cessait de secouer la tête. Rébecca n'allait tout de même pas se venger à ce point et lui ravir sa Camille. Elle n'en avait pas le droit !

Il prit tout à coup les mains de ses autres filles assises de chaque côté et, les rapprochant près de ses lèvres, il leur demanda, pour la première fois de sa vie, de prier avec lui pour leur petite sœur, lui qui n'allait jamais à l'église et ne prononçait jamais le nom de Dieu. On se mit alors à réciter des *Notre Père* et des *Je vous salue Marie.* Les voix fébriles se mirent à répéter sur un ton monocorde ces mots soudainement remplis de sens et s'accordèrent pour le plus pitoyable chant de détresse.

Le voyage ne dura pas longtemps malgré le rythme très lent imposé aux chevaux par le cocher à cause du chemin cahoteux. À peine trente minutes plus tard, la diligence pénétra dans une petite ville. La blessée n'avait pas bronché mais saignait abondamment.

De sa banquette, l'homme se pencha vers les voyageurs et leur annonça sur un ton soulagé :

— Colebrook.

Quelques secondes plus tard, l'équipage s'engageait dans la rue Parsons et s'arrêtait devant la plus grosse maison.

— *The doctor's house.*

6

— Commotion cérébrale, nombreuses fractures au bassin, cassure d'un os du poignet et de la jambe gauche, contusions multiples et large plaie ouverte au niveau de la hanche.

— Va-t-elle s'en sortir ?

— Il faut prier très fort, monsieur…

Pour la première fois depuis trente-cinq ans, Joseph Laurin se mit à pleurer. La femme lui sourit avec compassion.

Par une coïncidence extraordinaire, l'épouse du docteur Lewis parlait français avec un accent de vieille Europe. La Française leur raconta avoir connu son mari lors du séjour de celui-ci à Paris pour perfectionner ses connaissances en médecine. Quelques mois plus tard, le brillant étudiant américain retraversait l'Atlantique en compagnie de sa belle fiancée en lui promettant mer et monde dans son pays en plein essor.

Angelina y avait trouvé le bonheur, en effet, auprès de Henry et de leur fils unique dont elle s'était occupée seule, la profession de médecin de campagne ayant tenu le père constamment éloigné. Hélas, le destin n'avait pas permis à la jeune femme de réaliser son rêve d'élever une famille nombreuse. Après de multiples fausses couches, elle avait dû se faire à l'idée : à part son fils venu au monde par miracle, aucune autre voix d'enfant ne viendrait jamais égayer leur vaste et somptueuse demeure. Pour contrer son désœuvrement, elle avait donc consacré sa vie à son mari comme secrétaire et aide-infirmière, en plus de remplir scrupuleusement son rôle d'éducatrice.

Maintenant au début de la cinquantaine, elle voyait l'ennui s'installer dans son quotidien. Avec la venue d'un autre médecin dans la région, le docteur Lewis vieillissant avait passablement réduit ses tâches et ses déplacements. Il se contentait de soigner quelques vieux résidents des environs et de les recevoir à son bureau situé dans une pièce de la maison.

Malgré son âge, l'homme en imposait par sa prestance. Grand, solide, les épaules larges, le regard droit et direct, il inspirait le respect et la confiance. Quand le docteur Lewis parlait de sa voix autoritaire, on écoutait. Et on obéissait. Son regard dégageait néanmoins une certaine profondeur imprégnée de bonté. Devant le piteux état de Camille, il posa une main chaude sur celle de Joseph.

— *I'm sorry… I'm doing my best*[1].

Dans le lit placé au centre de la chambre aux murs recouverts de tapisserie à fleurs, Camille,

1. Je suis désolé… Je fais de mon mieux.

aussi blanche que le drap sur lequel on l'avait étendue, semblait dormir. Le petit corps était recouvert de pansements, sa tête enveloppée d'un linge blanc, son bras et sa jambe fracturés immobilisés sur des attelles de bois. Sur la table, à côté du lit, on avait déposé des tubes de pommade, des gazes, des seringues, des sirops, des fioles de toutes sortes. Joseph ne doutait pas que sa fille fût entre bonnes mains.

Angelina Lewis traduisait avec une patience d'ange chacune des paroles du médecin.

— L'important est de lui faire reprendre conscience au plus vite.

Mais la petite blessée, plongée dans un état comateux, ne cillait pas aux tentatives du médecin de stimuler ses réflexes, ni aux sollicitations répétées de ses deux sœurs, ni aux supplications de son père. Il arrivait cependant qu'elle porte la main à sa figure et émette quelques lamentations incohérentes.

— C'est bon signe ! Il faut garder espoir ! avait dit le docteur dans une langue à laquelle Joseph et ses filles ne comprenaient rien.

On passa toute la nuit au chevet de l'enfant. Il se faisait tard quand Angelina insista pour installer les deux fillettes dans une des chambres d'invités, à l'étage. Malgré leur chagrin et l'horreur des événements, Marguerite et Anne ne se firent pas prier pour se glisser sous les draps frais et empesés des lits jumeaux. La femme les borda gentiment et déposa un furtif baiser sur leur front.

— Bonne nuit, mes chéries. N'oubliez pas votre prière.

Marguerite ne put s'empêcher de songer qu'à peine quelques jours auparavant, leur mère accomplissait ces mêmes gestes et les gratifiait du même baiser sans se douter qu'il s'agissait de la dernière fois. Elle se mit à sangloter. Anne ne mit pas de temps à venir la rejoindre sous les couvertures. Anne qui ne riait plus, qui ne sautillait plus, Anne qui était devenue muette comme la tombe... Cramponnées l'une à l'autre avec le désespoir du condamné, les deux sœurs eurent du mal à plonger dans le sommeil.

Un sommeil peuplé d'images de mort.

« Maman » fut le premier mot sensé et conscient prononcé par Camille après six jours de coma. Six jours affreux où Joseph et ses enfants ne la quittèrent pas d'une semelle. Anne bondit sur ses pieds.

— Elle a dit « maman », elle a dit « maman » ! Vite, madame Angelina ! Vite, papa ! Camille a parlé. Elle est guérie ! Elle a dit « maman » ! Ah ! merci, maman ! Notre mère l'a guérie ! Je le savais, je le savais !

Joseph eut le temps de jeter un œil réprobateur à sa fille avant de se pencher au-dessus de la malade. N'avait-il pas défendu de prononcer le nom de la morte ? Les yeux perdus de Camille cherchaient à s'accrocher à un visage connu.

— Allo, ma princesse ! Te voilà revenue parmi nous… Enfin ! Enfin ! Je n'arrive pas à y croire !

On se mit à lancer des cris de joie et à frapper des mains dans la chambre. Même Angelina se mêla à l'euphorie générale. Seul le médecin caressait sa barbe grise d'un air songeur. La réflexion qu'il demanda, d'une voix étouffée, à sa femme de traduire eut l'effet d'un pavé dans la mare.

— Qu'ils ne se réjouissent pas trop tôt. Elle a peut-être repris connaissance mais l'infection la menace toujours. J'ai décelé un peu de fièvre, ce matin, et ça ne me dit rien de bon.

La petite malade entendit-elle ces paroles de malheur ? Elle tourna la tête vers son père.

— Où est maman ?

— Maman, elle est partie au ciel. L'as-tu oublié, ma princesse ? Maman ne reviendra plus, tu te rappelles ?

L'enfant n'entendit pas la réponse et se rendormit aussitôt.

Le répit ne dura qu'une journée. Les craintes du médecin s'avérèrent fondées : la gangrène avait déjà commencé à mettre la vie de l'enfant en péril. Les jours et les nuits d'angoisse et de veille interminable recommencèrent de plus belle. Pour Joseph, le sentiment d'impuissance devint insupportable. Il pensa devenir fou. Souvent, il sortait de la maison et se dirigeait vers la charrette stationnée dans la cour arrière pour revenir quelques heures plus tard puant l'alcool.

Brûlante de fièvre, Camille sombrait dans le délire la plupart du temps, mais il lui arrivait de reprendre conscience à certains moments, ce qui maintenait l'optimisme modéré du docteur Lewis. Incapable de bouger, repliée sur sa souffrance et trop affaiblie pour se concentrer sur ce qui se passait autour d'elle, elle gardait les yeux clos. Souvent, on pouvait l'entendre implorer sa mère d'une voix pâteuse pour lui dire qu'elle avait mal.

Un jour que la fièvre se fit plus redoutable et qu'on s'acharnait à la faire baisser en plaçant des serviettes trempées dans l'eau glacée sur la tête et le corps de l'enfant, Angelina proposa de faire venir le pasteur.

Le pasteur? Anne écarquilla les yeux. Elle ne connaissait ce mot que pour l'avoir entendu une fois ou deux à l'église lors de la lecture d'une page des Saintes Écritures où on parlait d'un pasteur prenant soin de ses brebis!

— Un pasteur? Pourquoi un pasteur?

Joseph se contenta de hausser les épaules. Aux yeux du père, ni un pasteur, ni un prêtre, pas même un évêque ne pourrait ramener sa fille à la santé. Encore moins leur mère défunte qu'il croyait en enfer. Si enfer il y avait. Seul Dieu détenait un pouvoir sur la vie et la mort. Et Joseph ne se sentait pas en paix avec ce Créateur tout-puissant. Dieu, il l'avait éliminé de sa vie depuis belle lurette. Ou peut-être, à l'inverse, était-ce Dieu qui l'avait abandonné ? À vrai dire, pour Joseph Laurin, Dieu existait de moins en moins. S'il lui rendait sa princesse, tant mieux. Sinon, tant pis. Il en mourrait de chagrin et sans doute irait-il la rejoindre dans le néant au plus vite. Alors, tout serait fini. Finis, l'indigence et les durs labeurs à la sueur de son front, finis, les faux espoirs et les illusions. Finis, les recommencements, les tournages à vide, les chemins bordés d'obstacles et d'embuscades. Finie aussi, la responsabilité d'élever seul ses trois enfants. Fini, l'exil. Finis, les feux follets. Finis, finis, finis…

Le pasteur de la Monadnock Congregational Church, petite église de bois de la Main Street de Colebrook, se présenta l'après-midi même, drapé dans une redingote de serge noire, chemise blanche et nœud papillon. Il ne transportait ni saint chrême pour l'onction, ni hostie pour la communion, pas même de l'eau bénite pour chasser le démon. Il se contenta de tracer un signe sur le front de l'enfant et de marmonner une courte prière et quelques invocations auxquelles le médecin et sa femme répondirent à l'unisson. Joseph, stoïque, se tenait dans un coin de la chambre sans prononcer une parole, ses deux filles collées contre lui.

Le pasteur vint ensuite lui serrer la main et prononça, toujours en anglais, des paroles qui se voulaient sans doute réconfortantes. Puis, il tira sa révérence après avoir salué le docteur et sa femme et posé la main sur la tête de Marguerite et d'Anne. On le remercia chaleureusement mais Joseph, lui, demeura impassible.

Dieu finit par entendre les prières du pasteur et rendit à Joseph sa princesse, après une semaine d'équilibre précaire entre la vie et la mort. Un bon matin, Camille sembla définitivement hors de danger. On poussa un soupir de soulagement.

Joseph ne savait comment remercier ses hôtes. Pendant plus de deux semaines, le couple leur avait généreusement procuré le gîte et le couvert sans rien réclamer en retour. Bien sûr, à part l'incendie de la maison, Angelina avait été mise au courant de leur histoire. Tout de même, il devait la vie de son enfant à ce couple charitable.

— Comment pourrais-je vous remercier de toutes vos bontés? Je n'arriverai jamais à vous dédommager en argent comptant, mais peut-être pourrais-je repeindre votre maison, retaper votre cuisine d'été, consolider les poutres de la remise?

Il savait bien que ces gens riches n'avaient pas besoin de ses services et que tout, sur leur propriété, se trouvait dans un parfait état mais, pour le reste de ses jours, il leur serait redevable. Angelina lui répondit en souriant :

— Laissez-nous votre Camille pour un mois ou deux, le temps de sa convalescence. De toute évidence, elle n'est pas, pour le moment, en mesure de supporter les péripéties d'un voyage jusqu'à Lowell. Elle a encore besoin de soins et, une fois ses fractures guéries, elle devra se réhabituer à bouger et à marcher. Faites-nous confiance. Mon mari et moi allons continuer de nous occuper d'elle. Elle remplacera notre petit-fils que nous ne voyons jamais à cause de la distance. Vous en aurez bien assez de vous réorganiser avec vos deux autres filles !

Un peu plus, et Joseph se serait remis à pleurer, ému par tant de sollicitude.

— Mon intention était, et reste toujours, de me rendre à Lowell, dans la région de Boston. Mais, en attendant la guérison de Camille, je pourrais peut-être travailler dans une ferme des alentours. Je n'ai pas envie de m'éloigner de ma princesse, vous comprenez ? Vous ne connaîtriez pas quelqu'un qui…

— Vous dites ça… À la sortie de l'office religieux, dimanche dernier, madame Peel se plaignait justement du manque de main-d'œuvre. Aujourd'hui, tout le monde veut aller faire de l'argent dans les villes industrielles, et il devient de plus en plus difficile d'embaucher des travailleurs sur les fermes. Même si Colebrook reste encore très rural, il n'échappe pas au progrès. Déjà, quelques industries ont planté pavillon dans notre village en train de se transformer en ville. Ces compagnies avalent une grande partie des ouvriers disponibles. Madame Peel, mère de trois enfants, a perdu son mari le mois dernier et, franchement, elle semble dépassée par l'ampleur des travaux à exécuter sur sa ferme. Elle et son fils aîné ne suffisent pas et elle se cherche un employé. J'ignore, cependant, si elle accepterait de vous héberger avec vos filles.

— Ça reste à voir. Indiquez-moi l'adresse, je m'y rends de ce pas.

En attelant Titan, Joseph trouva des restes nauséabonds de victuailles au fond de la charrette reléguée dans l'arrière-cour : trois vieilles truites puantes, du pain rassis, un panier rempli de casseroles et d'ustensiles souillés, et puis des couvertures en désordre, les ballots humides remplis de vêtements mouillés et sentant la moisissure à plein nez.

Le chemin vers Stewartstown Hollow menant à la ferme Peel contournait, à quelques milles du village, une immense forêt de pins et débouchait, de l'autre côté d'une rivière, sur une bruyante cascade d'eau : Beaver Brook. Gêné par l'odeur fétide qui émanait de la charrette, Joseph songea à s'arrêter un moment pour se rafraîchir. Puis il décida d'allumer un feu de camp. Pourquoi ne pas brûler ces bagages malodorants et vraisemblablement irrécupérables qui traînaient dans la charrette depuis des semaines ? Il vida la plateforme au complet et jeta le tout dans les flammes, mis à part son fusil de chasse et la douzaine de bouteilles d'eau-de-vie qu'il lui restait, enveloppées dans du papier journal.

Soudain, un petit étui roula par terre et attira son attention. Dieu du ciel ! Le sac de bijoux de Rébecca ! Il les avait oubliés au fond de sa besace et avait failli les jeter dans le brasier. Tiens ! Ça lui donnait une idée : peut-être Angelina aimait-elle les bijoux ? Il pourrait les lui offrir en guise de remerciement. Hélas, sa femme n'avait rien possédé de valable sauf un camée reçu en héritage de sa mère. À part ça, que des bricoles sans valeur : une minuscule croix en marcassite offerte en cadeau de noces, une broche en faux diamants et une horrible épingle à chapeau en forme d'araignée, héritée il ne savait de qui.

Il s'empara du camée et l'examina de plus près. La figurine sculptée au milieu d'un médaillon d'argent représentait une femme debout protégeant de ses bras deux jeunes enfants. Deux ? Pourquoi pas trois ? Y voyant un signe précurseur de malheur, Joseph sentit la colère monter.

— Ah ! tu as bien essayé de m'enlever ma troisième fille, hein, Rébecca ? Laisse-moi te dire que tu ne gagneras pas à ce jeu-là. Les enfants m'appartiennent maintenant. Et tu n'y toucheras pas !

Il empoigna le bijou et le lança à toute volée au milieu des braises.

— Tiens ! voilà pour toi, maudite !

Puis, il jeta ses vêtements par terre et s'en alla, nu comme un ver, se lancer dans la rivière au pied de la chute pendant que, sur la berge, brûlaient les derniers vestiges de son passé. Il se lava soigneusement dans l'eau glacée et en sortit frais et dispos avec le sentiment de reprendre sa vie à zéro, ou plutôt à moins de zéro, ne possédant maintenant rien d'autre au monde que lui-même et ses trois enfants.

Un vol de corneilles vint dessiner des arabesques en croassant au-dessus du ravin mais il ne les vit pas. Paisiblement, il reprit le chemin de la ferme Peel. L'avenir lui appartenait.

7

La propriété des Peel s'étalait sur cent acres. Une douzaine de bêtes à cornes paissaient dans les pâturages tandis que des animaux de basse-cour grouillaient derrière l'appentis. Si la vieille maison ne payait pas de mine, la grange accolée directement à la colline impressionnait par ses proportions gigantesques. On y accédait par une passerelle appuyée sur des poutres de bois que les vaches empruntaient deux fois par jour à l'heure de la traite.

Joseph attacha Titan à un piquet planté près de l'entrée de la maison sur lequel on avait suspendu une pancarte se balançant dans le vent : *Jo Peel's Farm, 1825*. Comme personne ne se présentait pour l'accueillir, il monta les trois marches d'un pas hésitant et frappa quelques coups timides sur la porte. On mit un certain temps avant d'entrouvrir. Une femme, au milieu de la trentaine, le toisa d'un air méfiant.

— *Yes ?*

— Euh… *me… job… work…*

Joseph n'avait pas réussi à apprendre par cœur le petit boniment que lui avait enseigné Angelina. Malgré sa bonne volonté, les rudiments de la langue anglaise pénétraient plus difficilement dans sa tête que dans celle de ses filles.

La femme referma la porte en faisant signe que non. Mais Joseph insista et se remit à cogner en brandissant un bout de papier à travers la vitre de la porte. Curieuse, la femme céda et tendit finalement le bras pour s'emparer du message écrit de la main du docteur Lewis. Le médecin recommandait hautement Joseph Laurin, Canadien français d'origine, veuf et père de trois enfants, comme travailleur de ferme très expérimenté. La fermière finit par ouvrir tout grand pour scruter le visage de l'inconnu.

Médusé, Joseph découvrit une femme d'une grande beauté. Ses longs cheveux brun foncé retenus sur la nuque par une boucle dégageaient un visage à l'ovale parfait dont les yeux bruns en forme de lune brillaient de mille paillettes. Sous la blouse bleue de coton resserrée à la taille saillaient de gros seins rebondis. La jupe légèrement plissée laissait deviner des hanches d'une rondeur à faire rêver.

Joseph en perdit les derniers mots d'anglais enregistrés dans sa mémoire et se mit à rire nerveusement.

— Vous, veuve de Jo Peel ? Non... belle-fille de Jo Peel ? Vous...

La veuve expliqua, dans un anglais minutieusement prononcé, que Jo Peel était son beau-père. Elle s'appelait Jesse et oui, elle avait besoin d'aide. Son époux, Thomas Peel, avait rendu l'âme à l'été. Son fils John était trop jeune pour s'occuper d'une telle ferme. Elle se cherchait justement quelqu'un.

Joseph n'y comprit pas grand-chose mais on finit par s'entendre, davantage par signes que par mots. Pour un salaire minime, pension incluse, il assisterait cette femme et son fils dans l'exploitation agricole du domaine. Le cheval Titan devrait participer aux travaux pour gagner sa pitance. Anne et Marguerite pourraient habiter la maison avec les jeunes Peel, mais lui, Joseph, devrait se contenter de dormir dans un recoin de la grange. Quand Jesse lui fit comprendre cette consigne avec force gestes, Joseph vit passer une ombre de méfiance sur le visage de la femme, et cela le fit sourire intérieurement. « Hé ! Hé ! sauvageonne, la petite veuve ! »

— *Me...* commencer... *now ?*

— *Tomorrow will be O.K.*

Une femme âgée vint rejoindre Jesse toujours appuyée au cadre de la porte avec un panier de vêtements dans les mains, et elle jeta sur Joseph un regard hostile. Autant Jesse paraissait séduisante, autant sa belle-mère, la vieille madame Peel, lui fit une impression nettement antipathique. L'aïeule faisait presque peur avec ses rares cheveux dispersés sur un crâne d'œuf, sa peau fripée, son menton pointu et ses mains crochues. Une véritable sorcière ! Mais qu'importe, à son âge, la vieille n'avait sûrement rien à voir avec le fonctionnement de la ferme. Il n'aurait pas affaire à elle.

Le lendemain, les filles de Joseph acceptèrent de mauvais gré de quitter la belle maison de la rue Parsons. À peine commençaient-elles à s'adapter à la vie chez les Lewis que déjà on les déplaçait. Non seulement elles y avaient trouvé la quiétude et une certaine stabilité depuis une vingtaine de jours, mais Angelina avait ramené la douceur et la chaleur dans leur existence. Elle les avait couvées de son aile maternelle et avait cuisiné leurs plats préférés, leur avait raconté plein de choses sur sa vie en Europe et aux États-Unis, après la prière du soir, assise sur le bord de leurs lits. Les filles de Joseph ne voulaient pas partir. Dieu sait ce qui les attendait dans cette ferme inconnue, loin du centre de Colebrook et parmi d'autres étrangers qui ne parlaient pas leur langue.

Et puis, elles n'avaient pas envie de se séparer de leur petite sœur Camille qui, vraiment, n'en menait pas large. Bien sûr, elle prenait un peu de mieux et avait commencé à avaler les bouillons préparés par Angelina, mais elle demeurait encore immobile dans le grand lit qu'on lui avait maintenant installé au rez-de-chaussée « afin qu'elle se sente moins seule », avait dit la femme du docteur. Sous l'effet des médicaments, l'enfant dormait toute la journée et demeurait plutôt silencieuse. Les deux grandes s'étaient relayées pour la faire manger ou lui montrer des livres d'images. Lui arracher un sourire constituait une victoire.

Étrangement, c'est envers le docteur Lewis que la malade manifestait le plus d'intérêt. Quand il s'approchait du lit, elle s'agitait et regardait son sauveur avec des yeux rieurs. Pourtant, il la piquait souvent avec ses aiguilles, l'obligeait à avaler des remèdes à saveur dégoûtante, et il s'obstinait à faire bouger quotidiennement chacun de ses membres malgré ses cris de douleur.

Joseph, lui, était resté en retrait. Souvent, il était parti tôt le matin, monté sur Titan pour ne revenir que le soir, à la tombée de la nuit, veiller sur sa fille endormie. Sans doute l'ancien bûcheron préférait-il trouver refuge dans la campagne plutôt que dans les luxueux fauteuils de brocart du salon des Lewis. Il s'était montré peu loquace et avait manifesté peu d'émotions. Angelina s'était expliqué ce mutisme par la difficulté de l'homme à s'adapter à sa nouvelle condition de veuf. Tant de changements en un si court laps de temps… Tant de souffrances aussi. Cela ne suffisait-il pas pour expliquer la carapace d'indifférence sous laquelle le Canadien avait donné l'impression de s'abriter ?

Ce matin-là, quand Joseph ordonna à ses filles de ramasser leurs rares affaires, car on partait immédiatement pour la ferme Peel, elles fondirent en larmes. Il tenta vainement de les rassurer.

— Il s'agit d'une situation temporaire. Dès que Camille sera guérie, nous partirons ensemble pour Lowell.

Lowell, Lowell… Il n'avait que ce mot-là à la bouche ! À Lowell se trouvait la vie simple et heureuse, le travail aisé à dénicher, l'argent facile à ramasser. Presque sur les trottoirs ! promettait-il. L'abondance, l'opulence, le bonheur total ! À Lowell existaient des rues bordées de magasins, des logements à loyer, une communauté francophone, et même une certaine tante Léontine que les enfants ne connaissaient pas. Lowell représentait le bout du chemin, la destinée suprême. La fin du monde, quoi ! Et la porte d'entrée du paradis terrestre. Les fillettes écoutaient les promesses de leur père en reniflant, les yeux pleins de rêve. Déjà, elles pensaient moins à leur mère perdue, abandonnée sur les planches du salon dans un passé de plus en plus lointain dans leur esprit, cet autre univers auquel on les avait contraintes de tourner le dos.

À leur arrivée à la ferme Peel, elles se butèrent aux regards hostiles de la grand-mère et à l'attitude arrogante de John, le fils de dix-sept ans au visage couvert d'acné, nouveau maître des lieux depuis la mort de son père, quelques semaines plus tôt. À peine daigna-t-il leur serrer la main avec un air condescendant. Que Jesse embauche quelqu'un pour l'aider à gérer la ferme, soit. Mais qu'elle s'encombre de deux fillettes frêles et tout à fait inutiles lui paraissait une erreur impardonnable. Deux autres bouches à nourrir! Décidément, sa mère ne possédait pas la bosse des affaires!

Par contre, Jesse leur ouvrit les bras avec un sourire bienveillant.

— *Welcome, « Kenédjiunnes! »*

Qui, mieux que cette femme, pouvait compatir à la douleur d'avoir perdu un être cher, elle qui venait tout juste d'enterrer l'homme de sa vie? Elle leur désigna gentiment le coin du grenier où elles dormiraient. Un grand lit était aménagé près d'une mansarde. Marguerite nota immédiatement la vue grandiose sur laquelle s'ouvrait la fenêtre. Allons, ce nouveau changement ne s'avérerait peut-être pas aussi pénible qu'il paraissait au premier abord. Elles posséderaient au moins un coin bien à elles sous les combles. Après tout, les Américains s'étaient montrés compatissants depuis leur arrivée. Et aux dires de leur père, elles habiteraient ce lieu pour une courte période de temps seulement.

À ce sujet, Joseph les avait bien mises en garde : pas question de prononcer le mot Lowell devant les Peel. Jesse avait embauché Joseph sur une base permanente et il ne servait à rien de lui mettre la puce à l'oreille au sujet de leur départ imminent. On aviserait en temps et lieu quand Camille serait guérie.

Quant aux deux autres enfants de la maisonnée, Betty, treize ans, et son frère Terry, huit ans, ils accueillirent les nouvelles venues avec plaisir malgré la barrière de la langue. Dès leur arrivée, ils s'offrirent pour faire visiter la ferme en compagnie de Buck, le chien de garde des lieux.

Quelques minutes plus tard, des rires d'enfants résonnaient déjà derrière la colline, accompagnés de jappements joyeux.

Joseph se dit qu'il avait pris la bonne décision.

8

Les foins, comme les semences au printemps, se faisaient champ par champ. Dès son lever, Joseph s'attelait à la tâche à un rythme effréné, du levant jusqu'au couchant. Évidemment, il ne faisait pas bon ménage avec John, le fils de la maison. Imbu de lui-même et fort de sa courte expérience, lui qui avait assisté son père dès l'âge de quatorze ans, le jeune homme acceptait mal de voir un étranger prendre en charge le fonctionnement de la ferme. Il suffisait que Joseph lui donne une directive dans son anglais médiocre pour que l'adolescent fasse exactement le contraire. Sa mère avait beau lui expliquer que la récolte urgeait à ce temps-ci de l'année et que Joseph s'avérait un homme expérimenté et un excellent travailleur, John s'était mis à détester l'intrus.

Malgré tout, le mil et le trèfle commencèrent à tomber à un rythme régulier sous les faux affûtées, jusqu'à la disparition totale des tiges. Étendu sur le sol, le foin séchait au soleil durant toute la journée. Le lendemain, Jesse et les enfants le retournaient à l'aide de fourches de bois pour assurer un séchage uniforme. Si le beau temps le permettait, on le ramassait et l'attachait ensuite en bottes, et les bras vigoureux de Joseph et de John les chargeaient sur la charrette tirée par Titan ou Oxo, le puissant bœuf du troupeau. Le grand plaisir des jeunes, trop contents de participer à la corvée, consistait à grimper sur la charrette pour fouler les gerbes qu'on allait ensuite déverser au fond du fenil. Les animaux ne manqueraient pas de fourrage durant la saison froide.

Quoiqu'elle mît plus de temps que sa sœur à s'adapter à leur nouvelle existence, Marguerite sympathisa immédiatement avec Betty, de quelques mois plus âgée. Chaque jour, elle guettait le retour de l'école de la jeune fille qu'elle finit par considérer comme son modèle, son ange gardien, son professeur d'anglais et presque sa grande sœur. Une certaine complicité s'était établie entre les deux adolescentes. Ensemble, elles se pâmaient sur la beauté du petit voisin ou la coquetterie d'un collet de dentelle, elles se moquaient des accoutrements de la vieille madame Peel et elles levaient les yeux au ciel sur certains ordres de leur parent respectif.

Marguerite voyait Betty et Terry partir pour l'école avec envie. Chaque jour, un voisin faisait monter les jeunes Peel dans son boggie pour les conduire, en compagnie de ses propres enfants, à l'école primaire de Colebrook dans la Main Street. La jeune Américaine fréquentait l'institution pour la dernière année. L'an prochain, elle irait dans un couvent, comme aurait dû le faire

Marguerite cet automne. Quant à John, il avait abandonné l'école après la mort de son père.

Jesse ne se gênait pas pour garder ses enfants à la maison lors des journées de corvée, à la grande joie des petites Laurin. Joseph, lui, avait décidé de ne pas inscrire ses filles à l'école pour le moment. La session se trouvait déjà largement entamée et elles ne maîtrisaient pas suffisamment l'anglais pour se tirer d'embarras. En fait, la véritable raison, non énoncée, était la durée aléatoire de leur séjour dans la région. Une fois rendu à Lowell, il aviserait. Pour l'instant, les activités de la ferme à l'extérieur, quoique harassantes, suffisaient à leur changer les idées et à les tenir occupées.

Joseph lui-même appréciait ces moments privilégiés autour de la charrette, au milieu des champs. Quand les foins seraient terminés, on se mettrait à la récolte de l'avoine dont on déchargerait les gerbes dans la grange avec précaution. Joseph y ferait le travail de battage afin de séparer les graines des épis, à la fin des labours. Il s'occuperait ensuite de la coupe du bois pour l'hiver.

Mis à part la mauvaise humeur de John, tout le monde semblait s'amuser en dépit de la lourdeur de la tâche et du souvenir des deuils qui ne manquaient pas de serrer les cœurs de temps à autre.

Un jour, Joseph perdit patience et prit rudement le garçon par le bras. Malgré les consignes, le fanfaron lui tenait tête et s'obstinait à couper les tiges de foin trop courtes. Pour la centième fois, Joseph lui expliqua d'un geste, en serrant les dents, qu'il devait tailler plus bas, à quelques pouces du sol.

— Imbécile, tu ne comprends donc rien ? Je t'ai dit : coupe plus bas, près de la terre. Sinon, on n'arrivera pas à les attacher en ballots. C'est pas sorcier, ça ! *More low*... Compreniche ? *MORE LOW !*

Anne, qui écoutait la conversation, corrigea la langue boiteuse de son père.

— *Lower*, papa, *CUT LOWER*[1]...

Joseph regarda le fils droit dans les yeux et insista sur un ton impératif.

— *Cotte lôweure*, espèce de gnochon ! *LÔWEURE*...

Le jeune releva la tête et soutint effrontément le regard de l'homme qui ne tenait plus en place. Un peu plus et Joseph lui aurait craché à la figure, à ce petit morveux, ce sale jars de la dernière couvée. Mais John haussa les épaules et préféra s'éloigner à l'autre bout du champ pour travailler en paix et continuer à couper les tiges à sa manière.

Loin de lâcher prise, Joseph revint à la charge une demi-heure plus tard et recommença ses explications sur un ton qui en disait long sur son impatience.

1. Plus bas, papa, coupe plus bas...

— *LÔWEURE*, je t'ai dit ! Tu ne gagneras pas avec moi, maudite tête de cochon ! Si tu ne comprends rien quand on te parle comme un homme civilisé, je connais d'autres moyens, moi !

Hors de lui, John lança sa faux en direction de Joseph. Puis il prit ses jambes à son cou et se dirigea vers la forêt en ne demandant pas son reste, sans réaliser que le manche de bois de sa faux venait de heurter violemment la cheville de l'homme. Avait-il volontairement voulu le frapper ou s'agissait-il d'un geste maladroit mû par la colère ?

Joseph n'eut pas le temps de se le demander, l'esprit embrouillé par une douleur aiguë. Il s'en retourna vers la maison en claudiquant, remerciant le ciel que la lame ne l'ait pas touché.

Témoin de la scène à travers la fenêtre, Jesse reçut le boiteux d'un air éploré et promit que son fils serait sévèrement puni. Elle fit pénétrer Joseph dans la maison en lui offrant son épaule pour le soutenir. Plus foudroyante que la douleur à son pied, la sensation de toucher cette femme mit Joseph dans tous ses états. Cette suavité, cette peau chaude et satinée, cette odeur de femme, ces cheveux soyeux qui lui frôlaient la joue, le rendirent fou. Jesse se rendit-elle compte de l'effet qu'elle produisait chez le blessé ? Elle l'installa aussitôt dans le meilleur fauteuil du salon et déposa délicatement son pied sur un coussin. Puis, elle s'employa à appliquer doucement des compresses humides et froides sur l'enflure qui prenait de plus en plus une teinte violacée.

— *It won't be so bad*[1]...

Joseph ne comprit pas mais se dit qu'il ne pouvait se trouver dans une meilleure situation : au repos forcé et soumis aux petits soins de la plus belle et la plus gentille Américaine de la planète !

Personne ne sut quelle punition fut infligée à John, si punition il y eut. Le garçon ignora le blessé et ne lui adressa plus la parole pendant tout le temps qu'il passa sur le divan du salon, pas plus qu'il ne s'informa de l'état de sa cheville. Obligé de faire le train et de rentrer les jarres d'eau, il se contentait d'effectuer l'essentiel. Soir et matin, il quittait la maison pour rapporter le lait nécessaire à la consommation quotidienne. Le reste du liquide était déposé dans des contenants de fer-blanc qu'il plongeait au fond d'un puits pour maintenir le liquide au frais en attendant que le fromager vienne lui-même le cueillir chaque jour. Quant aux récoltes, elles étaient momentanément laissées en plan. John refusait de s'en occuper. Cela pouvait attendre puisque seul l'employé de sa mère s'avérait compétent ! Il n'avait qu'à s'arranger !

Le jeune homme ne quittait pas sa chambre du reste de la journée, pas même pour les repas apportés fidèlement par sa grand-mère. Châti-

1. Ce ne sera pas trop grave...

ment prescrit par Jesse ? Bouderie ? Bisbille avec sa mère ? Révolte ? Joseph n'en savait rien et s'en contrefichait. Mais l'atmosphère agréable des premières heures finit par s'envenimer et par devenir insupportable malgré les efforts de Jesse pour se montrer aimable. Même la vieille madame Peel, qui, d'habitude, rongeait son frein silencieusement sur la chaise berçante devant la fenêtre, se montrait rébarbative à la présence du blessé dans la maison. Joseph ne comprenait rien aux discours qu'elle tenait à sa belle-fille sur un ton cinglant et en louchant de son côté, mais il devinait qu'ils le concernaient directement. Un étranger qui dort dans la maison d'une veuve était mal vu aux yeux puritains de la communauté protestante tout autant qu'à ceux des catholiques.

Au bout de trois jours, n'en pouvant plus, Joseph se déclara guéri et se dirigea vers les bâtiments en clopinant, non sans un pincement au cœur : il ne ferait plus l'objet des douces attentions de la belle Jesse.

John ne se montra plus, et Joseph dut s'occuper seul, avec ses filles, de la traite biquotidienne des vaches, de l'écrémage du lait, de la fabrication du beurre à l'aide d'une baratte dont il apprit l'usage grâce aux enseignements de Jesse. Il lui fallut aussi laver les auges et nettoyer l'étable à fond. Le pauvre mari foudroyé par une pneumonie n'avait pas eu le temps de s'en occuper avant de mourir. L'hiver approchait à grands pas et il importait de terminer les récoltes et de préparer les moulées. De plus, il faudrait faire entrer les animaux de trait à l'intérieur avant longtemps.

Les poules, elles, étaient encore laissées en liberté dehors mais, bientôt, elles aussi devraient réintégrer leurs nids à l'intérieur, leurs juchoirs et la trémie. Les enfants se faisaient un plaisir de leur lancer des poignées de grains secs deux ou trois fois par jour et de rapporter des œufs à la maison.

Quand Betty et Terry passaient la journée à l'école et que Joseph n'avait pas besoin d'elles, la veuve enseignait à Marguerite et à Anne les menus travaux ménagers de nettoyage, préparation des repas, mise en conserve, couture, raccommodage. Leurs vêtements ayant, pour la plupart, été mis au feu par Joseph, Jesse avait fouillé dans les coffres du grenier pour leur dénicher quelques robes et manteaux qu'elle dut ajuster à leur taille. Les deux grandes apprenaient facilement aussi bien les rudiments de la langue anglaise que les habiletés manuelles. Somme toute, une apparence de bonheur semblait vouloir réintégrer leur existence auprès de la fermière bienveillante et maternelle.

Le soir, quand Jesse soufflait sur les lampes à huile de la maison, le sommeil ne tardait pas à venir. Seul John se tournait et se retournait dans son lit à la recherche d'un quelconque apaisement. Il haïssait ces étrangers qui avaient envahi son territoire. Il détestait surtout l'homme. Ce sans-gêne monopolisait toute l'attention de sa mère, elle, la veuve qui aurait dû porter le voile noir du deuil et afficher un visage larmoyant. Au lieu de cela, il l'entendait rire et badiner avec les enfants et Joseph. Pire, l'autre soir, il l'avait surprise à chanter *London Bridge is Falling Down* devant eux. Fou de rage, il avait claqué la porte et s'en était allé marcher au clair de lune jusqu'au village en rongeant son frein. On ne chante pas quand on pleure un mort ! Sa mère était en train de perdre la tête. Le détestable Canadien n'allait tout de même pas remplacer son père, que diable !

De retour aux petites heures du matin, une idée saugrenue lui était passée par la tête. Et si l'emmerdeur décidait de coucher avec sa mère ? Ah ! ça, non ! Il ne le supporterait pas. Pourquoi ne pas vérifier ? Il n'avait pas hésité une seconde, avait allumé une torche et s'était introduit furtivement à l'intérieur de la grange. Joseph avait sursauté et s'était levé d'un bond en entendant grincer les portes. Il n'avait mis qu'une seconde à descendre par l'échelle de bois.

— Qui va là ?

— *Oh ! I'm sorry !*

Bien sûr, Joseph ne fut pas dupe des motifs de cette visite insolite. Il avait saisi le jeune homme par le collet et avait rapproché son visage du sien.

— Toi, mon tornon, de quoi te mêles-tu? Tu ne vas pas commencer à m'espionner, tout de même! Sacre-moi ton camp d'ici, et vite! *Out!* As-tu compris ? *OUT!*

Le garçon ne se l'était pas fait dire deux fois et s'était enfui à toutes jambes sans avoir prononcé une parole.

Exaspéré, Joseph était retourné à sa solitude et à sa dernière bouteille d'eau-de-vie.

9

Gibecière en bandoulière et fusil à la main, Joseph marchait à pas feutrés le long de la rivière, à l'extrémité des terres de la famille Peel. Pourquoi ne pas agrémenter les menus de Jesse de quelques gélinottes ou de lièvres? L'œil aux aguets, concentré à poser un pied léger sur les feuilles mortes afin de ne pas effaroucher une proie éventuelle, il ne vit pas que deux yeux l'observaient derrière un monticule de terre.

Ces heures trop brèves écoulées à la chasse, seul au milieu de la forêt touffue et hors des sentiers battus, le revigoraient. Loin de lui, la tâche ardue de préparer la ferme pour l'hiver; loin de lui, les inquiétudes au sujet de Camille et la responsabilité de superviser ses filles; loin de lui, les problèmes d'argent et la déception de voir ses projets interrompus; loin de lui, le sale caractère du fils de la maison; loin de lui, la pensée de dormir inconfortablement sur un tas de foin au fond d'une grange; loin de lui, les attraits de la belle Américaine... Loin de lui, les feux follets allumés dans son esprit et qui ne cessaient de le poursuivre!

En ce moment béni, il demeurait seul face à la nature. Droit et solide, sur ce terrain boisé dont les grands chênes tendaient leurs bras aux rafales sans se laisser déraciner ni amoindrir. La tempête l'avait pourtant arraché de sa terre ancestrale, lui, Joseph Laurin, qui se croyait fort comme un chêne. Mais au moins, il pouvait se consoler en songeant qu'il avançait en toute liberté, la tête haute, et marchait fièrement vers son but malgré les embûches qui ne cessaient de ralentir son pas. Lowell... Il y arriverait bien un jour! Rien ne l'arrêterait. Pas même ses enfants. La maladie de Camille ne constituait qu'un arrêt temporaire. Hélas, cela semblait vouloir s'éterniser. Mais une fois là-bas, il prendrait racine, il se l'était juré, et il s'incrusterait comme ces arbres majestueux qui se tenaient dignement debout. La situation présente ne pouvait durer. Joseph Laurin, s'il possédait l'essence d'un chêne, se devait de s'installer définitivement pour survivre.

Il s'assit sur une roche plate et enfonça profondément son bonnet de laine sur sa tête. Le temps devenait plus frisquet. Il tira de sa poche un flacon de whisky, celui-là même dérobé dans le cabinet du salon de Jesse. Ses provisions d'alcool se trouvaient à sec. De l'eau-de-vie rapportée de Grande-Baie, il ne restait plus une goutte. Non pas qu'il fût un véritable ivrogne ni même un buveur compulsif, du moins il essayait de s'en convaincre, mais il aimait bien, le soir, prendre un petit coup pour se réchauffer.

Qu'à cela ne tienne, il avait installé à la dérobée, dans un recoin du fenil, un vieux baril de chêne déniché derrière les bâtiments. Dès que les vents plus frais avaient commencé à balancer les fruits mûrs gorgés de suc sur le bout des branches, il y avait accumulé tout ce qu'il avait pu trouver de raisins, cerises, mûres, pommettes et groseilles sauvages. Puis il avait jeté sur le tout une poche de sucre subtilisée à la cuisine. Le mélange avait fermenté quelque temps. Certes, la *baboche* récoltée avait un goût un peu bizarre mais au moins elle contenait suffisamment d'alcool pour ragaillardir son homme certains soirs de nostalgie.

Évidemment, cette boisson n'avait rien à voir avec le goût parfumé du whisky importé d'Écosse trouvé dans la réserve des Peel et dont il remplissait son petit flacon de temps à autre en l'absence de la fermière. Il n'osait songer au drame qui allait se produire quand elle découvrirait ces larcins. Bof ! Après tout, il fallait garder le moral des troupes. Et il mettait tant d'ardeur au travail, il le méritait bien. De toute manière, Jesse recevait peu de visiteurs et n'ouvrait jamais son cabinet pour offrir un verre. À part le voisin qui se pointait de temps à autre et le docteur Lewis qui venait ausculter la grand-mère, personne ne frappait à la porte de Jesse Peel.

Le soleil baissait à l'horizon. Avant longtemps, il lui faudrait rentrer s'il ne voulait pas se faire attraper par la brunante en territoire peu connu. Une dernière gorgée et hop ! le chasseur rentrerait bredouille mais revigoré et affamé. Prêt à se remettre à la tâche.

Il allait se lever quand tout à coup, là, juste devant lui, un grand lièvre bondit parmi les fougères. Distrait, il ne l'avait pas vu venir. Le temps d'épauler son fusil, il n'arriva à tirer qu'un unique coup avant de voir l'animal détaler derrière un massif de sapins.

Mais, à l'instant même, un deuxième coup de feu éclata, et Joseph entendit une balle lui siffler dans les oreilles. Quoi ? Quelqu'un avait tiré de derrière ? Mais qui ? Quel était l'imbécile qui venait de lui envoyer une balle par la tête ? Il se retourna d'un bloc pour apercevoir John qui le tenait en joue avec le fusil de son défunt père pointé dans sa direction. Le jeune homme, les cheveux en bataille et le visage mangé par une barbe touffue, éclata d'un rire sardonique. Fou de rage, Joseph se retenait à grand-peine pour ne pas lui sauter à la figure. L'audace de l'adolescent ne lui disait rien de bon.

— Mais tu es fou ! Tu aurais pu me tuer !

John s'approcha du chasseur en titubant. Il semblait avoir bu lui aussi. Joseph étendit prudemment le bras pour tenter d'agripper le fusil, mais l'autre esquiva le geste. Il ne riait plus.

— *I hate you, son of a bitch. Go back where you belong*[1] *!*

— Donne-moi ça ! Ce n'est pas un jouet pour les enfants !

Joseph réalisa, en ce moment précis, que l'adolescent avait dû le suivre de loin, Dieu sait avec quel plan diabolique dans la tête. Si le jeune homme avait réellement voulu l'accompagner à la chasse, il n'aurait certainement pas procédé de cette façon. Sans doute avait-il guetté sa chance pour l'abattre à bout portant en faisant croire à un accident. Il n'avait pas tiré sur le lièvre mais sur lui, Joseph. Et s'il avait raté son but, sans doute devait-il l'imprécision de son tir à l'effet de l'alcool.

Joseph n'hésita pas une seconde. Plus lucide que son adversaire, il s'élança et se jeta sur lui. Surpris, John appuya de nouveau sur la gâchette en trébuchant et, une fois de plus, manqua la cible. Hors d'équilibre, il tomba par terre. Joseph

1. Je te déteste, enfant de chienne ! Retourne d'où tu viens !

en profita pour lui retirer l'arme et la lancer au loin. Puis, il se mit à assener des coups de pied au garçon sur tout le corps.

— Maudit rat ! Lève-toi et défends-toi ! Si tu veux jouer à l'homme, on va jouer ça à deux. Ah ! tu voulais me descendre, hein ? Tu vas voir comment Joseph Laurin se défend contre des rapaces comme toi !

Il aurait pu le tuer bêtement tant la rage lui donnait de l'énergie, mais la pensée de Jesse ralentit ses ardeurs. Après tout ce qu'elle avait souffert, ces derniers mois, la pauvre femme ne méritait pas de perdre son fils, pas plus que lui-même, Joseph, ne méritait d'être séparé de sa Camille après le décès de Rébecca.

John se roulait par terre de douleur, les bras enroulés autour de la tête pour se protéger. Mais aucun son ne sortait de sa bouche. Et ce mutisme, plus que tout, confirma les doutes de Joseph : le garçon avait réellement eu l'intention de le tuer, sinon, il aurait au moins protesté de son innocence et se serait excusé. L'homme lui envoya un dernier coup dans les reins.

— Lève-toi, je t'ai dit !

C'était maintenant à son tour de le tenir en joue à la pointe de son fusil.

— Hé ! Hé ! Les accidents de chasse, ça peut se produire dans les deux sens, hein ? T'es chanceux en maudit d'avoir une mère comme la tienne, mon ti-Pit. C'est pour elle que je t'épargne, pour elle seulement, espèce de moron !

Les yeux toujours braqués sur sa victime, Joseph s'en fut quérir le fusil du père et le lança au milieu de la rivière, profonde à cet endroit.

— Des fois qu'il te prendrait l'envie de le retrouver…

Puis il obligea le garçon à marcher devant lui en direction de la maison. Les deux hommes s'y rendirent en silence, d'un pas lent mais régulier. Dépouillé de sa besace et de son couteau de chasse lui aussi projeté dans l'eau, le garçon marchait devant en boitillant légèrement, mains en l'air et le regard vide.

En ouvrant la porte de la maison, un délicieux arôme de soupe au chou chatouilla le nez de Joseph. Jesse, affairée au-dessus de ses casseroles, lui sourit chaleureusement.

— *How many grouses ?* Euh… combien de « jellynotes » ?

— Juste une.

Il saisit John par le collet et le poussa à l'intérieur de la cuisine malgré sa résistance.

— Le voilà, mon trophée de chasse !

À la vue de l'œil tuméfié et des caillots de sang au bord des narines de son fils, la mère lança un cri.

— *Oh ! My God ! What happened ?*

Joseph ne répondit pas. Il s'approcha plutôt de l'escalier et ordonna aux enfants de descendre. Tous arrondirent les yeux à la vue du garçon affalé sur une chaise, la tête entre ses mains, ne desserrant pas les dents. Joseph demanda alors à Anne et Marguerite de s'approcher, et il s'adressa directement à elles.

— Écoutez-moi bien, les filles. Vous maîtrisez l'anglais mieux que moi, c'est un fait. Vous allez donc traduire mot à mot pour Jesse ce que je vais vous dire. Faites bien attention, c'est très sérieux. Il faut tout lui expliquer clairement, compris ?

Les deux fillettes, conscientes de la gravité du moment et gonflées de leur importance, hochèrent la tête en signe d'acquiescement.

— Ton fils, ma chère Jesse, a essayé froidement de me tuer. Il a tiré deux coups dans ma direction. Il m'a raté par maladresse, mais tu comprendras que je ne peux pas accepter ça. L'un de nous deux doit s'en aller d'ici. Moi ou lui. Un groupe d'hommes s'apprête à partir pour les chantiers, demain matin. Je conseille à ton fils de les rejoindre. S'il part, je suis prêt à passer l'éponge. S'il refuse, j'irai déclarer son agression à la police et, chose certaine, je déguerpirai immédiatement avec mes filles. Penses-y, Jesse, c'est moi ou lui. *Me or him…*

Marguerite commença à traduire chaque mot d'une voix étranglée mais dut s'interrompre un moment à l'annonce de la tentative de meurtre. Elle n'en croyait pas ses oreilles. Comment John aurait-il pu commettre un tel crime ? Lui si séduisant avec son petit air frondeur et son regard implacablement bleu, comme s'il se trouvait au-dessus des gens et des choses… Les premiers temps, il avait ignoré complètement l'existence des deux Canadiennes, mais, récemment, il semblait s'intéresser à elles, surtout à Marguerite, maintenant qu'elle comprenait mieux l'anglais. L'autre jour, il avait même déposé un furtif baiser sur sa joue en posant la main sur sa hanche, et elle s'était sentie troublée. Elle ne pouvait croire que ce garçon-là avait pu agir de la sorte envers Joseph. Son père devait se tromper, il avait toujours tendance à exagérer ! Mais pourquoi John ne protestait-il pas de son innocence et ne criait-il pas au mensonge ? Un geste maladroit, une gaucherie, c'est si vite arrivé ! Et ça peut s'expliquer, non ?

En entendant l'accusation, Jesse, les yeux pleins de larmes, ne broncha pas, figée de stupéfaction. Betty étouffa un cri et se mordit les lèvres en regardant méchamment son frère. Spontanément, elle saisit le petit Terry par la main et se rapprocha d'Anne et de Marguerite, pâles comme des mortes. Les quatre jeunes semblaient vouloir faire front commun contre John qui rongeait son frein, tassé dans un coin. Un silence oppressant remplit la cuisine.

Betty et Terry auraient dû prendre spontanément la défense de leur frère. Pour quelle raison acceptaient-ils d'emblée la version de Joseph ? Cet étrange mutisme n'échappa pas à Jesse. Elle frissonna et se tourna vers Marguerite sans un regard pour Joseph dressé comme un coq. Elle la somma d'aviser son père qu'elle lui ferait part de sa décision le lendemain matin. En attendant, s'il y en a qui voulaient manger, il y avait de la soupe sur le poêle. Elle, elle allait monter dans sa chambre car elle n'en pouvait plus.

— *All of this kills me. Good night! And, please, don't bother me*[1] *!*

Elle se retourna et plongea ses yeux d'ambre dans ceux de Joseph. Il n'y vit que du feu et s'empressa d'ajouter :

— Moi aussi, je m'en vais me coucher.

Sans remarquer le crachat lancé derrière lui par la grand-mère, il sortit lentement et se dirigea vers la grange, l'unique lieu où il se sentait réellement chez lui et en paix. Mais, pour la première fois, il pensa à actionner la barre derrière la porte.

Cette nuit-là, Anne et Marguerite trouvèrent difficilement le sommeil. La bourrasque se déchaînait et une pluie glaciale fouettait les fenêtres de la lucarne. Nuit d'horreur où l'odieux d'une tentative de meurtre avait tenu chacun des habitants de la ferme réveillé, en proie à d'abominables pensées. On aurait dit qu'un spectre s'amusait à

1. Tout cela me tue. Bonne nuit! Et, s'il vous plaît, ne me dérangez pas!

secouer les persiennes et le battant des portes dans une danse cauchemardesque. Aux petites heures du matin, Anne, n'y tenant plus, se colla contre sa sœur et se mit à pleurnicher.

— J'ai peur, Marguerite.

— Cesse de pleurer. Y a pas de danger, c'est juste le vent.

— J'ai peur des feux follets et des loups-garous. S'il fallait que le fantôme du père de John revienne pour défendre son fils... Il pourrait nous tuer !

Marguerite frissonna. Et si le tueur potentiel lui-même se mettait à exiger d'elle autre chose qu'un chaste baiser sur la joue ? Puisqu'il semblait capable de toutes les audaces...

— Moi, c'est John qui me fait peur. J'espère qu'il va partir. Allons, sœurette, il n'arrivera rien ! T'inquiète pas, maman nous protège.

Seul l'épuisement parvint à calmer les deux sœurs blotties dans les bras l'une de l'autre, chapelet en main et yeux rivés sur la porte de leur chambre.

Le lendemain, la matinée se trouvait déjà avancée quand Joseph sortit de la grange, abruti par l'alcool frelaté qu'il avait ingurgité toute la nuit. Au tournant du chemin, il aperçut la charrette qui revenait à la ferme, conduite par Jesse installée seule sur la banquette. Une fois arrêtée dans l'allée, elle en descendit et pénétra dans la maison après lui avoir jeté un regard courroucé.

À partir de ce moment, on ne revit plus le fils.

10

— Je m'ennuie de Camille…

— Moi aussi.

Chaque dimanche, Joseph déposait Jesse, Betty et Terry à la Congregational Church et filait avec ses filles chez les Lewis, rue Parsons. Le service religieux protestant ne lui disait rien qui vaille. Pas plus qu'autrefois la messe catholique, d'ailleurs. Après la célébration, les enfants de Jesse assistaient aux cours d'enseignement religieux de la paroisse, ce qui laissait suffisamment de temps aux Canadiens pour visiter la petite malade.

Anne, et surtout Marguerite plutôt introvertie et mystique, avaient bien réclamé, les premiers temps, d'aller à la confesse et de recevoir la communion à l'église. Mais comme il n'existait pas de communauté catholique à Colebrook, elles cessèrent leurs requêtes. De toute manière, rendre visite à leur sœur chez le docteur Lewis leur paraissait infiniment plus excitant que d'aller bayer aux corneilles à l'office protestant dans la petite chapelle de bois et d'entendre, dans une langue étrangère, le sermon et la lecture de textes anciens auxquels elles ne comprenaient strictement rien.

Ce jour-là, assises de chaque côté de leur père sur la banquette de la charrette, elles brûlaient d'impatience de voir apparaître la grande maison aux colonnes blanches et aux persiennes noires. Angelina et son mari les recevaient toujours avec un plaisir évident, et il n'était pas rare que la femme trouve quelque friandise ou gâterie au fond de la poche de son tablier pour les grandes sœurs de Camille pendant que le docteur servait un grog au père.

La benjamine faisait pourtant pitié à voir : considérablement amaigrie, elle parlait peu et de façon parfois incohérente, et elle ne marchait que soutenue par Angelina. D'une semaine à l'autre, les progrès étaient à peine perceptibles. Ce matin-là, elle accueillit pourtant ses visiteurs avec une joie manifeste. Mais, une fois de plus, l'explosion ne dura qu'un court moment. L'enfant, épuisée, regagna son lit et reprit son air abattu.

Consciente de la déconvenue du père et de ses filles, Angelina s'employa à alléger l'atmosphère. Elle offrit un cigare à Joseph, puis raconta la naissance de triplés dans un village voisin, la veille, supervisée par le docteur Lewis.

— D'adorables petits trésors. Vous devriez voir ça !

De toute évidence, cette femme adorait les enfants. La vie ne l'avait pas trop gâtée à cet égard et, naturellement, son fils unique avait fait l'objet de toute l'attention et la tendresse de ses parents. Médecin comme son père, le jeune homme avait épousé, à vingt ans, une Californienne d'origine et il s'était finalement établi dans l'ouest du pays, à l'autre bout du continent. Angelina et Henry Lewis ne connaissaient pas leur petit-fils, et cela constituait la plus dure épreuve de leur existence.

Voyant Anne et Marguerite tourner en rond, la femme les amena dans le cabanon derrière la maison pour contempler la portée de chatons mis au monde par la chatte Kitty, la semaine précédente. Puis, elle leur servit une large pointe de sa fameuse tarte aux pommes. Cela les changerait du lait caillé arrosé de sucre que la fermière Jesse ne devait pas manquer de leur servir quotidiennement.

Mais rien n'y fit : le moral restait à la baisse. Même Joseph serrait les dents à la vue de sa princesse si mal en point, elle qui semblait pourtant prendre du mieux, quelques semaines auparavant.

Allait-elle enfin se remettre de ce maudit accident ? Dans combien de jours, dans combien d'autres semaines seraient-ils en mesure de déguerpir de ce coin perdu ? Plus le temps passait, plus la perspective de Lowell s'éloignait. Déjà, avec la saison froide, le travail de la ferme devenait moins astreignant. Les labours dormaient sous la gelée, les animaux avaient pris possession de l'étable, le bois de chauffage s'accumulait en piles sur le côté de la maison. Joseph n'allait tout de même pas ronger son frein et dormir sur la paille durant tout l'hiver ! Il en avait déjà assez de regarder le temps passer à travers les murs fissurés de la grange en vivant à l'ombre de la veuve. Elle n'avait pas besoin d'un employé durant l'hiver, la veuve !

D'un autre côté, Jesse lui embrouillait les idées. Veuve joyeuse s'il en est mais tout autant inaccessible… Il chassa vite l'image de cette femme merveilleuse qui remontait constamment à la surface de ses pensées. Évidemment, elle l'avait boudé pendant un certain temps à la suite du départ de John pour les chantiers. Mais l'absence du semeur de troubles avait fini par détendre l'atmosphère. La bonne humeur naturelle et la gentillesse de la fermière avaient repris le dessus rapidement. Joseph aimait l'entendre rire. L'autre matin, se croyant seule dans la maison, elle s'était mise à chanter. En l'écoutant, il avait laissé son imagination l'emporter vers des sphères de plaisir assurément interdit.

Hélas, s'il se trouvait fort aise en compagnie de Jesse, il ne devait pas oublier qu'inhérente à la vie de cette femme se trouvait la responsabilité d'une famille, d'un fils exécrable et d'une belle-mère haïssable. À l'image de Jesse se liait une somme de travail astronomique sur la terre agricole qui lui était restée sur les bras et grâce à laquelle elle devait survivre. Pouah ! Cela suffisait pour empêcher Joseph d'ébaucher des projets d'avenir avec elle. Cette vie misérable de labeur, il ne l'avait que trop connue. Cette abomination qu'il tentait justement de fuir... Vite, partir au plus sacrant ! Vite, atteindre la ville et son abondance, la ville et ses plaisirs, la ville et ses facilités ! Si seulement Camille pouvait se remettre sur pied, bon Dieu de bon Dieu !

— Papa ! Camille ! Regardez le beau petit chaton !

Dans un sursaut d'énergie, la malade tenta de rabattre ses couvertures et de saisir l'adorable minet qu'Anne lui avait rapporté du cabanon. La petite bête ne demandait pas mieux que de se blottir contre le corps fiévreux de l'enfant. Joseph ne fut pas sans remarquer ses yeux cernés, la peau diaphane de ses mains et la teinte bleutée de l'extrémité de ses doigts filiformes. Devant son air interrogateur, le docteur souleva les épaules en guise d'impuissance. Angelina se sentit dans l'obligation de donner quelques explications au père démoralisé.

— Les fractures sont presque guéries, voilà au moins une bonne nouvelle. Mais l'infection ne s'est pas encore complètement résorbée. Mon mari appréhende une résurgence de la maladie sous forme d'endocardite ou quelque chose du genre.

— Endocardite ?

— Ça se produit quand les bactéries attaquent l'enveloppe du cœur.

— Et... on guérit de ça ?

— Oui, on peut... mais pas toujours. La convalescence peut s'avérer très longue. Des mois, parfois. Votre petite fille est courageuse, elle lutte bravement. Ayez confiance.

Joseph bondit sur ses pieds et vint se planter devant le médecin.

— Sauvez ma princesse, docteur, je vous en supplie ! À n'importe quel prix. Je payerai ce qu'il faut... *Understand ?*

Le médecin fit signe que oui de la tête et désigna sa femme pour répondre à sa place.

— Mon mari et moi faisons de notre mieux et, croyez-moi, il ne s'agit pas d'une question d'argent. Pas du tout !

On rejoignit Jesse, Betty et Terry dans la Main Street à la sortie des cours de religion. Joseph envia secrètement leur attitude désinvolte. Sur le chemin du retour vers la ferme, ni le père ni ses filles ne prononcèrent une parole. Jesse, consciente que les nouvelles n'auguraient rien de bon, posa silencieusement une main sur celle de Joseph. L'homme vit dans ce geste une telle compassion, une telle sollicitude, qu'il faillit se mettre à pleurer tout bêtement, là, dans la voiture, au beau milieu de la forêt, en cet après-midi glacial de la fin de novembre.

Une petite neige fine se mit à danser dans l'air, au grand plaisir des enfants. On enfonça les bonnets et resserra les foulards, et on leva le nez pour se délecter des premiers chatouillements glacés sur le visage, signe précurseur de l'arrivée imminente du géant.

Déjà l'hiver ! Qui aurait dit que Joseph Laurin et ses filles se trouveraient à quelques milles seulement au sud de la frontière canado-américaine plus de trois mois après leur départ ? Tout ce temps perdu à vivoter sans ancrage, sans trop savoir ce que les lendemains leur réservaient… Joseph se secoua. Le temps était venu de prendre une décision.

Mais laquelle ?

11

Malgré les quelques chutes de neige prématurées de novembre, les rafales du nordet tardèrent à se manifester. Décembre avançait à grands pas et le gel n'avait pas encore figé la surface de la rivière ni dessiné des fleurs de givre sur les carreaux des fenêtres.

Joseph tournait en rond, faisait les cent pas sur la grande galerie en tirant nerveusement sur sa pipe. Il n'avait finalement pris aucune décision, incapable de se résoudre à abandonner Camille pour se rendre à Lowell avec Marguerite et Anne, pas plus qu'à les laisser à la ferme pour aller couper du bois dans les chantiers.

Il attendait désespérément le temps froid pour enfin commencer à faire boucherie. L'inévitable immobilité saisonnière le tuait, surtout dans cet environnement si éloigné de son patelin. Il se sentait expatrié, prisonnier dans un lieu imprévu et non convoité. Faisait-il fausse route ? Voilà que le doute commençait à s'immiscer dans ses pensées. Évidemment, ce pays se montrait accueillant mais, certains jours, il s'y sentait plus étranger qu'il ne l'aurait imaginé. Cette langue et cette religion différentes, cette mentalité protestante… Il se prenait parfois à regretter sa bicoque délabrée de Grande-Baie aux murs décolorés et usés, la galerie de vieilles planches dénivelées, les fenêtres déboîtées, la toiture qui prenait l'eau, les bâtiments qui tombaient en ruine, l'arrière-cour jonchée de détritus… Qu'importe ! Au moins, là-bas, il se trouvait chez lui, dans ses affaires, lui, le chef de famille et le maître des lieux. Et il vivait à sa manière à lui.

Il n'y avait pas si longtemps, pourtant ! Là-bas, seule Rébecca lui résistait. C'était cette ratoureuse qui avait déclenché la tempête meurtrière et fait chavirer sa barque, ce fameux jour où elle avait porté des confitures chez le voisin… Que le diable emporte son âme ! Il préférait ne plus y penser.

Voilà qu'il se sentait de nouveau à la merci d'une femme, une étrangère en plus ! Une femme susceptible de le mettre à la porte quand bon lui semblerait… Pendant ce temps, à quelques milles de là, sa princesse luttait depuis des mois pour sa vie dans une autre maison, entre les mains d'autres inconnus. L'impasse…

Joseph appréhendait que Jesse Peel ne se débarrasse de lui. Pourtant, n'avait-elle pas préféré acheminer son fils vers les chantiers plutôt que de les voir déguerpir, lui et ses filles ? Il ne se leurrait pas cependant : il devait sa victoire aux sentiments maternels de Jesse, uniquement à cela. La mère, convaincue de l'assaut meurtrier de John et des menaces de dénonciation de Joseph, l'avait évidemment protégé en l'envoyant travailler dans les camps au lieu de le laisser enfermer derrière les barreaux. Bien sûr, durant la saison froide, elle n'avait besoin ni de son fils ni même d'un employé. Ni de trois bouches à nourrir, par surcroît ! À bien y penser, tôt ou tard, Jesse était susceptible de congédier Joseph, car elle pouvait très bien s'organiser seule pour les travaux de la ferme avec l'aide de Betty. Durant la période hivernale à tout le moins.

Qu'allait-il lui arriver, au bout du compte ? Plus rien ne lui appartenait, il n'était plus maître de rien. Marguerite et Anne se plaisaient sur cette ferme, il le voyait bien. Assurément, elles se fichaient des moyens financiers lamentables de leur père et de ses crises d'amertume. Les enfants, ça ne se fait pas de souci et ça oublie vite. Même les deuils ! Habituées, à Grande-Baie, à se passer de la présence du paternel parti au camp de bûcherons durant la moitié de l'année, sans doute ne protesteraient-elles pas trop s'il les quittait pour retourner dans le bois, comme à l'accoutumée. Ah ! partir...

Souvent, il songeait à John, en train d'abattre des arbres dans le nord de l'État, et il l'enviait. En fermant les yeux, il pouvait entendre les cris des travailleurs, les coups de hache, le grincement des sciottes, le bruit des billots qu'on empile les uns sur les autres sur le bord des rivières. Travail viril, travail d'homme fort, grand et droit. Et solide... Travail qui justifiait de garder la tête haute. Il pouvait presque humer l'arôme de l'écorce qui cède sous le tranchant, et aussi le matin, dans le camp, celui des *bines* longuement mijotées, et encore celui des vêtements qui sèchent, le soir, suspendus sur les diables autour de la truie. Que dire de l'odeur des hommes durs à l'ouvrage, de ceux qui ne s'approchaient pas assez souvent des lavabos...

Les soirs et la journée du dimanche, les violons et les harmonicas se mettaient à chanter, les raconteurs à raconter, les joueurs de cartes à jouer. Les amoureux se languissaient de leurs blondes et leurs plumes barbouillaient des tonnes de papier. Lui aussi s'ennuyait de Rébecca, autrefois. Trop belle, la sauvage Rébecca... À la fin de mars, on fermait le chantier. Les draveurs s'occuperaient de transporter les billes déchargées sur les cours d'eau jusqu'au moulin à scie. Joseph rentrait alors à Grande-Baie, plus amoureux que jamais mais le cœur un peu anxieux de trouver un accueil tiède et banal.

Cette année, le contexte avait changé. Cette année, au prochain mois de mars, si jamais il se trouvait encore à la ferme, il verrait probablement John Peel rentrer au bercail.

Joseph leva la masse en l'air, prit une profonde respiration et frappa de toutes ses forces la vache qui s'écroula d'un seul coup. Jesse poussa un soupir de satisfaction. L'homme avait bien fait son travail. Sans se concerter, les deux se penchèrent sur la bête et gardèrent le silence pendant un court instant. La mort, même voulue, décidée, planifiée, nécessaire, même celle d'un simple animal de ferme sacrifié volontairement, venait de nouveau de passer sous leurs yeux de veuf et de veuve. D'homme et de femme endeuillés par une mort récente plus cruelle et plus sournoise...

En ce lendemain de tempête et de gel, enfin, ils avaient profité du fait que les enfants s'amusaient à glisser sur la butte derrière le bâtiment, pour tuer la bête dont la famille se nourrirait au cours de l'hiver. Jesse ne voulait pas accomplir ces gestes devant ses jeunes enfants trop impressionnables. Ils apprendraient bien assez vite les réalités et les règles de la vie et de la mort. Celles de la survie aussi.

Étonné de ces scrupules, Joseph avait accepté d'emblée de l'assister. Quelle bonne mère de famille que cette femme ! Jamais lui-même n'aurait manifesté autant de délicatesse et de subtilité dans l'éducation de ses enfants. L'espace d'un moment, il se demanda si Rébecca éprouvait autrefois ce souci de ménager la sensibilité de ses filles. À la vérité, il l'ignorait. Il ne connaissait pas bien sa femme. Trop secrète, trop renfermée. Qu'importe, il était trop tard pour y songer maintenant.

Ils s'appliquèrent ensuite à retirer la peau de la vache et à débiter la viande. Quand Joseph voulut allumer un feu dans la cour pour brûler les parties non comestibles, Jesse s'y opposa. Pas question de se débarrasser des déchets. Il valait mieux geler le tout. Ça pourrait servir à fabriquer du savon, au printemps prochain. Le suif, une fois fondu, constituerait aussi un excellent combustible pour les lampes.

L'animal fut débité en quatre quartiers et la viande, séparée en portions plus ou moins grosses. Les filets et les bouts de ronde deviendraient des rôtis, les fesses, de la viande pour les pâtés, la palette, des cubes pour les ragoûts. On inséra ensuite les morceaux dans des sacs de coton avant de les enfouir dans l'avoine pour les faire congeler. Attiré par l'odeur, le chien Buck délaissa les enfants et vint quémander quelques gâteries. Joseph lui lança un os en souriant. La joie de vivre.

— C'est ici que tu dors, Joseph ?

Après le nettoyage minutieux des murs et du plancher, Jesse s'était approchée du recoin qui tenait lieu de chambre à Joseph. Jamais, depuis son arrivée, elle n'était venue à cet endroit en présence de l'homme. La literie était pourtant changée et nettoyée régulièrement. À n'en pas douter, elle profitait de son absence pour s'introduire dans son petit coin intime.

— Oui. Et, crois-moi, certaines nuits, il fait frette !

— Frette ?

— Froid ! *Cold ! Very cold !* Mais pour les gens de ma race, frette veut dire encore plus froid que froid !

Jesse ne saisit pas la subtilité. Autant Joseph progressait lentement en anglais, autant Jesse apprenait facilement le français. L'homme et la femme se comprenaient maintenant parfaitement bien dans un étonnant mélange des deux langues. L'accent de la belle fermière, quand elle prononçait des mots en français, la rendait encore plus séduisante.

— Joseph, puisque John ne reviendra pas avant le printemps, viens dormir dans sa chambre aux côtés de Terry. À tout le moins pour les nuits les plus froides.

— Et les commérages ?

— Les « *koméwrages* » ? Qu'est-ce que ça veut dire ?

— C'est ce que les bien-pensants répandent à la ronde sur ce qu'un homme et une femme peuvent faire quand ils se trouvent seuls dans une maison.

— Et que peuvent-ils faire ?

— Ça…

Joseph plongea lentement une main dans les cheveux de Jesse. Ces adorables cheveux doux comme la soie, ondulés comme les vagues d'un océan dans lequel il aurait voulu se mouiller. Puis, il souleva son menton et s'empara voluptueusement de sa bouche, emporté par une bouffée de désir. Ce désir auquel il résistait depuis longtemps. Trop longtemps. À son grand étonnement, Jesse répondit de bonne grâce. Ils n'en finissaient plus de se happer, de se mordiller les lèvres et la langue, de mélanger leurs salives.

Joseph l'étendit doucement sur ses draps et se mit à lui pétrir les seins, ces seins auxquels il rêvait depuis des semaines. Il avait envie d'y enfouir le visage pour les lécher. Il entreprit de lui retirer ses vêtements en posant ses lèvres sur chacune des parties qu'il découvrait. Elle le laissait faire en gémissant de plaisir.

Il la mena au sommet de la jouissance, avec le sentiment qu'ils n'arriveraient jamais au bout de leur désir. Plus rien d'autre n'existait soudain que l'instant présent, ce moment d'absolu où la fusion des corps devient parfaite. Ce moment où tout semble s'arrêter, où le cœur se répand dans chacun des halètements, où le sang bouillant semble prêt à éclater dans les entrailles en une formidable explosion.

Ils répétèrent leurs prouesses à plusieurs reprises, cet après-midi-là, leur intimité assurée par la barre tirée soigneusement sur la porte de la grange. Pendant un moment d'accalmie, Jesse se mit à jouer distraitement du bout des doigts sur la peau velue de la poitrine de l'homme.

— J'attendais ce moment-là depuis longtemps, même si c'est péché.

— Ah oui ? Ça me surprend, Jesse. Tu me l'as bien caché.

— N'oublie pas que je suis veuve depuis aussi peu de temps que toi. Il serait plus normal de pleurer que d'aimer de nouveau, selon les conventions.

— Tu aimais ton mari ?

— Oui… comme une femme mariée à seize ans avec un homme plus vieux qu'elle, choisi par son père. Thomas s'est toujours montré correct envers les enfants et moi, je n'avais pas de raisons pour ne pas l'aimer. Et toi ? Ta Rébecca ?

— Rébecca n'a jamais été « ma » Rébecca. Elle était une femme magnifique et charmante mais très distante. Inaccessible même. Voilà peut-être la raison pour laquelle j'ai tant aimé cette femme qui ne m'a jamais appartenu tout entière. Elle représentait une sorte de défi et alimentait ma soif de conquête. Comme un fruit défendu, quoi ! À vrai dire, je l'adorais mais ne pouvais supporter son indépendance. J'aime qu'on ait besoin de moi.

Joseph se souleva sur le coude et porta son regard au loin vers un lieu virtuel connu de lui seul. Soudain, il n'était plus là. Jesse ramena ses bras autour de lui.

— Ainsi, tu ne l'as pas encore oubliée ?

— Je ne l'oublierai jamais. Mais cela ne m'empêche pas de regarder les autres femmes. Toi, Jesse, je te trouve très belle et plutôt facile à vivre.

— Crois-tu pouvoir m'aimer, un jour ?

— Mais je t'aime déjà ! Tu es tellement adorable, tellement avenante !

— Je veux dire : m'aimer d'amour. Du grand amour…

— Ah ! ça, l'amour… Je préfère ne pas me poser la question pour l'instant. Pas encore. Donne-moi un peu de temps, *darling*.

C'est Buck qui ramena les amants à la réalité en aboyant devant la porte, demandant à sortir pour soulager sa panse trop tendue. Dieu du ciel ! On n'entendait plus les enfants crier sur la colline. Vite, il fallait rentrer ! Personne ne devait deviner ce qui venait de se passer dans la grange.

Le même soir, Joseph annonça à ses filles qu'à cause de la température glaciale, il occuperait l'un des lits jumeaux de la chambre des garçons pour le reste de l'hiver. Elles accueillirent cette nouvelle avec ravissement, ne se doutant pas du va-et-vient qui se produirait presque chaque nuit entre cette chambre et celle de Jesse.

C'est ainsi que Joseph avait opté pour le *statu quo* : il passerait le reste de l'hiver à Colebrook en attendant la complète guérison de Camille. Son projet de se rendre à Lowell se trouvait maintenant enfoui sous la neige tout comme celui d'un départ vers les chantiers. Et tant pis pour les commères ! Il n'avait rien à perdre. Il se contrefichait de sa réputation, et Jesse ne semblait pas s'en faire outre mesure à ce sujet non plus. Et tant pis aussi pour l'oreille fine des enfants ! Du grenier, Anne et Marguerite ne pourraient rien entendre. Quant à la grand-mère plutôt sourde et dont la chambre se trouvait au rez-de-chaussée, tant pis si elle voyait anguille sous roche en percevant les craquements du plancher qui ne manqueraient pas de se produire au-dessus de sa chambre. Elle n'avait qu'à s'y faire, la vieille sorcière !

12

John Peel ne revint pas à Colebrook pour Noël. Le matin de la grande fête, les Peel et les Laurin, entassés dans le traîneau familial, s'acheminèrent vers le village pour l'office matinal de la Nativité. Les petites Canadiennes s'étaient montrées déçues d'apprendre que la messe de minuit n'était pas inscrite dans les coutumes américaines. Devant la chapelle éclairée par des dizaines de petites lampes à huile, les carrioles se rangeaient le long des bancs de neige au son des grelots. Les chevaux piaffaient, les gens se saluaient, les cloches de l'église sonnaient à toute volée. Même les accents tonitruants de l'orgue se répandaient jusque dehors. L'atmosphère était à la fête.

À l'intérieur, des préludes de Jean-Sébastien Bach accueillaient la foule. Joseph reconnut le profil d'Angelina penchée au-dessus des claviers surmontés de tuyaux de différentes grandeurs. Il aperçut aussi le docteur Lewis agenouillé seul, devant le deuxième banc. De Camille, nulle trace. La petite se trouvait trop mal en point pour assister à la cérémonie.

Malgré lui, Joseph ne put s'empêcher de faire un examen de conscience en cette fête où l'on parlait de naissance, de joie et de paix. Il ne put réprimer un sentiment de culpabilité en se demandant qui s'occupait de sa princesse en ce moment précis. Il revenait à lui de veiller sur elle et de la dorloter. Quelle sorte de père était-il donc? Il l'avait abandonnée entre les mains d'inconnus, comme ça, simplement, sans protester. Pire, il avait installé ses autres filles, déjà passablement dépaysées, dans le grenier d'une maison inconnue. Et voilà que maintenant, il couchait avec la propriétaire à l'insu de tout le monde. Non seulement il se comportait en mauvais père mais il s'avérait un homme aux mœurs corrompues. Homme de basse classe, irresponsable et coureur de jupons par surcroît! Voilà comment Joseph Laurin se percevait, en ce matin de Noël 1880.

Que faisait-il dans cette église d'une autre confession, la conscience lourde d'erreurs impardonnables? Il ne méritait rien d'autre que l'enfer! En s'enfuyant de cette manière, quelle impression avait-il laissée à ses proches de là-bas, au Saguenay? Celle d'un lâche fuyant la réalité? Celle d'un sans-cœur? Ou d'un fou, maniaque du feu? Non… personne ne pouvait se douter qu'il avait mis lui-même le feu à sa maison. Mais, en ce jour de Noël, se trouvait-il quelqu'un, quelque part en Amérique, pour penser à lui avec bienveillance? Peut-être sa sœur Hélène et les siens, au Saguenay, évoqueraient-ils son souvenir? Peut-être ses parents Georges et Yvette, oubliés à Baie-Saint-Paul, auraient-ils une pensée pour leur fils et leurs trois petites-filles ? Il ne leur avait donné aucun signe de vie malgré ses promesses. Tant pis ! Il n'y retournerait pas, de toute façon.

Il jeta un œil sur ses deux grandes, en prière à ses côtés. Marguerite s'était développée, ces derniers temps. Elle deviendrait bientôt une femme. Elle ne connaissait rien des choses de la vie. Qui les lui apprendrait ? Lui ? Il ne trouverait certainement pas les mots ni la manière. Il l'avait retirée de l'école inconsidérément, sans lui demander son avis, elle qui rêvait de devenir plus tard une maîtresse d'école. La pauvre ! Comment pourrait-elle enseigner aux États-Unis, dans une langue qui n'était pas la sienne ? Elle ferait mieux de renoncer à ce beau projet.

Anne, elle, demeurait encore une petite fille candide. Elle se sentait bien, naguère, dans les jupes de sa mère. Quel choc, quel vide avait-elle dû ressentir à la disparition de Rébecca ! Manifestement, elle manquait de sécurité et ressentait encore un pressant besoin d'être rassurée, réconfortée. Dans son empressement à partir en exil, en avait-il seulement tenu compte ? Dans son insigne folie…

Quant à Camille, mieux valait ne pas y songer, amochée comme elle l'était. Qu'elle fût encore en vie relevait du miracle. Il n'avait pas à se sentir coupable de l'avoir laissée dans la maison de la rue Parsons. Cela tenait lieu d'hôpital. Sans le docteur et sa femme, elle aurait rejoint Rébecca dans les ténèbres depuis longtemps.

Ah ! quelle affaire ! Maudit rêve fou ! Maudit Lowell ! Maudit argent ! Ou plutôt, maudite pauvreté qui rend les humains complètement dingues ! Quand il faut s'arracher le cœur à longueur d'année pour se procurer l'essentiel... Quand il faut s'exiler pour survivre...

Gloria, Sanctus, Alleluia. La chorale s'en donnait à cœur joie. Ils pouvaient bien chanter *Alleluia,* les Américains ! Lui, Joseph Laurin, n'en avait rien à foutre de leurs hymnes de remerciement. Il brûlerait peut-être dans la géhenne, mais jamais il ne rendrait grâce à Dieu de l'avoir plongé dans des conditions aussi misérables. Et cela, depuis sa naissance. Ni lui dire merci, ni lui demander pardon. Il pouvait aller au diable, le bon Dieu !

Jesse perçut-elle l'état de confusion de l'homme vacillant à ses côtés ? Elle lui sourit avec bienveillance par-dessus la tête des enfants. Heureusement que cette femme s'était trouvée sur son chemin. Il lui devait tout. Un ange... L'aimait-il d'amour ? Jamais il n'avait réussi à répondre sincèrement à cette question qu'elle lui avait posée l'autre jour. Des questions, il s'en posait trop, de toute manière. Mieux valait laisser son cœur vagabonder au gré du temps que de s'engager sérieusement envers une femme.

Chose certaine, quand il se trouvait dans les bras de Jesse Peel, le reste de l'univers n'existait plus. Pas même Lowell.

Au moment d'aller mettre la main sur l'Évangile en avant, il sortit dans l'allée à la suite des autres mais pivota dans la direction opposée pour se diriger vers la sortie, après avoir glissé à l'oreille de Jesse qu'il allait prendre l'air.

À la fin de la cérémonie, on le trouva endormi au fond du traîneau, une pile de couvertures par-dessus la tête.

De retour à la ferme, on dégusta un succulent dindon sauvage chassé quelques jours auparavant par Joseph à la lisière du bois, copieusement arrosé de sauce aux canneberges et accompagné de pommes de terre bouillies et de chou braisé.

Si Jesse se montrait suffisamment débrouillarde pour subvenir aux besoins des siens, elle n'avait disposé, hélas, d'aucun argent liquide pour offrir des babioles aux enfants à l'occasion de Noël. Les rares écus trouvés dans un bas de laine à la mort de son mari, elle les avait donnés à Joseph sous forme de salaire depuis le début de l'automne. Salaire insuffisant, certes, mais combien apprécié, car il l'avait utilisé en totalité pour l'achat de vêtements d'hiver et de chaussures pour lui-même et ses filles.

L'absence des deux conjoints décédés se faisait cruellement sentir en cette matinée lumineuse qu'on aurait voulue plus joyeuse. On avait beau essayer de se montrer de belle humeur, le vide créé par les absents s'avérait presque palpable. Betty et Terry autant que Marguerite et Anne mangeaient silencieusement, le nez dans leur assiette, la tête remplie de souvenirs de Noëls passés sans contredit plus heureux.

Jesse faisait de son mieux pour délier les langues, interrogeant l'une, s'occupant de l'autre, parlant d'une voix trop aiguë, riant exagérément fort. Elle lança un regard suppliant à Joseph et à sa belle-mère.

— Joseph, explique-nous comment se passent les Noëls au Canada.

— Ça ressemble un peu à ici. Quoique chez nous, Noël reste une fête plutôt religieuse. On assiste à la messe de minuit, mais on donne les étrennes aux enfants de préférence au jour de l'An.

Sans s'en rendre compte, il avait prononcé « chez nous ». Jesse se contenta de toussoter sans poser d'autres questions. Le silence envahit à nouveau la pièce. N'en pouvant plus, elle éclata en sanglots. Joseph se leva brusquement de table et vint se coller le nez contre la fenêtre. Au-dessus des arbres, le soleil semblait le narguer.

Une fois le repas terminé, la grand-mère se leva sans dire un mot pour se diriger vers sa chambre.

On supposa qu'elle non plus ne pouvait supporter l'ambiance devenue trop lourde. Mais, à la surprise générale, elle en ressortit aussitôt les bras chargés de pantoufles rayées de toutes les couleurs, tricotées en catimini durant l'automne pour chacun des enfants et même pour le « *Kenédjiunne* » et ses filles ! Jesse les avait remplies d'étoiles en sucre d'érable et de biscuits en pain d'épices.

Joseph avait du mal à y croire. Quoi ? La vieille bonne femme, celle qui se montrait constamment hostile, lui avait tricoté des pantoufles ? Quelle belle leçon de magnanimité elle lui donnait ! Ne sachant comment réagir, il s'approcha gauchement pour la remercier d'une molle poignée de main, mais il se garda de l'embrasser.

Le geste de la vieille eut l'effet escompté : l'atmosphère se détendit enfin. On essaya les chaussons, les compara, les échangea, et on s'empiffra de sucreries. Jesse soupira. Les vivants reprenaient enfin leurs droits.

— Allons ! Nous, on est encore là, et… il faut fêter ça !

Elle se dirigea allegrement vers le salon pour chercher le whisky dans le cabinet. À la vue des flacons complètement vides, elle étouffa un cri et prit le parti de les montrer à Joseph d'un air interrogateur.

— John ?

L'homme prit un air déconfit. En ce jour de Noël, il ne pouvait se permettre de mentir. Il fit signe que non en se désignant discrètement du bout du doigt.

— Joseph.

Il avait articulé d'une voix si faible que seule Jesse entendit sa réponse.

— Toi ? Mais tu es un véritable petit diable, *darling* !

— Je n'ai fait que te l'emprunter, ce whisky, Jesse. T'inquiète pas, je vais le remplacer à la première occasion.

Elle lui répondit par un battement de paupières auquel il ne s'attendait nullement. Décidément, cette femme le déroutait. La semaine précédente, au bord des larmes, elle lui avait laissé entendre qu'elle ne disposait plus de suffisamment d'argent pour lui verser un salaire durant le reste de l'hiver. Elle pouvait très bien se débrouiller seule avec l'aide des enfants pour nourrir les animaux, traire les vaches, rentrer l'eau et le bois. Le gros du travail pouvait attendre au printemps où, sans doute, elle aurait encore besoin de lui ou d'un autre employé pour les labours et les semailles. Mais pour l'instant…

Et l'amour ? Surpris, Joseph l'avait écoutée sans l'interrompre. Était-elle en train de les mettre à la porte ? Soudain, il s'était senti au bord du précipice. Il s'était vu errant sur les grands chemins enneigés, ses filles pelotonnées contre lui, obligé de s'éloigner de Camille plus malade que jamais. Où aller? Que faire? Les deux cents milles qui le séparaient de Lowell lui avaient paru tout à coup devoir le conduire à l'autre bout de la planète. Si seulement sa princesse prenait du mieux, il serait parti au plus sacrant. Tant pis pour les coucheries avec la veuve!

Jesse ne lui avait pas donné le temps de répondre et s'était blottie tout contre lui.

— Je ne veux pas que tu partes, Joseph, pour une question d'argent. Non, non, je ne veux pas que tu t'en ailles. Reste, même si je ne peux plus te payer. Je t'en prie, ne me quitte pas. Nous partagerons le peu que je possède, voilà tout.

Il se demanda si cette offre était une preuve d'amour ou un simple geste de charité. Étrange relation que la leur, à la merci d'une question d'argent. Relation où l'amour ne pouvait fleurir que la nuit, à l'abri et dans l'obscurité. Où il fallait éviter à tout prix de scandaliser les enfants et une belle-mère sans doute aux aguets. Relation de non-dits et de retenues... Relation de mensonges. Relation de murmures et de sous-entendus alors que le cœur avait envie d'éclater au grand jour. Relation où chacun se sentait confus, à la vérité, parce que l'issue en restait inconnue. Cette idylle aboutirait-elle à l'impasse ou à un engagement sérieux? Sincèrement, Joseph se posait la question.

Les amoureux savaient bien que, tôt ou tard, il leur faudrait prendre une décision, choisir une orientation définitive, officialiser les liens ou les briser. Cette situation ne pouvait durer indéfiniment. Sans doute incombait-il à Joseph de se brancher. Colebrook ou Lowell ? La terre ou la manufacture ? Le mariage ou la liberté ?

Jesse insistait.

— Ne pars pas, Joseph. Au printemps, je pourrai recommencer à te donner un salaire avec l'argent que John va rapporter des chantiers.

— Ah ! oui, John…

L'homme n'avait pas poursuivi sa phrase, trop conscient que ce fils dresserait toujours une barrière entre lui et cette femme. Ce fils pourri qui avait tenté de le tuer… Il ne pourrait supporter sa vue une seule minute. Et même s'il ne revenait plus, l'argent de John ressemblerait trop, aux yeux de Joseph, à l'argent du diable.

— Écoute, Jesse, Camille n'est pas encore assez bien, selon le médecin, pour supporter un voyage. Donne-moi jusqu'au printemps avant de prendre une décision. Moi non plus, je n'ai pas envie de me séparer de toi. Oublie l'argent. Je n'en ai pas besoin pour l'instant à part de servir à te payer notre pension. Je trouverai bien une solution à ce sujet, t'inquiète pas. Tant que mes filles ont tout ce qu'il leur faut…

La solution, à court terme du moins, s'était présentée le jour même, dans la Main Street de Colebrook. Joseph ne rêvait pas, il avait bien vu l'annonce placardée sur le mur de la nouvelle fabrique de chaussures du village : *Help wanted.* Il n'avait pas hésité une seconde à sonner à la porte et offrir ses services.

On avait retenu sa candidature. La sienne et celle de Marguerite. Après tout, à son âge, mieux valait la tenir occupée que de la laisser poireauter et perdre son temps autour du poêle, au fond de la cuisine. Il signa leurs formulaires d'embauche. Dès la première semaine de janvier, il attellerait Titan au traîneau et s'en irait avec sa fille gagner son loyer et le pain de ses enfants. Et, pourquoi pas, amasser un petit magot en prévision de leur arrivée à Lowell ? De plus, en se rendant à Colebrook chaque jour, il pourrait visiter Camille plus souvent. Oui, il s'agissait d'une sage décision. Enfin !

En apprenant cela, Jesse avait poussé un soupir de soulagement. L'homme n'allait pas la quitter. Pas pour le moment, du moins. Par contre, Marguerite avait réagi avec dépit. Pourquoi son père ne l'envoyait-il pas plutôt poursuivre ses études dans une institution pour jeunes filles ? Elle parlait parfaitement bien l'anglais, maintenant. Il avait décidé qu'Anne accompagnerait dorénavant Betty et Terry à l'école primaire du village, dès la semaine suivante. Pourquoi pas elle, au lieu de l'envoyer travailler dans une manufacture de chaussures ? Sa mère le lui avait promis, autrefois : « Ma petite Marguerite, tu iras à l'école aussi longtemps que tu le voudras. Je ne vais pas t'empêcher d'étudier sous prétexte que tu es une fille ! »

Et voilà qu'on lui imposait précocement, sans crier gare, une vie d'adulte dans le monde du travail. Pendant combien de temps et combien d'autres fois aurait-elle à s'adapter aux caprices et aux exigences de son père ? Depuis la mort de Rébecca, tout son univers avait basculé, s'était trouvé chamboulé. Elle n'en pouvait plus. On allait lui voler le peu d'enfance qu'il lui restait. Ne pouvait-on pas la laisser en paix pour quelques mois encore ?

L'automne précédent, elle s'était sentie bien auprès de Jesse. Ensemble, avec l'aide d'Anne, elles avaient préparé des chutneys, des pâtés, des tartes au *mince meat*, des gelées, du ketchup, des confitures. La cuisine avait souvent retenti d'éclats de voix et de fous rires. Sans parler des bonnes odeurs… La vie avait repris son cours. Bien sûr, cela ne ramenait pas leur mère mais au moins, sa sœur et elle oubliaient quelque peu les affres des derniers mois. Petit à petit, elles avaient retrouvé leur confiance en leur bonne étoile. Et voilà que Joseph lui infligeait encore un autre bouleversement, un autre milieu, un autre univers auquel s'adapter. La fureur avait grondé en elle comme un volcan prêt à exploser.

En cette journée de Noël, faute de whisky, Marguerite vit son père frapper sa tasse de thé sur celle de Jesse en souhaitant que, pour un certain temps, la paix revienne dans leur vie et celle de leurs enfants. Jesse le méritait bien, et Joseph tout autant. Dans quelques jours, la grande aventure du travail à la ville allait commencer pour lui et sa fille. Fasse le ciel que tout se passe bien ! Personne ne remarqua l'air sombre de Marguerite.

Quand vint le temps de trinquer avec elle, la jeune fille se leva spontanément de table et s'achemina vers l'escalier en retenant ses larmes. Quoi ? S'attendaient-ils à ce qu'elle se montre joyeuse à la veille d'un tel plongeon dans l'inconnu ? Les adultes ne comprenaient rien de rien ! Estomaqués, tous la virent gravir les marches à la volée en lançant un amer *Merry Christmas !* puis s'en aller brailler toutes les larmes de son corps, la tête enfoncée dans ses oreillers.

13

Les Lewis avaient invité Joseph et ses enfants à un buffet, rue Parsons, pour le soir de Noël. En fin de journée, Joseph repartit donc pour Colebrook avec ses filles pomponnées, Marguerite vêtue de la plus jolie robe de Betty, Anne arborant fièrement une nouvelle coiffure aux tresses savantes, création de Betty exécutée sous le regard admiratif du petit Terry.

Les deux sœurs tenaient à la main, l'une, une poupée de chiffon pour Camille fabriquée avec l'aide de Jesse, l'autre, une chandelle de suif sur laquelle on avait collé des pétales de fleurs séchées pour le docteur et madame Lewis.

La maison était remplie de monde. Joseph reconnut la fine fleur de la bonne société de Colebrook dont le notaire, le banquier, le pasteur et même le marchand général. À l'arrivée des Laurin, tous s'arrêtèrent de parler et se retournèrent pour examiner avec curiosité ces Canadiens français, parents de « la petite malade adoptée par le docteur et sa femme ». Joseph sursauta en entendant le mot « adopté » et jeta un regard interrogateur à Angelina. Qui parlait d'adoption ? Il n'en était pas question ! Sa princesse habitait temporairement en pension chez son médecin, rien de plus. Jamais il ne renoncerait à elle, qu'on se le tienne pour dit ! La femme du docteur comprit-elle la fureur soudaine de Joseph ? Elle s'empressa de venir lui glisser quelques mots en français à l'oreille.

— Il s'agit d'un terme inapproprié et il ne signifie pas ce que vous croyez, je vous assure. Ne vous en faites pas, Joseph, c'est seulement une façon de parler. Les gens ne réfléchissent pas à ce qu'ils disent.

Se sentant mal à l'aise, malgré tout, elle s'appliqua à créer une diversion et à diriger l'attention sur l'enfant.

— Regardez votre princesse comme elle est belle !

Dès qu'elle avait vu les siens arriver, Camille s'était mise à les appeler d'une voix fébrile, indifférente aux regards curieux braqués sur elle.

— Papa ! Marguerite ! Anne ! Regardez ce que j'ai reçu pour Noël : une belle voiturette pour me promener.

Joseph faillit s'évanouir en voyant sa princesse installée au fond d'une chaise roulante. On l'avait revêtue d'une merveilleuse robe de velours carmin ornée d'un collet de guipure, une toilette à faire rêver ses deux grandes sœurs. Mais le teint demeurait blême et les yeux, perdus au fond des orbites charbonneuses.

— Qu'est-ce que c'est que cette chaise roulante ? Camille, ne me dis pas que tu ne peux plus marcher !

Angelina accourut au secours de l'enfant et répondit pour elle.

— Non, non, ne vous en faites pas, monsieur Joseph. Votre fille va marcher normalement un jour, mon mari l'a encore affirmé hier. Mais, pour le moment, elle se trouve dans un état de faiblesse extrême. L'endocardite a failli l'emporter, vous le savez bien. Henry a pensé lui apporter ce fauteuil roulant de l'hôpital pour lui permettre de reprendre des forces. On pourra même l'amener vous visiter à la ferme !

Cette fois, c'en était trop. Sa fille en chaise roulante ! Joseph perdit tout contrôle et sentit s'ouvrir des écluses trop longtemps retenues. Une force plus grande et plus puissante que la colère elle-même l'envahit : la révolte. Il frappa le coin de la table d'un violent coup de poing et, faisant fi de l'assemblée interloquée, il approcha son visage de celui de sa fille et lui cria d'une voix gutturale :

— Dans combien de temps tu vas les reprendre, tes maudites forces, hein, Camille ? Dans combien de semaines, combien de mois ou d'années vas-tu redevenir ma fille et fonctionner normalement comme tous les enfants du monde ? Je n'en peux plus, moi, ma princesse, je n'en peux plus de t'attendre ! Je n'en peux plus de vivre cette demi-vie, cette attente infernale. Dis-moi quand on va enfin pouvoir partir d'ici, hein ? Dis-le-moi !

Désemparée, la fillette commença à pleurnicher. Angelina la prit dans ses bras pour la reconduire aussitôt dans son lit.

— Viens, ma chérie. C'est le temps d'aller faire dodo. Tu sembles très fatiguée. Dis bonsoir à ton papa et à tes sœurs. Sans oublier nos invités.

Elle referma la porte derrière elle et le claquement résonna dans le silence général comme un coup de fusil. De son côté, le médecin saisit Joseph par le bras et l'attira au fond du vivoir.

— Allons, mon cher, il ne faut pas vous affoler... J'ai reçu un petit vin de France qui n'est pas piqué des vers. Un fameux bordeaux. Ça vous tenterait d'y goûter? Après tout, Noël n'arrive qu'une fois par année.

Quelques heures plus tard, Titan ramenait les Laurin vers la ferme. Marguerite dut elle-même prendre les rênes, car son père, encore une fois tapi au fond du traîneau sous les couvertures, braillait comme un bébé.

Le jour de l'An ne fut guère plus joyeux. Aux premières heures du jour, Marguerite et Anne descendirent l'escalier sur la pointe des pieds dès qu'elles entendirent des pas dans la cuisine. Joseph, en train d'ajouter des bûches dans le poêle, ne s'attendait pas à ce que ses filles se mettent à genoux devant lui pour lui demander la bénédiction paternelle.

Quoiqu'elle ne fût guère plus croyante que son mari, Rébecca avait tenu autrefois à ce que ses enfants soient élevées dans la foi chrétienne et le respect des traditions. Chaque premier matin de l'An, elle s'était agenouillée avec les petites et avait exigé que Marguerite, en vertu de son droit d'aînesse, demande elle-même à son père de les bénir.

Cette année, la jeune fille avait un peu hésité avant de reproduire le geste. Toute la nuit, elle avait pesé les pour et les contre, appréhendant la réponse de son père. Elle ne s'attendait pas, cependant, à le voir réagir de la sorte.

— Papa, c'est aujourd'hui le jour de l'An. Voudriez-vous nous bénir, s'il vous plaît ?

Surpris, Joseph posa silencieusement une main tremblante sur la tête de chacune pendant un long moment. Puis, il leva les yeux au ciel et prononça, d'une voix étouffée, des paroles dont les fillettes ne comprirent pas le sens :

— Que le bon Dieu me pardonne... Amen.

Dans l'escalier, Jesse, témoin de la scène, n'osait bouger. Lentement, l'homme chaussa ses bottes, revêtit sa crémone et enfonça son bonnet de poil. Puis, il sortit dans la tempête sans ajouter une parole.

Depuis la veille, un vent rageur soufflait en rafales, et la neige recouvrait tout le paysage. On ne voyait pas à dix pieds à la ronde. Les deux filles restèrent à genoux, abasourdies par la surprenante réaction de Joseph. Marguerite se sentait coupable de l'avoir choqué. Elle n'aurait pas dû prendre son rôle d'aînée au sérieux. Leur mère n'était plus là, rien n'était pareil. Pourquoi tenter de reproduire ce qui n'existait plus ?

Jesse s'empressa de descendre et d'entourer les filles de ses bras.

— Ne vous en faites pas. Votre père a perdu quelqu'un de très cher, l'été dernier. Ça lui a fait mal d'y songer en ce premier matin de l'année. Mais je suis certaine qu'au fond de son cœur, il est content de votre initiative. Je suppose qu'il est allé se calmer dans l'étable.

Une demi-heure plus tard, Marguerite et Anne franchissaient, ployées sous la bourrasque, l'espace entre la maison et la grange. Sur la neige balayée par le vent, on ne pouvait déceler de traces. Marguerite prit tout son courage en ouvrant la porte dans un grincement lugubre.

— Papa, papa, c'est nous ! Ne pleurez plus, papa. On est là, nous ! Et Camille va guérir, ne vous en faites pas… On va partir pour Lowell bientôt, vous allez voir. Papa, où êtes-vous ?

Nul ne répondit. On chercha dans tous les recoins du bâtiment mais en vain. Joseph Laurin avait disparu.

Il ne réapparut que deux jours plus tard, aux petites heures du matin. Il avait attelé Titan au traîneau, prêt à partir pour Colebrook.

— Dépêche-toi, Marguerite, on nous attend à la manufacture de chaussures à sept heures.

14

Collin's Shoe Shop, 468 Main Street, Colebrook, à côté de la Union Bank et presque en face de l'église. Un édifice cubique de trois étages, au toit plat et aux murs de planches percés de larges fenêtres en arcade, un auvent au-dessus de la porte d'entrée. Au rez-de-chaussée, le magasin sur le devant et le *shipping* derrière. Sur les deux étages au-dessus, la tannerie et la manufacture. Trente-cinq employés, deux patrons, une secrétaire.

Devant la porte, la fille et son père trépignaient d'énervement, elle, transie de peur, lui, excité d'entreprendre une nouvelle étape de sa vie.

La petite ville fascinait Marguerite. Cette large avenue commerciale sans arbres, ces bâtisses aux façades colorées agglutinées les unes contre les autres et alignées directement sur les trottoirs de bois, ces bureaux où l'on brassait des affaires, ces commerces, ces boutiques où l'on pouvait se procurer n'importe quoi, ces manufactures où des travailleurs unissaient leurs efforts pour fabriquer toutes sortes d'objets... À Grande-Baie, les boutiques du sellier, du meunier, du cordonnier ou du forgeron servaient non seulement d'ateliers de travail mais aussi de lieux de rencontre. On venait y fumer une pipe et régler tous les problèmes de l'univers. Tandis que dans la Main Street, les passants anonymes déambulaient sans s'attarder, trop pressés d'aller gagner ou dépenser leur argent. Faire maintenant partie de cette communauté intriguait la jeune fille et l'effrayait en même temps.

Dès que miss Helsey entrouvrit la porte de la bâtisse, une odeur rance et désagréable saisit les deux arrivants. On traversa le magasin et grimpa tout de suite à l'étage supérieur. Marguerite remarqua les escarpins raffinés de la secrétaire. Talons délicats, cuir souple et luisant, empeigne soigneusement découpée, boucles dorées.

Elle les entraîna vers la tannerie où l'on transformait les peaux nouvellement arrivées. Une douzaine d'ouvriers vêtus de sarraus de cuir noirci s'employaient à faire tremper les peaux dans des bacs de bois contenant, soit de la chaux, soit de l'acide borique. Les solutions dégageaient des émanations fétides qui prenaient à la gorge. Marguerite en ressentit aussitôt un haut-le-cœur. Dans un coin, d'autres hommes grattaient les peaux préalablement trempées et étendues sur des formes rondes pour enlever les poils d'un côté et le gras de l'autre à l'aide de larges lames non tranchantes. Jetés dans des barils, ces résidus empestaient. Plus loin, un groupe d'employés s'appliquaient à enduire d'huile les surfaces du cuir afin de le préserver. Là encore s'exhalait une odeur infecte de pourriture.

Dégoûtée, l'adolescente se demanda comment ces hommes arrivaient à travailler dans une atmosphère aussi nauséabonde. Si jamais on lui assignait l'une de ces tâches, elle en mourrait à coup sûr !

— *You'll be working here, Mister Laurin*[1].

Marguerite jeta un regard désolé à son père. Pauvre papa… Ça le changerait des senteurs de

1. Vous allez travailler ici, monsieur Laurin.

la ferme dont il n'avait plus envie, mais certainement pas pour le mieux. Bien sûr, les émanations du fumier restaient omniprésentes dans l'étable et dans les champs, mais s'y mêlaient aussi l'agréable parfum du trèfle en fleur, du foin séché et de l'herbe coupée, sans parler de l'arôme légèrement sucré des pommetiers et des rosiers sauvages au printemps. Même l'odeur enfumée des feux allumés dans les prés ou dans la cheminée valait mille fois ces puanteurs pestilentielles.

À l'étage au-dessous se trouvaient les machines à coudre. La jeune fille effarée vit unc dizainc d'appareils en position verticale installés sur une base métallique. Des hommes debout actionnaient une pédale pour enclencher le mouvement de la roue du moulin qui faisait monter et descendre l'aiguille. Malgré le bruit infernal, la secrétaire expliqua que le rôle de ces hommes se limitait à coudrc l'cmpcignc à la semelle. D'autres machines placées sur des tables servaient à exécuter les opérations plus délicates. Cette fois, les appareils étaient manipulés par des femmes dans un vacarme de tous les diables. Aucune des ouvrières ne releva la tête au passage des visiteurs. Marguerite remarqua que ces femmes de tous les âges travaillaient en silence et à la hâte. Elle apprit avec effroi que plus elles effectuaient de coutures, plus on les rémunérait. On appelait ça « travailler à l'unité ».

Un jeune garçon transportait les souliers d'une table à l'autre au fur et à mesure qu'une opération se terminait. Ainsi, la travailleuse qui cousait les côtés du soulier se limitait à cette unique fonction. La suivante, derrière elle, y ajoutait le devant, la troisième, le fermoir, et ainsi de suite. Le cordonnier-artisan des villages qui avait la satisfaction de fabriquer le soulier au complet n'existait plus.

Marguerite se dit que ce travail à la chaîne devait devenir abrutissant à la longue. Joseph, quant à lui, voyait les choses autrement et se pâmait sur l'efficacité de ces nouvelles méthodes.

— Croirais-tu ça, Marguerite? Des dizaines et des dizaines de paires de beaux souliers neufs sortent d'ici chaque jour!

La secrétaire s'empressa d'ajouter, non sans une certaine fierté, que pas seulement des souliers sortaient de l'usine. On fabriquait aussi des bottes de travail, des chaussures d'hiver, des sacs, des ceintures, des courroies…

Marguerite remarqua la face blafarde des opératrices, leur dos courbé, leurs mains noires qui tapotaient le cuir. Elle sentit la panique l'envahir. Non, elle n'allait pas écouler toutes ses journées dans ce lieu horrible et puant! Elle devait rêver! Elle allait se réveiller bientôt et humer l'odeur du bon pain que Jesse cuisait dans le four à bois. Elle allait ouvrir la fenêtre et entendre la porte de la grange grincer, les mésanges batifoler dans les sapins, Terry appeler son chien en haut de la butte. Et elle irait le rejoindre et respirer le bon air vif et frais. Ce bon air aux effluves de liberté…

Non, on n'allait pas l'enfermer dans cette prison ! Pour quelle raison, grands dieux ? Pour l'amour de l'argent ? Pourquoi gagner de l'argent ? Tous les adultes n'avaient que ce mot à la bouche. L'argent… « Tu vas m'aider à défrayer notre hébergement chez les Peel », lui avait dit son père sur un ton autoritaire qui n'invitait pas à la discussion. Il en avait décidé ainsi, et les choses se passeraient ainsi. Au moins s'il lui avait laissé le choix !

Elle aurait certes préféré retourner aux études en janvier avec les autres. Betty, qui avait son âge, allait bien à l'école. Pourquoi pas elle ? Elle avait envie de se sauver en courant. Loin ! Loin d'ici, loin de ce lieu, loin de cette ville, de ce pays. Elle aurait voulu reprendre le chemin de chez elle, retrouver son village, son école, sa maison. Ces lieux si lointains, trop loin dans l'espace et dans le temps… Retrouver sa vie, retrouver sa mère et se blottir tout contre elle. Retrouver son bonheur d'autrefois. Un petit bonheur si simple en train de basculer dans l'oubli, échappé par sa mémoire d'enfant trop peu consciente pour l'avoir savouré à sa juste valeur. Cette enfance perdue sur laquelle la porte s'était brutalement refermée quelques mois plus tôt…

Quand elle voulut se retourner vers son père pour le supplier de la sortir de cet endroit, il avait déjà disparu. Parti à l'étage au-dessus sur les ordres de la secrétaire, sans l'aviser. Envolé vers le département de la tannerie, le paternel ! Évaporé sans même un regard pour sa fille. Parti gagner son maudit argent au troisième étage de la Collin's Shoe Shop, parmi les acides et la pourriture. Pouah !

On présenta à la jeune fille un formulaire d'inscription à remplir. La secrétaire entreprit de le lui lire à voix haute.

— Pas nécessaire, je sais lire.

— Ah oui ? C'est plutôt rare chez les ouvriers. Je retiens cela, ça pourrait nous être utile, un de ces jours. Vous parlez cependant avec un drôle d'accent.

— Ce n'est pas ma langue.

Marguerite faillit se mettre à pleurer de rage mais elle prit le parti de se taire. Non, ce n'était pas sa langue, et si elle savait maintenant comprendre parfaitement l'anglais, elle en ignorait totalement l'orthographe. Aussi bien dire qu'elle était analphabète ! La femme insista tout de même sur une question, au bas de la page.

— Je vous trouve bien chétive. Vous avez bien quatorze ans, n'est-ce pas ? La loi américaine, vous le savez très certainement, nous interdit d'employer des enfants de moins de quatorze ans.

Oui, elle le savait très certainement. Non, elle n'avait pas tout à fait l'âge. Pas encore. Non, elle ne se trouvait pas en loi. Non, elle ne voulait pas travailler. Oui, elle trichait.

Elle se contenta de baisser les yeux. Dix fois, son père lui avait fait jurer de mentir à ce sujet. Elle n'avait pas le choix d'obéir.

— Oui, j'ai bien quatorze ans, madame.

Elle ne revit pas son père de la journée. On lui donna pour tâche d'enfiler des lacets dans des œillets de bottines. Elle s'y plia de bonne grâce, malgré tout. Quatre autres jeunes filles accomplissaient la même opération le long d'une grande table adossée au mur. Quand elle voulut engager la conversation avec l'une d'elles, la contremaîtresse lui signala d'un geste qu'il était interdit de parler en travaillant.

Marguerite se tourna vers la fenêtre, le cœur gros. Il neigeait à plein temps. À travers la vitre embuée, elle entrevoyait les flocons danser joyeusement dans l'air. Dieu, que cette journée serait longue…

Ce jour-là, Titan revint au petit trot vers la ferme Peel, au son joyeux des grelots.

— Ne fais pas cet « air de beu », Marguerite ! Tu détestes ce travail, je le sais. Mais songe que je pourrai payer à Jesse un loyer décent pour nous trois et défrayer la pension de Camille, même si le docteur Lewis n'a jamais rien réclamé. Après tout, j'ai ma fierté de père, je peux prendre mes responsabilités.

Joseph releva la tête avec l'impression de parler seul. Six jours par semaine, le traîneau ramenait les deux travailleurs harassés dans la pénombre du soir tombant. Marguerite eut envie d'ajouter que, sans doute, l'argent servait aussi à défrayer les bouteilles de whisky dont il s'approvisionnait à l'auberge presque chaque jour avant de rentrer au bercail. Mais, abrutie, elle préféra se taire. Que servirait de chialer? Son père ne l'écouterait même pas!

Même si Joseph était porté sur les spiritueux, il tolérait l'alcool plutôt bien. Il divaguait rarement et ne devenait jamais incohérent avant d'avoir atteint le fond de la bouteille. Pourtant, certaines nuits, du haut de sa fenêtre, Marguerite le voyait sortir de la maison complètement saoul et s'en aller dormir dans la grange en chancelant. Elle ne s'expliquait pas pourquoi il préférait parfois dormir sur la paille plutôt que dans le lit de John, bien au chaud.

À bien y penser, son père, plutôt taciturne, ne paraissait pas un homme très heureux. Dans ses souvenirs d'enfant, Rébecca l'envoyait souvent paître en lui reprochant ses excès de boisson. Il partait alors en claquant la porte et ne revenait que le lendemain ou même quelques jours plus tard. La mère larmoyante, entourée de ses enfants, le voyait partir en soupirant. Jamais elle n'avait divulgué le problème de son mari à qui que ce soit.

Qu'importe, ce temps-là était révolu. Marguerite en avait bien assez de composer avec le difficile présent sans se replonger sans cesse dans un passé qui, bien qu'encore récent, lui paraissait à des décennies et n'existait plus.

Ce soir-là, de retour à la ferme après une journée de labeur à la fabrique de chaussures, elle retrouva sa sœur et les autres en train de rédiger leurs devoirs sur la table de la cuisine, à la lueur d'un fanal. Ah ! ce qu'elle aurait donné pour se joindre à eux et se casser la tête sur des problèmes de mathématiques ! Hélas, elle dut se contenter de les saluer rapidement d'un signe de tête avant de s'empiffrer silencieusement du ragoût que Jesse déposa gentiment devant elle.

Qu'aurait elle pu leur raconter ? Que le monde des adultes lui donnait la nausée ? Qu'elle en avait assez d'enfiler, en silence, des lacets dans des trous de bottines malodorantes ? Des milliers de trous par jour ! Des milliers ? Non… des millions ! Qui pourrait compatir à sa frustration ? Qui pourrait comprendre son état de prostration, d'avilissement, d'abêtissement ? Elle se sentait fatiguée. Si fatiguée…

Une seule idée l'obsédait : aller se coucher. Dormir pour oublier. Dormir pour profiter de ce vide, ce néant opaque où le dos ne faisait plus mal, où personne ne lui criait par la tête : « *More !*

Faster[1] *!* » Dormir pour oublier que demain, ça recommencerait. Pour oublier les trous de bottines. Pour oublier cet ouvrier qui était passé devant elle en courant, la main en sang, blessé par une machine. Pour ne plus faire le compte des malheurs survenus à partir du jour où sa mère baignait justement dans une mare de sang au fond de son lit. Ce jour où son univers de petite fille sage et heureuse s'était écroulé. Oublier ce sang rouge, éclatant, agressant. Cette couleur d'écorché vif.

Elle détestait le sang, symbole de douleur et de souffrance. Indice des blessures du corps mais aussi de l'âme… C'est pourtant cette nuit-là, précisément, que le sang apparut dans sa culotte, comme cela arrivait à Betty régulièrement. Soudain, elle avait mal au cœur et au ventre. Ah ! cette douleur au creux des reins, comme une brûlure… Ainsi, toutes les femmes subissaient ce fléau à chaque mois ? Elle n'arrivait pas à y croire.

Réveillée par les sanglots de la jeune fille, Jesse monta au grenier malgré l'heure tardive. Avec la patience d'une mère, elle lui enseigna comment se servir d'un linge absorbant afin d'éviter les souillures de sang sur son sous-vêtement. Elle lui donna même quelques vagues explications sur les raisons de ces pertes douloureuses et inutiles, mais Marguerite n'y comprit pas grand-chose.

La jeune fille appréciait la bienveillance de Jesse, cette femme admirable, presque une mère

1. Plus ! Plus vite !

adoptive pour elle et Anne, mais jamais elle n'aurait songé à lui confier son désarroi au sujet du travail à la manufacture. Pourtant, en dépit de la triste disparition de son mari et malgré ses nouvelles responsabilités, la fermière se souciait du confort et de la santé des deux orphelines canadiennes. Elle prenait même le temps de les questionner et de les écouter, sans doute consciente de la confusion et de l'immense vide apparu trop subitement dans leur courte existence.

— *My dear*, si tu ne te sens pas bien demain matin, ne te gêne pas pour t'absenter du travail. Ça arrive à toutes les femmes, tu sais.

Se sentant prise en charge et quelque peu rassurée, Marguerite tenta de se rendormir, mais en vain. C'est seulement quand Jesse remonta lui porter une bouillotte à placer sur son ventre qu'elle réussit à trouver quelque répit.

Le lendemain, l'adolescente se prétendit en forme, n'osant annoncer à son père l'arrivée de ce que Jesse appelait les « *periods* ». On ne parle pas aux hommes de ce genre de choses, surtout pas à Joseph Laurin. L'homme, obnubilé par son obsession de gagner de l'argent, se trouvait à mille lieues des préoccupations physiologiques de ses filles. Vite ! il fallait partir sur-le-champ pour le travail, on ne pouvait se permettre d'arriver en retard.

Taraudée par les douleurs menstruelles, Marguerite alla vomir tout son saoul dans la cuvette avant d'aller se réfugier sous les couvertures, au fond du traîneau.

Sans mot dire.

15

Les mois d'hiver se succédèrent à l'enseigne de la froidure et des blizzards. Si, certains jours, la campagne semblait en léthargie, inerte et indolente sous des tonnes de neige, la ville, elle, continuait joyeusement ses activités. On passait le chasse-neige et grattait tous les chemins qui y menaient. De loin, on pouvait voir monter en flèche la fumée, haute et droite, des multiples cheminées nouvellement dressées au cœur du grand village, comme pour dire au monde que le centre de l'univers se trouvait là.

Colebrook n'échappait pas à la règle nord-américaine et prenait de plus en plus des allures de petite ville industrielle, étendant ses tentacules jusque dans la campagne environnante où les maisons résidentielles poussaient comme des champignons. On avait maintenant instauré un système de transport en commun de plus en plus élaboré. Même en pleine tempête, la Main Street restait animée par le va-et-vient des travailleurs et des commerçants. Des femmes encapuchonnées et des hommes engoncés dans leur « capot de poil » y circulaient à toute heure du jour. Les carrioles et les diligences laissaient descendre leurs voyageurs à la devanture des immeubles puis s'acheminaient vers les ruelles où on avait aménagé des bâtiments pour ranger les voitures et mettre les chevaux à l'abri.

Il arrivait, en de rares occasions, que Joseph et Marguerite fassent un saut rue Parsons pour prendre des nouvelles de Camille avant de retourner à la ferme, à la brunante. La fillette reprenait quelque peu ses forces mais à un rythme fort lent. Trop lent au goût de Joseph. Même si elle ne se servait presque plus de sa chaise roulante, elle ne marchait néanmoins qu'à petits pas claudicants à travers la maison, en s'appuyant difficilement sur sa jambe malade. Joseph craignait de la voir demeurer boiteuse pour le reste de ses jours.

Il ne manquait pas, de temps à autre, de glisser une pointe de méfiance sous-entendue à l'égard des généreux soignants, ce qu'Angelina interprétait comme une simple appréhension paternelle.

— Ne serait-il pas préférable de l'envoyer à l'hôpital, docteur ?

Ou encore :

— Un grand spécialiste devrait peut-être l'examiner…

D'autres fois, n'y tenant plus, il lançait une tirade acide qui avait l'heur de faire tiquer le médecin.

— C'est trop long ! Ma fille devrait se trouver sur pied depuis belle lurette. Je ne comprends plus ce qui lui arrive.

Avec indulgence, Angelina rétorquait qu'elle et son mari se trouvaient largement qualifiés pour prendre soin de Camille, cette pauvre petite...

— Rappelez-vous, monsieur Laurin, à quel point cette enfant-là était amochée lorsque vous nous l'avez amenée. Elle se trouvait entre la vie et la mort et nous l'avons sauvée. Voyez les progrès. Et puis, oubliez-vous que nous l'aimons comme notre propre fille ?

— Justement, ça m'énerve ! Cette enfant-là m'appartient. Et j'ai bien hâte de la reprendre avec moi et de la voir en mesure de suivre le reste de la famille. C'est normal, non ?

— Ne vous inquiétez pas, ça s'en vient.

Joseph hochait la tête et finissait par se réfugier dans le silence. La princesse, elle, de mieux en mieux adaptée aux habitudes de la maison Lewis, laissait repartir son père et sa sœur avec une certaine indifférence qui n'échappait pas à Joseph. Devenue le centre d'intérêt du vieux couple, elle jouissait d'une attention hors du commun. On la comblait d'affection et de tendresse et on prévenait ses moindres désirs. Sans parler des gâteries ! À maintenant sept ans, qu'attendre de plus de l'existence ?

Devant la magnifique maison de poupée construite par le médecin durant ses heures de loisirs et l'extravagante garde-robe de vêtements de poupée cousue par Angelina, Joseph serrait les dents et se remettait à rêver à Lowell. N'eût été cet hiver qui n'en finissait plus, n'eût été, surtout, l'autre grande princesse qui le retenait dans son lit, sans doute serait-il déjà parti s'installer là-bas avec les deux aînées, quitte à revenir chercher la petite convalescente quelques semaines plus tard.

Cependant, il devait admettre que non seulement les caresses de la belle Américaine, mais aussi la douceur de vivre auprès d'elle le gardaient de plus en plus prisonnier. Il aimait sa simplicité et sa bonne humeur inconditionnelle, son rire franc, son corps généreux qui le rendait fou.

Quand elle prenait son visage entre ses mains, dans le secret de l'alcôve, et lui bécotait le bout du nez en lui disant : *I love you, honey*, il fondait comme neige au soleil. Jamais il n'aurait cru qu'une femme aussi intelligente et rationnelle puisse se montrer si pétillante et affriolante. Sensuelle, même. Tout ce qu'il n'avait pas connu avec Rébecca, la prude qui lui parlait de décence et de devoir conjugal… Il rêvait à Jesse jour et nuit. L'Américaine l'avait littéralement ensorcelé. Tôt ou tard, il faudrait bien dévoiler cet amour illicite.

Le jour, rien ne paraissait de leur relation occulte. De toute manière, à part le dimanche, Joseph écoulait ses journées entières à la manufacture et ne rentrait que tard, le soir, en compagnie de Marguerite. Mais la nuit, il ne manquait jamais à ses intrusions clandestines sur la pointe des pieds dans la chambre voisine. Les rares fois où Jesse refusait de le recevoir à cause de ses *periods* ou d'un mal de tête, il s'en retournait, penaud, dans sa chambre ou dans l'étable noyer sa déception au fond d'une bouteille. Mais ces refus demeuraient exceptionnels.

À bien y songer, quoi d'autre Joseph Laurin aurait-il pu réclamer à la vie ? L'argent rentrait depuis son embauche chez Collin's, ses enfants ne se plaignaient pas trop et s'entendaient avec ceux de Jesse, la ferme roulait bien et suffisait aux besoins de ses habitants. Certes, il y avait la présence exécrable de la grand-mère et l'existence non moins détestable du fils dont le retour surviendrait avant longtemps, à la fonte des neiges. Bah… On aviserait en temps et lieu. La vie n'était-elle pas faite d'une alternance d'orages et de beau temps ?

Le fils, on pouvait toujours l'envoyer à répétition dans les chantiers éloignés. Belle façon de s'en débarrasser ! Il finirait bien par trouver une jolie fille de sa race pour aller fonder un foyer ailleurs. Quoique Jesse semblât le considérer comme le futur héritier de la ferme, peut-être déciderait-il de s'établir dans un lieu éloigné de Colebrook ? Il pourrait toujours s'exiler en Californie comme le fils d'Angelina ou quelque part dans l'ouest du continent à la recherche d'une mine d'or… Le plus loin serait le mieux. Quant à la vieille madame Peel, elle n'allait tout de même pas vivre éternellement, cette vieille chipie !

Mine de rien, le projet de partir pour Lowell, s'il existait encore, semblait quelque peu menacé par l'arrivée des chauds rayons de ce début de mars. Joseph Laurin se surprenait parfois à songer à s'établir définitivement chez les Peel. Il n'osait se l'avouer mais, certains jours, ou certaines nuits surtout, il lui prenait l'envie de demander la veuve en mariage pour légaliser leur situation et prendre officiellement possession de la ferme. Jesse ne pourrait pas refuser, trop contente de voir un homme à ses côtés pour s'occuper de l'entretien du domaine et vaquer aux multiples tâches trop lourdes et ardues pour une femme seule. D'ailleurs, sur l'oreiller, ne lui avouait-elle pas son amour ?

D'autres soirs, par contre, il se ressaisissait et tournait tous les arguments en faveur d'un départ imminent vers le Massachusetts. Déjà, le temps des travaux du printemps approchait à grands pas : la taille des érables pour les sucres, le grand nettoyage des bâtiments et des terrains, la naissance des veaux, le labourage et l'ensemencement. En avait-il vraiment envie ? Il ne le savait plus, son esprit oscillait sans cesse entre la réalisation de son rêve à Lowell et la stabilité à Colebrook. Stabilité, mais... responsabilités nombreuses, à bien y songer. Trop nombreuses ! Responsabilités et engagement, obligations, travaux forcés rivés aux saisons. Travail de la terre, toujours la terre. Responsabilités et asservissement, esclavage...

Non ! Il devait partir au plus vite. Il s'était juré de ne plus dépendre de la terre. Trop de labeur, trop de misère. Et la pauvreté assurée. Trop de bouches à nourrir. Une autre opportunité s'ouvrait à lui dans ce pays en plein essor : le monde industriel. Monde du travail à la chaîne, certes, mais aussi monde de la facilité et de l'abondance. Monde de la consommation où l'argent pouvait couler à flots. Et il se trouvait à portée de la main, à quelques centaines de milles de Colebrook. Il n'avait pas parcouru tout ce chemin et subi toutes ces embûches pour venir choir dans une ferme et reprendre le même style de vie qu'il détestait, tout de même !

Il se devait de tenter sa chance à Lowell, il se l'était promis. Et le temps était venu d'y voir. Si Jesse acceptait de le suivre dans la grande aventure, parfait ! Il l'épouserait et ils partiraient tous ensemble. Sinon, tant pis ! Une femme, surtout une femme liée à une ferme agricole, n'allait pas entraver sa route, oh ! que non !

Si Jesse refusait sa proposition, il partirait seul avec ses filles dès que le beau temps le permettrait. Tant pis pour les nuits ardentes et la tarte au sucre. Nom de nom, il n'allait pas passer le reste de son existence à traire des vaches ! Non merci ! Il devait parler sérieusement à Jesse. Et le plus tôt serait le mieux.

Une nuit, des bruits au rez-de-chaussée tirèrent les amoureux de leur sommeil. Quelques minutes plus tard, ils entendirent la grand-mère monter péniblement jusqu'à la porte de la chambre de Jesse. La vieille souffrait de coliques et implorait l'aide de sa belle-fille pour la conduire à la *back house*, le pot de chambre ne suffisant plus. Il faisait froid et elle avait peur de s'y rendre seule. Jesse s'était levée d'un bond mais la vieille avait eu le temps de flairer la nudité de sa bru et la présence de Joseph dans le lit.

Les deux femmes s'en furent en silence à l'extérieur, bras dessus, bras dessous, crémones sur les épaules. Sur le chemin du retour, quelques minutes plus tard, la vieille, soulagée, ne se gêna pas pour commenter la confirmation de ses soupçons. Elle se déclara chez elle et affirma qu'elle n'endurerait pas, sous son toit, ce qu'elle avait aperçu dans la chambre. Un homme dans le lit de sa bru, en dehors du mariage ! Y avait-elle pensé ? Il s'agissait d'un péché mortel, et celle qu'elle croyait une heureuse élue de Dieu se mériterait le feu éternel… Et elle allait attirer la malédiction du ciel sur la maison familiale, en plus de scandaliser les enfants. S'en rendait-elle compte au moins ?

— *You disappoint me, my dear*[1]...

Jesse jura que les enfants n'en savaient rien. Joseph s'assurait toujours qu'ils soient bien endormis avant de venir la trouver. Et les deux Canadiennes ne pouvaient rien entendre du grenier où elles dormaient. Mais la vieille n'en démordait pas.

— *I don't care for his daughters ! If my son could see this*[2]...

Que sa belle-mère se fiche des filles de Joseph, Jesse n'en doutait pas une seconde. Quant à son fils, elle rappela qu'il était mort et enterré depuis l'été précédent. Pour elle, Jesse, la vie continuait cependant. Elle se sentait si seule, sa chère belle-maman ne pouvait-elle pas comprendre cela ?

Mais la chère belle-maman refusa de capituler. Elle traita la femme de son fils de dévergondée et de pécheresse et elle l'obligea à cesser immédiatement ses saloperies.

De retour dans sa chambre, Jesse en pleurs relata la conversation à Joseph.

— Retourne dans ton lit, mon cher, ma belle-mère vient de découvrir le pot aux roses et refuse de tolérer nos ébats dans cette maison. Dans SA maison ! À cause des enfants. Que veux-tu, elle est chez elle autant que moi.

---

1. Tu me déçois, ma fille...
2. Je me fiche de ses filles ! Si mon fils pouvait voir ça...

— Ben quoi ? Les enfants, passe encore, il faut ménager leur candeur, mais ta belle-mère, franchement ! À son âge ! Elle a dû en voir bien d'autres pendant sa longue existence. Une vraie mégère, celle-là !

— Ma belle-mère est une personne sensible et très puritaine. Pour elle, déroger aux règles morales attire le malheur. Elle ne supportera plus tes incursions dans ma chambre, même si ça ne la regarde pas. Tu n'as pas idée de ce dont elle est capable.

— Mais tu es chez toi, Jesse.

— Elle habitait ici bien avant moi et, selon le testament de feu mon beau-père, je suis tenue de l'héberger jusqu'à sa mort.

— Hum, on pourrait régler ça assez vite. Elle souffre de diarrhées nocturnes, n'est-ce pas ? Ça pourrait empirer…

— Que veux-tu dire ? Je t'avoue que moi-même, je ne me sens pas la conscience en paix avec nos activités sexuelles.

Joseph ne répondit pas, ramassa rageusement ses affaires et traversa le corridor d'un pas rapide. Jesse se retourna longtemps dans son lit avant de trouver le sommeil. Les bruits, dans la chambre voisine, ne lui annonçaient rien de bon.

Joseph se garda bien de revisiter le lit de Jesse durant les jours suivants. Il voyait bien les yeux rougis de la femme et son humeur morose. Elle ne chantait plus ni ne riait. Quand il rentrait du travail, le soir, elle déposait son repas et celui de Marguerite sur le coin de la table et disparaissait dans une autre pièce. De loin, l'homme l'observait en se disant que si leur amour n'avait pas plus d'assises, mieux valait le laisser mourir.

Le dimanche suivant, les deux amants se retrouvèrent par hasard seuls dans la cuisine. Mais était-ce un hasard ? De toute évidence, le besoin de s'expliquer s'imposait. Les enfants jouaient dehors et la grand-mère faisait sa sieste. Le moment était venu de tirer les choses au clair. Jesse prit les devants.

— Écoute, Joseph. Je n'en peux plus, moi, de cette situation confuse. Pourquoi ne viens-tu plus me trouver, la nuit ? On pourrait au moins se parler, non ? Je ne sais même plus si tu m'aimes encore.

— Mais… tu m'as dit toi-même de cesser mes visites. Allez donc comprendre quelque chose aux femmes ! Mais je t'aime, moi ! Et tes caresses me manquent.

— J'ai bien réfléchi, Joseph. Il va falloir trouver une solution. Ma vie n'a plus de sens, je suis à bout. Le travail de la ferme me tue. C'est trop pour moi. Bien sûr, tu m'as rapporté de l'argent tout l'hiver en défrayant ta pension et celle des enfants, et je l'ai sincèrement apprécié. Mais ça ne me donne pas de l'aide dans la grange, ça !

— Que veux-tu, je ne peux pas être ici et à la Collin's Shoe Shop en même temps.

— Je peux comprendre ça. Mais la semaine dernière, j'ai dû retirer Betty de l'école durant trois jours pour qu'elle me donne un coup de main. J'avais trop mal au dos pour soigner les animaux, nettoyer l'étable, rentrer le bois. Tu ne t'en es même pas rendu compte.

— Ma pauvre Jesse, tu aurais dû me le dire.

— Je ne pense pas que cela aurait changé quoi que ce soit. Tu dis m'aimer, mais, certains jours, j'en doute ! Peut-être m'aimes-tu seulement pour la couchette ?

La femme s'effondra sur la chaise berceuse en pressant un coussin sur sa poitrine comme s'il s'agissait d'un enfant.

— Je me sens tellement épuisée, Joseph, tu n'as pas idée. Presque malade. Tu n'es plus là pour m'aider, tu n'es jamais là, d'ailleurs, sauf dans mon lit. Je vois arriver le printemps avec effroi, moi ! Si tu continues à travailler à la manufacture, je vais devoir embaucher quelqu'un d'autre. Même John ne pourra suffire à la tâche. Encore chanceuse s'il ne décide pas, en avril, d'aller faire la drave sur le Connecticut...

— Oh ! celui-là... Il n'est pas le plus efficace sur une ferme, d'après moi !

— Il va falloir prendre une décision très bientôt, mon amour : ou tu continues à aller travailler à Colebrook et tu quittes la ferme avec tes enfants, ou tu...

— Ou tu… quoi ? Ne me dis pas que tu serais prête à me flanquer dehors, Jesse ? Je n'en reviens pas !

— Non, non ! Il ne s'agit pas de ça du tout. Ou tu… m'épouses et deviens le propriétaire officiel de la ferme Peel, malgré l'existence de ma belle-mère et de mon fils !

— Et si tu la vendais, cette ferme, pour me suivre à Lowell avec les enfants ?

16

Le bruit du fer à repasser sur le dessus du poêle puis sur les manches de la chemise martelait le silence de la pièce à un rythme régulier. Penchée sur son travail, Jesse ne vit pas, à travers la vitre givrée, le traîneau de Joseph prendre le tournant de l'allée, en début d'après-midi.

Depuis trois jours, elle attendait désespérément la décision de son amant. Il avait réclamé quelques jours de réflexion avant de donner une réponse définitive à son audacieuse demande en mariage de l'autre jour. Cette exigence avait dérouté la femme. Bien sûr, elle avait refusé l'idée de vendre la ferme ancestrale. Il n'était pas question de partir pour Lowell, à vingt milles au nord de Boston, avec ses enfants nés et enracinés à Colebrook. Elle se sentait incapable d'envisager un changement de vie aussi radical. Mais... pourquoi pas un mariage ? Si Joseph l'avait aimée sincèrement, il n'aurait pas hésité à fondre sa vie avec la sienne. Ensemble, ils pourraient mener une vie simple et paisible et former une belle famille. Ils pourraient même l'agrandir de deux ou trois autres marmots. Pourquoi pas ? Au lieu d'entériner ce beau projet, Joseph semblait la fuir et évitait toute conversation compromettante. Il n'émettait même pas de signes d'encouragement.

Ce même matin, en le regardant partir vers le village pour son travail, l'évidence l'avait frappée comme un coup de masse : Joseph Laurin ne passerait pas le reste de sa vie auprès d'elle sur la ferme Peel. Il ne l'aimait pas suffisamment et n'avait fait que profiter de ses faveurs au lit. Elle ferait mieux de s'aguerrir et de le mettre dehors au plus vite. D'autant plus qu'il devenait impérieux d'engager quelqu'un d'autre pour les travaux de la saison. Déjà, les rayons du soleil devenaient plus ardents et la neige, plus collante. L'ours et le siffleux étaient déjà sortis de leur tanière, ça urgeait. Dans quelques jours, il faudrait recueillir l'eau d'érable dans la forêt derrière la grange. Elle ne se sentait pas le courage d'aller elle-même entailler l'écorce dure des arbres pour y insérer les chalumeaux.

Soudain, en dépit de ses vains espoirs, elle avait vu clair, comme une évidence, devant l'indifférence avec laquelle l'homme dont elle rêvait était parti vers son travail. Il se fichait de tout ! Elle n'avait donc pas eu le choix de prendre la décision qui s'imposait. Une folle et amère décision. Une dure décision. La plus difficile de sa vie. Il fallait agir vite. De toute urgence...

Après avoir inventé un prétexte quelconque, elle s'était donc retrouvée seule dans la grange, loin des regards de sa belle-mère réfugiée dans sa chambre et des jeunes partis à l'école. Après avoir pleuré toutes les larmes de son corps, elle avait accompli, d'une main tremblante, ce qu'elle avait à accomplir. C'était maintenant ou jamais. Elle se le devait à elle-même et à tous les siens, autant à ses enfants qu'à la mère de son défunt mari. Advienne que pourrait. Elle avait confié son âme à Dieu et exécuté son geste irrévocable en demandant pardon.

Quelques heures plus tard, en voyant Joseph et Marguerite se pointer dans la porte d'entrée de la cuisine à une heure inusitée, Jesse frissonna et redoubla ses coups de fer, toujours sur la même manche de la même chemise. Cette arrivée impromptue, au milieu de la journée, n'augurait rien de bon. La jeune fille, en larmes, paraissait désespérée et vint se jeter dans les bras de la femme tandis que son père, le dos appuyé contre l'armoire, regardait la scène sans dire un mot.

Marguerite pleurait tellement qu'elle n'arrivait pas à parler. Surprise, Jesse se contenta de lui caresser les cheveux en jetant des regards interrogateurs à Joseph. Ce dernier poussa finalement un long soupir, retira son chapeau de fourrure et se racla la gorge.

— Jesse, j'ai longuement réfléchi et…

Il n'eut pas le temps de terminer sa phrase. À cet instant précis, elle perdit connaissance et s'écroula sur le plancher entre les bras de la jeune fille, après avoir heurté le fer à repasser brûlant qui rebondit jusqu'aux pieds de l'homme. Marguerite réagit la première et appliqua une serviette imbibée d'eau glacée sur le front de la femme, toujours évanouie. Puis elle demanda à son père de l'aider à la transporter sur le canapé.

— Mon Dieu, Jesse, qu'est-ce qui t'arrive ?

C'est alors que l'adolescente aperçut le sang. Une tache rouge énorme sur la jupe de lainage beige de Jesse, et qui allait s'agrandissant dans la région du bas-ventre et sur ses cuisses. Marguerite lança alors un cri, un grand cri qui ressemblait à un hurlement de mort. Prise de panique, elle tournait en rond en se mordant les doigts, incapable de retrouver son sang-froid. La fleur écarlate s'épanouissait et se répandait sur le tissu, dissolvant avec elle, dans un goutte-à-goutte perfide, la vie de la femme.

Devant l'hémorragie foudroyante de Jesse, la jeune fille devint hystérique et perdit toute notion de la réalité. Elle ne vit pas son père repartir à l'épouvante dans le traîneau encore attelé. Ce n'était plus Jesse qui se tordait de douleur devant elle, c'était sa mère Rébecca cherchant son souffle, couchée dans une mare de sang qui étendait ses griffes et grandissait de plus en plus. Qui grandissait toujours. Ce sang qui avait quitté ses organes, un à un, jusqu'à la vider de l'essence même de sa vie. Ce sang qui avait anéanti non seulement l'existence de Rébecca mais aussi sa vie à elle, Marguerite, petite fille innocente et sans défense. Et celle de son père et de ses sœurs. Ce liquide de vie répandu pour semer la mort. Ce rouge assassin.

La jeune fille se jeta sur Jesse et se mit à sangloter, la tête dans son giron. De sa main ouverte, elle lui caressait délicatement la cuisse, comme si ce geste pouvait naïvement retenir la vie. Elle s'adressait à la mourante en français et non plus en anglais et retenait l'envie de l'appeler « maman ».

— Meurs pas, Jesse, meurs pas, je t'en supplie.

C'est dans cette position que Joseph, accompagné du docteur Lewis, trouva les deux femmes une heure plus tard. Quant à la belle-mère, tirée de sa sieste et agenouillée dans la cuisine, elle marmonnait des mots incompréhensibles en tenant son livre des Saintes Écritures.

Le flot de sang semblait s'être arrêté, et Jesse avait repris conscience. Mais elle paraissait passablement confuse et parlait d'une voix faible, à peine audible. Pâle comme une morte, le souffle haletant, elle regardait le médecin d'un air suppliant. Personne ne semblait pouvoir comprendre ce qu'elle voulait dire.

— Elle délire ! s'écria Joseph.

Le docteur Lewis fronça les sourcils en tâtant le pouls de la fermière et prit immédiatement les opérations en main. Il ordonna à tout le monde de quitter le salon et de le laisser seul avec la malade pour procéder à un examen plus sérieux. Joseph, sa fille et la vieille madame Peel se réfugièrent dans la cuisine dont le médecin referma lui-même la porte. Marguerite n'arrivait pas à se calmer.

— Elle ne va pas mourir, hein, papa, elle ne va pas mourir, elle aussi ?

— Tais-toi !

— Je ne veux pas la perdre, je ne veux pas perdre Jesse. Tout ce sang… Comme maman ! Oh ! mon Dieu…

— La ferme, je te dis !

La grand-mère n'eut pas un geste de consolation pour la jeune fille. Ni de partage. Elle se contenta de tourner sa berceuse face à la fenêtre et de continuer à murmurer des prières.

Quand le médecin entrouvrit la porte, il fit signe à Joseph de le suivre. Il s'arrêta dans le hall et se mit à lui parler à mi-voix, au pied de l'escalier, après s'être assuré que personne ne pouvait l'entendre.

— Madame Peel vient de perdre son bébé.

— Quoi ? Jesse était enceinte ? Je n'en reviens pas ! Elle ne me l'a jamais dit !

— Les bébés, ça ne pousse pas comme de la mauvaise herbe, mon cher Joseph. Ça n'apparaît pas tout d'un coup, que je sache !

Joseph baissa la tête. Le docteur Lewis devait se douter depuis longtemps que lui et Jesse… À moins que la fermière elle-même ne lui ait dévoilé la vérité. Quelle piètre opinion le protecteur de Camille devait avoir de lui !

— Eh bien, oui, depuis quelques mois, Jesse et moi, euh… nous dormions ensemble à l'occasion. Elle, veuve, moi, veuf… Vous, médecin, pouvez certainement comprendre ce genre de choses. Des choses de la nature, quoi !

— En effet. Et, si je comprends bien, vous ne désiriez pas ce bébé ?

— Moi ? Évidemment non ! Je vous l'ai dit : j'ignorais la condition de Jesse. Sincèrement, elle ne m'a pas mis au courant. Nous prenions nos précautions, d'ailleurs. Je ne m'explique pas cette grossesse. Quant à désirer cet enfant… Certainement pas ! J'éprouve déjà assez de difficulté à survivre avec mes trois orphelines.

— Et Jesse non plus n'en voulait pas ?

— Je n'en sais rien. Demandez-lui vous-même.

— C'est que la fausse couche ne s'est pas produite naturellement, voyez-vous.

— Comment ça ? Ne me dites pas que…

— Oui, Jesse a provoqué elle-même l'avortement, tôt ce matin, dans la grange. Tout s'est bien passé à ce moment-là, mais une hémorragie s'est déclenchée quelques heures plus tard. Juste au moment de votre arrivée. Encore chanceuse si elle ne l'emporte pas dans la tombe.

Joseph resta coi, figé de stupeur. Le médecin ordonna froidement de ne pas déplacer la malade pendant au moins deux jours et de la maintenir immobile, les jambes remontées sur des coussins. Il repasserait le lendemain matin. En attendant, si Joseph voulait bien le ramener à Colebrook…

Quand Betty et les autres rentrèrent de l'école, Marguerite, à peine remise de ses émotions, leur raconta l'hémorragie subite et mystérieuse de Jesse. On marcha sur la pointe des pieds et parla à voix basse jusqu'à l'heure du coucher. Joseph, lui, broyait du noir dans sa chambre, déçu de voir ses plans jetés par terre. Pour le moment, l'important était de sauver cette pauvre Jesse. On verrait ensuite.

Marguerite s'offrit pour veiller la malade endormie dans le salon. Mieux valait que Betty passe une bonne nuit de sommeil pour pouvoir retourner à l'école le lendemain. Elle plaça quelques oreillers sous la tête de Jesse et recouvrit son corps prostré d'un édredon, puis elle s'installa dans le fauteuil en face. Déterminée à rester réveillée toute la nuit, elle s'appliqua à lutter contre le sommeil, traversée par toutes sortes de pensées sombres. Elle n'avait pas entendu la conversation entre Joseph et le médecin mais se doutait bien qu'il s'était passé quelque chose de grave. Qu'importe, elle prendrait soin de Jesse jusqu'à sa complète guérison. Elle n'aurait plus, dorénavant, à se présenter à la manufacture et se sentait enfin libre. Ainsi, Betty et les autres enfants pourraient poursuivre leurs activités sans problème. À la condition que son père lui en laisse la possibilité, lui qui avait pris une tout autre décision le matin même… Elle frissonna.

Quelques heures avant l'aurore, Jesse se réveilla en sueur. Elle paraissait souffrante mais, malgré son état de faiblesse extrême, elle semblait avoir retrouvé ses esprits. Affalée au fond d'un fauteuil, dans un demi-sommeil, Marguerite sursauta.

— Ça va mieux, Jesse ?

— Ouais, un peu… Merci d'être là, ma chérie. Je t'aime beaucoup, tu sais.

— Moi aussi, je t'aime, Jesse. Comme si tu étais ma mère.

— Hum… j'ai bien peur que l'adoption ne se produise pas de sitôt. Ton père…

Marguerite ne voulait pas entendre le reste de la phrase, se doutant bien du cul-de-sac dans lequel elle se trouvait. N'y tenant plus, elle se jeta dans les bras de Jesse en pleurant. La femme tenta de la consoler, sans succès. Soudain, le souvenir de la veille revint à l'esprit de la malade, plus clair et plus brutal que jamais.

— Dis-moi, ma chérie, pour quelle raison êtes-vous rentrés si tôt de la manufacture, hier, toi et ton père ?

— Mon père avait décidé de quitter définitivement la ferme et de partir pour Lowell dès hier après-midi avec Anne et moi. Nous avons remis notre démission chez Collin's.

Cette même nuit, Joseph pénétra à pas chancelants dans la chambre vide de Jesse, une bougie à la main. Sur la commode, à côté du lit, il découvrit la broche à tricoter tachée de sang qui avait servi à détruire l'embryon. À tuer son enfant.

De retour dans sa chambre, il n'arriva pas à trouver le sommeil et continua d'ingurgiter tout ce qu'il put trouver d'alcool. Un bruit étouffé monta soudain de l'étage inférieur. C'était Marguerite et Jesse dont les pleurs s'accordaient aux rugissements du vent le long de la corniche. Il se dit que non seulement il n'avait pas la foi en Dieu, mais que jamais il n'avait cru aussi fermement au diable.

Quelques heures plus tard, il descendit les marches en trébuchant et s'en alla se jeter dans la tourmente.

17

Debout derrière la fenêtre du troisième wagon, Anne et Marguerite regardaient, bouche bée, l'activité de la gare. Enfin, le train s'ébranla dans un bruit de ferraille et se mit à étirer le paysage à l'infini. Elles retinrent leur souffle devant l'arrière-cour des maisons de Colebrook qui défilèrent, lentement d'abord, puis de plus en plus vite. Les arbres en vinrent à passer derrière la vitre à une vitesse vertigineuse, au grand plaisir des deux filles qui essayaient d'y accrocher leurs regards amusés. Jamais, de toute leur existence, elles ne s'étaient déplacées avec une telle rapidité, et cela les excitait. Leur père, lui, demeurait renfrogné sur son banc.

Au lendemain de l'hémorragie de Jesse, Joseph avait lancé à chacune un sac de jute en leur ordonnant d'y ranger, au plus vite, leurs vêtements et leurs affaires.

— Pour quoi faire ? On part ?

— Oui, on part ! Et ça presse !

Le ton paraissait sans réplique. On s'était exécuté en reniflant. Anne ne comprenait rien à ce qui se passait.

— Et mon examen de mathématiques, demain ?

— Fiche-moi la paix avec ça ! Fais tes bagages et ne pose pas de questions, compris ?

Marguerite, elle, se remettait mal de la crise de la veille. Assise auprès de Jesse, elle n'avait pas réussi à fermer l'œil de la nuit, à la fois tourmentée au sujet de la santé de la femme et tout aussi inquiète pour son avenir et celui de ses sœurs. Ce matin, elle avait lancé ses vêtements pêle-mêle dans le sac, désespérée de devoir quitter de nouveau un lieu où elle se sentait enfin à l'aise. Et pour aller où ? Dieu sait ce que son père avait encore manigancé !

Elle n'avait pas envie de quitter la pauvre Jesse dans cette condition pitoyable. Le matin, le docteur Lewis était revenu et s'était pourtant montré satisfait de son état. Les saignements n'avaient pas repris. Il avait déposé une fiole de tonique *Father John's* et avait recommandé le repos complet pour au moins trois semaines. Devant le regard ahuri de Joseph, il avait insisté pour retirer Betty de l'école et rappeler John du camp de bûcherons pour s'occuper de leur mère. Joseph eut beau protester.

— Mais je vais y voir, moi, voyons !

— Seriez-vous prêt à renoncer à votre emploi à Colebrook, Joseph ? J'en doute ! Jesse aura besoin d'aide toute la journée, pas seulement le soir et le dimanche. Elle ne doit se lever sous aucune considération. Non… il serait préférable de la confier à ses grands enfants. Ils sont en âge de l'assister, maintenant. Un courrier part justement ce midi pour les chantiers. Je vais voir moi-même à faire revenir le fils avec le postillon dès ce soir, pour quelques semaines.

— Dans ce cas, puisque Betty s'occupera de sa mère et John, de la ferme, je vais partir dès maintenant et conduire mes deux filles chez ma sœur à Lowell. Pour être franc, ma décision était déjà prise depuis hier après-midi quand j'ai remis ma démission à la fabrique de chaussures. Maintenant, cette grossesse dont on ne m'a pas informé et, pire, cet avortement me confirment d'avoir fait le bon choix. Je n'ai plus ma place ici, docteur.

— Je peux comprendre ça.

— Si vous aviez la bonté de garder ma petite Camille encore quelques jours, je l'apprécierais grandement. Je reviendrai la chercher dès que nous serons installés là-bas.

— Mon cher, prenez tout votre temps. Elle ne pourrait vous suivre pour le moment, mais d'ici un mois ou deux, elle devrait être en mesure de rejoindre ses sœurs. Soyez sans crainte, elle se trouve entre de bonnes mains.

— Je n'en ai jamais douté un seul instant, docteur. J'écrirai à Angelina pour lui donner notre adresse à Lowell.

Jesse, qu'on avait finalement transportée dans sa chambre pour plus de confort, n'avait rien entendu de cette conversation. Quand le moment était venu de partir, Joseph avait lentement grimpé les marches et s'était approché du lit d'un pas hésitant. Il avait posé sa main lourde sur la peau froide et diaphane de la malade sans la regarder directement dans les yeux.

— Désolé, Jesse, je ne suis pas fait pour le travail de la terre. Je pars. Merci pour tout. Je ne t'oublierai jamais. Mais je ne suis pas certain de pouvoir te pardonner le geste que tu as commis hier.

Il n'avait pas attendu la réponse et avait dévalé l'escalier sans demander son reste.

La séparation des enfants s'avéra plus pénible. Joseph avait dû remonter pour arracher Marguerite et Anne de force du lit de Jesse auquel elles s'accrochaient désespérément.

— On va s'écrire, hein, Jesse ?

— Oui, oui, c'est promis. Écrivez-moi, je vais vous répondre. Vous allez me manquer, mes chéries…

La femme hoquetait et retenait ses pleurs à grand-peine, sa main tremblante agrippée à la robe d'Anne. La fillette pleurait toutes les larmes de son corps tandis que Terry se lamentait, sans trop réaliser vraiment ce qui se passait. Betty et Marguerite n'en finissaient pas, non plus, de se dire adieu. Une belle amitié avait fleuri entre les deux adolescentes et elles acceptaient mal de se séparer ainsi, de but en blanc. Elles ne cessaient de s'étreindre et de se promettre des retrouvailles dans un lointain imprécis.

— Tu vas venir faire un tour à Lowell cet été, n'est-ce pas, Betty ?

— Promis ! Et toi, tu pourrais venir passer tes vacances ici, avec nous…

Marguerite acquiesça mais se demanda bien de quelles vacances il pourrait s'agir.

La plus pitoyable était Betty, affolée à l'idée de rester seule avec sa mère malade sur les bras. Elle voyait l'entretien de la ferme comme une montagne, même en présence de son frère John, avec lequel elle avait peu d'affinités. Malgré la promesse du médecin de ramener le garçon du chantier le soir même, elle se sentait au bord de la panique. À eux deux, suffiraient-ils à se débrouiller ? S'il fallait que sa mère se remette à saigner, ce serait la fin de tout, elle en avait la certitude. Et puis, elle n'avait pas envie de voir partir aussi brutalement ses deux sœurs d'adoption.

— Ne partez pas tout de suite, je vous en prie. Pas tout de suite… Attendez quelques jours, au moins, que maman soit remise sur pied.

Comme s'il n'avait pas entendu cette dernière supplique, Joseph avait impitoyablement entrouvert la porte d'une main leste.

— Allez, les filles, on déguerpit d'ici au plus sacrant !

Il ne put voir la vieille madame Peel brandir le poing dans leur direction, une fois la porte refermée, ni entendre ses lamentations, plus sinistres que les cris d'un animal qu'on égorge. Il n'eut pas connaissance, non plus, des sanglots étouffés de Jesse recroquevillée dans son lit, là-haut, entourée de ses enfants qui lui faisaient écho.

Quelques heures plus tard, Joseph s'était retrouvé avec ses filles dans un compartiment de train en direction du sud. Tant pis pour Titan, il reviendrait le chercher plus tard. De toute manière, le cheval gagnerait bien sa pitance en faisant les sucres en compagnie de ce cher John.

Si Joseph persistait à croire qu'il découvrirait le bonheur au loin, Anne et Marguerite, elles, se sentaient au bord du désespoir. Étrangement, ce jour-là, elles n'avaient exprimé aucune réticence à l'idée d'abandonner leur sœur Camille. Il n'avait même pas été question d'elle au moment du départ. Depuis déjà longtemps, l'image de la benjamine s'estompait dans leur esprit et prenait les couleurs embrouillées d'une simple entité fraternelle visitée à l'occasion, de loin en loin. À part leurs courtes rencontres du dimanche quand le temps le permettait, les deux grandes ne partageaient plus rien de leur existence avec la convalescente. À peine si Marguerite et son père lui avaient rendu visite quelques fois après le travail, trop fourbus pour donner suite à leurs bonnes intentions.

De son côté, l'enfant ne semblait pas se languir de ses sœurs non plus. Camille Laurin vivait dans une bulle luxueuse, douillette et ouatée. Angelina et son mari la traitaient en véritable princesse. Mais une princesse blessée, amoindrie, affaiblie par la maladie. Une princesse de plus en plus lointaine et inaccessible. Le docteur Lewis et sa femme ne semblaient pas se soucier des répercussions psychologiques, chez une enfant de sept ans, de la perte cruelle et soudaine de sa mère, pas plus que de sa séparation forcée d'avec le reste de sa famille durant de longs mois. Le couple se targuait d'avoir consolé tous ses chagrins, comblé tous ses manques et guéri toutes ses plaies, autant celles de son corps que celles de son cœur d'enfant.

La tête appuyée contre la banquette du train, Anne songeait surtout à Terry. Elle regretterait ce petit bonhomme insouciant qui partageait ses jeux comme le petit frère dont le destin l'avait privée. Elle s'ennuierait aussi de Buck, bien sûr, ce grand chien joyeux qui l'accueillait au retour de l'école, friand de caresses et toujours prêt à gambader avec elle dans les champs. Mais c'est Jesse qui lui manquerait le plus. La fillette recevait les petites attentions et les câlins de l'Américaine comme ceux d'une mère. De la mère qu'elle n'avait plus. À qui confierait-elle dorénavant ses rêves, ses chagrins, ses petits bobos ?

De son côté, Marguerite éprouvait le pénible pressentiment de quitter Jesse et Betty à jamais, malgré leurs promesses de se revoir. Elle avait trouvé une grande sœur et une mère adoptive à la ferme Peel. Pourquoi fallait-il qu'on les lui arrache après si peu de temps? Elle se doutait bien qu'on lui avait caché certaines choses. Du grenier, elle avait souvent entendu des pas entre la chambre de Jesse et celle de Joseph et Terry. Qui sait si son père, censé dormir dans un des lits jumeaux, n'allait pas retrouver Jesse durant la nuit?

Ah! non, ça ne se pouvait pas. Pas un homme et une femme non mariés, allons donc! Pas son père. Pas Joseph dans le lit de Jesse, voyons! C'était péché. Péché mortel. Pour Joseph à tout le moins dont la religion catholique menaçait du feu éternel tous ceux qui agissaient de la sorte. D'un autre côté, qui sait si la religion protestante de Jesse ne permettait pas ce genre de choses... Ces sales fornications... Pouah!

Et puis, non. Elle n'avait pas le droit de penser ainsi du mal de son père et de Jesse. C'était déjà une faute grave que de les soupçonner d'un manquement au sixième commandement de Dieu. Et puis, on ne devait pas porter de jugement sur les autres, monsieur le curé le prêchait souvent en chaire, à Grande-Baie. Grande-Baie... Comme tout ça se trouvait loin, en ce petit matin gris!

À bien y penser, la seule consolation de l'aînée était d'avoir quitté la Collin's Shoe Shop, cet antre du vacarme et de la puanteur, où produire des chaussures à une vitesse folle paraissait aussi important que de respirer. Deux cents paires de souliers par jour qu'ils fabriquaient, les ouvriers de la Collin's ! Ça sortait par caisses qu'on empilait sur des charrettes pour les transporter jusqu'à la gare. De là, les trains les distribuaient dans toutes les directions. Marguerite s'en fichait bien, elle, du rendement. Elle ne demandait qu'à goûter encore un peu à l'air libre et aux derniers moments d'insouciance d'une jeunesse qu'on s'appliquait à lui voler sans vergogne.

Au travail, à peine s'était-elle liée d'amitié avec une ou deux compagnes durant les courtes périodes de pause. À la vérité, une seule chose lui ferait regretter la manufacture : les beaux yeux du nouveau commis. Souvent, il passait la tête dans la porte pour la gratifier d'un clin d'œil complice, et cela rendait les autres filles jalouses. Leur relation n'était jamais allée plus loin, faute de temps, mais Marguerite savait, sentait que, tôt ou tard, le jeune homme lui aurait conté fleurette. Hélas, on avait tué dans l'œuf une idylle qui commençait à peine à germer. Non, elle ne regretterait pas cet endroit.

Son père, lui, ne s'était jamais plaint de la dureté du travail. En fin de journée, elle descendait le rejoindre devant la porte principale. Ensemble, écrasés de fatigue, ils prenaient la nouvelle diligence qui ramenait dorénavant les travailleurs à leur domicile, aussi loin que

Stewartstown. Le silence régnait invariablement dans la voiture où les ouvriers harassés se laissaient ballotter au rythme des aspérités de la route. Marguerite se demandait à quoi songeaient tous ces gens derrière le masque impassible de leurs visages. Avaient-ils encore l'énergie de penser ? De rêver ? D'élaborer des projets ? D'envisager autre chose que leur damnée enveloppe de paye ?

Ce premier contact avec l'univers du capitalisme la rendait perplexe. Malgré l'enthousiasme toujours ardent de son père, la perspective de Lowell avait perdu sa magie à ses yeux. Elle y croyait de moins en moins. Éclaté comme une bulle de savon, le beau rêve d'y trouver le bonheur ! Même la perspective de vivre dans une communauté francophone où elle pourrait se lier d'amitié avec des jeunes de son âge parlant sa langue prenait moins d'importance. Sa sœur et elle maîtrisaient maintenant l'anglais et se contrefichaient de rencontrer d'autres Canadiens français. Lowell, Lowell... Depuis le temps qu'on lui rebattait les oreilles avec ce fantasme. Fallait-il que ce paradis lointain en vaille la peine pour que leur père les traîne jusque-là malgré les embûches !

Une fois à Boston, on prit un autre convoi pour remonter au nord sur une vingtaine de milles puisque l'express ne s'arrêtait pas encore à Lowell. Commis voyageurs, ouvriers, étudiants, séminaristes, grands-mères, familles, amoureux, tous se bousculaient pour pénétrer dans le train. On s'étreignait, on s'embrassait, on se disait adieu ou au revoir, on pleurait, on riait, on s'envoyait la main dans un brouhaha indescriptible. Jamais les petites Canadiennes n'avaient vu autant de monde à la fois, même à la sortie de la « grand-messe », autrefois, à Saint-Alexis de Grande-Baie.

Épuisées par trop de transbordements et d'émotions, les deux filles somnolaient quand apparut enfin la pancarte sur le côté droit du train, au moment de son entrée en gare : *Lowell, Massachusetts.*

Anne poussa un soupir et se serra contre sa sœur qui resta sans réaction quand leur père se leva d'un bond.

— Allons, les filles, on arrive !

Une vie nouvelle commençait. Marguerite réprima une grimace.

18

Lowell, enfin ! Après plus de six cent quatorze milles, cent quatre-vingt-dix-huit jours et dix-sept heures depuis Grande-Baie, Joseph Laurin et deux de ses filles arrivaient à destination.

Marguerite et Anne ouvraient grand les yeux sur la foule bigarrée et grouillante, et sur le va-et-vient incessant des calèches et des diligences bondées de passagers. Cette ville industrielle n'avait rien à voir avec Colebrook malgré ses récents développements. Y habitaient plus de quinze mille travailleurs et leurs familles, pour la plupart des Yankees et des Irlandais. Une communauté de Canadiens français y croissait depuis 1840 et l'immigration, qui avait momentanément cessé depuis 1870 à cause de la récession, semblait vouloir reprendre de plus belle.

Construit sur les bords de la rivière Merrimack, Lowell affichait des allures de géant avec ses larges avenues remplies de boutiques et ses multiples ruelles couvertes de macadam, ses nombreux canaux. Des quartiers résidentiels avaient poussé comme des champignons autour des établissements manufacturiers de quatre ou cinq étages recouverts de briques et dont les toits de tôle brillaient au soleil.

L'espace d'un moment, Anne songea à un nid de fourmis où, entassées dans un même lieu, les petites bêtes semblent zigzaguer sans but précis. Dans sa tête d'enfant, elle s'attendait à trouver le paradis promis par son père dans un fabuleux endroit verdoyant et lumineux comme le « vrai ciel », où des habitants paisibles n'avaient qu'à se pencher pour ramasser tranquillement des liasses de billets de banque.

Marguerite, plus pragmatique et certainement plus expérimentée grâce aux trois mois passés à la Collin's Shoe Shop, se montra moins étonnée. La cohue et le fourmillement sur les trottoirs, elle connaissait ! Quant à Joseph, il se mit à siffloter sans faire de commentaires. Marguerite se demanda s'il s'appliquait à masquer sa nervosité ou se retenait d'exploser de joie. Ou peut-être taisait-il sa déception…

Ils restèrent sur le coin de la gare pendant un long moment, leurs maigres bagages à leurs pieds, figés comme un trio d'élus incapables de se décider à faire un pas en avant sur la terre promise. Marguerite réagit la première.

— On s'en va où, papa ? Avez-vous l'adresse de tante Léontine ?

L'adresse de Léontine ! Joseph se frappa le front. Il était bien temps d'y songer ! Pas une seule fois ça ne lui avait effleuré l'esprit. Depuis quand devait-on se prémunir de l'adresse de quelqu'un pour le retrouver dans son patelin ? Allons donc ! Dans les villages du Québec, tout le monde se connaissait, on pouvait facilement repérer l'ami du cousin de la nièce ou la sœur du beau-frère de la cousine… Mais ici, dans cette mer humaine, comment dénicher sa sœur qu'il n'avait pas vue depuis sa dernière visite à Bagotville, il y avait cinq ans ? Il ne savait même pas si elle habitait encore à Lowell. Qui sait si elle n'avait pas déménagé ailleurs ou n'était pas simplement retournée au Canada, les poches bourrées d'argent, l'automne dernier ?

Soudain, il songea au prêtre missionnaire rencontré à Lévis. Ne lui avait-il pas confié une lettre pour… pour qui déjà ? Instinctivement, il tâta la poche de son pantalon. Bien sûr, elle ne se trouvait pas là. Elle avait probablement brûlé en même temps que ses autres vêtements devant la chute de Beaver Brook. Il se mordit les lèvres. Pas brillant, ça !

— Ouais, les filles, nous voilà dans de beaux draps. J'ai perdu son adresse.

Ni Anne ni Marguerite ne réagirent au tragique de la situation. Leur père les avait traînées jusqu'ici, il lui incombait de régler lui-même les problèmes. Tôt ou tard, il finirait bien par trouver un endroit où loger.

Un homme en uniforme s'approcha du groupe et effectua un semblant de salut sans enlever son képi.

— *May I help you, sir*[1] ?

— Euh… nous arrivons et… je ne trouve plus l'adresse de ma sœur !

Dans son énervement, Joseph avait spontanément répondu en français, oubliant qu'il savait maintenant parler la langue des Américains.

— *You speak French ? Please, souivez-moâ…*

1. Puis-je vous aider, monsieur ?

Ils pénétrèrent de nouveau dans la gare et l'homme leur désigna de la main un petit groupe d'individus, un homme et deux femmes parlant haut et fort, accompagnés de deux adolescentes et d'un bambin de six ou sept ans. Joseph reconnut immédiatement l'accent. Des Canadiens français, enfin ! Des gens de la même race à qui s'adresser sans la maudite barrière de la langue. Depuis si longtemps qu'il n'avait pas entendu ces expressions colorées, cette prononciation bien particulière, ces roulements du gosier propres aux gens de chez lui.

Il n'osait s'approcher. Comment ces inconnus pourraient-ils le dépanner ? À sa grande surprise, l'homme s'avança et lui secoua le bras.

— Excusez-moi. Étiez-vous par hasard dans le train en provenance de Boston ? Vous n'auriez pas vu un couple avec deux jeunes garçons ? Des Québécois de Sherbrooke qui devaient arriver aujourd'hui.

— Non, je n'ai rien remarqué.

— Vous arrivez du Québec ?

— Oui. Euh… non. C'est-à-dire…

— Ouais, toute une *ride* !

Joseph haussa les épaules et prit le parti de se taire. Finalement, ce sont les filles qui racontèrent en long et en large leur périple à Colebrook. Candidement, Anne précisa qu'ils n'avaient pas d'endroit où aller dormir, ce soir. L'une des deux femmes réagit sans hésiter.

— Mais, voyons, ça n'a pas de sens ! Vous allez venir chez nous. Pour aujourd'hui, en tout cas. Puisque mon frère et sa famille ne se trouvaient pas dans le train, on peut vous offrir la place en attendant leur arrivée sans doute remise à demain.

Joseph se sentit rougir.

— Je ne peux pas accepter, madame. Je possède très peu d'argent, je ne pourrais… Tant que je n'aurai pas trouvé du travail, vous savez.

— Vous en faites pas avec ça, monsieur ! On vous chargera rien ! Nous, les Canadiens français, on est du monde *smart*, capable de s'entraider. La brunante va « pogner » d'ici une heure, on va pas vous laisser sur le trottoir avec vos deux petites filles, quand même !

— Vous ne connaîtriez pas une Léontine Gauthier, par hasard ?

— Non, pas du tout. Elle habite à Lowell ?

— Dans ce cas, on va aller dormir dans un parc. On a l'habitude de camper. Il fait doux, il ne reste plus de neige et…

— Teut ! teut ! Pas question ! Des plans pour attraper votre coup de mort ! Venez, suivez-nous. On vous emmène dans notre quartier nouvellement baptisé Petit Canada !

— Petit Canada ?

— Eh ! oui, c'est le coin de la ville où la plupart des Canadiens français sont installés.

Les autres acquiescèrent d'un signe de tête. Joseph s'empara des trois sacs de toile et emboîta le pas aux inconnus, suivi de ses filles. Jamais il ne s'était senti aussi misérable.

Bloc Austin, logement numéro 4, deuxième étage. Monsieur Maltais expliqua que ce quartier, autrefois appelé Petit Dublin, avait été construit par des Irlandais, aux abords des usines, sur un ancien marais comblé avec les déchets de la municipalité et des industries. Aujourd'hui, il ne restait presque plus d'Irlandais dans ces blocs de huit *tenements* ou plus destinés aux ouvriers. Avec les années, la plupart étaient montés en grade et avaient amélioré leurs conditions de vie.

Dans ces logements exigus de deux, quatre ou cinq pièces, on entassait plusieurs familles pour un loyer de huit dollars par mois. En général, les Canadiens français qui les occupaient y demeuraient pendant un assez court laps de temps, quelques mois ou, au plus, un an ou deux, le temps de ramasser le pécule qui rendrait possible soit un transfert dans un quartier plus décent, soit un retour au Canada.

« Ainsi donc, songea Marguerite, ils ont tous la même obsession : remplir leur bas de laine… » Elle se renfrogna mais ne put résister à l'envie de tendre une oreille attentive au discours du Canadien.

Lui-même, Jacques Maltais, prévoyait de déménager bientôt et de faire l'achat d'une machine à coudre et peut-être même d'un piano. Son salaire annuel de trois cent soixante dollars ne suffisait pas à défrayer les coûts du logement et de la nourriture pour sa famille. Cependant, ajouté à celui de sa femme et de ses enfants, il lui permettait d'envisager bientôt un cadre plus confortable et des conditions de vie plus faciles.

Les complexes d'habitation, finis en pin recouvert d'une seule couche de peinture blanche, se dressaient directement sur le trottoir, séparés les uns des autres par un espace d'à peine quelques pieds. À l'intérieur régnait une odeur désagréable, parfois même nauséabonde, à cause du manque de ventilation. Dans le logis des Maltais, les deux pièces du milieu ne disposaient pas de fenêtres et s'avéraient donc sombres et mal aérées. Les *water-closets*, relativement propres, se situaient au sous-sol où chaque logement disposait d'un espace étroit.

En pénétrant dans l'édifice, Joseph nota immédiatement les murs au plâtre mal fini et la vitre brisée d'une fenêtre à guillotine dont on avait bouché l'ouverture avec un vêtement. À l'arrière, des dizaines de cordes à linge balançaient des sous-vêtements et des habits de travail dans l'air printanier. Certaines femmes faisaient fi des enseignements de l'Église et s'acquittaient de leur lessive le dimanche, faute de temps durant la semaine. À l'instar de leurs maris, les ouvrières de Lowell travaillaient de six heures du matin à six heures le soir, six jours par semaine. Il en était de même pour leurs enfants.

Devant l'étonnement de Joseph et de ses filles, le chef de famille se sentit dans l'obligation de préciser.

— On est venus ici pour faire du *cash*… et on en fait ! Il s'agit de donner le coup. Mais c'est pas la fin du monde. Ma mère, elle, reste ici pour prendre soin de notre Elphège, trop jeune pour travailler.

Marguerite risqua la question qui lui brûlait la langue.

— Vos filles ne vont pas à l'école ?

— Non… Ben quoi ? C'est pas pire qu'au Québec où tous les enfants de la famille participent aux travaux de la ferme. Elles auront bien le temps de rattraper leurs études quand on retournera chez nous. Même que je n'en vois pas vraiment la nécessité. Entre vous et moi, qu'ont-elles tant besoin de s'instruire pour aller élever une trâlée d'enfants au Canada, hein ?

— Et Elphège ?

— Elphège va à l'école publique anglaise. Depuis 1868, nous avons enfin une paroisse française bien à nous, la seule de Lowell avec une vieille église payée et transformée par le curé et nous tous : l'église Saint-Joseph. Nos prêtres habitent cependant au presbytère de la paroisse voisine anglophone de l'Immaculée Conception. L'école paroissiale française viendra plus tard.

Que voulez-vous, on a à se battre pour ça et ça nous coûte cher. Mais, c'est plus important de s'occuper de la maison du bon Dieu que de la nôtre, hein ? Autrefois, il fallait aller à la chapelle de l'hôpital ou à l'église Saint-Patrick, une église irlandaise pas très loin d'ici. Les Canadiens français ne comprenaient absolument rien de ce qu'on y disait. Il n'y avait même pas de chants grégoriens et on passait la quête à n'en plus finir durant la messe. Faire sa religion aux États était devenu dispendieux ! Ils sont pas mal *fancy*, les gens d'ici ! Surtout qu'aucun prêtre ne pouvait nous confesser ni prononcer de sermons dans notre langue. Quand un missionnaire canadien-français passait ici par hasard, il en avait pour des heures à baptiser, marier, confesser et donner la première communion sur le perron de l'église irlandaise. Ça n'avait aucun sens !

Marguerite insista.

— Comme ça, Elphège ne peut pas aller à l'école en français ?

— Exactement. Il n'existe pas d'école française ici, pour l'instant. Mon fils va à l'école publique américaine. C'est rendu qu'il parle l'anglais mieux que nous autres, le « p'tit vlimeux » !

Jacques ne put réprimer un sourire et donna une claque dans le dos du gamin. Ni l'homme ni Joseph ne perçurent le léger soupir que poussa discrètement Marguerite. Son espoir de retourner à l'école en français venait de s'anéantir. Et encore plus celui d'aller à l'école normale. Elle jeta un regard oblique à son père : au fond, tout était sa faute. Et il avait l'air de s'en ficher. Anne, au contraire, se prépara avec résignation à s'adapter encore une fois à une autre maison d'enseignement.

Les Maltais se montrèrent magnanimes et offrirent spontanément la chambre destinée à leurs visiteurs qui ne s'étaient pas présentés. Joseph y dormirait avec ses filles, pour cette nuit à tout le moins. On verrait ensuite.

Jacques donna des ordres discrets aux deux femmes.

— Dites donc, si on prenait une bouchée? Vous devez avoir faim. Ma belle-mère a fricoté la soupe aux légumes du siècle, paraît-il. Et attendez de goûter à son pain d'épice!

Ce soir-là, Anne et Marguerite, pourtant exténuées par le voyage, mirent longtemps avant de s'assoupir. Au milieu de la nuit, si les Maltais perçurent les pas de l'un de leurs invités à travers le logement, ils ne bronchèrent pas, convaincus que Joseph descendait aux latrines.

On réalisa, le lendemain seulement, qu'il n'était pas remonté.

19

— Je veux voir papa, je veux voir mon papa!

Anne était au bord de la panique. La grand-mère Maltais avait beau tenter de lui changer les idées avec des tisanes et des carrés de sucre à la crème, l'intéresser au ménage ou à la préparation du repas des travailleurs, rien n'y faisait. Même Marguerite, elle aussi dépassée par les événements, n'arrivait pas à la réconforter. Au fond, l'aînée avait tout autant envie de hurler sa déconfiture que sa sœur. Où donc se trouvait leur père ?

Si c'était ça, Lowell... Le paradis faisait davantage figure d'enfer! L'accumulation de toutes ces épreuves depuis la mort de leur mère commençait véritablement à semer la révolte dans l'esprit de la jeune fille pourtant apte au bonheur, autrefois, dans ces temps éloignés où elle regardait l'avenir d'un œil serein. Maintenant, tout s'écroulait. Voilà que Joseph les abandonnait chez de parfaits inconnus, dans une ville qu'elle ne connaissait pas. Le comble !

Tout ça au nom de quoi? De l'argent? Elle n'en avait que faire, de l'argent. Pourquoi l'argent, ce veau d'or de la Bible ? Il faisait perdre la tête aux humains, l'argent... Et il rendait son père complètement dingue. À cause de cette folie, cette soif impérieuse d'argent, elle avait cessé d'aller à l'école et ne voyait plus sa petite sœur Camille. Elle et Anne n'avaient plus de racines nulle part.

De l'argent pour s'acheter quoi? Des draps de soie? Des bijoux? De beaux vêtements? Se bâtir une belle maison? N'en possédaient-ils pas une à Grande-Baie? Oh! ce n'était pas la plus cossue du village, mais Marguerite aimait bien sa petite chambre aux rideaux de dentelle, sa courtepointe aux teintes de rose et de mauve cousue par maman. Maman... Soudain, un ennui atroce la gagna. Maman, maman, où es-tu?

Que faisait-elle ici, en ce morne matin de printemps, dans ce logement étroit et mal éclairé, chez de purs étrangers, seule au bout de l'exil, sans adresse, sans rien ni personne, sans recours, en train de brasser une tisane aux pommes et à la cannelle en face de sa pauvre sœur éplorée qui, elle, soupirait au sujet de son père? Comment la consoler ? Et se consoler elle-même? Devait-elle lui confier le fond de sa pensée : que leur père avait viré fou? Dans le tourbillon formé par sa cuillère dans le liquide brûlant, Marguerite ne voyait que malheur et désenchantement.

— Ne pleure pas, ma pauvre Anne. Papa va revenir, tu le sais bien. C'est pas la première fois qu'il disparaît comme ça.

Justement, ce n'était pas la première fois. Mais cette fois, Marguerite n'avait plus envie d'essayer de comprendre ni de pardonner. Plus envie d'attendre. Cette fois, la colère s'était emparée d'elle, une colère froide et dévastatrice qui éteignait les dernières lueurs d'espoir brûlant encore en elle. D'ailleurs, quel espoir ? Du retour de l'homme qui les traînait dans l'incertitude et l'insécurité depuis des mois ? Dieu sait ce qu'il leur ménageait pour l'avenir. Jusqu'où sa grande illusion les mènerait-elle ? Cette fois, Marguerite Laurin détesta son père. De toutes ses forces et de toute son âme. Elle détesta le monde entier, elle détesta la vie elle-même. Même sa sœur pleurant sur ses droits d'enfant à la stabilité lui tapait sur les nerfs.

— Arrête de brailler, Anne ! répétait-elle avec impatience, autant pour elle que pour sa sœur. Ça ne donne strictement rien. Ça ne va pas ramener notre père. Il reviendra bien quand il l'aura décidé, tu le sais aussi bien que moi.

La grand-mère Maltais entendit-elle la réflexion de Marguerite ? La vieille femme se leva d'un bond et leur offrit de sortir avec Elphège.

— Venez, les petites, je vais vous faire visiter la ville. Ça va vous changer les idées. Ainsi, le temps passera plus vite. On va laisser une note sur la porte pour votre papa, au cas où il reviendrait pendant notre absence, et on va aller marcher dans Market Street. Vous allez voir, il y a de belles boutiques à Lowell. C'est pas comme au Saguenay.

Les « petites » refusèrent obstinément de sortir. Il n'était pas question de manquer le retour de Joseph. Des plans pour qu'il reparte sans elles ! Et si les invités attendus arrivaient aujourd'hui de Boston, où dormiraient-elles ce soir ? Sur le trottoir ? Sans doute Joseph était-il parti à la recherche de la tante Léontine et reviendrait-il bientôt avec de bonnes nouvelles, une adresse où nicher. Elles passèrent donc le reste de la journée en silence, le nez collé contre la vitre.

Joseph ne réapparut pas de la journée. Même monsieur et madame Maltais, au retour du travail, furent démontés par cette disparition insolite. Ils n'arrivaient pas à croire que cet homme avait abandonné ses propres enfants chez des étrangers sans plus donner signe de vie. Anne et Marguerite refusèrent de souper, totalement désemparées. Heureusement, les visiteurs en provenance du Québec ne se présentèrent pas tel que prévu. On dormit mal, cette nuit-là, dans le logement numéro 4 du bloc Austin. Une épée de Damoclès semblait suspendue au-dessus du *tenement*.

Le lendemain matin, au moment où les travailleurs se préparaient à repartir, on frappa plusieurs coups effrénés à la porte d'entrée. Les filles sentirent leur cœur bondir. Ce devait être leur père ! Monsieur Maltais s'empressa d'ouvrir et lança un cri d'étonnement.

— Ah ! ben, ça parle au diable !

— Salut, le frérot ! C'est ben tranquille, icitte ! C'est comme ça qu'on accueille la famille ? Ben, nous v'là ! On a pris le train de nuit. On pensait vous faire une surprise. C't'idée, aussi, d'émigrer à l'autre bout du monde !

— Ah ! pour une surprise, c'en est une ! On vous attendait avant-hier !

— Ben quoi ? On est juste un peu en retard. Pas notre faute si on a manqué le départ à Sherbrooke. Les chemins du Québec sont bloqués par les inondations, la neige a fondu trop vite, ça a tout pris pour nous rendre jusque-là. Ensuite, on a embarqué sur les trains du Grand Tronc. Ça n'en finissait plus ! D'abord, Island Pond, puis Portland et enfin Boston pour finalement remonter jusqu'à Lowell. Ça a besoin de valoir la peine !

Des pleurs émanant de la chambre voisine interrompirent la conversation. Dans les bras de sa sœur, Anne, au bord de la panique, appelait son père à grands cris. Elles venaient de perdre leur lit où dormir. Marguerite, elle, sanglotait par petits coups, en silence, comme la grande fille raisonnable qu'elle n'arrivait plus à être.

Le même après-midi, la grand-mère s'en fut avec les sœurs Laurin au presbytère situé à quelques coins de rue. Monsieur le curé trouverait bien une solution, lui.

Le prêtre portait bien la cinquantaine. Légèrement bedonnant dans sa soutane noire, le cou enserré dans son collet romain, le cheveu grisonnant plutôt rare, le regard droit et direct à travers ses petites lunettes cerclées de métal, le père André-Marie Garin, oblat de Marie-Immaculée, ressemblait davantage à un grand-père qu'à un ministre du culte débordé par les mille et un problèmes de ses ouailles.

Marguerite le dévisageait comme un sauveur. Arriverait-il à retrouver leur père et à les sortir du pétrin, elle et sa sœur? Il représentait le dernier recours avant le naufrage complet. L'homme posa une main toute paternelle sur l'épaule d'Anne.

— Ne vous en faites pas, mes chères filles, on va le retrouver, votre papa. En attendant, vous pourrez dormir ici aussi longtemps que nécessaire. Mon vicaire et moi allons prendre soin de vous. Allons, cessez de pleurer. Le bon Dieu n'abandonne jamais ses enfants, vous le savez. Pensez aux oiseaux et aux lys des champs… Il faut garder confiance.

Anne frémit légèrement. Elle buvait les paroles du prêtre comme de l'eau de source. Il avait raison, son père reviendrait. Elle voulait y croire, il fallait y croire de toutes ses forces, sinon elle mourrait de peur et de chagrin. Marguerite, par contre, porta sur lui un regard sceptique. Trop facile de mettre leur problème entre les mains du bon Dieu qui avait l'air de s'en moquer royalement. Il aurait des comptes à lui rendre, celui-là, un de ces jours. Il aurait pu s'occuper d'elles avant aujourd'hui. Elle fit la moue et ne se donna pas la peine de répondre.

Le vicaire, homme d'âge moyen et tout aussi imposant que le curé, tenta de créer une diversion.

— Tenez, mesdemoiselles ! Je suis en train de monter une bibliothèque pour la jeunesse avec un ami qui m'apporte des livres en français. Vous savez lire, je suppose ? Attendez voir... Certains devraient vous plaire. La comtesse de Ségur, vous connaissez ? Avez-vous lu *Les Malheurs de Sophie* ?

Elles ne revirent leur père que le lendemain quand un policier frappa à la porte du presbytère en poussant un Joseph passablement éméché.

— *This stupid French Canadian was going to set fire to a bench in the park. You better take care of this « rolling stone », father, if not, I'll put him in jail*[1].

Devant le piteux état de son père, l'inquiétude plus que le soulagement submergea Marguerite. Anne manifesta moins de retenue et sauta au cou de l'arrivant.

— C'est papa ! C'est vous, mon papa ! Enfin !

---

1. Ce stupide Canadien français allait mettre le feu à un banc du parc. Vous feriez mieux de prendre soin de cet « oiseau de passage », mon père, sinon je vais le mettre en prison.

Tenant laborieusement sur ses jambes, Joseph ouvrit instinctivement les bras pour enlacer ses filles sans percevoir la raideur de son aînée ni les tremblements de la plus jeune. Encore moins le désarroi qui leur déformait le visage.

À la vérité, il se rappelait à peine son propre nom.

20

Le jour suivant, à peine revenu de sa longue cuite, Joseph n'en menait pas large. Renfrogné, les vêtements fripés, il passa des heures devant la fenêtre du presbytère, plongé dans un mutisme absolu. Le curé et son vicaire, avant de partir visiter les malades, se contentèrent de le saluer simplement. Les questions viendraient plus tard. Le père Garin confia les deux fillettes à la cuisinière pour le reste de la journée.

— Eh, les enfants ! Vous pourrez donner un coup de main à madame Dufort dans la cuisine puis l'aider à décorer la salle paroissiale pour le prochain concert. Il ne faut pas oublier que Pâques arrive à grands pas.

Marguerite regarda partir les deux prêtres avec regret. Elle se sentait bien auprès de ces hommes si gentils qui les avaient en quelque sorte prises en charge malgré leur tâche pourtant colossale. Autour de la paroisse gravitaient les activités sociales, intellectuelles, culturelles et, bien sûr, religieuses. En plus d'exercer son ministère et de favoriser la religion dans toutes les sphères de la vie quotidienne, le curé, assisté de son acolyte, contrôlait l'éducation, la bibliothèque, les journaux. Continuellement, il jouait le rôle de conseiller, d'arbitre, de pédagogue, de travailleur social, d'organisateur, et parfois même de banquier ! Il agissait très souvent comme l'instigateur de nombreuses activités communautaires dans la salle paroissiale : veillées et fêtes familiales, concerts, conférences, parties de cartes, il devait voir à tout !

Malgré ces lourdes besognes, les deux hommes paraissaient sereins et leur attitude traduisait non seulement une bonté indéniable mais aussi une franche joie de vivre. Les Canadiens français de la paroisse Saint-Joseph de Lowell pouvaient s'appuyer avec confiance sur leurs dévoués guides spirituels et s'enorgueillir de leur zèle.

Ce n'est qu'en fin d'après-midi que Joseph sortit enfin de sa torpeur et manifesta quelque intérêt pour ses filles.

— Alors, les Maltais vous ont mises à la porte ?

— Mais non, pas du tout. Les gens qu'ils attendaient sont finalement arrivés et ils avaient simplement besoin de la place.

Marguerite tourna sa langue sept fois pour se retenir de lui reprocher de s'être enfui et de les avoir abandonnées. Trop facile de fuir quand ça va mal ! Et pourquoi s'était-il mis à boire encore une fois ? Pourquoi, surtout, tentait-il de mettre le feu à un banc de parc ? Elle n'arrivait pas à s'expliquer cette attitude. Tout à coup, en ce petit après-midi gris et pluvieux, son père lui apparaissait non seulement comme un lâche mais comme un être bizarre et insaisissable. Un être qui lui faisait peur, certains jours. Elle ne comprenait plus ses projets, ni ses raisons de les avoir amenées ici, aujourd'hui, à Lowell, à vivre de la charité d'un prêtre, au fond d'un presbytère. N'étaient-ils pas heureux auprès de Jesse ?

Elle regardait la main de Joseph trembler, elle voyait ses yeux injectés de sang, sa barbe mal taillée, sa peau fanée et rougie, et elle sentait gronder la colère au fond d'elle-même. Une colère à peine retenue. Dans quel pétrin il les avait fourrées, elle et ses sœurs ! Soudain, elle n'avait plus envie de le suivre. C'en était assez ! Elle irait travailler quelques semaines à l'usine et gagnerait suffisamment d'argent pour acheter des billets de train. Elle et ses sœurs retourneraient au Saguenay. Avec ou sans lui.

Elles retourneraient… Mais au fait, où retourneraient-elles ? Leur maison était sans doute abandonnée au milieu des champs. Leur tante Hélène et son mari accepteraient-ils de les prendre sous leur aile malgré leurs huit enfants ? Hum… mieux vaudrait se rendre chez leurs grands-parents à Baie-Saint-Paul. Lors de leur passage chez eux, en septembre dernier, elle avait promis à sa grand-mère de lui écrire mais elle n'y avait plus songé par la suite.

D'ailleurs, qu'aurait-elle pu lui raconter ? Leur interminable voyage ? L'accident de Camille ? Leur séjour chez les Peel à Colebrook ? Annoncer à sa grand-mère qu'elle n'allait plus à l'école ? Que son père l'avait obligée à travailler dans une manufacture ? Qu'il avait séparé les trois petites sœurs pour aboutir à Lowell, cette ville de briques rouges, immense et surpeuplée, ce faux paradis aux couleurs du progrès ?

Non, grand-maman se serait tourmentée à leur sujet sans pouvoir les aider. Comment aurait-elle pu ? Il n'y avait personne sur cette planète pour les aider. Marguerite, Anne et Camille Laurin, filles mineures, se trouvaient légalement et carrément à la merci de leur père, de ses stupides ambitions et de sa maudite bouteille.

Anne partageait-elle l'état d'esprit de sa sœur ? Elle se leva spontanément et vint se planter devant Joseph retourné dans ses pensées silencieuses.

— Dites-moi pourquoi, papa, le policier a dit que vous vouliez brûler un banc de parc ?

L'espace d'une seconde, l'homme sembla revenir à la réalité et braqua ses yeux dans ceux de sa fille. Il répondit sans hésiter :

— Ce n'est pas moi, ma fille, ce sont les feux follets qui voulaient mettre le feu. Parfois ça devient fou, tu sais, des feux follets…

Il n'allait tout de même pas leur raconter dans le détail ses frasques des derniers jours ! D'ailleurs, il se les rappelait à peine. Le train, l'arrivée à la gare, ces étrangers qui leur avaient offert le gîte, l'atmosphère suffocante dans un logement du Petit Canada, les crampes, au milieu de la nuit, et ce besoin impératif d'aller aux toilettes, au sous-sol… Sans compter l'embarras, la confusion, l'incertitude, la honte d'avoir mal planifié son arrivée à Lowell… La déception qui lui tordait les entrailles… Sa sœur qu'il ne savait où trouver… Et Jesse, méchamment abandonnée là-bas, sur un coup de tête…

Dans la nuit chaude et étoilée, trop silencieuse, il avait cédé à l'envie de se délier les jambes et de marcher un peu par les rues afin de découvrir ce fameux Lowell où il allait installer ses pénates. Marcher surtout pour décanter ses émotions trop vives. Hélas, ses pas l'avaient sournoisement conduit jusqu'à un débit de boissons tenu par un Québécois dans la Main Street. Même après la fermeture, les nouveaux copains avaient voulu le retenir pour jouer aux cartes. Ah ! comme il avait apprécié de côtoyer des gens de sa race ! Ils avaient longuement « fêté ça ».

Après, plus rien. Il ne se rappelait plus rien à part ces satanés feux follets qui, au retour, dansaient dans un parc pendant que lui, incapable de faire un pas de plus, se reposait sur un banc. Il en voyait partout, des feux follets. Ça tournait autour de lui, ça le frôlait, ça le léchait, ça le brûlait presque. Et il avait eu peur. Ah ! il en avait bavé ! À n'en pas douter, il s'agissait de Rébecca qui venait le narguer. Oui, ça devenait fou, parfois, des feux follets. Et ça rendait fou…

Anne cessa ses questions et vit son père se jeter à plat ventre sur un des lits du dortoir pour ne s'en relever que quinze heures plus tard.

Le lendemain, Joseph sembla complètement sorti de sa crise. Le curé convia gentiment ses locataires à sa table. Devant l'épuisement évident des deux prêtres, Joseph s'aventura à leur conseiller de réclamer de l'aide du diocèse.

— C'est déjà fait. Un prêtre irlandais est venu pour un certain temps remplacer mon jeune vicaire tombé malade et retourné au Canada. Mais le pauvre ne parlait pas un traître mot de français. Il ne pouvait donc prononcer des sermons, ni entendre les confessions, ni proférer de bons conseils, ni rassurer les malades. Au bout de quelques jours, il a dû retourner, confondu, à Boston.

— Pourquoi ne pas faire venir des prêtres du Québec, alors ?

— Il faut d'abord convaincre le diocèse de Boston. Les autorités se montrent réticentes et favorisent plutôt l'intégration des immigrants à la société américaine. Ça n'a pas été évident, vous savez. Ils nous font la vie dure… Quand j'ai finalement obtenu la permission de fonder cette paroisse, il y a une dizaine d'années, j'ai dû ramasser moi-même les fonds. Les gens se sont montrés fort généreux, preuve qu'un besoin pressant se faisait sentir. En trois semaines, ils ont recueilli trois mille cinq cents piastres pour acheter, dans la rue Lee, une vieille église protestante abandonnée et la convertir en l'église Saint-Joseph. Mon prochain projet est de construire une école paroissiale où les enfants pourront étudier en français. En remplacement de mon vicaire en convalescence au Canada, on a envoyé temporairement le père Lagier que vous connaissez. Mais le père Lacroix semble enfin rétabli, aux dernières nouvelles, et il devrait rentrer bientôt. J'espère pouvoir garder mes deux assistants auprès de moi. Mais… rien de moins sûr !

— Lacroix, dites-vous ? Mais… Dieu du ciel, ne s'agirait-il pas d'un jeune oblat de Marie-Immaculée en repos dans un couvent de Lévis, par hasard ?

— Antoine Lacroix, exactement ! Comment savez-vous cela ?

Joseph raconta sa rencontre chez les sœurs avec le jeune prêtre malade, un soir d'orage. Il lui avait d'ailleurs remis une lettre pour son ami le curé.

— Excusez-moi, j'ai perdu la lettre en cours de route. Il faut dire que je n'avais pas prévu de mettre sept mois pour parvenir à Lowell.

— Et notre sœur Camille est restée à Colebrook..., renchérit Anne, trop contente de raconter en détail les péripéties de leur voyage.

Ces confidences achevèrent de briser la glace. Joseph sembla redevenir lui-même, au grand soulagement de Marguerite.

Au cours de la journée, il s'en fut à l'une des filatures du quartier en compagnie de ses filles, en quête d'un emploi pour lui et Marguerite. Le contremaître le reçut froidement. Même s'il avait remarqué qu'il s'agissait d'un francophone, il s'adressa à lui en anglais pour lui apprendre qu'on payait entre soixante-douze cennes et un dollar vingt-cinq par jour, selon le travail effectué. Malheureusement, pour le moment, il n'avait rien pour lui.

À son grand étonnement, l'homme entendit Joseph lui offrir, dans un anglais acceptable mais coloré d'un fort accent, de travailler pour soixante cennes.

— *Sixty cents ? O.K. You'll start tomorrow morning at six o'clock*[1].

Joseph négocia également l'embauche de ses deux filles en mentant sur leur âge. Le

1. Soixante cennes? O.K. Vous commencez demain matin à six heures.

contremaître accepta de les recevoir le lendemain et promit de faire de son mieux pour leur trouver un emploi.

Si Marguerite se sentit dépitée à l'idée de retourner travailler en usine, Anne, au contraire, n'arriva pas à fermer l'œil de la nuit. Elle ne pouvait croire qu'elle gagnerait un salaire. Enfin ! on la comptait parmi les grands ! Son père l'avait bien avertie : « À partir d'aujourd'hui, tu as quatorze ans. » Le père Garin n'avait-il pas expliqué, la veille, que les enfants de moins de quatorze ans étaient tenus d'aller à l'école au minimum trois ou quatre mois par année ? Elle y était allée durant deux mois et demi, cet hiver, à Colebrook. C'était toujours ça. D'après Joseph, cela suffisait largement.

21

Aux premières lueurs de l'aube, Anne et Marguerite s'introduisirent sur la pointe des pieds dans l'immense usine de la Lawrence Mills dans Perkins Street. Elles avaient traversé l'étroit embranchement du réseau de canaux de la ville, aux trousses de leur père qui marchait d'un pas allègre sans se rendre compte de leur essoufflement.

Malgré son air fanfaron et ses prétentions de connaître « ce que c'est, une manufacture », l'aînée appréhendait de pénétrer dans ce nouveau « lieu de torture » dont elle n'attendait rien de bon. Adossé à la rivière Merrimack, l'édifice de six étages construit en briques rouges et percé de nombreuses fenêtres en imposait par ses dimensions impressionnantes qui dépassaient largement celles de la Collin's Shoe Shop. Ses nombreux pavillons disposés en grille faisaient penser à un séminaire ou un hôpital.

En approchant, on pouvait entendre une cloche appeler les employés, des femmes en majeure partie. On s'y engouffrait à toutes jambes par centaines à travers les différentes portes situées aux extrémités des ailes. Une tour surmontée d'un dôme de cuivre et appuyée au milieu de l'une des sections indiquait l'heure : cinq heures cinquante. Le « ding dong » fit sursauter les filles et rappela à Marguerite le timbre de la cloche de l'école du Quatrième Rang à Grande-Baie. Il y avait si longtemps ! Y retournerait-elle jamais ?

Mais elle n'eut pas le loisir de s'apitoyer longtemps, soudain médusée par le bruit qui suivit quelques minutes plus tard. Des centaines de métiers à tisser venaient de se mettre en branle, mus par la vapeur selon les méthodes scientifiques les plus récentes. Les machines battaient le rythme avec un bruit infernal propre à défoncer les tympans. Jamais la jeune fille n'avait entendu un tel vacarme. Apeurée, Anne se rapprocha de sa sœur et glissa furtivement sa main dans la sienne. Joseph, lui, ne tarissait pas d'éloges.

— Extraordinaire ! Regardez-moi ça, les filles, le rendement de ces machines-là. Pas croyable jusqu'où en est rendu l'être humain ! Vous avez devant vous la gloire de l'Amérique, mes enfants...

À l'entrée, le chef d'atelier tenait déjà leurs fiches en main. Il leur indiqua l'horaire dans un anglais mal articulé. Le travail commençait dix minutes après la cloche et s'étalait sur une période de douze heures, y inclus les samedis. Trente-cinq minutes étaient allouées pour déjeuner, même chose pour le dîner. On ouvrait et refermait les barrières dix minutes avant et après la cloche.

Puis il ajouta avec un air condescendant que les jobs les moins bien payées se trouvaient dans les salles de cardage et de filage où l'on démêlait et nettoyait les fibres. C'est là qu'il allait les affecter tous les trois pour l'instant. En général, ça prenait quelques mois avant de monter en grade et de pouvoir travailler sur un métier à tisser.

Joseph acquiesçait de la tête avec la soumission respectueuse d'un domestique. Marguerite aurait préféré ne rien entendre tandis qu'Anne écoutait d'une oreille distraite et semblait ne rien comprendre. L'homme ne mit pas de temps à leur assigner une tâche de décrotteurs : Joseph devrait nettoyer les allées recouvertes de mousse et de brins de coton à l'aide d'une vadrouille tandis que les filles, armées de plumeaux, élimineraient les filaments agglutinés dans les articulations de la machinerie. Bien sûr, il fallait éviter toute imprudence : surtout ne pas s'approcher des moulins en marche. Seuls les contremaîtres devaient s'acquitter des tâches dangereuses. L'homme raconta qu'un jeune garçon s'était fait happer un bras en voulant dégager une bourre coincée dans l'engrenage d'un métier à tisser pendant qu'il tournait. Il leur recommanda donc la plus grande prudence.

Il n'en fallut pas plus pour qu'Anne prenne panique et se mette à trembler d'effroi. Le surveillant des travaux lui jeta un regard suspicieux qui n'échappa pas à Joseph. De toute évidence, il se rendait compte que cette enfant n'avait pas l'âge requis pour travailler. Les ongles que Joseph enfonça discrètement dans l'épaule de sa fille et les mots qu'il lui susurra à l'oreille sur un ton péremptoire brisèrent toute tentative de rébellion de la part de la fillette.

— Tu dois avoir quatorze ans, oublie pas ! Et tu vas montrer au monsieur à quel point tu es capable de fonctionner. Compris ?

Puis il se tourna vers le contremaître avec un air qui se voulait persuasif.

— *Listen to me, sir : my daughter is really fourteen. In French, we used to say* « Dans les petits pots, les meilleurs onguents ! » *You'll see, she will make a good job*[1] *!*

Anne renifla un bon coup et accepta de suivre le petit groupe à travers la salle de tissage où les sabres faisaient claquer les navettes à une cadence endiablée. Elle se promit de ne jamais venir travailler dans cette pièce à cause du bruit, malgré les meilleurs salaires promis. En pénétrant dans les locaux de préparation, une bouffée de chaleur humide remplie de particules en suspension les frappa de plein fouet.

Anne se sentit suffoquer et porta stupidement son plumeau rempli de poussières devant son visage, ce qui, évidemment, déclencha un début d'insuffisance respiratoire. Marguerite, de son côté, commença à toussoter et à se frotter les yeux. Le contremaître se pencha au-dessus d'elles avec un air méfiant.

— *I'm not sure they'll make it*[2] *!*

— C'est ce qu'on va voir ! menaça Joseph entre les dents.

---

1. Écoutez-moi bien, monsieur : ma fille a vraiment quatorze ans. En français, nous avons l'habitude de dire : « Dans les petits pots, les meilleurs onguents ! » Vous allez voir, elle va faire du bon travail.

2. Je ne suis pas certain qu'elles vont y arriver !

Personne ne put l'entendre à cause du vacarme d'enfer.

Le soir ramena au presbytère les deux travailleuses et leur père complètement fourbus. Le père Garin se montra bienveillant, malgré la lourdeur de la présence envahissante de ces trois locataires depuis déjà quelques jours. À la vue des yeux rougis des fillettes, il se permit d'interroger Anne.

— Quel âge as-tu, toi, ma cocotte ?

— Euh... j'ai... j'ai quatorze ans !

— Ah, tiens ! Même chose que ta sœur ! Vous faites une drôle de paire de jumelles !

Le curé éclata de rire mais son rire sonnait faux. Même s'il n'approuvait pas que l'on fasse travailler des enfants de douze ans à l'usine, il prit le parti de se taire. Joseph lui en fut reconnaissant. Mais trop conscient d'abuser de la bonté du prêtre, il se sentit obligé d'apporter certaines précisions sur leur situation.

— Je me donne encore un jour ou deux pour dénicher ma sœur, sinon, je vais louer un appartement dans le Petit Canada. Ne vous inquiétez pas, mon père, je vais vous dédommager pour notre hébergement.

Le prêtre se contenta de hausser les épaules. La Divine Providence ne voyait-elle pas à tout ?

22

« Vive la Canadien-en-ne, vole, mon cœur, vo-o-o-o-le… »

La chorale, grimpée sur l'estrade à l'avant de la salle paroissiale, s'en donnait à cœur joie. Les femmes, de tout âge, portaient un chemisier blanc et une jupe noire. Les hommes, eux, soutenaient pour la plupart leur pantalon à l'aide de bretelles sombres striant leur chemise parfaitement empesée. Malgré l'absence de dentelles, colifichets, bijoux et chaînes de montre en or, les chanteurs et les chanteuses du chœur paroissial Saint-Joseph avaient fière allure en ce dimanche après-midi de Pâques.

« Et ses jolis yeux doux, doux, doux, et ses jolis yeux doux… »

Quand la soliste fit un pas en avant et entonna le couplet d'une voix ferme et fracassante de mezzo-soprano, Joseph bondit sur ses pieds et laissa échapper un cri de surprise : « Léontine ! » À n'en pas douter, c'était bien elle, sa grande sœur. Il reconnaissait son port altier, sa « corporence », sa poitrine généreuse et sa chevelure abondante.

Il la cherchait désespérément depuis cinq jours en fouillant des yeux la foule de travailleurs et en interrogeant les uns et les autres. Il s'avérait vital de la trouver rapidement, non seulement pour quitter au plus vite le presbytère, mais également pour lui confier ses filles, le temps de retourner à Colebrook chercher Camille. Sinon, il serait dans l'obligation de les ramener là-bas, avec lui. Il n'était pas question de les laisser seules dans la jungle que lui paraissait Lowell. Il n'était pas question, surtout, de perdre ce nouvel emploi auquel elles commençaient à peine à s'adapter.

Le soir ramenait les fillettes complètement épuisées au presbytère. Mais la petite enveloppe remise par le *foreman*, à la fin de la semaine, valait bien toutes les fatigues. À tout le moins à ses propres yeux, car ni Anne ni Marguerite ne semblaient s'y intéresser. Elles l'avaient remise à leur père sans même en regarder le contenu. « Bof…, se disait-il, elles vont finir par s'y faire à la longue. »

Effectivement, si elles avaient quelque peu protesté les premiers jours pour ne pas retourner au travail, elles rentraient maintenant, le soir, silencieuses et abruties, sans trouver l'énergie de se plaindre. Et quand, le lendemain, l'aurore les tirait du lit à une heure où même les coqs n'avaient pas encore commencé leurs ritournelles, c'est à peine si elles avaient le temps d'enfiler jupes et tabliers que déjà elles se retrouvaient sur le macadam, marchant derrière leur père vers la Lawrence Mills Company comme des centaines d'autres travailleurs. Comme leur père qui filait doux. Leur père qui n'avait pas bu une goutte de la semaine. Leur père méconnaissable de gentillesse envers le curé, son vicaire et la cuisinière, docile face aux contremaîtres, aimable avec tout le monde.

« Vive la Canadien-en-ne… »

La foule se leva d'un bloc et se mit à chanter à tue-tête avec le chœur. Dans cette clameur se trouvait l'âme d'un peuple, sa fierté mais aussi son amertume de se trouver loin de sa patrie. On se rapprochait, on se serrait les uns contre les autres, on se tenait par la main, on se souriait, on devenait solidaire et complice. On ne se sentait plus seul. Et de ces rapprochements émanaient une énergie féroce, une force si prodigieuse que même Joseph en éprouva une certaine émotion. Lui non plus n'était pas seul. N'était plus seul.

Monsieur le curé l'avait dit, ce matin, lors de son sermon de Pâques dans la petite église Saint-Joseph bondée de fidèles : « Vous n'avez pas abandonné votre pays, vous l'avez agrandi jusqu'ici. » Toutes ces familles qui chantaient autour de lui, ces hommes, ces femmes, ces enfants, ils appartenaient à la même race, ils parlaient la même langue, ils entretenaient les mêmes traditions et défendaient les mêmes valeurs. Et ils partageaient la même aspiration : celle de s'éloigner de la même pauvreté, du même dénuement.

On avait dû refuser des spectateurs dans la salle paroissiale trop exiguë pour contenir toute la communauté francophone grandissante du quartier, toujours intéressée à participer aux fêtes et aux activités sociales. Il suffisait d'organiser une conférence, un tournoi de cartes ou une soirée de rigodons pour que s'allongent les listes d'inscription. Aujourd'hui, le temps maussade avait dissuadé les organisateurs de présenter le concert à l'extérieur. Évidemment, Joseph et ses filles, hôtes du pasteur, avaient obtenu des places de choix.

Quand la chorale eut terminé son dernier rappel et que les chanteurs descendirent de l'estrade sous un tonnerre d'applaudissements, Joseph s'approcha de sa sœur.

— Léontine ! Léontine Gauthier ! Eh ! tu ne salues pas ton p'tit frère ?

— Joseph ! Salut, frérot ! Ça va ?

Marguerite ne reconnaissait pas sa tante, pas plus que son mari et ses cousins, émigrés aux États-Unis depuis plusieurs années. Elle se serait attendue à un accueil plus enthousiaste de sa part. Un cri de surprise et de joie, une accolade chaleureuse… Depuis le temps que cette tante n'avait pas vu Joseph et ses enfants ! Mais un simple baiser du bout des lèvres sur la joue de son frère fut sa seule manifestation de bienvenue.

— Je savais que tu étais parti pour la Nouvelle-Angleterre, mais ne te voyant pas arriver à Lowell, j'ai conclu que tu t'étais fixé ailleurs.

— Tu le savais ? Comment ça, tu le savais ?

— Maman m'a écrit après votre arrêt à Baie-Saint-Paul, au début de septembre. Elle m'a appris au sujet de Rébecca et de votre départ pour les États-Unis. Mes condoléances, mon frère… Tu aurais dû me faire signe en arrivant ici, j'aurais pu vous aider à trouver un gîte et du travail.

— J'aurais bien voulu mais j'avais oublié ton adresse. Pas brillant, n'est-ce pas? Et trouver quelqu'un dans une si grande ville, c'est comme trouver une aiguille dans une botte de foin. Il faut dire que nous nous trouvons à Lowell depuis une semaine seulement.

— Comment ça? N'as-tu pas quitté le Saguenay au début de l'automne? Ne me dis pas que tu as mis tout ce temps-là pour arriver jusqu'ici! Au fait, n'avais-tu pas trois filles? Je n'en vois que deux.

— Ah… c'est toute une histoire! Je te raconterai.

— Dis donc, si on allait chez nous, on pourrait discuter plus à l'aise.

Joseph poussa un soupir. Depuis des jours qu'il attendait cette phrase…

Les Gauthier faisaient partie des tenaces, de ceux qui persistaient à demeurer aux États-Unis. Pas une seule fois ils n'étaient retournés en visite à Bagotville d'où ils venaient. Au fil des années, à force de cumuler les salaires du père, de la mère et des fils, la famille avait pu quitter les logements insalubres du Petit Canada et se loger plus décemment dans un appartement de cinq pièces propre et bien éclairé, dans Dutton Street, près du canal.

— Vas-tu mourir aux États-Unis, la sœur ?

— Non, non ! On a l'intention de retourner de par chez nous d'ici peu. Probablement l'année prochaine. Mais parlez-moi donc de vous autres.

Joseph raconta de long en large les péripéties des derniers mois, discours enrichi par le babillage d'Anne qui ne manqua pas de préciser, avec sa candeur d'enfant, certains détails que son père aurait préféré taire, dont sa mystérieuse disparition au moment de leur arrivée à Lowell. Il tenta de faire diversion.

— Dis donc, la sœur, il te manque un fils à toi aussi. Où se trouve ton aîné ? Il n'est pas venu aux États avec vous autres ?

— Oui, oui, mais il est justement reparti pour le Québec, la semaine dernière. Vous l'avez peut-être croisé en cours de route.

Marguerite écoutait la conversation sans dire un mot, se contentant d'observer à la dérobée cette famille où ils allaient vraisemblablement élire domicile. Pour un certain temps du moins. Cet oncle plutôt distant et taciturne, cette tante qui ne lui avait pas encore adressé la parole, ces trois cousins dont l'un, légèrement plus âgé qu'elle, ne cessait de la dévisager. Elle frissonna.

Léontine s'empressa de ramener le passé sur la table.

— Dis donc, Joseph, il paraît que ta maison a brûlé ? Cette fuite pendant la nuit, ces funérailles manquées... Serait-ce toi qui as mis le feu ?

— Ma maison a brûlé ? Quoi ? Quelle affreuse nouvelle ! Ben, voyons donc ! Voir si j'aurais mis le feu à ma maison ! Tu dérailles, la sœur. Pourquoi aurais-je brûlé ma maison ? Quelqu'un t'a dit ça ?

— C'est ce que pense notre sœur Hélène. On s'écrit, nous autres, dans la famille. On se tient au courant. On n'est pas des sans-cœur comme toi. Tu aurais pu au moins donner de tes nouvelles à maman. Elle vous croit morts tous les quatre. Je ne sais pas si c'est ça qui l'a rendue malade mais, depuis votre visite, elle ne va pas bien du tout, notre mère. Elle a toujours mal au ventre et le docteur n'a pas l'air d'aimer ça...

— Ma sœur Hélène t'a raconté que ma maison a brûlé ! Quand ça ?

— La nuit de ta disparition.

— Ça parle au diable ! Comme ça, je n'ai plus de maison et il ne me reste plus rien là-bas ! Maudite bonne raison pour ne pas y retourner, tu ne penses pas ? Qui aurait fait ça ? Et pour quel motif, je me le demande !

— Tu es certain que ce n'est pas toi, le frère ?

— Penses-tu ! Je suis fou mais pas à ce point-là !

Marguerite cessa de suivre la conversation. Ainsi donc, elle n'avait peut-être pas rêvé, cette fameuse nuit où son père l'avait déposée, endormie, au fond de la charrette. Elle se rappelait confusément avoir remarqué des flammes à travers les fenêtres de la maison en levant la tête un instant. Mais son père avait vite fait de la lui enfouir sous les couvertures. En y repensant, elle s'était toujours dit qu'il s'agissait d'un rêve. Anne, elle, n'avait certainement rien vu, sinon elle en aurait parlé à coup sûr. Et… si c'était vrai, tout ça ? Si c'était vrai que son père était devenu fou et avait incendié leur maison ?

Non ! elle n'avait pas le droit de penser du mal de son pauvre père. Bien sûr, il adoptait parfois des comportements inexplicables, mais toujours après avoir pris de l'alcool. Et ce soir-là… Et si, ce soir-là, Joseph avait bu au chevet de sa femme morte ? Rien de plus banal ! Elle éprouva une envie soudaine de pleurer, là, tout de suite, en ce moment précis, dans ce logement inconnu, parmi ces étrangers pas vraiment accueillants, dans ce lieu situé à des centaines de milles de son chez-soi. Pleurer sur sa maison qui n'existait plus, qu'elle ne reverrait plus jamais. Soudain, elle revit en pensée sa si jolie chambre, l'escalier de bois et ses couinements, la longue table de cuisine trouvée par son père dans le réfectoire d'un vieux couvent, les rideaux de dentelle du salon et sa balançoire suspendue à une poutre de la galerie …

Joseph la ramena à la réalité.

— Viens-t'en, Marguerite, on s'en va chercher nos affaires au presbytère. On déménage à soir. Ta tante va nous héberger pour un petit bout de temps. Tu vas dormir dans le boudoir avec ta sœur, pis moi, sur le canapé du salon.

Anne fit la moue.

— J'ai faim, moi !

Léontine, affairée dans la cuisine, répondit froidement qu'elle n'avait qu'un seul poulet pour le souper.

— Ça sera pas suffisant pour tout le monde mais je vais ajouter quelques légumes. Avec du bon pain de ménage, on devrait s'en sortir.

23

— *Shut your mouth and keep your eyes opened*[1] !

Marguerite n'avait pas remarqué le surveillant qui circulait dans l'allée pendant qu'elle se trouvait accroupie pour ramasser ce qui s'échappait sous les cylindres rotatifs des machines à carder momentanément stoppées. L'espace d'une seconde, n'en pouvant plus, elle avait interrompu son travail de nettoyage pour s'adresser à l'opéra-

1. Fermez-vous la trappe et gardez les yeux ouverts !

trice chargée du fonctionnement du moulin à enrouler le fil sur des bobines.

— J'ai mal au ventre. Est-ce que je peux aller à la toilette ?

— Demande au *foreman*, moi, je ne peux rien te dire. Tiens, le v'là qui passe.

L'air rébarbatif de l'Irlandais n'annonçait rien de bon. Cet homme appliquait le règlement à la lettre, au doigt et à l'œil : interdit de converser, interdit de boire et de manger, interdit de faire une pause, même de quelques secondes, en dehors du temps alloué à cette fin, interdit de se rendre aux latrines à moins d'une urgence incontrôlable. À l'intérieur des murs de l'usine, les humains devenaient eux-mêmes des machines, et les contremaîtres et leurs assistants avaient reçu ordre de veiller à la discipline.

Marguerite préféra se taire et endurer son mal. Mais le surveillant, flairant un problème, s'attarda auprès d'elle et désigna son abondante chevelure du bout de son bâton.

— Hoù é vôtre fi-ilète, madémoâzelle ? Vôtre fi-ilète…

Juste ciel, elle l'avait oublié ! Ce matin-là, c'était la première fois qu'ils partaient de chez les Gauthier pour se rendre à l'usine. Le logement se trouvait à bonne distance de la compagnie Lawrence, et le père et ses filles n'avaient pas prévu suffisamment de temps pour s'y rendre. À six heures dix, ils s'étaient butés à la barrière de la cour qu'on refermait systématiquement au dernier son de cloche. Néanmoins, avant même que Joseph n'ait eu le temps de sortir de ses gonds, le garde-barrière avait accepté d'ouvrir exceptionnellement le grillage pour les beaux yeux des deux *sweet little Canadian girls* passablement éplorées.

Comble de malheur, Marguerite avait commencé ses menstruations, la nuit précédente, et elle s'était trouvée prise au dépourvu, sans serviette de coton pour absorber le flux. Comment aurait-elle pu songer à en apporter dans ses bagages en quittant Colebrook si brusquement? Humiliée, elle avait dû réveiller sa tante, aux petites heures du matin. Celle-ci lui avait lancé deux ou trois pièces de tissu par la tête sans un mot de gentillesse. La jeune fille ne pouvait croire qu'ils allaient habiter chez ces gens-là, fussent-ils de la parenté, tant et aussi longtemps que Joseph ne reviendrait pas de Colebrook avec Camille. Et tant et aussi longtemps qu'ils n'auraient pas amassé assez d'argent pour se payer un chez-soi décent et agréable.

Camille… Elle y pensait de nouveau, à sa pauvre petite sœur malade, toujours en pension chez le docteur Lewis. De purs étrangers… Des gens bienveillants mais des étrangers, tout de même. Elle prit la décision d'envoyer une lettre à la femme du médecin pour demander de ses nouvelles et lui donner l'adresse des Gauthier.

Elle se promit d'écrire aussi à Betty et, pourquoi pas, à Jesse. Elle l'aimait bien, cette femme maternelle et généreuse. Auprès d'elle, elle s'était sentie quelqu'un d'important, quelqu'un de respecté. Tandis qu'avec Léontine... N'étaient-ils pas heureux tous ensemble à la ferme Peel? Ils auraient dû y rester pour mener une vie plus normale que maintenant, dans cette ville au train d'enfer. Elle aurait pu poursuivre ses études et enseigner le français, un jour, à l'école de Colebrook. Devenir enseignante, elle en avait toujours rêvé...

Au lieu de ça, elle ramassait la mousse de fibres de coton en dessous de machines diaboliques en se faisant crier par la tête du matin jusqu'au soir. Des cris que personne n'entendait, d'ailleurs, car il régnait un tel vacarme dans ces lieux qu'on ne pouvait se comprendre autrement que par gestes. Et ce tapage isolait chacun des travailleurs comme une épaisse cloison de béton dressée entre chacun d'eux. Dix heures par jour qu'ils enduraient ça, les employés... Et parfois douze durant la période la plus ensoleillée de l'année. Et quand l'un d'eux avait l'audace de protester en brandissant la loi de 1874 limitant le travail à un maximum de dix heures par jour, on ne se gênait pas pour pointer le doigt en direction de la porte.

Quand ils habitaient au presbytère, Marguerite se sentait tellement harassée, en fin de journée, qu'elle tombait littéralement endormie sur le livre de bibliothèque que l'un des prêtres ne manquait pas de lui fournir. Chez sa tante Léontine, par contre, aucun volume d'aucune sorte n'occupait les étagères du salon. Rien ! Pas même un journal. Le soir, il fallait préparer le repas à la course, prévoir les lunchs pour le lendemain matin, laver la vaisselle, effectuer quelques brassées de lessive. Le linge commençait à sécher, dès la nuit venue, sur des cordes suspendues à travers le corridor de la maison qu'on devait traverser en se courbant le dos.

Ses fainéants de cousins ne participaient pas à ces travaux domestiques. Non ! Deux nouvelles servantes venaient d'arriver en la personne d'aimables cousines, et ces jeunes messieurs en profitaient outrageusement. Eux non plus n'allaient pas à l'école et, curieusement, le travail à l'usine ne semblait pas les affecter. Seul celui de dix-sept ans, Armand, savait lire et écrire de façon approximative. Les deux autres s'en fichaient éperdument. Léontine l'avait maintes fois répété : tous rattraperaient le temps perdu une fois de retour au pays. Se rendait-elle compte qu'elle tenait le même discours depuis des années ? Ces vains propos servaient peut-être à la déculpabiliser de ne pas faire instruire ses enfants, mais cela ne l'avait pas empêchée de maintenir ses deux plus jeunes dans un analphabétisme total dont ils ne se sortiraient vraisemblablement jamais. Mais peu lui importait. Pour le moment, l'unique souci de sa tante consistait à grossir les économies familiales, rien de plus. Et tant pis pour la jeunesse perdue…

— *Hey! young girl! I'm talking to you! Where is your net*[1] *?*

— *Excuse me, sir. I forgot it, this morning*[2]*…*

Le contremaître jeta un regard acide à Marguerite et décida finalement de poursuivre son chemin. Si seulement cette maudite cloche pouvait sonner, elle en profiterait pour quitter les lieux et s'en retourner se coucher chez sa tante pour le reste de la journée. Les crampes la pliaient en deux, elle n'en pouvait plus. Elle chercha Anne des yeux pour l'aviser de son départ, mais ne la trouva pas. On avait dû l'affecter ailleurs dans l'usine. Et son père? Déjà, au bout de quelques jours, il était monté en grade et travaillait à présent dans l'aile des métiers à tisser. Mais on s'était gardé de l'augmenter de salaire. Il avait bien essayé de protester mais sans succès. C'était ça ou la porte. À prendre ou à laisser. Cinq autres personnes avaient inscrit leur nom sur la liste de demande d'emploi et rêvaient de prendre sa place. Du moins c'est ce qu'on lui avait répondu en haut lieu.

« Ding! ding! ding! » Il vint enfin, ce tintement cristallin qui régissait la vie de tous ces hommes et ces femmes, comme dans un monastère.

1. Hé! jeune fille, je vous parle! Où est votre filet?

2. Excusez-moi, monsieur. Je l'ai oublié, ce matin…

Marguerite se rendit à l'entrée du local où elle avait suspendu son sac à lunch et sa veste. C'était la première fois qu'elle apportait son repas du midi à l'usine. Lorsqu'ils habitaient au presbytère situé à proximité, ils avaient le temps d'avaler le repas frugal préparé par la cuisinière à leur intention. Maintenant, l'éloignement les obligeait à apporter un lunch pour le midi. Évidemment, les filles se chargeaient elles-mêmes de le préparer.

Marguerite se dirigea vers le mur longeant la salle, trouvant bizarre que personne d'autre ne songe à utiliser les clous enfoncés entre les fenêtres pour suspendre sa boîte à lunch et ses affaires. Tous préféraient les laisser pêle-mêle dans le vestibule.

En portant la main sur son tricot, elle lança un grand cri. Le vêtement et le sac de victuailles grouillaient d'insectes. Les plus grosses blattes qu'elle ait jamais vues.

24

— Hey, le frère ! Arrête de laisser traîner tes souliers sales dans le vestibule ! Ça fait cent fois que je te le répète !

— O.K., la sœur, pogne pas les nerfs ! Je les ai oubliés, là ! On peut pas être « toutes » parfaits comme toi.

Les choses ne tournaient pas rond entre Joseph et Léontine. Il faut dire que la femme, autoritaire et intransigeante, dirigeait la maisonnée d'une main de fer. D'un an plus jeune que Joseph, elle avait quitté le Canada sur un coup de tête, cinq ans auparavant, avec son mari et ses quatre fils, malgré la grave récession qui faisait des ravages aux États-Unis à ce moment-là. Léopold venait de perdre son emploi à cause d'un accident sur le Saguenay lors d'un embâcle. Blessé gravement au dos, l'homme avait dû renoncer aux deux métiers qui lui servaient de gagne-pain : draveur et bûcheron. Courageusement et en dépit des conseils de leurs proches qui voyaient revenir les leurs les mains vides à cause du climat économique américain, toute la famille avait plié bagages et s'était dirigée vers le sud le cœur plein d'espoir.

La plupart des familles du Québec possédaient, qui un cousin, qui une tante, qui un frère, émigrés aux États-Unis pour quelques saisons ou quelques années. Depuis 1830, ils avaient été nombreux, les Canadiens français partis chercher du travail en Nouvelle-Angleterre. À l'époque, on y trouvait plus d'emplois qu'au Québec, et plusieurs étaient revenus au pays un peu mieux nantis. D'autres s'installaient là-bas à perpétuité et formaient des communautés francophones de plus en plus importantes dans plusieurs villes de la Nouvelle-Angleterre, Manchester, Lewiston, Holyoke, Fall River, Lowell.

Cependant, à partir de 1873, la récession avait momentanément ralenti cette émigration, d'ailleurs sévèrement condamnée par les curés et les politiciens du Québec. Durant ces années dures, même les Américains tenaient les Canadiens français responsables de faire baisser les salaires car ils acceptaient n'importe quel travail pour n'importe quel salaire. Mais ce temps semblait maintenant révolu et, grâce à la reprise de l'économie des années 1880, l'immigration venait de redémarrer de plus belle : on recommençait à entrer aux États-Unis à pleines portes.

Malgré leur arrivée à Lowell au cours du ralentissement des activités économiques des dernières années, les Gauthier avaient cru en leur bonne étoile. Pour sûr que leurs conditions de vie allaient s'améliorer et que le père, légèrement éclopé, trouverait un emploi à sa mesure dans une manufacture de chaussures ou de textile... Léopold s'en trouva un, en effet, mais seulement quelques mois plus tard. C'est pourquoi Léontine et les enfants durent retrousser leurs manches et s'atteler à la tâche eux aussi pour arriver à joindre les deux bouts.

Tous furent embauchés pour des salaires dérisoires à la filature Boott's Cotton Mills située entre l'Eastern Canal et la rivière Merrimack. C'est ainsi que les deux plus jeunes, malgré leur jeune âge, durent renoncer à l'école pour aller travailler. En dépit de plusieurs années de présence aux États-Unis, aucun membre de la famille n'avait réussi à maîtriser parfaitement l'anglais. Au fond, ils n'en avaient pas besoin car, dans les usines, on avait développé un langage par signes nettement suffisant pour se comprendre. Le plus vieux, Alphonse, âgé de dix-neuf ans, était récemment retourné vivre au Saguenay. Au grand désespoir de sa mère, son frère Armand ne s'était pas davantage adapté à la vie américaine et rêvait d'aller le rejoindre, sous peu, dans la patrie de ses ancêtres où il avait l'intention de se trouver une activité lucrative.

En accueillant Joseph et les siens plutôt froidement, les Gauthier avaient dérogé quelque peu au code traditionnel d'hospitalité des Canadiens exilés envers les leurs. En effet, il était de coutume chez les expatriés de recevoir les nouveaux arrivants généreusement et à bras ouverts. La récession maintenant terminée, les usines prenaient de l'expansion grâce aux nouveaux moyens technologiques, et une embauche massive en résultait. Il s'avérait donc normal de s'entasser un peu pour faire de la place à la population immigrante, le temps de s'organiser, de bâtir des logements, de repousser de plus en plus la limite des quartiers ethniques des villes.

Hélas, si la bienveillance et l'entraide caractérisaient la communauté canadienne-française de Lowell resserrée autour de sa paroisse, on ne pouvait en dire autant de Léontine et des siens. Aux yeux de la famille Gauthier, les intrus faisaient davantage figure de parasites que de parenté dans le besoin. Joseph et ses enfants habitaient Dutton Street depuis déjà six semaines, et le veuf ne parlait toujours pas de se chercher un logement malgré les trois salaires qui rentraient assidûment chaque vendredi.

Il n'était pas question, non plus, de retourner chercher Camille à Colebrook. La petite avait pris du mieux, pourtant. Angelina avait même précisé, dans sa réponse à Marguerite, qu'elle avait commencé à aller à l'école primaire située tout près de la maison. Bien sûr, la femme du docteur avait préparé l'enfant et lui avait déjà enseigné quelques rudiments de lecture, d'écriture et de mathématiques afin qu'elle ne se sente pas perdue en rejoignant les autres élèves au milieu de l'année scolaire.

Marguerite, un peu jalouse, ne savait pas si elle devait se réjouir ou non de cette nouvelle. Sa petite sœur se ferait instruire uniquement en anglais. Allait-elle oublier sa langue maternelle ? Et une fois rendue à Lowell, son père l'inscrirait sans doute à l'école publique où on enseignait exclusivement en anglais. Il le faudrait bien puisqu'il n'existait pas d'institution française et que l'école restait tout de même obligatoire pour les plus jeunes. D'ailleurs, qui resterait à la maison pour la garder durant le jour?

La jeune fille réalisa soudain que la situation présente faisait, au fond, l'affaire de son père : on les hébergeait, lui et ses filles, pour un montant minimal, ses deux aînées rapportaient régulièrement de l'argent, et quelqu'un s'occupait gratuitement de sa plus jeune. Quoi de mieux pour faire prospérer un compte de banque? Il fallait se rendre à l'évidence : bien des lunes passeraient certainement avant que Joseph Laurin ne songe à loger les siens plus décemment dans un petit coin bien à eux où, enfin, ils pourraient s'installer et se réinventer une vie de famille. Une vraie! Marguerite se demanda s'il ne s'agissait pas là d'un rêve farfelu.

Pour l'instant, son père semblait davantage préoccupé par son enveloppe de paye et ses visites presque quotidiennes au « saloon » du coin où il rencontrait d'autres immigrés comme lui, en mal de compagnie et de détente, détente qui durait parfois jusque tard dans la soirée. Il n'était pas rare que le Saguenayen titubant réveille tout le bloc en perdant pied dans l'escalier à une heure avancée de la nuit.

Un certain matin, pas encore remis de sa soûlerie de la veille, Joseph ne réussit pas à se lever pour se rendre au travail. Marguerite et Anne eurent beau le secouer et le supplier, il se contenta de marmonner des phrases incohérentes et de s'enfouir de nouveau la tête sous les oreillers de son lit de fortune installé au milieu du salon. Folle de rage, Léontine avait pris ses deux nièces par la main et leur avait ordonné de se préparer à partir travailler sans attendre leur père. Ce paresseux…

— Qu'il s'arrange ! Ce sera tant pis pour lui s'il perd sa *job*. Allez, ouste ! On s'en va. Vous pouvez très bien vous rendre à l'usine toutes seules.

Au coin de la rue, les Gauthier prirent le chemin de la Boott's Mills, côté est, tandis que les deux sœurs s'engagèrent dans la direction opposée, vers la Lawrence Company, au nord de la ville.

Marguerite n'oublierait jamais ce jour-là. Il lui semblait à peine pire qu'un autre, pourtant, mais une sensation d'angoisse la saisit soudain. Que faisait-elle là, au coin de cette rue envahie par la foule, tous ces gens qui passaient à côté d'elle sans même lui jeter un regard ? Que faisait-elle là, s'acheminant, le cœur serré d'inquiétude, vers un travail qu'elle détestait en tenant par la main sa sœur de douze ans qu'on manipulait comme une marionnette dans le but unique de rapporter de l'argent ?

Tout d'abord, leur père était resté couché et Dieu savait quelles en seraient les conséquences. Et après ? Après, il y avait bien autre chose. Après, il y avait pire : son cousin lui passait la main sur les fesses derrière les portes de la maison dès que l'occasion se présentait. Encore, hier soir... Elle ne savait comment réagir. Crier ou le laisser faire ? Aviser son père ou sa tante ? Et quoi encore ? Jamais, de toute son existence, elle ne s'était sentie aussi seule, aussi démunie. Mais à qui se confier ? Qui appeler à l'aide ? Dans quels bras se blottir ? Léontine la détestait, Jesse n'avait pas répondu à sa lettre, Angelina ne lui parlait que de Camille sans même s'informer d'elle.

Elle serra un peu plus fort la main de sa sœur.

— Viens, Anne, dépêchons-nous, sinon la barrière va être fermée. Il y a bien assez de papa qui...

Quand elle fit part au patron d'une autre absence de son père pour « cause de maladie », Marguerite avait l'impression que le mot « mensonge » s'inscrivait en toutes lettres sur son front. L'homme ne fut pas dupe et n'hésita pas une seconde.

— *He is out ! Tell your father that he is out*[1] *!*

Les deux sœurs se serrèrent l'une contre l'autre, incapables de protester. Qu'allait-il encore arriver ? Vers quel drame leur père allait-il de nouveau les entraîner ? Si Anne sembla réussir à faire sa journée sans trop y songer, Marguerite, elle, se retrouva plusieurs fois en train d'essuyer sur sa joue une larme furtive qui coulait bien malgré elle.

1. Renvoyé ! Dites à votre père qu'il est renvoyé !

Il ne se trouvait personne pour l'encourager et la rassurer, ni ici ni ailleurs. Elle s'était bien liée d'amitié avec quelques compagnes de travail de son âge, mais leur relation durait le temps d'un repas ou d'une pause, gérée comme tout le reste par le son de la cloche. L'amitié s'arrêtait à la sortie de l'usine d'où elle devait accourir à toutes jambes pour aller aider sa tante à préparer le souper.

Comme il lui paraissait lointain le temps où, dans leur petite maison de Grande-Baie, elle vivait, adorée de sa mère et de ses professeurs, en parfaite harmonie avec la nature. À l'époque, les journées lui paraissaient parfois longues et tout aussi harassantes, pourtant, mais au moins, elle faisait corps avec le soleil, les nuages, la neige, le chaud, le froid, la pluie, les animaux de la forêt ou de l'étable. Quand elle voyait les tiges de blé se balancer dans les champs au gré de la brise, quand elle entendait babiller les oiseaux, quand elle admirait les couchers de soleil et respirait le parfum des fleurs, quand ses yeux amusés suivaient le battement des ailes des papillons, elle se sentait bien, elle se sentait à sa place, peu importe la quantité et la dureté du travail de la ferme. Elle aurait tout donné, ce matin-là, pour avoir dix, vingt, cent vaches à traire. Et avec quelle ardeur elle aurait lancé des bottes de foin dans une charrette !

Ici, cette maudite cloche et l'obsession de la paye déshumanisaient les êtres et les rendaient abrutis à cœur de semaine et à cœur d'année. Ils devenaient des engins sans âme enfermés entre des murs sales, obligés de répéter à l'infini les mêmes gestes mécaniques et de respirer l'air vicié dans un vacarme assourdissant qui ne laissait pas de place à la parole. Et encore moins à la pensée. Quant aux bruits de la nature…

Non, elle n'allait pas passer sa vie dans cet enfer. Elle allait s'enfuir. Elle enviait le cousin Alphonse reparti au Canada. Elle allait l'imiter et prendre la clé des champs. Recommencer ailleurs. Elle allait redevenir la jeune fille heureuse d'autrefois, avide d'apprendre et préparant sereinement son avenir au sein d'une famille. Une famille qui l'aimerait et la respecterait. Une famille qui verrait en elle autre chose qu'une machine. Mais où ? Mais comment ? Mais quelle famille ?

Malgré elle, les larmes recommençaient à monter pendant qu'elle transvidait les barils remplis d'amas de fibres. Et ses doigts essuyant ses joues humides traçaient sur son visage d'étranges sillons sur la mousse qui y collait. En même temps que la solitude au milieu d'une foule de travailleurs silencieux, Marguerite, agitée par la conscience aiguë de subir une injustice qu'elle arrivait mal à définir, apprenait la révolte. Elle n'avait plus envie de se soumettre aux caprices extravagants d'un père irresponsable.

Quand elle retrouva sa sœur Anne, en fin de journée, celle-ci lui paraissait complètement vannée. Elle la prit en pitié. Pauvre enfant ! Elle aurait dû revenir de l'école en sautillant avec ses livres à la main, tôt dans l'après-midi, heureuse de disposer de quelques heures de liberté pour profiter du beau temps. Et respirer l'air pur. Et vivre son enfance.

Au lieu de cela, elle avait rempli ses poumons de poussières encore et encore, et elle tousserait sans doute toute la nuit, comme d'habitude. N'avait-on pas raconté que la sœur d'une copine venait de mourir d'une maladie pulmonaire, empoisonnée par l'atmosphère irrespirable d'une fabrique de textiles ?

Marguerite se rapprocha de sa petite sœur et mit son bras autour de ses épaules.

— Viens-t'en, Anne. Pour une fois, prenons notre temps avant de rentrer. Pressons-nous pas… Tiens, regarde ! Je vois des canards, là-bas, au tournant du canal. Si on allait les nourrir ? Il me reste quelques croûtes de pain au fond de mon sac.

— Non, j'aimerais mieux rentrer tout de suite. Je veux savoir où est papa. Crois-tu qu'il est resté à la maison ? Peut-être est-il malade ?

Ainsi, la petite sœur non plus n'avait rien oublié au cours de la journée, et elle se montrait anxieuse, elle aussi. Les deux filles se rapprochèrent instinctivement et restèrent un long moment immobiles, tournées vers la ville.

Elles ne parlaient plus. Le silence, le silence béni était devenu leur unique refuge. Puis l'esprit de devoir reprit ses droits et c'est presque en courant qu'elles retournèrent dans Dutton Street.

25

En pénétrant dans le logement des Gauthier, les deux sœurs constatèrent immédiatement l'absence de leur père. S'il s'était présenté à l'usine à une heure tardive pour apprendre bêtement son congédiement, Dieu sait comment il avait réagi ! Il ne se montra pas le bout du nez de la soirée, mais personne n'y fit allusion. On enfila le repas en silence en levant les yeux au ciel quand l'une des deux nièces reniflait. Marguerite et Anne s'endormirent avec le cœur en charpie.

On ne revit Joseph ni le lendemain ni le jour suivant. Léontine broyait du noir dans son coin, blâmant tous les saints du ciel de lui avoir envoyé l'épreuve suprême d'avoir à supporter son damné frère et sa progéniture. Ah ! il ne s'était pas amélioré, celui-là, en vieillissant ! Où se trouvait-il, maintenant, le scélérat ? En train de faire la tournée des *saloons* ? Parti dans une autre ville ? Retourné au Québec ? Noyé au fond d'un canal ? Pourquoi avait-elle à supporter les bêtises de son frère et les lamentations de ses nièces ? Elle n'en pouvait plus de les entendre pleurnicher. Sa vie n'était-elle pas déjà assez difficile comme ça ?

Elle se consola en songeant qu'incessamment, elle retournerait au Canada avec mari et enfants. Ils avaient maintenant économisé suffisamment d'argent pour s'ouvrir un commerce dans la rue principale d'un village dans la région du Saguenay. Des usines florissaient un peu partout là-bas aussi, exploitations forestières, scieries, construction et exportation de goélettes, et plusieurs autres. Son fils Alphonse avait déjà entrepris des démarches pour dénicher l'occasion en or. Un magasin général à la portée des travailleurs serait parfait.

Elle imaginait déjà la devanture de la boutique ornée d'une large pancarte blanche au-dessus de la porte sur laquelle on aurait écrit en énormes lettres rouges : *Gauthier et fils.* Enfin ils se sentiraient chez eux, enfin ils pourraient vivre décemment dans un cadre bien à eux et dans leur langue. Parmi les leurs. La communauté francophone de Lowell avait beau se montrer vivante et active, elle se noyait petit à petit dans la mentalité des villes américaines, axée sur le capital et le culte de la vie facile. Cette façon de vivre à proximité les uns des autres cultivait l'assimilation à la masse et l'anonymat. Les Gauthier n'attendaient qu'un signe d'Alphonse pour décamper et reprendre la route du nord. Il s'agissait d'une question de temps et le plus tôt serait le mieux.

Léontine n'avait plus envie de continuer à bosser dur dans les cuves chaudes que devenaient les usines au cours de l'été depuis que la vapeur constituait leur principale source d'énergie. Ah! ça, non! Au moins, les roues à aubes, malgré leur tapage infernal, ne remplissaient pas les lieux de cette chaleur humide et accablante.

Elle rêvait de pique-niques, de promenades dans la forêt, de jardin potager et de rosiers devant la maison. Elle se voyait, attendant les clients du magasin sur la chaise berceuse de la galerie entourant le commerce, saluant un passant, piquant une jasette avec la voisine, souriant à l'un, adressant la parole à l'autre. Ah oui! les États-Unis, c'était bel et bien fini pour les Gauthier. Tant pis pour ceux qui croyaient encore au bonheur en forme de signe de piastre.

Dans la planification de leur départ, Léontine prévoyait céder le bail de son logement à Joseph. « Si jamais il revient, le scélérat! Pas capable d'être comme les autres, celui-là! » Anne n'avait-elle pas affirmé qu'il avait ainsi disparu à quelques reprises, ces derniers temps? Franchement! Voilà trois jours qu'il était parti, il pourrait bien donner signe de vie, non? Elle avait beau se montrer indifférente, une pointe d'inquiétude la taraudait tout de même un peu. S'il fallait que, pour une raison ou pour une autre, il ne revienne plus… « Ah non, mon Dieu, pas ça ! » Pour rien au monde elle n'avait envie de s'encombrer de ses deux nièces. Et, un jour ou l'autre, de la troisième, bien entendu. Elle commença à faire discrètement le guet dans l'attente fébrile du retour de son frère mais se garda bien de laisser paraître son angoisse.

Une nuit, prise de coliques, Marguerite eut à se rendre à la *bécosse* derrière la maison. À la sortie du petit cabanon, elle vit une ombre bouger derrière le grand chêne. Elle n'hésita pas une seconde et s'avança à petits pas.

— Papa, est-ce vous ?

Comme la silhouette interrompit brusquement son mouvement, la jeune fille prit peur et se mit à courir vers la maison. Au moment où elle allait franchir la porte, une main se posa sur son bras. À la lueur de la bougie, elle reconnut son cousin Armand. Une lueur étrange brillait au fond de ses yeux.

— Fiche-moi la paix !

— Ah non, pas cette nuit, ma belle…

— Je vais le dire à mon père !

— À ton père ? Tu me fais rire ! Il est où, ton père ?

Le garçon, bâti comme un colosse, lui fit perdre pied et la bascula par terre. Puis il se jeta sur elle, l'embrassant dans le cou, lui tripotant les seins, tentant par tous les moyens de soulever sa robe de nuit.

Marguerite se mit à hurler comme une âme perdue et réussit par miracle à assener un coup de pied bien placé dans les parties génitales du garçon. Il s'enfuit sans demander son reste.

Tirés de leur sommeil par les cris, Léontine et son mari accueillirent la jeune fille épouvantée avec des reproches.

— Vous êtes pas tannés, les Laurin, d'ameuter tout le quartier au beau milieu de la nuit ? Va te coucher, il est deux heures du matin !

— Mais… c'est Armand qui…

— Allez ! Retourne dans ta chambre et qu'on n'en parle plus !

L'indifférence de la tante ou, pire, son déni, eut sur Marguerite un effet plus foudroyant qu'une gifle. Cette fois, elle ne put retenir les digues de la rage. C'en était trop, elle n'en pouvait plus. Pourquoi rester ici plus longtemps puisqu'elle ne possédait même plus de père pour la défendre ? Elle allait partir dès le lendemain matin à la première heure. Elle ne savait ni où ni comment, mais elle quitterait cette maison de malheur et cette usine de malades. Elle allait reprendre sa liberté. Elle s'en sentait bien capable. Après tout, elle n'était plus une petite fille. Et ne l'avait-on pas qualifiée de débrouillarde, l'autre jour, à la manufacture ?

Elle prendrait le train ou marcherait sur les routes en direction du nord, elle tendrait la main, quêterait s'il le fallait, mais elle se tirerait d'affaire. Elle se rendrait même à pied si nécessaire jusque chez sa grand-mère Yvette, à Baie-Saint-Paul, la seule personne au monde à l'aimer vraiment. À tout le moins, elle le croyait. Elle devait y croire de toutes ses forces. Et elle emmènerait Anne avec elle. Elle ne pouvait pas l'abandonner. Le bon Dieu les aiderait. Il faudrait bien qu'il se réveille un jour, celui-là, et qu'il entende ses prières.

La pensée du bon Dieu fit son chemin dans son esprit et la mena jusqu'à l'évocation du père Garin, le gardien de son âme. Tiens! elle devrait lui rendre visite, demain, avant de quitter la ville définitivement. Le prêtre s'était montré si bon envers elle et sa sœur, sans doute lui donnerait-il quelques bons conseils. Peut-être même un peu de sous? Et s'il connaissait quelqu'un qui… Qui quoi? Quelqu'un qui prétendrait prendre soin d'elle et en profiterait pour l'exploiter? Non! Elle lui annoncerait simplement son départ, point final. Sa décision était irrévocable. Si jamais Joseph revenait dans le décor et interrogeait le curé au sujet de la disparition de ses filles, le prêtre n'aurait qu'à lui recommander de les trouver quelque part en Amérique du Nord. Encore faudrait-il que son père les aime assez pour aller à leur recherche. Ce serait à son tour de se morfondre, ce vieux sans-cœur! Tant pis pour lui! Elle s'en contrefichait maintenant.

Le père Garin ne tint pas le discours attendu. Le lendemain matin, une fois en route vers le travail, Marguerite s'était arrêtée brusquement au coin de la rue non sans s'être assurée d'abord que les Gauthier avaient bien tourné les talons vers la Boott's.

— Viens, Anne. On ne va pas travailler ce matin.

— Mais… ils vont nous mettre à la porte, nous aussi !

— Pas grave ! Viens, on retourne à la maison pour chercher nos affaires, puis on s'en va à la gare prendre le train pour… pour n'importe où, vers le nord.

— Comment ça ? Et papa ? Et tante Léontine ?

— Ils peuvent aller au diable !

— Je ne veux pas m'en aller, moi ! Je veux mon papa !

La cadette s'était mise à protester et à pousser les hauts cris sur le coin de la rue. Mais sa sœur, déterminée, n'avait rien voulu entendre et l'avait tirée par la manche.

— Viens t'en ! Aucun endroit au monde ne peut être pire qu'ici !

Elles étaient finalement retournées dans Dutton Street pour ramasser leurs vêtements et les lancer dans des sacs. Anne s'était agrippée à la rampe de l'escalier en refusant net d'avancer. Marguerite n'avait réussi à la convaincre qu'en lui promettant d'abord une visite d'adieu chez monsieur le curé.

Le père Garin venait tout juste de terminer sa messe de six heures. Il parut surpris de recevoir les deux sœurs au presbytère à une heure aussi matinale avec, à leurs pieds, deux sacs remplis de leurs affaires. Marguerite le mit honnêtement au courant de la situation sans rien oublier : la fuite de leur père, la froideur de leur tante et de leur oncle, et même l'agression par le cousin, la nuit précédente, que Léontine avait refusé de reconnaître.

Le prêtre posa une main paternelle sur l'épaule de l'adolescente, se racla la gorge et se mit à lui parler d'une voix douce et légèrement éraillée.

— Tu sais, ma grande, je ne crois pas que ce soit une bonne idée de partir à l'aveuglette sans prévenir ton père. Et puis, tu n'as pas idée des vautours qui ne demanderaient pas mieux que de s'attaquer à deux jeunes filles innocentes comme vous.

— Je n'ai pas peur. Je vais les remettre à leur place, les vautours, comme je l'ai fait avec mon cousin. Quant à mon père, je ne sais même pas où il se trouve. S'il ne revient plus, qu'est-ce qu'on va devenir, hein ?

— Il va revenir, j'en suis persuadé, voyons ! Attends un peu plus longtemps. Qui sait si en partant, il ne vous a pas laissé un mot sur le coin de la table ? Le billet s'est peut-être perdu, il a pu glisser sous un meuble. Quelqu'un aurait pu le brûler par mégarde. Peut-être Joseph est-il simplement retourné à Colebrook pour chercher votre sœur ? N'as-tu pas dit qu'il venait d'être congédié ? Et s'il se trouvait dans une autre ville à la recherche d'un emploi ? Je ne sais pas, moi ! Il y a bien d'autres communautés francophones en Nouvelle-Angleterre. S'il fallait qu'il revienne vous chercher et ne vous retrouve pas chez les Gauthier, il en mourrait de chagrin, je crois. Quel drame, vous ne pensez pas ?

Quel drame, quel drame… Marguerite serra les dents. Que leur père les ait plaquées ne constituait-il pas déjà un drame ? Et leur chagrin à elles, et leur inquiétude, ça ne comptait donc pas ? Il existait déjà, le drame, non ?

L'homme marchait de long en large derrière son bureau, les mains glissées dans la large ceinture de son vêtement sacerdotal. Il parlait sur le ton de celui qui détient la vérité et dont le discours ne laisse pas de place au doute. Pendant qu'Anne se sentait ragaillardir petit à petit, Marguerite, elle, crispait les poings, essayant de refréner la vague de fureur qui menaçait de lui faire perdre contenance. Elle risqua néanmoins une dernière tentative, sur un ton plus calme, afin d'obtenir un semblant d'approbation.

— Mais je ne veux plus rester à Lowell, moi ! J'en ai assez de cette vie-là, est-ce clair ? Je déteste ma tante et elle me le rend bien. De toute manière, on ne pourra plus lui payer une pension car on vient sûrement de perdre nos emplois en ne nous présentant pas au travail ce matin sans raison valable.

— Ne vous inquiétez pas pour ça, je vais vous y reconduire moi-même, dès maintenant, et m'expliquer avec le patron. On verra bien ce que ça va donner.

— Mon père, je refuse de retourner chez ma tante à cause de mon cousin Armand. Il m'effraye sans bon sens, ce gros cochon…

— Préférerais-tu l'orphelinat, ma belle ? Il n'en existe pas encore pour les francophones, je t'avertis. Non, non, laisse-moi me charger personnellement de ton cousin. Je gagerais ma chemise qu'il va te ficher la paix d'ici la fête de la Saint-Jean.

Sur les entrefaites, on frappa à la porte du bureau.

— Entre, Antoine, nous avons terminé.

Un jeune prêtre, au milieu de la vingtaine, déposa avec précaution une pile de documents sur le bureau du curé.

— Excusez-moi, père Garin, je dois aller visiter une malade et je voulais vous remettre ce dossier-là avant de partir.

— Mesdemoiselles, je vous présente Antoine Lacroix, à la fois l'ancien et le nouveau vicaire de Saint-Joseph. Il nous revient complètement rétabli après plusieurs mois d'absence. Antoine assistera le père Lagier. Dorénavant, nous serons trois à administrer le culte. Il est rentré tout frais du Canada, hier après-midi, et le voilà déjà au boulot. Jeune homme, voici Marguerite et Anne

Laurin dont vous avez connu le papa lors de leur passage au couvent de Lévis, au début de septembre dernier, pendant votre convalescence.

— Ah oui ! Les petites Laurin de Grande-Baie ! Je n'avais pas eu l'occasion de vous rencontrer, à ce moment-là. Mais... n'étiez-vous pas trois sœurs ?

Anne ne rata pas sa chance de raconter en détail leurs pérégrinations depuis l'automne. Le jeune oblat l'écouta attentivement et avec empathie. Marguerite restait silencieuse mais ne cessait de l'observer. Quel gaillard, ce prêtre ! Et quel homme séduisant dans sa soutane noire, avec ses cheveux bouclés retombant sur son collet romain ! Et ses yeux, donc ! Un bleu profond sous les sourcils broussailleux... Dommage qu'il ait épousé la sainte Église !

Monsieur le curé finit par se lever, signifiant la fin de l'entretien.

— Allons, Antoine, je quitte le presbytère pour une petite heure afin d'aller reconduire ces charmantes jeunes filles à leur travail, après avoir rapporté leurs effets chez elles. Ta malade est-elle mourante ? Pourrais-tu m'attendre jusqu'à mon retour ? Saviez-vous, mesdemoiselles, que le père Lacroix s'occupera avec moi de l'agrandissement de l'église Saint-Joseph et de l'instauration, avec la collaboration d'un ami avocat, de cours du soir gratuits pour les adultes ? Et en français pardessus le marché !

Marguerite retint un cri. Quoi? Des cours du soir en français? Et gratuits? Chouette! Et si elle retournait à l'école? Le soir, elle pourrait. Tout le monde serait content : son père de la voir rentrer à l'usine, le matin, sa tante de la voir revenir préparer le souper en fin de journée, et elle-même, de se rendre à l'école un soir ou deux par semaine. De reprendre ses livres de classe lui permettrait de mieux supporter les affres de la journée et de se sortir du carcan. Quoique la fatigue... Peu importe! Elle entreprendrait ses études collégiales et pourrait ensuite enseigner dans une école, qui sait? Se pouvait-il qu'une lueur apparaisse enfin au bout du tunnel? Un espoir d'améliorer son sort? Elle se tourna vers le père Lacroix.

— Quand prévoyez-vous l'ouverture de cette école, mon père?

— Le plus vite possible. Nous allons y travailler d'arrache-pied, soyez-en certaine.

Pour Marguerite, l'homme fascinant qui lui avait répondu venait de se métamorphoser en un sauveur inespéré.

Elle secoua la tête. « Allons, du courage, ma vieille! Le père Garin a peut-être raison. » Elle devait donner à son père une dernière chance de se reprendre. Elle devait surtout se donner à elle-même une dernière raison d'espérer. Puisqu'il existait une nouvelle possibilité d'envisager l'avenir autrement...

Personne ne remarqua que la jeune fille qui franchit la porte de la Lawrence Mills en compagnie de son curé, ce matin-là, marchait tout à coup la tête plus haute qu'à l'accoutumée.

L'orage venait de passer et un pâle arc-en-ciel semblait vouloir se dessiner enfin à l'horizon.

26

Lorsqu'il s'est réveillé couché dans le foin, au fond d'une grange, Joseph s'est cru revenu chez Jesse. Ah ! Jesse, la femme de ses rêves, la plus belle et la plus fine d'Amérique… Jamais il n'aurait dû la quitter comme un sauvage. Si seulement elle n'avait pas cette maudite ferme collée aux flancs…

Il se rappelait nébuleusement le moment où il avait quitté la résidence des Gauthier, dans Dutton Street. Il s'était réveillé au milieu de la journée avec un mal de bloc insupportable. Tous se trouvaient au travail, ses filles et la famille Gauthier au complet. L'avait-on volontairement laissé dormir ou avait-il refusé de se lever ? Il ne s'en souvenait plus. Une chose était certaine : il avait décidé, quelques minutes plus tard, de quitter

Lowell. Il n'en pouvait plus de cette vie dans la maison de sa sœur. Tant pis pour la *job*, il se trouverait autre chose ailleurs. Il allait déménager, se nicher dans une autre ville. Il devait bien exister, quelque part, un petit coin où s'installer avec ses filles. Et puis, il s'ennuyait de sa princesse. Pourquoi ne pas aller la chercher ? Mais où la mettre ? Elle n'avait certes pas l'âge de passer ses journées dans une usine. L'envoyer à l'école ? L'école publique était gratuite et obligatoire aux États-Unis. Ne valait-il pas mieux attendre l'automne suivant pour la faire débuter en même temps que les autres ?

Mais, en quittant la maison, il avait opté pour une autre alternative et avait marché longuement en direction du sud. Oui… c'est ça, en direction du sud, vers Boston. Le plus loin possible de la tombe de Rébecca et de la ferme de Jesse Peel. Boston, capitale du Massachusetts, Boston plus gros, plus populeux. Là-bas, il trouverait du travail à sa convenance, là-bas, il recommencerait sa vie. Sérieusement. Définitivement. Il en avait assez de cette existence de nomade, il avait besoin de plus de stabilité, ses filles aussi.

Il était donc parti, avec un sac à dos, et avait parcouru des milles et des milles sans s'arrêter sauf pour se rincer le gosier avec l'une des bouteilles qu'il transportait. Où et comment il s'était arrêté, il ne se le rappelait guère. Comment il se retrouvait dans la ferme Peel, il se l'expliquait encore moins. S'était-il trompé de direction ? Était-il remonté vers le nord pour s'arrêter chez Jesse ? Il n'avait tout de même pas pu marcher deux cents milles jusque-là, allons donc ! Mais ne dit-on pas que l'amour donne des ailes ? Alors ? Pourquoi donc se sentait-il aussi confus ? Que faisait-il là, au fond de la grange ?

Parfois, il avait l'impression d'oublier de grandes plages de sa vie et se sentait précipité avec frayeur dans d'immenses trous noirs et opaques. Il n'arrivait pas, alors, à se raccrocher au fil des événements. Aucune souvenance, aucun indice concret ne venait interpeller sa conscience et le ramener à la réalité. Ces périodes d'absence lui faisaient horreur. Du plus loin que le ramenaient ses souvenirs d'enfance, il se remémorait ces terrifiantes périodes de vide qu'il n'arrivait pas à décrire à sa mère. Évidemment, celle-ci le grondait, et cela le rendait honteux et à part des autres. Avec l'âge, les choses avaient empiré. Il suffisait d'une contrariété, d'une tension inhabituelle pour qu'il perde de nouveau la carte. Il n'osait se l'avouer, mais, au fond, tout cela lui faisait peur.

À bien y songer, une vie stable lui ferait du bien. Il allait demander pardon à Jesse pour son attitude de sauvage et il lui offrirait de l'épouser. Elle le reprendrait, et dans sa ferme et dans son lit. Tant pis pour l'enfant mort, il lui en ferait d'autres, autant qu'elle en voudrait. De toute évidence, Lowell ne lui plaisait pas. Même le travail à la fabrique de chaussures de Colebrook lui paraissait du bonbon en comparaison des conditions insupportables à la Lawrence Mills. Entre l'odeur rebutante de la grange et le bruit infernal des machines, il choisissait la puanteur. Entre une Léontine hostile et une Jesse accueillante, entre les beurrées de pain noir de sa sœur et le fumet de la soupe au chou de sa maîtresse, entre la dureté du divan des Gauthier et la douceur du lit de la fermière, il penchait du côté de la fermière sans plus hésiter. La fermière et son sourire, la fermière et ses seins ronds. La fermière et sa peau douce…

Il se releva, s'ébroua pour enlever la paille collée à ses vêtements et se tourna vers la sortie. Quoi ? ! ? Mais où se trouvait-il donc ? À son grand étonnement, il ne reconnaissait aucun recoin de l'étable des Peel, ni les poutres, ni le toit de bardeaux, ni le ponceau par où passaient les animaux. Effaré, il retomba par terre, essayant de se remémorer les derniers événements de la veille. De la veille ? Au fait, quel jour était-ce donc ? Et quelle heure ? Bon Dieu de la vie ! Cette fois, il en avait vraiment perdu un grand bout. Et l'évidence de son délire le jeta par terre. Il sortit en chancelant du bâtiment aux dimensions nettement inférieures à celui des Peel, et il s'arrêta, ébloui par un rayon de soleil. Où pouvait-il être ?

Un vieil homme vêtu d'un chapeau de paille, en train de bêcher son jardin, lui fit un signe de la main et lui demanda s'il se sentait mieux.

Joseph s'approcha en hésitant mais, à l'air convivial du paysan, il risqua la question qui le démangeait.

— *Where am I*[1] ?

L'Américain lui expliqua qu'il se trouvait à une dizaine de milles à l'est de Lowell. L'homme l'avait ramassé, ivre mort, sur le bord du chemin, et il l'avait transporté dans sa charrette jusque dans la grange. L'étranger, sans aucune pièce d'identité sur lui, avait déliré durant deux jours. Sa femme et lui l'avaient soigné, nourri et désaltéré sans qu'il s'en rende vraiment compte.

— *Well, sir, I'm glad to see that you're back to life*[2] !

L'homme indiqua à Joseph la direction de Lowell et lui serra la main après lui avoir remis, en insistant, un sac rempli de provisions préparé par sa femme.

Joseph reprit, en silence et à petits pas, le chemin tortueux de son destin et mit le cap sur Lowell.

1. Où suis-je ?

2. Eh bien, monsieur, je suis heureux de voir que vous êtes revenu à la vie !

27

— Mes bien chers frères, en ce jour de la fête de notre saint patron, le bienheureux Jean-Baptiste, rappelons-nous que nous sommes des pionniers de la foi catholique. Sachez que, dans son plan infini, Dieu nous a investis d'une mission divine, nous, les Canadiens français : faire la conquête spirituelle de l'Amérique tout entière. Et par vos gestes généreux, mes chers amis, par votre soutien, votre solidarité les uns envers les autres, votre ardeur au travail, votre respect de l'autorité et, bien sûr, par la pratique fidèle de votre religion, vous contribuez, chacun de vous, à la sauvegarde de notre foi et de notre langue si chères. En ce vingt-quatre juin 1881, rejoignons par la pensée tous nos frères et amis restés là-bas, au Canada, bûchant et peinant pour construire un pays neuf dont les frontières s'étendront un jour jusqu'ici. Prions pour eux, et prions pour tous ceux et celles qui ne manqueront pas de venir nous rejoindre dans notre belle communauté en plein essor. Que Dieu nous protège tous et nous donne la force de préserver nos valeurs et nos traditions. C'est la grâce que je souhaite à chacun de vous, mes bien chers frères, en ce grand jour béni de Dieu. Amen !

Le père Garin descendit de la chaire lentement, d'une démarche noble et assurée. L'oblat avait de quoi pavaner, en effet. Non seulement les travaux d'agrandissement de l'église allaient bon train, mais depuis son arrivée à Lowell en 1868, il n'avait cessé de travailler avec succès à faciliter la pratique religieuse de ses ouailles. Après avoir fondé la première paroisse canadienne-française des États-Unis, il avait pris en charge la chapelle du St-John's Hospital, avait assisté le pasteur de la paroisse catholique irlandaise Immaculée-Conception et aidé les catholiques de North Billecara. C'est également lui qui avait organisé la première fête de la Saint-Jean dans le sous-sol de l'église Saint-Joseph, l'année de son arrivée chez les Américains. Depuis ce jour mémorable, cette fête était devenue une tradition incontournable.

Marguerite, assise entre son père et sa sœur dans le dernier banc de la petite église aux fenêtres en ogive, n'avait pas saisi grand-chose de l'interminable sermon du curé. À vrai dire, elle bayait aux corneilles, ennuyée par ce soliloque ronflant qui ne signifiait rien pour elle.

Joseph était finalement réapparu au bout de plusieurs jours, pâle et amaigri, sans donner d'explication, fidèle à ses habitudes. Devant les questions insistantes de Léontine, il avait laissé entendre avoir vainement tenté de se trouver un emploi dans une autre ville. L'adolescente le soupçonnait d'être plutôt allé camper dans une forêt des alentours avec une caisse remplie de flacons.

Après quelques jours de bouderie, Léopold, le mari de Léontine, avait finalement obtenu pour son beau-frère un nouvel emploi à la Boott's Cotton Mills Company. Joseph avait pour mission d'embobiner le fil sur d'énormes navettes, espèces de cylindres effilés aux deux extrémités, puis de les transporter dans la salle de tissage pour les installer sur les moulins. Travail exigeant et dangereux, car les bobines pesaient lourd et un faux mouvement suffisait à remettre les machines en marche pendant le remplacement des canettes. Le salaire n'était pourtant que légèrement supérieur à celui de la Lawrence. Sans les sous rapportés par Anne et Marguerite, Joseph n'aurait pas pu se permettre d'envisager les dépenses d'un logis, de l'habillement et de la nourriture pour sa famille. Pour le moment, malgré les complaintes de sa sœur, la pension qu'il lui payait grugeait leurs trois salaires presque en entier. Néanmoins, Léontine l'avait mis au courant du projet de rapatriement de sa famille au Canada. Il avait été entendu que lui et ses filles sous-loueraient l'appartement des Gauthier au moment de leur départ éventuel.

Marguerite avait dû se faire à l'idée et mettre au rancart ses rêves de fuite. Ainsi que l'avait prédit le père Garin, son paternel était revenu et son cousin Armand lui avait fiché la paix. Il ne lui adressait même plus la parole. Mais la promesse devait durer seulement jusqu'à la Saint-

Jean-Baptiste… Elle avait donc vu arriver l'échéance avec effarement mais avait vite chassé cette appréhension en se traitant de poule mouillée. Cette histoire était bel et bien terminée. De toute façon, elle s'était défendue une fois, elle saurait encore résister à l'assaillant.

L'espoir de voir s'ouvrir une école pour adultes lui donnait tous les courages. Malgré son jeune âge, elle savait qu'en insistant, on accepterait de la prendre. Secrètement, le soir avant de s'endormir, elle élaborait des plans. Dans quelques années, après avoir terminé ses études, elle ouvrirait une école en français pour tous les petits Canadiens analphabètes qu'elle croisait. Pour les autres aussi qui allaient à l'école publique anglaise. Rien de moins ! Sans doute ces intentions s'avéraient-elles irréalistes ou trop lointaines, mais qu'importe, pour le moment, elle y trouvait la force de se lever allégrement, chaque matin, pour aller accomplir ses heures de travail intensif.

— *Pater noster, qui es in cœlis…*

Marguerite sursauta. Bientôt la communion. Il lui semblait qu'elle n'avait rien entendu de la messe. Elle se leva et se mit en file au milieu de l'allée. Elle avançait distraitement vers l'avant quand elle vit le nouveau vicaire se diriger vers la balustrade, ciboire en main. Elle se sentit devenir fébrile. Quand vint son tour de s'agenouiller à la sainte table, les mains enfouies sous la nappe brodée, elle n'arriva pas à se recueillir. Malgré elle, sa respiration devenait de plus en plus oppressée au fur et à mesure que le prêtre approchait. Son « sauveur » la reconnaîtrait-il?

Quand Antoine Lacroix arriva à sa hauteur et prononça le traditionnel « Corpus Christi » en élevant l'hostie, elle plongea ses yeux dans les siens. L'espace d'une seconde, l'ébauche du sourire qu'il lui prodigua eut l'effet d'un volcan éclatant brutalement au milieu de l'océan. Un océan bleu. Immensément bleu. Trop bleu. Elle ne devait pas s'y arrêter ni s'y lancer, elle qui ne savait pas nager. Elle risquait trop de s'y noyer. Soudain, elle se sentit perdue. C'est au Christ qu'elle devait penser. À personne d'autre.

Elle reçut le pain bénit et baissa pieusement la tête. Mais était-ce bien du recueillement, ce tumulte qui résonnait en elle à la manière d'une explosion? Quelqu'un n'avait-il pas raconté que des îles merveilleuses naissaient ainsi, quelque part au loin, perdues dans l'immensité bleue des océans?

L'après-midi débuta par une parade monumentale. Sur l'estrade d'honneur, le maire, son conseil et d'autres dignitaires invités, des représentants du clergé et des communautés religieuses ainsi que les délégations de la Société

Saint-Jean-Baptiste et de l'Union Saint-Joseph virent défiler un interminable cortège au son tapageur des fanfares. Plus de cent cinquante chars allégoriques circulèrent dans les rues de la ville, représentant chacun les professions et occupations des Canadiens français, allant du médecin jusqu'au mineur. Ouvriers, pêcheurs, draveurs, fermiers, boulangers, cordonniers, prêtres, infirmières, commerçants, mères de famille, tous s'y trouvaient représentés, même les enfants. C'était le jour de gloire des plus petits.

Une foule immense, gonflée à bloc, applaudissait à tout rompre à chaque passage. La parade débutait par une large banderole portée par deux jeunes hommes et sur laquelle on avait inscrit en lettres géantes : *Nous sommes fiers.*

— Regarde, Marguerite, c'est Armand qui tient la bannière.

Anne ne put s'empêcher de se faufiler en avant pour voir de plus près.

Le garçon, apercevant ses deux cousines, leur lança un regard noir qui ne dit rien qui vaille à Marguerite. Ainsi, le curé avait acheté la retenue du cousin en lui promettant un rôle d'importance à la tête du défilé... Elle trembla légèrement malgré la canicule.

Combien de participants partageaient l'excitation du jour ? Cinq cents ? mille ? trois mille ? Pour cette fête grandiose, les filatures acceptaient, depuis quelques années, de donner congé aux

Canadiens français. Congé non payé, bien sûr! On réservait le congé payé pour le quatre juillet, fête des Américains. De toute façon, rien n'aurait pu arrêter les émigrés francophones, le vingt-quatre juin, de se resserrer instinctivement les uns contre les autres pour affirmer leur identité et leur désir de maintenir leurs droits et leurs valeurs. Même éloignés de leur mère patrie, ils demeuraient un peuple fort et uni.

La parade se terminait par la représentation classique du petit Jean-Baptiste, un adorable bambin de quatre ans à la chevelure blonde et bouclée, assis sur un tronc d'arbre au milieu d'une charrette et entouré de moutons occupés à brouter l'herbe qu'il leur lançait de sa main droite pendant qu'il tenait son bâton de berger avec l'autre.

Tout le monde se retrouva pour un pique-nique au parc situé sur le bord de la Merrimack. On passa le reste de la journée à écouter des discours à caractère nationaliste, à chanter de vieux airs français sur la place publique, à danser des rigodons et des sets carrés au rythme des violons grincheux et des harmonicas, à organiser des jeux de cloche-pied et des parties de saute-mouton pour les plus jeunes. La fête se termina par un bal où les garçons firent virevolter leurs belles à la lueur des flambeaux.

Marguerite et Anne acceptèrent avec plaisir plusieurs invitations à valser provenant, pour la plupart, de compagnons de travail. L'aînée dansait cependant avec une certaine raideur, l'œil constamment aux aguets. Quand elle vit Armand s'approcher de la piste de danse et lui tendre la main avec un sourire narquois, elle prit le parti de s'enfuir à toutes jambes. Ah non! il n'allait pas recommencer à l'achaler, celui-là!

Elle se faufila à travers la foule et se perdit dans les rues de la ville où des fêtards rentraient tranquillement à la maison. Mais où aller? Il n'était pas question de se rendre seule dans Dutton Street. Si son cousin l'avait suivie, il profiterait de l'absence de la famille pour l'assaillir de nouveau.

Morte de peur, elle décida de se réfugier à l'abri du cabanon, derrière la maison, où, haletante, elle se laissa tomber par terre. De là, elle pourrait voir arriver, sans être vue, les Gauthier de même qu'Anne et Joseph. Appuyée contre la clôture et les yeux rivés sur l'escalier menant au deuxième étage, elle réussit enfin à se calmer. Il ne lui restait qu'une issue, une unique bouée de sauvetage à laquelle s'agripper : la prière. Elle se recueillit un long moment pour s'adresser à l'Ami venu dans son cœur, ce matin, par l'Eucharistie. Elle lui demanda de la prendre sous son aile et de lui donner la force de tout raconter à son père au sujet d'Armand, dès le lendemain. Cette situation ne pouvait plus durer.

Elle avait presque réussi à s'assoupir lorsque les occupants du logement rentrèrent une heure plus tard. Quand elle constata que son cousin ne les accompagnait pas, elle poussa un soupir de soulagement et les suivit dans l'escalier.

Joseph aurait pu au moins la questionner sur sa fuite inexpliquée mais il ne le fit pas. Personne ne le fit.

28

Marguerite n'eut pas le temps de parler à Joseph des agressions sexuelles dont la menaçait son cousin. Le lendemain, à l'heure du souper, Léontine annonça la date officielle du départ des siens, au grand plaisir de tous les hommes de sa famille. Elle brandissait une lettre d'Alphonse, son aîné, révélant qu'il envisageait de faire une offre d'achat pour une boulangerie familiale. Au retour du travail, ne sachant pas lire, elle s'était précipitée chez la voisine pour lui demander de déchiffrer la lettre trouvée dans le courrier au lieu de réclamer l'assistance de l'une ou l'autre de ses nièces, ce qui les avait piquées au vif.

— Dès le début d'août, nous serons en route pour Bagotville. Écoutez ce qu'il écrit. Tiens ! lis-nous ça, toi, Marguerite.

La jeune fille se racla la gorge et sa voix cristalline résonna dans l'espace comme un hymne à la libération.

Chers parents,

Je viens enfin de trouver une occasion en or : la boulangerie Turenne, justement dans le quartier où nous habitions autrefois, est à vendre pour un prix dérisoire. Le vieux monsieur Turenne, que vous connaissiez bien à l'époque, est décédé la semaine dernière, et sa femme ne veut pas prendre la relève. Nous pourrions habiter le grand cinq-pièces au-dessus du commerce. Papa pourrait faire le pain avec moi et mes frères, et toi, maman, tu pourrais te consacrer à la fabrication de beignes et de pâtisseries. Nous serions enfin chez nous… J'ai laissé entendre que nous étions fortement intéressés et me suis permis de faire une offre d'achat conditionnelle à votre consentement. J'attends une réponse de votre part au plus vite.

Votre fils Alphonse

— Tu parles d'une bonne nouvelle ! Oh ! que je suis contente !

Léontine ne tenait plus en place. Léopold, lui, répliqua que les femmes du Québec restaient à la maison pour élever leurs enfants. Il incombait à leur mari de les faire vivre. Il releva fièrement la tête et s'écria d'une voix assurée, en tirant sur ses bretelles :

— Et j'en suis très capable ! Tu as suffisamment travaillé, ma femme. On retourne chez nous maintenant et je trouverai bien le moyen de t'éviter le travail à l'extérieur de ta cuisine, crois-moi !

— Mais non, au contraire ! Je sens que je vais me plaire dans une boulangerie. Les enfants sont grands, maintenant, et…

— Pas question ! Tu vas redevenir la reine du foyer. De notre nouveau foyer. Quant à mes enfants, les deux plus jeunes iront à l'école, qu'ils se le tiennent pour dit ! Si Armand et Alphonse veulent m'assister, eux, tant mieux ! Mais ça les regarde.

Joseph lorgna du côté de son beau-frère. Pour une fois qu'il mettait ses culottes, celui-là… Assis de l'autre côté de la table, Armand fusilla Marguerite d'un regard glacial et hautain. Elle retint une grimace. L'envie ne lui manquait pas de s'écrier « Bon débarras ! » mais la sagesse commandait de se taire et de laisser l'épisode « séjour chez les Gauthier » se terminer de façon pacifique et sur une note positive. Si le cousin restait tranquille, elle ne dévoilerait rien jusqu'à leur départ.

Après avoir dicté une courte réponse positive que Marguerite rédigea minutieusement sur du papier propre et alla porter à la maîtresse de poste, Léontine, pragmatique, détourna la conversation sur l'organisation concrète du départ imminent.

— Dis donc, Joseph puisque tu travailles déjà à la Boott's Mills, Anne et Marguerite pourraient remplacer deux de nos fils là-bas. Je connais bien le contremaître, je pourrais tâcher d'arranger ça. Au moins, vous travailleriez tous les trois au même endroit. Qu'en penses-tu ?

Elle s'était retournée vers Joseph et le regardait d'un air condescendant. Reconnaissant pour cette bonne idée, il se dit qu'au fond, sa sœur n'était pas si méchante. Seulement un peu calculatrice et méprisante. À bien y penser, lui et ses filles s'étaient imposés à l'improviste dans son existence. Toute la famille avait dû se tasser et changer ses habitudes pour faire une place aux intrus. Et lui, Joseph, n'avait pas débordé d'efforts pour se montrer aimable et s'intégrer à leur vie, ni pour prendre l'initiative de décamper pour s'installer ailleurs.

— Et Camille ? Personne ne pense à elle ?

Anne n'oubliait pas sa petite sœur et s'était adressée à son père en faisant la moue.

— Quand donc irez-vous la chercher, papa ?

— Très bientôt, ma chouette. Le temps de se réinstaller ici et de lui préparer une petite place, puis je pars pour Colebrook.

C'est ainsi que deux semaines plus tard, les deux sœurs firent timidement leur entrée à la Boott's Cotton Mills sans prendre toutefois les emplois de leurs cousins requérant trop de force musculaire. À son grand étonnement, Marguerite, malgré son âge, fut affectée au cardage. Dans l'immense salle où claquaient, à une cadence effrénée, des dizaines de machines comme des monstres aux dents acérées prêts à lui arracher une main, elle aurait à opérer, seule, l'un de ces engins redoutables. Léontine avait vanté le sérieux et le talent de sa nièce et on avait décidé de lui faire confiance pour exécuter ce travail difficile. Quelques jours d'entraînement devraient suffire pour faire d'elle une tisserande.

Anne, trop jeune pour une telle responsabilité, continuerait, pour un temps du moins, à accomplir le travail de « décrotteuse ». Elle eut beau protester et se plaindre que les fibres de coton la faisaient tousser et lui causaient des difficultés à respirer, on ne broncha pas. C'était ça ou rien. Son père la força à accepter. De toute manière, ramasser la mousse à la Lawrence ou à la Boott's, quelle différence ?

Ces derniers temps, la fillette affichait une mauvaise mine. Elle se montrait renfrognée, maussade et de plus en plus repliée sur elle-même. Il ne restait plus rien de l'enfant d'autrefois, fraîche et enjouée, qui jouait encore à la poupée en revenant de l'école. De celle qui aimait rire et chanter, et qui s'offrait pour aider sa mère à fabriquer des gâteaux pour l'unique plaisir de lécher les plats et les ustensiles. Maintenant, Anne s'acheminait tristement vers la puberté, déjà abrutie par le travail et les problèmes pulmonaires qui la laissaient faible et amorphe. Elle dormait mal, gênée par une respiration sifflante et constamment secouée par des quintes de toux. Marguerite l'avait prévenue de l'arrivée prochaine de ses menstruations. Sa jeune sœur, au moins, saurait à quoi s'attendre.

Les jours suivants s'écoulèrent dans la frénésie du départ. En un peu plus de cinq ans, les Gauthier avaient accumulé suffisamment de bagages pour devoir les envoyer au Canada sur un train de marchandises. Léontine tenta bien de vendre quelques meubles et objets d'usage courant à Joseph, mais il refusa net.

— Es-tu folle ? Pas à ce prix-là !

— Tu auras au moins besoin d'une table et de chaises, le frère. Prends-les, je te les offre à un prix d'ami. Sinon, je vais les vendre à quelqu'un d'autre. Mais tu n'en trouveras jamais à ce prix-là dans Market Street.

— T'auras pas une cenne de moi ! Garde-les, tes maudites chaises ! Si c'est ça, l'entraide familiale et la solidarité…

— Mais on a travaillé dur pour ça, Joseph. On les a payées une à une… Pis on a besoin d'argent nous autres *itou.*

— Laisse faire ! Vide la maison, c'est tout ce que je te demande. Je saurai bien me débrouiller sans payer tes vieilles cochonneries à gros prix.

On chercha donc d'autres acheteurs, ce qui retarda le départ. Les couteaux volèrent bas à plusieurs reprises entre le frère et la sœur passablement énervés.

Une nuit, Anne se rendit à la bécosse, pliée en deux par les crampes. À moitié endormie, Marguerite l'entendit dévaler l'escalier. À sa grande surprise, elle crut percevoir d'autres pas amortis se dirigeant vers la sortie. Armand ! Ce ne pouvait être que lui, le salaud ! Elle n'attendit pas un instant et descendit à toute vitesse. Ce qu'elle découvrit au pied des marches, à la lueur de la chandelle, la glaça d'horreur. Son cousin, complètement nu, se branlait sur sa sœur également nue et étendue par terre.

La jeune fille remonta l'escalier à l'épouvante et, sans hésiter, alla réveiller Joseph.

— Venez vite, papa, c'est grave !

L'agresseur n'eut pas le temps de se relever que déjà Joseph s'acharnait sur lui à grands coups de poing et de pied.

— Espèce de plein de marde, je vais te tuer, mon *sacrament* !

D'une main fébrile, Marguerite aida sa sœur à remettre sa robe de nuit et la fit remonter à l'étage où tout le monde, ameuté par les cris, se retrouva sur un pied d'alerte. Effarée, Léontine ne cessait de poser des questions auxquelles les deux sœurs, en état de choc, n'arrivaient pas à répondre.

— Qu'est-ce qui se passe ?

— …

— Répondez donc, pour l'amour du ciel ! Où est Armand ?

Marguerite pointa l'escalier d'un geste de la main.

— Il est à la toilette ? Est-il malade ?

— …

— Et ton père ? Où se trouve Joseph ? À la toilette aussi ? Est-ce encore lui qui fait tout ce grabuge dans la cour ?

La jeune fille baissa la tête, incapable de parler. C'est alors que Joseph surgit en haut des marches, les mains pleines de sang. Léontine lança un cri de mort.

— Armand ! Il est arrivé quelque chose à Armand ! Où il est, mon petit garçon ?

Joseph cracha par terre et s'essuya la bouche du revers de sa manche.

— Ton petit *crisse* de garçon recommencera plus, *cré-moé* !

— Recommencera plus quoi ?

— Ce qu'il faisait à ma fille ! L'écœurant… Depuis combien de temps il te faisait ça, Anne ?

— Depuis qu'on habite ici…

— Et tu ne disais rien ?

— Il ne voulait pas que j'en parle. Il me menaçait tout le temps et disait qu'il allait me tuer si jamais je racontais ça à quelqu'un.

Léontine ne voulut rien entendre. Elle avait déjà descendu les marches en courant.

— Mon pauvre p'tit gars…

Le pauvre « p'tit gars » n'en menait pas large, la figure en sang, un bras sans doute cassé et les parties génitales en compote. La mère et le père le remontèrent avec mille précautions et l'étendirent sur son lit. Léontine lança un regard furieux à son frère.

— Chien sale ! Tu mériterais qu'on aille chercher la police.

— Vas-y la chercher, la police, ma chère ! Tu vas voir ce qu'ils font des violeurs, les policiers américains !

— Je suis sûre que mon fils n'a pas violé ta fille. Il s'agit seulement d'un peu de curiosité maladroite et tout à fait normale pour un garçon de son âge. Mes fils n'ont pas de sœur, que veux-tu ! Et ta fille avait l'air d'accepter ça assez facilement, on dirait ! On ne l'a jamais entendue crier très fort dans ces moments-là, hein ?

Joseph prit de longues inspirations pour arriver à se retenir de sauter sur sa sœur.

— Demain, ma femme, il faudra aller chercher le docteur. Demain, nous aurons des décisions à prendre.

Cette fois, c'était Léopold qui avait parlé. Joseph fit volte-face et cracha de nouveau dans la direction de son beau-frère.

— Toi, le Léo, si tu prenais tes responsabilités plus souvent avec tes gars, y arriverait peut-être pas des affaires de même ! Vieux *gnochon*... Bon, allez vous coucher, les filles ! On réglera tout ça demain matin. Moi, je m'en vais fumer une pipe dehors. Faut que je me calme les nerfs, sinon, c'est moi qui vais tuer quelqu'un.

Marguerite prit sa sœur par la main et la dirigea vers la chambre. Elle ressentait à la fois une espèce de dégoût et une étrange et inavouable pointe d'envie envers Anne. La benjamine en savait maintenant plus long qu'elle sur les « choses de la vie », elle avait vu un homme nu et en érection, et il avait sans doute caressé ses petits seins à peine développés et touché à ses parties intimes. Elle en éprouva un immense frisson. Par contre, Anne n'avait pas su lui tenir tête et se défendre. Elle s'était laissé faire lâchement, indignement, sans rien dire. Et combien de fois ? Marguerite n'arrivait pas à y croire. Il lui semblait qu'elle ne la regarderait plus jamais de la même manière.

Ce n'est que le lendemain matin, avant les premières lueurs de l'aube que, sanglotant dans les bras de sa grande sœur, Anne, entre deux accès de toux, avoua l'immense désarroi qui l'étouffait depuis longtemps. Elle avait eu tellement peur qu'elle s'était même gardée d'accuser son péché à la confesse.

— Je vais aller en enfer, hein, Marguerite ?

— Mais non, voyons ! Rien de tout ça n'est ta faute. C'est Armand le responsable, lui seul. Toi, tu n'es qu'une petite fille, ma pauvre Anne. Il t'a manipulée et a abusé de toi, il t'a violée en te faisant des menaces. Tu aurais dû m'en parler ou le dire à papa.

— Je pensais qu'il te faisait la même chose et que tu le laissais faire…

— Non, non ! Il s'est bien essayé, l'écœurant, mais un coup de pied bien placé lui a refroidi les intentions, crois-moi ! Je suis grande et forte, moi ! Plus aguerrie aussi. Tandis que toi…

— Maman me manque tellement…

— À moi aussi, ma chouette. Mais elle ne reviendra plus jamais, tu comprends ? Plus jamais… Par contre, elle peut certainement nous aider de là-haut, sur son nuage.

Le premier rayon de soleil qui farfouilla sur le lit des deux sœurs les trouva endormies dans les bras l'une de l'autre, le visage barbouillé de larmes séchées, unies dans la même souffrance et le même désespoir.

Quand vint l'heure du déjeuner, on ne trouva aucune chaise dans la cuisine. Dans la cour, derrière la maison, brûlait un grand feu alimenté par de nombreux débris de chaises. Joseph, bouteille à la main et tenant à peine sur ses jambes, lançait des dossiers et des barreaux dans le brasier. Léontine cria au meurtre en s'apercevant du méfait. Joseph l'accueillit avec un sourire mauvais.

— *Good morning*, la sœur ! Sais-tu ce que ça veut dire *Good morning* ? As-tu au moins appris ça durant ton *estie* de séjour aux États ?

— Joseph, tu es le plus beau dégoûtant de la terre !

— Ah, ça, je ne croirais pas ! Je pencherais plutôt du côté d'Armand, ton « pauvre p'tit garçon », non ? En tout cas, tu vas être contente, la sœur : je t'ai aidée à te débarrasser de tes chaises. T'auras pas besoin de les vendre, pis tu vas pouvoir *décrisser* plus vite, hé ! hé ! Dis-moi merci, au moins !

— Sacre ton camp, Joseph Laurin ! Pis vite ! Disparais de ma vue avec tes deux gribiches avant que j'aille chercher la police. Je ne veux plus jamais te revoir, tu m'entends ? Plus jamais !

— Compte sur moi, ma chère ! Allez, les filles, on déguerpit ! Dépêchez-vous d'aller ramasser vos affaires, ça presse ! Toutes vos affaires.

— On s'en va où ?

— Pour le moment, on s'en va travailler. Après, on verra.

Personne ne fit attention à Armand qui se lamentait au fond de sa chambre.

29

Le jour de l'incendie du mobilier de cuisine, le travail à la Boott's s'avéra interminable pour les deux sœurs. À l'heure du dîner, quelques âmes charitables partagèrent leur pitance avec elles qui s'étaient présentées sans boîte à lunch. Mais le soir, où mangeraient-elles ? Et où iraient-elles dormir la nuit suivante ? Joseph avait promis de les retrouver à six heures, à la sortie de l'usine, mais pouvaient-elles se fier à lui ? Elles avaient perdu confiance. Ni l'une ni l'autre ne l'avait vu déambuler avec ses bobines dans les ateliers au cours de la journée. Comment allait-il régler le problème ? Demander pardon à sa sœur ? Quémander de nouveau le gîte au presbytère ? Coucher à la belle étoile ? L'hôtel coûtait trop cher, évidemment.

En fin de journée, au premier son de cloche, elles s'empressèrent de quitter l'usine, l'œil aux aguets et le souffle court, à la tête de la horde de travailleurs. Marguerite en voulait à son père pour ces serrements de cœur qui l'avaient oppressée durant toute la journée. Dieu merci ! Pour une fois, Joseph se montra fidèle à sa promesse : il les attendait. En l'apercevant, Anne lança un cri de joie comme si elle ne l'avait pas vu depuis des mois.

— Papa ! Oh ! papa ! Vous êtes là !

De toute évidence, il avait encore bu. Comme il portait des vêtements propres, Marguerite en déduisit qu'il avait dû quitter l'usine plus tôt au cours de la journée. Il sortit fièrement un large coupon de sa poche.

— Ça y est, les filles ! Ma décision est prise, je pars dans trois heures pour Colebrook. Tenez, voici mon billet de train. Je reprendrai mon travail au retour. J'ai averti le contremaître, il a promis de me réembaucher quand je reviendrai.

— Quoi ? Et nous ? Vous n'allez pas encore nous laisser toutes seules, papa ? Non, non, pas cette fois...

— Ne vous énervez donc pas, les grandes. Tout est arrangé. Il ne sera pas dit que je suis un aussi mauvais père que le prétend ma sœur. Pour ce soir, vous allez dormir au presbytère. Monsieur le curé vous attend, vos affaires sont déjà rendues là-bas. Et à partir de demain, des lits ont été retenus pour vous à la Boott's Boarding House située tout près de la compagnie. J'ai même payé votre première semaine de pension.

— Comment ça ? Pourquoi on s'en va pas à Colebrook avec vous ?

— Impossible ! Si vous vous absentez du travail, vous allez perdre votre emploi. Déjà qu'à la Boott's, on me fait la faveur de garder ma place jusqu'à mon retour. Il ne faudrait pas exagérer. Plein d'autres personnes ne demanderaient pas mieux que de récupérer nos *jobs*. De nouveaux immigrants, des Grecs et des Polonais, arrivent à pleins bateaux.

— Mais...

— Arrêtez-moi ce *braillage, sacrament* ! Je pars pour quelques jours seulement, le temps d'aller chercher Camille. Je sacre pas mon camp pour la vie, là !

— Vous allez ramener notre sœur ici ?

— Oui, j'ai trop attendu. Il est temps de reformer notre famille et de prendre des décisions. La convalescence de Camille s'éternise inutilement. Ma princesse m'appartient à moi, pas au docteur et à sa femme.

— Et on va habiter où ?

— Dès mon retour, je vais nous trouver un logement dans le Petit Canada. Celui de ma sœur est trop cher pour nos moyens.

Ni Anne ni Marguerite ne savaient si elles devaient se réjouir de cette nouvelle ou s'affliger du départ de leur père. Pas encore remises de leurs émotions de la veille et du matin devant le feu dans la cour, elles se voyaient de nouveau précipitées dans le dénuement le plus total. Deux adolescentes abandonnées à l'autre bout du monde… Mais Joseph avait dit « quelques jours seulement ».

Et si Camille n'allait pas mieux ? Angelina n'avait pas écrit depuis plusieurs semaines. Et si leur père décidait sur un coup de tête de s'établir à Colebrook ? Pourraient-elles le rejoindre ? « Bah ! se dit Marguerite, la fabrique de chaussures Collins ne vaut guère mieux que les manufactures de Lowell. Ce serait du pareil au même que de retourner vivre à Colebrook… » Et s'il renouait avec Jesse ? Ah ! ça, les deux sœurs ne demanderaient pas mieux. Le temps passé à la ferme leur paraissait la seule éclaircie depuis la perte de leur mère. Mais il ne fallait pas trop compter là-dessus. Joseph n'aurait pas quitté Colebrook aussi bêtement si la moindre chance de refaire sa vie avec la fermière avait existé.

« Quelques jours seulement... » Marguerite ne cessait de se le répéter. Il fallait y croire de toutes ses forces. Elle jeta un regard attendri sur sa sœur. Pauvre Anne... Quelle nuit elle avait dû passer! Après ce que sa petite sœur avait vécu avec le cousin, l'aînée devait se montrer forte et courageuse. La protéger, surtout. Combien de fois l'avait-il violentée, souillée? Et comment avait-elle pu supporter ces agressions sans rien dire?

Mais était-ce possible de reparler de « ça » entre sœurs? Marguerite sentait la nécessité de vider la question. Hélas, elle ne trouvait pas les mots. On ne discute pas de ces choses-là, c'est trop gênant. Et pour dire quoi? Que ça fait mal? Qu'elle n'aurait jamais dû laisser faire Armand? Pour lui reprocher de ne pas l'avoir crié sur les toits? Elle-même s'était tue quand le garçon avait osé s'essayer avec elle. Elle se sentait trop timide et trop honteuse. Une seule fois, paniquée, elle en avait parlé au curé. Et le père Garin s'en était bien foutu, à bien y songer. Comme si une stupide histoire de banderole dans une parade allait guérir un violeur et arranger les choses à long terme!

Elle se secoua la tête, tentant de se ressaisir. Maudits hommes! Ce soir-là, elle haïssait tous les hommes de la Terre. Tous ! Ces buveurs, ces coureurs de jupon, ces brutes qui affichaient leur supériorité à la force de leurs muscles. Tous ces mâles obsédés par la couchette. De l'âge de quinze ans jusqu'à cent quinze ans, ils ne voyaient dans les femmes que des marchandes de plaisir. Ou ils s'avéraient des pâtes molles complètement dominées par une femme, comme son oncle Léopold, ou ils se comportaient en pères cinglés, comme Joseph, plus préoccupés par le signe de piastre que par le bien-être de leur famille. À vrai dire, plus elle y songeait, moins elle n'avait de doute sur les promenades nocturnes qui avaient eu lieu à l'étage des chambres, dans la maison de la ferme Peel.

Oui, à cette heure précise, elle avait en horreur tous les hommes. Jamais elle ne s'encombrerait de l'un d'eux. Jamais ! Elle vivrait seule, s'il le fallait, et on la traiterait sans doute de « vieille fille enragée » mais qu'importe, en aucun temps un homme ne porterait la main sur le flanc de Marguerite Laurin. La gent masculine n'avait qu'à se le tenir pour dit.

Quelques minutes plus tard, le père et ses filles sonnaient à la porte du presbytère Saint-Joseph. Devant le sourire avenant du nouveau vicaire venu ouvrir, Marguerite réalisa soudain que non, elle n'abominait pas tous les hommes. Si les vertus de transparence et de pureté existaient encore chez eux, c'est chez Antoine Lacroix qu'elles s'incarnaient assurément. Insaisissables, hélas !

Après avoir dégusté un pot-au-feu en compagnie de ses enfants chez le curé Garin, Joseph tira rapidement sa révérence, ne voulant pas manquer son train de nuit. Devant l'affolement des jeunes filles, le père Lacroix entreprit de leur faire visiter la bibliothèque.

— Vous voyez tous ces livres en français ? Ils sont là pour vous. Vous pouvez venir en emprunter n'importe quand et autant que vous en voulez. Tous les soirs et tous les dimanches, les portes de ce lieu restent ouvertes. Plusieurs Canadiens français en profitent, vous savez. Ça fait du bien de lire dans notre langue quand on se sent loin de chez nous. Surtout vous deux, il ne faudrait tout de même pas oublier vos connaissances en français !

— Moi, je n'ai rien oublié, moi, je n'ai rien oublié ! Même que je sais lire en anglais !

— Tu sais ça, toi, ma belle Anne ? Il faudra que tu viennes me l'enseigner, un de ces jours. Parce que moi, l'anglais... Et toi, Marguerite ?

La jeune fille se contenta de hausser les épaules. Le prêtre n'avait-il pas pris en considération son ambition de s'inscrire aux cours du soir, si jamais ils finissaient par débuter ? Ne se rappelait-il pas qu'elle avait terminé son cours primaire et rêvait d'aller à l'école normale pour enseigner? Dire qu'elle l'avait considéré comme un sauveur! Drôle de sauveur qui avait oublié le rêve le plus grand de sa protégée!

À mille lieues de se douter des sombres pensées de l'adolescente, le vicaire lui tendit un livre.

— Voici un roman écrit par Honoré Beaugrand en 1878 : *Jeanne la fileuse.* Il raconte l'histoire d'une famille de Canadiens français immigrés dans le Maine, à Fall River. Ça vous fera réaliser que vos difficultés ne sont pas uniques. Il a écrit ce livre en guise de réplique aux détracteurs de l'émigration en affirmant que c'est la misère et l'incapacité des autorités québécoises à résoudre les problèmes qui ont poussé les Canadiens français à l'exil.

— Des détracteurs?

— Oui, chez nous, ni les politiciens, ni les journalistes, ni les communautés religieuses n'encouragent les Québécois à s'expatrier. On veut garder la jeunesse et son énergie au pays.

Marguerite faillit répondre que ces détracteurs avaient raison, mais elle préféra se taire. Elle prit le livre en se demandant si elle avait envie de le lire. Chose certaine, elle n'avait pas la tête à ça pour le moment. De l'émigration, elle en avait ras-le-bol. Trop d'événements la préoccupaient depuis vingt-quatre heures. De toute manière, dans aucun livre au monde il ne devait être question d'enfants, émigrants ou pas, aux prises avec un père aussi bizarre et instable que le sien.

Anne, elle, dormait déjà, la tête appuyée contre le dossier d'un fauteuil.

— Je vous remercie, mon père, je le lirai plus tard. Pour ce soir, nous nous sentons vraiment très fatiguées. La nuit dernière a été plutôt courte, vous savez, et demain…

Demain, il leur faudrait rentrer au travail à six heures comme à l'accoutumée et le soir, elles devraient se présenter à la maison de pension où Joseph leur avait réservé une place, selon ses dires. Tout cela énervait l'adolescente, et cette insécurité lui donnait envie d'éclater, de supplier quelqu'un de les prendre en charge, elle et sa sœur. Mais elle choisit de se taire.

Le prêtre devina-t-il son état d'esprit ? Il posa la main sur son épaule.

— Tu sais, ma petite Margot… Tu permets que je t'appelle comme ça ? Si quoi que ce soit ne va pas, ne te gêne pas pour revenir sonner à notre porte. Nous sommes trois prêtres qui ne demandons pas mieux que de vous aider. Et puis, il y a la Société Saint-Jean-Baptiste et l'Union Saint-Joseph dont les bénévoles organisent des soirées, des conférences, des concerts. Ils se font un plaisir de servir de dépanneurs à l'occasion. Vous devriez venir aux réunions, vous vous sentiriez moins seules.

Marguerite avait sourcillé. Il l'avait appelée Margot ! Seule sa mère, autrefois, la prénommait ainsi. Comment avait-il pu deviner ? Était-ce là un signe tangible venu du ciel pour lui montrer que Rébecca continuait toujours de veiller sur ses petites filles ? Elle soupira. « Merci, maman. »

— Oui, mon père, on verra... Je vous remercie. Pour l'instant, ma sœur et moi n'avons qu'une chose en tête : dormir.

À la vérité, une pensée unique l'obsédait : se retenir de pleurer devant Antoine Lacroix et aller plutôt verser ses larmes au creux de son oreiller, un oreiller prêté par charité, au fin fond du dortoir d'un presbytère, à six cents milles de chez elle. Là, toute seule, en silence.

Comme sa vie en exil le lui imposait cruellement.

30

En descendant du train, Joseph se dirigea directement vers la résidence du docteur Lewis. Il eut beau actionner la clochette à plusieurs reprises, personne ne vint répondre. Remettant sa visite à plus tard, il s'en fut à l'hôtel Hinman, dans le village voisin de North Stratford, pour louer un cheval.

À vrai dire, l'absence des Lewis faisait son affaire, car ses pensées s'étaient fixées vers la ferme Peel bien longtemps avant de mettre le pied à Colebrook. Son besoin de coucher avec une femme se faisait de plus en plus impérieux. À croire que Jesse lui avait ouvert des sentiers fascinants sur lesquels il ne s'était jamais aventuré auparavant, et qui étaient devenus, à la longue, une douce obsession. À Lowell, il n'avait point connu de femme, et la simple pensée des formes généreuses de la belle Américaine le rendait fou. Pour une fois, pour une seule fois, la fermière ne refuserait pas de se donner à lui, il en avait la certitude en songeant aux jouissances qu'ils avaient partagées clandestinement. La *vlimeuse*, elle avait semblé en profiter autant que lui !

Évidemment, il risquait de se buter à la pré sence encombrante du fils et des autres enfants. Si le mauvais sort les plaçait face à face, il devrait probablement renoncer à son projet, mais qui sait… Après tout, il ne pouvait pas avoir la malchance invariablement collée aux pieds !

Hélas, elle se trouvait au rendez-vous, cette malédiction qui s'acharnait méchamment sur lui. Ce ne fut ni le fils John, ni Betty ni Terry qui l'accueillirent à la porte de la maison des Peel, mais un grand escogriffe aux cheveux grisonnants, affublé d'une énorme paire de lunettes. Le colosse le regarda d'un air hautain, et Joseph, interloqué, eut peine à prononcer le nom de Jesse.

— *Jesse, please.*

— *Just a moment. Sweetie, there's someone for you*[1] *!*

Joseph sourcilla. Il avait appelé Jesse *sweetie*! Pas bon signe, ça ! Ce *sweetie* ne portait-il pas une connotation amoureuse ?

L'inconnu se retourna pendant que Jesse descendait l'escalier, rougissante, les cheveux ébouriffés, plus resplendissante que jamais. Mais l'attention de Joseph resta sur l'homme en salopette et en pantoufles. Il ne fut pas sans remarquer la robustesse de sa nuque et la largeur phénoménale de ses épaules.

— Joseph ! Quelle surprise ! Mais entre donc ! Ainsi te voilà de retour à Colebrook… Comment vas-tu ?

— …

— Puis-je te présenter mon nouvel employé : George ? *George, this is Joseph.*

Elle aurait pu ajouter : « Joseph, mon ancien amant, l'homme qui m'avait fait un enfant et que j'aurais voulu épouser, celui qui a pris le meilleur de moi-même sans s'engager ni prendre la responsabilité de ses actes. » Mais elle ne dit rien de plus. Un brin d'étonnement dans la figure, la belle Jesse préféra se réfugier dans un mutisme poli.

Joseph hocha la tête sans répondre à la main tendue par l'Américain qu'il considérait déjà

1. Un instant. Chérie, il y a quelqu'un pour toi !

comme un adversaire. Un employé en pantoufles qui répond à la porte… hum ! Se donnait-elle à cet homme comme elle le faisait avec Joseph, totalement et sans retenue, comme peu de femmes se le permettaient en ces temps où la religion qualifiait l'impudicité de faute mortelle ? Occupait-il une place officielle dans son lit ou se baladait-il la nuit, pieds nus sur le sol glacial entre la grange et la chambre, à l'insu de la grincheuse belle-mère toujours aux aguets ? Au fait, où se trouvait-elle, celle-là ? Dans ses fantasmes, Joseph l'avait commodément évincée tout comme John, le grand fils. Seule Jesse occupait toute la place, une place de reine. Une place de chaude maîtresse.

Le silence devint insupportable. Jesse se racla la gorge et chercha à faire diversion en annonçant, sur un ton dramatique, la mort récente de sa belle-mère.

Joseph réprima un sourire. S'attendait-elle à le voir manifester quelque regret pour la disparition d'une mégère qu'il avait souverainement détestée ? Jesse expliqua pourtant de long en large la perte de madame Peel après une longue maladie. Puis elle parla de ses enfants, de Betty, retirée de l'école pour aider sa mère, de Terry qui avait tellement grandi et ressemblait de plus en plus à son père. John, lui, semblait avoir renoncé aux chantiers pour prendre en main la gestion de la ferme. La jolie donzelle qui devait l'entraîner très loin de Colebrook, et tant souhaitée par Joseph, ne semblait pas exister.

Au regard soudainement troublé de la femme à l'évocation du fils, Joseph devina que tout ne marchait pas sur des roulettes à son sujet, mais il se garda de poser des questions. Tout à coup, ces problèmes-là ne l'intéressaient plus. Jesse n'avait qu'à s'arranger avec ses troubles ! L'escogriffe ne se trouvait-il pas là pour la dépanner ? Lui, Joseph Laurin, semblait ne plus faire partie du décor.

Comme si elle avait perçu sa soudaine animosité, la femme changea brusquement de sujet de conversation et s'informa des filles de Joseph. Elle voyait Camille à l'église tous les dimanches, mais d'Anne et de Marguerite, elle recevait peu de nouvelles.

Joseph répondit évasivement et préféra se retirer, décontenancé par l'étranger appuyé contre le comptoir de la cuisine en train de le dévisager effrontément. Il franchissait promptement le vestibule quand Jesse s'écria sur un ton sans équivoque :

— À très bientôt, mon cher Joseph !

Ces derniers mots ne tombèrent pas dans l'oreille d'un sourd. Ce « À très bientôt » lancé en français avec son accent irrésistible voulait tout dire. Il y décela une invitation sous-entendue, et peut-être même un secret appel au secours. Jesse l'aimait encore, il en avait maintenant la conviction. Elle lui ouvrirait encore ses bras et son lit, elle l'attendrait. Elle l'avait appelé « mon cher Joseph »… Et sur quel ton suppliant avait-elle prononcé son « À très bientôt ! ». Hé ! Hé ! le Goliath américain avait dû ne rien comprendre de l'insinuation, ne saisissant sans doute pas un traître mot de français ! « Le plus tôt sera le mieux ! » songea Joseph en refermant la porte derrière lui. Il se promit de revenir très prochainement, en des temps plus favorables, en l'absence de ce nouvel ennemi répondant au nom de George.

De retour à l'hôtel avec l'intention de remettre son cheval de location, il remarqua un petit attroupement près de l'écurie située dans l'arrière-cour. Autour d'eux, un chien hurlait à mort pendant qu'une femme pleurait à fendre l'âme en se tordant les mains, soutenue par deux hommes vêtus de l'uniforme des agents de la paix. À leurs côtés, le gérant de l'auberge et son employé semblaient complètement dépités. Quand il aperçut, gisant par terre, le corps grassouillet d'un homme mort, le visage bouffi et une corde coupée enroulée autour du cou, Joseph comprit la raison de tout cet émoi : on venait tout juste de trouver le palefrenier pendu à une poutre de l'écurie.

Au même instant, une diligence s'approcha et des touristes commencèrent à descendre, valise à la main, sans se rendre compte de l'agitation. Le propriétaire de l'établissement semblait dépassé par les événements. Il avait à loger tout ce beau monde et à remplacer, au plus vite, les quatre chevaux de la diligence. En effet, l'hôtel Hinman constituait, en plus d'un lieu d'hébergement, une halte routière où les diligences s'arrêtaient continuellement pour renouveler les attelages.

Spontanément, Joseph, qui avait reconnu le gérant déjà rencontré lors d'une fête de Noël chez le docteur Lewis, s'approcha pour offrir ses services. Il pourrait prendre soin des chevaux pendant que le patron s'occuperait de ses clients.

— *Mister Loran ! You save my life*[1] *!*

— LauRIN, Joseph Laurin…

En fin de journée, Joseph avait changé les chevaux de trois *coaches* de passage, balayé le plancher et nettoyé les stalles de l'étable, rempli les auges d'eau et de foin et loué deux étalons à des cavaliers d'occasion. Enchanté de son zèle, le patron le fit mander à l'hôtel et lui servit lui-même le meilleur plat du jour : des nouilles garnies de fruits de mer. Une heure plus tard, les deux hommes avaient conclu un marché : Joseph acceptait de faire office de valet d'écurie, pour un salaire rien de moins que faramineux à ses yeux, en attendant que l'hôtel déniche un autre palefrenier.

Ce n'est qu'une fois sur sa couche, étendu sur la paille de la dernière section au fond de l'écurie, que l'image de Camille lui revint à

1. Monsieur Loran, vous me sauvez la vie !

l'esprit. Tant pis ! Après tout, la petite pouvait bien attendre encore quelques jours. Pour l'instant, elle ignorait totalement sa présence à Colebrook.

Il n'allait pas rater une chance de faire un coup d'argent, tout de même !

31

Anne mâchouillait son *corn beef* en retenant une grimace. Elle avait en horreur cette viande qu'on lui servait presque quotidiennement en alternance avec le bouilli bœuf-chou-navet-carotte. Parfois, des fèves au lard ou de la morue frite faisaient diversion entre la soupe aux pois et le plum cake. Nourriture peu variée mais néanmoins raisonnablement abondante.

La Boott's Boarding House se situait à quelques pas à peine de l'usine. Les travailleuses pouvaient se rendre au travail en deux minutes et revenir à la pension pour le dîner. La clientèle exclusivement féminine provenait de partout mais était représentée en majeure partie par des fermières américaines qui venaient travailler à la ville durant la saison froide et s'en retournaient chez elles pour les travaux d'été. Les chambres, à l'étage, comportaient deux ou quatre lits doubles.

Marguerite et Anne dormaient aux côtés d'une Américaine, mère de famille, qui venait de perdre son mari quelques semaines auparavant. Elle avait décidé de laisser ses petits aux grands-parents pour travailler à la filature et améliorer sa condition financière. L'autre pensionnaire, d'origine irlandaise, était une célibataire dans la quarantaine issue d'une famille immigrée à Troy dans l'État de New York dans les années 1850. Personne ne savait pour quelle raison elle avait quitté son milieu et les siens pour venir travailler à Lowell.

À côté de ces femmes secrètes et peu loquaces, les deux Laurin faisaient figure de petites filles égarées, avalées par le monstre industriel repu d'enfants innocents au nom de la reprise économique américaine.

La maison de pension elle-même imposait une réglementation stricte : repas à heures fixes, couvre-feu à dix heures, interdiction aux invités de monter à l'étage et, bien sûr, aucune intimité permise avec les visiteurs masculins.

Les deux filles Laurin ne tardèrent pas à se faire des amies parmi les rares Canadiennes françaises demeurées seules à Lowell après le rapatriement de leurs familles au pays. La plupart de ces femmes avaient préféré prolonger leur séjour, soit pour mousser leur autonomie et concrétiser leur désir de s'installer définitivement aux États-Unis, soit pour gonfler leur portefeuille. Toutes plus âgées, elles adoptèrent tout naturellement les deux « p'tites de Grande-Baie », bavardant avec elles en français autour de la table ou, le soir, devant la cheminée de la salle de séjour, en feuilletant distraitement des journaux et des revues.

Curieuse habitation que cette Boarding House à la population disparate. Les groupes ethniques, tissés serré, s'y entremêlaient peu malgré leur partage de la même table et des mêmes chambres. On se regardait, on s'observait et, si on se saluait poliment, les rapprochements dépassaient rarement le simple hochement de tête. Cette atmosphère reflétait bien celle du milieu de travail : en général, les ouvrières américaines et irlandaises occupaient les postes supérieurs et mieux rémunérés en raison de leur langue tout autant que de leur ancienneté et leur spécialisation. Les Canadiennes, elles, se repliaient à l'intérieur de leur communauté, se contentant pour la plupart d'emplois sous-payés.

Marguerite déplorait de devoir partager sa chambre avec des étrangères si peu avenantes. Dès le premier jour, elle avait tenté de casser la glace en risquant quelques phrases de politesse en anglais, histoire de démontrer que, fait inusité, elle et sa sœur savaient tenir une conversation dans cette langue. Mais les deux femmes n'avaient pas mordu à l'hameçon. Établir des liens avec des adolescentes francophones ne semblait pas les intéresser même si elles dormaient les unes à côté des autres. Marguerite se consola vite. Après tout, il s'agissait d'une situation temporaire. D'ici deux ou trois jours, leur père allait revenir avec Camille et tous les quatre s'établiraient probablement dans un coin bien à eux. Tout rentrerait enfin dans l'ordre et les Laurin pourraient se réinventer un petit bonheur familial tranquille. Il était temps ! Elle n'en pouvait plus de tous ces changements et tribulations.

Hélas, le temps passait et Joseph ne donnait pas signe de vie. Chaque soir, après le travail, les deux sœurs rentraient le cœur battant d'espoir de trouver dans leur casier un message de leur père ou, à tout le moins, une lettre expliquant ce retard imprévu. Marguerite imaginait le contenu : « Votre sœur a encore besoin d'une semaine ou deux de repos » ou, mieux encore, « Je suis en train de chercher un emploi à Colebrook et vous ferai revenir bientôt ». La perspective d'un accident ou d'une maladie de son père ne lui effleurait pas l'esprit. Ni celle d'un retour éventuel sur le bord du Saguenay.

Anne, elle, ne disait rien. Marguerite devinait pourtant chez elle un état de fébrilité qu'elle n'exprimait pas. Depuis les agressions sexuelles du cousin, la petite fille bavarde et joyeuse d'autrefois était devenue passive et repliée sur elle-même.

Au bout d'une dizaine de jours, n'y tenant plus, Marguerite décida d'écrire à Angelina. Que se passait-il donc ? Quel empêchement retenait Joseph là-bas ? Pourquoi ne rentrait-il pas à Lowell tel que prévu ?

Après le souper, les Canadiennes se réunissaient au salon, autour du piano, pour rire et chanter de vieilles chansons françaises. Au début, Marguerite et Anne, plutôt timides et convaincues de la brièveté de leur séjour, n'osaient se mêler à elles.

Un soir, alors qu'elles allaient s'esquiver comme à l'accoutumée dans le parc situé juste en face, une main chaleureuse les retint.

— Eh ! les p'tites ! Restez donc avec nous autres. Venez plutôt chanter, il va pleuvoir de toute façon.

Ainsi débuta une belle prise en charge, par les Canadiennes, de ces « deux enfants abandonnées ». Au fil du temps, ces femmes généreuses en vinrent à faire office de famille, cette famille perdue, morcelée, éparpillée qui, certains jours, semblait ne plus exister dans le cœur des deux jeunes filles. Maternellement, on les bichonnait, les coiffait, leur prêtait des robes ; on les amenait en pique-nique au parc, le dimanche, on leur apprenait à coudre, à broder, à tricoter des mitaines.

L'une d'entre elles, Rose-Marie, les couvait particulièrement. Consciente de leur détresse silencieuse, elle s'appliquait à les faire rire et à les combler de gâteries, un bracelet prêté, un biscuit à la mélasse, un mouchoir brodé, tous ces petits riens qui rendent le quotidien moins morose. Quand Rose-Marie passait son bras autour des épaules de l'une d'elles, cette dernière en frémissait d'aise. « Maman… » Comment ne pas évoquer la chère disparue qui, autrefois, faisait les mêmes doux gestes ? Il y avait maintenant si longtemps que la mort les avait arrachées à elle sans même qu'elles aient eu le temps de lui faire leurs adieux dans la grisaille d'un cimetière. Une éternité !

Tandis qu'Anne, vaille que vaille, semblait s'adapter à sa nouvelle vie, l'aînée masquait difficilement sa détresse. Cinq semaines s'étaient maintenant écoulées depuis le départ de Joseph. Que se passait-il donc qui lui échappait ? Quel mauvais sort leur réservait encore le destin ? Même Angelina n'avait pas répondu à sa lettre.

Un soir, sur l'oreiller, n'y tenant plus, elle annonça à Anne qu'elle allait prendre le train pour Colebrook tôt le lendemain, dimanche.

— Je vais aller me renseigner sur place. Je n'en peux plus d'attendre papa et Camille.

— Comment ça, tu vas prendre le train ? Je veux y aller, moi aussi !

— Non, Anne. Colebrook se trouve à deux cents milles d'ici et je ne pourrai pas rentrer avant lundi soir. Pire, s'il fallait que, pour une raison ou pour une autre, je sois retardée, je n'ai pas envie de te voir perdre ton emploi à la Boott's pour raison d'absence. Ça va assez mal comme ça, on a besoin de cet argent pour vivre.

— Et toi, alors ?

— Je m'arrangerai bien si ça se produit. Lundi, tu expliqueras au contremaître que je viens de tomber malade et ne peux me présenter au travail. Mais t'en fais pas, je vais rentrer au plus vite. Je veux seulement savoir ce qui se passe là-bas, tu comprends ? Je… je… m'énerve probablement pour rien, mais j'ai besoin de savoir, voilà tout ! Rose-Marie va s'occuper de toi.

Loin de réaliser le désarroi de sa sœur, Anne se mit à rechigner, faisant fi des deux étrangères essayant rageusement de trouver le sommeil dans le lit d'à côté.

— Je veux y aller moi aussi, je veux y aller !

— *Will you, please, shut your mouth ? At least, speak " American "*[1] *!*

Même l'Américaine, légèrement plus sociable, fit preuve de peu de tolérance. L'Irlandaise, elle, laissa exploser sa rage.

— *Get out of here ! Go back where you belong, you, stupid rolling stones ! Silly Chinese of the East*[2] *!*

Marguerite sursauta. Ces femmes avaient-elles oublié qu'elle comprenait l'anglais et savait

1. Voulez-vous, s'il vous plaît, vous fermer la trappe ? Au moins, parlez « américain » !

2. Sortez d'ici ! Retournez chez vous, stupides oiseaux de passage ! Idiotes Chinoises de l'Est !

traduire leurs insultes? Pourquoi les traiter de « stupides oiseaux de passage » et d'« insignifiantes Chinoises de l'Est »? Ce n'était pas la première fois qu'elle entendait ces expressions. Certains Américains ne se gênaient pas pour les lancer aux Canadiens dans la rue ou au travail. Même l'autre jour, un Irlandais avait refusé de lui céder le passage sur le trottoir en la traitant de ces noms dont elle ne comprenait pas le véritable sens.

Blessée par les invectives des occupantes de la chambre, Marguerite ne sut que répliquer et se contenta de se blottir contre sa sœur autant pour la consoler que pour se rassurer elle-même. Elle ne s'expliquait pas pour quelles raisons ces femmes semblaient les détester. Elles ne leur avaient rien fait, pourtant. Au contraire, les « p'tites de Grande-Baie » payaient scrupuleusement leur pension, se montraient discrètes et ordonnées même s'il arrivait parfois à Anne de laisser traîner quelques vêtements. À l'usine, elles mettaient tout leur cœur à l'ouvrage et n'embêtaient personne, quoi! Qu'avait-on à leur reprocher? Et, grands dieux, quel rapport pouvait-on établir entre elles, des oiseaux et des Chinoises?

Le bras autour du corps frêle de sa sœur, Marguerite se retenait pour ne pas leur crier par la tête, à ces baveuses, que si elle en avait le pouvoir, elle enverrait promener l'Amérique entière. Et c'est pour le Canada, là seulement, qu'elle prendrait le train demain matin. Elle les trouvait méchantes et injustes, ces femmes, surtout la rouquine, cette Irlandaise tout aussi immigrée qu'elles. Et tout aussi catholique. À croire que les prêtres irlandais ne prêchaient pas le même Évangile que les prêtres québécois ! L'amour du prochain et la tolérance, la vilaine ne semblait pas connaître.

Malgré le temps qu'elle mit à s'endormir et en dépit des supplications de sa sœur, Marguerite descendit seule et sur la pointe des pieds le grand escalier, à cinq heures le lendemain matin, un sac contenant ses rares effets personnels accroché à son épaule, et elle se rendit d'un pas déterminé à la gare située à quelques rues de là.

Elle allait tirer les choses au clair. Elle allait trouver son père. Il le fallait. À n'importe quel prix.

Elle débarqua finalement du train en fin d'après-midi après six heures et demie de « secouage ». Après quelques mois, même si Colebrook n'avait pas changé, il parut à Marguerite infiniment plus petit et rural que dans ses souvenirs. À part la rue commerciale et quelques artères adjacentes, et malgré ses quelques usines et ses deux clochers, Colebrook faisait davantage figure de grand village que de ville industrielle.

La jeune fille jeta un regard dédaigneux sur la manufacture de chaussures et s'achemina presque à la course jusque devant la maison du docteur Lewis. Elle s'arrêta au bas de l'escalier pour reprendre son souffle. « Ah ! mon Dieu, faites que je ne reçoive pas des mauvaises nouvelles ! » À travers une fenêtre, on pouvait entendre jouer du piano. D'une main fébrile, elle agita d'abord la clochette, puis frappa trois petits coups timides contre la porte. Une voix de femme retentit.

— *It's closed ! The doctor is not here*[1].

— C'est moi, Marguerite Laurin. Je voudrais voir ma sœur Camille.

Le piano se tut aussitôt et des pas irréguliers résonnèrent sur le plancher de bois. Quand elle entrouvrit la porte, Camille apparut plus grande et plus belle que jamais.

— Camille ! Comme tu as grandi ! Je ne te reconnais pas !

— *Hi ! How are you ?* Euh... Salut ! Où est Anne ? Mais entre, voyons !

La fillette, au lieu de sauter au cou de sa grande sœur, recula d'un pas, paralysée par la surprise. Et sans doute par la timidité. Elle portait une magnifique robe de coton brodé. Ses cheveux sombres ramassés en chignon lui donnaient une allure plus vieille et faisaient ressortir son profil parfait. Une beauté. Joseph ne l'appelait pas sa « princesse » pour rien !

— Comme tu es belle, ma Camille ! Comment vas-tu ? Il y a si longtemps, il me semble... Est-ce

1. C'est fermé ! Le docteur n'est pas ici.

toi que j'entendais jouer du piano. Oh, là, là! Quel talent!

Une femme inconnue s'approcha et s'adressa à Marguerite en anglais pour lui annoncer que le docteur Lewis et sa femme se trouvaient actuellement en France. La mère d'Angelina était très malade et avait demandé à revoir sa fille avant de mourir. Ils devaient rentrer au bercail au plus tard la semaine prochaine. Elle était la sœur du docteur, et le couple lui avait demandé de s'occuper de leur protégée.

Figée par l'étonnement, Marguerite hésita une seconde avant de s'avancer dans la vaste demeure. Une odeur de parquets cirés la saisit mais s'évanouit rapidement devant la claudication de Camille. Ainsi, la princesse boitait encore... Sans doute devrait-elle garder, pour le reste de ses jours, cette séquelle du terrible accident qui avait failli lui coûter la vie. L'adolescente ne put retenir plus longtemps la question qui la hantait. Elle renifla un bon coup et se lança.

— Dis donc, sœurette, as-tu des nouvelles de papa? T'a-t-il rendu visite dernièrement? Je suis inquiète, je t'avoue. Voilà un mois et demi qu'il a quitté Lowell sans nous donner de nouvelles, et...

— Papa? Oui, oui, il est venu me voir à quelques reprises depuis son retour à Colebrook. Le docteur et Angelina l'ont invité à souper deux ou trois fois.

— Comment ça, son retour à Colebrook? Il devait y rester deux jours seulement!

— Ah ! bon. Il ne nous a jamais dit ça.

— Et à quoi s'occupe-t-il donc, ce cher paternel ? Il avait l'intention de venir te chercher pour t'amener, dès le lendemain, vivre définitivement avec nous, à Lowell.

— Quoi ? À Lowell ? Il n'a pas parlé de ça non plus ! Tu peux aller le voir, si tu veux, il habite à l'hôtel Hinman, à quelques milles d'ici.

— Papa couche à l'hôtel ?

— Mais oui. Il travaille dans l'écurie, juste derrière.

— Quoi ?!?

Marguerite bondit sur ses pieds. L'espace d'une minute, elle se crut en plein mauvais rêve. Il s'agissait simplement d'un cauchemar, elle allait se réveiller bientôt et s'acheminer à toute allure vers la Boott's, en compagnie de sa sœur et de son père.

Mais l'air indifférent et bien réel de Camille la ramena vite à la réalité : non, elle ne rêvait pas, son père s'était bel et bien installé à Colebrook en la laissant en plan avec Anne. Cette constatation lui causa un sentiment de solitude insupportable. Elle prit ses jambes à son cou et quitta la belle demeure en s'excusant à peine.

— Bon, bien… salut ! Je repasserai.

Elle n'avait qu'une idée en tête : s'enfuir. Mais pour aller où ?

32

En route vers Lowell, seule et les mains vides, Marguerite se sentait anéantie. Encore une fois, une colère impétueuse et à peine contenue lui embrouillait les esprits. Elle avait envie de casser tout ce qui se trouvait à la portée de sa main, ou de se mettre à hurler comme les loups, la nuit, au creux des montagnes. Pour crier sa révolte, pour vomir sa rage mais aussi pour brailler son dépit, cette immense déception d'avoir été bernée, trompée et, pire, oubliée par son père. Elle et Anne tout autant. Elle et cette petite sœur sans défense, exploitée sans vergogne depuis qu'elle avait mis le pied à Lowell.

Piégées, les sœurs Laurin ! Utilisées comme du bétail ou des machines à rapporter de l'argent ! Rien de plus ! Pour l'amour, pour la tendresse, pour le souci de leur éducation et de leur épanouissement personnel, elles pouvaient repasser. Joseph ne leur avait donné et ne leur donnerait jamais rien de tout cela. Il ne voyait en elles que de la chair à rapporter une enveloppe de paye.

Pour la première fois de son existence, Marguerite se surprit à détester réellement son père au plus profond d'elle-même. Jusqu'à en avoir la nausée. Elle l'aurait tué. Il les avait privées des funérailles de leur mère, il les avait arrachées de leur pays, de leur langue, de leur maison, de leur famille. Et voilà qu'il les dispersait, la benjamine chez des étrangers, les deux aînées délaissées plus au sud dans un monde abrutissant. Et lui, hors de leur vie, se trouvait en train de mignarder des chevaux au fond d'une écurie pour l'amour de son maudit veau d'or… Dieu du ciel !

Jamais elle n'oublierait les premières minutes de leur rencontre. Il l'avait saluée d'un signe de tête, puis il avait ignoré totalement sa présence. Comme si elle représentait l'image du remords incarné ! Elle le voyait encore, dans l'étable derrière l'hôtel Hinman, en train de fixer le harnais sur le cou d'une jument, puis de frotter les dorures d'un carrosse. Pâle, dépenaillé, puant le fumier, le nez bourgeonnant et les yeux rougis par l'alcool, il semblait à peine reconnaître sa fille. Ne savait que lui dire et préférait baisser la tête, le salaud !

Valet d'écurie, voilà ce à quoi Joseph Laurin occupait ses jours depuis six semaines sans même songer à ses enfants. Un sans-cœur ! Son père n'était rien d'autre qu'un sans-cœur ! Un dénaturé ! Encore plus fou qu'elle ne l'avait imaginé. Fou à lier…

— Tu comprends, ma fille, au salaire qu'on m'offrait, je pouvais pas refuser. Le propriétaire de l'hôtel se trouvait « mal pris », son palefrenier venait de mourir subitement.

— Et nous, papa ? Nous vous attendons depuis des jours et des jours, sans aucune nouvelle. Y avez-vous au moins songé ?

— Ben quoi ? Vous avez un travail et un logis. Je ne vous ai pas laissées en plan dans le décor, que je sache ! Je vous trouve assez grandes pour vous débrouiller pendant un bout de temps !

— Mais vous deviez revenir avec Camille…

— Ah ! ma princesse ! Pas sûr qu'elle veuille nous suivre de sitôt, celle-là ! Bien trop gâtée par le docteur et sa femme ! Justement, ils sont en voyage. À mon arrivée à Colebrook, comme personne ne m'a offert le gîte, j'ai décidé de prendre une chambre au *lodge* du village en attendant leur retour. C'est là qu'on a requis mes services.

— Requis vos services ? C'est là que vous avez pensé à offrir vos services, vous voulez dire ! Vous auriez dû revenir à Lowell, papa. Ou nous faire venir auprès de vous, Anne et moi. À tout le moins nous écrire pour nous aviser. Tout ça n'a pas de sens. Vous ne nous aimez plus, c'est ça, hein ?

— Mais je couche dans l'écurie, Marguerite ! Te vois-tu dormir ici, sur la paille avec ta sœur ? Les propriétaires de l'hôtel ne l'auraient pas permis, d'ailleurs ! Quant à retourner à Lowell, Dieu sait si j'aurais pu trouver un autre emploi là-bas. Tandis qu'ici, c'est l'hôtel qui me fournit la nourriture et le logement.

— L'argent, l'argent, il n'y a donc que ça qui compte pour vous ?

— Avec mon salaire joint aux vôtres, on va se ramasser un joli magot qui va valoir la peine. On va enfin pouvoir recommencer notre vie ailleurs et oublier le passé. J'ai vu un terrain sur le chemin de Dixville…

Ah ? Il avait vu un terrain ? Marguerite ne lui avait pas laissé le temps de terminer sa phrase. Elle avait tourné les talons et s'était dirigée au plus vite vers la gare. L'homme l'avait regardée partir sans protester. À peine poussa-t-il un soupir en entendant la porte de l'écurie se refermer brutalement.

À la vérité, après quelques jours d'embauche à l'écurie, Joseph avait effectivement offert aux patrons de l'hôtel d'occuper officiellement le poste. À peine si des remords de conscience lui avaient effleuré l'esprit. Certes, il aurait dû consulter ses grandes, leur écrire pour leur demander de patienter un peu. Après quelques mois de ce régime lucratif, il disposerait de suffisamment d'argent pour se construire dans la région. Le sacrifice en valait la peine. De cela, il avait la certitude absolue.

Mais il avait sans cesse remis la rédaction de sa lettre au lendemain. Le soir le trouvait complètement abruti, trop épuisé et imbibé d'alcool pour s'armer de courage et intimer à ses enfants, noir sur blanc, l'ordre de demeurer à Lowell pour l'attendre. Le soir, c'est à Rébecca qu'il songeait malgré lui. Le spectre de sa femme morte revenait le hanter comme une obsession et lui reprochait d'avoir donné son corps au feu après la séparation cruelle d'avec ses enfants.

Il enfouissait la tête sous l'oreiller de plumes lancé sur sa couche et en mordait l'enveloppe de coton pour s'empêcher de hurler. Trouverait-il jamais la paix dans le sommeil ? Cette femme diabolique allait-elle, un jour, le laisser tranquille ? Il lui arrivait, parfois, de songer à son prédécesseur, ce valet d'écurie trouvé pendu dans l'étable. Et il lui prenait des envies de l'imiter. La paix ne se trouvait peut-être pas ailleurs qu'au bout d'une corde…

Seule la pensée de la maison qu'il allait se construire, entre Colebrook et Dixville, le gardait ancré dans la réalité. Dans son cerveau en déroute, il élaborait des plans, commandait des matériaux et voyait monter petit à petit son « domaine », petit royaume bien à lui où il installerait ses filles et les traiterait en princesses.

Marguerite était montée dans le premier train en partance pour le Massachusetts, folle de rage. Dans quelle autre folie son père allait-il encore les entraîner ? Que le diable l'emporte, il n'aurait pas un sou d'elle, Marguerite Laurin, ni d'Anne, elle s'en fit le serment pendant que le paysage défilait devant ses yeux à travers les vitres embuées du train. Insaisissable, le paysage… Insaisissable, son père… Insaisissable, sa vie ! Et hors d'atteinte aussi, le bonheur… Mais cela n'allait pas durer, elle se jura de prendre son destin en main.

En cet instant particulier où un rayon de soleil, jailli d'une éclaircie, lui irradia la figure à travers la fenêtre du wagon, Marguerite Laurin perdit toutes ses illusions de jeune fille. Une femme venait de naître à cette minute précise. Une femme en colère et déterminée. Et indépendante. Le tunnel serait peut-être long vers la lumière, mais elle saurait trouver, seule, la route de l'espoir. C'en était fini de ces chimères et de ces attentes insensées qui n'aboutissaient qu'au désenchantement. Elle se répéta cent fois qu'elle saurait se tirer d'affaire, qu'elle était forte et dégourdie, qu'elle n'avait besoin de personne d'autre qu'elle-même pour subvenir à ses besoins, qu'elle pouvait très bien se passer de son paternel complètement coupé de la réalité.

Mais une fois devant Anne qui l'avait attendue toute la journée, elle s'effondra, incapable de se donner une contenance. Même si une femme venait de naître, la petite fille existait encore, existait toujours…

Rose-Marie, la colocataire qui les avait en quelque sorte adoptées, s'approcha d'elle et la prit dans ses bras.

— Viens, ma chouette, viens t'asseoir ici. Quelque chose ne tourne pas rond dans votre vie, n'est-ce pas ? Rapportes-tu des mauvaises nouvelles ? Anne m'a un peu raconté votre histoire, aujourd'hui. Viens, ma petite Margot, on va jaser.

Margot! Elle aussi l'avait appelée Margot! Comme le père Lacroix, comme sa mère... Elle se mit à sangloter et Rose-Marie resserra son étreinte.

Native de Montréal, la jeune femme travaillait à Lowell depuis cinq ans et n'était jamais retournée chez elle. L'été précédent, elle était tombée amoureuse d'un Canadien français, travailleur d'usine comme elle. Ils allaient se marier d'ici peu et s'établir définitivement à Lowell. Marguerite lui enviait sa sérénité qu'elle interprétait comme du courage. Comment pouvait-elle renoncer définitivement à son pays, à ses coutumes, à ses proches? Comment pouvait-elle envisager de fonder une famille et d'écouler le reste de son existence dans le royaume déshumanisé du veau d'or?

Rose-Marie avait une confiance sans borne dans la vie. Quand son fiancé Paul Boismenu avait entrepris des démarches pour ouvrir un magasin de chaussures, elle avait cru en un avenir prometteur pour leur jeune couple. Situation que ni Marguerite ni Anne n'enviaient malgré la belle histoire d'amour à l'origine.

— Tu sais, Marguerite, les orages ne durent jamais très longtemps, même ceux de l'existence. Le ciel finit toujours par s'éclaircir. Il faut y croire très fort et cesser de pleurer.

— Mais il dure depuis bientôt deux ans, cet orage...

— C'est donc dire qu'il achève ! Allons, séchez vos larmes toutes les deux. Ce soir, on oublie tout ça. Je vous emmène à la salle paroissiale. L'Harmonie Saint-Joseph donne un concert et un tournoi de cartes aura lieu ensuite. Je vais vous présenter mon fiancé, vous allez le trouver beau, j'en suis convaincue. Et puis, ça va vous changer les idées et vous faire rêver un peu, pour dans quelques années…

Le prince charmant n'éveilla aucun fantasme romantique chez les deux sœurs mais il se montra si gentil qu'elles furent convaincues d'avoir trouvé de véritables amis en ce couple fort sympathique.

De retour à la Boarding House, enfin seules, Anne arrêta son aînée au pied de l'escalier et lui posa la question qui la brûlait depuis son retour.

— Qu'est-ce qu'on va devenir, Marguerite ?

— Je n'en sais rien. Peut-être papa va-t-il réagir et s'occuper enfin de nous ? Mais j'en doute. Pour l'instant, on continue comme avant. Moi, je ne veux plus compter sur lui. J'y renonce, Anne, je n'en peux plus. Demain, on rentre à la Boott's comme d'habitude. On verra bien s'il va finir par se montrer, ce fameux arc-en-ciel.

Une fois dans la chambre, Marguerite fit une grimace à l'Américaine et l'Irlandaise déjà endormies dans le lit d'à côté. Elle sentit la rage monter de nouveau.

— Chose certaine, ma chère Anne, on ne va pas dormir encore longtemps auprès de ces deux grognasses qui nous détestent. Elles vont voir que des « rolling stones », ça peut rouler !

— Comment ça ?

— J'ai ma petite idée.

Deux jours plus tard, on déménageait les deux « p'tites de Grande-Baie » dans une autre chambre, celle occupée par Rose-Marie et sa cousine. Marguerite était allée voir les autorités et s'était adressée à eux dans un anglais parfait, à leur grand étonnement. Elle joua la carte de la pitié, de l'éloignement prolongé du père, de l'absence de la famille et de l'affreuse solitude, et finit par avoir gain de cause. On accepta gentiment de transférer les deux *poor orphans* dans la chambre de leur nouvelle amie.

Fière d'elle, Marguerite se dit que toutes les représentantes de la gent féminine devraient connaître l'art de la manipulation. Dommage qu'elle ne puisse réussir aussi bien avec son père ! Cette victoire la confirma dans sa résolution d'indépendance. À la fin de la semaine, quand le *foreman* leur remit leur salaire, huit dollars soixante pour Anne et dix dollars quarante pour Marguerite, vu son travail plus spécialisé sur un moulin, l'aînée prit possession des deux enveloppes, s'empressa de payer les frais de pension à la tenancière et, avec le reste, entraîna sa sœur dans Market Street.

— Où on va ?

— T'aurais pas envie de t'acheter une blouse neuve ou un nouveau châle, toi ?

En route vers la rue commerciale, Marguerite se mordit les lèvres pour s'empêcher d'afficher un sourire éclatant. Elle avait la conscience aiguë d'accomplir le premier geste d'adulte de sa vie. Et les adultes, ça sait prendre des décisions et effectuer des choix. Ça sait décider. Ça sait gérer sa vie.

33

Les deux sœurs ne reçurent des nouvelles de Colebrook qu'un mois plus tard, dans une lettre d'Angelina. La femme du docteur en mettait trop, Marguerite ne se leurrait pas.

> *Mes très chères enfants,*
>
> *Dès notre retour de voyage, ma sœur m'a raconté que Camille avait pleuré toutes les larmes de son corps après votre visite, Marguerite. Cette affectueuse enfant se languit tellement de vous…*

Ah oui ? Elle ne lui avait même pas sauté au cou, la petite sœur affectueuse, quand elle l'avait aperçue dans la porte. Marguerite ne se le rappelait que trop. Elle avait même commencé à s'adresser à elle en anglais ! Et au moment de son départ, elle ne s'était informée ni d'Anne ni de savoir si elle-même allait revenir. Elle était retournée avec indifférence à son piano, la pauvre sœurette éplorée qui se languissait tant… Eh bien ! elle n'avait qu'à continuer à piocher ses sérénades, cela semblait bien lui suffire !

… Mon mari et moi-même avons sérieusement discuté avec votre père du départ de Camille pour Lowell et nous avons décidé, d'un commun accord, qu'il serait préférable pour elle de terminer son année scolaire à Colebrook. À son âge, on ne peut pas lui imposer de s'adapter à un nouveau milieu, compte tenu de tout ce qu'elle a vécu, vous comprenez…

Mensonges ! Camille avait affirmé à Marguerite n'avoir vu son père qu'à une ou deux reprises durant les six premières semaines de son séjour à Colebrook. Si l'affection de Joseph Laurin pour ses enfants se réduisait à si peu de visites à sa princesse et au néant pour les deux autres, il semblait assez difficile de croire que son souci de leur formation scolaire influençait ses décisions. D'autant plus qu'il n'avait pas hésité une seconde à sortir les deux plus vieilles de l'école malgré leur jeune âge et leur désir de continuer. Voir s'il allait jeter ses plans par terre simplement pour laisser Camille terminer sa première année d'école à Colebrook ! Allons donc ! Le fait que le couple Lewis s'occupe de l'une de ses filles trop jeune pour lui rapporter de l'argent le libérait de ses obligations de père et faisait largement son affaire. Là se trouvait la vérité, Marguerite n'en doutait pas le moins du monde. D'ailleurs, école publique anglaise de Colebrook ou école publique anglaise de Lowell, quelle différence ? Joseph s'en contrefichait, elle en était maintenant convaincue. La seule et unique chose qui intéressait son père était son bas de laine, il l'avait démontré cent fois. Réunir définitivement les trois sœurs sous un même toit pour des raisons sentimentales et humaines ne lui avait jamais de toute évidence effleuré l'esprit.

> … *Le docteur et moi, nous nous sommes offerts pour garder Camille jusqu'à l'été prochain malgré le parfait rétablissement de sa santé, à part une légère claudication…*

Balivernes ! Angelina aurait dû plutôt avouer qu'elle et son mari s'étaient follement attachés à la benjamine et ne se décidaient pas à s'en séparer. Ça crevait les yeux ! Ils voulaient la garder uniquement pour eux dans leur beau château de riches où leurs heures vides de retraités se trouvaient maintenant comblées par la présence d'une adorable gamine. Situation que Marguerite n'enviait nullement à Camille, d'ailleurs, à part son droit d'aller à l'école. Pour le reste, les beaux tapis, les robes enrubannées, les couvre-lits de soie, la chambre peinte en rose, peuh ! Quoique le piano…

… Votre père a accepté généreusement de rendre service à l'hôtel du village en remplacement de ce pauvre palefrenier disparu prématurément. Il vous reviendra sûrement d'ici peu…

Dieu sait combien de temps durerait ce « d'ici peu »… Quant au « généreusement », Marguerite n'y crut guère. Jamais son père ne laisserait tomber un bon salaire pour l'amour de ses filles restées seules à Lowell. De toute façon, il pouvait bien demeurer à perpétuité à Colebrook, le père ! Ou ailleurs, là où bon lui semblait ! Elle s'en balançait maintenant. Elle n'avait plus besoin de lui et saurait bien s'arranger toute seule. Il avait perdu son respect et sa confiance. Elle avait élaboré un plan et, s'il fonctionnait, ses conditions de vie et celles de sa sœur changeraient avant longtemps. Oh… sans doute pas pour le meilleur, mais assurément pour le moins pire ! Elle en avait longuement parlé avec Rose-Marie et la jeune femme trouvait son idée remarquable. Joseph Laurin pourrait aller au diable avec ses obsessions de richesse et ses stupides feux follets. Ses filles n'auraient plus besoin de lui.

Anne ne comprenait pas grand-chose aux rêves de sa sœur, mais elle voulait y croire de toutes ses forces. En tout cas, elle s'y agrippait comme on s'accroche à une rambarde, sur le bord d'un précipice. En douce et sage petite fille…

34

Calée au fond du vieux divan décoloré de la salle de séjour de la Boarding House, Marguerite feuilletait distraitement *Le Travailleur*, journal publié par des Canadiens français. Un petit entrefilet en bas de page attira son attention :

Un jeune garçon d'origine montréalaise se fait arracher une main par une machine à carder à la Merrimack Mill Company. Il a été transporté à l'hôpital où il récupère difficilement.

Elle ne put s'empêcher de commenter, en frissonnant, ce fait divers à ses consœurs canadiennes-françaises assises autour d'elles.

— Dieu du ciel ! Je travaille sur un engin identique à celui-là, moi. Quelle folie ! C'est à mourir de peur !

Une résidente lui fit écho :

— Je me trouvais justement sur les lieux, à la Merrimack Mill, quand ça s'est produit. C'était pas beau à voir, je vous jure ! Un vrai spectacle d'horreur ! Les cris, le sang, les bouts de doigts éparpillés un peu partout, le gars sans connaissance... Ouille ! Et le maudit patron qui gueulait.

— Comment ça, le patron qui gueulait ?

— Le cher monsieur n'était pas content de voir les moulins arrêtés. Toute une section à ne rien faire pendant trente minutes, tu n'y penses pas ? C'est de l'argent perdu, ça, ma chère ! Le pire, c'est que le pauvre garçon estropié ne pourra plus travailler. Comme d'habitude, on va lui payer une dizaine de dollars d'indemnité et puis, bye ! bye ! Arrange-toi avec tes problèmes, mon ti-Pit, nous, on s'en lave les mains. D'ailleurs, ce genre d'accident arrive très souvent. Trop souvent... Personne ne se préoccupe de la sécurité des travailleurs. La seule chose qui compte, c'est le rendement...

Marguerite n'en revenait pas. Certes, elle s'était quelque peu révoltée, l'autre jour, quand une tisserande lui avait affirmé n'avoir reçu que la moitié de son salaire parce que, durant la semaine, elle avait produit trop de « *seconds* », des pièces exigeant seulement quelques petites retouches. Un tisserand qui produit du travail toujours parfait, ça n'existait pas, pourtant. Mais le patron n'aimait pas cette femme. Ou l'aimait trop, le vieux cochon ! Elle avait demandé à changer de département mais on ne l'avait pas écoutée. « Tu n'as qu'à faire tout ce que te dit le boss, un point, c'est tout ! » voilà la réponse qu'on lui avait donnée. Il aurait fallu qu'elle couche avec lui ! Les patrons de l'usine possédaient tous les pouvoirs : celui d'engueuler mais aussi celui de congédier. Ou encore de sous-payer. Ou de posséder celle qu'ils convoitaient. Chose certaine, celui d'exploiter sans vergogne.

Marguerite se garda de raconter l'anecdote des « *seconds* » à la petite assemblée. Cela n'aurait servi qu'à augmenter l'amertume des unes et des autres. L'une des pensionnaires, parmi les plus âgées, tenta de poursuivre le débat.

— On devrait se plaindre !

— T'es pas folle ? Ils vont te mettre à la porte à l'instant si tu te plains. Sont bien indépendants maintenant : de nouveaux immigrants arrivent d'Europe presque tous les jours et ils se montrent moins exigeants que nous. J'ai besoin de travailler, moi, alors je me ferme la trappe.

— Moi, en tout cas, je suis pour l'union des travailleurs. Seuls les syndicats peuvent faire valoir nos droits et voir à notre protection.

Personne ne se donna la peine de répondre. À peine une timide réplique qui tomba à l'eau.

— Si ça te fait rien d'observer la grève durant des jours et des jours, ça te regarde. Moi, je ne peux pas me le permettre.

La conversation tomba à plat et le silence se fit lourd et oppressant. Tout le monde baissa spontanément la tête. Chacune avait vraisemblablement vécu des expériences similaires, accidents ou exploitations injustes, mais aucune n'osait en parler ouvertement. C'était bien beau de défendre les droits des travailleurs mais le premier droit humain universel ne consistait-il pas à pouvoir se loger et se nourrir décemment ?

Au nom de ce droit primordial à la survie, toutes les résidentes n'avaient qu'une seule et unique idée en tête : travailler pour subvenir à leurs besoins essentiels. Par surcroît, la plupart des Canadiens, hommes ou femmes, ne savaient ni lire ni écrire et ne s'en souciaient guère. Comment, alors, gagner leur pain autrement qu'en usine ? Leur pauvreté endémique les amenait à tricher sur l'âge de leurs enfants pour leur imposer des journées harassantes de douze heures d'un travail souvent dangereux au lieu de les envoyer à l'école. D'où la fréquence des accidents. Ces petits analphabètes, dont plusieurs demeureraient amputés, aveugles ou atteints de maladies pulmonaires pour le reste de leurs jours, subissaient alors inconsidérément une panoplie de souffrances, sans parler des blessures psychologiques. Quand l'inspecteur faisait sa tournée de l'usine, on s'empressait de soustraire ces malheureux enfants à sa vue. Il aurait fallu également concéder que les travailleurs canadiens étaient prêts à accepter n'importe quoi pour se sortir de la misère, cette misère trop cruelle, supportée trop longtemps dans un pays natal aux trop longs hivers et aux trop grands espaces. Aux trop nombreuses familles à nourrir, aussi. Il leur aurait fallu avouer qu'ils n'en pouvaient plus…

Marguerite soupira. À bien y songer, Joseph, son père, n'échappait pas à la règle et réagissait comme les autres, rien de plus. Elle et sa sœur faisaient, elles aussi, partie de la génération des exploitées, de celles qu'on sacrifie honteusement pour améliorer supposément les conditions de vie de la famille. Mais de quelles améliorations parlait-on ici ? Et pour quelle famille ? La sienne totalement éparpillée ? Son père bûchait-il moins aux États-Unis qu'au bord du Saguenay, sur la terre paternelle et dans les forêts du Québec ? Au moins, là-bas, il parlait sa langue maternelle et vivait chez lui, auprès des siens.

La majorité des compatriotes de Marguerite prétendaient rester aux États pour un certain laps de temps seulement. Des « oiseaux de passage », en effet ! Maintenant, elle comprenait mieux le sens de l'expression « *rolling stones* ». Cependant, jamais Joseph n'avait émis l'idée de retourner au pays où il ne possédait plus de maison. Léontine n'avait-elle pas mentionné, l'autre jour, qu'elle avait brûlé au lendemain de la mort de Rébecca ? Quel avantage y avait-il alors à se tuer au travail comme des bêtes de somme ?

Marguerite et sa famille allaient-ils vivre de cette manière, en exil pour le reste de leurs jours ?

Elle se leva d'un bond, chiffonna le journal et le jeta brusquement dans l'âtre. Que le feu purificateur réduise en cendres le compte rendu des malheurs des immigrants de Lowell ! Rien ne servait de gaspiller sa salive à se plaindre. Il n'existait pas d'autre solution que celle de s'enfuir. Pourquoi s'acharner à rester ici ? Pour le moment, elle s'y trouvait contrainte, faute de moyens et d'endroit où aller, mais, un jour, elle remonterait vers le nord. Quand elle atteindrait sa majorité, à vingt et un ans, elle revivrait au Canada, son pays, sa place à elle sur cette satanée planète. Et elle y entraînerait ses sœurs pour recommencer une nouvelle vie.

Là-bas, à l'instar des autres femmes du Québec, les filles Laurin mettraient sans doute au monde dix, quinze, vingt enfants. Et la dureté de leur vie les poursuivrait assurément, mais, au moins, cette rudesse procéderait de l'ordre naturel des choses et ne serait pas créée artificiellement par des engins machiavéliques sans âme, propres à transformer les humains en machines.

Marguerite se le jura, en cette glaciale soirée d'octobre 1881.

Quelques jours plus tard survint un autre incident grave qui, cette fois, souleva l'ire de la communauté entière de Lowell. Le triste événement fit la manchette des journaux et devint le sujet de toutes les conversations dans les lieux de rassemblement. Même les curés en parlèrent en chaire.

Hélas, Marguerite fut le témoin involontaire de ce coup du destin au moment où elle allait porter des bobines de fil dans la salle de tissage. Une fille dans la vingtaine vit sa chevelure longue et ébouriffée se faire happer par une courroie qui la souleva dans les airs. Elle resta là, suspendue et sans connaissance, la tête ensanglantée et le visage défiguré, jusqu'à ce qu'on réussisse à la décrocher et à la transporter au St-John's Hospital où elle mourut quelques heures plus tard.

En état de choc, Marguerite s'égosillait comme une perdue. Quelqu'un eut la présence d'esprit de la prendre par la main pour la faire sortir de la salle. Le contremaître, en passant à ses côtés, lui jeta un regard furieux.

— Cette enfant-là va nous rendre fous. Elle énerve tout le monde. Qu'on la ramène chez elle et qu'elle y reste jusqu'à demain matin. Je lui donne congé.

La pauvre Marguerite sanglota toute la journée, obsédée par le corps secoué de spasmes de sa compagne de travail, pendu à côté d'elle. Elle ne cessait de revoir les tendons saillants de son cou, ses yeux fixes et exorbités, sa bouche déformée et écumante, la peau de son visage tellement étirée qu'on n'y reconnaissait même plus les traits. Et tout ce sang qui jaillissait de ses orifices comme une fontaine. Ce maudit sang... Quand on avait réussi à couper les cheveux, le corps était tombé comme une poche de sable, inerte. Des cheveux blonds imprégnés de sang, Marguerite se le rappellerait toute sa vie.

Le lendemain, quand elle se présenta au travail, elle n'eut pas la force de s'approcher de son moulin à carder. Les jambes flageolantes, elle s'en fut trouver le contremaître et se planta devant lui, pâle comme une morte et incapable de trouver les mots pour traduire son état d'âme. Ce matin-là, la femme en elle avait cédé le pas à la petite fille. Une petite fille fragile, dépassée par les événements. L'homme dut éprouver une certaine compassion pour elle puisqu'il la transféra aux métiers à tisser, non sans lui préciser qu'il s'agissait d'une promotion sans hausse de salaire.

Est-ce cette mort accidentelle ou l'attitude arrogante des autorités qui s'en lavèrent les mains, « la demoiselle n'ayant pas observé la consigne de porter un filet dans ses cheveux », qui déclencha un mouvement de révolte parmi les employés ? On avisa les journaux, on distribua des tracts, on prôna une grève d'un jour de tous les ouvriers de toutes les usines de Lowell en guise de protestation et pour réclamer de meilleures conditions de travail.

Une grande majorité des anglophones, Américains ou Irlandais, adhérèrent au mouvement.

Mais, ce matin-là, toutes les pensionnaires canadiennes-françaises de la Boott's Boarding House se levèrent comme à l'accoutumée pour se rendre au travail. Seules les « p'tites de Grande-Baie », appuyées par Rose-Marie, se préparaient à suivre les protestataires. Les yeux écarquillés, Marguerite et Anne regardaient partir les travailleuses une à une pour l'usine.

— Ben quoi ? Vous ne faites pas la grève ? C'est important, il me semble !

— Jamais de la vie ! Des plans pour perdre nos emplois. Prendre une journée sans salaire, on peut pas se permettre ça, nous autres. Pis ça changera rien, vous allez voir.

— Cette fois, on n'a pas le droit de se taire…

Quand elles voulurent rejoindre les grévistes, les deux sœurs et leur amie ne mirent pas de temps à réaliser que seuls les Américains s'agitaient au coin des rues. Aucun francophone ne se trouvait parmi la foule de contestataires qui déambulait le long du canal en agitant des bannières. Un groupe de jeunes remarqua les trois Canadiennes et les montra du doigt en leur criant par la tête.

— *Go home, you, stupid rolling stones ! All of this is your damned fault*[1] *!*

Cette fois, Marguerite ne fut pas sans comprendre l'insulte. Effrayée, elle entraîna hâti-

1. Rentrez chez vous, vous, stupides oiseaux de passage ! Tout ça est votre maudite faute !

vement Anne et Rose-Marie vers la résidence où, au moins, elles se trouveraient à l'abri.

— Comment fais-tu, Rose-Marie, pour avoir envie de passer le reste de ta vie dans ce foutu pays ?

— Bah... on travaillera pas toujours à l'usine. Quand Paul ouvrira son magasin, nos conditions vont changer. Nous serons nos propres patrons.

Cet après-midi-là, Marguerite décida d'aller frapper à la porte du presbytère en faisant un long détour par crainte de recevoir des pierres lancées par les grévistes.

35

Antoine Lacroix marchait de long en large derrière le grand bureau du parloir, et sa soutane battait comme les ailes d'un cormoran. Il écoutait Marguerite avec bienveillance en lui lançant de temps à autre un regard plus bleu que jamais. Il avait fallu du courage et de la détermination à la jeune fille pour se rendre jusque devant ce bureau. Cette journée de grève améliorerait peut-être le sort des ouvriers de Lowell, mais avant tout, elle et sa sœur se devaient de trouver une solution à leurs problèmes d'ordre personnel et familial. Ça ne pouvait plus durer comme ça. Elle avait son plan.

Le vicaire, dans sa grande bonté, saisissait l'acuité de la crise. Il avait devant lui les plus malheureuses des orphelines, sans lien actuel tangible avec qui que ce soit aux États-Unis, mis à part un père incohérent, installé à deux cents milles d'elles et décidément incapable ou pas intéressé à remplir son rôle paternel.

— Mes pauvres enfants, selon la loi, vous n'êtes pas majeures et vous demeurez encore sous la tutelle de votre père. Qu'il ne veuille plus s'occuper de vous, ça, c'est une autre affaire. Je me fais un devoir de lui écrire dès aujourd'hui pour tirer les choses au clair. Au fait, vos grands-parents de Baie-Saint-Paul ne pourraient-ils pas vous prendre chez eux ? Avec le consentement de Joseph, naturellement. Ça l'arrangerait probablement pour un certain temps.

— Aux dires de ma tante Léontine au moment de rentrer au Canada, Mémère se trouvait très gravement malade. Sur le point de mourir, semblait-il. Quant à Pépère, je le vois pas prendre soin de nous. Il est pas mal vieux, très vieux, même !

— Je vais tenter de leur écrire, malgré tout. Vous connaissez leur adresse ?

— Euh… non !

— Et vous n'avez pas d'autre famille ailleurs ?

— Oui, bien sûr, il y a tante Hélène au Saguenay, une autre sœur de papa. Elle est venue à la mort de notre mère, mais... Papa n'était pas trop porté sur les relations familiales, et on ne la voyait presque jamais. Ses autres frères et sœurs qui habitent dans Charlevoix, on ne les connaît pas non plus.

— Et cette fameuse Léontine ?

— Ah ! ça, non, jamais ! Mieux vaut rester ici, dans notre situation actuelle, que de retourner au Canada vivre avec elle et ses fils. D'ailleurs, les Gauthier ont quitté Lowell sans laisser d'adresse depuis un bon bout de temps déjà. Et moi, vous savez, le cousin Armand... Écoutez, mon père, j'ai bien réfléchi. Je pense avoir trouvé une solution.

Marguerite se tortilla sur sa chaise et sa nervosité n'échappa pas au prêtre. Non seulement cette jeune fille éclatait de fraîcheur et de beauté, mais elle l'impressionnait par son intelligence et sa force de caractère. Quelle idée brillante allait-elle lui dévoiler ? Anne, elle, préférait se taire, bien calée au fond de son fauteuil, dans l'ombre de sa sœur. Cher petit ange, elle méritait tellement mieux ! Il avait beau avoir consacré sa vie au service des autres, Antoine Lacroix éprouvait parfois un réel sentiment d'impuissance face à certains problèmes. Dans ce cas particulier, il refoulait difficilement l'envie de blâmer la divine Providence pour son indifférence. Mais il chassait bien vite ce manquement à la foi. C'était Joseph qui se montrait insouciant, pas Dieu ! Une solution devait bien exister quelque part, il s'agissait de la trouver.

La voix flûtée de Marguerite vint interrompre ce moment de morosité.

— Dites-moi, mon père, ce projet d'organiser des cours du soir pour les adultes canadiens-français de Lowell tient-il toujours ? À quel endroit cela aura-t-il lieu ? Avez-vous commencé à recruter des élèves ?

— Ah ! mon Dieu, non ! Nous n'en sommes pas là. Loin de là, même ! Mais le projet se concrétise de plus en plus. J'ai justement rendez-vous avec maître Guillet, cette semaine, à ce sujet.

— J'aimerais bien nous y inscrire, ma sœur et moi.

— En quelle année étiez-vous lorsque vous avez quitté le Saguenay ?

— Ma sœur se trouvait au milieu du primaire et moi, je rêvais d'aller à l'école normale, ayant terminé ma septième année à la session précédente. Je me demandais si les religieuses qui enseigneront ici ne nous prendraient pas par charité dans leur couvent, Anne et moi, comme pensionnaires et travailleuses à la cuisine ou quelque chose comme ça. Ça pourrait défrayer notre hébergement et le coût de nos études. Ça se fait au Canada, pourquoi pas ici ? En attendant, nous nous arrangerions pour tenir le coup encore quelques semaines à la Boarding House.

— Hum… Je doute que ça fonctionne, ma pauvre enfant. Il s'agit d'un projet à long terme et nous n'en sommes qu'à l'ébauche. Les quelques semaines dont vous parlez risquent de s'étirer sur des années. Et nous prévoyons, au départ, n'offrir que des notions élémentaires aux adultes, le soir après le travail. Ces cours auront lieu dans un local loué dans les environs ou dans une bâtisse que nous tentons justement d'acheter, mon ami l'avocat et moi. Nous sommes très très loin d'un couvent ou d'un collège avec pensionnat. Dommage… Vous êtes, d'ailleurs, trop instruite pour être admise à ces cours du soir, Marguerite. Pour votre sœur, je ne sais trop, mais certainement pas vous ! Pour continuer vos études, il vous faudrait retourner au pays pour amorcer votre cours classique ou votre école normale dans un couvent québécois comme font tous nos immigrés qui veulent poursuivre leurs études.

— Ah bon…

— Pour le moment, il s'agit d'apprendre à lire et à écrire aux nôtres. Mais le projet d'une école paroissiale française fait aussi son chemin. Ça aussi, ça viendra sûrement un jour. Dans quelques années, sans doute. Je suis actuellement en contact épistolaire avec mère Joséphine Phelan, de la congrégation des sœurs Grises de la Croix d'Ottawa. Elle a déjà envoyé des religieuses institutrices à la paroisse Immaculée Conception, je ne vois pas pourquoi elle refuserait de répondre aux besoins des Canadiens français d'ici.

— Dans quelques années, dites-vous ?

— Eh oui ! C'est une calamité de voir nos jeunes aller apprendre l'anglais dans les écoles publiques américaines durant les quelques mois de l'année où ils les fréquentent obligatoirement, y étant tenus par la loi jusqu'à l'âge de quatorze ans. Encore chanceux quand ils y vont et que leurs parents ne contournent pas cette loi pour les obliger à travailler ! C'est bien clair que les Canadiens viennent ici uniquement pour faire un coup d'argent.

Un coup d'argent ! Marguerite fit la moue. Sans s'en rendre compte, le père Lacroix continua sur sa lancée.

— Tout ça doit cesser au plus vite. Évidemment, ouvrir une école est une question de sous, comme toujours. De gros sous ! Il faut trouver un immeuble, intéresser une communauté religieuse, inviter des professeurs, convaincre la société de l'importance de l'instruction. Faire miroiter surtout la sauvegarde de notre langue et de nos valeurs.

Antoine Lacroix s'emportait sans se rendre compte du désarroi de son interlocutrice. Marguerite était devenue pâle et muette. Son merveilleux rêve de retourner à l'école pour se sortir de ce mauvais pas s'envolait en fumée. Un peu plus et elle allait croire qu'un mauvais génie s'acharnait sur elle et sa sœur. Avec quelques années d'études de plus, elle aurait pu devenir maîtresse de poste, secrétaire, comptable. Ou travailler pour une étude de notaire ou dans une banque. Et pourquoi pas enseigner? Elle aurait pu, surtout, devenir indépendante. Odieusement, les murs de l'impasse, au lieu de s'ouvrir comme elle l'avait espéré, continuaient de rester clos. Trop instruite ou pas assez, quelle différence? Elle ne tirerait rien de bon de ce côté-là.

Le père Lacroix s'arrêta net de parler, soudainement saisi par les reniflements de Marguerite partagés par sa sœur qui s'entêtait à ne pas desserrer les dents. Mal à l'aise, le prêtre ne savait comment consoler les adolescentes. Il s'était attaché à elles, et leur situation l'inquiétait. Comment leur père pouvait-il les avoir abandonnées de la sorte? Bien sûr, il était du ressort du prêtre de leur trouver une place dans un orphelinat existant déjà dans une autre ville de la Nouvelle-Angleterre. D'un autre côté, Marguerite avait quinze ans, presque seize, et il doutait qu'on l'accepte dans l'un de ces établissements déjà surpeuplés. C'était différent pour Anne, mais il fallait à tout prix éviter le pire et ne pas séparer ces enfants-là. Il ne pouvait pas, non plus, leur offrir le gîte en permanence au presbytère où on gardait quelques lits disponibles pour les urgences seulement.

Il secoua la tête en signe d'impuissance, cherchant désespérément une solution.

— Anne pourra peut-être s'inscrire à la nouvelle école du soir pour y terminer son cours primaire quand elle ouvrira. En attendant, l'idéal serait de trouver une famille prête à vous prendre sous son aile toutes les deux. À tout le moins, à vous garder en pension. Malheureusement, je n'en connais aucune. Ici, tout le monde s'entasse dans des boîtes à sardines dans le but d'économiser. Et vous, Marguerite, pourquoi ne termineriez-vous pas vos études dans une institution anglophone? Il existe de nombreux couvents américains qui pourraient réaliser votre rêve et vous accepter comme pensionnaire moyennant un certain montant ou un certain travail comme vous venez de le suggérer. Vous semblez bien maîtriser la langue anglaise, voilà déjà un bon atout. La fabrique pourrait même se charger des frais de scolarité pour quelque temps.

— Aller à l'école en anglais? Oh non, ça ne me tente pas! Je n'ai jamais étudié dans cette langue, vous savez... Je veux continuer en français, sinon, pas du tout.

— Mais... j'y pense. Pourquoi ne pas entreprendre vos études en français par correspondance?

Marguerite bondit de sa chaise.

— Par correspondance? Comment ça? Ça existe quelque part?

— Non, je ne crois pas. Mais… on pourrait essayer! J'ai connu une formidable religieuse enseignante lors de ma convalescence dans un couvent de Lévis. Sœur Sainte-Vitaline. Elle pourrait peut-être nous aider. Je vais lui écrire dès aujourd'hui.

— Sœur Sainte-Vitaline, dites-vous? Je la connais ! Un nom pareil, ça ne s'oublie pas! Elle s'était montrée tellement gentille envers nous lors de notre passage à Lévis. Cette rencontre nous avait marquées, mes sœurs et moi. Mais alors… Vous voulez qu'on s'en aille à Lévis? Mon père ne nous laisserait certainement pas quitter les États-Unis.

— Non, non, j'ai dit : par correspondance. Vous pourriez continuer votre travail à la Boott's Mills et garder votre chambre à la Boarding House. La religieuse pourrait vous envoyer des travaux scolaires à effectuer durant vos temps libres, et moi, je pourrais collaborer et vous préparer pour les examens. Au moins, une petite lumière apparaîtrait au bout du tunnel. Encore deux ou trois ans et, diplôme en main, vous seriez en mesure de vous chercher un emploi si vous n'avez pas pris mari entre-temps.

Le prêtre ne put s'empêcher de lancer un clin d'œil, mais Marguerite n'écoutait plus. Sœur Sainte-Vitaline… Comment oublier cette femme généreuse qui avait reçu à bras ouverts les trois sœurs orphelines, affolées et trempées par l'orage ? La sainte femme, l'espace d'une soirée et d'une nuit, avait fait office d'ange et de mère.

Antoine Lacroix s'était redressé. Il tenait là un formidable projet qui sauverait sans doute ces jeunes filles de l'abattement tout en respectant l'étrange comportement de leur père. Anne, aux cours du soir quand ils débuteraient enfin, et Marguerite, aux études collégiales par correspondance. Leur donner un but, un objectif, en attendant que ce vieux cinglé se décide à revenir à Lowell pour s'occuper d'elles et prendre lui-même les décisions qui s'imposaient à leur sujet.

— Plus j'y pense, ma petite Margot, plus je suis certain que ce projet peut réussir. À la condition que vous soyez prête à travailler fort.

— Pensez-vous ! lança Marguerite, le visage épanoui.

— Sœur Sainte-Vitaline pourrait vous envoyer des travaux, des questionnaires, des devoirs, des lectures, des tests, je ne sais trop ! Nous avons déjà ici une bibliothèque bien garnie. Vous y trouverez une grammaire, une anthologie de la littérature française, un livre de mathématiques, un manuel de géographie et d'histoire générale. Quant à la philosophie, l'histoire sainte et le latin, les documents ne manquent pas et je serai là, moi, pour vous éclairer.

— Mais ça va coûter cher d'enveloppes et de timbres. Je n'aurai pas les moyens. Anne et moi devons payer seules notre pension à la Boott's.

— Teut ! Teut ! Je m'occuperai du coût de la poste et de la paperasse avec les fonds de la paroisse. L'Union Saint-Joseph et la Société Saint-Jean-Baptiste n'existent pas pour rien. Il s'agit d'une bonne cause. Que voilà une bonne idée ! Je suis tellement content pour vous, mes petites chouettes !

Le jeune oblat s'approcha et Marguerite baissa les yeux. Elle ne pouvait supporter le bleu intimidant de ce regard. Quand elle se présentait au confessionnal, elle choisissait invariablement le père Lagier ou le curé Garin. Jamais, pour tout l'or du monde, elle n'aurait voulu confier ses fautes à ce prêtre.

— Le bon Dieu prend soin de vous, mes enfants. Ne vous inquiétez donc pas.

Marguerite se mordit les lèvres et se garda de répondre. Le bon Dieu... Il était temps qu'il se manifeste, celui-là ! Elle réprima un sourire en songeant que si le bon Dieu gardait son œil braqué sur elle à travers le bleu de ces yeux-là, elle ne s'en plaindrait pas !

Anne sembla soudain sortir de sa torpeur.

— Et moi ? Que va-t-il m'arriver ? Vais-je travailler et aller à l'école en même temps ?

— On verra en temps et lieu, mon enfant. Pour l'instant, rien ne peut vraiment changer.

À la vérité, l'« enfant » prenait de plus en plus des allures de jeune fille en dépit de l'air espiègle qui la caractérisait encore. Toujours le sosie de sa sœur avec un peu plus d'éclat de rousseur dans la chevelure, Anne faisait se retourner les regards masculins sans même s'en rendre compte. La moue qu'elle esquissa devant le prêtre en disait long sur son opinion au sujet d'un retour éventuel à l'école.

Bras dessus bras dessous, les deux sœurs retournèrent à la pension, le cœur un peu plus léger malgré tout. Allons ! la fin du monde n'était pas arrivée même si pour Anne, il n'existait pas de solution immédiate. Et si le bon Dieu s'en mêlait, il imposerait peut-être à Joseph de reprendre ses responsabilités, qui sait...

Dans la salle de séjour de la Boarding House régnait un brouhaha inhabituel. Quand on raconta que les locataires canadiennes-françaises, qui avaient osé entrer le matin à l'usine malgré l'appel à la grève générale, avaient été huées par la foule des protestataires réunis aux portes des manufactures et que certains grévistes leur avaient même lancé des pierres, Marguerite sentit qu'elle avait pris la bonne décision et n'avait pas perdu son temps, ce jour-là. Quelqu'un s'occupait enfin d'elle et d'Anne.

Un jour, elles allaient se sortir des griffes de toutes les usines du monde entier. Elle ignorait exactement de quelle manière mais, ce soir-là, elle en avait tout à coup la certitude. Bercée de nouveau par l'espoir, elle réussit à s'endormir paisiblement après avoir raconté sa rencontre de l'après-midi à Rose-Marie qui leva les yeux au ciel, incapable de comprendre cet intérêt farfelu pour l'instruction.

36

À l'entrée de la Union Bank de Colebrook, Joseph tomba sur Jesse Peel et sa fille Betty. Les deux femmes enveloppées dans leur crémone marchaient côte à côte, les bras chargés de colis. Même stature, même démarche, même sourire avenant. Betty semblait la réplique exacte de sa mère : aussi ravissante et charmante. Si l'écharpe relevée de Jesse encadrait un visage légèrement fripé par le temps, la teinte rouge du tissu n'en mettait pas moins en évidence son teint de lait illuminé par la brillance des yeux. Des yeux aux couleurs du temps, ni bleus, ni verts, ni gris, mais toujours limpides et transparents. L'espace d'un moment, Joseph Laurin éprouva l'envie de s'y noyer de nouveau. De s'y dissoudre pour oublier le reste de l'existence.

— Joseph ! Quelle bonne surprise ! Toujours à Colebrook ?

— Ma belle Jesse !

Il regretta aussitôt ce cri spontané du cœur. Ne lui avait-elle pas présenté son nouvel amant, le grand escogriffe, comme son employé lors de sa visite à la ferme quelques mois auparavant ? Bien sûr, il y avait eu ce troublant « À bientôt, mon cher Joseph » au moment de son départ, mais il s'était gardé de répondre à la présumée invitation. Après mûre réflexion et quelques cuites, il avait décidé de tirer un trait définitif sur la belle fermière et son effarant pouvoir d'envoûtement. Les femmes, c'était bel et bien fini pour lui. Puisque, de toute manière, le travail agricole continuait de l'horripiler, il valait mieux ne pas renouer avec Jesse. Cette relation ne le mènerait qu'à traire les vaches au fond d'une grange pour le reste de ses jours. Jamais Jesse ne renoncerait à sa ferme.

Et voilà que tout à coup, en ce petit matin frisquet, l'envers de la médaille lui apparaissait dans toute sa splendeur : Jesse la tendre, Jesse la douce, Jesse la magnifique lui souriait de toutes ses dents. Elle se trouvait là, devant lui, jolie à croquer et apparemment heureuse de le revoir, presque offerte. Il se sentit fondre, incapable de reprendre ses esprits, voyant ses résolutions soudainement réduites à néant.

— Comment vas-tu, *my dear* ? Je te croyais reparti à Lowell depuis belle lurette.

— Euh… non !

Betty s'avança et prit la parole en rougissant légèrement.

— Ne me dites pas, monsieur Joseph, qu'Anne et Marguerite se trouvent à Colebrook ! Elles auraient pu venir me saluer, non ?

Joseph se ressaisit et releva la tête avec une certaine arrogance.

— Mes filles demeurent à Lowell où elles travaillent dans une manufacture.

Cette fois, c'est Jesse qui se montra déçue.

— Quoi ? Tu as laissé tes grandes seules là-bas depuis des mois ? As-tu perdu la tête, Joseph ?

— Mais non, mais non ! Elles habitent dans une maison de pension tout à fait sécuritaire, j'y ai vu avant mon départ. Que veux-tu, ici, je dors à la belle étoile ou bien dans l'écurie derrière l'hôtel, et on vient me porter mes repas. Je ne peux tout de même pas les garder avec moi !

— Mais ce sont encore des enfants, Joseph ! Elles ont besoin de la présence de leur père. Pourquoi ne les ramènerais-tu pas chez moi, à la ferme ? Leur chambre au grenier reste toujours inoccupée. Au moins, tu pourrais les rencontrer de temps en temps et veiller sur elles.

— Non ! Mes filles doivent gagner leur vie. Il n'est pas question de renoncer à leur emploi à l'usine. Pour le moment du moins. La situation présente n'est que temporaire, t'en fais pas pour mes enfants.

— Temporaire ? Mais ça dure depuis des mois ! Je t'en prie, réfléchis bien : tes filles sont mineures et tu es tenu par la loi de t'en occuper. Tout ça ne me regarde pas, par contre…

Brusquement, la femme tendre et douce venait de se métamorphoser en avocate du diable, et les yeux rieurs lançaient maintenant des éclairs de fureur.

— Franchement, Joseph, à quoi as-tu pensé en organisant de la sorte l'existence de ta famille ?

— Ça, ma chère, c'est pas de tes affaires ! J'ai un projet sérieux en tête, et il va commencer à se concrétiser dès maintenant, aujourd'hui même.

— Ah ! bon.

De quoi se mêlait-elle, celle-là ? Décidément, il la préférait en maîtresse plutôt qu'en amie.

Elle n'allait tout de même pas lui dicter sa conduite ! Ni lui infliger des remords ! Des remords, il n'en avait pas besoin. Ça le rendait dingue, les remords, ça lui donnait des visions étranges et effrayantes, proches du délire. Ça le rendait fou ! Après tout, quelques mois loin de ses enfants n'était pas la fin du monde, grands dieux ! De toute façon, il avait son idée en tête. Sans s'en rendre compte, Jesse Peel venait peut-être de lui donner le coup d'envoi dont il avait besoin. Mais il n'avait pas envie de lui en parler. Il préféra changer de sujet.

— Au fait, mes chères dames, puis-je vous aider à porter vos paquets ?

— Non, non, John doit nous reprendre d'une minute à l'autre. Tiens, le voilà justement !

Au tournant de la rue, Joseph reconnut Titan attelé à la charrette conduite par un John plus hautain que jamais. Le jeune homme, en apercevant celui qui aurait pu le faire condamner à la prison l'année précédente, ne daigna pas le saluer. Et cette attitude arrogante plus que n'importe quel autre argument confirma Joseph dans sa décision de maintenir une distance entre sa famille et la famille Peel. Pas question de reprendre le scénario d'autrefois. Le furtif baiser que Jesse déposa sur sa joue ne le fit pas broncher. Cette fois, nulle invitation, précise ou sous-entendue, ne le ferait changer d'idée. Pas même un réel baiser lui rouvrant officiellement la porte. Non seulement cette femme se trouvait indissociable de son domaine rural, mais elle avait un fils pervers auquel il refusait de se confronter de nouveau. Trop risqué. Trop dangereux de dégénérer en lutte à finir. En délit fatal…

— Désolé, Jesse, mais je vais devoir reprendre mon cheval Titan à partir de la semaine prochaine. Il fait partie de mon projet.

La femme devina-t-elle la nouvelle détermination de son ancien amant ? Elle se contenta de hocher la tête et s'empressa de grimper dans la charrette avec l'aide de sa fille pendant que le fils demeurait immobile sur le banc, le regard perdu dans le vague.

Joseph fit une rapide caresse sur le museau de Titan avant de tourner les talons en prononçant un « À bientôt » à peine poli. Nul ne put savoir s'il s'était adressé à Jesse ou au cheval. Et pourquoi pas au fils avec lequel il avait une dette à régler ?

Il ouvrit toute grande la porte de la banque et s'y engouffra d'un pas allègre.

— Alors, marché conclu !

— Marché conclu !

Une solide poignée de main acheva de confirmer l'entente : chaque semaine, le propriétaire de l'hôtel Hinman retiendrait une portion du salaire de Joseph en guise de paiement pour le terrain de deux arpents qu'il venait de lui vendre officiellement à quelques milles au sud-est de Colebrook, sur le chemin de Dixville.

En réintégrant l'écurie, Joseph, malgré la dette qu'il venait de contracter, se sentait l'homme le plus riche de la terre. Et le plus heureux. Enfin, il avait fait un geste concret, enfin il possédait un lieu bien à lui pour construire sa maison. Tant pis pour Jesse qui l'avait sermonné et qualifié de mauvais père. Elle allait voir de quoi il était capable. Les mauvais pères ne construisent pas des maisons pour leurs enfants…

Lui, Joseph Laurin, allait loger ses trois filles bien douillettement dans la jolie maisonnette de bois rond qu'il allait construire sur ce magnifique lot traversé par un ruisseau au milieu de la forêt. Et il allait commencer dès maintenant à couper des arbres et à dessoucher avec l'aide de Titan. Le soir, après son travail à l'écurie, il s'y rendrait pour fendre le bois et préparer les poutres. Sans oublier de brûler les souches.

Quand Anne et Marguerite verraient cela, elles n'en croiraient pas leurs yeux. Tiens, il allait leur écrire pour leur annoncer la bonne nouvelle. Elles se sentiraient rassurées, sachant que leur père, au loin, s'occupait d'elles. Un jour, elles pourraient revenir vivre avec lui à Colebrook dans leur propre demeure. Sachant cela, sans doute accepteraient-elles d'un meilleur gré de lui faire parvenir une partie de leur salaire afin d'aider aux dépenses. Car ce petit paradis deviendrait l'œuvre de toute la famille.

Joseph termina sa lettre un soir, à la belle étoile, en regardant la flamme danser au milieu de son terrain, les yeux pleins de rêve.

37

Le carré de l'hypoténuse d'un triangle rectangle est égal à la somme des carrés des deux petits côtés.

Penchée au-dessus de l'une des grandes tables du réfectoire, à la lueur de la lampe à huile,

Marguerite bûchait dur sur son devoir de mathématiques pendant que les autres pensionnaires de la maison dormaient à poings fermés. N'eût été sa fatigue extrême, elle aurait apprécié ce silence ponctué des craquements de la maison de pension, ces moments de paix où, enfin seule avec elle-même, elle avait le sentiment de bâtir son avenir à petits coups de crayon.

Hélas, l'épuisement semblait avoir raison d'elle. Après douze heures de labeur à la manufacture, elle n'arrivait plus à se concentrer et commençait à se ficher de l'accord du participe passé avec le complément placé avant le verbe. Elle sentait qu'elle ne pourrait tenir le coup encore très longtemps.

Sœur Sainte-Vitaline montrait-elle trop de zèle à lui fournir du travail ou elle, Marguerite, ne savait-elle pas comment s'y prendre ? Après trois mois d'un régime totalement ahurissant, la jeune fille allait s'avouer vaincue : elle ne disposait pas de suffisamment de temps libre pour continuer des études qui la passionnaient mais requéraient trop d'heures de travail. Elle avait beau passer ses soirées et ses dimanches complets le nez dans ses livres, elle n'en pouvait plus. Peut-être ne possédait-elle pas les capacités intellectuelles requises pour maintenir la cadence ? Certains soirs, elle se le demandait, incapable de trouver le repos aux côtés de sa sœur qui, elle, dormait comme un ange. Sa pauvre sœur à qui elle ne donnait presque plus d'attention, faute de temps, et qui ne protestait même pas, sans doute trop épuisée pour réclamer autre chose que son lit après le repas du soir. Dieu merci, Rose-Marie lui tenait maintenant lieu de sœur et d'amie. Presque de mère!

Quelle idée saugrenue, aussi, de s'être lancée dans ces études! Une entreprise tout à fait vaine, à bien y songer. Ses compagnes de travail la considéraient maintenant comme un oiseau rare, un étrange spécimen qui aimait se casser la tête inutilement alors qu'elles-mêmes ne songeaient qu'au prince charmant qui leur fabriquerait dix ou quinze enfants.

D'un autre côté, la perspective d'abandonner l'humiliait profondément. Un prêtre et une religieuse avaient cru en elle, ils avaient conjugué leurs efforts pour l'aider à réaliser son beau rêve de terminer ses études, et voilà qu'elle se voyait dans l'obligation de démissionner. La situation devenait invivable, l'échec la guettait au bout du chemin. Mieux valait renoncer dès maintenant, elle devait se rendre à l'évidence.

Mais comment l'avouer au père Lacroix? Cela représentait pour elle une réelle défaite et elle en ressentait de la honte. Après tous ces efforts, il allait se montrer déçu, lui qui semblait si content d'elle.

Un soir, au retour de l'usine, elle trouva justement un mot de la part du vicaire dans son casier de la Boarding House.

Ma chère Marguerite,
Venez au presbytère, un soir, cette semaine, monsieur le curé et moi avons une proposition à vous faire.
Antoine Lacroix, O.M.I.

Ah ? Une proposition ? La religieuse avait-elle communiqué avec le vicaire pour manifester son insatisfaction ? Mais non, puisqu'il s'agissait d'une proposition, et de la part de monsieur le curé, en plus ! En proie à une curiosité teintée d'inquiétude, Marguerite s'en fut à la résidence des prêtres dès le lendemain. Le père Garin l'accueillit avec obligeance. Il était seul.

— Bonsoir, mon enfant. Vous me paraissez pâle et amaigrie. Est-ce que quelque chose ne va pas ? Vous n'êtes pas malade, j'espère.

Marguerite se redressa. Si jamais elle devait annoncer à quelqu'un son renoncement aux études, c'est au père Lacroix qu'elle le ferait. À personne d'autre.

— Non, non. Je me sens juste un peu fatiguée.

— Avez-vous des nouvelles de votre père ?

— Euh… oui. Justement, la semaine dernière, il m'a écrit pour annoncer qu'il a acheté son fameux terrain de rêve à Colebrook.

— Ah ! bon. Il a donc l'intention d'installer définitivement la famille là-bas.

— Euh… c'est-à-dire… pas pour le moment. Il n'en parle même pas. Sa préoccupation immédiate est de construire une maison sur cet emplacement. Une maison en rondins, a-t-il précisé.

— Quelle bonne idée! Il vous rappellera quand la résidence familiale sera terminée, je suppose.

Elle n'allait tout de même pas raconter au curé que, dans sa lettre, Joseph, avant même de lui demander de ses nouvelles, lui avait ordonné, sur un ton péremptoire, de lui envoyer chaque semaine une partie de sa paye et de celle de sa sœur afin de défrayer le coût des fondations de la maison, « *se paradis qui seras le notre et pourras enfin abrité notre nouveau bonheur familiale* », avait-il écrit.

« Bonheur familial, hum ! » avait-elle songé en lisant ces mots remplis de fautes et porteurs d'illusions auxquelles elle ne croyait plus. Son bonheur, elle allait se le fabriquer elle-même et sans son père. Elle ne compterait plus jamais sur lui. Et qu'il se le tienne pour dit : il ne recevrait plus jamais une cenne d'elle. Ni d'Anne. Elle se chargerait d'y voir.

Devant le mutisme de la jeune fille au sujet du regroupement de la famille à Colebrook, le curé hésita à poursuivre la conversation. Il semblait chercher ses mots et ne cessait de caresser nerveusement sa barbe. Marguerite prit les devants, emportée par son avidité de connaître la raison de cette convocation.

— Le père Lacroix a laissé un mot pour moi, hier. Vous voulez me rencontrer?

— Malheureusement, Antoine a dû s'absenter, appelé d'urgence au village voisin. Mais peu importe, la proposition dont il vous parle me concerne surtout, moi, même si l'idée vient de lui. Euh… Vous continuez toujours vos études par correspondance ?

— Pour le moment, oui. Mais je trouve cela très fatigant. Le soir, quand je reviens de l'usine, je n'en mène pas très large, je vous avoue. À ce sujet, j'aimerais…

— Justement, ma fille, à ce sujet, je voudrais vous offrir un poste de secrétaire dans un bureau que j'ai loué derrière l'église, situé plus près des paroissiens que ce presbytère d'une paroisse voisine dont nous devons nous contenter pour le moment, mes vicaires et moi. Un jour, Dieu m'entende, les prêtres francophones posséderont leur propre résidence.

Stupéfaite, Marguerite n'osait interrompre le prêtre parti sur sa lancée.

— Vous possédez déjà une bonne base d'instruction, vous êtes brillante, vous continuez d'approfondir vos connaissances et surtout, surtout, vous parlez anglais, ce qui s'avère une rareté parmi nos paroissiennes en provenance du Canada.

— Excusez-moi, mon père, et malgré votre respect… Secrétaire pour qui ?

— Pour moi ! Secrétaire de la paroisse Saint-Joseph !

Elle faillit tomber de sa chaise. Elle n'en revenait pas ! Marguerite Laurin, secrétaire du curé ! À son âge ? Après tout, n'était-ce pas vers seize ans que les jeunes institutrices entamaient leur carrière dans les écoles de rang de la province de Québec ? Ou que les femmes commençaient à mettre des enfants au monde ? Pourquoi pas assumer un emploi dans un bureau ? Eh bien ! Pour une proposition, c'en était tout une ! Elle soupçonna le père Lacroix d'être l'auteur de cette idée géniale. Tel que promis, il ne les avait pas abandonnées.

Le curé lui expliqua qu'il se trouvait débordé de travail malgré l'aide apportée par ses deux assistants qui avaient à se déplacer chaque jour du presbytère de la paroisse Immaculée Conception jusqu'à ce bureau. Une secrétaire bilingue pourrait voir à sa correspondance en anglais avec ses confrères irlandais de l'église voisine ou l'archevêque du diocèse de Boston. Elle aurait également à rédiger ses lettres de négociations avec les sœurs Grises pour organiser la venue d'institutrices francophones d'ici un an ou deux afin de fonder une école paroissiale véritablement française, puis elle devrait taper sur du papier officiel les pourparlers au sujet de l'achat d'un édifice. Il ne fallait pas oublier les communiqués aux autorités civiles et aux sociétés communautaires anglophones ou francophones de plus en plus nombreuses à Lowell. Elle devrait aussi préparer avec lui le feuillet paroissial, organiser des conférences, recopier les sermons, établir le compte rendu des activités paroissiales pour l'archevêché de Québec et la maison mère des pères oblats de Marie-Immaculée. Les rapports financiers, les communiqués de la fabrique, les contacts avec les organismes responsables de l'agrandissement de l'église relevaient certainement d'un travail de secrétaire. Bref, le curé n'arrivait plus à s'occuper lui-même de ces tâches et à célébrer simultanément le culte, ses paroissiens devenant de plus en plus nombreux à Lowell. Il n'en pouvait plus, en dépit de l'aide apportée par ses acolytes et la bonne volonté des paroissiens.

Marguerite non plus n'en pouvait plus et elle ouvrait grand les yeux, persuadée de ne jamais arriver à remplir toutes ces tâches en même temps.

— Je vous offre le double de votre salaire à l'usine. Et vous aurez droit à tous vos samedis et dimanches, à la condition de terminer les études que vous avez déjà entreprises, bien entendu.

Bouche bée, elle ne savait que répondre, croyant rêver. Elle allait se réveiller tantôt, dérangée par les ronflements de la résidente de la chambre d'en face.

— Alors, ma petite demoiselle, ça vous intéresse ?

— Évidemment, mon père ! Mais je crains de ne pas être à la hauteur. Ai-je la compétence voulue pour accomplir tout ce travail ?

— Une Canadienne française bilingue qui sait bien lire et écrire s'avère une perle à mes yeux. Et le père Lacroix vous a chaudement recommandée. Je vous fais confiance, allez ! Quand croyez-vous pouvoir commencer ?

— Quand vous voudrez, mon père. Demain, si vous le désirez.

— Parfait ! On va vous installer un pupitre en face de la grande fenêtre. Vous allez pouvoir y travailler tranquille. Vous savez taper à la machine ? Nous venons justement de nous procurer une magnifique Remington. Quelle remarquable invention !

— Euh... non, mais je suppose que ça s'apprend facilement.

Quand Marguerite annonça la bonne nouvelle à Rose-Marie, celle-ci se mit à rire.

— Ah bien, tu parles ! C'est vraiment la journée des miracles, aujourd'hui ! Mon fiancé vient tout juste de signer l'offre d'achat d'un espace commercial dans Middle Street. D'ici quelques semaines, Paul pourra ouvrir officiellement sa boutique de chaussures.

— Oh, là, là ! Quelle bonne nouvelle !

— J'imagine déjà l'enseigne au-dessus de la porte : *La Par-botte.* Qu'en penses-tu ?

— Hum... très original ! Un peu étrange, par contre...

— Tu ne comprends pas ? Par-botte est un mot qui ressemble à barbotte tout en évoquant une sorte de chaussure. Espérons que les clients mordront à l'hameçon et viendront acheter non seulement leurs souliers mais aussi leurs bottes. C'est grâce aux bottes que nous deviendrons riches. Ah ! Ah !

Les deux femmes s'esclaffèrent et tombèrent dans les bras l'une de l'autre, rejointes par Anne qui ne savait pas trop si elle devait se réjouir ou s'attrister de voir sa sœur quitter la Boott's Mill.

— T'en fais pas, ma petite Anne, avec le double de mon salaire, tu pourras probablement quitter l'usine d'ici peu et retourner à l'école publique de jour. Pour toi aussi, il s'agit d'une excellente nouvelle.

Marguerite se mit à rire, d'un rire étrange et nerveux. Un rire mouillé. Elle ne savait plus si elle riait de joie, ou de soulagement, ou d'épuisement.

Et pourquoi pas de bonheur ?

38

Il était passé dix heures du soir quand Rose-Marie, alarmée, décida d'aller chercher le médecin. Marguerite, trop énervée, semblait dépassée par les événements et s'en remit à son amie.

— On ne peut pas attendre à demain matin ?

— Non ! Si ça continue comme ça, cette enfant-là ne passera pas la nuit. Elle va finir par mourir étouffée.

Assise dans son lit parmi un monceau d'oreillers, Anne, les yeux hagards, soulevait la poitrine avec effort, cherchant désespérément l'air, la respiration sifflante et fort oppressée. On pouvait l'entendre râler comme une moribonde jusque dans la cuisine, à l'étage au-dessous. D'abominables quintes de toux la secouaient toutes les cinq minutes. On aurait dit qu'elle allait exploser. Si tout avait commencé par un petit rhume anodin, la situation se détériorait maintenant d'heure en heure depuis le matin. Il fallait agir de toute urgence.

Le médecin n'avait pas encore gravi les marches de l'escalier que déjà il avait posé son diagnostic : crise d'asthme aiguë. Dès son entrée dans la chambre, il empoigna les oreillers et les lança hors du lit.

— Il faut la sortir d'ici et la transporter au plus vite à l'hôpital. Je gage que cette enfant-là travaille dans une fabrique de textile ?

— Euh... plus maintenant. Elle est retournée à l'école publique depuis un mois.

— Ses poumons ne supportent pas les fibres de coton. Je vois des cas semblables à longueur de journée. Une vraie calamité !

— Mais ici, à la Boarding House, il n'y a ni mousse ni poussière de fibres qui traîne. Pas plus qu'à l'école, d'ailleurs.

— C'est ce que vous croyez ! Vous sortez toutes de l'usine avec la peau, les cheveux et les vêtements remplis de fibres. Non seulement vous en respirez des tonnes, mais vous en rapportez des tonnes dans cette maison, continuellement. Regardez-moi ces édredons poussiéreux et ces oreillers de coton bourrés de plumes. Rien de pire pour une bonne crise ! Allez, viens-t'en, ma petite, on s'en va à l'hôpital, ça presse ! Et pas question de retourner à l'usine ni de revenir habiter ici.

Marguerite, au bord de la panique, s'entêta à suivre Anne malgré les protestations de Rose-Marie.

— Recouche-toi. Sinon, tu n'arriveras pas à faire ta journée demain.

— Toi non plus. J'y vais ! C'est ma sœur, après tout ! J'aurai une bonne raison pour m'absenter, monsieur le curé comprendra.

Marguerite n'en revenait pas de constater à quel point ses conditions de travail avaient changé depuis qu'elle occupait le poste de secrétaire de la paroisse Saint-Joseph. Six mois déjà ! Elle n'avait pas vu filer le temps dans cette atmosphère de respect et de bonne entente avec ses patrons. Évidemment, elle ne se sentait pas toujours sûre d'elle et appréhendait plus que tout les erreurs de syntaxe ou d'orthographe, même si elle observait scrupuleusement les consignes du prêtre pour la rédaction des lettres sur la nouvelle machine à écrire.

Petit à petit, elle s'était approprié les lieux et imprégnée de l'atmosphère quiète, aux antipodes de la manufacture bruyante et empoussiérée. Elle y avait fait tranquillement sa place, de plus en plus à l'aise au fil des semaines. Les trois prêtres allaient et venaient sans cesse, occupés par leur ministère. Ils se montraient patients et compréhensifs, à l'opposé des contremaîtres de l'usine. Elle n'avait qu'un regret : elle ne se sentait pas en mesure d'assumer seule les coûts d'un appartement, contrairement à son rêve et malgré son bon salaire. Pour un certain temps, à tout le moins, celui d'accumuler quelques économies, il lui fallait encore loger à la Boarding House avec sa sœur.

Elle se consolait à la pensée qu'Anne, acceptée *in extremis* à l'école publique quelques semaines auparavant, avait quitté la manufacture avec un plaisir évident. Cependant, elle semblait mal s'adapter à l'école anglophone. Pour calmer ses inquiétudes, Marguerite se disait que trop de changements étaient survenus en peu de temps dans la vie de sa sœurette. Sur la fin de ses treize ans, elle dormait mal, pleurait pour un rien, s'obstinait à ne pas faire ses devoirs, refusait d'obéir à sa sœur en lui criant par la tête qu'elle n'était pas sa mère. Marguerite ravalait sa salive, écrasée par trop de responsabilités. N'eût été la présence de Rose-Marie et de Paul, elle se serait effondrée depuis longtemps. Le père Lacroix avait bien envoyé quelques lettres à Joseph, mais ce dernier s'était contenté de répondre sur un ton sans réplique qu'il s'attelait justement à la tâche de leur construire un foyer. Qu'on lui donne au moins le temps, bon Dieu de la vie ! Antoine avait haussé les épaules, ne voyant là aucune perspective de solution.

La consigne du médecin de quitter à tout prix la maison de pension venait tout chambarder. Il ne manquait plus que ça ! Tapie dans l'ombre, au fond de la chambre, Marguerite, au bord de la panique, saisit dans sa poche le petit ange de porcelaine que le père Lacroix lui avait apporté un jour. « Pour placer sur votre bureau. Il sera votre ange gardien… », avait-il dit, tout content de sa surprise. Marguerite le regardait souvent, cet ange minuscule aux dimensions symboliques d'un guerrier protecteur, et elle s'adressait à lui comme à un compagnon de travail, un être tangible, capable de l'entendre et de la réconforter. Il lui arrivait même de le garder au fond de sa poche ou de son sac, certains jours, comme le chrétien porte sa médaille miraculeuse ou un policier garde son arme.

En cette nuit d'enfer, elle y songea et le pressa secrètement sur son cœur. « Mon ange, sauve ma petite sœur, sauve ma petite sœur ! »

On enveloppa Anne secouée de spasmes et dont la respiration devenait de plus en plus difficile, et on la déposa dans la voiture du médecin. L'air pur et humide de l'extérieur lui procura un certain soulagement. Mais l'effet fut éphémère. Une fois au St-John's Hospital, on craignit pour sa vie en dépit des grands bacs d'eau chaude qu'on venait remplacer régulièrement autour du lit afin de produire une chaleur humide. Même les gorgées de café fort qu'on l'obligeait à avaler toutes les demi-heures ne donnaient pas de résultats. À un moment donné, on décida de faire venir le prêtre pour lui administrer le sacrement des mourants. Effondrée, Marguerite souhaita ardemment voir apparaître le père Lacroix qu'elle considérait comme son ami. Mais c'est l'autre vicaire qui se pointa.

Après avoir terminé ses onctions, le père Lagier posa une main lourde sur l'épaule de Marguerite.

— Ma belle enfant, il faudrait aviser votre père de l'état grave de votre sœur. Je vais lui écrire un mot, si vous voulez, et le remettrai à un passager du train de six heures vers Colebrook, dès demain matin. Connaissez-vous une adresse où on pourrait le rejoindre de toute urgence ?

La jeune fille n'hésita pas longtemps et répondit d'une voix ferme :

— Non !

Non, elle n'allait pas lui donner l'adresse, ni d'Angelina, ni de Jesse, ni celle de l'hôtel Hinman où Joseph préférait prendre soin des chevaux plutôt que de ses filles, simplement parce que ça s'avérait plus payant. C'était son choix, il n'avait qu'à s'arranger ! Elle ne ferait plus jamais appel à lui. Elle n'avait plus besoin de lui. Et si Anne mourait en son absence, il n'aurait qu'à ronger son frein dans le coin de son étable ou sur son maudit terrain. Marguerite et Anne Laurin n'avaient plus de père depuis des mois. Elle se racla la gorge avant de répéter sa réponse, comme si elle voulait la confirmer d'une voix plus accentuée.

— Non, j'ignore où notre père se trouve…

« … Comme mon père ignore où je me trouve, moi, en ce moment même, dans cet hôpital, auprès de ma sœur mourante. Qu'il aille au diable !… » Marguerite garda ces dernières pensées pour elle, convaincue qu'Anne ne mourrait pas. Maintes fois, elle avait été témoin de telles crises respiratoires et sa sœur s'en était toujours bien tirée. Elle s'approcha du lit, s'empara de la main glacée de la malade et lui murmura à l'oreille :

— Ne pars pas, Anne, je t'en supplie, ne pars pas. Ne me laisse pas toute seule, toi aussi…

Comme si elle avait entendu les supplications de sa sœur, Anne tourna légèrement la tête vers elle et la fixa d'un regard vitreux.

— Il est où, papa ? Je veux voir mon papa.

— Il… il est à Colebrook, Anne.

Cette question fouetta Marguerite à la manière d'une gifle monumentale. Sa sœur devait sûrement divaguer, abrutie par les médicaments et le manque d'air, elle qui, depuis longtemps, avait même renoncé à prononcer le mot « papa ». À la longue, l'aînée lui avait transmis sa rancœur, traitant Joseph de père dénaturé et de profiteur. Depuis des mois, elle refusait de lui envoyer de l'argent et ne répondait même plus à ses lettres. Son seul regret était de ne pas voir Camille.

Et voilà que placée en équilibre précaire entre la vie et la mort, Anne le réclamait brusquement, en toute innocence. Marguerite sentit qu'elle n'avait pas le droit de lui refuser cette présence dans de telles conditions. Elle se devait de marcher sur son orgueil et d'avouer son mensonge au vicaire. Auprès d'une mourante, il n'y avait de place ni pour la haine ni pour le mensonge, la vie le lui faisait réaliser cruellement. Rongée par le remords, elle se tourna vers le prêtre et s'agenouilla avec humilité.

— Pardonnez-moi, mon père, parce que j'ai péché. Je vous ai menti, tout à l'heure, au sujet de l'adresse de mon paternel. Je sais où il habite. Depuis longtemps, j'entretiens de la haine envers lui. Une haine terrible…

Joseph ne vint pas à Lowell, mais le lendemain soir, un passager du train en provenance de

Colebrook se présenta au St-John's Hospital avec, en main, un paquet adressé à mademoiselle Anne Laurin. Le colis contenait une courte pousse de sapin dans un pot de terre cuite, accompagné d'un petit mot :

Ma cher Anne,

Tient bon, ma chéri, tient bon ! Voici un petit arbre qui pousse sur le terrin de notre futur maison. De le voir grandir te donneras du courrage. Cré-moi ton avenir sera plus heureux avant lontemps. Votre misère achève, mes enfant. J'ai presque finis de déboèser la place. Le paradis des Laurin... Bientôt, je vais commencé a construire notre maison, celle qui abritera notre nouveau bonheur. Le père Lagier a promit de m'envoyé de tes nouvelles par le train à tout les jour. Je les attendrez avec impatiance. Camille va bien, elle t'embrasse. Donne un bec à Margerite pour moi.

Ton père

En lisant ces mots, Marguerite ne put s'empêcher d'éprouver un regain de rage. Son bec, il pouvait le garder ! Comme s'il n'était pas capable de venir le donner lui-même ! Depuis le temps qu'ils ne s'étaient pas vus ! Comme si d'aimer ses enfants consistait à dessoucher une étendue de terre à des centaines de milles de distance pendant que sa fille mourante le réclamait ! Comme si d'attendre des nouvelles rédigées sur un bout de papier qu'un prêtre remettrait à un étranger en partance pour Colebrook suffisait ! Son amour paternel ne valait même pas le bout de branche qu'il avait eu le front de lui envoyer. Comme si un bout de branche pouvait remplacer la présence d'un père…

Elle recommença à le détester.

39

Anne mit plusieurs jours à se rétablir de cette crise majeure. On préféra la garder à l'hôpital plus longtemps au lieu de risquer de la renvoyer à la Boarding House. Marguerite se sentait déconcertée. Où allaient-elles loger toutes les deux ? Le médecin s'était montré formel : pas question d'y retourner.

Bon prince, monsieur le curé avait offert d'assumer les frais d'hospitalisation puis d'héberger momentanément les deux sœurs au presbytère, le temps de leur trouver un gîte raisonnable. Anne allait maintenant à l'école et ne rapportait plus d'argent, et le prix des logements avait monté dernièrement. Comment allaient-elles se débrouiller ?

C'est Rose-Marie et son amoureux qui trouvèrent la solution miracle. Paul venait de perdre l'unique employée de sa boutique de chaussures et se devait de la remplacer. La pauvre femme, mère de famille, venait d'apprendre qu'elle souffrait de tuberculose et devait subir une longue cure dans un sanatorium de la région. Le fiancé se tourna vers Anne. Malgré son jeune âge, elle savait écrire, lire, compter, elle se présentait bien et maîtrisait l'anglais. Il ne prit pas le temps de réfléchir et lui offrit spontanément le poste de vendeuse. Estomaquée, Anne ne savait comment réagir et se garda d'émettre des réserves.

— Vous pouvez compter sur moi !

Au premier abord, Marguerite ne vit pas là une solution. Pourquoi encore retirer sa sœur de l'école ? Elle ne terminerait donc jamais son cours primaire ? Mais devant la réaction de son aînée, Anne n'hésita pas à tirer son épingle du jeu sur un ton sans équivoque.

— J'irai à l'école du soir quand elle ouvrira, voilà tout. Si ça me tente encore… Rien de moins certain ! Pour le moment, j'aimerais mieux travailler pour Paul.

Devant l'enthousiasme manifeste de sa sœur, Marguerite comprit vite que non seulement cette idée l'emballait, mais qu'elle n'avait vraiment plus d'intérêt pour l'école. De surcroît, le logement au-dessus du magasin s'avérait suffisamment vaste pour qu'on puisse le séparer à l'aide d'une cloison et y aménager deux petits appartements indépendants. Les deux sœurs loueraient l'un d'eux tandis que les futurs mariés habiteraient l'autre en attendant qu'un bébé vienne animer leur nid d'amour. Ce partage des lieux aiderait le jeune couple à défrayer les coûts de la nouvelle entreprise. Rose-Marie, quant à elle, préférait conserver son emploi de contremaîtresse à la Boott's, poste assez bien rémunéré et rarement attribué à une Canadienne française. De toute manière, elle avait l'intention de mettre de nombreux enfants au monde, ce qui l'obligerait à rester à la maison avant longtemps.

— Vous nous sauvez la vie ! s'écria enfin Marguerite.

Rose-Marie prit les jeunes filles par les épaules et leur sourit affectueusement.

— Enfin, il vous arrive des bonnes choses ! Il était temps, vous ne trouvez pas ?

Évidemment, Anne devrait d'abord se remettre de sa crise d'asthme. La tournure des choses faisait son affaire. Après tout, elle grandissait et trouvait plus normal de gagner un salaire que de passer ses journées sur les bancs d'une école publique où, au milieu d'enfants anglophones beaucoup plus jeunes, elle se morfondait et regardait passer les heures en soupirant. Elle se jura de devenir la meilleure vendeuse de Lowell. Paul n'en reviendrait pas !

Le fiancé de Rose-Marie s'empressa de bricoler un petit logis à côté de celui qu'il préparait pour sa fiancée et lui. Bien sûr, le réduit ne payait pas de mine avec ses deux pièces exiguës et son ameublement restreint. Mais quelques touches de couleur sur les murs dénudés, une jolie lampe à huile et quelques bouquets de fleurs des champs le rendirent suffisamment attrayant pour que les deux sœurs aient envie d'y commencer une nouvelle existence.

Quand vint le temps de déménager leurs rares effets, Marguerite, sous le regard impassible et silencieux de sa sœur, jeta délibérément à la poubelle la plante envoyée par Joseph. Pas question de donner une place chez elles au souvenir arrogant de leur père au moment même où elles allaient gravir le premier véritable échelon sur le chemin de l'autonomie.

Anne recouvra finalement la santé et on put bientôt fixer le moment de son entrée comme vendeuse au magasin La Par-botte. Elle avait beau fanfaronner, la veille, elle n'arriva pas à fermer l'œil. Le lendemain, Paul s'empressa de la rassurer.

— Je te fais confiance, ma belle Anne. Tout va bien se passer, t'en fais pas.

L'adolescente aimait beaucoup son nouveau patron. Peu loquace et plutôt replié sur lui-même, le jeune homme dégageait tout de même une force calme et paisible. Elle se demandait s'il lui arrivait de s'emporter ou d'exploser. Éprouvait-il parfois des désirs, des passions, des colères ? Rose-Marie n'en parlait guère. Néanmoins, auprès de lui, Anne se sentait en sécurité. Si jamais elle commettait des erreurs, il saurait se montrer compréhensif, contrairement aux brutes qui géraient les usines de textiles. Rien de mal ne pouvait plus lui arriver.

Après un tour du propriétaire, Paul décrivit en détail la marchandise du magasin et expliqua la procédure à suivre.

— Ce n'est pas compliqué, tu vas voir. Tu n'as qu'à vendre la bonne pointure. Mais n'accepte que de l'argent comptant en mon absence, compris ? Quand le client est reparti, tu ranges les billets de banque dans le petit tiroir sous le comptoir de l'arrière-boutique et tu gardes précieusement la clé dans l'échancrure de ton soutien-gorge.

Anne se sentit rougir mais n'osa répliquer.

— Bon, moi, je te laisse. J'ai des courses à faire. Je reviens vers midi.

— Quoi ? Vous me laissez toute seule ? Comme ça, tout de suite ?

— C'est lundi matin, Anne. Il ne viendra probablement personne.

Paul faisait erreur. Il venait à peine de partir qu'une jeune femme se présenta derrière un landau transportant des jumeaux. Oubliant son rôle de vendeuse, Anne se précipita sur les bébés.

— Ah ! qu'ils sont mignons ! Euh… Bonjour, madame.

— Je cherche une paire de souliers pour moi. Quelque chose d'assez habillé.

— Nous venons de recevoir d'adorables bottines pour enfants en passe d'apprendre à marcher. Solides, confortables et jolies, en plus.

— Je viens pour moi, mademoiselle.

— Excusez-moi. Je vais tout de même vous les montrer.

Une demi-heure plus tard, la cliente ressortait en pressant sur sa poitrine un énorme sac contenant une paire d'escarpins et un assortiment de bottines. Fière de sa première victoire, la jeune fille raccompagna la femme jusque sur le trottoir et, dans l'espoir de voir Paul surgir pour lui raconter son exploit, elle s'appuya un instant contre la porte. Deux Américaines s'approchèrent de la vitrine et se mirent à faire des commentaires sur les souliers exposés sans lui porter, attention. Anne prit une grande respiration et se lança.

— *Please, ladies, get in ! I'll show you all we have*[1].

Étonnées de voir une Canadienne s'adresser à elles en anglais, les deux femmes acceptèrent de bon gré de pénétrer dans la boutique. Quelques minutes plus tard, elles en ressortaient les bras chargés de boîtes.

Après leur départ, Anne, bien malgré elle, fut prise d'un fou rire. Comparée au travail d'usine,

1. S'il vous plaît, mesdames, entrez ! Je vais vous montrer tout ce que nous avons.

la vente de chaussures lui paraissait du bonbon. Allons, la vie semblait vouloir prendre une autre tournure. La bonne, cette fois. Ce n'était pas trop tôt !

À l'instar de sa sœur, elle se mit à croire au bonheur.

40

Assise sur un banc de parc, les yeux fixés sur la rivière, Marguerite mâchouillait nonchalamment un brin d'herbe en regardant distraitement couler les eaux tumultueuses de la Merrimack au pied du barrage. En ce premier beau dimanche de mai, elle avait décidé de fermer ses livres pour aller se promener tranquillement dans la nature. Ah ! humer les premiers effluves du printemps, écouter le chant des oiseaux appelant leurs petits, lever le nez et sentir sur son visage la douce et tiède caresse du soleil… Certains jours, elle trouvait que les États-Unis ressemblaient tout de même un peu à son Québec.

La vie avait enfin repris un semblant de cours normal. Son travail de secrétaire à la paroisse lui laissait suffisamment de temps pour continuer tranquillement ses études avec sœur Sainte-Vitaline, même sans l'assistance du père Lacroix. Le jeune vicaire ne manquait pourtant jamais de s'en informer gentiment quand il la croisait, et cette sollicitude s'avérait un atout précieux au cœur de la jeune fille. Quelqu'un se préoccupait d'elle et s'intéressait à ses projets, quelqu'un lui tendait la main. Évidemment, le lien qu'elle entretenait avec le prêtre n'allait pas plus loin, mais sa présence, même conventionnelle, revêtait une importance capitale.

D'un autre côté, ses rapports avec Rose-Marie, animée de sentiments maternels pour ses deux petites locataires, étaient davantage de l'ordre mère-fille malgré leur mince différence d'âge. Il n'était pas rare que la nouvelle épouse et son mari partagent leur repas du soir avec les voisines d'à côté. On se racontait les péripéties de la journée, on riait, discutait, et Marguerite éprouvait enfin le sentiment de vivre une certaine forme de vie de famille. Quant à Anne, elle adorait son travail au magasin et battait des records de vente. Elle avait recommencé à vivre.

« Si seulement notre existence pouvait toujours durer comme ça… », songeait Marguerite, appuyée au garde-fou au-dessus de la rivière.

— À quoi songez-vous, chère dame ?

Un jeune inconnu s'était doucement approché d'elle à son insu et lui adressa la parole en français. Marguerite, perdue dans ses pensées, sursauta à tel point que le garçon éclata de rire.

— Je gage que vous rêviez au prince charmant. Eh bien ! belle damoiselle, me voici !

Le garçon retira son chapeau de paille et effectua une révérence princière. Ce geste déclencha, à son tour, le rire chez la jeune fille qui décida de jouer le jeu.

— Ah ! monseigneur, effrayez-vous toujours ainsi les jouvencelles sur votre route ?

— Pas toutes, ma chère dame ! Seulement les plus jolies ! Me permettez-vous de prolonger cette conversation ?

— Je vous en prie, messire…

Ainsi démarrèrent les premiers balbutiements d'une tendre aventure. Simon Lacasse habitait toujours chez ses parents, originaires de Batiscan, parmi ses huit frères et sœurs. Cette famille, comme toutes les autres familles, représentait le modèle type de la race d'immigrés canadiens-français. On était venu ici pour faire de l'argent, rien de plus, et on travaillait le plus grand nombre d'heures possible. Simon n'échappait pas à la règle familiale et s'y pliait volontiers. Disposant, par contre, d'une bonne instruction grâce aux enseignements de sa mère, il détenait, à dix-huit ans, un poste enviable de technicien à la Lowell Machine Shop. Brillant, curieux, débrouillard, il avait appris son métier sur le tas. À la compagnie, on avait vite décelé ses capacités et mis ses talents à profit. Il bénéficiait donc d'un salaire raisonnable. Malgré son adaptation rapide au mode de vie américain, il ne voyait pas son avenir ailleurs qu'au Canada, à l'instar de la plupart de ses compatriotes.

Auprès du garçon généreux et empathique, Marguerite oubliait sa condition de jeune fille perdue. De nature optimiste, Simon possédait un bon sens de l'humour et réussissait à la faire rire, elle qui n'avait pas ri depuis la mort de sa mère. Le dimanche, ils allaient souvent marcher au bord du canal ou assistaient à des conférences et des concerts à la paroisse.

Un soir, il l'avait invitée à retourner au parc où ils s'étaient rencontrés. Appuyé à la rambarde, il lui avait expliqué le fonctionnement des écluses, juste en face. Avec force détails, il avait raconté comment le fort débit de l'eau alimentait les turbines pour faire tourner les arbres de transmission d'énergie aux moulins à tisser. Mais maintenant, on utilisait de plus en plus les machines à vapeur qui, en même temps, chauffaient les bâtisses durant l'hiver.

Marguerite ne disait mot, plus obnubilée par le regard franc et serein du jeune homme que par son savoir. Elle aimait sa désinvolture, cette force morale qu'il dégageait et la quiétude dont il l'imprégnait à chacune de leurs rencontres. Elle se laissait bercer par sa voix chaude et enveloppante qui l'entraînait sur des sentiers inexplorés.

Mais soudain, il s'arrêta net de parler et tourna vers elle ses yeux ambre brûlants de ferveur. Sans qu'elle s'y attende et sans lui demander la permission, il se pencha et posa doucement ses lèvres sur les siennes en la prenant dans ses bras. Elle sentit un frisson lui traverser le corps. Étrangement, elle n'avait pas envie que la bouche humide du garçon s'éloigne d'elle. Au contraire, elle aurait voulu qu'il l'embrasse partout, sur le visage, puis dans le cou, puis sur la nuque et sur la poitrine. Et puis, et puis…

Soudain, elle se ressaisit et se releva brusquement.

— Non, Simon, il ne faut pas aller plus loin que ça. C'est péché. Venez, il vaudrait mieux rentrer.

Il n'avait pas protesté. N'avait pas, non plus, prononcé les mots d'amour auxquels une jeune fille aurait pu s'attendre dans de telles circonstances. Elle préférait qu'il en soit ainsi. Ils se sentaient bien ensemble et, pour l'instant, cela lui suffisait.

Marguerite Laurin n'était pas prête à vivre un roman d'amour. Pas encore.

41

Marguerite n'en croyait pas ses yeux. Sur son pupitre, quelqu'un avait déposé le rapport d'enquête publié à Boston par le Bureau des statistiques du travail du Massachusetts dans lequel on accusait les Canadiens français de faire obstacle à une législation uniforme pour limiter à dix heures la durée quotidienne du travail.

Plus elle avançait dans la lecture du compte rendu, plus elle se sentait écartelée entre le dépit et la révolte.

> *À quelques exceptions près, les Canadiens français sont les Chinois de l'Est. Ils ne manifestent aucun intérêt pour nos institutions civiles, politiques ou éducatives. Ils ne viennent pas pour s'établir chez nous ou y résider comme citoyens pour ainsi devenir des nôtres. Leur objectif est simplement de séjourner quelques années en tant qu'étrangers…*
>
> *Ils sont une horde d'envahisseurs industriels, non un flot de colons stables. Ils ne montrent aucun intérêt pour le droit de vote et ce que cela implique. Ils se font rarement naturaliser. S'ils le peuvent, ils n'envoient pas leurs enfants à l'école, mais les entassent dans les usines dès leur plus jeune âge…*
>
> *Ces gens n'ont qu'un bon côté. Ce sont des travailleurs infatigables et dociles… Ils se moquent de savoir qui les gouverne ou comment on les gouverne. Ils gagnent tout ce qu'ils peuvent gagner sans se soucier du nombre d'heures de travail; ils vivent le plus qu'ils le peuvent comme des mendiants… pour emporter hors du pays tout ce qu'ils*

peuvent ainsi mettre de côté… Soit dit en passant, ils ont besoin de s'amuser et, en ce qui concerne les hommes, s'amuser consiste à boire, à fumer et à flâner…

Il ne faut pas s'étonner que des gens aussi sordides et aussi vils éveillent chez leurs patrons des sentiments correspondants. Les patrons pensent que plus longues sont les heures de travail pour ces gens-là, mieux c'est… et que tout doive être fait en fonction de la catégorie la plus basse[1].

Honnêtement, Marguerite devait bien admettre qu'il existait un fond de vérité dans ce rapport. Son père en était la preuve vivante. Elle et Anne n'avaient-elles pas joué elles-mêmes un rôle bien involontaire dans ce triste portrait de leurs compatriotes ? Et Léontine et sa famille ? Et les Maltais qui les avaient accueillis à leur arrivée à Lowell ? Et la famille de Simon Lacasse ? Et ces milliers de travailleurs qui s'acheminaient en toute hâte vers les usines, une heure avant l'aube ? Et ces paroissiens mal attifés qui se prosternaient pieusement dans l'église Saint-Joseph, le dimanche, quelle était leur raison de vivre, au fond ? Pas autre chose qu'amasser de l'argent !

— As-tu vu ça, Marguerite ? C'est une honte !

1. Extraits du rapport publié par le Bureau des statistiques du travail de l'État, janvier 1881, cités par François Weil dans *Les Franco-Américains*, éd. Belin, 1989, chapitre IV, « Crises et croissance, 1880-1910 », p. 117.

Ils ont beau mentionner la vaillance des Canadiens au travail, ils se gardent bien de préciser à quel point nos gens sont sincères dans leur désir de se sortir de leur pauvreté et comment ils se montrent fidèles à leurs engagements. À la Merrimack Mill's, sur les cent soixante-quinze tisserandes spécialisées de la section *Fancy works*, cent cinquante sont des Canadiennes. Cela, on ne l'a pas rapporté. Pourquoi rabaisser les Canadiens français au niveau de la nation chinoise, comme des païens ? Ils exagèrent, ces Américains, tu ne trouves pas ?

La jeune fille sursauta. Le père Lacroix la tutoyait pour la première fois. Mais, furieux, il la regardait sans la voir ni attendre sa réponse, son poing crispé martelant le coin du pupitre et faisant tressauter le petit ange.

Les rencontres de la secrétaire avec Antoine Lacroix se faisaient rares. En général, le jeune prêtre travaillait à l'extérieur, « sur le terrain » comme il le disait lui-même, visitant les malades, dépannant les familles, organisant des conférences et, par-dessus tout, travaillant d'arrache-pied avec le père Garin et maître Guillet à l'instauration d'un institut canadien-français à Lowell où l'on offrirait enfin les fameux cours du soir dont il parlait depuis longtemps. Projet à long terme qui avait traîné quelque peu en longueur, et qui allait enfin se concrétiser d'ici peu, dans un édifice de la Common Street.

— Ah! ça ne va pas rester comme ça! Ils ne réalisent pas, ces imbéciles, qu'en nous critiquant de la sorte, ils entretiennent le feu de notre patriotisme. Ce genre de texte va contribuer à nous resserrer encore davantage, tu vas voir. Les Canadiens français vont survivre, coûte que coûte ! Les auteurs du rapport semblent oublier que nous sommes ici depuis très peu de temps. Marguerite, prends en dictée mon texte de protestation et fais-le parvenir à cette adresse. Tu es prête ? Alors, voici :

M. Ferdinand Gagnon,
Journal « Le Travailleur »
Worcester

Monsieur,

Nous rejetons chacune des accusations contenues dans le rapport de Boston et protestons avec véhémence contre les insinuations faites à l'égard des Canadiens français. De quel droit ose-t-on traiter de Chinois de l'Est nos concitoyens dépourvus de tradition ouvrière et sans expérience de la revendication ? Nous qualifions d'injurieux ce compte rendu sur notre race vaillante et docile, dotée d'un puissant sens moral et religieux.

Marguerite tapait sur sa machine à une vitesse inouïe, absorbant avec peine les paroles que le prêtre débitait d'une voix amère non dépourvue d'agressivité. Le jeune homme, imposant dans sa soutane noire et les mains jointes derrière le dos, marchait de long en large devant la table de travail de la secrétaire. On aurait dit un animal en cage. Marguerite eut de la difficulté à se concentrer, subjuguée par tant de flamme et de hardiesse.

Antoine Lacroix en avait long à dire, en effet. Soudain, il s'arrêta net et finit par s'asseoir, à bout de souffle.

— Margot, je... Excusez-moi ! Je dicte sans doute trop vite et ne fais nullement attention à vous. Je suis désolé.

— Mon père, je suis d'accord avec ce que vous dites, mais si vous pouviez seulement ralentir un peu le débit...

Quand leurs regards se rencontrèrent, la jeune fille se sentit profondément troublée et baissa les yeux. À cause de leurs statuts respectifs, elle ne se trouvait pas et ne se trouverait jamais sur la même longueur d'onde que le prêtre. Un religieux et une jeune fille n'ont rien en commun sinon leur foi profonde en Dieu. Mais s'ils appartiennent à la même race, ils peuvent au moins partager un élan de patriotisme. Rien d'autre, à la vérité... Elle poussa un discret soupir. Son état d'âme présent n'avait rien à voir avec le bien-être joyeux qu'elle éprouvait, depuis quelque temps, quand Simon Lacasse, le gai luron, venait lui conter fleurette. Un étrange affolement s'empara d'elle et l'envie la prit de s'enfuir, là, tout à coup, bêtement, sans trop savoir pourquoi.

— Marguerite ? Vous voilà dans la lune, à des milles d'ici !

Le père Lacroix posa la main sur le bras de la jeune fille pour la secouer un peu. Mais il ne la retira pas, et elle perçut cette pression comme une brûlure. Un malaise silencieux s'installa dans la pièce. Marguerite avait l'impression que le temps venait de s'arrêter. Pourquoi Antoine Lacroix ne lui parlait-il plus ? Se sentait-il confus, lui aussi ?

Finalement, le prêtre enleva sa main précipitamment comme s'il venait de réaliser l'étonnante audace de son geste. Il toussota légèrement avant de briser enfin le silence devenu insupportable.

— Je te... je vous le jure, Margot, ça ne va pas en rester là ! Le Bureau a offert de recevoir les Canadiens français en audience à Boston, à la suite de ce rapport. Je vais demander au père Garin de m'y envoyer comme représentant religieux de Lowell. Il faut réfuter ces accusations et insister sur le sens de l'obéissance et l'ardeur de nos compatriotes. La qualité de leur travail également. Nos élites prônent maintenant la naturalisation depuis l'échec du rapatriement. On n'en parle pas assez !

Le troublant moment d'intensité était bel et bien terminé, emporté par la passion et le sentiment patriotique du père Lacroix. Il valait mieux qu'il en soit ainsi. Marguerite soupira de soulagement. Mais était-ce bien du soulagement? Elle tenta de retrouver ses esprits et de s'intéresser à la conversation.

— Du rapatriement? Que voulez-vous dire?

— Pendant une dizaine d'années, les dirigeants du Québec ont fait campagne et fortement suggéré à leurs ouailles exilées de rentrer au bercail. Après tout, le Canada est leur pays. Mais ça n'a pas marché. La moitié des familles rapatriées sont revenues ici, aux États-Unis. Saviez-vous que des agents américains vont faire de la propagande au Québec? Ils font évidemment miroiter l'appât du gain et la vie facile. Au fond, ce n'est pas nécessaire. Les Québécois n'ont qu'à écouter les vantardises de ceux qui reviennent et, surtout, à les regarder y retourner pour avoir envie de partir, eux aussi.

L'espace d'une seconde, Marguerite imagina sa tante Léontine se réinstaller en Nouvelle-Angleterre avec ses fils. Ah! non, pas ça! Elle prit soudain parti pour le rapatriement. Mais l'oblat, inconscient de l'agitation de son interlocutrice, enchaîna.

— Nos élites, médecins, notaires, curés, religieux, journalistes, même les hommes d'affaires ont raison. Au moins, une fois naturalisés, les Canadiens français pourraient voter et être représentés au gouvernement.

Le charme était définitivement rompu. Le père Lacroix était retourné à son sujet et Marguerite, complètement redescendue des nuages. Évaporé, le moment de bienheureuse confusion où elle avait failli se laisser emporter sur les eaux pures de l'océan bleu. Des eaux trop pures. Et inaccessibles à jamais. Il était même défendu d'y rêver. Mieux valait se tourner définitivement vers Simon.

Quand le prêtre eut terminé sa diatribe, et que la Remington eut cessé son cliquetis, il enfila sa cape et se contenta de la saluer froidement. Elle répondit silencieusement par un signe de tête évasif.

Trop périlleuses, ces eaux-là…

42

Ce matin-là, quand elle se présenta au secrétariat, Marguerite trouva une enveloppe en provenance de Colebrook, New Hampshire, adressée à Marguerite Laurin, Boott's Boarding House, Lowell, Mass. Ah ?… Une pensionnaire de la résidence avait dû venir la porter à son bureau.

Elle reconnut immédiatement l'écriture de son père. Pas une seule fois, Joseph ne lui avait redonné des nouvelles depuis sa fameuse lettre lui réclamant de l'argent à la suite de l'achat d'un terrain. Après sa première rencontre avec lui derrière l'hôtel Hinman, elle avait vainement attendu un mot d'excuse ou de regret de sa part. À tout le moins une demande de nouvelles à son sujet et celui de sa sœur. Après la crise d'asthme d'Anne et l'envoi d'une pousse de sapin, il n'avait plus redonné signe de vie. Rien ! Comme si elles n'avaient pas existé sinon pour servir à rapporter du *cash* ! Et voilà qu'au bout de nombreux mois de silence, monsieur réapparaissait dans le décor. Qu'avait-il donc à lui dire ? Qu'il se fichait d'elles ? Elles le savaient déjà ! Que Camille n'allait pas bien ? Que pouvaient-elles y faire ? À la longue, la petite sœur était devenue une sorte de créature lointaine et quasi imaginaire grandissant dans un vase doré à deux cents milles de ses sœurs.

« Calme-toi, Marguerite, voyons ! S'il te demande encore de l'argent, tu n'as qu'à ne pas lui répondre, voilà tout ! » Elle décacheta l'enveloppe d'une main crispée et retira deux pages couvertes d'une grosse écriture tordue et inégale. Les fautes d'orthographe ne manquaient pas. Joseph écrivait au son, mais il savait bien se faire comprendre.

Ma cher Marguerite,

Je prend la plume, pour t'écrir ce peti mot de tandresse et te dire que je menuie de vous-zôtres.

Vous zallez être contante du terrin, que j'ai acheter. J'ai couper des arbre et monté une cloture de pierres alentours. J'ai meme entreprit de creusé un sallage pour la méson. Ca va tetre solide ! Un jour j'aurai assé d'argent pour comencé à batir... Les plants sont faite. Sa va têtre beau. J'ai bien hatte de vous lè montré mes trois fille adoré.

Je sé que vous navez pas d'argent à menvoyé car vous vous débrouyé tu seule. Je t'ai bien compri Marguerite quand tu ès venu. Ces pas grave on sra bientot réuni ensemble telle que promi.

Camille va bien. Elle va toujour à lécole, et comence à parlé francais avec laccent d'Angélina. Laccent de France ma cher ! Je vais la voire de temps-en-temps et elle me jou du pièno. Ses beau... Si sa vou tante un bon dimanche prené le train de nuit et monté me visité. Moi je travail sette jour par semaine et je ne peu pas allé à Lowell. Camille oussi à senui de vous-zotres. Donne un bec à Anne pour moi.

Vot père qui vous-aime boucou.

Joseph Laurin

Bouleversée, Marguerite déposa la lettre sous le petit ange de porcelaine. Qui donc lui avait dit, récemment, que les orages ne duraient jamais très longtemps ? La hargne grondait encore en elle comme le vent siffle furieusement aux fenêtres, les soirs de tempête. Mais la pensée d'une éclaircie à l'horizon évoquée par cette lettre la calmait et la réchauffait tout à la fois. Son père disait qu'il l'aimait beaucoup. Jamais, de toute son existence, elle ne se rappelait l'avoir entendu tenir un tel langage. D'ailleurs, sa façon de leur démontrer cet amour en les abandonnant lui paraissait plutôt absurde. Et impardonnable.

Ah ! faire la paix, recommencer à neuf sous un ciel clair et sans nuage, sans haine, sans rancune, sans souvenirs ténébreux... Ne se rappeler que les belles choses de son enfance. Redevenir la petite fille qui allait se jeter dans les bras de son père au retour des chantiers. Quand elle riait parce qu'il la faisait tourner dans les airs... Comme elle le trouvait grand et fort, son papa ! Elle s'en souvenait, c'était toujours au printemps quand les bourgeons éclataient au bout des branches et que le ruisseau, gonflé d'eaux bouillonnantes, chantait pour accompagner les oiseaux à l'autre bout du champ. À cette époque-là, tout devait être parfait pour le retour de papa, et maman cirait les planchers et lavait les vitres. Ça sentait bon dans la maison, cette maison qui n'existait plus. Brûlée mystérieusement, avait dit Léontine... Pourquoi brûlée ? Quelle maladresse ou malheureux incident ou, pire, quel crime avait détruit le lieu de ses plus beaux souvenirs ? Le corps de sa mère se trouvait-il encore là ? Cette image terrible précipitait chaque fois Marguerite dans l'horreur. Elle ne pouvait que tourner ses pensées vers son père avec, sur le cœur, un point d'interrogation qui la mettait au supplice. Jamais il n'en avait parlé. D'ailleurs, qu'en savait-il ? La maison avait pu brûler quelques heures après leur départ. Ou le lendemain, qui sait.

La perception que Marguerite avait de Joseph, autrefois, avait changé au fur et à mesure qu'elle grandissait. Le géant s'était progressivement métamorphosé en un être rabougri et inconstant, trop porté sur la bouteille. Un homme qui ne parlait pas beaucoup mais se montrait tout de même ardent au travail. Un homme fort ambitieux qui ne s'occupait pas beaucoup de ses enfants. Un homme trop avide. Un homme absent.

Rébecca l'avait-elle aimé ? Marguerite ne s'était jamais posé la question. Quel enfant au monde met en doute l'amour qui unit son père et sa mère ? Il eût fallu de l'animosité, des dissensions, des disputes, des mots criés par la tête. Elle n'avait rien connu de semblable. Les Laurin semblaient vivre dans l'harmonie.

Chose certaine, jamais elle n'avait entendu Rébecca se plaindre lors du départ de son homme vers les chantiers. L'enfant regardait sa mère lui envoyer un baiser de loin, puis se retourner ensuite vers la maison en prenant ses filles par la main, contrairement aux mères de ses petites amies qu'elle entendait réciter des litanies de lamentations en voyant partir leur mari.

Au cours de l'hiver, Rébecca parlait rarement de Joseph et les enfants en venaient presque à oublier son existence.

Ainsi avaient tourné les saisons dans la vie de la petite Marguerite. Aujourd'hui, à cause de cette lettre inattendue, tout cela se bousculait dans sa tête. Elle caressa l'ange de porcelaine du bout des doigts. « Dis donc, mon ange, comment dois-je réagir ? Soit je réponds vaguement et poliment à la lettre, soit je lance tout ça au feu et n'en parle plus. Aux feux follets, tiens !... Ou bien je m'en vais à Colebrook me jeter dans les bras de mon père en lui disant que je l'aime, ce dont je ne suis plus certaine. » Alors ? L'indifférence, la haine ou le mensonge ? Parce que le pardon... L'ange fixait Marguerite, son sourire figé et sa petite étoile dorée sur le front. « D'accord, espèce d'ange de mon cœur, tu as gagné ! Je vais choisir le pardon. Le vrai. À tout le moins vais-je essayer. »

Le soir, avant de se mettre au lit, elle sortit la lettre de son sac et la présenta à Anne.

— Tiens, papa nous invite à Colebrook.

Les deux voyageuses se dirigèrent chez Angelina dès leur arrivée. Cette fois, on les attendait. Marguerite avait annoncé leur visite pour le premier samedi de décembre. Il avait été entendu qu'elles dormiraient chez le docteur Lewis avant de reprendre le train pour Lowell, tôt le dimanche matin.

Spontanément, Camille sauta au cou de ses sœurs, mais une certaine gêne s'installa aussitôt. La fillette avait grandi et son teint de brunette contrastait avec la blondeur de ses grandes sœurs. Quoi se raconter, ou plutôt, quoi partager quand on vit de façon tellement différente ? Quand la vie facile et l'abondance se confrontent au travail ardu et à la solitude ? Quand la tendresse et la sécurité font face à l'abandon ? Quand un reste d'enfance se compare avec de trop précoces responsabilités d'adulte ? Quand d'un côté se trouve l'amour, et de l'autre, l'indifférence…

Angelina perçut le malaise et s'efforça de casser la glace.

— Dis donc, Camille, si tu faisais visiter ta chambre à tes sœurs ?

Les filles n'eurent pas le temps de grimper à l'étage qu'on sonna à la porte. Joseph, proprement vêtu, boîte de chocolats à la main, se présenta, rouge de confusion. Marguerite faillit tendre la main pour recevoir les friandises, mais il les offrit spontanément à Angelina. Son père ne changerait jamais !

— Tenez, ma chère dame, pour toutes vos bontés. Je ne saurai jamais vous remercier assez…

Puis il se pencha sur ses filles comme s'il les avait vues la veille et déposa un baiser sur le front de chacune. Mais, après quelques secondes d'hésitation qui parurent une éternité à Marguerite, il les entoura de ses bras un peu raides. Si Anne se mit à larmoyer d'émotion, Marguerite, elle, resta de bois.

— Comme vous ressemblez à votre mère, mes filles ! Toi, surtout, Marguerite...

Le docteur sortit une bouteille de whisky et en versa un verre à Joseph.

— Vous saurez apprécier ce liquide à sa juste valeur, mon cher Joseph ! Il va vous remettre de vos émotions. Quant à ces jeunes demoiselles, je suppose qu'elles n'ont pas encore atteint l'âge de goûter aux plaisirs de l'alcool.

Marguerite faillit rétorquer : « Trop jeunes pour l'alcool mais assez vieilles pour subvenir à leurs besoins ! » Elle tourna sa langue huit fois plutôt que sept. Une obscure pointe de rancœur envers son père lui piquait encore l'esprit. Tôt ou tard, une discussion s'imposerait et elle risquait de s'avérer houleuse. Trop facile de régler les problèmes avec un simple baiser sur le front. Après tout, Joseph se devait de leur rendre des comptes.

L'occasion de discuter se présenta en effet le lendemain matin, au milieu du fameux terrain situé dans le rang menant à Dixville, pas très loin de Colebrook. Étroite étendue de terre pentue et recouverte d'arbres, entourée d'une clôture de pierres empilées les unes sur les autres disparaissant sous la neige... Au centre, un espace réduit complètement déboisé semblait destiné à recevoir les fondations. Avant qu'une maison parfaitement habitable ne se dresse à cet endroit, il s'écoulerait beaucoup de temps. Marguerite, qui pourtant ne connaissait rien au défrichement et à la construction des maisons, en fut convaincue.

— Vous savez, papa, nous sommes maintenant adaptées à Lowell et nous nous y plaisons beaucoup. J'adore mon travail de secrétaire et Anne, celui de vendeuse. D'ici peu, elle s'inscrira peut-être à l'école du soir. Moi, je poursuis toujours mes études par correspondance. Notre logement est minuscule mais confortable. Paisible surtout, après la galère chez Léontine et ensuite à la Boarding House. Vous auriez dû acheter un terrain à Lowell, mon cher papa, pas à Colebrook.

— Pour quoi faire? Pour retourner travailler dans ces maudites usines où on traite les humains comme du bétail, comme tu dis si bien toi-même?

— Et à Colebrook, où pensez-vous que nous allons gagner notre vie? Vous vous rappelez la manufacture de chaussures? Usine pour usine... Dans ce cas, papa, pourquoi ne pas retourner chez nous au Canada? Cabane en bois rond pour cabane en bois rond...

— Y a pas assez de travail au Canada, fille! La misère, pour moi, c'est fini, tu comprends? F-I-N-I...

— Et si vous veniez chercher une autre sorte d'emploi à Lowell, alors ? Concierge, commis, homme à tout faire, je ne sais trop. Vous pourriez même ouvrir un commerce comme notre ami Paul, ou encore offrir vos services de palefrenier à l'une des auberges de la ville. Il existe sûrement un travail pour vous là-bas. Il s'agit de chercher.

— Non ! C'est ici que je vais installer mes pénates, sur ce terrain qui dorénavant m'appartient. Pas ailleurs, est-ce clair ? Et quand notre maison sera terminée, et je dis bien « notre » maison, vous viendrez vivre ici, toi et tes sœurs. Je ne changerai pas d'idée pour l'amour de vos caprices.

— De nos caprices ! ? ! Avez-vous bien dit « vos caprices » ? Vous en avez de bonnes, papa ! Puisque vous voyez les choses de cette manière, je pense que la discussion est close. Anne et moi allons reprendre tranquillement le train pour Lowell.

— N'oubliez pas que vous êtes mineures toutes les deux. Et pour longtemps encore…

Marguerite se mordit les lèvres pour ne pas crier et ne pas se lancer sur son père à grands coups de poing et de coups de pied. D'instinct, elle vint se serrer contre Anne qui ne disait mot, et elle en ressentit une grande force intérieure. Brusquement, elle faisait corps avec celle qui partageait silencieusement ses aspirations depuis si longtemps. Sa petite sœur qu'on avait déracinée tant de fois, celle qu'on avait scandaleusement violée, celle qui avait failli mourir sans que son père daigne se déranger…

Heureusement, depuis qu'Anne travaillait au magasin, l'aînée la voyait se transformer, devenir plus sûre d'elle, plus épanouie, plus joyeuse. Plus elle-même… Tout ce qui avait contribué à briser la naïve petite fille commençait à disparaître dans la nuit du passé. Les crises d'asthme n'existaient presque plus et des jours plus gais ensoleillaient leur vie. Non, elle n'allait pas renoncer à cette renaissance pour l'amour de son père et de ses stupides lubies. Si quelqu'un de la famille agissait par caprice, c'était bien lui !

Cette fois, au moment du départ, Joseph se garda de demander à ses filles de lui envoyer de l'argent. Sur le quai de la gare, il se contenta de les embrasser silencieusement du bout des lèvres en tenant par la main une Camille en larmes.

Le train se mit en branle et Marguerite, déchirée, eut l'impression de s'acheminer concrètement vers une nouvelle étape de sa vie au fur et à mesure que le convoi l'éloignait de ce père impénétrable et de sa jeune sœur devenue une inconnue. En ce moment précis, elle fit sciemment le choix de leur tourner le dos. Prenait-elle la bonne décision ? Seul l'avenir le dirait.

À ses côtés, Anne reniflait sans prononcer une parole, engoncée dans son siège. Marguerite regretta de ne pas lui avoir demandé son avis. Les deux sœurs auraient pu quitter leur père sur des promesses de retrouvailles plus régulières. Et pourquoi pas un projet d'avenir ? S'il avait vraiment voulu les avoir auprès de lui à Colebrook et sauvegarder ce qu'il restait de liens familiaux, il aurait pu proposer de chercher un lieu où les loger. Et promettre de leur trouver un emploi. Mais Joseph Laurin n'avait rien dit de tout cela. Rien à part ressortir les mêmes promesses évasives de construction de maison, ressassées sur tous les tons.

Ce soir-là, Marguerite retrouva avec un certain soulagement leur appartement de Middle Street, en haut du magasin. Des rideaux de dentelle ornaient l'unique fenêtre et une jolie nappe à carreaux verts recouvrait la table. Elle jeta une bûche dans le minuscule poêle de fonte et il se mit à ronronner en peu de temps.

Tout à coup, elle se sentit bien. Elle se sentit chez elle. Pour la première fois de sa vie, elle réalisait qu'elle avait un chez-soi, un petit nid qui lui appartenait enfin et qu'elle ne devait qu'à elle seule. Sans aucun lien avec Joseph Laurin. Alors un grand sentiment d'indépendance l'envahit. Plus jamais elle ne laisserait quelqu'un réduire cette liberté matérielle et morale si durement gagnée.

On frappa quelques coups discrets à la porte. Rose-Marie passa la tête dans l'entrebâillement.

— Alors ? Ça s'est bien passé ?

— Oui ! euh… c'est-à-dire…

— Dis donc, tu n'as pas trop l'air dans ton assiette, toi !

— Merci pour ton amitié, Rose-Marie…

Sans se concerter, les deux sœurs se jetèrent dans les bras de leur amie qui les serra contre elle sans plus poser de questions. Elles n'auraient pas pleuré davantage si elles avaient su qu'en ce moment même, en cet instant précis, Joseph, ivre mort et à moitié vêtu, faisait la chasse aux feux follets sur la neige, au milieu de son terrain.

Une heure plus tard, pendant qu'Anne se mettait au lit, Marguerite plongea tête première dans ses livres. Cette fois, elle n'éprouva aucune difficulté à se rappeler la formule de l'hypoténuse, malgré la fatigue du voyage.

43

Dès le lendemain du retour de Colebrook, Simon se présenta à la porte des sœurs Laurin. Après un chaste baiser sur la joue de Marguerite, il demanda aussitôt des nouvelles.

— Alors, comment va votre père ? Et votre sœur ?

Sachant qu'elle pouvait lui faire confiance, elle lui raconta tout sans lui épargner les détails, et il lui offrit une écoute attentive. Simon Lacasse aurait gagné le prix de la gentillesse. Sensible, toujours prêt à rendre service malgré sa réserve naturelle, il continuait de fréquenter Marguerite de plus en plus assidûment. Elle ne s'en plaignait pas. Au contraire ! Elle aimait son visage ouvert, ses épaules larges et la chaleur de ses mains quand il caressait les siennes. Elle appréciait surtout son empressement à l'aduler et à la dorloter.

Auprès de lui, elle se sentait devenir une femme. Et cette femme, belle et désirable, prenait le pas sur l'adolescente en révolte qu'on avait exilée là où elle ne voulait pas. Les baisers des deux amoureux se faisaient de plus en plus brûlants et bousculaient leurs principes moraux. Malgré tout, elle arrivait à résister aux avances du fringant garçon. Même si le jeune homme représentait un excellent parti pour fonder un foyer, elle ne se sentait pas prête à se lancer dans une telle aventure. Pas maintenant. Trop d'événements avaient ébranlé sa sérénité, ces dernières années. Avant de s'engager sur ce chemin à sens unique que constituaient des épousailles officielles et la fondation d'une famille, elle avait besoin de faire le point et de reprendre pied.

— Si vous m'aimez vraiment, Simon, il vous faudra patienter et m'attendre. Je suis mineure et mon père ne me laissera jamais partir hors des États-Unis avant mes vingt et un ans.

— Mais je vais lui demander officiellement votre main, à votre père, voyons ! Il ne pourra pas me la refuser.

— Je voudrais d'abord terminer mes études, vous comprenez ?

— Je vous attendrai, mon amour, le temps qu'il faudra, même si je ne vois pas à quoi serviront ces satanées études.

— Vous avez raison, elles s'avéreront probablement inutiles, mais je veux continuer, je ne sais trop pourquoi. Sans doute pour réaliser mon rêve d'enfance. Et me convaincre que le destin n'aura pas démoli tout ce qui comptait pour moi. Je veux gagner sur ce point-là, vous comprenez ? Au moins sur ce point-là : obtenir ce fameux diplôme qui me permettrait d'enseigner. Je suis certaine que, de là-haut, ma mère m'approuve et se sent fière de moi. Je n'enseignerai peut-être jamais, mais je veux avoir le loisir de le décider moi-même. Il me faut remporter cette victoire-là, Simon, pour arriver à me sentir enfin libre.

— On n'a pas besoin d'autant d'instruction pour élever des enfants, pourtant…

— Je sais, je sais.

Lui, habituellement si compréhensif, ne pouvait-il pas partager son rêve ? Au moins lui ! Quelqu'un au monde, à part le père Lacroix, ne pouvait-il pas lui donner raison, pour une fois ? L'encourager, une seule petite fois ? Même Rose-Marie ne s'expliquait pas cet acharnement à terminer ces fameuses études. Marguerite se contenta de soupirer. Personne ne la comprendrait donc jamais ? Elle éprouva soudain le poids immense de la solitude.

Comment aurait-elle pu se douter que le lendemain matin, le père Lacroix viendrait frapper à la porte de son bureau, dans un grand état d'excitation ?

— Marguerite, Marguerite, devinez quoi ! Savez-vous combien nous avons récolté d'inscriptions, hier, pour les cours du soir de notre cher Institut de l'enseignement canadien-français qui débuteront le mois prochain ?

— Aucune idée !

— Croyez-le ou non, nous avons reçu quatre cents inscriptions !

— Mais... c'est une bonne nouvelle, ça ! Nos gens ne sont pas tous des imbéciles ni des bornés comme le prétendait le rapport de l'autre jour, vous voyez ! Plusieurs travailleurs sont ouverts à la connaissance et veulent sans doute rattraper le temps perdu.

— Marguerite... euh... avec un si grand nombre d'élèves, nous manquerons de professeurs. J'ai parlé au père Garin, et il s'est montré compréhensif. Le généreux homme fait passer ses paroissiens avant lui-même.

— Que voulez-vous dire ?

— Pour que les Canadiens français puissent s'instruire, il se dit prêt à se passer de sa secrétaire si jamais elle est intéressée à devenir officiellement professeur à l'Institut.

— Moi ? Enseigner à l'école du soir ? Vous êtes sérieux ? Est-ce que je rêve ? Je ne possède pas les compétences, voyons !

— Vous pourriez commencer avec les débutants, ceux qui ne connaissent pas la première lettre de l'alphabet. C'est à vous de décider. Pourvu que vous promettiez de terminer vos études par correspondance, vous serez acceptée comme professeur, au même salaire qu'à la paroisse.

Abasourdie, Marguerite ne savait pas si elle devait rire ou pleurer. Elle, Marguerite Laurin, enseignante ! Le rêve de sa vie ! Elle prit le parti de rire mais les larmes jaillirent malgré elle. Le père Lacroix, ému, sortit un mouchoir propre de sa poche et le lui tendit gentiment.

— Je m'excuse, mon père, il m'arrive tant de choses depuis quelques mois. Je ne sais plus où j'en suis.

— Tout va bientôt se tasser, ma belle Marguerite. Je vous l'avais dit que le bon Dieu s'occuperait de vous. Vous le méritez tellement !

— Le bon Dieu et vous, mon père…

Antoine Lacroix se contenta de sourire avec bienveillance.

Sans s'en rendre compte, elle serra le mouchoir humide dans sa main et le pressa pieusement sur son cœur.

Elle retrouva le mouchoir chiffonné enveloppant le petit ange de porcelaine dissimulé au fond de sa poche, quelques semaines plus tard, au moment du départ de Simon et des siens sur le quai de la gare. La famille Lacasse avait finalement décidé de se rapatrier avant le début de l'hiver et de réintégrer sa vieille maison de Batiscan entre Trois-Rivières et Québec.

— Ne vous en faites pas, Marguerite. Il s'agit d'une question de semaines. Le temps d'aider mes parents à se réinstaller, et je reviens. En tant qu'aîné, je ne peux pas les laisser partir sans leur donner un coup de main, vous comprenez ? Huit enfants à déménager et à réorganiser, ce n'est pas une sinécure !

Marguerite opina de la tête en guise de réponse. N'avoir pas su prendre une décision face aux demandes en mariage répétées du jeune homme la rendait morose et confuse. Elle ne savait pas où elle en était ni ce qu'elle voulait, elle ne savait même plus où se trouvaient ses priorités. D'un côté, un travail d'enseignante qu'elle adorait, mais de l'autre, des études longues et harassantes qui monopolisaient toutes ses heures libres. Sa jeunesse qui se défilait… D'un côté, son grand désir de retourner au Canada, de l'autre, la volonté de ne pas abandonner ses sœurs aux États-Unis aux prises avec un père dénaturé. D'un côté, le mariage et la vie nouvelle offerts par Simon, de l'autre, l'obligation de se réadapter encore une fois à un autre milieu et un autre rythme de vie. D'un côté l'amour, de l'autre, la liberté, enfin ! Et la paix, cette chère paix trop longtemps perdue... Il lui semblait, ce matin-là, dans la gare de Lowell, n'attendre plus quc cela : la paix.

— Je vais revenir très bientôt, ma chère Marguerite. Et là seulement, on prendra une décision. Si vous désirez rester ici encore quelques années à cause d'Anne et de Camille, je respecterai votre choix et reprendrai mon travail à la Machine Shop. Mais si vous préférez retourner vivre au Québec, on se trouvera une maison là-bas, au Saguenay ou à Batiscan, ou à l'endroit de votre choix. Je veux vous rendre heureuse, mon amour. Je vous aime et ne peux envisager ma vie sans vous.

Longtemps après que le train eut disparu dans le décor, Marguerite resta debout, immobile sur le quai, les yeux rivés sur le tracé sinueux du chemin de fer. À quelques centaines de pieds de la gare, les rails disparaissaient derrière un petit boisé puis réapparaissaient plus loin dans un autre tournant. Puis plus rien. Le train était propulsé, à l'abri des regards, sur les détours de cette route prévue à l'avance, tortueuse et immuable. Inéluctable comme les méandres du destin. Ne pas se tenir fermement sur ce chemin risquait d'aboutir à un déraillement monstre, voire une chute mortelle.

Marguerite serra très fort son mouchoir mais ne s'en servit pas. Pas plus qu'elle ne jeta un œil implorant sur l'ange de porcelaine. Elle avait choisi de ne pas dérailler sur les courbes de son destin.

Note de l'auteure

Le révérend père André-Marie Garin, oblat de Marie-Immaculée, a réellement occupé le poste de curé de la première paroisse francophone de Lowell entre 1868 et 1895. On lui doit l'achat de l'église Saint-Joseph et, plus tard, la fondation d'une école élémentaire avec l'aide de Joseph Henri Guillet, avocat, ainsi que la construction d'un presbytère. Il bâtira plus tard l'église Saint-Jean-Baptiste ainsi qu'une salle communautaire. Par contre, tout au long de ce roman, ses interventions auprès de la famille Laurin sont purement fictives et le résultat de l'imagination de l'auteure.

Le vicaire Lucien Lagier, oblat, le journaliste Ferdinand Gagnon ainsi que sœur Joséphine Phelan, des sœurs Grises de la Croix d'Ottawa, ont également joué un rôle concret dans l'histoire de la Nouvelle-Angleterre.

Les Méandres du destin

« Confondant dans un même sentiment de loyauté sincère notre amour pour la patrie de Washington et pour celle de Champlain, nous sommes ici pour rendre hommage à l'une des grandes figures du Nouveau Monde, Samuel de Champlain... »

Discours prononcé par Hugo Adélard Dubuque lors de l'inauguration de la statue de Champlain, à Champlain, dans l'État de New York, lors des fêtes du 300e anniversaire de la fondation de Québec.

À Nicole et à Michèle,
pour leur amitié et leur aide précieuse
et à nos grand-mères, arrière-grand-mères et
aïeules qui, par leur dévouement, ont façonné
dans le confinement de leur foyer la race belle
et fière que nous sommes devenus.

1

Lowell, 18 décembre 1883

Ma chère Camille,

Voilà un an, déjà, qu'on ne s'est pas vues... Je peux facilement imaginer la frénésie qui règne dans la maison des Lewis à ce temps-ci de l'année : arbre de Noël, feuilles de gui et plum-pudding, babioles, invitations à un festin. Je suppose que papa fait partie de la liste de vos invités. Transmets-lui mes salutations accompagnées d'un gros baiser sur la joue.

Noël est aussi dans l'air à Lowell. Anne est en train de décorer la vitrine de La Par-botte avec de jolies guirlandes. Elle adore toujours son travail, et comme le commerce prend de l'ampleur, Paul lui donne de plus en plus de responsabilités pour la gestion.

Pour ma part, imagine-toi que je vais faire partie du personnel enseignant de la nouvelle école paroissiale Saint-Joseph ouverte officiellement ce mois-ci. On a organisé une cérémonie grandiose pour l'inauguration. Le croirais-tu ? Quatre cents garçons et trois cent quatre-vingt-douze filles se sont inscrits et vont enfin étudier en français ! Qui aurait cru que la « petite école », cet édifice de brique de la rue Moody, déborderait à ce point d'enfants dès le départ ? Je te dis que le père Garin paraissait fier de ce grand succès !

Du côté sentimental, Simon continue toujours de m'envoyer des lettres d'amour même s'il n'est pas encore revenu me chercher tel que promis. Depuis l'arrivée de sa famille à Batiscan, le malheur est entré dans leur maison. Tu savais que son père était tombé gravement malade, eh bien ! il vient de rendre l'âme. Pauvre Simon, toute la responsabilité de la famille retombe sur ses épaules d'aîné. Il aimerait bien que j'aille le rejoindre là-bas, mais j'hésite, pour le moment, à faire le grand saut dans ce qui me semble être une galère, je t'avoue. J'ai beau l'aimer beaucoup…

Mon filleul Patrick va bien et il aura un frère ou une sœur au printemps prochain. Rose-Marie nous a appris la bonne nouvelle récemment. Malheureusement, nos amis se trouvent maintenant à l'étroit dans leur logement situé au-dessus du magasin, et ils ont décidé de déménager dans un endroit plus spacieux. Ils vont nous manquer. Anne et moi pourrons conserver notre petit coin bien à nous, à moins que tu ne décides, ma chère Camille, de venir vivre avec nous, ici, à Lowell.

Nous disposons maintenant d'assez d'argent pour nous loger convenablement dans plus grand. Ne crois-tu pas que le temps serait venu de renouer nos liens d'autrefois ? Tu pourrais t'inscrire à l'école paroissiale francophone. Penses-y bien et fais-moi signe.

Comment va papa ? Il ne me donne pas souvent de ses nouvelles. Continue-t-il toujours à vivre dans sa cabane de bois rond tout en poursuivant son travail à l'écurie de l'hôtel ? Je ne m'explique pas pourquoi cette fameuse maison si longtemps promise n'a pas encore remplacé sa minuscule baraque. De voir notre famille ainsi séparée depuis la perte de maman me chagrine beaucoup. Plus j'y pense, plus j'insiste pour que tu viennes t'installer avec Anne et moi. Nous avons tant de temps perdu à rattraper !

Je t'embrasse, ma chère sœur, et te souhaite un joyeux Noël. Salue bien Angelina et le docteur pour moi. Et si tu vois papa, le matin du premier jour de l'An, n'oublie pas, si le cœur t'en dit, de lui demander sa bénédiction. Trois fois plutôt qu'une…

Ta grande sœur qui t'aime,
Marguerite

2

À travers la fumée montant du brasier, Joseph, bonnet de poils sur la tête et bouteille de robine à la main, distinguait à peine sa cabane au milieu de la forêt. Cet abri ne ressemblait guère à la maison de ses rêves mais il l'avait construit en attendant de bâtir l'autre, la belle, la grande demeure, celle où il réunirait enfin sa famille. Dès que les rayons de soleil de ce printemps de 1884 achèveraient de faire fondre les dernières congères, il s'attellerait à la tâche. Tranquillement, l'avenir se dessinait à l'horizon.

Ne lui resterait qu'à convaincre ses deux grandes de déménager à Colebrook. Quand elles verraient l'immense cuisine éclairée par une large baie, le salon joliment meublé, leurs vastes chambres à l'étage et, surtout, la grande galerie où il suspendrait une balançoire, elles ne pourraient résister. Après tout, vivre et travailler à Lowell ou à Colebrook, quelle différence ?

Ce nid concrétiserait enfin sa décision de s'installer définitivement aux États-Unis, maître de son chez-soi et de sa destinée. Loin des souvenirs de sa jeunesse, loin des chantiers du Saguenay, loin des temps durs à gagner sa pitance et celle de sa famille, loin, surtout, du spectre de Rébecca et de la maison paternelle vétuste de Grande-

Baie. Ici, au bout de l'exil, il pouvait recommencer sa vie à neuf. À quarante-trois ans, tout était permis. Les lendemains lui appartenaient.

Chaque jour, en fin d'après-midi, il s'acheminait sur l'un des traîneaux de l'hôtel Hinman tiré par Titan jusqu'à son lopin de terre, dans le rang de Dixville. Son oasis. Sa garantie de bonheur. Il retrouvait sa hache et ses cisailles et, sans hésiter, sans se donner le temps de se reposer, il retroussait ses manches.

La brunante le trouvait affamé et en sueur. Il déballait alors les provisions apportées de l'hôtel pour les dévorer comme un fauve en les accompagnant de nombreuses rasades d'alcool. Puis il s'affalait, épuisé, devant le feu de bois qu'il ne manquait pas d'allumer systématiquement un peu plus loin, devant sa cabane. Les yeux rougis et le regard fixe, il finissait par s'endormir, appuyé contre un arbre, en rêvant à sa future vie.

L'homme trimait dur. L'un après l'autre, il se mesurait aux arbres qui déployaient leur ramure au-dessus de cette terre de roche à flanc de colline, située entre la route et un ruisseau dévalant joyeusement la pente. Avec une patience d'ange, il abattait, sciait, équarrissait, sablait puis transformait les cèdres en bardeaux et les grands pins en poutres et en planches. Après avoir déboisé et épierré une partie du terrain, Joseph se rendit compte qu'il ne pourrait installer une demeure sans avoir à pelleter des tonnes de terre afin de niveler le sol. Mais peu importe, il y arriverait. Rien ne pouvait l'arrêter. Ni les protestations de ses filles, ni les moqueries des gens de Colebrook dont certains avaient l'audace de le montrer du doigt et de le traiter d'illuminé. S'imaginer construire sans aide une maison sur un site aussi inapproprié relevait de la pure utopie, tout le monde le savait.

Joseph, lui, s'en fichait. Il accomplissait bien son travail de palefrenier, se mêlait de ses affaires et ne dérangeait personne. Bien sûr, les méchantes langues ne manquaient pas de murmurer derrière les portes. On le blâmait d'abandonner sa benjamine aux soins du docteur Lewis et de sa femme au lieu de s'en occuper lui-même. La fillette paraissait pourtant guérie. Mais l'enfant, élevée dans l'abondance et la stabilité, ne s'en plaignait pas. Ceux qui connaissaient l'existence des deux autres filles laissées seules à Lowell ne se gênaient pas pour jeter la pierre à ce mystérieux immigrant. Quoi? Ce veuf a d'autres enfants? Quoi? Il les a oubliées là-bas depuis des années? Quel père sans cœur et irresponsable! On devrait porter plainte!

Mais Joseph ne bronchait pas et poursuivait ses activités sans faire de bruit. Bien sûr, son patron pouvait lui reprocher d'y aller un peu fort sur l'eau-de-vie, mais, même en titubant, Joseph s'acquittait de sa tâche de valet d'écurie de façon acceptable. À vrai dire, il tenait à ce travail comme à la prunelle de ses yeux. Bien payé, logé dans l'étable quand il ne se rendait pas à sa cabane, et nourri par le cuisinier de l'hôtel, il arrivait à mettre de côté la majeure partie de son salaire dans le but d'acheter les matériaux pour sa maison.

Il n'avait pas encore réussi, cependant, à vendre l'idée à Anne et à Marguerite. Pour l'instant, il se contentait de rares rencontres, soit à Lowell, soit à Colebrook. Rencontres plutôt froides et de plus en plus impersonnelles. De toute évidence, la politesse et les convenances prenaient le pas sur les confidences et les échanges familiaux chaleureux. Les deux grandes semblaient bien se débrouiller à Lowell et cela suffisait au père qui ignorait maintenant les détails de leur vie. L'une enseignait et l'autre vendait des souliers. Elles survivaient, elles possédaient un toit, avaient de quoi manger, que demander d'autre? Elles avaient l'essentiel. Le reste ne lui importait guère. Après tout, Marguerite allait sur ses dix-huit ans et sa sœur fêterait dans quelques mois ses *sweet sixteen,* comme disaient les Américains.

Quant à Camille, il la rencontrait plus souvent, lorsqu'il était convié de temps à autre pour un repas chez les Lewis. Malgré sa légère claudication, sa princesse devenait une fort jolie fille, mais d'une beauté différente de celle de ses sœurs plutôt blondes. Elle arborait une opulente chevelure brune et un teint assez foncé qui, en été, prenait les chauds reflets de l'ambre. Ses yeux trahissaient cependant une certaine tristesse, comme une nostalgie indéfinissable. « Il manque un brin de folie, une touche d'exubérance à ma princesse. La vie l'aura marquée trop jeune… », se disait le père au retour de ces rencontres, en référence à l'accident qui avait failli lui coûter la vie quelques années auparavant.

En effet, malgré les efforts du docteur et de sa femme pour l'entourer d'affection, Camille restait solitaire et renfermée. Élève modèle, elle faisait la fierté d'Angelina et obtenait facilement les meilleures notes à l'école du village. Mais la passion n'y était pas. Elle achèverait cette année son cours primaire, et la femme du docteur parlait de l'envoyer au couvent, même si l'enfant ne manifestait aucune lueur d'enthousiasme. De ses grandes sœurs, il était rarement question. En général, on s'échangeait des missives plutôt anodines et sans véritable intérêt, sauf aux grandes occasions. Dans sa lettre de Noël, Marguerite lui avait bien offert de venir les rejoindre à Lowell mais la fillette ne se trouvait pas en mesure de prendre une telle décision. C'est tout juste si elle avait osé en parler à son père et à ses parents adoptifs, mais si vaguement que personne n'avait porté attention à sa timide demande. Petit à petit, les liens s'affaiblissaient chez les Laurin, non seulement entre les filles et leur père, mais également entre les deux aînées et leur cadette. L'espace et le temps accomplissaient leurs ravages.

Les yeux rivés sur le feu de souches, Joseph s'essuya la bouche du revers de la main après avoir avalé goulûment jusqu'aux dernières gouttes de sa bouteille. La nuit était passablement avancée, mieux valait rentrer dormir pour oublier tout ça. Le feu s'éteindrait bien tout seul.

Au moment où il se relevait péniblement pour réintégrer sa cabane, il aperçut une ombre se faufiler derrière les buissons. Une ombre blanche, fluide, transparente. Une ombre inquiétante. Peut-être s'agissait-il d'amas de neige soudainement soufflés par une rafale ? Et ces grincements, provenaient-ils du sifflement du vent dans la cime des arbres ou bien d'un mystérieux archet qui s'acharnait sur la même corde d'un violon ?

Joseph trébucha et s'aperçut qu'il claquait des dents. Il savait, lui, d'où provenaient cette ombre et ce chant qui le poursuivaient sans cesse. Il le connaissait, ce fantôme sans visage qui le tourmentait à toute heure de la nuit et courait à sa suite sur les grands chemins quand il fouettait son cheval Titan à tour de bras pour se rendre au plus vite chez lui, dans sa cabane. Mais l'ombre blanche le talonnait en hurlant jusqu'à ce qu'il allume un feu. Seul le feu arrivait à dissoudre l'ombre maléfique, à la couler dans les flammes.

Le feu, ça réduisait en cendres les âmes des damnés. Ça purifiait, le feu…

Un claquement retentit dans la nuit. Joseph Laurin, le corps recouvert de sueur, venait de refermer d'un coup de pied la porte de sa cabane, l'unique lieu où l'ombre n'arrivait pas à pénétrer. Le seul refuge où, tapi contre le mur, il l'entendait se lamenter et secouer haineusement sa porte, les nuits de bourrasque. Là seulement, dans son cher abri, futur nid de sa famille, il pouvait reprendre son souffle et retrouver ses esprits.

— Va-t'en, Rébecca. J'suis plus capable. J'ai assez payé, maintenant. Va-t'en, maudite folle… Et que le diable t'attache à ses crochets de fer pour l'éternité pour que tu me fiches la paix. La paix, tu m'entends ? LA PAIX !

3

L'après-midi s'achevait, en ce chaud début de mars, quand le père Garin et ses deux acolytes levèrent leur goupillon en cadence et aspergèrent d'eau bénite la récente construction d'un dénommé Félix Albert dans le nouveau quadrilatère du Petit Canada, entre les rues Ward et Perkins.

— *In nomine Patris, et Filii, et Spiritus Sancti.*

Le curé n'attendit pas que cessent les applaudissements de la foule pour imposer le silence en levant les bras d'un geste autoritaire.

— Mes bien chers frères, en ce jour où le Canada fait un autre pas vers l'avenir, unissons-nous afin de défendre nos valeurs fondamentales, notre langue qui est la plus belle du monde, nos chères traditions et notre religion détentrice de la vérité. Accueillons à cœur ouvert les nombreuses familles qui ne manqueront pas de venir du Québec pour habiter ces logements et agrandir notre beau pays jusqu'ici, dans l'est des États-Unis. Soyons forts, montrons-nous généreux et accueillants afin de demeurer le peuple béni de Dieu que nous sommes déjà. C'est la grâce que je nous souhaite à tous. Amen.

Les trois oblats, vêtus de leur surplis de dentelle et la poitrine recouverte d'un étole de soie brodée, descendirent de l'estrade et tentèrent de se frayer un chemin à travers la foule. Du coin de la rue Perkins où elle se trouvait, Marguerite, accompagnée de sa sœur Anne, de Rose-Marie et de son époux Paul Boismenu poussant leur petit Patrick endormi dans son landau, ne put apercevoir que de loin la silhouette élancée d'Antoine Lacroix, le deuxième vicaire de la paroisse. Elle soupira.

Depuis qu'elle connaissait ce prêtre, elle préférait garder ses distances, même pour l'administration des sacrements. Jamais elle n'aurait osé se confesser à lui. Quand, au cours de la messe du dimanche, deux officiants se partageaient la sainte table pour distribuer la communion aux fidèles, elle évitait de s'agenouiller devant le père Lacroix, dût-elle traverser la nef au complet. Elle ne pouvait s'expliquer pourquoi son regard bleu la chavirait tant. Elle aimait toujours Simon Lacasse, pourtant, et elle attendait son retour avec impatience. Hélas, les courtes semaines d'attente promises s'étaient étirées en mois. Plus d'un an et demi, maintenant. Et elle ne voyait pas le jour où, devenu soutien de famille malgré lui, il trouverait le moyen de lui offrir un véritable foyer bien à eux, ici ou là-bas.

Parfois, il lui prenait des envies de s'enfuir au Canada avec ses sœurs, chez lui, dans sa ferme, à l'insu de Joseph. Avec Anne à tout le moins. Mais cela n'aurait fait qu'augmenter la charge déjà trop lourde sur les épaules du pauvre Simon. Et Anne, enfin en train de s'adapter à sa nouvelle patrie, aurait sans doute refusé un autre changement.

Alors, en bonne optimiste, Marguerite se disait que le temps finirait par arranger les choses. Déjà, depuis leur arrivée aux États-Unis, leurs conditions de vie s'étaient passablement améliorées. Pour le moment, elle se sentait bien à Lowell, heureuse de concrétiser enfin son rêve d'enseigner aux enfants dans la nouvelle école administrée par les sœurs Grises de la Croix. Et cela lui suffisait.

— Tiens ! Si c'est pas l'ancienne secrétaire de la paroisse ! Comment allez-vous, ma chère Marguerite ?

La jeune fille sursauta. Perdue dans ses pensées, elle n'avait pas vu les prêtres se diriger dans leur direction. Antoine Lacroix s'était arrêté pile devant elle. Encore une fois, elle se sentit intimidée par l'intensité du regard éclairé par un sourire cordial.

— Je... je vais bien, merci !

— Et votre père ? Comment se porte-t-il ? Toujours à Colcbrook ?

— Tout semble bien aller pour lui. Du moins, je le suppose. J'en sais peu de chose, à vrai dire.

Anne s'approcha et salua le prêtre d'un signe de tête poli.

— Bonjour, Anne. Comme tu as changé ! Je vois que tu es en train de devenir aussi charmante que ta sœur. Ça va faire des ravages dans les cœurs avant longtemps, des belles filles comme vous ! Je vais sûrement avoir des mariages à célébrer bientôt, moi ! Et votre fiancé, Marguerite, va-t-il se pointer enfin ? Comment ça se passe à Batiscan ? Si j'étais à sa place, j'aurais peur de me faire voler ma blonde...

— Ah ! Simon va revenir un de ces jours, je ne m'inquiète pas trop pour ça. Pour l'instant, il doit s'occuper de ses frères et sœurs orphelins de père.

Marguerite se sentit rougir jusqu'à la racine des cheveux. De quoi se mêlait-il, celui-là? Du coin de l'œil, elle appela secrètement Rose-Marie à la rescousse. L'amie saisit-elle le message? Elle intervint aussitôt dans la conversation.

— Bonjour, père Lacroix. Quelle bonne mine vous affichez! Je me réjouis de constater que votre santé se porte bien.

— Oui, oui, la tuberculose reste et restera une histoire du passé pour moi. Et tout va sur des roulettes à part ça. La nouvelle école Saint-Joseph fonctionne à merveille et nous, les prêtres du patelin, allons bientôt déménager plus près de nos paroissiens. Un projet de construction d'une église est même dans l'air. Avec le père Garin, vous savez, le progrès ne s'arrêtera jamais. Quant aux nouveaux arrivants, ils traversent la frontière à pleins wagons. Comment ne pas s'en réjouir? Le travail ne manque pas et Dieu est avec nous. Dites donc, mesdames, faute de célébrer le mariage de notre Margot, je vois qu'une cérémonie de baptême se profile à l'horizon?

Rose-Marie porta fièrement les mains à son ventre.

— Eh oui, mon père! Notre petite famille s'agrandira bientôt, et nous en sommes très contents.

Paul Boismenu, témoin de la conversation, se mêla au groupe, heureux d'afficher le résultat de ses performances d'époux. Le prêtre lui serra aimablement la main et, juste au moment de partir, il se tourna vers Marguerite et lança à brûle-pourpoint :

— Je vous reverrai sûrement à l'école, chère demoiselle. À partir de lundi prochain, je m'occuperai de l'enseignement du catéchisme aux enfants à la place du père Lagier fatigué et débordé par sa tâche. Le cher homme avance en âge et je dois prendre la relève. On aura sûrement l'occasion de se croiser dans les corridors. À bientôt, donc !

Marguerite resta bouche bée. Le père Lacroix à son école ! Elle fut reconnaissante à Paul de lui changer les idées en menant le petit groupe dans Market Street. Il voulait leur montrer un établissement commercial à louer. Ses affaires avaient largement prospéré grâce à son magasin de chaussures La Par-botte, et il avait l'intention d'investir ses profits dans un nouveau commerce.

— Je pourrais ouvrir un saloon à cet endroit. Les hommes du Petit Canada pourraient venir y jaser le soir après le travail ou pendant que leurs femmes font des emplettes dans les boutiques des alentours.

Rose-Marie n'hésita pas à intervenir.

— Ne crois-tu pas, Paul, que cela encouragerait l'alcoolisme ? Des mouvements de tempérance émergent un peu partout, paraît-il. On parle même de prohibition.

Anne osa venir à la rescousse de son amie.

— Ouvrir un saloon s'avère une aventure risquée, il me semble. Et ne faut-il pas obtenir une licence chaque année ?

Marguerite tiqua en entendant cette réplique. À son âge, que connaissait sa sœur en affaires ? Et de quel droit se permettait-elle de tenter d'influencer son employeur en évoquant des risques ? D'un autre côté, chaque soir, elle voyait Anne se plonger dans *L'Abeille* fondé par Henri Guillet, cet avocat qui avait participé à l'établissement de l'école Saint-Joseph. Elle dévorait le journal d'un bout à l'autre, s'attardant autant à la rubrique des finances qu'à celles des sports, de la politique ou des mondanités. Aux yeux de Marguerite, Anne demeurait encore la petite sœur pleurnicharde réclamant sa mère, et qu'elle avait dû jadis consoler mille fois. Avait-elle donc évolué à ce point sans que son aînée en prenne conscience ? L'entendre parler ainsi de commerce en adulte sensée et réfléchie sidérait Marguerite. À force de se concentrer sur sa propre existence et sur son enseignement du français et des mathématiques à l'école paroissiale, aurait-elle négligé de s'ouvrir elle-même au monde qui l'entourait ? Elle ne reconnaissait plus sa sœur !

Pourtant, ses succès comme vendeuse de chaussures autant que la confiance de son patron avaient permis à Anne d'acquérir rapidement de la maturité. Elle aimait le public et il le lui rendait bien. On venait à La Par-botte non seulement pour se procurer des souliers, mais aussi pour faire un brin de causette avec la jolie vendeuse. Intelligente, Anne Laurin savait écouter et absorber les idées, se former une opinion sur l'actualité et les faits divers de la communauté francophone. Il arrivait même que certains jeunes hommes, revenus, qui de Québec, qui de Nicolet ou de Saint-Hyacinthe avec un diplôme en poche, et qu'on qualifiait d'élite dans les salons, cherchent prétexte pour s'arrêter quelques minutes en passant devant la boutique.

Paul s'empressa de réfuter avec condescendance les arguments de sa femme et de son employée.

— Mieux vaut, je crois, contrôler et réglementer le commerce de l'alcool que de subir les effets de la vente illégale. Moi, j'ai bien envie de relever le défi. Je vois déjà l'enseigne sur la porte : *Smallwood's Saloon.*

— Smallwood's Saloon ? Comment ça, Smallwood ?

— Mais « Smallwood », c'est mon nom, voyons ! « Boismenu » ne signifie-t-il pas « Petit Bois » ? Traduit en anglais, il devient « Smallwood ». Aussi simple que ça ! Vous n'aviez pas deviné ? Il faut bien s'adapter, non ? Après tout, on est aux États-Unis, ici ! Un nom dans leur langue attirera davantage les Américains. Je les entends d'ici prononcer « *Bowaménou* ». Ah ! ah !

Non, franchement, Smallwood fera mieux l'affaire.

— En tout cas, se permit d'ajouter Anne, ne comptez pas sur moi, cette fois, pour aller servir de l'alcool dans votre saloon, mon cher Paul. Vendre des souliers et des bottes me suffit amplement. D'ailleurs, je voulais justement vous en parler : nous devrions lancer un nouveau genre de chaussures. Un *peddler* est venu me rencontrer, la semaine dernière, et il m'a présenté des escarpins en cuir archisouple. Ce nouveau type de souliers de toilette *chic and swell* a de l'avenir. Les nouvelles riches vont se les arracher, j'en suis convaincue. Ça vaudrait la peine d'essayer.

Marguerite se tourna vers Anne. Décidément, sa sœur lui semblait tout à coup méconnaissable. Plus grande que son aînée, des reflets roux dans la chevelure et le visage légèrement tavelé de taches de son, elle faisait tourner les têtes sur son passage sans même s'en rendre compte. Les garçons ne semblaient pas l'intéresser outre mesure, et elle repoussait systématiquement les soupirants qui osaient tenter leur chance auprès d'elle. Son travail au magasin semblait lui suffire et elle préférait rester indépendante et solitaire. Durant ses heures libres, elle se réfugiait dans l'appartement qu'elle occupait toujours avec sa sœur à l'étage au-dessus de la boutique. Plutôt renfermée, voire silencieuse en présence de Marguerite, elle écoulait ses soirées et ses dimanches à lire et même à dessiner, repliée sur elle-même, refusant toute invitation à sortir en compagnie d'amis. Aucun garçon n'avait encore réussi à l'extirper de ce cocon douillet. Assister à un concert ou à un spectacle de cirque, ou jouer au whist à la salle communautaire, ne l'intéressait pas davantage.

Cette attitude intriguait Marguerite. Non seulement elle sentait une barrière s'ériger entre elles, mais elle n'aimait pas voir sa sœur se priver des distractions et des petits plaisirs légitimes propres à sa jeunesse. La semaine précédente, n'y tenant plus, elle lui avait posé carrément la question :

— Pourquoi, Anne, refuses-tu toujours de sortir ? On dirait que tu n'es pas la même personne au magasin que dans la vraie vie.

Anne avait bondi sur ses pieds et s'était approchée de la fenêtre sans répondre. Mais l'aînée avait insisté.

— Il existe bien autre chose, pourtant, que les chaussures et les journaux. Tu ne penses pas, sœurette ?

— Ça ne te regarde pas.

— Tu n'as pas envie de voir du monde et de rencontrer de nouveaux amis ?

— Je n'ai pas besoin de sortir. Du monde, j'en vois toute la journée.

— Et le beau Jean qui te tourne autour ? Quel parti intéressant ! Célibataire, libre, profession libérale et… aimable en plus !

— Fiche-moi la paix ! C'est pas de tes affaires !

Marguerite n'avait pas oublié les agressions sexuelles répétées de leur cousin sur sa sœur au moment où ils habitaient chez leur tante Léontine.

— On dirait que tu crains les hommes, Anne. Est-ce que je me trompe ?

À ces paroles, Anne s'était effondrée sur le canapé en se tordant les mains. Sa sœur avait visé juste.

— Oui, j'ai peur des hommes. De tous les hommes ! Chaque fois que l'un d'eux s'approche de moi, j'ai envie de me sauver en courant. Je ne suis pas capable, je ne suis pas capable... Je songe toujours à Armand qui... qui me...

— Ma pauvre, pauvre toi ! Tous les hommes ne sont pas comme notre cousin, voyons ! Il existe des Simon, des Paul, des... Antoine Lacroix !

Marguerite s'était mordu les lèvres. Pourquoi avoir prononcé ce dernier nom ? Quel rapport existait-il entre les cavaliers potentiels de sa sœur et un prêtre consacré exclusivement à Dieu ? Sans doute qu'à ses yeux, le prêtre représentait le symbole parfait de l'intégrité, de la pureté absolue.

— Justement, Paul...

— Paul ? Ne me dis pas que Paul Boismenu...

— Non, non, ne va rien t'imaginer. C'est juste qu'il a essayé de m'embrasser sur la bouche l'autre jour, derrière le comptoir du magasin. Il y a de ça quelques semaines. C'était en fin d'après-midi et il avait bu. Je l'ai repoussé, tu penses bien ! Il n'a plus recommencé. Il s'est même excusé en pleurant d'avoir momentanément perdu la tête.

Paul Boismenu ! Marguerite avait serré les poings. Ah ! l'écœurant, le courailleux, le débauché ! Un père de famille... Et l'époux de Rose-Marie, leur meilleure amie, par-dessus le marché ! La pauvre, si elle savait ça... Maudits hommes ! Elle-même, Marguerite, faisait peu confiance à la gent masculine. Si elle n'avait pas su se défendre autrefois, elle aussi aurait subi les assauts dégueulasses du cousin Armand. Ainsi, Paul... Elle s'était sentie prête à retirer sa sœur du magasin et à déménager ailleurs avec elle. À Colebrook, tiens !

Mais, une fois calmée, elle avait pris le parti de se taire. Après tout, cela s'était produit une seule fois et sous l'effet de la boisson, mieux valait laisser tomber.

Le jour de la bénédiction des nouveaux logements du Petit Canada, Marguerite avait insisté pour qu'Anne sorte de sa tanière et se joigne au groupe. Quand, ce soir-là, Rose-Marie invita gentiment les deux sœurs à souper dans leur nouveau logement, elles refusèrent poliment. L'une souffrait supposément d'un mal de tête carabiné, l'autre avait des cours à préparer pour le lendemain. Paul ne vit pas le regard méprisant que Marguerite lui jeta sous cape. Ce soir-là, elles s'acheminèrent lentement vers leur logement, bras dessus bras dessous, sans prononcer une parole, comme deux étrangères cherchant à se rapprocher. Deux jeunes femmes plus mûres et plus matures qu'elles n'auraient dû l'être à leur âge. Et, avec les années, de plus en plus différentes l'une de l'autre.

D'où venait donc ce cafard qui leur étreignait la poitrine et dont ni l'une ni l'autre n'osait parler ?

4

Joseph sortit en trombe de la chambre de Jesse. Dans l'effervescence de leurs ébats amoureux, il avait oublié que John avait promis de rentrer exceptionnellement tôt, ce jour-là. Le fait que le fils aîné de la famille Peel fréquente la fille du voisin l'arrangeait bien. Il savait pertinemment que le garçon s'absentait tous les dimanches après l'office religieux, jusque tard dans la soirée, pour aller conter fleurette à sa *sweet love.* Il n'était pas question pour Joseph de provoquer un face-à-face avec celui qui avait tenté de le tuer à coups de fusil, quelques années auparavant, lors d'une partie de chasse.

Depuis un certain temps, Joseph s'était remis à fréquenter la veuve Peel. Autant que les pratiques charnelles, une présence féminine lui manquait. Il avait bien essayé d'approcher une ou deux clientes de l'hôtel en l'absence de leur mari, mais on l'avait vertement remis à sa place. Il faut dire que sa tenue dépenaillée et l'odeur d'alcool et de tabac qu'il dégageait le rendaient peu attirant. D'ailleurs, le propriétaire, monsieur Hinman, n'aurait certainement pas permis de tels manquements à la morale au sein de son personnel.

Jesse, quant à elle, lui avait gentiment ouvert sa porte et son lit après s'être débarrassée de son dernier amant. Bien sûr, les fantasmes d'autrefois n'existaient plus. Il n'était pas question que Jesse abandonne sa ferme pour suivre Joseph ou, qu'au contraire, Joseph s'y installe en tant que nouvel époux. On avait fait une croix sur ces rêves et on se contentait de quelques heures par semaine passées à la sauvette dans la chambre de Jesse, tout en empêchant « la famille » à l'aide de préservatifs taillés dans des vessies de mouton. Joseph avait retrouvé avec grand plaisir les appas voluptueux de la belle veuve.

Ce genre de relation avait relâché les tensions et ramené une sorte de sérénité dans l'esprit troublé de l'homme. Une jolie femme le considérait comme un être désirable et acceptait de se donner à lui par simple plaisir. Il suffisait d'attendre le départ de John, d'envoyer le jeune

Terry chez un copain pour quelques heures, et le tour était joué. Quant à Betty, elle avait l'habitude de passer ses dimanches après-midi de congé chez une amie.

En réalité, le seul problème provenait de John, maintenant héritier officiel de la ferme de son père et de son grand-père, avec obligation de prendre soin de sa mère jusqu'à sa mort. D'ici peu, si ses amours allaient bon train, il épouserait la jeune voisine de dix-sept ans qui viendrait alors vivre sous le toit de sa belle-mère. De toute évidence, Joseph Laurin n'y serait plus le bienvenu.

Si Marguerite l'avait su, elle aurait sans doute envié la future bru, non pas à cause de John, mais parce qu'elle aimait bien Jesse et se rappelait en soupirant les mois écoulés auprès d'elle dans cette ferme après leur départ de Grande-Baie. Si seulement son père avait pu se décider à la demander en mariage… Marguerite n'était pas au courant de la reprise de la liaison entre les deux amants. À vrai dire, depuis des mois, elle ignorait tout au sujet de Joseph et supposait qu'il était toujours vivant puisque personne ne l'avait avisée du contraire.

Joseph enfila ses bottes en vitesse et attrapa ses mitaines au vol. À peine prit-il le temps de répondre d'un signe de tête aux saluts et aux baisers que lui envoyait Jesse à travers la vitre givrée du salon. Il grimpa sur le traîneau et siffla le coup de départ au magnifique étalon noir emprunté sans permission à l'écurie de l'hôtel. Bah... Le couple propriétaire du cheval et de la carriole de grand luxe n'avait-il pas réservé une chambre et une stalle dans l'écurie pour toute la semaine? Pourquoi ne pas laisser Titan se reposer et utiliser plutôt un équipage bourgeois pour se rendre à la ferme Peel? Pour une fois, une seule petite fois, s'imaginer qu'il était un homme riche, tenu au chaud sous une luxueuse couverture de fourrure dans une voiture de grand prix... Pour une fois, oublier sa condition de miséreux, oublier sa vieille picouille, son traîneau déboîté, son banc de bois râpeux et glacé. Pour une fois, éblouir sa maîtresse et, surtout, s'éblouir lui-même...

La fine neige qui avait commencé à tomber au cours de la matinée virait maintenant à la tempête et faisait disparaître les chemins, le ciel et la terre. En cette fin de mars 1884, les habitants ne s'attendaient pas à recevoir une telle bordée et avaient déjà commencé à remiser les chasse-neige. À la fin de l'après-midi, entre chien et loup, la route défilant à travers les champs ne se distinguait presque plus à cause de la poudrerie. « Tant pis, pensa Joseph, ce cheval me semble assez fort pour ouvrir le chemin. » Il fit claquer son fouet pour activer la cadence.

— Allez, hue!

Dans sa hâte de quitter la ferme, il avait omis d'allumer les lanternes de la voiture, mais il se rassura en se disant qu'à ce rythme, il réussirait malgré tout à se rendre rapidement à Colebrook puis à North Stratford où se trouvait l'hôtel. Pour ce soir, il dormirait dans l'étable. Debout et bras tendus, il tentait de maintenir l'équilibre de la carriole qui ressemblait à un canot fendant les vagues.

C'est à un tournant de la route, au sommet d'une colline, qu'il crut distinguer une lueur qui venait directement sur lui. À l'approche de l'autre traîneau, il se mit à crier et tira de toutes ses forces sur les guides pour stopper le cheval, bien décidé toutefois à ne pas céder le chemin. La route, hélas, s'avérait trop étroite pour permettre le passage de deux attelages en même temps. Et il n'existait aucun espace balisé où l'un des deux traîneaux aurait pu se ranger pour laisser passer l'autre.

— *God damned! Get off the way, son of a bitch*[1] *!*

Joseph ne mit pas de temps à identifier la voix, cette voix arrogante et railleuse, reconnaissable entre toutes. Une voix qu'il détestait et souhaitait ne plus jamais entendre. John Peel. Que faisait-il là, sur la route de Colebrook, alors qu'il devait se trouver en visite chez sa blonde à l'autre bout du village ? Les deux hommes descendirent de leur traîneau et se toisèrent avec hostilité.

1. Maudit ! Ôte-toi du chemin, enfant de chienne !

— *You're back again from my mother, you, big fat pig? This time, you won't pass. Get off the way*[1] !

Le garçon s'empara de la courroie avec laquelle il menait son attelage et força les deux énormes chevaux de trait qui tiraient son berlot à foncer de plein front. L'étalon piaffa de frayeur mais Joseph n'eut pas le temps de réagir. Le jeune cheval affolé se cabra et bifurqua sur le côté pour finalement s'embourber dans le profond fossé, ce qui rompit les sangles et les harnais. Le traîneau ne mit qu'une fraction de seconde à basculer par-dessus le cheval. Joseph, sain et sauf, resta figé et bouche bée devant la catastrophe, n'en croyant pas ses yeux.

Dès que le passage fut libre, John s'empressa de remonter sur sa *sleigh* et de reprendre le contrôle des deux bêtes de somme qui continuèrent lentement leur chemin dans le tracé laissé par la carriole de Joseph.

— *Have a nice trip, my dear*[2] !

Joseph entendit longtemps retentir dans ses oreilles le rire du garçon à travers le son des grelots, même après qu'il eut disparu dans le tournant. Il serra les dents. Un jour, il le tuerait de ses propres mains, celui-là. Ce morveux, ce fumier, ce maudit verrat ! Pour le moment, il avait à se dépêtrer. Il lui fallait absolument tirer

1. Tu reviens encore de chez ma mère, gros cochon ! Cette fois, tu ne passeras pas. Ôte-toi du chemin !

2. Bon voyage, mon cher !

d'abord le cheval du fossé. Mais comment soulever seul un traîneau de cinq cents livres ? Il n'en avait évidemment pas la force. Énervée, la bête s'agitait, hennissait, ruait. C'est alors que dans la pénombre, Joseph vit l'angle bizarre que prenaient les deux pattes de devant. De toute évidence, elles étaient brisées, rompues. Inutilisables. Un animal fini.

« Me voilà dans de beaux draps, songea-t-il, désespéré. Dieu du ciel, que vais-je faire ? » Il ne lui restait qu'une solution : se rendre à pied à Colebrook, quelques milles plus loin, pour demander de l'aide. Mais à qui ? Certainement pas au docteur Lewis. Personne ne connaissait sa liaison avec Jesse, et il n'avait surtout pas envie qu'Angelina devine l'objet de sa promenade sur la route de la ferme Peel par un temps pareil. Non, il ferait mieux de frapper à la première maison rencontrée sur son chemin. Il ne pouvait tout de même pas laisser cette bête mourir au fond d'un fossé, les pattes cassées et un traîneau renversé sur le dos. Surtout que ni le traîneau ni le cheval ne lui appartenaient.

Il fonça contre le vent en direction du village. Les flocons lui fouettaient le visage et s'infiltraient partout, dans ses cheveux et sa barbe, à l'intérieur des manches et du col de sa pelisse. Il avait beau essayer de suivre les traces laissées par l'équipage de John, il y voyait à peine. L'obscurité devint totale. Il se sentit perdu et se mit à avancer à tâtons en se traînant les pieds comme un somnambule propulsé contre vents et marées sur un océan de noirceur. Il avança ainsi pendant un long moment, haletant, hébété, l'esprit vide.

Soudain, il se retourna d'un bloc avec la nette impression d'être suivi. En effet, un énorme chien blanc marchait derrière lui, à quelques pieds de distance, avec d'étranges yeux de braise. Des yeux rouges dont s'échappaient des nuées de flammèches qui se jetaient sur lui comme des feux follets. Effrayé, il accéléra le pas.

— Fiche-moi la paix, Rébecca ! Va-t'en !

En pénétrant dans Colebrook, deux heures plus tard, Joseph Laurin n'avait qu'une idée en tête : s'engouffrer dans l'unique saloon du village pour se réchauffer et se réconforter. Trouvant l'établissement fermé, il n'hésita pas une seconde à briser une vitre à l'arrière à grands coups de pierre, puis à s'y introduire furtivement.

On le retrouva ivre-mort, le lendemain matin, sur le plancher du saloon. De nombreuses bouteilles jonchaient le sol autour de lui. On eut beau le questionner, son langage restait incohérent. Une âme charitable eut pitié de lui et le ramena gentiment chez lui, dans sa cabane de bois rond du rang de Dixville. Il n'en eut même pas conscience.

Pas plus qu'il ne remarqua la luminosité incandescente de l'air propre aux lendemains de tempête.

5

Le fuseau du rouet tirait sur la filasse de lin que Camille retenait avec des doigts malhabiles qu'elle ne cessait de tremper dans un bol d'eau pour favoriser la formation d'une chaîne fine et résistante.

Avec une patience d'ange, la femme du docteur Lewis reprenait chaque jour ses explications, encouragée par la bonne volonté manifeste de la fillette pour apprendre le processus de fabrication de la toile de lin, ce lin qu'elle et son mari cultivaient derrière leur maison dans le but premier d'en récolter les graines pour la fabrication de remèdes fort efficaces.

— Tu mouilles trop tes doigts, ma grande. Regarde un peu comment on fait.

Une fois bien formé, on passait le brin à l'aide d'une navette dans les lames et les peignes d'un métier à tisser artisanal afin d'entrelacer la trame de la toile pour fabriquer une pièce de tissu.

— Quelle méthode archaïque ! s'était écriée Marguerite face à ce procédé démodé, lors d'une de ses rares visites à Colebrook. Vous devriez voir de quelle manière fonctionnent les machines de Lowell.

Était-ce dans le but d'imiter ses sœurs que Camille manifestait autant de zèle pour une activité qu'au même âge, quelques années auparavant, elles avaient exercée en usine pendant une longue période de temps pour subvenir à leurs besoins? Était-ce pour leur démontrer qu'elle aussi pouvait produire de jolis tissus? Ou était-ce simplement pour réduire la tension créée par Angelina qui ne cessait de la harceler au sujet de ses résultats scolaires dernièrement à la baisse? Et si le motif en était simplement sa générosité envers les pauvres pour lesquels la femme du docteur s'employait, dans ses temps libres, à confectionner des vêtements à partir de ces tissus?

Toujours est-il que Camille, en plus de la musique, développait un intérêt marqué pour l'artisanat et la créativité en général. Elle ne se faisait pas prier pour troquer son encrier et ses cahiers contre ses aiguilles à tricoter, un crochet ou le métier à tisser de sa mère adoptive. Elle adorait les couleurs et s'amusait sans cesse à créer des motifs simples mais jolis. Angelina n'en revenait pas de son imagination débordante. Récemment, la jeune fille avait parlé de fabriquer une courtepointe pour chacune de ses sœurs « exilées là-bas, à Lowell ».

— Avec ça, elles vont penser à moi chaque soir en se mettant au lit

Angelina avait interprété cette idée de couvre-lit comme l'expression d'un regret de se voir éloignée d'Anne et de Marguerite bien plus qu'un pur élan de créativité. Et cela avait chagriné la femme du docteur. D'un chagrin teinté de remords. Souvent, elle se sentait coupable de s'être accaparée de cette adorable enfant. Bien sûr, durant l'année qui avait suivi l'accident, il s'était avéré préférable, voire indispensable, de la confier aux soins vigilants du docteur, mais ensuite ? Ensuite, elle et son mari auraient dû la rendre à son père, aussi inaccessible et bizarre leur paraissait-il. Après tout, il s'agissait de sa fille. Camille avait des sœurs qu'elle perdait peu à peu de vue. Elles représentaient pourtant sa seule famille, sa seule véritable richesse.

Par attachement, mais aussi par égoïsme, et afin de combler l'immense vide causé par le départ de leur fils à l'autre bout du monde, le couple avait réussi à convaincre Joseph de la garder tant et aussi longtemps que la famille Laurin n'aurait pas retrouvé une certaine stabilité, ce qui ne s'était pas encore produit plus de quatre ans plus tard. Et ne se produirait sans doute jamais.

La femme en éprouvait une folle appréhension. Pour l'instant, il n'était pas question de confier Camille à un père qui vivait avec les chevaux dans une écurie ou en solitaire dans son *shack* en pleine forêt, ni à ses sœurs installées au loin et trop jeunes pour en assumer la responsabilité ! Après tout, à douze ans, Camille n'avait pas encore atteint l'âge de travailler pour gagner sa vie. Mieux valait tenter de la persuader de poursuivre ses études dans un couvent, dût-elle devenir pensionnaire pour quelques années.

Camille avait pourtant manifesté un certain désir d'aller rejoindre ses sœurs à Lowell, suite à l'offre de Marguerite dans sa lettre de Noël. Mais la fillette n'avait pas insisté et le silence d'Angelina avait achevé d'étouffer le projet dans l'œuf. Cependant, la menace de la perdre demeurait latente et bien réelle pour le couple, et Angelina, pas plus que son mari, ne se sentait prête à y faire face. Camille Laurin faisait leur joie et leur bonheur. Et remplissait leur vie.

Ce jour-là, elle se trouvait seule à la maison. En dépit de ses maladresses, rien ne plaisait davantage à Camille que de passer un dimanche après-midi à filer au rouet devant une belle flambée tout en regardant tomber la neige. Le docteur, maintenant à la retraite, s'était exceptionnellement rendu à un accouchement en compagnie de sa femme. Il lui arrivait, à l'occasion, d'offrir ses services à d'anciens clients ou de dépanner le nouveau médecin du canton, souvent débordé. La tempête qui faisait rage n'inquiétait pas la fillette. Elle savait que ceux qu'elle appelait affectueusement ses parents adoptifs se montraient toujours très prudents sur les routes et qu'une naissance pouvait nécessiter de nombreuses heures d'absence, voire une journée entière.

Qu'importe ! Elle avait appris à alimenter le feu de la cheminée et à suspendre au-dessus de la flamme la chaudronnée de *stew* de bœuf et légumes préparé par Angelina « au cas où... ». Elle saurait allumer les nombreuses lampes à huile de la maison et se mettre au lit même s'ils n'étaient pas encore rentrés.

Les grands coups de poing sur la porte d'entrée, répétés avec impatience, justement à l'heure où la pénombre envahissait la maison, la plongèrent cependant dans l'angoisse. À travers la vitre, elle ne reconnut pas la silhouette qui trépignait dans l'obscurité. Était-il prudent de répondre à un inconnu ? Elle n'eut pas le temps de se le demander, car l'homme d'un certain âge, engoncé dans une gabardine grise recouverte de neige, réussit à ouvrir la porte avec ses larges épaules.

— Je voudrais parler à monsieur Joseph Laurin, s'il vous plaît.

— Il n'est pas ici. Je ne l'ai pas vu depuis au moins trois semaines. Il est palefrenier à l'hôtel Hinman, sur la route de North Stratford. Vous pourrez le trouver là-bas.

— Je le sais. C'est moi, son patron, David Hinman, propriétaire de l'hôtel. Dans son dossier, l'adresse du docteur Lewis est inscrite comme référence. J'aimerais bien, alors, parler à monsieur ou madame Lewis.

— Ils sont partis pour un accouchement dans un autre village. Je n'ai aucune idée de l'heure à laquelle ils reviendront. Le docteur Lewis est censé être à la retraite mais il lui arrive parfois de…

— Où puis-je les trouver ? Il s'agit d'une affaire urgente, mademoiselle.

— Vous avez eu un accident ?

— Pas moi. Mais monsieur Laurin en a eu tout un !

— Ah ! mon Dieu ! Joseph Laurin est mon père. Que lui est-il arrivé ? Est-il sérieusement blessé ?

— Pas que je sache. Il a simplement disparu depuis plusieurs jours après avoir laissé mourir un cheval volé immobilisé sous un traîneau au fond d'un fossé. Le scélérat…

Camille sembla ne pas avoir entendu le dernier qualificatif attribué à Joseph, et elle lui répondit en toute candeur.

— Papa habite parfois sa cabane, sur son terrain du rang de Dixville. Vous allez sûrement le trouver là-bas.

— Non, mademoiselle. Il ne s'y trouve pas. Les policiers et moi l'avons cherché toute la semaine. À moins qu'il n'ait brûlé avec la cabane, allez donc savoir… Mais nous n'avons décelé aucune trace de corps calciné dans les décombres fumants. Je les ai bien examinés moi-même. Évidemment, la neige avait effacé toute trace de pas.

— La cabane a brûlé et mon père a disparu, dites-vous ? Ah ! Seigneur !

— Êtes-vous bien certaine de ne pas savoir où il se trouve ?

— Je n'en ai aucune idée, monsieur.

L'homme pivota et s'en retourna sans remercier ni ajouter de commentaires.

Une fois la porte refermée, Camille fit un signe de croix avant de se mettre à hurler.

6

Marguerite n'aimait pas beaucoup les trois religieuses de l'école paroissiale, sœur Saint-Lucien et sœur Sainte-Léontine, dirigées par sœur Plante. Parce qu'elles portaient la cornette des sœurs Grises, membres actives de l'Église, ces femmes se croyaient imbues de tous les pouvoirs, donnant parfois des ordres à gauche et à droite sans véritable logique. L'enseignement était entièrement axé sur la religion catholique et la culture française, mais les autorités américaines, soucieuses de favoriser l'intégration des immigrants, et même leur assimilation, exigeaient formellement que l'anglais et l'histoire américaine soient enseignés dans les écoles francophones de la Nouvelle-Angleterre.

Évidemment, les sœurs s'étaient tournées vers Marguerite, bilingue, pour lui demander de s'occuper des cours d'anglais. La jeune fille voulait bien partager les rudiments de langue parlée qu'elle avait appris chez Jesse d'abord, puis au fil de ses fréquentations, mais pour l'orthographe et la syntaxe, elle n'y connaissait pas grand-chose. Pas plus que l'histoire des États-Unis, d'ailleurs. Pourquoi ne pas engager un professeur spécialisé dûment formé pour l'enseignement de l'anglais comme on le faisait pour le catéchisme et l'histoire ? Les religieuses y semblaient réfractaires.

Les petits Canadiens français se devaient de savoir lire et écrire dans leur langue maternelle, certes, mais pourquoi ne pas aussi apprendre la langue du pays où ils grandissaient ? Les prêtres et les sœurs avaient beau considérer le français comme le gardien de la foi, Marguerite restait convaincue que la survivance des Canadiens dépendait de leur intégration à la société américaine. Ne se trouvaient-ils pas de plus en plus nombreux à y rester pour de longues périodes quand ce n'était pas définitivement ? Là seulement, ils pourraient revendiquer leurs droits et jouer un rôle dans l'évolution et la formation du peuple des États-Unis.

À cause de ces idées avant-gardistes et de son refus de prendre elle-même en charge les cours d'anglais par manque de compétence, les religieuses la voyaient d'un mauvais œil et lui menaient la vie dure. Elles surveillaient de près ses allées et venues, vérifiaient à la loupe son enseignement du français, pénétraient à l'improviste dans sa classe pour s'assurer qu'elle n'était pas encore en train de raconter un conte de fées aux enfants comme elle l'avait fait l'autre jour. Ces contes païens de princesses et de princes charmants inspirés par le démon... Marguerite avait haussé les épaules devant ces esprits pudibonds et bornés et ne s'était même pas donné la peine de rétorquer que ses histoires avaient été écrites par Charles Perrault, un écrivain français du dix-septième siècle, fort connu, et dont les écrits valaient bien les sornettes à caractère religieux qu'on racontait ici pour effrayer les enfants et dans lesquelles il n'était question que de sorcières, de démons et de loups-garous. Quand ce n'était pas d'étranges feux follets...

Pendant un moment, elle avait été tentée de chercher le soutien du directeur de l'enseignement religieux de l'école et de lui demander d'appuyer son idée d'embaucher un professeur d'anglais compétent. Mais l'idée d'établir un nouveau rapport personnel avec le père Lacroix ne lui plaisait guère. D'autant plus que le prêtre semblait croire, lui aussi, à l'adage selon lequel la langue est gardienne de la foi, et que la foi prime tout. Ces histoires sur la qualité de l'enseignement d'une langue étrangère ne devaient certainement pas l'intéresser.

Marguerite voulait bien admettre l'importance de la foi, mais la vie lui avait appris que la religion ne réglait pas tout, hélas ! Ni la prière. Sinon, pourquoi Dieu aurait-il refusé de répondre à ses appels au secours depuis la mort de sa mère ? Après leur avoir enlevé Rébecca, Dieu avait abandonné les sœurs Laurin aux mains d'un père indifférent, il avait permis qu'on les sépare et qu'on les laisse en plan. Anne et elle avaient dû se débrouiller seules. Il lui avait même enlevé Simon. Ah ! elle se sentait prête à tout pour défendre sa langue et sa culture, mais la religion ? Pas certain... Un doute amer avait commencé à la tourmenter et à hanter sa spiritualité.

Quant au français, il suffisait de l'apprendre dès le berceau, d'en comprendre les règles sur les bancs de l'école et de le parler dans les familles et lors de rencontres sociales pour le garder bien vivant dans ce pays où l'anglais constituait la seule et unique langue officielle. Les Grecs et les Polonais qui arrivaient à pleins navires l'apprenaient bien, eux. Et ils parlaient leur langue maternelle à la maison. Pourquoi les Canadiens français ne les imiteraient-ils pas ?

Convaincue d'avoir développé une mentalité de révolutionnaire, Marguerite n'osait défendre avec trop d'insistance ses idées auprès des religieuses, encore moins devant le vicaire, représentant officiel de l'Église catholique. Le père

Lacroix avait beau se montrer charmant lorsqu'il la croisait dans les corridors de l'école, elle préférait s'en tenir à de simples salutations de politesse plutôt qu'à des discussions interminables et stériles.

À bien y penser, l'amitié avec ce prêtre ne lui disait rien qui vaille malgré la reconnaissance et le respect qu'elle éprouvait pour lui. Ne l'avait-il pas tirée de la misère, à son arrivée à Lowell, en lui offrant un poste de secrétaire de la paroisse, puis d'enseignante aux cours du soir d'abord, puis à l'école paroissiale par la suite ? Longtemps, elle l'avait considéré comme son sauveur. Mais tout cela appartenait au passé. De lui, il ne restait que le petit ange de porcelaine qu'il lui avait offert, un jour, alors qu'elle se sentait dépassée par sa nouvelle tâche de secrétaire. « Faites-lui confiance, il va vous soutenir dans l'épreuve », lui avait-il recommandé. Elle l'avait gardé précieusement et le glissait souvent au fond de sa poche pour le presser secrètement au creux de sa main dans les moments difficiles.

Toutefois, le prêtre continuait toujours de l'intimider. Ces yeux-là… Et elle n'était pas la seule à tomber sous le charme. Il suffisait que le vicaire mette les pieds dans l'école pour voir les sœurs s'énerver, hausser le ton, donner du « révérend père » par-ci, du « cher père Lacroix » par-là. Les jours de catéchisme, on préparait des petits fours pour la pause alors que le pauvre Mister Binder était, au contraire, accueilli avec une froideur choquante. Après quelques mois de pourparlers, Marguerite avait finalement remporté la victoire et réussi à faire embaucher le vieil homme pour enseigner l'anglais. Maintenant, quand elle le croisait, elle se sentait obligée de lui faire des amabilités. De son côté, Antoine Lacroix semblait ne s'apercevoir de rien et recevait tous les égards comme si c'était chose due.

Ce matin-là, Marguerite expliquait l'indicatif présent des verbes en « er » et en « ir » à ses élèves quand on frappa à la porte de la classe. Fidèle à ses habitudes, sœur Saint-Lucien n'attendit pas qu'on vienne ouvrir et pénétra à grands pas dans la classe pour sommer l'institutrice de se rendre au parloir.

— Allez, vite, vous avez de la visite !

— Mais, voyons ! Je suis en train d'enseigner. La visite peut attendre, non ?

— Allez, je vous dis. Ne vous inquiétez pas, je vais m'occuper de vos élèves. Et… que Dieu vous vienne en aide !

Alarmée, Marguerite se précipita à la réception sans prendre ses effets personnels. Quel visiteur avait assez d'importance pour qu'on l'oblige à interrompre sa leçon ? Même lors d'une de ses rarissimes visites, Joseph n'avait jamais obtenu la permission de lui faire quitter l'école durant les heures de classe.

Quelle ne fut pas sa surprise de trouver, non pas un visiteur, mais trois visiteuses qui l'attendaient, bien droites sur le bout de leur chaise.

Elle reconnut Camille et Angelina, accompagnées d'Anne qu'elles étaient allées chercher au magasin. Elle allait sauter au cou de Camille en lançant un cri de joie quand leur mine abattue la freina dans son élan.

— Que se passe-t-il? Que me vaut cette visite inattendue? Vite, parlez! Ne me laissez pas languir comme ça!

— C'est papa qui…

Camille fut incapable de poursuivre sa phrase, étouffée par un sanglot.

— Papa? Ne me dites pas qu'il est arrivé un malheur à papa! Non, non! Papa n'est pas mort, ce n'est pas possible! Papa n'est pas mort…

Marguerite secouait sa tête comme si son esprit refusait d'admettre une si mauvaise nouvelle. Cette fois, c'est Angelina qui prit la parole.

— Marguerite, ton père n'est pas mort. Du moins pas officiellement. Il a simplement disparu dans des circonstances pour le moins mystérieuses.

Elle raconta tout à la jeune fille, d'une voix monocorde, sans rien omettre. Le vol du cheval et du traîneau, l'accident au retour de chez Jesse, la nuit au saloon, l'incendie de la cabane sur son terrain, puis sa disparition. Sans oublier le mandat d'arrestation brandi par les agents de la paix mis au courant par monsieur Hinman qui avait officiellement porté plainte. Marguerite se sentit quelque peu rassurée. Ouf! Joseph semblait encore en vie…

— Ah ! bon. Vous savez, ce n'est la première fois que mon père agit de la sorte. Il va finir par réapparaître, sorti de nulle part, vous allez voir. Je ne sais pas combien de fois ça lui est arrivé.

— Tout de même… Ça me paraît grave, cette fois, ajouta Angelina. Qui nous dit qu'il n'a pas brûlé dans sa cabane ? On a minutieusement fouillé les cendres, sans rien trouver de précis qui prouverait que Joseph… Mais la police a de sérieux doutes, semble-t-il. Dans un sursaut d'espoir, Camille et moi pensions le trouver ici, à Lowell, auprès de vous et de votre sœur.

Marguerite, maintenant convaincue qu'il s'agissait d'une autre fugue, retrouva ses esprits. Allons donc ! Joseph Laurin n'était pas du genre à se laisser brûler dans sa cabane. Quoique, la nuit, après avoir trop bu… Qui sait ? Elle jeta un regard à Anne pour réclamer son approbation mais la jeune fille demeura sans réaction. N'en avait-elle pas assez, elle aussi, des frasques de son père ?

— Dites donc, si on allait à la maison ? Vous n'allez tout de même pas retourner à Colebrook par le train de ce soir ? Nous venons justement d'acheter un nouveau canapé. Vous pourriez y dormir, Angelina. Quant à ma petite Camille, je me ferai un plaisir de lui offrir une place auprès de moi, dans mon lit.

— Merci beaucoup, Marguerite, mais nous avons prévu de rentrer par le train de nuit. Camille a de l'école demain matin et…

— Oh ! Angelina, s'il vous plaît ! J'aimerais tant habiter un soir chez mes grandes sœurs. Ce n'est pas grave si je manque un jour d'école, voyons !

Camille avait lancé sa demande sur un ton tellement suppliant qu'Angelina n'eut pas le choix de se raviser. Marguerite bondit sur ses pieds.

— Attendez-moi, je vais chercher mon manteau et je vous rejoins dans une minute.

C'est en se précipitant dans le vestiaire qu'elle tomba nez à nez avec le père Lacroix. Mis au courant de la situation par la religieuse, il ouvrit grand les bras et pressa spontanément la jeune fille sur son cœur.

— Ma pauvre, pauvre Marguerite. Votre père a encore fait des siennes, n'est-ce pas ? Sœur Saint-Lucien vient de m'informer. Ne t'inquiète pas, ma petite Margot, je serai toujours là pour toi, quoi qu'il arrive.

Voilà que le père Lacroix la tutoyait et l'appelait Margot ! Stupéfaite, elle se laissa choir sans hésitation contre sa poitrine et ferma les yeux. Elle se sentit si bien, là, dans sa chaleur, qu'elle eut l'impression de fondre comme neige au soleil. L'espace d'un moment, le monde entier cessa d'exister. Doucement, il déposa un baiser sur son front et y laissa ses lèvres plus longtemps qu'il n'aurait fallu. Ce geste la chavira. Elle prit soudain conscience de vivre un moment d'une intensité extrême, un moment de grâce. Un moment d'éternité comme elle n'en avait jamais connu. Les lèvres du père Lacroix sur sa peau, son souffle, son odeur tout près... Si près. Trop près ! Et cette ferveur, comme s'il accomplissait un geste pieux... Elle se sentit défaillir.

L'étreinte ne dura pourtant que quelques secondes avant que les deux ne se ressaisissent et se séparent en tremblant, les yeux dans les yeux, stupéfiés par leur audace, là, au beau milieu du vestiaire. Dieu merci, personne ne sembla avoir été témoin de la scène.

Avant de rejoindre les autres, Marguerite eut l'instinct de s'enfuir à l'étage pour calmer ses esprits quelques instants, après avoir balbutié un timide « merci », laissant en plan un Antoine Lacroix muet et tout aussi désarçonné.

7

Personne ne vit Joseph revenir à l'écurie, derrière l'hôtel Hinman, aux petites heures du matin, deux semaines après les incidents, salué par les cris d'une volée d'outardes qui traversaient le ciel à grands coups d'ailes, signe précurseur d'un temps décidément plus doux. Titan, en train de s'ébrouer sur l'herbe naissante de l'enclos, releva bien la tête sur son passage mais ne daigna pas s'approcher de la clôture pour accueillir son maître.

L'homme chancelait, pâle et amaigri, le cheveu hirsute et la barbe broussailleuse. Il s'étendit, complètement épuisé, sur sa couche installée dans un coin obscur du bâtiment. Selon ses habitudes, il avait erré dans les forêts en s'abreuvant aux ruisseaux. Mais, cette fois, il n'avait pas trouvé de jeunes pousses à manger à ce temps précoce de l'année, surtout après les ravages de l'exceptionnelle tempête de neige que le soleil avait mis plusieurs jours à faire disparaître.

Joseph dormit une dizaine d'heures, d'un sommeil de plomb, avant d'être réveillé d'un coup de pied dans les côtes.

— *Hey ! you, get out of here ! Out ! Right now*[1] !

Abruti, Joseph s'assit sur sa couche et reconnut monsieur Hinman dont le regard mauvais en disait long sur son humeur. À ses côtés, un jeune homme le dévisageait d'un air frondeur, mains sur les hanches. Joseph s'aperçut, à ce moment-là seulement, que ses affaires personnelles ne se trouvaient plus dans son recoin. Le gilet suspendu au crochet n'était pas le sien, pas plus que les bottes qui traînaient par terre. Même la couverture sous laquelle il venait de dormir avait été changée. S'agissait-il d'un remplaçant ?

1. Hé ! toi, sors d'ici ! Dehors ! Immédiatement !

Il ne comprenait pas ce qui se tramait mais réussit à se mettre sur pied. Monsieur Hinman insista :

— *You're fired*[1] !

L'homme le toisait, les poings serrés et prêts à frapper à la moindre résistance. Joseph comprit qu'on l'avait mis à la porte et que le garçon arrogant était effectivement le nouvel employé.

— *I've been sick. Let me explain to you*[2].

— *Sick in the mind, you mean ! I said : get out ! And you owe me forty dollars for the horse and the sleigh you stole*[3].

— Quoi ? Mais je ne les ai pas volés, je les ai seulement empruntés pour une journée. Malheureusement, j'ai eu un accident et...

Ahuri, Joseph en perdait son anglais. Non, il n'allait pas devoir payer cette somme astronomique. Elle représentait la majeure partie de ses économies. Cet argent devait servir à acheter des matériaux pour construire sa maison. Non ! jamais il ne rembourserait l'hôtelier. C'est au fils de Jesse que monsieur Hinman devait réclamer ce montant, pas à lui. Il allait tout expliquer à son patron. Certes, un étalon aux pattes brisées ne valait plus rien mais on pouvait sûrement récupérer le traîneau, simplement renversé sur

---

1. Tu es renvoyé !
2. J'ai été malade. Laissez-moi vous expliquer.
3. Malade dans la tête, tu veux dire ! Je t'ai dit : dehors ! Et tu me dois quarante dollars pour le cheval et le traîneau que tu m'as volés.

la bordure de la route. Il allait le réparer lui-même, et gratuitement s'il le fallait. Il s'agissait d'un accident, après tout. Un accident bête et stupide. Tout ça à cause de ce maudit John Peel ! C'était lui, le coupable, le responsable, c'était à lui de payer les pots cassés. Et il allait le lui faire savoir pas plus tard que maintenant, à ce malotru, ce chien sale, ce rat…

Mais monsieur Hinman revint à la charge sur un ton sans réplique :

— *If you don't pay me before three days, I'll go back to the sheriff*[1]…

Joseph retomba sur sa couche, découragé. Tout l'argent qu'il avait mis de côté, cenne après cenne, semaine après semaine, lentement, patiemment… Voilà que tout à coup, sa raison de vivre allait disparaître comme un ballon crevé. Terminé, le beau rêve de voir sa famille réunie dans une résidence respectable. Et en allant réclamer ce montant à John, il savait bien qu'il n'obtiendrait rien. Les Peel étaient aussi indigents que lui. Non seulement il devrait dire adieu à ses économies, mais il venait de perdre aussi son gagne-pain. Monsieur Hinman ne cessait de lui répéter : *Out !*

Qui voudrait de lui maintenant ? Son patron et sa grande langue n'avaient sûrement pas manqué de lui bâtir une réputation de minable, ces der-

1. Si tu ne me payes pas d'ici trois jours, je vais retourner chez le shérif…

niers jours. Quelle idée, aussi, d'avoir utilisé ce cheval et cette carriole de luxe sans demander la permission. Un caprice qui allait lui coûter cher. Trop cher... C'en était fini de Colebrook, c'en était fini de ses projets, c'en était fini de son avenir sur son lopin de terre dans le rang de Dixville. Partie en fumée, la belle maison avec la grande galerie. Son futur chez-lui... Il y avait pourtant droit, lui, comme tous les hommes de la Terre. Il avait travaillé si fort.

Tout ça parti en fumée, hein ? Il allait voir, le cher monsieur Hinman, de quoi avait l'air un beau grand rêve parti en fumée. Dès ce soir, il allait lui montrer de quel bois se chauffait Joseph Laurin. Il quitta l'écurie à toutes jambes, en claquant la porte.

C'est le lendemain matin que le shérif en chef du district, assisté de deux officiers, mit la main au collet de Joseph Laurin, de citoyenneté canadienne, veuf, âgé de quarante-trois ans et père de trois enfants, sur la route de Stewart Hollow. L'homme vacillait sur ses jambes et ne semblait pas en possession de tous ses moyens. Il ne cessait de répéter qu'il s'en allait rendre visite à John Peel pour le tuer. Quand on constata qu'il portait en bandoulière un fusil chargé, on s'empressa de lui passer les menottes. L'un des agents lui lut le nouvel acte d'accusation stipulant que des témoins, la veille, l'avaient vu mettre le feu à l'hôtel Hinman, en plus des autres méfaits dont on l'accusait déjà. Joseph offrit peu de résistance mais ne manqua pas d'apporter une certaine précision, sans réaliser que ses paroles venaient de signer un aveu de culpabilité.

— L'hôtel ? Non, non ! Seulement l'écurie.

L'homme lui expliqua que les grands vents avaient transporté les braises sur le toit de l'hôtel et que la bâtisse au complet avait brûlé.

— Ça, mon vieux, c'était pas moi, c'était Rébecca. Tu la connais pas, la vache, avec ses maudits feux follets. La démone a même réussi à mettre le feu à ma cabane ! Maintenant, je ne possède plus rien, plus rien…

L'agent de l'ordre ne comprit pas un mot de cette réplique marmonnée en français. Il ne jugea pas bon de la lui faire répéter.

8

Quand Marguerite apprit, par un court message d'Angelina transmis par un passager au retour du train, que son père allait subir un procès au palais de justice de Lancaster, le quatrième mardi de mai 1884, elle n'en crut pas ses yeux. Il ne manquait plus que ça ! Mais au moins, on l'avait retrouvé, bien vivant. Quelles bêtises avait-il encore commises ? Pour quelles raisons la femme du docteur ne lui donnait-elle pas davantage d'explications ? S'agissait-il d'un autre délit grave ou bien des vétilles dont on l'accusait l'autre jour ? Une histoire de cheval et de traîneau... Peut-être s'était-il battu avec quelqu'un ? Ou encore avait-il mis le feu à des bancs de jardin public comme jadis, à Lowell ? Allez donc savoir...

La première réaction de Marguerite fut la colère. Qu'il s'arrange donc avec ses folies, le paternel ! Elle avait bien assez de s'occuper d'elle-même et de sa sœur sans prendre sur ses épaules la responsabilité de son idiot de père. Il se foutait bien d'elles, lui ! Pourquoi se rendrait-elle avec Anne à Lancaster pour le soutenir ? À vrai dire, Joseph ne comptait plus beaucoup pour elle. À peine un mauvais souvenir. Du moins, elle essayait de s'en convaincre.

Anne, de son côté, réagit tout autrement quand elle apprit la nouvelle. Convaincue qu'on accusait Joseph injustement, sans même savoir de quoi il s'agissait, elle se disait prête à accourir en toute hâte au New Hampshire pour le soutenir malgré les protestations justifiées de Marguerite.

— N'oublie pas que le procès aura lieu au milieu de la semaine. Il te faudra fermer la boutique de chaussures pour au moins deux jours. Et moi, je devrai aussi m'absenter de ma classe. La directrice de l'école n'est pas la femme la plus compréhensive d'Amérique, je te jure. Surtout pour ce genre de raisons.

— Papa a besoin de nous. On n'a pas d'autre choix que de lui donner la priorité.

— Besoin de nous, besoin de nous... Était-il là, lui, quand nous...

Marguerite préféra ne pas terminer sa phrase. Pourquoi entretenir la rancune? Pourquoi réveiller ce qui s'enfouissait tranquillement sous la poussière du temps? Elle n'avait de cesse de lutter elle-même contre le ressentiment, cette bête sournoise tapie dans un recoin de son cœur et qui insidieusement instillait son venin nommé rancœur dans chacune de ses pensées concernant Joseph Laurin. Elle éprouva soudain un élan de tendresse envers Anne, elle qui semblait entretenir encore des illusions de petite fille et continuait de considérer son père avec une certaine candeur. Marguerite ne doutait pas que la triste réalité de Joseph finirait par la rattraper, elle aussi.

— O.K., tu as gagné. On va y aller. À quelle heure part le premier train?

En effet, cette triste réalité les rattrapa assez vite quand elles apprirent de la bouche même d'Angelina, dès la descente du train, les nombreux et graves chefs d'accusation dont Joseph Laurin faisait l'objet.

Lorsque l'accusé, accompagné de deux agents de police, pénétra dans la petite salle du palais de justice, mains attachées derrière le dos et l'air renfrogné, il jeta à peine un coup d'œil sur l'assemblée clairsemée. S'il reconnut ses trois filles, il ne le montra pas. Marguerite nota qu'il avait passablement vieilli. Son visage amaigri et fripé, ses cheveux grisonnants et trop longs, son dos voûté et surtout son regard éteint lui donnaient plus que son âge et trahissaient assurément une indicible souffrance intérieure.

Chez Marguerite, la pitié l'emporta soudain sur la rancœur. Pauvre papa… Dans quelles aberrations, vers quels excès l'avaient encore entraîné ses idées farfelues et son imagination maladive ? Sa tante Léontine n'avait-elle pas affirmé, lorsqu'ils habitaient ensemble à Lowell, que Joseph avait toujours adopté un comportement insolite au cours de son enfance et que les années, loin d'améliorer la situation, n'avaient fait que renforcer son caractère étrange ? À l'époque, Marguerite avait mis ces dires sur le compte de l'animosité ressentie par la sœur envers son frère. Maintenant, elle comprenait mieux. Sa tante n'avait sans doute pas tort, sinon, pourquoi toute la famille Laurin se retrouvait-elle, en ce matin gris, devant la cour de justice de Lancaster, pour accompagner le père accusé d'une série de méfaits inexplicables ?

À l'arrivée du juge, on somma l'assistance de se lever. Un avocat grassouillet et chauve vint présenter la cause en annonçant que l'inculpé avait décidé de se défendre lui-même. On interrogea alors les témoins à charge.

Soutenu dans son témoignage par les deux officiers présents lors de l'arrestation de Joseph, monsieur Hinman relata les faits sur un ton rageur. Manifestement, l'hôtelier en avait gros sur le cœur. Malgré les prétentions de Joseph inscrites au dossier, dont celle d'avoir emprunté de bonne foi et pour quelques heures seulement l'équipage appartenant à des clients de l'hôtel, le propriétaire affirma haut et fort qu'on avait bel et bien volé un étalon pur sang et un traîneau de luxe, dont il avait dû rembourser lui-même le prix aux clients. Et il jura, main sur la Bible, avoir entendu Joseph déclarer maintes fois, au moment de son arrestation, deux semaines après le vol, qu'il s'en allait tuer un certain John Peel sur la route de Stewart Hollow.

Au sujet de l'incendie, deux employés de l'hôtel affirmèrent, hors de tout doute, avoir vu Joseph Laurin mettre le feu à l'écurie au cours d'une nuit de pleine lune, confirmant en cela les dires de monsieur Hinman. Joseph avait répandu de l'huile sur les parois du bâtiment et y avait jeté une allumette avant qu'eux-mêmes n'aient eu le temps de réagir. Puis l'incendiaire avait pris la clé des champs sous leurs regards ahuris, disparaissant dans la forêt environnante sans demander son reste.

— Et quel temps faisait-il ce soir là ? s'enquit le juge.

— La nuit était claire mais il ventait à écorner les bœufs, monsieur le juge.

— Assez pour transporter les flammes jusqu'à l'hôtel ?

— Oui. Voilà exactement ce qui est arrivé. La bourrasque a soufflé des tisons jusque sur le toit de l'hôtel. En quelques minutes seulement, l'édifice de bois rond a brûlé de fond en comble. Dieu merci, nous avons réussi à évacuer les deux seuls clients qui y dormaient cette nuit-là.

Quant vint le tour du remplaçant de Joseph, le nouveau palefrenier affirma avoir entendu l'accusé proférer des menaces et l'avoir vu quitter l'hôtel en colère après avoir été vertement congédié et sommé par monsieur Hinman de rembourser le coût du cheval et du traîneau dans les trois jours suivants.

Le juge lui-même questionna finalement l'accusé, debout devant lui dans une attitude de chien battu. Marguerite remarqua les jointures blanchies de ses mains crispées, maintenues dans son dos par une grosse corde de lin.

— Monsieur Laurin, qu'avez-vous à dire pour votre défense ?

— Rien, monsieur le juge.

— Doit-on conclure que tous les témoignages entendus et portés contre vous sont conformes à la vérité ?

— Oui.

— Éprouvez-vous des regrets, au moins ?

— Un seul, monsieur le juge : je n'ai pas réussi à tuer John Peel.

— Avez-vous autre chose à ajouter ?

— Je voudrais dire que je ne suis pas le seul responsable dans cette affaire.

— Insinuez-vous qu'un complice vous aurait assisté dans les actes criminels dont vous êtes accusé ?

— Oui. C'est-à-dire… euh… ma femme…

L'hôtelier Hinman se leva précipitamment et, sans laisser à Joseph le temps de poursuivre sa réponse, il s'écria haut et fort :

— Ne le croyez pas, monsieur le juge ! Cet homme est veuf depuis des années. Il n'a pas de femme et a agi seul, je peux vous le certifier. Je vous avoue qu'il perd parfois la boule et tient des propos incohérents. C'est un alcoolique invétéré et, quand il prend un coup, il devient complètement bizarre. Je l'ai même déjà entendu s'adresser à un fantôme. Cet homme dangereux était juste bon à prendre soin des chevaux, croyez-moi !

— Veuillez vous asseoir, monsieur Hinman. Vous parlerez à votre tour si on vous interroge de nouveau. Quant à vous, monsieur Laurin, qu'avez-vous à répondre à ce que vient de nous dire votre ancien patron ? Et de quel complice voulez-vous parler ? De quelle femme s'agit-il ?

Joseph se contenta de baisser la tête sans répondre. Le juge laissa passer un long moment qui parut une éternité à l'assemblée. Puis, il insista pour connaître l'identité d'une éventuelle complice. Mais Joseph persista dans son mutisme. Prenant alors un ton officiel, le juge s'adressa directement à Joseph.

— Monsieur Laurin, puisque vous refusez de nommer votre complice et de nous donner des détails la concernant, nous serons dans l'obligation de considérer qu'elle n'existe pas. Alors ?

— …

— Dans ce cas, veuillez s'il vous plaît répondre à cette question en votre âme et conscience : plaidez-vous coupable à toutes les accusations dont vous faites aujourd'hui l'objet ?

— Oui, monsieur le juge, je plaide coupable.

Le magistrat leva l'audience et se retira dans le vestibule derrière la salle afin de prendre quelques minutes de réflexion sur le jugement qu'il allait rendre par la suite. De son côté, un agent de la paix somma l'accusé de retourner dans la pièce aménagée sur le côté afin de l'isoler de l'auditoire, le temps de la pause.

C'est alors qu'Anne s'écria d'une voix gémissante qu'on dut entendre à des milles à la ronde :

— Papa !

Joseph se retourna d'un bloc et, là seulement, il aperçut ses trois filles accompagnées d'Angelina. Cette découverte l'ébranla. Jusqu'où avait-il donc poussé la maladresse ou l'inconséquence pour en être arrivé à les réunir toutes ici, en ce jour pluvieux, dans ce tribunal où on allait sans doute le condamner à la prison ? Tel n'avait jamais été son intention, pourtant. Il y avait cru, lui, à ce projet de bâtir un nid pour sa famille. De recommencer sa vie avec elles, loyalement, dans ce grand pays de liberté où toutes les initiatives étaient permises. Rébecca avait tout chamboulé.

Il ne reconnaissait même plus Marguerite. Elle était devenue une femme, maintenant. Une belle femme. Dieu, qu'elle ressemblait à sa mère ! Son vrai sosie ! Et Anne, à mi-chemin entre l'adolescence et l'âge adulte. Quel âge avaient-elles donc ? Dix-huit ans ? Seize ans ? Peut-être plus, peut-être moins... Quant à sa princesse, s'il la voyait parfois chez le docteur Lewis quand on l'invitait sans doute par charité, sa relation avec elle restait superficielle et banale. Quel imbécile il faisait ! Le pire de tous les pères de la Terre ! Le vieux Hinman avait raison de prétendre qu'il était un idiot. Il ne put réprimer un sanglot en disparaissant, poussé avec insistance par l'agent qui manifestait des signes d'impatience.

Les minutes suivantes s'écoulèrent avec une lenteur insupportable dans le vide de la salle. Seuls les pleurs des trois filles brisaient le silence devenu sinistre. Dans les bras l'une de l'autre, elles formaient, une fois de plus, un bloc homogène qu'Angelina ne fut pas sans remarquer. Une famille. Encore une fois, elle se rendait compte de son erreur impardonnable de garder Camille séparée de ses sœurs. Par amour pour cette enfant autant que pour la paix de sa conscience, elle se devait de favoriser leur réunion de toute urgence. Elle ne savait comment elle y parviendrait mais, en ce moment précis, elle en prit la ferme résolution.

Le juge mit un long quarante minutes avant de réintégrer sa place, le visage impassible. On invita de nouveau Joseph à se tenir devant lui entre deux gardiens, dos à l'assistance. Marguerite eut le temps de remarquer ses yeux bouffis et ses joues sales et barbouillées des larmes qu'il n'avait pas réussi à essuyer à cause de ses mains toujours ligotées. Le cœur lui fit mal. Tout son ressentiment avait fondu. « Papa, je vous aime, malgré tout. Je ne savais pas que je vous aimais encore autant. » Mais comment porter ces mots jusqu'à lui, dans cette salle enfumée où ni les mots d'amour ni les gestes tendres, pas même les sourires, n'étaient de mise ?

— Monsieur Laurin, je vous accuse, premièrement, de vol de biens appartenant à des clients de l'hôtel Hinman, deuxièmement, d'inconduite pour avoir obstrué la route et abandonné un cheval blessé sous un traîneau renversé, troisièmement, d'introduction par effraction et de vol d'alcool dans le saloon de Colebrook, quatrièmement, d'avoir sciemment et volontairement mis le feu à l'écurie de l'hôtel Hinman, délit qui a dégénéré en l'incendie majeur dudit hôtel. Quant à votre projet de meurtre, vous seul savez, en votre âme et conscience, quelles étaient vos véritables intentions. Tuer ou seulement intimider… Mais vos affirmations et le fait que vous portiez sur vous une arme chargée ne laissent pas beaucoup de doute quant à votre projet. Cela vaut pour une accusation d'intention de meurtre passionnel. Je vous condamne donc à dix ans de prison ferme sans possibilité d'appel ni de libération conditionnelle. Vous serez conduit, dès aujourd'hui, à la prison d'État de Concord, au New Hampshire. Que Dieu vous vienne en aide.

Joseph, au grand étonnement de tous, se tourna vers l'auditoire et plongea un long et silencieux regard sur ses filles. Puis il murmura d'une voix à peine audible une phrase que jamais Marguerite n'oublierait.

— Et qu'il pardonne à Rébecca.

Le juge, qui allait se lever, se ravisa.

— Quoi ? Que dites-vous, monsieur Laurin ? Pourriez-vous répéter, s'il vous plaît ?

Joseph se contenta de hausser les épaules sans répondre. C'est David Hinman qui rétorqua aussitôt.

— Ne faites pas attention, monsieur le juge. Il s'agit de son épouse morte et enterrée depuis des années. Il passe son temps à parler de cette femme, comme si elle existait encore. Cet homme est un malade mental.

Le juge, outré, se prépara à sortir.

— Mesdames et messieurs, l'audience est levée.

Les trois sœurs eurent à peine le temps de réagir que déjà on poussait Joseph hors de la salle. Marguerite ne put se retenir de lancer spontanément d'une voix désespérée un « Papa, je vous aime » qui lui attira tous les regards. Mais elle douta que Joseph ait pu l'entendre.

9

Les mois s'écoulèrent au fil des saisons sans que rien ne change réellement dans l'existence des trois sœurs. Anne menait toujours une vie sans histoires au magasin La Par-botte, qu'on avait agrandi à deux reprises. Une vie de recluse où les garçons de son âge n'avaient pas de place, comme si les affaires suffisaient à combler tous ses besoins.

De son côté, Camille continuait de faire le bonheur de ses parents adoptifs, aiguilles à broder et broches à tricoter à la main, après avoir obstinément refusé de s'inscrire comme pensionnaire au couvent de Fall River, l'automne suivant.

Angelina s'était finalement réjouie de cette décision. Suite à la condamnation de Joseph, la femme du docteur avait quelque peu remis en question la garde de Camille. Mais, devant les hésitations de la fillette à franchir le pas pour aller vivre définitivement chez ses sœurs à Lowell, elle avait une fois de plus fait fi de ses bonnes résolutions et refoulé ses remords sous prétexte d'un besoin d'aide aux tâches ménagères. En effet, un mal de dos insupportable ralentissait sérieusement ses activités depuis un certain temps.

Quant à Marguerite, à l'issue du procès de son père, elle avait eu du mal à reprendre ses fonctions d'enseignante. Sœur Plante n'avait pas manqué de lui rebattre les oreilles, le bec pincé et la paupière frémissante, avec la condamnation de Joseph. Le ton avait monté.

— Vous comprenez, ma chère, la présence de la fille d'un voleur et d'un incendiaire dans notre couvent me fait hésiter à vous garder dans notre personnel. Quel mauvais exemple pour nos petits élèves si innocents !

Folle de rage, Marguerite avait fait volte-face en oubliant de tourner sa langue sept fois.

— Je n'ai rien à voir avec les bêtises de mon père ! Ce n'est pas moi qui… Malgré tout le respect que je vous dois, ma sœur, permettez-moi de vous dire que vous ne semblez même pas connaître la première lettre du mot charité, cette honorable vertu que vous prêchez et oubliez si bien de pratiquer. Plus j'y pense, plus je préfère me retrouver sans travail et crever de faim plutôt que de continuer à fréquenter des sépulcres blanchis de votre acabit. Franchement, vous vous montrez plus catholique que le pape avec vos réticences ridicules !

L'insulte avait porté et on n'avait pas hésité à désigner d'un doigt menaçant le chemin de la porte à Marguerite.

— Sortez d'ici immédiatement, mademoiselle Laurin, et que je ne vous revoie plus dans ces murs !

— Ne craignez rien, ma sœur, vous ne m'y verrez plus. Le voisinage de pharisiennes ne m'intéresse pas.

Le lendemain, il avait fallu, encore une fois, l'intervention du père Lacroix auprès de la direc trice pour prêcher les vertus de pardon et de tolérance et faire valoir les qualités d'enseignante, remarquables et durement acquises, de la jeune fille. Le vicaire avait finalement réussi à convaincre sœur Plante de réembaucher Marguerite à la condition d'entendre d'abord les excuses sincères de la part de « cette jeune personne grossière et mal élevée ».

Sous la direction du prêtre, Marguerite avait appris un petit boniment par cœur et l'avait répété une multitude de fois devant un Antoine Lacroix riant sous cape de l'air repentant tout à fait faux de la jeune fille. À la vérité, elle ne regrettait rien mais elle se trouvait dans l'obligation de faire amende honorable si elle voulait retrouver son emploi. Le prix à payer pour sa crise de colère de la veille lui paraissait maintenant trop élevé. Elle ne pouvait pas se permettre de ne plus enseigner. Et la perspective de retourner travailler à l'usine de textile lui donnait tous les courages.

— Allons, Marguerite, montrez que vous regrettez un peu votre effronterie…

— Ah ! père Lacroix, voilà que vous me montrez à mentir maintenant ? Vous savez bien que je ne regrette rien.

— Allons, allons, ma belle, il s'agit d'un mensonge pieux.

Les deux complices s'étaient remis à rigoler et cette connivence avait fait le plus grand bien à Marguerite. Elle s'était tout de même présentée devant la directrice en se mordant les lèvres. Il y allait de son avenir.

— Je vous demande pardon, ma sœur. Je me suis emportée et mes paroles ont dépassé ma pensée. Permettez-moi de vous assurer de mon respect et de toute la considération que vous méritez. Désormais, je prendrai modèle sur vous pour accéder à un plus haut degré de sainteté. Je vous prie d'accepter mes excuses en espérant retrouver ma place d'enseignante auprès des élèves de cette école que je chéris de tout mon cœur.

Sœur Plante avait répondu sur un ton satisfait en posant sur la jeune fille un regard hautain et condescendant.

— Allez en paix, mon enfant, et qu'on n'en reparle plus. Que Dieu vous pardonne comme je vous pardonne.

Marguerite, amusée, avait vu du coin de l'œil la religieuse baisser la tête comme si elle s'inclinait pour recevoir l'avalanche de grâces tombées du ciel à cause de la magnanimité de son geste. À la fin de la journée d'école, la jeune fille s'était une fois de plus retrouvée seule en compagnie du prêtre, dans le vestiaire, et elle s'était retenue pour ne pas lui sauter au cou en criant « Victoire ! ». Le père Lacroix s'était bien gardé de répéter son audacieux geste de tendresse de l'autre jour, et elle s'en était trouvée soulagée. Ils s'étaient contentés de se féliciter simplement pour avoir surmonté un problème de cette envergure, et Marguerite s'en était retournée chez elle d'un pas léger.

En réalité, en dépit de l'effervescence liée à sa jeunesse, Marguerite ne demandait rien d'autre à la vie que la paix, la sainte et douce paix si chèrement payée. Et son rôle d'enseignante lui apportait justement assez de satisfaction et de contentement d'elle-même pour générer cette sérénité apaisante. Elle avait bien assez d'un père en prison, qu'elle se faisait un devoir de visiter au moins tous les deux ou trois mois. Visites pénibles, la plupart du temps, où l'homme, plongé dans un mutisme obstiné, ne cessait de larmoyer. Rien ne semblait intéresser le prisonnier, pas même les conditions de vie de ses filles.

Quant à Simon Lacasse, toujours en charge de sa famille à Batiscan, ses lettres se faisaient de plus en plus rares et de moins en moins enflammées. Pourtant, il prenait encore à Marguerite, de temps à autre, l'envie de tout quitter pour aller le rejoindre au Canada. Mais pourquoi changer le mal de place ? Pourquoi quitter sa famille et aller prendre sur ses épaules la responsabilité d'une autre famille ? De jeunes belles-sœurs et beaux-frères qu'elle connaissait à peine. Et au nom de quoi ? De son affection pour Simon ? À vrai dire, plus le temps s'écoulait, moins elle s'ennuyait de lui. Bien sûr, ses mots doux et ses baisers lui manquaient. Mais tout cela devenait de plus en plus lointain et ne lui paraissait pas suffisant pour chambarder son existence et s'expatrier de nouveau.

D'ailleurs, elle ne savait plus maintenant où se trouvait sa véritable patrie, elle qui avait tant rêvé de retourner au Québec, ce « pays de misère », comme disait son père. Ses souvenirs de petite fille restaient pourtant lumineux. Son village sur le bord du Saguenay, ce fjord magnifique, son école au bout du rang, sa maison au pied de la butte et, derrière, le jardin de sa mère… Et ces espaces à l'infini, recouverts de montagnes et de forêts... Les États-Unis étaient-ils en train de remplacer tout cela dans son cœur?

Elle avait récemment lu dans le journal qu'un certain curé, Antoine Labelle, prônait la colonisation de la région des Laurentides, au nord de Montréal. On y donnait même des terres à défricher. Si seulement Simon Lacasse lui avait proposé un tel projet au lieu de l'inviter à régler le sort de huit jeunes enfants vivant dans une vieille demeure sur le bord du Saint-Laurent, entre Québec et Trois-Rivières...

Un soir, n'y tenant plus, elle avait rédigé une lettre à celui qu'elle considérait maintenant comme son ancien fiancé.

Lowell, 10 mai 1885

Ne m'attends plus, Simon, et pardonne-moi le chagrin que je te cause sûrement. Je ne me sens pas le courage de te suivre là où t'a conduit la fatalité. Traite-moi de lâche ou de poule mouillée, si tu veux, tu en as tous les droits. Mais mes sœurs et, maintenant mon père incarcéré, ont besoin de moi, ici, aux États-Unis. Mon choix est définitif et je ne reviendrai pas là-dessus : je ne peux les abandonner pour aller te retrouver. Je te souhaite de connaître le bonheur, mon tendre ami, entre les bras d'une autre femme à l'âme plus généreuse que la mienne.

De mon côté, je garderai un ardent souvenir de

toi. Ton rire continuera de résonner à mes oreilles, ce rire qui m'a tant de fois consolée et réconfortée.

Sois heureux, Simon. Et merci, malgré tout, de m'avoir attendue aussi patiemment.

Marguerite

Après avoir déposé sa lettre à la poste, elle s'était sentie à la fois soulagée et inquiète. Cette nouvelle liberté lui faisait peur, tout à coup. Où la mènerait le destin ? Allait-elle de nouveau rencontrer l'amour ou bien deviendrait-elle une « vieille fille enragée » comme celle que les sœurs venaient d'engager pour enseigner la deuxième année aux garçons ? Les soupirants ne manquaient pas, pourtant, autant du côté des Américains que des Canadiens qui, comme elle, tentaient de se trouver une place au soleil dans ce pays étranger.

Les prêtres francophones de la Nouvelle-Angleterre favorisaient de plus en plus la naturalisation de leurs ouailles, pour la bonne raison que ce geste leur permettrait de détenir enfin le pouvoir de défendre leurs droits et d'avoir leur mot à dire dans les décisions de l'État. Parfois, à l'heure de fermeture de l'école, le père Garin envoyait des paroissiens analphabètes à Marguerite afin qu'elle les aide à remplir leur formulaire de demande de naturalisation, ce qui n'empêcherait nullement ces gens de conserver leur langue et leurs us et coutumes, ni de retourner au

Québec quand bon leur semblerait. Marguerite se demandait pourquoi elle n'arrivait pas à se décider à remplir ces papiers pour elle-même.

L'année précédente, la fameuse affaire des « Chinois de l'Est » avait de nouveau rebondi. Un syndicaliste dénommé Poster avait chanté sur tous les tons que les Canadiens français étaient partiellement responsables de l'aggravation des conditions de vie des ouvriers. La tempête avait fait écho jusqu'au Québec où le député de Bellechasse avait dénoncé avec force ces faussetés ressassées par les Américains. Il avait répété dans tous ses discours que les Canadiens français formaient maintenant une communauté stable, là-bas. Une communauté respectable.

Tout ceci n'avait pas empêché le mouvement de xénophobie de se poursuivre et de prendre de l'ampleur chez les natifs de la Nouvelle-Angleterre. Déjà, on commençait à s'en prendre aux éléments de « survivance » mis en place par les Canadiens dans le but de ne pas se fondre dans la masse : paroisses et écoles françaises, sociétés culturelles et sociales, journaux, conférences, etc.

Un soir pluvieux de septembre 1885, Marguerite se retrouva seule dans sa cuisine avec en main le pamphlet d'un certain Calvin Almaron. Comment était-il parvenu jusqu'à elle, elle ne se le rappelait guère. Sans doute l'avait-elle trouvé à la porte d'un magasin ou était-il distribué sur le coin d'une rue comme cela se produisait souvent.

Les cheveux lui dressèrent sur la tête quand elle se mit à en parcourir le contenu. L'auteur, un pasteur protestant, en appelait à l'évangélisation des Canadiens français tenus sous la coupe d'un clergé catholique jugé obscurantiste. « *C'est à vous, Américains, qu'il appartient de dire si la population française doit rejoindre vos rangs ou ceux de l'infidélité et du péché*[1]. » L'auteur dénonçait avec vigueur les écoles paroissiales où les enfants apprenaient à se rebeller contre les institutions américaines, là où se mettaient en place les idées qui devaient aboutir à la transformation de la Nouvelle-Angleterre en Nouvelle-France. « *Malheur à vous si vous ne remplacez pas la foi romaine par l'Évangile !* » Selon lui, il devenait essentiel de convertir les Canadiens au protestantisme et de développer l'école publique au détriment des écoles paroissiales pour tenter d'assimiler ces immigrants francophones peu coopératifs qui faisaient peser une menace sur la vie publique des États-Unis.

Scandalisée, Marguerite faillit jeter ce « torchon » au fond du petit poêle de fonte qui ronflait au milieu du logement. Allait-on, un jour, enfin ficher la paix aux catholiques ? Pourtant, même entre eux, ces derniers ne s'entendaient pas. Les Irlandais et les Canadiens français s'affrontaient sans arrêt dans la plupart des villes

1. Cité par François Weil, *Les Franco-Américains, Crises et Croissances*, éd. Belin, 1989, p. 124-125.

du diocèse. La rumeur populaire racontait même qu'un prêtre de Fall River, connu pour ses plaisanteries anti-irlandaises, prétendait avoir répondu à un pénitent s'accusant au confessionnal d'avoir tué un Irlandais : « Mon fils, commence par tes péchés mortels. » De tels propos hostiles nourrissaient une multitude de conflits entre les évêques irlandais ou américains et les prêtres francophones.

Marguerite laissa choir le dépliant sur le comptoir. Elle en avait marre de la religion et de la politique. Elle en avait marre de tout. Péniblement, elle s'attela à la tâche de préparer le souper. Anne étant retenue au magasin jusqu'à dix heures ce soir-là, elle mangerait seule. Seule, sans personne, ni dans sa maison ni dans sa tête. Sans ami véritable. Sans sa sœur habituellement assise en face d'elle à la table. Sans la présence de ses anciens voisins de palier, Rose-Marie et Paul. Sans même l'image de Simon autrefois présent dans ses pensées. Triste solitude conjuguée au temps présent et sans doute au futur de l'indicatif… Seule, sans rêve, sans rien. Seule comme elle ne l'avait jamais été. Seule à dessiner les caprices de sa destinée. De son avenir. Mais était-ce bien elle qui les dessinait ? Une vague d'amertume la submergea.

Elle repoussa son assiette sans l'avoir touchée.

10

Le même soir, afin de surmonter son cafard, Marguerite commença à épousseter les rares meubles de l'appartement puis à ranger les affaires, surtout celles, nombreuses, de sa sœur. Le pamphlet de Calvin Almaron laissé sur le comptoir attira à nouveau son attention. Elle le tourna et le retourna longuement entre ses mains et songea qu'il était peut-être de son devoir de chrétienne d'informer les prêtres de sa paroisse de l'existence de ce tract rédigé en français et distribué à la population. Monsieur le curé se devait absolument de mettre ses paroissiens en garde contre ce genre de libelle porteur de venin. Combien de concitoyens l'avaient lu et se sentaient aussi indignés qu'elle ? Mais combien d'autres, aussi, risquaient de se laisser influencer par un tel discours ?

Elle enfila son manteau et se dirigea d'un pas pressé vers la résidence où habitaient les oblats. Légèrement essoufflée, elle sonna à la porte en se demandant lequel des trois prêtres viendrait lui ouvrir. Le soir venait tout juste de tomber et à travers la fenêtre du parloir, on pouvait distinguer le feu qui pétillait dans l'âtre. Mais personne ne vint répondre. Certaine qu'un prêtre se trouvait toujours de garde vingt-quatre heures sur vingt-quatre, elle tira de nouveau sur la clochette et attendit quelques secondes.

Elle allait repartir quand la porte s'ouvrit brusquement. À son grand étonnement, Antoine Lacroix se tenait devant elle. Les cheveux en bataille, vêtu d'un pantalon noir et d'un simple tricot de corps et pieds nus dans des pantoufles, il affichait l'air honteux d'un jeune garçon pris en défaut.

— Marguerite ? C'est vous ? Quelle belle surprise ! Mais entrez donc ! Rien de grave, j'espère ?

— Non, non, je viens seulement vous remettre ça.

— Excusez ma tenue, je suis de garde ici, ce soir. Le père Garin et le père Lagier assistent à un colloque au centre communautaire. Je me suis bêtement endormi, je crois. Je… je suis désolé. Accordez-moi cinq minutes, je vais vous revenir plus présentable.

— Mais non ! Vous me paraissez très bien comme ça.

Marguerite, mal à l'aise, sentit une bouffée de chaleur lui monter au visage. Dieu, qu'elle avait chaud ! Elle n'allait tout de même pas lui avouer qu'elle ne l'avait jamais trouvé aussi séduisant, ainsi débarrassé de ses attributs d'ecclésiastique et soudain transformé en homme ordinaire. Au naturel et au vrai.

— Je n'en reviens pas de vous voir ici, Marguerite. Une véritable apparition ! Alors, ce papier ?

— Ce pamphlet m'est tombé sous la main, aujourd'hui, et j'ai pensé que le clergé de la paroisse devrait en prendre connaissance.

Le père Lacroix s'assit sans manières sur le bras d'un fauteuil et lut attentivement sans remarquer que son interlocutrice le dévorait des yeux. Il devint songeur.

— Calvin Almaron... Ce nom-là me dit quelque chose.

Il porta un regard absorbé sur Marguerite, comme si la réponse avait été écrite sur sa figure. Mais il avait l'esprit ailleurs.

— Ah ! j'y suis ! J'ai entendu parler de ce type-là au cours de mes études au séminaire. Si je ne me trompe pas, ses parents sont venus de Suisse comme missionnaires protestants au Canada et il a terminé des études à l'université McGill de Montréal. Ainsi, il est lui-même devenu pasteur comme eux... Hum, il ne se gêne pas, le bonhomme ! Ça prend tout de même du front pour venir nous dire quoi faire ! Et il ne sera pas facile à réfuter, celui-là, car il s'y connaît en théologie. Ouais... il faudra en parler au cours de l'homélie de dimanche prochain et prévenir nos compatriotes de ne pas se laisser influencer par de telles théories. Merci pour le renseignement, ma chère Marguerite.

— Comme ça, je ne suis pas venue pour rien ?

— Et même si vous étiez venue pour rien, c'est toujours un plaisir de vous rencontrer, vous le savez bien. Mais dites donc, venez vous asseoir quelques instants. Un beau feu brûle dans la cheminée, venez vous réchauffer un peu.

— Je n'ai vraiment pas froid.

— Vous prendrez bien une tasse de thé ?

— Je n'ose pas…

— Allons, Margot, venez vous asseoir, on a si peu l'occasion de faire la causette juste comme ça, librement.

Elle se laissa entraîner en serrant le collet de son manteau comme s'il allait la protéger du désir ardent de se retrouver encore une fois, une seule et unique autre petite fois, entre les bras du jeune prêtre. Elle s'installa à l'autre bout du canapé, le dos bien droit et les genoux serrés. Non, cette fois, il ne se passerait rien. Plus jamais il ne se passerait quoi que ce soit. Elle y veillerait. Cela la bouleversait trop. Elle avait mis des semaines à remettre de l'ordre dans son esprit après le geste sans doute paternel de consolation du prêtre dans le vestiaire de l'école, au moment où il avait appris l'arrestation de Joseph. Simple comportement anodin et amical, au fond, mais il l'avait menée pendant des nuits sur des chemins sans issue, confrontée à la barrière infranchissable qui séparait les prêtres des femmes.

L'oblat devinait-il son trouble ? Elle sirotait son thé à petites gorgées, les yeux baissés, ne sachant que dire, regrettant son audacieuse escapade. Elle n'avait pas envisagé une rencontre privée avec Antoine Lacroix, croyant tomber sur le curé lui-même. Jamais elle n'aurait dû venir frapper à la porte du presbytère. Dans quel pétrin venait-elle de se fourrer ?

Le silence devint lourd, insupportable. Quand elle daigna lever les yeux sur le vicaire, elle s'aperçut qu'il la dévisageait sans broncher. Leurs regards se croisèrent et il lui sourit, de ce sourire qui la rendait folle. Elle y décela une telle tendresse, une telle douceur, qu'elle dut se mordre les lèvres et serrer les poings pour se retenir de se sauver en courant, là, tout de suite, bêtement.

— Margot, ma petite Margot…

Avant même de lui laisser le temps de protester, Antoine s'était approché et, la saisissant par les mains, l'avait obligée à se lever et à venir près de lui.

— Marguerite, dis-moi, est-ce Dieu ou le diable qui t'a fait venir à moi, ce soir ?

— Je ne sais pas, mon père. Le diable sans doute…

Ce « mon père » eut l'effet d'une douche froide.

— Si c'est le diable, Marguerite, je vais lui tenir tête. Il ne va pas gagner la partie contre le père Lacroix. Oh ! que non ! Mais pour une fois, puisque tu es là, je veux que tu saches que je t'aime depuis le premier jour où je t'ai vue, il y a de ça des années. Tu me semblais tellement perdue en compagnie de ta jeune sœur et de ton père. Tant de candeur illuminait tes yeux de petite fille, Marguerite, que je t'ai tout de suite adorée. Et de loin, mine de rien, j'ai veillé sur toi. J'en ai tellement voulu à Joseph de vous négliger à ce point, Anne et toi. Et puis, tranquillement, je t'ai vue devenir une femme. Une belle femme. La plus belle de toutes.

Sidérée, Marguerite porta les mains à son visage. Jamais elle ne se serait attendue à un tel discours.

— Taisez-vous, taisez-vous…

— Je sais que ton cœur a conservé cette simplicité, cette pureté. Cette force aussi. Ah ! avec quelle détermination tu as creusé ta place, ma petite Margot ! Je me rappelle l'autre jour, quand tu as présenté tes excuses à sœur Plante. Avec quelle énergie tu t'es défendue. Si tu savais comme je t'ai trouvée formidable.

La jeune femme secoua la tête en signe de négation. Autant ces aveux auraient pu l'exalter, autant ils la menaient au supplice. Un supplice déroutant.

— Arrêtez, mon père, je vous en supplie ! C'est péché, vous n'avez pas le droit de…

— Non, laisse-moi finir, laisse-moi finir. Je veux que tu saches, pour une fois. Pour une seule fois. Même si je dois y perdre mon âme.

L'homme plongea alors ses yeux bleu de mer dans ceux de la jeune fille prise de tremblements.

Des yeux d'une redoutable profondeur dans laquelle elle craignait tant de se noyer. Des yeux qu'elle fuyait depuis des années.

— Marguerite, je veux te dire que mon amour pour toi restera enfermé pour l'éternité dans un écrin, comme une grâce, ou comme un trésor déposé dans le carcan sacré du sacerdoce. Sache que cet amour est pur et restera pur comme l'amour que je porte à mon Créateur. Jamais je ne te toucherai, jamais je ne te posséderai. Et jamais je ne me donnerai à toi parce que j'appartiens à Dieu, tu comprends ?

— Antoine…

Pour la première fois, Marguerite s'adressait au père Lacroix en l'appelant Antoine. Mais sa voix restait faible et hésitante comme si elle avait prononcé un mot défendu. Il ne la laissa pas continuer, emporté par sa pensée.

— Regarde ces mains, Marguerite, elles consacrent l'hostie chaque jour où Dieu leur prête vie, elles portent le Christ aux malades, aux vieillards, aux petits et aux grands, elles donnent l'absolution, elles baptisent les enfants, elles bénissent les hommes et les femmes qui s'unissent pour se bâtir une existence normale dans ce pays étranger. Mais devant toi, ces mains ressentent une telle envie de prendre ton visage et de frôler ta peau doucement, comme on caresse celle d'un enfant, que j'ai peine à les retenir. Ah ! que Dieu me vienne en aide !

— C'est mal, mon père. S'il vous plaît, arrêtez. Vous aviez raison, c'est le diable qui… Excusez-moi, je vais partir.

Marguerite s'apprêta à déguerpir, mais le prêtre la serra tendrement dans ses bras. Elle fut prise d'une telle envie de se laisser fondre dans cette étreinte que même ses principes moraux les plus solides furent ébranlés. Où prendre la force de résister à un tel bonheur? Et pourquoi y renoncer? Au nom de la religion? Le père Lacroix avait raison, le diable se trouvait dans cette pièce.

— Oui, pars vite! Sauve-toi, mon amour! Mes mains n'ont pas le droit d'accomplir ces gestes. Parce que ce sont des mains bénies, les mains menottées d'un prêtre.

Antoine relâcha son étreinte et alla s'appuyer contre le manteau de la cheminée pour enfouir son visage au creux de son bras. Priait-il ou pleurait-il silencieusement? Quand il releva la tête, Marguerite avait disparu. Seul le pamphlet contre la religion catholique traînait sur le plancher du vestibule, comme pour le narguer.

Il le ramassa en se disant que la communauté catholique de la paroisse Saint-Joseph de Lowell subissait, en cet instant précis, une tout autre menace que celle véhiculée par ce pamphlet.

11

Nul ne savait pourquoi Angelina, quand elle sentit venir sa fin inéluctable, réclama de recevoir les derniers sacrements de la part d'un prêtre catholique, plus précisément du père Antoine Lacroix, de Lowell. Ce souhait parut pourtant légitime à son mari puisque autrefois, en France, elle avait grandi dans cette religion et n'y avait jamais officiellement renoncé malgré son adhésion aux règles et au culte de l'Église épiscopale depuis son arrivéee aux États-Unis. Mais pour quelle raison réclamer cet oblat en particulier, officiant à deux cents milles de chez eux, il ne se l'expliquait guère.

Bon prince, le médecin accéda à cette dernière volonté de sa femme et envoya un messager à la paroisse Saint-Joseph pour demander la venue immédiate du père Lacroix. Ce dernier se plia de bonne grâce à cette curieuse démarche sans poser de question. Après avoir enfoui au fond d'un sac une custode contenant quelques hosties consacrées, une ou deux fioles d'eau bénite et de saint chrême ainsi qu'une étole, il monta à bord du premier train pour Colebrook.

C'est en traversant le deuxième wagon qu'il reconnut les deux sœurs Laurin en route vers la même destination. Il ne put retenir un sourire de ravissement.

— Eh bien ! Quelle agréable rencontre ! Tu parles d'une coïncidence ! Je suppose que vous vous rendez chez le docteur Lewis, vous aussi ?

— Comment ça ? Vous le connaissez ?

— Pas lui, mais je connais un peu sa femme. Très peu, en réalité. Je l'avais croisée à l'école, vous vous rappelez, Marguerite, quand elle était venue vous annoncer l'arrestation de votre père ? Je pense qu'elle vous estime beaucoup.

Marguerite frissonna. Comment aurait-elle pu oublier ce moment précis où le père Lacroix, dans l'isolement du vestiaire, l'avait prise dans ses bras afin de la consoler ? Elle resserra les cordons de sa cape, souhaitant s'y tapir afin de se mettre à l'abri de ce trop doux souvenir. Un souvenir suivi d'un autre encore plus ardent, vécu devant la cheminée du presbytère, et dont l'objet venait tout à coup de se concrétiser, bien vivant et plein d'entrain. Antoine…

— C'est elle qui vous fait venir là-bas, mon père ?

— Oui, il n'existe pas de communauté catholique à Colebrook. Elle a donc demandé à voir un prêtre de Lowell.

— Angelina va mourir.

— Ne vous en faites pas, ma petite Anne, on va tâcher de l'envoyer au paradis.

— Ce ne sera pas difficile, elle est la meilleure personne sur terre. Les Lewis ont généreusement pris soin de Camille, vous savez, depuis son accident.

Anne faillit ajouter qu'après le décès d'Angelina, Marguerite et elle espéraient emmener Camille vivre avec elles à Lowell. Mais elle choisit de n'en pas parler. La petite pie qui autrefois racontait tout ce qui lui passait par la tête avait appris, avec l'âge, les règles du silence.

Le père Lacroix s'installa sur la banquette face aux deux sœurs. Marguerite n'avait pas prononcé un mot et se contentait d'écouter la conversation. Anne attribua ce mutisme au chagrin de savoir la femme du docteur parvenue au terme de son existence.

Cependant, l'aînée ne cessait de jeter un œil timide sur l'homme devant elle. À travers la fenêtre, un rayon de soleil le rendait encore plus désirable. On aurait pu croire qu'une lumière intérieure l'habitait. Dire qu'il lui avait avoué l'aimer secrètement, quelques semaines auparavant… Elle sentit son cœur se gonfler au point d'en perdre le souffle. Elle n'arrivait pas à croire que pendant près de dix heures, elle aurait à porter les yeux, de près, oh ! de si près ! sur ce visage parfait, ce regard d'océan sans fond qui la troublait démesurément. Non, elle ne pourrait le supporter, elle allait demander grâce ou se mettre à hurler. Ou encore sauter du train et prendre la poudre d'escampette comme ce fameux soir au presbytère.

Toute sa vie, elle se souviendrait de cet instant merveilleux où, dans l'intimité périlleuse d'un parloir, Antoine Lacroix lui avait ouvert son cœur et déclaré son amour. Son cœur de prêtre… Son cœur pur mais cadenassé de prêtre. Et offert ses mains aussi, ses mains nues de prêtre, ligotées comme celles de Joseph le jour de son procès. Des mains dont les caresses se métamorphosaient, aux yeux de Dieu, en actes blâmables. Ce soir-là, elle n'avait trouvé rien d'autre que de s'enfuir, à la fois exaltée et désespérée. S'enfuir comme une pécheresse impénitente. S'enfuir sans prendre le temps de lui dire à son tour « Je t'aime ». S'enfuir comme une coupable. Une damnée.

Pourquoi cette barricade insurmontable, ce mur de préceptes et de défenses entre eux ? Pourquoi qualifier de mal un sentiment aussi noble ? Aussi pur ? Pourquoi menacer de l'enfer éternel un simple amour, normal et naturel ? Quel était donc ce Dieu qui jetait de tels interdits à ses pauvres créatures pourtant prêtes à donner leur vie pour le servir ? Pourquoi les avait-il dotés d'un cœur pour aimer, Antoine et elle, et tous les autres humains, s'ils n'avaient pas le droit de s'en servir ? Était-ce pour le plaisir de les voir souffrir, d'une souffrance inutile, en se soumettant à sa volonté ? D'ailleurs, en quoi cet amour pouvait-il offenser l'Être Suprême, si lointain, si silencieux ? Si absent même ! Qui donc avait prétendu cela ?

Qui en avait la certitude? Rien de tout ça n'était écrit dans l'Évangile, pourtant.

De songer au moment où elle avait quitté le presbytère, révoltée de vivre une telle injustice, ébranlait encore Marguerite. Ce soir-là, sous la lumière froide de la lune, elle avait erré dans les rues pour s'arrêter finalement devant les écluses de la Merrimack, au nord de la ville. À travers le prisme de ses larmes, les reflets de Lowell se multipliaient en des milliers de petits éclats brillants à la surface de l'eau. Et cela avait éveillé en elle l'image des feux follets si souvent évoqués par Joseph et qui la ramenaient invariablement à sa mère. « Maman… »

La folle envie l'avait prise alors de se jeter dans les eaux bouillonnantes pour aller retrouver Rébecca. Là, tout de suite, en finir avec cette « vie de misère », comme répétait Joseph. Cesser enfin de voir le bonheur lui filer entre les doigts et de renoncer aux êtres chers, à sa mère perdue à jamais, à son père en prison, à Simon qu'elle ne reverrait plus, et à Antoine, son cher Antoine, cet homme qu'elle s'était toujours défendue d'adorer. Jamais il ne se donnerait à elle parce qu'il appartenait à Dieu, il le lui avait clairement juré. Serment du désespoir qu'elle n'aurait jamais voulu entendre.

Elle avait alors haï Dieu de toute son âme en brandissant le poing au-dessus du barrage. Appuyée sur le garde-fou, elle avait pleuré sa révolte, et ses larmes avaient coulé comme l'eau qui dévalait furieusement par-dessus la digue. Il ne lui restait plus rien, rien, rien au monde. Pourquoi ne pas mourir ?

Dieu avait-il eu pitié d'elle ? Un passant, un ange sans doute, s'était arrêté derrière elle et l'avait questionnée gentiment.

— Tout va bien, mademoiselle ? Aimeriez-vous que je vous raccompagne jusque chez vous ?

— Non, non. Ça va aller, merci.

À cause de cet inconnu, elle s'était ressaisie et avait tourné les talons pour s'en retourner chez elle en courant. Aux côtés d'Anne déjà endormie, elle avait vainement cherché le sommeil en pressant son ange de porcelaine sur son cœur, seul élément concret de cette aberrante histoire d'amour. Cet ange offert un jour par le père Lacroix et censé la protéger. La protéger de quoi, elle se le demandait.

Le lendemain matin, le besoin pressant de se rendre au confessionnal s'était fait sentir. Au père Lagier, elle s'était accusée d'entretenir un amour défendu et d'avoir momentanément détesté Dieu à cause de l'impasse dans laquelle elle se trouvait. L'envie de mourir lui avait presque fait perdre la tête.

— Dieu a pour nous des desseins parfois obscurs. Il faut lui faire confiance, mon enfant. Avez-vous le ferme propos de revenir à lui et d'obéir dorénavant à sa sainte volonté ?

— Oui, mon père.

Elle avait prononcé un petit oui d'une voix étouffée, sans conviction, puis elle s'était rendue à l'école d'un pas malgré tout plus allègre. La vie l'avait aussitôt rattrapée et ramenée dans sa classe auprès de ses chers élèves. Ces enfants représentaient sa raison de vivre et sa planche de salut. Elle existait pour eux, et cela devait lui suffire. Leur apprendre non seulement les règles de grammaire mais surtout celles de la vie ne valait-il pas la peine ? Elle ne doutait pas que chacun d'eux se rappellerait le passage de mademoiselle Laurin dans son existence.

Ce matin-là, elle leur avait raconté l'histoire de la Belle au bois dormant, cette pauvre princesse que seul le baiser d'un prince charmant pouvait libérer du sommeil éternel auquel une méchante fée l'avait condamnée. Inconsciemment, Marguerite s'abreuvait à la candeur des enfants qui croyaient dur comme fer à l'arrivée du prince charmant. Il fallait y croire, elle voulait y croire !

Si les mauvais sorts existaient sans contredit dans l'existence de tout être humain, les princes charmants, eux, se faisaient plutôt rares. Il s'agissait de les repérer. Certains prenaient des allures de prince charmant mais ne faisaient que semer des maléfices. Il fallait s'en méfier. L'important était d'attendre patiemment la venue du véritable prince doté du pouvoir magique d'apporter la libération, sinon on risquait de périr, certains soirs, dans les flots tumultueux d'une rivière ou, contrairement à la princesse du conte, de s'endormir pour l'éternité. Marguerite, elle, n'avait pas le choix de respecter l'interdit jeté sur l'amour du père Lacroix. Jamais il ne se transformerait en prince charmant. Comment allait-elle revenir à la vie, alors ?

Pendant les semaines qui avaient suivi la déclaration d'amour d'Antoine, Marguerite avait systématiquement évité toute rencontre avec celui dont elle connaissait par cœur l'horaire d'enseignement. Quand le père Lacroix se trouvait sur les lieux, mademoiselle Laurin s'abstenait de sortir de sa classe et elle quittait l'école à la hâte en rasant les murs. À l'église, elle s'asseyait dans le dernier banc.

Mieux valait laisser refroidir les cendres de ce qui n'avait été, au fond, qu'un minable feu de paille. Oublier tout ça et faire son deuil. Et tenter de survivre. Dans le silence. Dans le renoncement. Dans le rien. L'écœurant, l'inacceptable, l'abominable rien.

Et voilà que, sans crier gare, Antoine Lacroix se trouvait de nouveau en face d'elle, dans ce train, la dévorant des yeux pendant qu'ils cheminaient ensemble vers le même endroit pour les mêmes raisons. Elle n'arrivait pas à y croire et en voulut au hasard. Elle eut même du mal à résister à l'envie d'aller s'installer ailleurs, dans le dernier wagon, n'importe où, loin de cet homme qu'elle adorait. Parce que sa présence ne faisait que raviver le feu. Et quand on veut éteindre un feu, on n'y ajoute pas du bois. Du bois mort, par surcroît. Du bois déjà mort.

Anne, loin de se douter de la tempête qui chavirait les pensées de sa sœur, contribua sans s'en rendre compte à détendre l'atmosphère. On bavarda de tout et de rien, du temps, de politique, d'enseignement, de commerce, d'immigration. Un subtil clin d'œil d'Antoine adressé mine de rien à Marguerite acheva de réduire les tensions. Allons, le prêtre continuerait d'agir comme à l'accoutumée. Aujourd'hui, c'était le vicaire de la paroisse, oblat de Marie-Immaculée, qui les accompagnait, et non l'irrésistible jeune homme aux yeux trop bleus.

Soudain Anne s'exclama, à brûle-pourpoint :

— Vous ne savez pas quoi ? Je me suis fait un ami. Un journaliste. Un jeune homme tellement intéressant que vous adoreriez discuter avec lui.

— Ne me dis pas, ma sœur, que tu te laisses enfin conter fleurette ? Petite cachottière, va ! Tu ne m'avais rien dit !

— Bah ! Tu peux bien parler, toi qui ne parles presque jamais ! Non, non, il s'agit seulement d'un copain.

L'embarras qui colora tout à coup le beau visage d'Anne trahissait bien autre chose et n'échappa pas à l'aînée. Comme elle la trouvait mignonne, ce matin, dans sa robe orangée qui mettait en valeur son teint de lait ! Quel garçon pourrait résister à ces yeux-là, verts et pétillants, à cette taille fine et à cette poitrine parfaite, à ce sourire d'enfant malgré ses seize ans bientôt révolus ? Mais c'était surtout sa vivacité et son caractère fougueux qui la caractérisaient, contrairement à Marguerite, plus posée et plus sérieuse. Le père Lacroix se montra intéressé.

— Alors, ma chère Anne, décrivez-nous l'heureux élu.

N'eussent été son collet romain et sa soutane, on aurait pu croire qu'il était le copain des deux jeunes filles, un garçon d'à peu près leur âge, jouissant avec elles des mêmes plaisirs de liberté et d'aventure.

— J'ai connu Pierre Forêt à La Par-botte. La première fois, il s'est présenté pour acheter une paire de chaussures. Puis, il s'est mis à revenir une ou deux fois par semaine pour faire un brin de causette. Mais ne pensez pas mal, il s'agit de simples rencontres amicales. On se voit aussi, à l'occasion, à la salle communautaire Saint-Joseph, lors de concerts ou de conférences sur différents sujets d'actualité.

Marguerite répliqua aussitôt, sur un ton badin :

— Ah ! là, je comprends maintenant ce changement radical de comportement : toutes ces soirées passées à t'occuper de la comptabilité et des commandes pour La Par-botte… Hum ! Tu ne nous as pas dit à quelle heure il vient faire ses jasettes, ton cher journaliste ! Je commence à avoir des doutes, moi. J'aurais dû me méfier et descendre au magasin de temps à autre pour mieux m'acquitter de mon rôle de chaperon ! Moi, ton aînée et ta protectrice. Ta gardienne...

— Ma gardienne ?

— Mais non, Anne, je te taquine. Tu peux bien agir comme tu veux et rencontrer qui tu veux. À ton âge, ça ne me regarde plus. Je me réjouis pour toi et tant mieux si tu tombes amoureuse. J'ai bien hâte de le rencontrer, moi, ce bel écrivain !

À la vérité, Marguerite enviait soudainement sa cadette. La chanceuse ! Comme ça devait être merveilleux de laisser grandir librement un amour au fond de son cœur et de pouvoir le partager ouvertement. De pouvoir le vivre. Et d'envisager l'avenir avec des yeux pleins de rêve. Anne le méritait bien, après tout. Tant que le Pierre Forêt en question n'abusait pas d'elle et se montrait délicat et compréhensif.

Marguerite jeta un coup d'œil au père Lacroix. Le prêtre, subitement silencieux, regardait distraitement le paysage par la fenêtre. Se sentait-il écrasé d'amertume, lui aussi ? Lui qui n'avait pas, non plus, le droit d'aimer. Éprouvait-il quelque frustration après avoir entendu les confidences d'Anne ? Un peu d'envie ? Ressentait-il comme Marguerite le désir, et plus grand que le désir, le besoin impérieux de révéler là, tout de suite, dans l'instant, que lui aussi vivait un grand amour? N'éprouvait-il pas le besoin de le crier sur les toits? De laisser exploser ce bonheur tellement retenu qu'il allait finir par le briser? « Non, se dit Marguerite, en saint homme, il a sagement renoncé. » Il le lui avait dit, l'autre soir : « Je ne me donnerai jamais à toi. »

La conversation tomba à plat et le silence envahit le compartiment. Anne ne tarda pas à revenir à la charge et à préciser plein de détails, en réponse à des questions qui ne venaient pas.

— Pierre a vingt-deux ans. Très gentil garçon. Il travaille pour un nouveau journal : *Le National*. Il s'occupe présentement du dossier du diocèse de Providence. Je vous dis que ça brasse, là-bas ! Il me tient au courant de tout ça.

Le père Lacroix sembla se réveiller et accueillir cette diversion avec soulagement. Il connaissait l'affaire et ajouta quelques détails à ce fait divers qui prenait de l'ampleur dans toute la Nouvelle-Angleterre.

— Ouais… Ce Mgr Hendriken va y goûter, je le crains. Les catholiques francophones ne vont pas se laisser mener comme ça par l'épiscopat irlandais, oh, que non ! Parce qu'ils parlent anglais et sont en place depuis plus longtemps que nous, ces ratoureux d'Irlandais s'imaginent qu'ils vont réussir à nous imposer leurs vicaires. Cet abbé McGee, exclusivement anglophone, n'arrivera jamais à remplacer l'abbé Bédard de la paroisse

Notre-Dame-de-Lourdes de Fall River. Dieu ait son âme ! Ça barde, dans ce diocèse-là, je vous le dis ! Et les paroissiens ont raison de protester. Ils ont même envoyé une délégation à l'archevêque de Providence mais ce fut peine perdue. Croyez-le ou non, le prélat a substitué un autre Irlandais à ce McGee. Le cher monseigneur ne reconnaît pas le droit aux Canadiens français d'avoir un prêtre de leur nationalité. Selon lui, il s'agit d'une faveur et non d'un droit. Vous voyez ça ? C'est pourtant les Canadiens qui ont payé l'église, le presbytère et l'école. Les francophones ont alors décidé d'aller à la messe ailleurs. Ou de ne plus y aller du tout. Quelle affaire, tout de même !

Anne acquiesçait avec de grands hochements de tête et profita du fait que le père Lacroix prenait une inspiration pour renchérir.

— Et l'évêque a alors jeté un interdit sur la paroisse. Tout le monde en parle. Mon ami journaliste affirme qu'on va en appeler à Rome. Quelle histoire !

— Ainsi, votre copain s'intéresse à cette cause ? Eh bien, vous ne fréquentez pas n'importe qui, ma chère ! Quelqu'un d'intelligent, en plus d'être beau.

L'oblat sourit à la jeune fille avec bienveillance avant de retourner à son observation du paysage. La conversation retomba de nouveau. Marguerite, qui n'avait jamais entendu parler de cette histoire de Providence, se sentit ignorante et ridicule, diminuée aux yeux du prêtre. Aiguillé sur ce sujet, ce dernier semblait avoir oublié la présence de celle qu'il prétendait aimer. Quand il ferma longuement les paupières, elle s'imagina qu'il méditait, retiré dans un recoin de son monde intérieur où elle n'avait pas sa place. Elle ne doutait pas qu'Antoine Lacroix possédât bien d'autres centres d'intérêt en dehors d'elle-même, elle, l'insignifiante maîtresse d'école peu renseignée, marquée du sceau du fruit défendu.

Il semblait tellement facile pour un homme de dire à une femme « Je t'aime » puis de se tourner vers autre chose. Et un prêtre alors? « Tu te trompes, Marguerite, pensa-t-elle, les prêtres ne disent pas " Je t'aime " aux femmes. Tandis que toi, depuis les aveux du fameux soir, tu ne dors plus. Tu vois maintenant à quel point lui peut se montrer détaché quand il le veut? Ta présence n'a pas l'air de le troubler du tout! »

Tandis qu'elle, si on l'avait prévenue qu'elle passerait près de dix heures en tête à tête avec Anne et Antoine Lacroix dans le compartiment d'un train, elle en aurait rêvé des jours à l'avance, même déchirée par le remords. Et voilà que l'objet de toutes ses pensées se trouvait là, devant elle, à quelques pieds à peine mais éloigné d'elle en esprit par des milliers de milles. En voyageant seule avec sa sœur, elle aurait ressenti moins de vague à l'âme. Sans doute Anne lui aurait-elle parlé davantage de son journaliste, en ajoutant de ces détails dont raffolent les femmes. Ainsi, elle n'aurait pas eu à souffrir de l'indifférence du faux prince charmant.

Mais qu'espérait-elle donc exactement? Qu'Antoine lui prenne encore les mains, là, devant tout le monde au beau milieu du train? Ou qu'il lui baise les joues en lui murmurant des mots tendres à l'oreille? Allons! Elle ne devait rien espérer de cet amour défendu qui ne verrait jamais le jour. Déjà elle n'en tirait pas autre chose que de la peine et du dépit. Et une impression de solitude étouffante comme un garrot autour de la gorge. Comme maintenant.

Anne avait replongé dans son livre. « C'est ça, cultive-toi, ma sœur! songea Marguerite. À la longue, ta conversation deviendra plus intéressante que celle de ton aînée, future vieille fille frustrée! » Elle sentit monter les larmes et s'empressa de se moucher bruyamment avant que son désarroi ne se liquéfie. Le père Lacroix sursauta.

— Excusez-moi... Je pense que je me suis assoupi quelques instants.

Marguerite ne put se retenir de penser que l'amour ne l'empêchait pas de dormir, lui! À ce moment précis, le prêtre s'adressa directement à elle.

— Et vous, ma petite Margot? Vous me paraissez bien tranquille, aujourd'hui. Qu'avez-vous à nous raconter?

— Oh ! pas grand-chose…

— Vous savez, ce pamphlet de l'autre jour ? J'y ai beaucoup songé. Il n'est pas le seul, vous savez. Regardez ce livre du révérend Joseph Strong, publié à cinq cent mille exemplaires. Je l'ai apporté exprès pour vous le montrer.

Il se pencha pour sortir de son sac un petit bouquin rouge. Marguerite sourcilla. Antoine Lacroix venait de se trahir : il avait prévu cette rencontre, sinon dans le train, à tout le moins à Colebrook, puisqu'il lui avait apporté un livre.

— L'auteur accuse les immigrants de tous les maux et insiste sur leur rôle dans les bouleversements du pays. Plusieurs revues traitent d'ailleurs du même sujet. Heureusement, s'il y est question d'une éventuelle annexion du Québec par les États-Unis, on donne en général la parole tant aux nativistes, ces Américains qui se réjouiraient d'une telle fusion, qu'à des Canadiens, comme Honoré Beaugrand, qui la redoutent. Tenez, ça va vous intéresser.

Le prêtre tendit gentiment le livre à Marguerite. Cette délicate attention eut l'heur de pulvériser aussitôt les sombres pensées de la jeune fille. Ainsi, elle s'était royalement trompée : elle avait encore de l'importance aux yeux du prince Antoine Lacroix.

À l'arrivée du train, lorsqu'il l'aida à descendre, la force et la durée exagérée du geste qui unit leurs deux mains n'eurent rien à voir avec le fait d'aider poliment une jeune fille à franchir le marchepied trop élevé d'un wagon.

12

Angelina n'en menait pas large quand les visiteurs se pointèrent chez elle à huit heures du soir. La grande maison de la rue Parsons baignait déjà dans la pénombre et Camille, vêtue de sa robe de nuit, veillait la malade en silence, à la lueur d'une seule lampe à huile, posée sur le guéridon. L'air sentait le renfermé et le camphre.

Impressionnées, les deux grandes se gardèrent de sauter au cou de leur jeune sœur malgré leur joie de la retrouver. Celle-ci, prostrée, réagit d'ailleurs très peu à leur arrivée et se mit à pleurer doucement.

— Je ne veux pas que maman meure, je ne veux pas que maman meure…

Anne ne put s'empêcher de rétorquer avec étonnement :

— Angelina n'est pas ta mère, Camille.

— Oui, elle est ma deuxième mère et, moi, je l'aime.

Le docteur Lewis semblait, lui aussi, complètement anéanti et secouait la tête. Il avait exploré toutes les voies possibles de la médecine avant de baisser les bras devant le cancer foudroyant de sa femme. Le père Lacroix posa une main qu'il voulait réconfortante sur l'épaule de l'homme effondré.

— Il ne reste donc plus d'espoir ?

— Non, il n'y a plus rien à faire. À moins d'un miracle… J'ai tout essayé mais le mal n'a cessé de gagner du terrain. Il s'agit maintenant d'une question de jours avant que la mort ne l'emporte. Il ne me reste plus qu'à tenter de soulager ses souffrances. Et encore… Devant la mort, on est parfois démuni, vous savez. Merci d'être venus aussi vite, mon père, et vous aussi, mes chères petites.

Au-delà de l'émotion purement humaine, les devoirs sacerdotaux du père Lacroix se rappelèrent à lui. Le prêtre se sentit dans l'obligation de prendre la situation en main et de consoler ses ouailles écrasées par la fatalité.

— Si c'est la volonté de Dieu d'amener Angelina au ciel avec lui, il faut l'accepter humblement. Nous n'y pouvons rien. Il reste à nous résigner et à tenter de l'aider à franchir le grand pas vers l'autre monde. Votre épouse se retrouvera au paradis d'ici peu, docteur, soyez sans crainte. Elle en aura fini avec les épreuves terrestres et pourra enfin vivre dans l'allégresse. Ne devrait-on pas se réjouir pour elle ?

Le médecin se retourna brusquement et riposta sur un ton qui trahissait sa révolte.

— Pardonnez-moi, mon père, mais ma femme et moi vivions déjà dans l'allégresse, contents et satisfaits d'avoir aidé les autres durant toute notre vie. Notre bonheur fut parfait, et encore plus ces dernières années où Dieu a mis sur notre route un petit ange en la personne de Camille. Ni Angelina ni moi n'avions envie de voir cesser cette félicité, croyez-moi.

Désarçonné, l'oblat se racla la gorge et s'approcha de la malade. Quel être humain, fût-il moine, pape ou chaman, possédait la véritable réponse au grand mystère de la mort ? À travers les âges, dans la grande histoire de l'humanité, chaque civilisation, chaque peuple, et même chaque homme adaptait ses croyances et sa propre théorie sur la vie et la mort selon la religion à laquelle il adhérait. Quand il y adhérait… On appelait cela « avoir la foi ».

Antoine Lacroix s'était sérieusement posé des questions à ce sujet lorsqu'à dix-huit ans il étudiait la théologie. Pourquoi un Dieu qu'on prétendait infiniment bon permettait-il la mort et toutes les souffrances qui l'accompagnaient ? Ces doutes, honnêtement avoués à ses maîtres, avaient failli lui coûter le renvoi pur et simple du séminaire. Mais le besoin de se dévouer pour les autres l'avait emporté. L'amour, prêché à pleines pages de l'Évangile, l'avait conforté dans sa réponse affirmative à l'appel de la vocation sacerdotale. Avec l'ardeur et la fougue de sa jeunesse, il avait enterré ses incertitudes, bravement renoncé à l'attrait des femmes et engagé toute sa vie au service de Dieu et des autres. La tuberculose, contractée quelques années plus tôt, n'avait nullement entravé son zèle. Après presque une année de repos chez les religieuses, dans l'aile hospitalière du couvent de Lévis, le missionnaire était revenu à Lowell, plus enthousiaste et motivé que jamais.

À n'en pas douter, si la foi du père Lacroix était occasionnellement mise à l'épreuve, ses vertus inébranlables d'espérance et de charité tout autant que le vœu de chasteté le maintenaient à flot dans ses engagements. Il restait que, devant les forces invincibles de la mort et le chagrin des familles éprouvées auxquels ses activités ecclésiastiques le confrontaient très souvent, le jeune prêtre redevenait un simple mortel que seul un fol espoir en un monde meilleur arrivait à ne pas déstabiliser.

Il prit doucement la main de la malade.

— Madame Lewis? Angelina? C'est moi, le père Lacroix, le prêtre catholique que vous avez réclamé. Je suis venu vous aider à préparer le grand voyage. Avez-vous des souhaits particuliers?

Il s'était adressé à la femme du docteur en français. Elle ouvrit de grands yeux étonnés et mit un certain temps avant de comprendre ce qui se passait. Le vicaire dut se pencher pour mieux saisir les mots qu'elle lui marmonna à l'oreille. Il fit signe aux filles de s'approcher.

Marguerite vint se placer près de la malade et sentit une main sèche et glacée agripper la sienne. Ce geste lui rappela la main de Rébecca, quelques années auparavant, qui l'avait empoignée sur son lit de mort et s'était accrochée à elle avec l'acharnement du désespoir. Le désespoir d'une condamnée. Même peau décharnée et froide, même fébrilité… Elle croyait avoir enfoui cette image au fond de sa mémoire, là où le trou noir ne laisse pas de place au souvenir, mais voilà qu'il resurgissait, en ce moment même, au chevet de cette femme que Camille appelait maman.

Angelina sembla retrouver ses esprits et un léger regain d'énergie. Elle s'adressa aux deux sœurs d'une voix rauque et plus perceptible.

— Anne ? Marguerite ? Je voudrais vous demander pardon de vous avoir enlevé votre sœur pendant toutes ces années.

— Mais voyons, Angelina, vous n'avez pas à vous excuser pour ça ! Vous lui avez sauvé la vie. Vous l'avez soignée et guérie de ses blessures à la suite de son accident.

— Oui, mais après… J'aurais dû la renvoyer auprès de vous.

— Mais nous n'étions pas en mesure d'en prendre soin, Angelina, vous le savez bien. Papa… euh… notre père non plus, je crois. C'est plutôt à nous de vous dire merci.

— Jurez-moi de bien vous occuper de Camille. J'ai tant aimé cette enfant-là !

— On vous le jure, Angelina. Comptez sur nous. Vous pouvez partir tranquille.

Une fois de plus, les trois sœurs en larmes se resserrèrent dans les bras l'une de l'autre pour contrer la douleur insupportable. Marguerite se demanda pour quelle raison obscure c'était toujours le malheur qui les rapprochait ainsi. Henry Lewis, submergé par trop d'émotion, décida quant à lui d'aller fumer une pipe sur la galerie, malgré le mauvais temps.

Le père Lacroix en profita pour faire diversion.

— Angelina, je vous ai apporté la communion. Aimeriez-vous d'abord vous confesser ?

La malade fit un signe de la tête en ébauchant un sourire.

— Le bon Dieu vous ouvre tout grand les bras, ma chère dame. Le temps est venu de vous y blottir en totale confiance et d'oublier tout le reste.

Marguerite prit ses sœurs par la main comme elle le faisait quand elles étaient petites, et elle les entraîna sur la galerie, à la lueur d'une bougie, rejoindre le docteur appuyé à la rambarde, incapable de retenir ses sanglots.

— Ah ! mon Dieu ! Pourquoi Angelina part-elle maintenant ? Il est trop tôt ! Nous aurions pu vivre heureux encore de belles années.

Les trois filles ne surent que répondre, trop conscientes de l'horrible vide laissé par le départ d'un être cher. Quelques minutes plus tard, le père Lacroix surgit dans l'entrebâillement de la porte, l'air perplexe, et mit fin malgré lui aux lamentations du médecin.

— Marguerite, Angelina vous réclame. Vous toute seule... avec moi !

— Avec vous ? Ah bon.

Curieux, les deux retournèrent dans la chambre et s'avancèrent à petits pas auprès du lit. Que pouvait-elle leur vouloir ?

— Venez, approchez de chaque côté.

Avec une certaine maladresse, la malade réussit à s'emparer de la main de chacun. Puis elle commença à prononcer, avec une respiration oppressée et sifflante, des paroles que jamais Marguerite n'allait oublier.

— Écoutez-moi bien. Je sais que vous êtes amoureux l'un de l'autre. Ce fut facile pour moi de le deviner : j'ai aperçu, par la porte entrouverte, l'étreinte passionnée qui vous a réunis, il n'y a pas si longtemps, dans le vestiaire de l'école, à Lowell. Vous vous rappelez, Marguerite, quand on avait arrêté votre père ? J'ai très souvent repensé à cette scène car elle m'avait bouleversée. C'est pourquoi je vous ai fait venir jusqu'ici, père Lacroix. Je voudrais vous divulguer un secret ignoré de tous. Et je désire le révéler devant Marguerite, la femme qui vous aime, mon père, dans le but de m'en confesser d'abord, mais aussi celui de vous faire réfléchir. Si jamais j'ai péché, donnez-moi l'absolution, je vous prie, mon père, même si je n'éprouve ni regrets ni remords pour ce que je vais vous raconter.

Bouleversés, les amoureux ne disaient mot et retenaient leur souffle. La malade poussa un vif soupir et poursuivit le discours qu'elle semblait avoir longuement préparé.

— Sachez que le docteur Lewis fut durant quelques années un prêtre, catholique, comme vous, mon père, avant d'étudier la médecine. Un jésuite. Il a quitté la vie religieuse parce que j'attendais un enfant de lui. Nous habitions New York à l'époque. Bien sûr, comme vous semblez le faire maintenant, nous avons lutté contre ces sentiments inavouables. Ni lui ni moi n'avions cherché cela, cet amour qui dépassait l'entendement. Cet amour fou a finalement balayé tout le reste et nous a fait perdre la tête plus d'une fois… À cause de ma grossesse, nous avons décidé de nous épouser dans une autre confession religieuse et de déménager à Colebrook où personne ne nous connaissait. Mon mari, devant l'échec de sa vocation sacerdotale, a entrepris des études de médecine. Il les a terminées en France, d'ailleurs. Mais nous étions déjà mari et femme et avions un enfant à ce moment-là, alors que tout le monde croit qu'il m'a connue et demandée en mariage là-bas. Et tous ignorent qu'il est un jésuite défroqué. Je suis arrivée en Amérique à l'âge de seize ans et ma famille s'est installée dans l'État de New York. Personne ne sait cela. L'histoire de notre passé est un pur mensonge.

Les deux interlocuteurs restaient là, sans bouger, trop impressionnés pour réagir. Angelina tourna la tête vers Antoine.

— Mon père, de toutes les fautes que j'ai commises au cours de mon existence, mon mariage est la seule que je n'arrive pas à regretter, dussé-je aller en enfer pour cela. Mais je ne doute pas que Dieu me pardonne, lui, la source de tout amour, même de celui ressenti pour l'homme consacré qui m'avait prise dans ses bras, lui aussi, un certain soir de grand chagrin. Comme je vous ai vus faire, tous les deux, l'autre jour…

— Parfois, Angelina, Dieu seul peut expliquer pourquoi certains sentiments, certains emportements nous échappent et deviennent plus forts que nous, pauvres humains. Il s'agit là de forces mystérieuses, plus grandes que nous-mêmes… Moi, je vous donne l'absolution. Et je sais que dans sa bonté infinie, Dieu vous a comprise et pardonnée depuis longtemps.

— Je vais donc rencontrer mon juge en toute sérénité. Il m'acceptera auprès de lui, je n'en doute plus, grâce à vous. Merci, mon père. Vous connaissez maintenant le secret du docteur Lewis et de sa femme. Nul ne le connaît à part vous deux et notre fils qui vit en Californie. Un jour,

Marguerite, vous raconterez cela à Camille, si vous le voulez bien.

Les dires d'Angelina ouvraient tout à coup une nouvelle porte devant la jeune fille. Antoine et elle n'en étaient qu'aux premiers balbutiements de leur amour, mais l'histoire des Lewis lui faisait découvrir un horizon auquel elle n'avait jamais songé. Un horizon où l'impossible devenait possible, où le soleil pouvait briller malgré l'épaisseur des nuages. Un horizon où le bonheur pouvait exister hors des conventions. Marguerite n'avait jamais osé en rêver. Vivre sa vie auprès d'Antoine… Mais, ce jour-là, à cet instant précis, une mourante venait de lui en rappeler la réalisation potentielle.

Angelina rendit l'âme le lendemain, en soirée, entourée de son mari et des trois sœurs Laurin éplorées. Camille se montra inconsolable.

Le père Lacroix, quant à lui, était déjà retourné à Lowell, appelé par ses nombreuses obligations d'homme d'Église. Il était parti rapidement sans échanger de signe de connivence ni de regard complice avec Marguerite. Rien ! Comme si les confidences d'Angelina n'avaient pas eu lieu.

« Parti trop vite, songea Marguerite. C'est mauvais signe… »

13

L'établissement pénitentiaire de l'État du New Hampshire arborait une allure lugubre, même de loin. À part une haute tour de garde près de l'entrée, l'édifice de plain-pied étendait ses tentacules au milieu des champs, ses pavillons de briques rouges aux minuscules fenêtres à barreaux. Un unique chemin pierreux, délimité par une haute cloison de perches, y menait à partir de la route de Concord, au sud de Colebrook. Au passage d'une diligence, un gardien, fusil sur l'épaule, examinait les passagers avant de lever la barrière. Seules les personnes autorisées avaient le droit d'y circuler pour se rendre au pénitencier, soit le personnel, soit les visiteurs munis d'un laissez-passer et admis uniquement pour une période d'une heure, une fois par semaine, le dimanche après-midi.

Les sœurs Laurin s'y étaient rendues à quelques reprises afin de soutenir le moral de leur père. En effet, depuis sa condamnation, Anne et Marguerite avaient plusieurs fois pris le train de nuit, le samedi, pour revenir à Lowell par celui du dimanche soir, sacrifiant leur repos et leur journée de congé. Mais elles se butaient à tout coup à l'attitude rébarbative et entêtée de

Joseph. Non seulement se trouvait-il captif d'un lieu sordide, mais, pire, une prison intérieure encore plus étanche et sinistre semblait l'habiter. Tristes expéditions que ces voyages stériles où l'homme refusait systématiquement d'ouvrir la bouche. Appréciait-il ces rencontres ? Lui faisaient-elles du bien ? L'encourageaient-elles à garder le cap ? Nul n'aurait pu le dire.

Les autorités, avares de détails, rassuraient toutefois Marguerite sur le comportement acceptable du prisonnier numéro cinq cent vingt-huit. Que signifiait le mot « acceptable » ? Mangeait-il à sa faim ? Prenait-il l'air dans l'espace entouré de barbelés aménagé à cette fin ? Prononçait-il quelques mots à l'occasion ? S'adressait-il aux gardiens ? S'était-il fait des amis parmi la population carcérale ? Pour quelles raisons ne répondait-il pas à leurs lettres ? Est-ce qu'on les lui remettait, au moins ? Et quand on l'extirpait de son cachot pour venir à la rencontre de ses filles à travers un minuscule guichet traversé de barres de fer, manifestait-il quelque contentement ? Marchait-il d'un pas alerte vers cette étrange salle de visites ? Ébauchait-il à tout le moins un semblant de sourire ?

Tant et tant de questions… Rien ! Les sœurs Laurin ne savaient plus rien sur l'homme qui se tenait devant elles, figé et imperturbable. Elles rentraient déçues de leur visite, avec l'impression d'avoir perdu leur temps. Quant à Camille, elle ne s'y était rendue qu'une seule fois en compagnie d'Angelina avant que celle-ci ne tombe sérieusement malade. Comme les autres, la princesse avait essuyé un regard muet d'indifférence. Joseph Laurin était devenu un homme déchu dont le masque de glace n'exprimait plus rien.

Depuis quelques mois, Camille habitait Lowell. Après l'enterrement d'Angelina, il avait été décidé de déménager la benjamine chez ses aînées. Cette entreprise ne s'était pas effectuée sans douleur, autant de la part du docteur Lewis que de Camille, et Marguerite avait réalisé à quel point sa sœur avait développé un sentiment d'appartenance à cet autre milieu. Mais la fillette ne pouvait vivre seule avec le médecin ni endosser la responsabilité domestique d'une aussi vaste demeure. Le docteur, d'ailleurs, avait décidé de vendre sa maison pour aller finir ses jours auprès de son fils unique et de son petit-fils en Californie. Le départ de Camille pour Lowell avait donc signé la fin de la présence des Laurin à Colebrook, d'autant plus que le lopin de terre de Joseph venait d'être saisi par la banque pour cessation du remboursement de l'emprunt. Avait-on mis leur père au courant?

Cette fois, Camille faisait partie du groupe de visiteuses. L'annonce de la perte de son terrain et du déménagement de la princesse à Lowell susciterait-elle quelques protestations de la part du père, ou bien avait-il irrémédiablement perdu l'usage de la parole ? Et le sens des choses ? Marguerite appréhendait plutôt une réaction démesurée, voire une magistrale manifestation de révolte. Qui sait s'il ne leur demanderait pas d'acquitter elles-mêmes les mensualités ? Après tout, cette nouvelle mettait un terme à son projet farfelu de les rassembler un jour dans sa maison imaginaire de Colebrook. L'incendie de l'hôtel Hinman avait, par ricochet, réduit le beau rêve de Joseph en fumée. Au bout du compte, tout cela n'aurait été que fantasme et faux espoir. La fin d'une chimère.

Les trois sœurs pénétrèrent dans le hall sur la pointe des pieds. Après unc fouille en règle, on les conduisit, au bout d'un long corridor, devant l'un des nombreux guichets étroits du parloir. L'homme impassible qui se présenta derrière le guichet leur parut méconnaissable. Ces derniers mois, il avait dû vieillir de dix ans. Dans leur souvenir, Joseph restait homme encore jeune, svelte et fringant, celui qui les avait menées, avec un éclat de lumière dans l'œil, par monts et par vaux jusqu'à ce pays qu'il appelait la terre promise. Cette terre étrangère dans laquelle, bien malgré elles et sans trop s'en rendre compte, elles étaient en train de prendre racine…

— Salut, papa. Comment allez-vous ?

…

— Nous vous apportons quelques nouvelles. Une bonne et une mauvaise. Par laquelle doit-on commencer ?

Joseph se tourna vers le mur en haussant les épaules. Enfermé pour dix ans dans une cage, que lui importaient les nouvelles, bonnes ou mauvaises ! Marguerite retenait ses sanglots. Cette fois, c'en était trop. Elle refusait de supporter ce silence plus longtemps et ne put résister à l'envie de poser la question qui lui brûlait les lèvres à chacune de ses visites.

— Papa, n'avez-vous pas envie de savoir comment on va ? Dites-moi si vous nous aimez encore… Dites-le-moi, papa, je vous en supplie, sinon je ne reviendrai plus. Lowell est à des heures de Concord, et si vous n'avez pas envie de nous voir, je voudrais le savoir. Là, tout de suite. Parce que moi, je n'en peux plus, papa, je n'en peux plus.

Elle éclata en sanglots. Lentement, Joseph se retourna et plongea ses yeux dans ceux de sa fille. Des yeux de braise. D'une intensité qu'elle ne leur avait jamais connue. Au fond des prunelles, la lueur se fondait dans le ruissellement des larmes. Lentement, les écluses trop longtemps retenues s'ouvrirent et un torrent sans fin jaillit soudain sur les joues ravinées de l'homme. Il pencha sa tête ébouriffée et l'appuya contre les barreaux de fer qui le séparait de ses enfants.

Spontanément, Marguerite y passa une main timide, imitée aussitôt par ses deux sœurs qui se levèrent et se mirent à caresser doucement, du bout des doigts, les cheveux de leur père. Des cheveux secs et sales, parsemés de fils blancs... En ce geste banal résidait toute la tendresse du monde. Et le plus généreux des pardons. Un pardon accordé spontanément par des jeunes filles soudain redevenues des enfants. Des enfants qui ne se posent pas de questions et n'analysent rien. Des enfants qui ne font qu'écouter leur cœur.

Le prisonnier, toujours silencieux, les laissa faire sans broncher, sous le regard du gardien qui abaissa son arme, sans doute attendri par une telle scène.

— Papa... Voulez-vous savoir les nouvelles ?

...

Joseph releva la tête. Même s'il s'obstinait à ne pas prononcer une parole, son regard trahissait une telle curiosité qu'Anne s'empressa de poursuivre.

— Papa, depuis la mort d'Angelina, Camille habite avec nous, à Lowell. Nous sommes tellement contentes ! Voilà pour la première annonce. N'est-ce pas une bonne nouvelle ? Enfin nous voilà réunies toutes les trois ! L'autre, c'est que... c'est que... vous avez perdu votre terrain, papa. Nous l'avons appris récemment par une lettre de la banque.

Cette fois encore, Joseph resta muet et préféra s'éloigner brusquement du guichet de sorte qu'aucune main ne puisse continuer à le toucher. Quand le gardien, s'étant ressaisi, annonça que l'heure de la visite était terminée, le prisonnier se retourna, l'espace d'une seconde, et salua ses filles d'un bref signe de tête.

— Au revoir, papa. On va revenir vous voir, c'est promis.

Poussé par le gardien, Joseph s'arrêta une seconde et, soulevant ses mains pour bien faire voir ses menottes, il s'écria d'une voix gutturale, avant de franchir la porte :

— Oubliez-moi, mes enfants. Oubliez-moi… Je suis devenu fou.

14

Marguerite n'en revenait pas. La nouvelle maison des Boismenu, dans un quartier cossu de Lowell, lui semblait un château, une fois la décoration terminée. Vastes pièces, boiseries ouvragées, tapis somptueux, soie, brocart, dentelle, tout y était luxueux et de bon goût.

— Oh, la, la ! Rose-Marie ! Quels pas de géant entre la Boott's Boarding House, le petit logement au-dessus du magasin et cette splendide maison ! Vous voilà maintenant devenus riches, Paul et toi. Je suis contente pour vous.

Celle que Marguerite considérait soudain comme une nouvelle riche se mit à rire.

— Ça ne change rien, tu sais. Je reste toujours la même personne.

— Je sais, je sais…

Marguerite jeta un regard affectueux à son amie. En effet, même si elle avait facilement adopté et profité des tendances capitalistes de son mari, Rose-Marie n'en demeurait pas moins une femme simple et sans prétention. Et la meilleure des amies pour les sœurs Laurin. Anne et Marguerite continuaient de garder confiance en celle qui jadis, à la résidence Boott's, avait rassuré et protégé, par son attitude maternelle, les deux orphelines en plein désarroi.

Une fois par semaine, les jeunes femmes se rencontraient autour d'une tarte aux pommes ou aux raisins et d'une tasse de thé. Leur relation s'alimentait de fous rires, de confidences et de discussions enflammées. En réalité, le couple Boismenu tenait lieu non seulement d'amis mais aussi de famille pour les orphelines. Et leur réussite financière n'avait en rien altéré ce lien précieux.

Depuis quelque temps, le Smallwood Saloon et le magasin La Par-botte rapportaient des profits faramineux. Paul, ambitieux et doué pour les affaires, avait eu la bonne idée de réinvestir cet argent dans une boutique de confection pour dames. Rapidement, le Rosemary's Fair avait attiré une clientèle riche et prospère issue de la population américaine, à laquelle s'ajoutaient plusieurs Canadiens.

— J'aurais aimé m'occuper de ce magasin avec mon mari, avait affirmé Rose-Marie, mais la maison est grande à entretenir et les deux enfants occupent tout mon temps. Savais-tu, Marguerite, que je suis encore « partie pour la famille » ?

— Eh bien, dis donc ! Quelle pondeuse tu fais, ma chère !

— Oui, mais cet enfant sera le dernier de la pondeuse et de son coq. Notre décision est prise : pas d'autres poussins dans la basse-cour des Boismenu. Il y a toujours bien des limites !

— Ah ! bon.

— Ben quoi ? Trois enfants, cela me semble une belle famille. Sinon, ça ne serait plus vivable, tu ne penses pas ?

— Ces choses-là ne me regardent pas, Rose-Marie. Mais n'oublie pas une chose : si tu empêches volontairement la famille, tu vas vivre constamment en état de péché mortel. Le prêtre va te refuser l'absolution et tu ne pourras plus communier. Et l'enfer te guette en cas de mort subite. Dommage, mais c'est comme ça. Je te dis ça en amie…

— Et après ? Tu crois à ça, toi ? Trouve-moi une femme aux États-Unis qui a eu dix-neuf enfants. Elles ne sont pas folles comme nous autres, les mères de famille américaines ! Et elles vont à l'église quand même. Voir si elles vont toutes se retrouver en enfer, voyons donc ! Ce ne sont pas les curés qui les mettent au monde, ces petits-là, ni qui les élèvent. Et qui étalent le beurre sur le pain. Eux, ils s'en fichent. Ils ont beau dire, les prêtres, moi je les trouve complètement à côté de la réalité.

— Tu as un peu raison. L'Église catholique…

— L'Église catholique, tu l'as dit ! Toute cette « trâlée » de vieux évêques et de curés miteux ne comprennent rien à la vie des femmes. Et ils se permettent, du fond de leur confessionnal, de tout décider pour nous et de nous dire quoi faire jusque dans notre lit. Franchement ! Et ils prétendent détenir la vérité, en plus ! Je me demande bien où ils la prennent, leur vérité, peux-tu me le dire ? Trouve-moi la page d'Évangile où il est ordonné aux femmes d'accoucher chaque année. On n'est pas des animaux, coudon ! Le Christ n'aurait jamais dit ça à une femme, j'en suis convaincue. Lui, il les comprenait, les femmes. Il devrait revenir pour leur parler dans le nez, à ces hommes-là qui ont le toupet de se faire appeler « mon père » sans avoir la moindre idée de ce que ça signifie, d'être père !

— Oh, là, là ! Rose-Marie, te voilà vraiment devenue rebelle !

— T'en fais pas. Au fond, je n'ai pas encore entièrement penché du côté du diable, mais…

Marguerite réprima un sourire et prit le parti de se taire. Elle était d'accord avec son amie, mais jamais elle n'aurait osé l'affirmer aussi haut et clair. Elle eut tout de même une pensée pour Antoine. Comment réagissait-il à ce sujet? Le jeune prêtre se trouvait sans doute dans l'obligation de suivre la consigne prescrite par l'Église et, comme le reste du clergé, de condamner les femmes qui refusaient de « faire leur devoir conjugal ». Mais à l'entendre prêcher lors des retraites, il semblait doté d'un esprit plus ouvert que les deux autres prêtres de la paroisse. Chose certaine, on ne pouvait le classer parmi les curés miteux dont parlait Rose-Marie. Ah ça, non !

Comme si Rose-Marie avait deviné la pensée de Marguerite, elle ajouta, de but en blanc :

— De toute façon, moi, je vais toujours me confesser au père Lacroix. Lui, au moins, il est compréhensif !

Marguerite se garda bien de rétorquer. Depuis la mort d'Angelina, elle n'avait revu le prêtre que de loin, entre les murs de l'école, quand il y venait pour ses cours de catéchisme. Il se contentait alors de lui envoyer discrètement la main, et cela la rendait confuse. Elle détestait et bénissait à la fois cette distance qui, en même temps, la protégeait et la privait d'un amour qu'elle aurait voulu voir s'épanouir autrement. Espace à la fois dense et invisible qui concrétisait, au fond, la décision que ni elle ni Antoine n'avaient eu le courage de prendre, suite aux confidences d'Angelina. Ils ne vivraient pas ensemble, Marguerite devait se rendre à l'évidence : Antoine ne se déciderait jamais. Le bel horizon rose n'aurait duré que quelques instants au chevet de la malade. Une barricade s'élevait maintenant entre eux, plus infranchissable que les murs de la prison où se trouvait Joseph. Impossible à surmonter, la barricade, aussi solide, aussi indestructible que l'institution qui l'avait dressée. L'Église catholique.

Entre l'émouvant aveu d'amour du prêtre et ce mur de froideur et d'indifférence, Marguerite se sentait déchirée. Elle se demandait parfois si cette déclaration d'amour n'avait pas été le fruit de son imagination. Le soir, son ange de porcelaine serré contre la poitrine, elle s'affolait en pensant à l'affreuse impasse où elle se trouvait. Un amour secret et impossible à vivre ne la mènerait nulle part, sauf à la solitude et à la honte. Et assurément au mur des lamentations. L'alternative du bel horizon lumineux n'existait pas, car l'option d'Angelina n'avait absolument pas germé dans l'esprit d'Antoine. Ne restait que le *statu quo*. Ou le néant.

Devrait-elle toujours se satisfaire de banales salutations dans un corridor d'école ? Allait-elle sacrifier sa vie pour un homme qui ne la choisirait jamais et donnerait préséance, à perpétuité, à sa sainte mère l'Église ? Pour quelle raison devrait-elle se contenter d'appeler « mon révérend père » l'homme qu'elle voulait aimer corps et âme comme un amoureux passionné et peut-être même un époux ? Le bel Antoine n'avait rien d'un père, que diable ! Hélas, ne l'avait-il pas avertie, l'autre jour, en lui révélant son amour : « Mes mains consacrées ne te posséderont jamais… »

Qu'attendait-elle donc du père Lacroix ? Et de l'existence ? Écouler le reste de ses jours toute seule au monde en rêvant de lui ? Vivre l'âme en paix conformément à ses principes religieux, mais le cœur sec et déserté ? Mener, comme une sœur cloîtrée, une vie de renoncement et de frustration éternelle ? Ou bien se contenter d'une place d'amoureuse de second rang ? Dieu d'abord, elle ensuite ? Ou, pire, épouser un homme qu'elle n'aimait pas, l'un des ces prétendants à l'esprit rustre et taillé à la hache qu'elle croisait parfois ?

Quand Angelina leur avait révélé son secret sur son lit de mort, Marguerite avait eu l'impression de détenir, pour un court instant, le pouvoir de décider de son destin. Mais tout cela avait viré à l'illusion. Antoine avait promptement détourné les yeux et s'en était allé. Et n'en avait plus reparlé. Elle avait compris que le prêtre prendrait toujours le pas sur l'homme.

Après quelques semaines de réflexion, le temps semblait maintenant venu de prendre une décision définitive et de le tracer, ce fameux destin, puisque Antoine préférait maintenir le *statu quo.* Non, elle n'allait pas passer toute son existence dans ce perpétuel état d'agitation et d'incertitude. Et la décision semblait n'incomber qu'à elle. Prisonnier de ses engagements, le prêtre n'arriverait jamais à se libérer de ses liens avec l'Église. Prisonnier de sa soutane et de son bréviaire, prisonnier de sa foi, il se contentait de laisser aller les choses, elle le sentait bien.

L'évidence se présentait à elle, ce matin-là, au cours de sa discussion avec Rose-Marie sur le point de vue des prêtres. Mais Marguerite n'avait pas le courage de l'admettre. Cela devrait lui sauter aux yeux pourtant : mieux valait lâcher prise et mettre un terme à cette aventure malsaine. Déguerpir à l'autre bout du monde pour ne plus voir les yeux bleus qui, même du fond d'une église ou dans les corridors d'une école, lui instillaient leur poison. Elle se devait à elle-même de recommencer à neuf. Après tout, elle n'avait que dix-neuf ans. Tout lui était encore permis. Ah ! rencontrer un homme libre qui l'aimerait naturellement et simplement... Un homme normal qui lui offrirait une vie normale. Une vie ordinaire de femme ordinaire. Et qui lui ferait quinze enfants ! Pourquoi pas ? Un petit nid bien chaud grouillant d'oisillons à aimer, elle en rêvait depuis si longtemps ! Elle, elle ne dirait pas non comme Rose-Marie après son troisième marmot. Certainement pas !

— Marguerite ? Tu es dans la lune, ma chère. À quoi rêves-tu donc ?

La jeune fille esquissa un pauvre sourire. Si Rose-Marie avait su l'objet de ses pensées, elle n'en serait pas revenue. Mais il n'y avait même pas de place pour les confidences à une amie dans cette terrible voie sans issue. Pas de secrets, pas d'épanchements. Que le silence… Il fallait taire tout ça et éviter le scandale. Sinon, qu'aurait pensé Rose-Marie du père Lacroix ?

Elle jeta un air condescendant à la jeune mère. Empêcher la famille n'était rien à côté de vivre une histoire d'amour avec un prêtre. Elle frissonna. Ah oui, ça urgeait ! Éteindre le feu pendant qu'il en était encore temps. Prévenir l'incendie ravageur. « Se méfier des feux follets », aurait dit son père. Et se sauver, se sauver au plus vite à l'autre bout du monde. Et pourquoi pas au Canada ?

— You-hou… Es-tu là, dis donc ? Comme ça, c'est marché conclu : Camille va venir travailler ici comme aide domestique à partir de lundi prochain. T'en fais pas, Marguerite, je ne vais pas ambitionner sur ta sœur et je vais bien la payer comme Paul le fait pour Anne. Et elle aura une belle chambre pour elle toute seule à l'étage.

Marguerite ne s'en faisait pas outre mesure pour la benjamine, à part une certaine appréhension concernant le comportement de Paul Boismenu. Elle ne pouvait oublier les confidences d'Anne au sujet de son audacieux baiser derrière le comptoir du magasin. Elle se rassurait en songeant qu'à treize ans, Camille saurait bien se défendre. La fillette s'était assez facilement adaptée à sa nouvelle vie à Lowell même si, depuis la perte d'Angelina, plus personne ne l'adulait et la servait comme une souveraine. Tranquillement, l'adolescente avait pris sa place dans le foyer de ses sœurs en dépit de l'exiguïté des lieux. Une place de « petite dernière » un peu capricieuse, certes, mais assurément pas celle d'une princesse gâtée à outrance.

Quand vint le temps de décider à quoi Camille occuperait ses jours, les deux grandes refusèrent de l'envoyer travailler à la manufacture. L'offre de Rose-Marie tombait à point : enceinte d'un troisième enfant, obligée de maintenir un certain train de vie parmi les gens d'affaires de la ville, un « *standing* », comme elle disait, elle n'avait plus le temps d'entretenir sa maison ni de s'occuper quotidiennement de ses enfants. Camille serait la bienvenue.

Elle aménagea donc chez les Boismenu, non sans un reniflement. Habiter une demeure somptueuse ne l'excitait guère, elle en avait l'habitude. Mais l'obligation de gagner sa pitance et de s'adapter à un nouvel environnement et à des patrons inconnus qui lui dicteraient sa conduite ne l'enchantait pas du tout. Par contre, Rose-Marie et Paul, par leur gentillesse et leur patience, arrivèrent facilement à mettre leur nouvelle employée à l'aise. Les deux enfants surtout, d'adorables petits bouts de chou, achevèrent de la conquérir.

Le soir du déménagement, Marguerite, incapable de trouver le sommeil, avait regretté sa décision. Elle n'aurait pas dû laisser Camille s'installer chez leurs amis. N'était-ce pas la jeter dans la gueule du loup ? Elle l'avait néanmoins mise en garde contre la tendance de certains hommes à devenir trop entreprenants quand ils avaient bu, sans mentionner, bien sûr, le nom de Paul. Mais, dans sa candeur, la fillette n'avait pas vraiment porté attention à ce conseil. Et cela n'avait guère rassuré l'aînée. Elle avait donc pris la résolution de demeurer vigilante et de surveiller sa sœur de loin.

Anne, de son côté, n'avait pas réagi à ce sujet, preuve que l'unique tentative de séduction de Paul, jadis, ne s'était vraisemblablement pas reproduite. Un accident de parcours valait-il la peine de chambarder les décisions importantes de l'existence ? Si Anne avait quitté le magasin de chaussures à cause de ce banal baiser, où se trouverait-elle aujourd'hui ? En train de peiner encore, douze heures par jour, dans une des manufactures de la ville ? Non, il valait mieux passer outre, du moins Marguerite le croyait. En espérant que tout se passe bien. Ce soir-là, la sœur aînée n'avait réussi à s'endormir qu'après avoir longuement appelé sa mère Rébecca au secours de ses trois filles.

Quelques jours après son installation chez les Boismenu, Rose-Marie, voyant à quel point Camille adorait jouer du piano, eut la délicate pensée de lui offrir de poursuivre ses études à l'académie de musique de Lowell. À son grand bonheur, la jeune fille passa désormais ses heures de loisir entre la machine à coudre et le nouveau piano trônant dans un coin du salon.

Petit à petit, le salaire versé chaque semaine procura à l'adolescente une certaine indépendance. Tranquillement, la dernière des petites Laurin apprenait son métier de femme et creusait sa place dans la société. Le bonheur semblait réapparaître dans le paysage.

15

Dès son entrée dans le logement, Anne, suivie de Pierre Forêt et de l'un de ses amis, lança le journal sur la table de la cuisine.

— As-tu vu ça, Marguerite ? Les Canadiens ont gagné leur cause à Rome. Hendriken, le vieil archevêque du diocèse, va sûrement ravaler sa barbe ! Sur les instances du Vatican, on vient de nommer un prêtre canadien-français à la paroisse Notre-Dame-de-Lourdes de Fall River, l'abbé Joseph Laflamme. Ouf ! il était temps ! Ces damnés Irlandais ne nous ont pas eus cette fois. On vient de remporter une superbe victoire. *Yessssss !*

Surprise par cette arrivée impromptue, Marguerite déposa sa tasse de thé. Elle s'apprêtait à répondre quand Pierre prit la parole.

— Excusez-moi, Marguerite, puis-je vous présenter mon ami Hugo Dubuque, à la fois mon collègue et mon patron, journaliste, homme de loi, copain, tout ce que vous voudrez ! Hugo, voici Marguerite Laurin, la plus charmante future belle-sœur de la planète.

— Enchanté, mademoiselle.

Future belle-sœur ? Marguerite sursauta. Comment ça, future belle-sœur ? Anne ne lui avait pas fait de confidences à ce sujet ! Évidemment, elle se doutait bien que, tôt ou tard, une telle annonce surviendrait. Les assiduités de Pierre Forêt, son empressement, les séances de *minouchage* qui n'en finissaient plus à la fin de la veillée alors qu'elle avait envie de se retirer dans sa chambre, les regards langoureux, les baisers dérobés sur le coin de la porte qu'elle feignait de ne pas voir et, surtout, les prétendues obligations d'Anne de devoir travailler le soir à la boutique après les heures d'ouverture, tout cela allait de toute évidence conduire à des épousailles, un jour ou l'autre. Mais Anne aurait pu au moins lui en parler au lieu de lui laisser apprendre la nouvelle de cette manière abrupte et impersonnelle.

À peine s'était-elle retournée vers sa sœur que déjà le fameux Hugo déposait un chevaleresque baiser sur sa main. L'homme, dans la jeune trentaine, plut immédiatement à la jeune fille. Distingué, le visage ouvert, la chevelure sage, l'habit classique, il représentait bien l'élite de plus en plus nombreuse et visible parmi la population francophone en provenance du Québec.

Anne avait souvent parlé à sa sœur de ce jeune avocat enflammé, ardent défenseur des droits des immigrés canadiens. Il avait écoulé sa jeunesse à aider sa mère veuve, restée seule avec la charge de neuf enfants. Après avoir entrepris ses études à Saint-Hyacinthe, il avait achevé son cours de droit à Boston. Depuis un certain temps, il menait une double lutte et était parti en campagne pour la libération de Louis Riel, défenseur de la cause des Métis, en même temps qu'il prônait activement la sauvegarde des paroisses nationales en Nouvelle-Angleterre. Ses chroniques dans les journaux locaux ne manquaient ni de panache ni de conviction. Il n'avait de cesse de visiter, dans toute la Nouvelle-Angleterre, les organismes culturels, institutions ou assemblées paroissiales pour donner des conférences sur les droits de ses compatriotes.

Marguerite n'en revenait pas de voir Anne, avec son simple cours primaire et sa culture pour le moins limitée, fréquenter des personnages de ce calibre et accepter de partir en croisade avec eux pour ce genre de problèmes. Évidemment, l'influence de Pierre Forêt y était pour quelque chose. Le prétendant de sa sœur ne manquait ni d'attrait ni de romantisme. À vrai dire, lui aussi représentait le plus charmant des futurs beaux-frères. Elle n'aurait pu rêver de meilleur époux pour Anne, sachant ce garçon non seulement cultivé mais franc et droit, et respectueux des conventions. Son bon comportement mettrait certainement un baume sur les mauvaises expériences d'Anne. Les amoureux feraient sans doute publier les bans à l'église avant longtemps. On célébrerait le commencement d'un bonheur. Un bonheur bien mérité !

— Marguerite, que dirais-tu de nous accompagner à la réunion de ce soir, au journal ? C'est la fièvre, tu penses bien. Une telle nouvelle, il faut fêter ça !

— Désolée, j'aurais bien aimé, mais j'ai trop de corrections à faire pour ma classe de demain. Et puis, je ne possède pas une âme de militante comme vous trois, moi.

— Oh ! mais ça peut se développer, mademoiselle. On pourrait s'en charger.

Cette voix chaude et conciliante… Marguerite se sentit rougir. Avait-elle rêvé ou une ombre de déception était bel et bien passée sur le visage du séduisant monsieur Dubuque?

— Bon, bien, t'inquiète pas, sœurette, je ne rentrerai sûrement pas avant minuit.

Une fois la porte refermée derrière les trois compères, Marguerite se sentit envahie par un étrange cafard. Pourquoi avoir refusé spontanément l'invitation à les accompagner? Pour quelles raisons fuir ce fameux Hugo? Elle aurait sans doute passé une agréable soirée en sa compagnie au lieu de se taper la correction de trente-six dictées bourrées de fautes. Corrections qui n'urgeaient vraiment pas, à la vérité. Le lendemain, durant la matinée, elle aurait eu tout son temps pour liquider le travail pendant le cours d'anglais dispensé à ses élèves par le professeur Binder.

Elle avait menti sans même s'expliquer pourquoi. S'agissait-il d'un simple prétexte pour s'isoler et cultiver la morosité au lieu d'aller s'amuser comme tous les jeunes de son âge? Si elle continuait à vivre ainsi, en recluse comme une moniale, le monde entier allait oublier son existence. Mais elle n'avait pas le goût de réagir. Pas ce soir.

Ce soir, un seul être occupait ses pensées comme une obsession. Un seul et dangereux courant emportait sa barque à la dérive au fond d'une caverne où elle risquait de périr. Et elle n'avait même pas envie de résister ni de lutter pour se maintenir à flot et à contre-courant. Elle n'en pouvait plus d'amour et de solitude. Plus le temps s'écoulait, moins elle se sentait capable de prendre la décision qui s'imposait d'éliminer de son esprit le seul refuge qui la consolait : la pensée d'Antoine Lacroix.

Elle appuya en reniflant son front contre la vitre de la grande fenêtre du salon. Quelques passants de la Middle Street déambulaient sans se presser. Des gens heureux, probablement. Le monde tournait si bien sans elle !

C'est alors qu'elle le vit venir, de loin. Il marchait d'un pas rapide et tenait à la main un bouquet de fleurs. Son cœur ne fit qu'un bond quand il s'approcha de l'escalier qui menait à son logement sur le côté du magasin. Quoi ? Le père Lacroix se dirigeait chez elle ? Et avec des fleurs ? Elle en eut le souffle coupé. Oh ! mon Dieu ! Elle l'entendit grimper à pas de géant et frapper trois coups peu discrets à la porte. L'espace d'un moment, elle pensa que le prêtre lui apportait de mauvaises nouvelles au sujet de Joseph. Elle mit quelques secondes avant de retrouver ses esprits et de se donner une contenance, puis elle ouvrit toute grande la porte et invita le visiteur à entrer.

— Bonsoir, Marguerite. J'espère que je ne vous dérange pas, je n'en ai que pour quelques minutes. En passant près d'ici, je n'ai pu résister à l'envie de venir vous annoncer, à vous et à votre sœur, que mon ami Joseph Laflamme a été nommé curé à Fall River. Je viens tout juste de l'apprendre. Cette bonne nouvelle a une importance capitale, je crois, dans l'histoire des Canadiens français du nord des États-Unis. Nous avons gagné la bataille contre les Irlandais, croiriez-vous ça ? Anne va être contente, je sais qu'elle s'intéresse à ce genre de choses. Au fait, votre sœur n'est pas ici ? Je croyais que…

Marguerite tenta de cacher sa déconvenue. Ainsi, c'est plutôt Anne que le père Lacroix venait rencontrer. Elle faillit répondre amèrement que ce genre de choses ne la préoccupaient guère et qu'elle se trouvait présentement seule à la maison. Seule à se languir de lui, Antoine Lacroix. Mais elle réussit à se ressaisir et à répondre poliment, sur un ton neutre.

— Oui, je suis au courant. Anne se trouve justement au journal avec ses amis pour fêter l'événement. Vous pouvez la rejoindre là-bas, si vous voulez.

— Non, non, je voulais simplement vous annoncer la bonne nouvelle, à toutes les deux. Bon… Je me sauve. Oh ! j'oubliais : je vous ai apporté ces fleurs qui poussent tout autour de l'église. Elles portent ton nom, Marguerite. Chaque jour, je les regarde, mais…

— …

— Mais elles ne sont pas aussi belles que toi. Je…

— Mon père, taisez-vous, je vous en prie, taisez-vous.

— Marguerite, dis-moi de partir, s'il te plaît. Ordonne-moi de m'en aller et je vais t'obéir. Je t'en supplie, dis-le-moi !

Elle opta pour le silence, un silence gêné et coupable qui risquait de faire basculer toute sa vie. Et si elle hésita l'espace d'une seconde, le regard éploré qu'elle jeta au prêtre suffit à trahir son état d'âme. Elle le laissa s'approcher d'elle.

— Marguerite, je t'aime. Je t'aime tellement… Je t'aime plus que Dieu, plus que l'Église, plus que moi-même. Plus qu'il n'est permis à un prêtre d'aimer. Je ne dors plus, je ne prie plus. Je n'en peux plus, ma petite Margot. Je t'aime plus que la vie elle-même, mon amour, mon amour. Laisse-moi au moins te le dire, laisse-moi t'aimer une fois, au moins une fois. Une seule fois…

— Antoine…

Avec une délicatesse infinie, il posa la main sur le visage de la jeune femme qui ne trouva pas le courage de lui résister. Ce candide mouvement de tendresse balayait du même coup toutes les indifférences dont le prêtre la gratifiait à chacune de leurs rencontres. Ces attitudes impersonnelles et dépourvues de sentiments, ces comportements désinvoltes, détachés, cette distance insupportable qu'il mettait entre elle et lui, tout ce qui jetait dans son cœur d'amoureuse un doute cruel sur le feu qu'elle croyait éteint chez le prêtre, tout cela, il venait de le jeter par terre. Dorénavant, elle ne douterait plus de lui.

Ce furent leurs regards qui se fondirent en premier et se laissèrent pénétrer jusqu'au fond, jusqu'au jardin secret de l'âme. Puis, leurs bouches se cherchèrent et se trouvèrent avec une telle envie de se dévorer qu'ils en oubliaient de respirer. Marguerite goûtait la douceur de l'étreinte malgré la raideur de la soutane qui enveloppait le corps frémissant du prêtre. Pressée contre lui, elle put humer son odeur, palper sa carrure. Et cette chevelure, ces boucles longues et souples... Ah ! y enfouir enfin la main comme elle en avait envie à chaque cérémonie à laquelle elle assistait du fin fond de l'église.

Il se mit à l'embrasser lentement dans le cou, à petits baisers mouillés qui lui donnaient le frisson, en ne cessant de murmurer « Je t'aime, je t'aime ». Elle sut qu'elle allait perdre la tête.

— Viens, Antoine, viens dans ma chambre.

— Ne te moque pas de moi, Marguerite, si je me montre un peu malhabile. Je n'ai jamais vu une femme nue de ma vie !

— Moi non plus, je n'ai jamais fait ça. Et je n'ai pas eu de petit frère pour me montrer comment c'est fait, un homme. Peu importe, viens !

Il dégrafa en riant, un à un, les minuscules boutons de sa soutane, et ce fut ce rire qui la fit craquer. Un rire à la fois d'homme et d'enfant. Un rire ingénu, irrésistible. Un rire chaud. Un rire chaud d'amour...

Elle passa ses bras avec délices autour de celui qu'elle avait surpris, l'autre soir, en pantalon et tricot de corps. Le père Lacroix transformé en « vrai » homme… Enfin elle pouvait s'imprégner de sa chaleur, palper sa nuque et caresser sa peau fine et duveteuse. Malgré une certaine pudeur, elle défit elle-même les premiers boutons de son corsage, bien consciente de signer, par ce geste, sa perte définitive.

Ils s'unirent alors. Et en dépit de leur maladresse, ils connurent toutes les voluptés. Ni avec la chaleur des rayons du soleil, ni avec l'immensité de la mer, ni avec la beauté des fleurs ou la force du vent, ni avec l'infiniment grand ou l'infiniment petit, leur extase n'eut de similitude. Ils atteignirent l'absolu, là où la communion des corps rejoint celle des âmes, dans cet espace hors du temps où le bonheur existe à l'état pur, là même où l'humain atteint la certitude de l'existence d'une entité d'une autre dimension. La plénitude.

Ils faillirent s'endormir dans les bras l'un de l'autre, repus, heureux, émerveillés, souverainement coupés de la réalité. Hélas, Antoine se leva d'un bond après avoir saisi sa montre qui traînait sur la table de chevet.

— Dieu du ciel ! Onze heures ! Je dois partir ! S'il fallait que ta sœur rentre ! Et, au presbytère, on doit bien se demander où je suis passé. Je vais leur répondre : au chevet d'une fidèle. N'est-ce pas, ma fidèle, ma douce, mon ange, ma bien-aimée, mon amour ?

Anéantie par la réalité qui venait de la rattraper trop brutalement, Marguerite le regardait enfiler prestement ses vêtements, collet romain, robe noire et large ceinturon, et s'acheminer à vive allure vers la porte. C'est à peine s'il prit le temps de déposer un chaste baiser sur le front de sa maîtresse avant de dévaler l'escalier.

— Bonne nuit, ma chérie. N'oublie pas que je t'aime pour l'éternité.

— Antoine, vas-tu revenir ?

Il secoua la tête sans répondre, comme s'il ne le savait pas.

Elle le regarda partir en soupirant, se répétant à l'infini sa dernière phrase qui prenait des allures de bouée de sauvetage : « N'oublie jamais que je t'aime pour l'éternité. »

Dans sa hâte, Antoine ne vit pas les marguerites répandues par terre dans l'effusion de son arrivée. Elle les ramassa une à une et les enveloppa de papier journal. Il n'était pas question que quelqu'un trouve ça dans la maison. En jetant les fleurs dans la boîte à ordures, elle comprit qu'elle venait de réintégrer sa barque dangereusement ballottée dans un lac souterrain.

16

Les jours suivants, Marguerite rencontra Hugo plus souvent qu'elle ne vit Antoine Lacroix. Il arrivait à l'avocat de l'attendre à la sortie de l'école et, la prenant par le bras, de l'entraîner au parc où il l'invitait à faire une promenade le long des canaux. L'homme l'impressionnait autant par son érudition et sa culture que par sa grande conscience sociale qui faisait de lui un membre actif de l'actualité.

Très connu dans la communauté francophone de la Nouvelle-Angleterre, Hugo Dubuque n'hésitait pas à monter sur les estrades pour promouvoir la naturalisation tout en protégeant la culture et les coutumes canadiennes. La « naturalisation sans l'assimilation » constituait son leitmotiv, et tous les clubs sociaux se montraient intéressés à entendre son discours.

D'un autre côté, l'avocat avait honnêtement prévenu Marguerite qu'il ne se trouvait à Lowell qu'occasionnellement. Il n'était donc pas question de fréquentations sérieuses, et encore moins d'une relation amoureuse entre eux. Pour le moment, il ne recherchait que l'agréable compagnie de la jeune fille pour occuper ses temps libres dans cette ville étrangère où on lui avait commandé quelques conférences et articles de journal.

Si les centres d'intérêt d'Antoine Lacroix se polarisaient sur la religion, Hugo, lui, n'avait de cesse d'entretenir Marguerite sur la politique. Il lui avait même confié son rêve de se présenter, un jour, comme candidat pour devenir juge à la Cour supérieure. La jeune fille l'écoutait sagement, assise sur un banc du parc, pendant qu'il discourait en déambulant de long en large devant elle, transformée en auditrice intelligente et intéressée, fort flattée de se voir l'objet d'une telle considération. « Relation divertissante et sans conséquence », ne cessait-elle de se répéter.

Cependant, si elle se plaisait bien en cette compagnie, il lui arrivait de laisser son esprit vagabonder durant les interminables discours de l'avocat. Invariablement, son esprit se tournait vers le père Lacroix. Servir de passe-temps à un homme sans promesse d'avenir représentait-il le prix à payer pour vivre un amour occulte avec un prêtre ? Attendre sans fin l'attente que des circonstances se prêtent à une autre rencontre inavouable avec l'unique objet de ses sentiments, était-ce là sa destinée ? Attendre, toujours attendre…

À y songer froidement, il devenait évident que sa liaison avec Antoine ne possédait pas plus d'avenir qu'elle n'avait de présent. Il suffisait qu'une décision en haut lieu mute le père Lacroix ailleurs, dans une autre ville du diocèse, pour mettre un terme définitif au conte de fées.

Un conte de fées qui risquait de virer au conte d'horreur. L'oblat de Marie-Immaculée appartenait à Marie-Immaculée, pas à Marguerite Laurin. À elle, Antoine n'appartiendrait jamais.

Les deux amoureux vécurent tout de même quelques autres moments d'amour. À l'occasion, le prêtre revenait timidement sonner à la porte du logement de sa maîtresse, après s'être assuré de l'absence de la sœur encombrante. Il apportait une revue ou une fleur, parfois même une friandise dérobée sur la table du presbytère. Souvent, il racontait à Marguerite les hauts et les bas de sa vie de vicaire, lui confiait ses états d'âme, ses joies, ses peines, ses aspirations profondes. Peu habituée à la confidence, Marguerite hésitait à lui parler de ses appréhensions au sujet de leur relation. Elle discourait plutôt sur sa famille ou sur sa vie professionnelle. Ces échanges, encore plus que leurs ébats au lit, consolidaient de plus en plus les liens en train de se tisser entre eux.

Leurs jeux amoureux les emportaient pourtant avec la même fougue, la même ardeur que la première fois. Ils oubliaient alors le reste de l'existence et se juraient de s'aimer pour l'éternité, comme font tous les amoureux du monde.

Une éternité inquiétante, en vérité. Le retour à la réalité s'avérait toujours pénible pour Marguerite. Non seulement le doute et le remords la rongeaient, mais elle voyait repartir son amant avec l'effroyable crainte de ne plus le voir revenir.

À la longue, le vide créé par les absences d'Antoine finit par prendre figure d'enfer. Un soir, elle avait confié sa détresse à celui que les regrets ne semblaient pas effleurer.

— C'est mal, ce que nous faisons, Antoine. C'est péché mortel. Et tu le sais pourtant mieux que moi ! Qui me dit qu'un jour, tu ne me laisseras pas tomber pour retourner dans le droit chemin ?

Le prêtre s'était redressé et avait parlé avec ferveur, sur un ton qui ne laissait pas de place à la discussion.

— C'est l'Église catholique qui y voit du mal, pas Dieu ! Et pas moi ! Jamais, tu m'entends, Marguerite, jamais personne, dût-il porter la mitre ou la tiare, ne me fera croire que notre amour est inspiré par le démon. Jamais ! Mon sentiment pour toi est trop beau, trop pur pour offenser Dieu. Je n'arrive pas à voir en quoi il constituerait un manquement à mon amour envers le Créateur et envers mon prochain, ni à mon engagement de prêtre. Au contraire, il me grandit et me rapproche de Dieu. Seul l'Être suprême peut avoir conféré aux humains cette grâce d'aimer autant. Ne me parle plus de péché ni d'enfer, ma petite Margot. Et ne crains rien, je t'aimerai toujours. Je t'aimerai pour l'éternité.

Hélas, quand il ramassait sa robe noire et son chapelet et repartait aussi discrètement qu'il était venu, Antoine se gardait bien de fixer le moment précis d'une prochaine rencontre. En dépit des beaux discours, l'horreur du néant causé par ce départ n'avait d'égal, pour Marguerite, que l'intensité de la présence qui venait de s'évanouir. Alors, intérieurement, elle se traitait de possessive et d'égoïste. De jalouse de Dieu…

Pour se consoler, elle avait pris l'habitude de se rendre à l'église Saint-Joseph tous les matins pour assister à la première messe du jour, celle de six heures, toujours célébrée par le père Lacroix. Anne n'avait pas été sans remarquer chez sa sœur ce regain d'intérêt pour la religion, sans se douter de sa véritable motivation. Elle s'en était moquée gentiment.

— Dis donc, toi ! Te voilà de plus en plus dévote ! Serais-tu devenue bondieusarde comme les sœurs du couvent ? À moins que tu aies des choses à te faire pardonner…

— T'es folle ! Jamais de la vie !

Marguerite s'était mordu les lèvres. Si seulement Anne savait… Mais jamais elle ne saurait, elle y veillerait. Pourtant, en une seule visite à Lowell, Angelina avait facilement deviné, elle, ce que Marguerite croyait caché pour le reste du monde.

Assise dans le dernier banc de l'église Saint-Joseph derrière les vieilles bigotes, Marguerite dévorait le célébrant des yeux, à son insu. Jamais elle n'aurait osé se présenter à la sainte table pour recevoir l'hostie de ses mains. En dépit des affirmations d'Antoine sur l'innocence de leur liaison, et n'ayant pas le courage de confesser ses péchés de luxure au curé ou à l'autre vicaire, la jeune femme avait le sentiment de vivre en perpétuel état de péché mortel et se refusait à aller communier.

Tant pis ! elle brûlerait dans le feu éternel pour l'amour d'un prêtre, celui-là même qui consacrait l'hostie chaque matin, là, devant le maître-autel. Et qui communiait devant elle, allégrement, comme si de rien n'était. Elle se demandait si les prêtres détenaient le pouvoir de s'absoudre eux-mêmes, ou bien si son amant ajoutait une nouvelle tricherie à sa liste déjà longue de fautes graves.

Un jour, Hugo vint la chercher en fin de journée à l'école pour une promenade. Au grand affolement de Marguerite, le couple croisa par hasard le père Lacroix qui se dirigeait vers le bureau de la direction, documents à la main. Le prêtre la salua aimablement en retirant son chapeau, non sans jeter un regard surpris sur le compagnon de sa maîtresse.

— Bonjour, mademoiselle Marguerite. Vous allez bien ?

— Bonjour, mon père. Mais oui, je vais bien. Permettez-moi de vous présenter un de mes amis, Hugo Dubuque, journaliste et conférencier. Hugo, voici le père Lacroix, vicaire de la seule paroisse francophone de Lowell.

Hugo tendit la main à l'oblat et les deux hommes échangèrent une solide poignée de main.

— Mais, dites donc, on s'est déjà vu ! Salut, mon vieux ! Comment vas-tu ? Saviez-vous, Marguerite, qu'Antoine et moi, on se connaît depuis très longtemps ? On est allé ensemble défendre les Canadiens français à Boston lors de l'affaire des Chinois de l'Est, vous vous rappelez ? Et on a fréquenté la même petite école durant notre enfance. Malheureusement, Antoine a mal tourné : il est devenu un membre du clergé, ha ! ha !

Les inévitables claques dans le dos volèrent entre les deux anciens confrères, et la promesse de se revoir très bientôt pour bavarder plus longuement fut répétée plus d'une fois. Marguerite réprima un sourire amer. Pourquoi l'amitié existait-elle si rarement entre un homme et une femme ? Et entre une femme et un prêtre ? Comme les choses deviendraient plus faciles...

Les deux hommes se quittèrent sur une accolade. Mine de rien, Marguerite se retourna après s'être éloignée d'Antoine qui avait semblé poursuivre nonchalamment son chemin. Elle constata qu'il s'était arrêté pile au milieu du corridor pour la regarder partir, sans doute déçu de la voir au bras d'un cavalier. Mais le clin d'œil qu'il lui lança valut pour Marguerite toutes les déclarations d'amour du monde. Quand elle descendit l'escalier du couvent derrière Hugo qui ne se doutait de rien, elle avait des ailes.

C'est au cours de cette même soirée, qu'assis sur un banc de parc en face de la rivière, l'avocat prit la main de Marguerite et la porta délicatement à ses lèvres. Puis, à sa grande surprise, il lui demanda, en la regardant avec insistance, s'il pouvait la fréquenter « pour la bonne cause ».

— À force de vous connaître, ma belle dame, je ne peux retenir certains sentiments de grandir en moi. Vous me paraissez une femme sage et réservée, Marguerite, et je vous en sais gré. À tel point que je n'ose vous manifester l'affection que j'éprouve de plus en plus à votre égard. Me voici, je le crains, en train de m'attacher à vous.

— Moi, Hugo, je vous trouve parfait, mais…

— Vous n'êtes pas sans savoir que j'habite à Fall River et que mon travail m'oblige à de nombreux déplacements tant en Nouvelle-Angleterre qu'au Québec. Me permettez-vous d'apporter avec moi la pensée qu'une femme de rêve m'attend quelque part, à Lowell, et qu'un jour, si Dieu nous prête vie, elle acceptera de lier son existence à la mienne ?

Marguerite faillit s'étouffer. Dieu du ciel ! À vrai dire, elle aurait dû s'attendre à une telle déclaration un jour ou l'autre, compte tenu de la régularité de l'homme à la fréquenter chaque fois qu'il mettait les pieds à Lowell. Trop souvent d'ailleurs ! Ces petites attentions, cette sollicitude… Il avait beau l'avoir mise en garde contre une relation amoureuse, son empressement dépassait largement celui de la simple camaraderie.

— En toute sincérité, Hugo, je ne peux vous répondre pour l'instant. J'éprouve de l'amitié pour vous, mais…

— Serait-ce, ma mie, qu'un autre prétendant enflamme un coin secret de votre cœur lorsque je ne suis pas là ?

— Peut-être bien… Je ne sais trop ! Je me sens confuse, je ne m'attendais pas à une telle demande de votre part. Vous me troublez, mon ami.

« Menteuse ! Je ne suis qu'une menteuse ! songea-t-elle, soudainement prise de panique. Tu veux ménager la chèvre et le chou, Marguerite Laurin, et tu vas finir par tout perdre. Parce qu'au fond de toi-même, tu sais très bien que cet homme de classe te ferait un bon parti et saurait te rendre heureuse. Vas-tu le laisser passer, lui aussi, comme une ombre dans ta vie, à l'instar de Simon Lacasse ? Pour l'amour de quoi ? Pour quelqu'un qui n'a et n'aura jamais rien d'autre à t'offrir qu'un évasif et pitoyable clin d'œil quand il te croise dans un corridor ? Est-ce une vie, ça ? »

— Si vous m'aimez sincèrement, Hugo, accordez-moi un peu de temps pour réfléchir et voir clair en moi.

Spontanément, elle appuya sa tête contre l'épaule de l'homme, étonnée de la hardiesse de son geste.

17

En ce dix-neuf septembre 1886, le soleil était au rendez-vous. On avait dressé des tables dans le jardin de Paul et de Rose-Marie pour y recevoir, à la sortie de l'église, une quinzaine d'invités, pour la plupart des amis des nouveaux époux et de la famille Boismenu. Les fleurs rivalisaient de beauté sous les arbres agitant leurs feuilles flamboyantes dans l'air tiède et bleu de ce grand jour.

La mariée n'était pas en reste avec la nature. Anne Laurin rayonnait dans sa robe de crêpe orangé qui mettait en valeur les reflets de sa magnifique chevelure *auburn*. À son bras, Pierre Forêt, un chrysanthème d'automne à la boutonnière, portait haut et fier. Hugo Dubuque avait accepté de servir de témoin pour le marié orphelin de père. De son côté, Anne avait bien formulé par écrit, sans trop d'espoir, une demande officielle aux autorités de la prison d'État du New Hampshire pour obtenir une permission de libération temporaire pour Joseph, à l'occasion du mariage de sa fille. On lui avait froidement répondu que dix ans de prison ferme signifiaient dix ans sans sortie pour quelque raison que ce soit. Paul Boismenu avait donc signé, du nom de Paul Smallwood, le registre des mariages de la paroisse Saint-Joseph comme représentant du père de la mariée.

À neuf heures du matin, les futurs époux, émus, avaient pénétré dans l'église pour se jurer fidélité et amour sous le regard bienveillant d'un père Lacroix à la fois ravi et fort attendri. Enfin, l'une des sœurs Laurin se trouvait casée et pouvait tourner la page après des années d'agitation et de tâtonnements. Anne ne l'avait pas volé, son petit bonheur bien à elle, il en savait quelque chose !

Assise dans le deuxième banc aux côtés de Hugo et de Camille, Marguerite fixait ardemment l'officiant en se demandant s'il éprouvait secrètement les mêmes émotions qu'elle. De voir Anne et Pierre réaliser l'aboutissement de leur amour et s'engager pour la vie n'était pas sans provoquer chez elle un certain pincement de cœur qu'elle se refusait à qualifier d'envie. Au contraire, elle se réjouissait de voir sa sœur enfin heureuse. Elle-même risquait de ne jamais connaître une joie semblable si elle continuait à entretenir sa folle et secrète idylle avec Antoine Lacroix.

Le banquet fut splendide. Une multitude de mets canadiens se trouvaient sur les tables : ragoût de pattes de cochon, tourtières, marinades, pain de ménage, tarte aux pommes. Plusieurs bouteilles d'un vin importé de France trônaient parmi les plats. Les Boismenu n'avaient pas regardé à la dépense, fiers de témoigner leur affection à une grande amie et, de surcroît, à « leur première et meilleure employée, celle qui avait contribué à les mettre sur la carte par son charme et son intelligence ».

Paul, dans son discours, n'avait pas manqué de préciser qu'« Anne Laurin n'avait pas son pareil pour attirer dans sa boutique de chaussures, non seulement les acheteurs américains et irlandais en plus des Canadiens, mais surtout les journalistes ! Et à des heures tardives, même après la fermeture ! ». Ce sous-entendu ne manqua pas de dérider les invités. Il termina en ajoutant sa fierté de compter Pierre Forêt parmi ses amis, ce digne défenseur des droits des Canadiens français. Il termina son discours avec emphase, pouces derrière les bretelles : « Car n'oubliez pas : si les belles paroles s'envolent, les écrits des journalistes restent… Soyez heureux, Anne et Pierre, et ayez beaucoup d'enfants, afin que notre race continue de se perpétuer au-delà de nos frontières. »

Sous un tonnerre d'applaudissements, on réclama des nouveaux mariés qu'ils s'embrassent devant l'assemblée. « Un p'tit bec ! Un p'tit bec ! » Par pudeur et à cause de la présence d'un prêtre, Pierre se contenta de déposer un chaste baiser sur la main de sa bien-aimée.

Marguerite eut du mal à retenir une larme. Sa chère Anne venait de se marier, elle n'arrivait pas à y croire, même après un an de fréquentations. Comme elle allait trouver la maison vide ! Déjà, la veille, Anne avait transporté ses pénates chez son fiancé, locataire d'un appartement du centre-ville. Bien sûr, cela laisserait une place vacante pour Camille, mais cette dernière semblait apprécier sa condition de domestique chez les Boismenu et hésitait à accepter la proposition de Marguerite de venir habiter avec elle. Au fond, l'aînée pouvait comprendre cette indécision. Pourquoi imposer à Camille un nouveau déménagement et une nouvelle adaptation si elle se sentait heureuse chez les Boismenu ? À la longue, la crainte d'un assaut sexuel de la part de Paul à l'égard de Camille s'était estompée et Marguerite avait laissé glisser dans l'oubli ce banal écart de conduite envers Anne.

Maintenant, elle se faisait peu à peu à l'idée de demeurer seule. Comme les années avaient passé rapidement, malgré tout ! Comment aurait-elle pu oublier la petite Anne, exubérante et sensible, tellement blessée autrefois d'avoir perdu sa maman et souffrant de l'arrachement à son foyer et à son pays ? Cette sœur qu'elle enviait déjà, à Colebrook, en la voyant revenir de l'école et courir dans les champs avec le chien de la ferme tandis qu'elle-même devait gagner sa vie dans une manufacture de chaussures… Mais ce temps de liberté avait été de courte durée pour Anne.

Quelques mois plus tard, on l'avait à son tour obligée à se pencher, six jours par semaine, sous les moulins à tisser de Lowell pour ramasser des boules de coton. Elle avait failli en mourir, la pauvre, à cause d'une crise d'asthme. Et comment ne pas se rappeler l'indifférence de Joseph et ses trop nombreuses absences dont elle aussi avait souffert ? Encore, aujourd'hui, il ne se trouvait pas là où il aurait dû être : aux côtés de sa fille, à l'avant de l'église. Marguerite avait beau se raisonner, s'interdire de lui en vouloir, certains jours, quand elle regardait en arrière comme en ce moment, elle sentait remonter à la surface la colère sourde qu'elle avait mis des années à reléguer aux oubliettes et qu'une certaine visite à la prison de l'État avait semblé réussir à mater. Mais aujourd'hui…

Voilà qu'en ce jour béni, elle voyait Anne habillée en mariée. Sa route bifurquait et prenait le chemin de la quiétude et de la stabilité avec un homme qu'elle adorait et qui méritait bien qu'on l'adore. Il lui ferait des enfants et lui donnerait un vrai foyer. Marguerite frissonna, saisie d'émotion. Assis à ses côtés, Hugo ne fut pas sans remarquer cette bouffée de mélancolie.

— Allons, ma mie, cessez-moi ces soupirs ! Vous ne perdez pas une sœur, vous gagnez un beau-frère et, avant longtemps, quelques neveux et nièces qui ne manqueront pas de venir. Et qui sait si votre tour d'enfiler un anneau ne se présentera pas bientôt ?

Marguerite fit mine de ne pas comprendre l'allusion pourtant évidente. Cher Hugo ! Toujours attentif et délicat. Plein d'égards. Capable de saisir ses sentiments sans même qu'elle ait à lui faire de confidences. Il devinait tout, comprenait tout. Plus elle le connaissait, plus elle découvrait sa grandeur d'âme. À ses yeux, il représentait un compagnon protecteur, un être généreux et bon, rempli d'idéal. Une force à laquelle s'accrocher. Le meilleur des amis…

Elle eut une pensée pour Antoine. Le beau ténébreux, lui, se contentait de l'aimer à distance, lui ouvrant son cœur à de trop rares occasions et ne partageant avec elle aucun rêve d'avenir sinon de romantiques promesses d'éternité. Comment pouvait-elle le préférer au journaliste ?

— Allons, venez danser !

Paul Boismenu avait loué les services d'un violoniste et d'un joueur d'harmonica hors pair pour agrémenter la fête. Dès la fin du repas, les deux bonhommes s'en donnèrent à cœur joie pour faire danser les invités. Bien sûr, les mariés exécutèrent les premiers pas d'une valse, suivis des invités d'honneur. Bon danseur, Hugo entraîna sa belle et la fit virevolter en la pressant tendrement contre lui.

— Ma chère Marguerite, je vous trouve ravissante. J'attends toujours votre réponse à ma proposition de l'autre jour, vous savez.

Elle répondit par un signe affirmatif et préféra s'étourdir sur les rythmes de danse. Pour une fois, ne plus penser, ne plus évaluer sa situation. Pour une fois, oublier tout, oublier qui elle était, qui elle aimait, qui elle désirait. Et danser en ne sachant plus entre quels bras elle se trouvait. Et tourner, tourner jusqu'à en perdre haleine.

Camille se joignit aux danseurs de rigaudon. À la fin de ses treize ans, elle n'avait pas encore de cavalier attitré mais, déjà, la gent masculine se retournait sur son passage. Décidément, les trois sœurs Laurin faisaient leur place aux États-Unis !

À la recherche d'un fauteuil pour reprendre momentanément son souffle, Marguerite croisa par inadvertance le père Lacroix qui se dirigeait vers le vestibule non sans avoir, durant un long moment, regardé évoluer les danseurs. Étonnamment, on avait invité l'officiant à se joindre au banquet. S'il n'était pas coutume qu'un prêtre accepte une telle invitation, Antoine Lacroix, lui, y était venu avec plaisir.

L'oblat savait se tenir. Après le bénédicité et un court discours d'usage pour souhaiter une longue vie heureuse aux nouveaux époux, il s'était contenté de manger du bout des lèvres à la table d'honneur. Puis il avait longuement fait la conversation avec les mariés et chacun des invités. Le berger connaissait bien ses brebis. Puis il s'était penché sur les enfants Boismenu, Patrick et Jennifer, petits bouts de chou qui tentaient d'apprendre les pas de danse avec l'aide de Camille. Il avait aussi pris dans ses bras le petit dernier, bébé Geoffroy, qu'il avait baptisé dernièrement. S'il s'entretint longtemps avec Hugo, il avait adopté, à l'égard de Marguerite, son attitude polie et distante habituelle. Après quelque temps, sans doute gagné par l'ennui, on le vit s'acheminer vers la sortie. Un prêtre, ça ne dansait ni ne buvait, ça n'avait pas sa place dans une fête mondaine.

À vrai dire, de voir rire et s'amuser la femme qu'il aimait au bras d'un prétendant, et pas n'importe lequel, représentait un supplice insupportable pour le père Lacroix. Plus il y songeait, plus Antoine réalisait qu'il serait sage de laisser ces deux-là s'aimer en paix. Hugo Dubuque, son compagnon de jeunesse, était un homme de qualité. Un homme bien. Il saurait rendre Marguerite heureuse, alors que lui-même…

Quelle folie de s'être emparé du cœur si naïf de la jeune femme ! Il n'avait pas ce droit, il n'avait rien d'autre à lui offrir que le goût amer du fruit défendu. Il resterait prêtre pour l'éternité, il le savait. Jamais il n'aurait l'audace de se lancer dans une histoire comme celle d'Angelina et du docteur Lewis. Et Marguerite Laurin méritait mieux qu'une relation interdite. Elle méritait de vivre une vie normale au grand jour comme toutes les jeunes filles de son âge. Une vie normale et ordinaire auprès d'un conjoint normal et ordinaire.

Par pur égoïsme, il l'avait entraînée dans le péché et la déchéance. Dans une aventure occulte nourrie de remords. Quel toupet ! Et quelle inconscience ! Il n'était rien d'autre qu'un bel écœurant, un vrai salaud ! Et le pire des égoïstes. Il la regardait tournoyer dans sa belle robe de soie bleue et la savait tourmentée à cause de lui même si elle riait de toutes ses dents. Dire qu'il prêchait la charité… Ouais, un beau dégoûtant ! Et personne ne s'en doutait. On le respectait, on l'adulait, on lui demandait conseil, on lui obéissait. On lui donnait du « cher homme de Dieu » par-ci, du « mon révérend père » par-là. Ou encore, on l'interpellait en le nommant « monsieur le ministre du culte » ou « monsieur mon directeur ». « Directeur de conscience, mon œil ! » pensait-il. Si les paroissiens savaient !

Souvent, au moment où il la quittait après lui avoir fait l'amour, il voyait Marguerite pleurer, et cela avait pour effet de jeter par terre toutes ses belles théories sur les qualités divines de leur relation. Sa bien-aimée pleurait par sa faute, par sa très grande faute. Et il savait que tôt ou tard, il devrait prendre la décision de mettre un terme définitif à cette aventure. Et le plus tôt serait le mieux. Il en avait la responsabilité, c'est lui qui l'y avait entraînée. Cette situation n'avait que trop duré. Mais il l'aimait pourtant. Il l'aimait tellement.

Marguerite décela dans les yeux d'Antoine une telle tristesse qu'elle en fut chavirée. Il en profita pour la saluer de la tête et porter prestement la main sur la porte de sortie.

— Antoine ! Euh… mon père ? Père Lacroix, vous nous quittez ?

— Hélas, oui ! Le devoir m'appelle. Cette fête a été un enchantement. Encore une fois, mes vœux de bonheur aux mariés. Et… amusez-vous bien, Marguerite !

— Mon père, mon père, laissez-moi vous dire…

Marguerite ne put poursuivre sa phrase. Il avait déjà tourné le coin.

Le lendemain matin, au cours de la messe de six heures, Marguerite se fit remarquer par Antoine. Pour la première fois, elle s'installa à l'avant de la nef parmi les assistants. Il eut un léger sursaut quand il la vit se lever avant les autres à la lecture de l'Évangile. Quand vint le moment de distribuer la communion, elle s'approcha de la sainte table et s'agenouilla à l'extrémité, de façon à être la dernière fidèle à recevoir l'eucharistie des mains du prêtre.

Il se rendit jusqu'à elle, prêt à déposer l'hostie sur sa langue en prononçant le répétitif *Corpus Christi.* Mais elle n'ouvrit pas la bouche et se contenta de déposer un minuscule billet de papier replié dans la main du prêtre désemparé, avant de retourner à sa place. Quand, à la fin de la messe, il se retourna pour donner la bénédiction à l'assemblée, elle avait disparu.

Une fois les enfants de chœur repartis, il déplia le bout de papier, le cœur battant, et il le porta à ses lèvres après l'avoir relu dix fois plutôt qu'une. Il retourna ensuite dans l'église déserte et fit brûler le message dans la flamme d'un lampion brûlant devant la statue de la Vierge. Il regarda les mots se consumer un à un :

C'est toi que j'aime, pas lui.
M.

Puis il s'agenouilla et, la tête entre ses mains, il pleura amèrement.

18

Regarde-moi bien, Victor, si je prends une tarte aux pommes et que je la divise en deux, et puis encore en deux, j'obtiendrai combien de morceaux ?

— Euh…

L'enfant dévisageait Marguerite de ses grands yeux écarquillés. « Quel adorable garçon, songea-t-elle, mais quelle intelligence bornée ! » Elle se demandait comment il réussirait à se débrouiller dans la vie avec une capacité de raisonnement aussi déficiente. Pourquoi s'était-elle attachée à lui, elle ne se l'expliquait guère. Sans doute à cause de sa petite taille et de sa vulnérabilité, lui qui faisait la risée des autres, mais aussi à cause de ses immenses yeux bleus qui n'étaient pas sans lui rappeler d'autres yeux qu'elle chérissait à la folie et qu'elle croisait trop peu souvent.

En effet, depuis le mariage d'Anne et de Pierre, si Antoine se pointait un peu plus fréquemment chez Marguerite, le soir, au retour d'une assemblée communautaire ou d'une visite à un malade, il ne restait en général que quelques minutes, le temps d'un baiser et d'une étreinte furtive. Épreuve de frustration aussi intense que cruelle pour les amoureux, car sa brièveté ne satisfaisait aucunement leur désir. Trop souvent, Marguerite l'attendait en vain, le nez collé contre la vitre du salon, vêtue de ses beaux atours, une biscotte ou un morceau de gâteau placé sur le comptoir de la cuisine.

Mais leurs causeries autant que les moments exceptionnels où ils avaient l'opportunité de se retrouver dans le lit suffisaient à entretenir le feu de leur amour. Chaque fois, ils voulaient rattraper le temps perdu, tout se donner, tout se dire. Malgré leurs hésitations de l'automne précédent, ils avaient finalement décidé de poursuivre leur relation, vaille que vaille. Ils s'aimaient trop pour renoncer l'un à l'autre, et cet amour fou leur donnait la force de supporter l'épreuve infernale de l'absence et du silence. « Dieu l'a dit : l'amour est plus fort que tout. Nous en sommes la preuve vivante ! » ne cessait de répéter Antoine.

L'hiver 1887 parut interminable à Marguerite. Les mois s'écoulaient lentement et n'en finissaient plus de finir, posant sur leurs jours le voile opaque de la solitude et sur leurs nuits le fardeau du vague à l'âme. Elle avait l'impression de vivre à l'ombre, étouffée au fond d'une grotte glacée. En dépit de cela, les « Je vous attends » des lettres enflammées de Hugo Dubuque en provenance de Fall River ne faisaient pas le poids avec les « Je t'aime » prononcés avec ferveur par le père Lacroix, ses yeux pleins de lumière plongés dans ceux, humides, de sa douce.

À plusieurs reprises, l'avocat était revenu à Lowell pour quelques jours, et Marguerite avait accepté de bon gré de le revoir en exigeant toutefois que ces rencontres restent strictement sur le plan amical. Il n'était plus question d'élaborer de projet matrimonial, la jeune femme avait clairement expliqué qu'elle préférait s'en tenir à l'amitié. L'homme avait accepté, convaincu que, tôt ou tard, le cœur de la belle finirait bien par battre pour lui.

À la vérité, l'avenir paraissait toujours aussi incertain à Marguerite, et cette précarité la minait. À vingt ans, la perspective de devenir une vieille fille ne l'enchantait guère. Depuis quelque temps, une fatigue chronique l'accablait, et elle mettait cette langueur sur le compte de la morosité. Pourtant, cette année-là, le printemps s'était montré resplendissant, avec sa tiédeur, son cortège de fleurs et ses envolées d'oiseaux. « Ça va finir par passer », se disait-elle en essayant de se rassurer au sujet de cette lassitude inexplicable. « Encore quelques semaines et les vacances vont arriver. Je vais enfin pouvoir me reposer. »

Elle envisageait de se changer les idées au cours de l'été. Pourquoi pas un petit voyage dans la région du Saguenay? Elle avait tant rêvé de retourner un jour au Canada. Ou simplement une visite de la ville de Boston située à proximité de Lowell? Ou encore quelques jours à la plage? Elle n'avait jamais vu la mer et se mourait d'envie d'aller l'admirer et de s'en mettre plein la vue.

Depuis son mariage, elle s'ennuyait d'Anne. Sa vivacité, sa bonne humeur, les discussions qu'elles engageaient toutes les deux à l'heure du souper, même ses traîneries manquaient à la grande sœur! Depuis septembre dernier, plus rien ne bougeait dans le petit appartement au-dessus du magasin. Maniaque de l'ordre et de la propreté, Marguerite retrouvait maintenant, avec un certain dépit, toutes les choses désespérément intactes après sa journée de travail. Même les rares visites d'Antoine ne laissaient pas de traces!

— Allons, mon petit Victor, fais un effort! Tiens, on va séparer ta galette de gruau en deux parties. Puis encore en deux.

Décidément, cet enfant ne possédait pas la bosse des mathématiques ! Par compassion, il arrivait à Marguerite de le retenir après la classe, certains jours, avec la permission des parents, afin de multiplier ses explications dans l'espoir de le délurer quelque peu.

Comme elle se levait brusquement de sa chaise pour aller chercher un couteau, elle éprouva un tel haut-le-cœur qu'elle faillit tomber par terre. Le petit la regardait, l'air hébété, sans broncher.

— Bouge pas, Victor, je reviens tout de suite !

La main sur la bouche, elle prit ses jambes à son cou et courut jusqu'aux toilettes pour y vomir son dernier repas. Chaque contraction de l'estomac lui tirait des larmes. Mais... était-ce bien les vomissements qui la faisaient pleurer ainsi ? « Non, non ! Je ne veux pas ! Mon Dieu, s'il vous plaît, n'ajoutez pas cette épreuve à ma vie. Pas ça ! Je ne pourrai pas, je préférerais mourir ! Par pitié... »

Quelques instants plus tard, lorsqu'elle revint dans la classe, la mère directrice se trouvait auprès d'un Victor en pleurs, paniqué à l'effet qu'on l'ait laissé seul.

— Depuis quand, mademoiselle Laurin, abandonne-t-on un jeune élève dans une classe sans avertir la direction ?

— Excusez-moi, ma sœur, je me suis sentie mal et j'ai dû courir jusqu'aux toilettes.

— En effet, vous me paraissez bien pâle, ma fille. Retournez chez vous pour aujourd'hui, je vais m'occuper du petit.

— Merci, ma sœur.

Marguerite ne s'en retourna pas chez elle mais se rendit directement chez le médecin dont le bureau se trouvait à un coin de rue de l'école. Il fallait qu'elle sache, qu'elle le sache tout de suite…

L'homme, un Canadien dans la cinquantaine, l'accueillit chaleureusement et la pria de s'asseoir. Installée bien droite sur le bout de sa chaise, elle restait muette avec un air de petite fille coupable.

— Alors, quel bon vent vous amène ?

— Bon vent, bon vent… Je ne suis pas certaine qu'il s'agisse d'un bon vent ! Je me sens fatiguée sans raison depuis quelque temps, je viens de vomir mon dîner et… et… je me demande quelle mouche m'a piquée.

— Quelle mouche ? Et vos menstruations, elles vont bien ?

— Euh… pas vraiment, elles retardent d'une dizaine de jours.

— Et vous avez un amoureux ?

— Non. Euh… oui…

— Vous savez, on ne fait pas les bébés seulement en se donnant un bec sur la joue. Est-ce que vous avez…

Marguerite n'eut pas le courage de répondre et se contenta de hocher la tête.

— Eh bien ! ma petite dame, ne cherchez pas plus longtemps. Vous n'avez pas besoin de moi pour vous révéler l'évidence même : vous êtes sûrement enceinte !

— Je m'en doutais, voyez-vous, docteur. Le problème, c'est que je ne suis pas une « petite dame », mais une demoiselle.

⁂

De retour dans son quartier, Marguerite ne se rappelait pas le chemin parcouru entre le bureau du médecin et son logis. Elle avait déambulé sur les trottoirs comme un automate, complètement écrasée par la confirmation qu'elle venait de recevoir. Elle n'arrivait pas à se faire à l'idée d'attendre un enfant même si elle appréhendait cette évidence depuis la semaine précédente. Ces nausées, ses seins congestionnés...

Comment réagir? Quelle décision prendre? À qui confier cette tragédie? À qui demander conseil ? À aucun moment de sa vie, elle ne s'était sentie aussi isolée, aussi délaissée. Pourtant, un petit être existait bel et bien dans son ventre, preuve qu'elle ne se trouverait plus jamais seule au monde. Un petit être dont elle ne voulait pas, un petit être qu'elle devrait haïr, rejeter, faire disparaître. Un petit être qui n'avait pas le droit de voir le jour ni de s'immiscer dans sa vie. Un petit être qui témoignerait de son péché à la face du monde. De leur péché, à elle et à Antoine Lacroix. L'enfant d'un prêtre. Un enfant sacrilège. Les enfants de prêtres n'avaient pas le droit de vivre.

Mieux valait mourir tout de suite, elle et l'enfant. Elle n'avait pas envie de passer le reste de sa vie enfermée dans la grotte imaginaire qu'elle avait déjà l'impression d'habiter, ni dans une bulle de mensonges. Encore moins de vivre le bannissement dont elle et son bâtard, et peut-être même Antoine, feraient certainement l'objet. Ostracisés par l'Église, les amants maudits, montrés du doigt par les bien-pensants, jugés, condamnés, expulsés de la communauté comme des déchets… Vite ! Elle devait se sauver, disparaître à jamais, se dissoudre dans un nulle part que personne ne connaîtrait. Ou bien détruire le germe du bébé pendant qu'il en était encore temps. Mais comment ?

Elle n'avait pas monté trois marches de l'escalier menant chez elle qu'elle en redescendit aussitôt. Anne ! Elle n'avait pas le choix de confier son terrible secret à quelqu'un, sinon elle allait suffoquer et s'effondrer, mourir là, tout de suite, sur le trottoir, au pied de l'escalier. Et pourquoi pas ? Pourquoi ne pas mourir immédiatement ? Se pendre à la rampe d'escalier, tiens ! Tous les problèmes se régleraient en même temps…

Non, non, elle devait en parler à Anne, d'abord. Surtout ne pas envisager ce problème seule, il s'avérait trop gros, il la dépassait. Il la mènerait directement à sa perte, à sa propre destruction, elle le voyait bien. Sa sœur saurait l'écouter et la conseiller sagement. Pour une fois, les rôles s'inverseraient et Anne lui apporterait son soutien comme une mère, elle la prendrait dans ses bras, la consolerait. Pour le moment, c'est tout ce que Marguerite demandait : se laisser bercer pour ne plus penser. Pour oublier. Juste un instant, un tout petit instant, ne plus voir la réalité en face et croire encore que tout allait bien. Et sa sœur se trouvait là, à quelques pas, dans la boutique de chaussures, avec sa bienveillance, sa douce chaleur fraternelle.

Vite entrer dans le magasin. Durant quelques minutes, elles pourraient accrocher la pancarte *Fermé* dans la vitrine et Marguerite pourrait alors vider son sac. Elle se soulagerait de ce poids trop lourd impossible à supporter. Ce poids qui allait grossir de plus en plus chaque jour… Ah ! Seigneur, quelle affaire ! Anne tomberait sûrement par terre en apprenant la nouvelle et surtout le nom du père du bébé. Mais, au moins, l'aînée ne se sentirait plus seule.

Curieusement, le fameux écriteau indiquant la fermeture du magasin se trouvait déjà sur la porte verrouillée de La Par-botte, malgré l'heure hâtive. Quelqu'un y avait accolé un billet écrit à la main :

Fermé. De retour demain matin.
Closed. Back tomorrow morning

19

Les jours suivants, Marguerite trouva la force de se rendre à l'école en dépit de son mal de cœur, afin de s'acquitter de son mandat jusqu'à la fin de l'année scolaire. Il n'était pas question que l'on découvre son état. De toute manière, d'ici peu, elle se retrouverait en vacances, et ce répit lui permettrait de réfléchir à froid et plus calmement avant de prendre une décision finale. En fin de compte, elle avait choisi de ne confier sa situation à personne, pas même à Anne, et encore moins à Antoine qui ne se doutait de rien.

Au fond, c'était lui le responsable de tous les maux. Il lui avait juré, selon un truc appris en entendant les confessions, veiller à se retirer « juste avant » afin d'éviter la fécondation. « Un péché de plus ou de moins, au point où l'on en est ! » avait-il ajouté avec un sourire malicieux. Marguerite lui faisait confiance et avait naïvement éliminé de son esprit les risques de grossesse. Elle aurait dû se méfier. Quand on ne veut pas de bébé, on ne couche pas avec un homme, un point, c'est tout ! Cependant, elle détenait une grande part de responsabilité dans cette histoire, elle devait bien l'admettre.

Coupable… Si ce n'était que cela. Les remords de conscience, elle s'arrangeait quand même avec ça depuis un an. Mais un bébé, c'était une autre histoire. Qu'allait-elle faire d'un bébé sans mari, sans famille, sans aide ? Vivre avec le statut de fille-mère pour le reste de ses jours ? Et avec la charge d'un enfant qu'on traiterait méchamment de bâtard ? Déjà étiqueté avant de naître, le petit aux yeux possiblement bleus qui grandissait dans son ventre ! Déjà orphelin de père et marqué au sceau d'une pauvreté certaine ! Comment allait-elle gagner sa vie dorénavant ? Dès qu'elles verraient son ventre augmenter de volume, les sœurs la mettraient à la porte, Marguerite n'en doutait pas une seconde. Elle entendait déjà la directrice, scandalisée, s'adresser à elle, le bec pincé et les yeux levés au ciel en lui donnant du « mademoiselle » gros comme le bras : « Une fille-mère ? Vous n'y pensez pas, mademoiselle ! Quel exemple pour nos enfants ! Retournez chez vous, et qu'on ne vous revoie plus ! » Toutes les religieuses de toutes les écoles de l'univers entier refuseraient une mère célibataire parmi leur personnel enseignant, Marguerite en avait la certitude. Cette grossesse allait signer la fin de sa courte carrière d'enseignante à l'école française de Lowell.

Quant au père Lacroix, elle avait pris le parti de ne pas le mettre au courant. Pas pour le moment du moins. La décision lui appartenait.

Uniquement à elle. C'est elle qui portait le bébé dans son ventre, pas lui. Il lui incombait de choisir de le mettre au monde ou non. De le garder ou de le donner en adoption. Ou encore, de s'en débarrasser le plus vite possible. Et le plus tôt serait le mieux.

Pourquoi briser la vie d'Antoine? Que lui arriverait-il si les autorités ecclésiastiques découvraient le pot aux roses? La carrière du vicaire de la paroisse Saint-Joseph serait terminée à jamais. Et qui sait si on ne l'enverrait pas missionnaire dans un pays lointain ou, pire, si on ne lui retirerait pas le droit d'exercer son sacerdoce? Non! Elle aimait assez son amant pour lui éviter ces drames inutiles. Il apprendrait la vérité bien assez vite.

Dernièrement, Hugo Dubuque s'était justement présenté en réitérant sa demande en mariage. Marguerite voyait là une autre solution potentielle : un mariage hâtif pourrait encore sauver la face. Elle ne se trouvait qu'en début de grossesse, après tout, et personne ne pourrait deviner sa condition, pas même le nouveau mari. D'un autre côté, il lui faudrait vivre dans le mensonge à perpétuité auprès d'un homme qu'elle aimait bien, mais pas d'amour. Tromper l'honnête Hugo sur ses sentiments et, pire, sur l'origine du bébé, en plus de briser le cœur d'Antoine, mentir à ses sœurs, mentir à tous et, par-dessus tout, dissimuler pour toujours à son enfant la véritable identité de son père. Ça, non, jamais ! En aucune façon, Marguerite Laurin ne pousserait la lâcheté jusqu'à manigancer autant d'affreuses tromperies !

Le dernier jour de l'année scolaire, après avoir embrassé chacun de ses élèves et souhaité un bel été aux religieuses, elle quitta l'édifice de brique de la rue Moody le cœur serré, bien consciente qu'elle venait de vivre son dernier jour comme enseignante. À moins que…

Elle ne résista pas à l'envie de retourner de l'autre côté de la rue, chez le médecin qui la reçut avec un certain étonnement.

— Il me semble que je vous ai vue, il n'y a pas très longtemps. Pas de saignements, j'espère ?

— Tout va très bien. Trop bien ! Et je vais pouvoir me reposer, maintenant, car les vacances débutent aujourd'hui même. Euh… dites-moi, docteur, je viens pour un conseil. Ou plutôt pour deux conseils.

— Allez-y, mon enfant. Je suis là pour ça.

— Eh bien… à supposer que je veuille me défaire du bébé, que me conseillez-vous ?

Le médecin sembla se rebiffer et fusilla la patiente du regard.

— Je ne vous conseille pas d'agir de la sorte, mademoiselle. Pas du tout ! Car vous risqueriez d'y laisser votre peau. Chaque jour, des jeunes femmes meurent parce qu'elles se sont défoncé l'utérus et l'intestin avec des aiguilles à tricoter ou qu'elles ont ingurgité des poisons violents qui les ont tuées en même temps que leur enfant. Sans parler des infections ultérieures qui sont monnaie courante, croyez-moi.

— Les médecins ne peuvent-ils pas pratiquer eux-mêmes ce genre de… d'opération ?

— Oui, ça existe, mais certainement pas moi, ma chère ! Cependant, par charité, uniquement par charité, je peux vous donner une adresse, ici, à Lowell, où on commet ce genre d'aberration. Mais seulement si vous y tenez absolument.

Le médecin toussota et se mit à marcher de long en large pour se donner une contenance. Il ne semblait pas prêt à livrer la fameuse adresse.

— Au fait, quel autre conseil vouliez-vous me demander ?

Marguerite tentait désespérément de retenir le flot de larmes qui lui brouillait la vue et finit par répondre d'une voix peu assurée.

— Si jamais je décidais de mettre mon enfant au monde au Canada, connaissez-vous un endroit où l'on accepte… euh… où l'on accueille les filles-mères ?

— Que voilà une solution plus raisonnable, mademoiselle ! Je sais qu'à Québec, les religieuses du Bon Pasteur possèdent un hospice pour les femmes dans votre condition. À Montréal également, les sœurs de la Miséricorde ouvrent leurs portes aux mères célibataires. Je peux vous donner l'adresse exacte si ça vous intéresse.

— S'il vous plaît, docteur.

Le médecin parut soulagé de voir Marguerite envisager cette autre solution et l'accompagna jusqu'à la sortie. Elle le salua rapidement avec, en main, les coordonnées d'un médecin avorteur et celles de l'hôpital de la Miséricorde de Montréal inscrites sur un bout de papier qu'elle tenait fébrilement comme si elle avait en main l'objet le plus précieux du monde. Avec la même ferveur que le père Lacroix élevait l'hostie au moment de la consécration, au cours de sa messe du matin. Le salut du monde au bout des doigts...

La porte franchie, Marguerite se dirigea une fois de plus vers la Merrimack et s'attarda longuement, appuyée sur le garde-fou en face du barrage. Elle avait une décision à prendre : vivre ou mourir. Mourir, elle n'en avait ni le courage ni l'envie. Elle aimait trop la vie, ses sœurs, son emploi. Elle aimait trop Antoine Lacroix. Non, elle penchait définitivement du côté de la vie, coûte que coûte. Mais vivre comment ? En femme mariée, en mère célibataire ou en femme libre ? Devenir madame Dubuque ou bien se transformer, dans un ailleurs, en fausse madame Laurin, veuve et mère d'un enfant ? Ou alors garder le *statu quo* et demeurer mademoiselle Laurin, fille-mère et maîtresse cachée d'un membre du clergé ? Plus que tout, elle désirait redevenir une femme affranchie. Mais comment le devient-on avec un bébé rivé dans les entrailles ? Devait-elle se faire avorter dès maintenant ou bien mettre l'enfant au monde et le donner ensuite à l'adoption ? Quelle était la meilleure façon de s'en débarrasser ?

Elle songea à Angelina. Son problème s'était résolu bien autrement : son beau curé avait renoncé au sacerdoce pour l'épouser. Marguerite n'en attendait pas autant d'Antoine. À aucun moment, il ne lui avait reparlé des confidences de la femme du docteur sur son lit de mort et jamais il ne lui avait proposé la moindre ébauche d'un projet de ce genre.

Pourtant, une chose lui paraissait maintenant de plus en plus évidente : elle ne pouvait se débarrasser de cet enfant-là. Il représentait le fruit du plus grand amour de la Terre et le plus beau cadeau qu'Antoine Lacroix puisse lui laisser en héritage. La moitié de lui, de sa chair, de son sang, de son esprit. Comment même songer à le détruire ? Au contraire ! Elle se sentait tout à coup très capable de l'adorer, ce trésor, et même de l'élever. Le fils d'Antoine... Que valait un ange de porcelaine au fond d'une poche à côté d'un enfant bien vivant, héritier des traits de son père ? Un enfant qui resterait présent pour elle à chacun des jours de sa vie ? Soudain, elle eut l'impression de l'aimer déjà.

En se retournant derrière le barrage, elle remarqua qu'on l'observait de loin. Cette vision lui rappela le soir où Antoine lui avait révélé son amour à l'intérieur du presbytère. Au bord de la panique, elle avait accouru à cet endroit précis, près de la rivière, et un homme s'était approché d'elle. Sans le savoir, il lui avait en quelque sorte sauvé la vie en lui demandant simplement comment elle allait. Un ange… Elle passa devant l'inconnu et le salua silencieusement de la tête avec l'étrange sentiment que quelqu'un, où que ce soit, veillerait toujours sur elle.

Une fois sa décision prise, Marguerite se sentit soulagée. Elle toucha instinctivement son ventre. Dans son esprit, son enfant venait de naître en cet instant précis. « T'en fais pas, mon tout-petit, tu vas vivre. Et tu vas naître au Canada. Je vais prendre soin de toi, je t'en fais le serment. » Elle déchira l'adresse de l'avorteur et la lança au-dessus des flots puis dirigea allégrement ses pas vers La Par-botte. Mieux valait agir rapidement et concrètement avant que le doute ne la rejoigne encore.

Cette fois, le magasin semblait ouvert mais paraissait désert. Même si la petite clochette suspendue au-dessus de la porte annonça joyeusement l'arrivée de sa sœur, Anne mit un certain temps avant de sortir de l'arrière-boutique. Marguerite remarqua aussitôt son teint blême et ses yeux cernés.

— Ah ! c'est toi ? Allo ! comment ça va ?

— Bonjour, Anne. Je vais assez bien, mais toi, tu me parais plutôt pâlotte.

— T'en fais pas, je ne suis pas malade. Dis donc, tu n'affiches pas un meilleur teint que le mien, ma foi !

— Moi ?... Les vacances viennent à peine de commencer et je planifie déjà plein de choses. Je suis venue pour te raconter ça.

— Les vacances ? Mais oui, j'avais oublié ! L'école vient tout juste de se terminer. Eh bien, bonnes vacances, ma sœur ! Alors, ces fameux projets ?

— Je pars pour Montréal. J'ai envie depuis des années de visiter cette ville. Aussi bien en profiter cet été.

— Bonne idée ! Mais ne me dis pas que tu vas partir seule. Amène Camille avec toi, au moins. Moi, je ne pourrais pas t'accompagner mais...

— Évidemment, il y a le magasin.

— Il y a le magasin, oui. Mais il y a autre chose aussi...

Anne s'approcha avec un air mystérieux qui cachait mal son excitation.

— Je suis enceinte, Marguerite. Le croirais-tu ? Je vais avoir un bébé au début de février. J'allais justement monter pour te l'annoncer en fermant la boutique, ce soir. Je suis tellement contente, tu n'as pas idée ! Mais... qu'est-ce que tu as ? Embrasse-moi au moins !

Marguerite n'embrassa pas sa sœur mais lui tomba plutôt dans les bras, secouée de sanglots, incapable de prononcer une parole. Sa main s'agrippa au bras d'Anne et elle le serra avec une telle vigueur que celle-ci faillit lâcher un cri de douleur. Intriguée par une si étrange réaction, elle se mit à secouer son aînée.

— Voyons, Marguerite, ressaisis-toi ! Il ne s'agit pas d'une mauvaise nouvelle. Au contraire ! Le docteur dit que tout va bien. Pierre et moi…

Anne s'arrêta net. Quelque chose lui échappait. Quelque chose de grave. Sa sœur ne réagissait pas normalement. On n'apprend pas l'arrivée prochaine d'un neveu en s'effondrant. Même le bonheur de devenir tante et marraine n'expliquait pas un tel torrent de larmes.

— Que se passe-t-il, Marguerite ? Tu n'es pas contente ?

— …

— Réponds-moi, je t'en prie. Pourquoi pleures-tu de la sorte ?

Marguerite se dégagea de l'étreinte et fit un pas en arrière pour prendre une certaine distance. Le silence se fit lourd, quasi insupportable. Après s'être essuyé les yeux du revers de la main, elle plongea un regard de détresse dans celui, étonné, de sa sœur. Puis elle se lança.

— Moi aussi, je vais accoucher l'hiver prochain.

— Quoi ! ? !

— Moi aussi, je vais avoir un bébé en février. Pour moi, ce sera à la fin du mois.

— Que me racontes-tu là ? Tu es enceinte ? Je n'en reviens pas ! Mais de qui, pour l'amour du ciel ? Je n'aurais jamais deviné que…

Marguerite haussa les épaules sans répondre et se remit à sangloter. Anne, muette de surprise, vit un tel désarroi sur le visage de sa sœur qu'elle n'osa pas l'interroger davantage. Non, il ne s'agissait pas d'une mauvaise blague. Marguerite la raisonnable, Marguerite la parfaite allait devenir une fille-mère. Une fille tombée… Anne n'arrivait pas à y croire. Sa grande sœur si sage, si rangée… Son modèle. Quelle catastrophe ! Soudain, devant le mutisme de Marguerite, elle crut trouver l'explication.

— Ah ! je comprends ! Hugo Dubuque… Eh bien, il a réussi à cacher son jeu, celui-là ! Mais alors, Marguerite, tu es sauvée. Il te suffit d'accepter de le marier. Il n'a d'yeux que pour toi quand il vient à Lowell. Ne m'as-tu pas dit, l'autre jour, qu'il t'a déjà fait la « grande demande » ? Voilà la solution !

La clochette de la porte vint interrompre Anne sur sa lancée. Une famille au grand complet venait de s'introduire dans la boutique. Contrariée, elle se trouva dans l'obligation de souhaiter la bienvenue aux envahisseurs et de s'informer des besoins de chacun. Le père voulait des bottes de travail, la mère désirait des souliers d'été pour chacun des enfants et une paire d'escarpins pour elle-même et l'adolescent se cherchait des chaussures pour jouer au base-ball.

Une fois les clients satisfaits, au bout d'une demi-heure, quand elle put enfin se tourner vers Marguerite, celle-ci avait disparu. Convaincue qu'elle était montée dans son logis à l'étage, Anne grimpa les marches quatre à quatre. Mais elle se buta à une porte verrouillée. Qu'importe, elle ne se gêna pas pour y entrer grâce à sa propre clé qu'elle possédait encore. Sa sœur avait besoin d'elle et elle n'allait pas l'abandonner. Mais personne ne se trouvait dans l'appartement.

Ce soir-là, Anne et Pierre cherchèrent la grande sœur partout dans la ville et ne la trouvèrent nulle part. Ils revinrent le lendemain matin, dès la première heure, frapper de nouveau à sa porte. Une enveloppe adressée à Anne Laurin était collée sur la vitre. Le cœur battant la chamade, Anne parcourut les quelques mots visiblement rédigés à la hâte au verso d'un vieux papier.

Ma chère Anne,

Ne me cherche pas. Au moment où tu lis ce message, je suis déjà dans le train pour le Canada. J'ai apporté seulement quelques affaires indispensables. Tu peux prendre ou vendre les meubles et louer l'appartement. Je ne crois pas revenir à Lowell avant plusieurs mois, compte tenu de mon état. Je t'en prie, ne t'inquiète pas pour moi, je saurai me débrouiller. Tout va bien se passer, comme pour toi d'ailleurs. Je te le souhaite de tout mon cœur. Tu vas me manquer !

Je te donnerai de mes nouvelles une fois fixée là-bas. Et je pose ma candidature pour devenir la marraine de ton enfant. Que dirais-tu si on faisait un échange de marrainage ? Tu vas prendre soin de toi, hein ? Et rassure ma petite Camille à mon sujet. Dis-lui que je l'aime. Vous êtes toute ma vie, mes deux sœurs adorées, et cela me crève le cœur de devoir vous quitter pour un bon bout de temps. Mais ainsi en ont voulu, ma chère Anne, les méandres de mon destin…

Ta sœur qui t'aime,
Marguerite

Au même instant, Antoine, en quittant le presbytère pour se rendre à l'église, décachetait d'une main fébrile l'enveloppe qui lui était adressée, laissée bien à la vue sur le perron. Le bref et glacial message dont il prit connaissance l'ébranla au point qu'il eut de la difficulté à se concentrer sur sa messe.

Mon révérend père,

Vous n'êtes pas sans connaître le désarroi qui habite mon âme depuis trop longtemps. J'ai donc pris la décision de m'éloigner de Lowell pour une période indéterminée. J'ai l'intention d'aller me ressourcer dans mon pays d'origine pour quelque temps. Je vous souhaite un bel été.

Marguerite Laurin

20

Entre la nouvelle gare Bonaventure de Montréal et l'hôpital de la Miséricorde, Marguerite erra sans but, encombrée de ses bagages. Elle n'avait pourtant pas apporté grand-chose, consciente qu'avant longtemps, elle rentrerait difficilement dans ses vêtements. Quelques blouses amples, un châle de laine, une robe de nuit, une paire de souliers confortables allaient suffire. Avant de quitter la Middle Street, elle avait jeté un regard désolé sur ses livres, son lit, sa lampe à huile, cadeau de Hugo, son vase à fleurs peint à la main par Anne. Son petit univers bien à elle… Le sentiment de tout abandonner pour toujours lui serrait la gorge.

Le temps était venu pour elle de tourner la page et de prendre une autre direction. Pour elle et pour lui, cet enfant dont la présence se manifestait chaque matin par des maux de cœur même après deux mois et demi de grossesse. Elle n'avait pas oublié non plus de glisser son ange de porcelaine dans son sac. De cette manière même lointaine et silencieuse, Antoine l'accompagnerait, il se trouverait sans cesse auprès d'elle.

Elle entra un moment dans l'église Notre-Dame afin de reprendre son souffle et surtout de trouver assez de courage pour aller sonner à la porte de l'hôpital dont elle avait retenu l'adresse par cœur. Impressionnée par la grandeur de la nef en comparaison de celle de la petite église catholique de Lowell, elle s'agenouilla devant une statue de la Vierge portant l'enfant Jésus dans ses bras. Folle d'angoisse, elle implora la mère de Dieu de l'aider à se rendre jusqu'au bout du tunnel.

— Je vous envie, Vierge Marie, d'avoir conçu votre enfant sans avoir commis l'œuvre de chair. Vous avez pu le montrer fièrement à la face du monde, vous avez pu l'élever au grand jour, tandis que moi, je devrai le donner ou le cacher parce qu'il portera les stigmates de mes fautes. Oui, oui, je sais, le vôtre a porté les péchés du monde sur ses épaules et il est mort sur la croix pour cela, justement pour racheter mes erreurs et mes faiblesses. Antoine l'a clairement expliqué aux fidèles dans son sermon de dimanche dernier. Mais mon enfant à moi n'est-il pas déjà mort au monde, lui qu'on ne tardera pas à traiter de bâtard ? De fils illégitime ? Tout ça à cause de moi... Et moi aussi, on va me juger et me montrer du doigt. Suis-je donc si coupable de seulement aimer Antoine Lacroix ? À quelle source devrai-je m'abreuver pour enfin ressentir des regrets ? Et le ferme propos de ne plus recommencer ? Oh ! aidez-moi, bonne Sainte Vierge, aidez-moi, car je n'y arrive pas.

Marguerite resta un long moment effondrée sur le prie-Dieu. Puis elle finit par retrouver son sang-froid, convaincue d'avoir là-haut une protectrice. Elle traversa d'un pas déterminé l'allée qui menait à la sortie. Le temps était venu de plonger. Après avoir poussé la lourde porte, un éclat de lumière l'éblouit mais ne l'empêcha pas de remarquer un magnifique papillon orange immobile sur la première marche du perron. Il ne réagit pas sur son passage et ce comportement inusité intrigua la jeune femme. Elle se pencha et l'insecte se laissa prendre en s'agrippant sur le bout de son doigt avec ses pattes de velours noir moucheté de blanc. On aurait dit qu'il la dévisageait de ses yeux globuleux, prêt à l'écouter. Elle vit alors son aile déchirée.

— Oh ! pauvre bête ! Qui t'a brisée de la sorte ? Te voilà bien mal foutue avec ton aile en morceaux. Les prédateurs ne vont pas manquer de te poursuivre.

Le monarque comprit-il ces paroles ? Il s'envola soudain en dessinant de maladroites arabesques et alla se réfugier sur l'une des fleurs qui ornaient le portail. Marguerite comprit le message et soupira : « Allons, ma vieille, il ne faut pas se laisser abattre. Même mal foutue, même avec une aile brisée, la vie continue. Pour lui comme pour moi. »

À la tombée du jour, Marguerite gravit lentement les marches extérieures de l'aile droite de la bâtisse située au 850 Dorchester, entre les rues Saint-Hubert et Campeau. Une porte en forme d'arche rouge vin fraîchement repeinte parmi les pierres grises d'un édifice de conception assez récente. Dans quelques minutes, le processus s'enclencherait et sa situation serait officiellement reconnue. Elle frissonna. « Advienne que pourra… »

Elle dut actionner à deux reprises la clochette fixée sur la porte avant qu'une religieuse rondelette ne vienne lui répondre en maugréant.

— Du calme, du calme, mademoiselle, y a pas le feu !

Marguerite porta son attention sur le costume noir de la portière, orné de l'incontournable croix sur la poitrine et du bandeau blanc sur le front surmonté d'une cornette à double pli. Ainsi, de l'école de Lowell à l'hôpital de la Miséricorde, elle passait d'une communauté religieuse à une autre : même genre de déguisement, même odeur, même teint blafard, même regard austère, mais aussi même dévouement. « Du pareil au même ! » songea-t-elle.

Sœur Sainte-Clothilde l'interrogea en la toisant de haut en bas.

— Que peut-on faire pour vous, mademoiselle ?

— Je…

Marguerite ne trouvait pas le courage d'en dire davantage et porta instinctivement une main nerveuse à sa ceinture. La religieuse ne lui donna pas le temps d'apporter des précisions et la pria froidement d'aller s'asseoir dans la salle d'attente attenante au portique. Deux autres filles s'y trouvaient déjà. La première affichait un état de grossesse avancé et salua Marguerite d'un signe de tête. L'autre, par contre, se lamentait à fendre l'âme et semblait souffrir atrocement. Les jambes écartées, recroquevillée sur sa chaise, elle lançait des cris perçants. Ses yeux effarés et les perles de sueur qui coulaient sur son front n'échappèrent pas à Marguerite. En apercevant la religieuse, la pauvre se mit à hurler.

— Oh ! Ah ! Ouille ! Vite, ma sœur, j'en peux plus ! Le bébé s'en vient, je le sens !

— Si ça peut arrêter de sonner à la porte, on va pouvoir s'occuper de vous, ma fille. Pourquoi avoir attendu si tard ? Allons, venez ! Suivez-moi, on monte au troisième étage.

La future mère se leva péniblement et s'appuya sur la religieuse. Marguerite remarqua alors sa jupe imbibée d'un liquide laiteux et abondant. Même la chaise qu'elle venait de quitter était mouillée.

Cette image lui rappela une autre jupe qu'elle avait observée, jadis, dans sa petite maison de Grande-Baie où, adolescente, elle avait vu les vêtements de sa mère enceinte de huit mois complètement trempés. Mais cette fois-là, il s'agissait de sang. Du sang rouge. Rouge clair. Et il y en avait partout, même par terre.

Elle se rappelait parfaitement cette journée-là. Quand elle était revenue de l'école, elle avait trouvé Rébecca écroulée sur une chaise, la tête appuyée sur la table de la cuisine. Elle aussi avait les jambes écartées, le regard perdu et se lamentait. Elle aussi avait la jupe mouillée. Marguerite avait d'abord pensé que sa mère l'attendait, mais elle comprit rapidement que Rébecca divaguait. Elle ne cessait de crier :

— Va chercher ton père, va chercher ton père !

Puis elle avait ajouté en manquant de tomber par terre.

— Mais avant, aide-moi à monter dans ma chambre.

Marguerite avait alors vu le sang dégouliner des plis de la robe jaune de sa mère. Du sang qui dessinait des taches sur les marches de l'escalier. D'énormes taches rouges informes qui s'agrandissaient à vue d'œil et qu'elle n'oublierait jamais. Et une fois rendue à l'étage, Rébecca s'était mise à vomir du sang, encore du sang. Il lui en sortait de partout, par les narines, par la bouche, à travers ses sous-vêtements. Au début, la naïve fillette de treize ans avait cru que le temps d'accoucher était venu, mais elle n'avait pas mis de temps à comprendre que quelque chose ne tournait pas rond. Il n'était pas normal de cracher du sang quand on met un bébé au monde. Personne ne lui avait jamais parlé de cela. Et c'est elle qui avait dû nettoyer les souillures quelques heures plus tard, à la demande de son père, pendant que sa mère rendait l'âme dans la chambre, succombant à l'hémorragie.

Et s'il lui arrivait la même chose ? Si, à l'arrivée du bébé, elle aussi se mettait à saigner ? Qui sait si l'hérédité... Alors, à sa honte et à sa détresse, à son infinie solitude, s'ajouta la peur. Une peur sournoise et viscérale. Une peur dévastatrice. Elle se mit à trembler.

— Bonjour, je m'appelle Lucie. Et toi ?

Marguerite sursauta. Obnubilée par ses souvenirs et ses frayeurs, elle n'avait pas porté attention à l'adolescente assise en face d'elle qui la dévisageait de ses grands yeux bruns.

— Attends-tu ton bébé pour bientôt ? Moi, il me reste à peine deux ou trois semaines.

— Euh... c'est pour février seulement.

— Vas-tu rester ici jusqu'à l'accouchement ? Si j'avais su qu'on acceptait d'héberger les filles longtemps avant la naissance du bébé, je serais venue plus tôt.

— J'ignore si je vais demeurer ici. À vrai dire, je suis sans ressources. Je suis arrivée des États-Unis ce matin seulement, je ne connais personne et...

— Moi, mon père ne voulait pas me laisser sortir de la maison pour ne pas montrer mon état aux voisins. Comme il me battait sans arrêt, c'est ma mère qui m'a amenée ici, en cachette. Mais elle m'a quittée une fois rendues à la porte. Toi, vas-tu garder ton bébé ?

— Je ne sais pas encore. Je n'ai pas eu beaucoup de temps pour y réfléchir sérieusement. Il est fort possible que je le garde. On verra…

— Le mien va aller à l'adoption, c'est sûr ! Surtout qu'il est l'enfant de mon père. Il n'acceptera jamais de le recevoir à la maison, tu penses bien. Je ne suis pas certaine de pouvoir y retourner moi-même…

Marguerite regarda tristement l'adolescente. Presque encore une enfant. Elle se demanda laquelle des deux situations s'avérait la plus pathétique : porter l'enfant d'un prêtre ou porter l'enfant de son propre père ? Au moins, elle-même avait conçu son bébé dans l'amour tandis que cette innocente avait sans doute subi douloureusement les assauts pervers d'un vieux salaud… Pauvre Lucie ! Quel âge pouvait-elle avoir ? Quatorze ans peut-être ? Quinze ans tout au plus.

Pauvre Lucie, et pauvres femmes ! Les géniteurs, eux, s'en lavaient les mains royalement. Ils pouvaient bien fanfaronner en toute liberté et fuir leurs responsabilités, ces chevaliers de la couchette ! Ce n'était pas eux qui portaient le fardeau de leur péché, cette preuve tangible de leurs actes de jouissance dont le poids s'alourdissait de jour en jour dans le corps des femmes. Ce fardeau vivant et vibrant qui n'avait pas demandé à exister et qui, pourtant, en plus de jeter la réputation de la mère par terre, bouleversait déjà son existence... Uniquement celle de la mère ! Et, pour comble, ce fardeau possédait déjà le droit indéniable à la vie. Il avait des petits pieds, des petites mains, une frimousse adorable et un cœur qui battait déjà. La plupart des femmes ne pouvaient y résister.

Lucie raconta que, dans cet hôpital, on empêchait les mères de voir leur bébé au moment de la naissance afin d'éviter qu'un lien ne se crée avant d'envoyer le nouveau-né à la crèche. Marguerite n'en croyait pas ses oreilles.

— Mademoiselle Lucie ? Venez avec moi, s'il vous plaît.

La religieuse boulotte, entrée dans la salle d'attente sur la pointe des pieds, s'était plantée devant Lucie à son insu. La jeune fille sursauta et se releva sans un regard pour sa voisine. Marguerite se retrouva soudain seule dans la salle étroite. Elle fut saisie par l'odeur du parquet ciré, la même que celle du portique de l'école Saint-Joseph. L'envie de fuir l'effleura. Partir à toutes jambes loin de ce lieu, loin de cette souffrance. Courir jusqu'à perdre haleine, courir jusqu'à en mourir. Mais courir dans quelle direction ? Elle n'avait plus de patrie, plus de famille, plus d'amant, plus personne. Elle n'avait plus rien, plus rien du tout. Rien d'autre que ce bébé… « Oh ! Antoine, Antoine… » Elle chercha d'instinct son ange au fond de sa poche et ne le trouva point.

— Mademoiselle Laurin ? Veuillez me suivre jusqu'à mon bureau, je vous prie.

C'est à ce moment-là seulement que Marguerite remarqua le chapelet suspendu à la ceinture de la religieuse. Une tête de mort tenait lieu de médaille à l'endroit où se rejoignaient les extrémités de la chaîne.

21

Marguerite se tournait et se retournait dans son lit, incapable de fermer l'œil. Malgré l'emplacement de sa couchette à l'extrémité du dortoir des filles-mères, les bruits qui agitaient la grande salle du quatrième étage la tiraient sans cesse d'un sommeil superficiel et agité. Pleurs et lamentations, bruits de pas, claquements du chapelet de la surveillante de nuit faisant sa ronde, tout la dérangeait.

L'air s'y trouvait vicié car on gardait placardées, à longueur d'année, et peu importe la saison, toute la série de fenêtres donnant sur la rue Saint-Hubert. Les filles-mères n'avaient pas le droit de regarder dehors pour voir palpiter le monde extérieur. Celles qu'on appelait les pénitentes devaient se mortifier et expier leur péché, le plus terrible péché qui soit sur terre : le péché de chair. Être enceinte hors des liens du mariage s'avérait une infamie qui les mettait au ban de la société. La pire des conditions !

Même à la chapelle, on refusait aux pénitentes d'assister aux offices dans la nef. Elles devaient se contenter de se tenir droites devant les bancs de bois du jubé, malgré leur gros ventre, avec l'interdiction de chanter ou de prononcer à voix haute les répons au chapelet ou aux litanies. Les filles-mères se trouvaient recluses même à l'intérieur des murs de l'hôpital de la Miséricorde qu'on appelait, par les années passées, Maternité Sainte-Pélagie. Portant un cordon rouge autour de la taille sur leur uniforme aux amples plis, celles qu'on appelait aussi les « filles tombées » devaient s'amender et se préparer à changer de style de vie. Que ces femmes soient devenues enceintes par amour, par simple plaisir ou par viol, qu'elles affichent un âge mûr ou une jeunesse précoce, qu'on les identifie comme des ex-prisonnières, ex-prostituées, délinquantes, alcooliques, itinérantes, filles de familles, tout cela n'importait guère. Elles avaient toutes en commun une certaine marginalité, volontaire ou non : elles avaient procréé sans être mariées. Il importait donc de leur imposer une routine et un cadre de vie pour favoriser leur cheminement vers le repentir et le pardon, et aussi vers une situation sociale plus acceptable.

Marguerite ne pouvait croire qu'elle allait demeurer dans ce lieu pendant de longs mois. Après l'accouchement, on retenait les jeunes filles sans argent pendant une période d'au moins six mois afin de rembourser les frais de leur séjour par un travail dans la communauté hospitalière.

Une fois leur bébé au monde, si certaines mères célibataires désiraient rester définitivement chez les sœurs, on les gardait, mais elles ne pouvaient pas, pour le reste de leur existence, prononcer les vœux perpétuels de la communauté à cause de leur manquement à la chasteté. Par contre, elles s'engageaient à ne plus sortir du couvent, transformées en « Madeleines », genre de novices perpétuelles qui devaient rester cachées et s'atteler aux humbles tâches d'entretien de l'hospice : repas, ménage, couture, fabrication de savon ou de chandelles. Seules les veuves avec un enfant étaient autorisées à devenir de véritables religieuses, ayant procréé à l'intérieur du mariage.

Dans sa malchance, Marguerite avait tout de même trouvé une consolation : quand la directrice de l'hospice avait été mise au courant du métier d'institutrice de la jeune femme, elle l'avait dispensée des travaux ménagers et l'avait affectée à l'enseignement du français auprès des Madeleines qui, pour la plupart, ne savaient ni lire ni écrire. Du matin jusqu'au soir, elle rencontrait donc des groupes de femmes vêtues comme des nonnes, mais d'un costume différent de celui des autres sœurs.

Auprès de ces Madeleines, Marguerite se sentit mal à l'aise au début, écrasée par un sentiment d'infériorité qu'elle maîtrisait mal. Ces femmes n'avaient-elles pas déjà vécu l'expérience de l'accouchement alors qu'elle-même n'en savait rien et l'appréhendait au plus haut point ? Toutes avaient mené leur grossesse à terme et connu les douleurs de l'enfantement, et toutes avaient mis au monde un être humain auquel elles avaient renoncé pour le donner à l'adoption. Et cela impressionnait Marguerite.

Pour le moment, elle n'arborait qu'un petit bedon à peine apparent. Et contrairement à ces femmes, elle se rebutait à l'idée de renoncer à son bébé. Elle n'en avait encore parlé à personne, surtout pas à la direction qui encourageait fortement l'adoption. À cet effet, on achevait présentement des travaux pour ouvrir incessamment une pouponnière dans l'édifice même de l'hospice, au lieu de conduire les nourrissons à la crèche des sœurs Grises comme on le faisait depuis des années. Déjà, on avait commencé à y garder certains bébés. Jamais Marguerite ne pourrait accepter d'abandonner l'enfant d'Antoine, cet enfant qu'on appelait méchamment « enfant du péché » ou, pire, « enfant sacrilège » quand il s'agissait de l'enfant d'un religieux. Dire qu'on qualifiait ce lieu de maison de la délivrance et de la miséricorde… « Plutôt l'antre du désespoir ! » se disait-elle.

Toutefois, Marguerite devait reconnaître que, malgré leur obsession du péché et de la pénitence, les sœurs, que certaines gens de la bonne société accusaient d'encourager le vice, se dévouaient corps et âme pour accueillir inconditionnellement les filles-mères désespérées, selon les plus purs principes de la charité. Tout bien considéré, il ne s'agissait pas de la maison du désespoir… Petit à petit, Marguerite en vint à admettre que sans le zèle et la bienveillance de ces religieuses, elle se serait retrouvée à la rue, sans gîte et méprisée de tous.

D'un autre côté, si entrer à l'hôpital de la Miséricorde et y accoucher s'avéraient relativement faciles, en sortir représentait tout un défi aux yeux de la jeune femme. Elle ne cessait d'y songer, le soir, en se retournant mille fois dans son lit avant de sombrer dans un sommeil peuplé de cauchemars. Chose certaine, elle n'accepterait certainement pas de porter la coiffe des Madeleines. Mais alors, où irait-elle avec son enfant ? Qui l'accepterait ? Qui prendrait soin d'elle et de lui ? Et comment gagnerait-elle sa vie ? Retournerait-elle aux États-Unis ? Elle ne connaissait personne à part ses deux sœurs à Lowell, Camille, obligée de gagner sa vie à quatorze ans, et Anne, déjà casée et future mère de famille qu'elle n'oserait pas encombrer de sa présence et de celle d'un marmot à nourrir.

Restait Antoine. Son bel Antoine, son amour, sa vie. Quand il apprendrait la vérité, il ne refuserait pas de l'aider, même au risque de perdre sa réputation, elle n'en doutait pas un instant. Il l'aimait assez pour cela. Après tout, elle portait son enfant. Mais… l'aider comment ?

Chaque nuit, elle prenait la résolution de lui écrire dès le lendemain matin. Mais on lui avait expliqué que les lettres écrites par les pénitentes devaient passer par la censure et étaient très rarement déposées à la poste. On agissait de même à la réception du courrier. Au bout du compte, à peu près personne n'envoyait ni ne recevait de courrier. Quand elle apprit cela, Marguerite se mordit les lèvres. Elle n'avait pas prévu cette situation et regrettait de ne pas avoir dévoilé la vérité à Antoine avant de quitter Lowell. À tout le moins, elle aurait dû révéler le nom du père de l'enfant à Anne. Elle se trouvait maintenant isolée avec son terrible secret, prise dans un étau sans possibilité d'en sortir. Et cela la menait au bord de la panique, surtout au cours de ces nuits de septembre que l'absence de chauffage rendait encore plus glaciales.

Pourtant, autour d'elle, la plupart des Madeleines à qui elle enseignait les rudiments du français arrivaient à raconter sans trop d'émotion des histoires encore plus pathétiques que la sienne. On avait banni l'une de son foyer à jamais, l'autre se trouvait sans ressources, reniée par son amant, lui-même père de nombreux enfants. Certaines, comme la jeune Lucie à qui on avait retiré son petit garçon dès sa naissance pour l'envoyer à la crèche, craignaient ne plus pouvoir retourner dans leur foyer. D'autres étaient attendues par un père et des frères vicieux alors qu'elles-mêmes souhaitaient ne plus les revoir pour le reste de leur existence. Ne restait à ces malheureuses filles que la perspective de se tapir dans la communauté des sœurs, chez les Madeleines, en prétextant une vocation religieuse qu'elles n'avaient pas et n'auraient sans doute jamais.

Au bout du compte, Marguerite prenait conscience que ce faux « antre du désespoir » constituait en réalité une maison de refuge, un refuge béni pour la plupart de celles qu'on traitait de vulgaires pécheresses. Hélas, si l'espoir existait, sa lueur paraissait bien faible dans la noirceur de l'horizon de Marguerite Laurin.

Le statut de professeur laissait tout de même un peu de latitude à Marguerite pour se déplacer à l'intérieur de la bâtisse. Entre deux cours, à l'heure où tout le monde s'adonnait à son travail, elle avait pris l'habitude d'aller à la chapelle déserte pendant quelques minutes. Cet îlot de silence et de paix, brisé seulement par l'écho de ses pas, et l'odeur des lampions lui rappelaient l'église Saint-Joseph, à l'aube, quand elle se rendait à la messe dans l'espoir d'apercevoir, même de loin, son bien-aimé. Cher, cher Antoine ! Pour cet homme, elle aurait donné sa vie. Dire qu'il ne se doutait de rien !

Contrairement au règlement qui reléguait les pénitentes au jubé lors des offices, Marguerite avançait dans la nef déserte et s'agenouillait devant le petit autel situé à la droite du chœur. Selon la coutume de l'époque, la statue d'une sainte enchâssée dans un cercueil vitré semblait dormir d'un sommeil éternel. Marguerite aimait contempler cette sainte dont elle ignorait le nom et l'histoire. Fascinée par sa beauté parfaite et la paix qu'elle dégageait, la future mère portait sur elle un long regard méditatif, et cela la réconfortait. Quelle avait été la vie de cette femme ? S'agissait-il d'une vierge et martyre ayant sacrifié sa vie pour préserver sa virginité ? Ou bien avait-elle mené une vie de pécheresse pour se convertir aux derniers moments de sa vie ?

Ce matin-là, plongée dans ses réflexions, elle mit du temps à apercevoir un jeune homme déambulant à pas feutrés dans l'allée centrale de la chapelle. Un étudiant en médecine sans doute. Depuis une vingtaine d'années, l'Église catholique, par l'entremise de Mgr Bourget, avait décrété qu'en dépit de leur diplôme reconnu, les sœurs ne pouvaient et ne devaient plus exercer leur rôle de sages-femmes auprès des futures mères, cette fonction jugée menaçante pour leur vertu en raison de l'un de leurs vœux. La faculté de Médecine voyait d'un bon œil cet abandon qui assurait aux patientes plus de compétence médicale en plus d'une clientèle certaine à ses étudiants en obstétrique. Depuis ce temps, une horde d'étudiants accompagnés de leurs professeurs envahissaient les lieux quotidiennement. En général, on les voyait rarement circuler dans l'hôpital, sauf à l'étage des salles d'accouchement. Il arrivait cependant que l'un d'eux fasse un suivi auprès de certaines patientes. Ce jeune homme faisait probablement partie du groupe, car Marguerite le croisait de temps en temps dans les corridors.

Ce matin-là, elle le vit d'un œil étonné s'approcher d'elle à pas hésitants et se placer sur un agenouilloir à côté d'elle.

— Saviez-vous qu'il s'agit de sainte Marguerite ?

— Vous parlez de la sainte sous l'autel ? Êtes-vous sérieux ? Elle est donc ma patronne, puisque je porte le même nom. Par contre, à moi, il manque la sainteté !

Marguerite réprima un fou rire et ce rire coula en elle comme une eau de source. Il y avait si longtemps… Elle se tourna vers l'homme et le trouva beau. Un visage empreint de sérénité sous des sourcils d'ébène…

— Connaissez-vous son histoire ?

— Euh… pas vraiment. Je suppose qu'elle était pure et vierge comme toutes les saintes de l'Église. On dit, en tout cas, qu'elle protège les femmes enceintes.

— Eh bien ! elle va avoir du travail avec moi !

— Vous n'allez pas bien ?

— Au contraire, je vais très bien. Trop bien ! Le bébé prend de la vigueur, je crois même l'avoir senti bouger, cette nuit. Mais moralement, c'est moins brillant.

— Allons… Dieu vous a certainement pardonné.

— Comment voulez-vous qu'une femme enceinte d'un prêtre aille bien ? D'autant plus que le prêtre en question n'est même pas au courant.

Marguerite s'interrompit aussitôt. Comment en était-elle arrivée à faire une confidence de cette gravité à ce pur étranger dont elle ne connaissait même pas la première lettre du nom, alors qu'elle n'avait jamais divulgué son secret à personne, pas même à sa sœur ? Elle n'en revenait pas de son audace, là, au milieu de la chapelle déserte où l'écho avait répercuté jusqu'à la voûte ses mots pourtant prononcés à mi-voix. « Mon audace ? Plutôt ma faiblesse ! » se dit-elle. Fallait-il qu'elle se sente seule et soit rendue à bout, fallait-il qu'elle n'en puisse plus pour se livrer ainsi au premier venu !

Mais elle comprit vite que le premier venu n'était pas le moindre. Le jeune homme tourna vers elle un regard d'une telle bonté qu'elle faillit éclater en sanglots et se jeter dans ses bras en criant : « Au secours ! » L'étudiant se contenta de frôler doucement l'épaule de Marguerite, l'espace d'une seconde, en murmurant des paroles dont elle se souviendrait longtemps.

— Tout va bien se passer, mademoiselle Marguerite, j'en suis convaincu. Si jamais vous avez besoin de moi, vous n'avez qu'à feindre des douleurs ou prétendre avoir noté quelques pertes sanguinolentes. On m'appellera alors à votre chevet, car je suis de garde tous les matins de la semaine. Et puis, il y a cette chapelle où l'on pourra parfois converser un court instant, quoique le risque de voir une religieuse venir y faire une génuflexion impromptue existe bel et bien. Je m'appelle Rémi Beaulieu et vous pouvez compter sur moi, ne l'oubliez pas.

Elle ne l'oublia pas. Ce soir-là, pour la première fois, elle s'endormit paisiblement en remerciant sainte Marguerite d'avoir mis le docteur Beaulieu sur son chemin. Curieusement, à part la douceur de ses grands yeux, elle n'arriva pas à se rappeler sa physionomie. Qu'importe, elle ne se sentait plus seule au monde. La sainte sous l'autel avait accompli un miracle : Marguerite Laurin avait maintenant un ami.

Ce soir-là, pour une rare fois, elle oublia de glisser son petit ange sous l'oreiller.

22

— Je vous en prie, ma sœur, donnez-moi une heure seulement.

Sœur Sainte-Clothilde semblait hésiter. Il n'était pas dans la politique de la maison de laisser les futures mères sortir pour circuler en toute liberté dans les rues de Montréal. L'un des buts de l'institution consistait justement à les protéger du péché en les empêchant de retourner dans le monde, ce lieu de perdition. De plus, mieux valait soustraire aux regards leur taille arrondie susceptible de provoquer le scandale et des jugements téméraires chez les bien-pensants. Combien de filles-mères, à leur arrivée, avaient attendu la noirceur pour sonner à l'hôpital ou s'étaient présentées piteusement à la porte de côté afin que personne ne les reconnaisse…

Au nom de quoi la directrice, prompte au soupçon, accorderait-elle à cette demoiselle Laurin la permission d'aller exhiber son péché sur les trottoirs de Montréal ? Les vraies mères de famille, elles, restaient à la maison quand elles se trouvaient « en famille ». Au lieu de suivre le règlement comme les autres, de méditer et de se mortifier, cette jeune capricieuse désirait aller « prendre l'air » ! Quel air ? La religieuse se le demandait. Marguerite avait-elle un but précis ? Aurait-elle par hasard réussi à se ménager un rendez-vous clandestin ? Une rencontre avec le père de son bébé ou un autre homme ? Ou peut-être avait-elle projeté une activité particulière ? Visite des magasins ? Rencontre amicale ? Flirt ? Ou, pire, avortement ou même suicide ?

— Je vous le jure, ma sœur, je n'ai aucune intention malsaine. Je voudrais simplement aller marcher pour prendre le pouls de cette ville que je ne connais pas. Voir du monde, quoi !

Marguerite faillit préciser qu'elle avait envie de voir du monde normal. Elle en avait assez des pénitentes larmoyantes, des sœurs crispées et des Madeleines déprimées par le cul-de-sac dans lequel elles allaient végéter pour le reste de leur vie. Mais elle se retint de livrer le fond de sa pensée à la religieuse à l'air sévère qui marchait de long en large dans son bureau en faisant virevolter son chapelet à chaque tournant.

— Je n'ai pas besoin de me cacher, ma sœur. Je ne connais pas âme qui vive à Montréal, et personne ne pourrait me reconnaître dans la rue. D'ailleurs, je m'en fiche un peu, si vous voulez savoir !

— Vous ne ressentez donc pas de honte à afficher votre péché ? Le Seigneur n'a-t-il pas dit : « Si ton œil te scandalise, arrache-le » ? Alors, cachez-vous, pour l'amour du ciel, au lieu d'horrifier les autres !

— Oui, j'ai péché, ma sœur, mais Dieu m'a pardonné. Écoutez, je suis venue ici de mon plein gré, pourquoi n'aurais-je pas le droit de sortir de temps à autre ? Un hôpital n'est pas une prison, que je sache ! Il ne m'arrivera rien et je ne ferai rien de mal, soyez sans crainte. Je veux uniquement me promener près de l'hôpital, vous pouvez me faire confiance.

— Qui me dit que vous n'irez pas rencontrer votre amoureux ? Ou acheter de l'alcool, que sais-je.

— Je n'ai pas d'amoureux et je déteste l'alcool, grâce à mon père. Vous pouvez me fouiller, je n'ai ni argent, ni rien d'autre sur moi.

— C'est bon, vous avez gagné. Je vous accorde ma permission, mais pas pour aujourd'hui. Demain dimanche, vous pourrez sortir entre deux heures et trois heures et demie de l'après-midi. La seule raison pour laquelle j'accède à votre demande est votre piété exemplaire. Plusieurs m'ont rapporté vous avoir vue fréquemment pénétrer dans la chapelle pour vous recueillir au moment de la pause. Ceci me paraît tout à votre honneur, mademoiselle. Et l'enseignement que vous prodiguez aux Madeleines est largement apprécié. Cela mérite tout de même une récompense et quelque encouragement.

À part le docteur Beaulieu, personne ne connaissait la véritable histoire de Marguerite Laurin. Contrairement à la plupart des pensionnaires qui ne cessaient de ressasser bien haut leur drame, Marguerite préférait se taire. On savait qu'elle arrivait des États-Unis, où vivaient ses deux sœurs, rien de plus. De son lieu d'origine, de ses parents, de sa famille, de son roman d'amour, on ignorait tout. Le père de son enfant demeurait un mystère pour le petit peuple de l'hôpital de la Miséricorde.

— Je vous remercie, ma sœur. Vous ne le regretterez pas.

— Je l'espère bien.

La religieuse regarda partir Marguerite sur la pointe des pieds en se demandant bien comment une jeune femme aussi intelligente et déterminée avait pu tomber aussi bas.

L'automne avait incendié les grands érables en bordure de la rue et Marguerite aspira goulûment l'air frais avec la même joie que le voyageur du désert avale l'eau dans l'oasis. Dès sa sortie de l'hôpital, elle dérogea à sa promesse de rester aux alentours et dirigea ses pas en direction du sud, vers le marché Bonsecours, désert le dimanche.

Elle l'aperçut de loin, assis en plein soleil, journal à la main, sur les marches de l'entrée située sous le dôme. À son approche, il sauta sur ses pieds.

— Bonjour, Marguerite. Comment allez-vous ? Quel bonheur de vous voir en liberté et en plein jour !

— Bonjour, docteur Beaulieu.

Marguerite souriait de toutes ses dents. L'étudiant en médecine représentait, en ces jours sombres, la seule personne en qui elle avait confiance. Vêtu en civil, sans son sempiternel uniforme blanc d'hôpital, il lui parut encore plus grand et plus fort. Plus charmant. Son ami. Son seul véritable ami. Elle se demandait, d'ailleurs, pour quelle obscure raison cet homme lui offrait son amitié, à elle plutôt qu'à une autre.

Rémi tendit une main amicale à Marguerite mais se garda de la poser sur son épaule comme il en avait l'habitude au milieu de la chapelle.

— Ma chère, je ne peux vous accorder qu'une petite heure car j'ai un rendez-vous par la suite. Aimeriez-vous prendre un café quelque part ou préférez-vous marcher ?

— Je dois rentrer sous peu à l'hôpital, moi aussi, sinon la directrice risque non seulement de s'évanouir mais aussi de me châtier pendant des mois ! Contentons-nous d'une promenade, si vous voulez bien, ça me changera des corridors de l'hôpital et de la salle sans fenêtre où j'enseigne aux Madeleines.

— Je comprends votre besoin d'en sortir. Je ne sais pas comment vous faites pour demeurer dans cet endroit en permanence ! L'atmosphère me semble irrespirable certains jours. J'admire les religieuses pour leur dévouement, mais…

— Mais ?

— Vous savez, il se produit parfois des frictions entre les sœurs et les médecins. Autrefois des sages-femmes diplômées, certaines religieuses s'appuient sur leur expérience d'infirmières pour contrecarrer, à l'occasion, les nouveaux protocoles des médecins. Surtout les nôtres, jeunes étudiants qui travaillons pourtant sous la supervision de nos professeurs. Hier, par exemple, une religieuse est montée sur ses grands chevaux parce que je mettais trop de temps à examiner une patiente. Elle m'a finalement tenu responsable des convulsions de la femme quelques heures plus tard. Cela n'avait pourtant rien à voir. Au contraire, sans le remède que je lui ai donné, ces convulsions auraient pu lui être fatales.

— Ah oui ?

— L'autre jour, la même sœur a contesté la dose de médicament prescrite par l'un de mes confrères afin d'accélérer le processus d'un accouchement à risque. Croyez-le ou non, elle a accusé mon ami d'imposer cette potion parce qu'il était fatigué et pressé de partir! Voir si un médecin agirait de la sorte quand il tient la vie d'une femme entre ses mains! Vous savez, Marguerite, j'admire ces religieuses pour leur travail et leur zèle. Ces femmes consacrent généreusement leur vie aux autres. Elles peinent jour et nuit, et sans salaire, au service de la collectivité. Certes, nous avons besoin d'elles pour leurs services inestimables, et je ne les blâme pas de vouloir garder la main haute sur le fonctionnement de leur institution. Mais qu'elles résistent au progrès et s'acharnent à conserver leur rituel parfois désuet face aux exigences du corps médical, ça…

Emporté par son discours, le docteur Beaulieu semblait avoir oublié la jeune femme qui trottinait à ses côtés sur les trottoirs de bois longeant le macadam poussiéreux. Sans se concerter, les deux amis passèrent sans s'y attarder devant la petite église Notre-Dame-de-Bonsecours sur la rue Saint-Paul, en train d'être restaurée, et à laquelle on ajoutait une nouvelle façade. Ils remontèrent ensuite la rue Bonsecours et prirent la direction inverse sur la rue Notre-Dame. Même l'hôtel de ville, édifice majestueux par ses proportions et sa hauteur, ne retint pas l'attention des marcheurs, pas plus que les nombreuses constructions de pierre, pour la plupart à caractère commercial.

Seules quelques rares enseignes rédigées en langue française attirèrent le regard distrait de Marguerite, elle qui en voyait si peu à Lowell et à Colebrook, les deux seules villes qu'elle connaissait.

Le médecin s'arrêta pile devant les tours de l'église Notre-Dame.

— Avant la construction de la chapelle, on baptisait ici les bébés nés à la Miséricorde avant de les porter à la crèche des sœurs Grises. Mais dites donc, je parle, je parle… Peut-être avez-vous des choses à dire, vous aussi, Marguerite ? Pardonnez-moi de me laisser emporter comme un véritable guide touristique.

— Mais non, au contraire, je vous trouve très intéressant.

— Cette ville vous impressionne-t-elle ?

— Pas vraiment. J'ai habité une ville américaine pendant des années. Toutes les villes d'Amérique se ressemblent un peu, je suppose. Quoique Montréal, pour ce que j'en connais, me paraît un peu plus campagnarde, peut-être… Plus chaleureuse, c'est certain. Je m'y sens davantage chez moi.

— Montréal prend de plus en plus d'ampleur, vous savez. On la qualifie de ville britannique où bat un cœur français. D'ailleurs, les Canadiens français sont en train d'y redevenir majoritaires. Mais parlez-moi plutôt de vous, Marguerite. Racontez-moi votre vie, vos expériences aux États-Unis…

— Bof… ce n'est pas très intéressant et ça prendrait trop de temps. N'avez-vous pas rendez-vous dans quelques minutes ?

— Dieu du ciel ! J'allais l'oublier ! Nous allons devoir rebrousser chemin et retourner vers la rue Saint-Denis.

Marguerite se racla la gorge et porta une main hésitante à la poche de sa jupe pour en retirer une pile de feuillets repliés, couverts d'une écriture dense et penchée, à l'encre bleue.

— J'ai arraché quelques pages au centre des cahiers d'écriture de mes élèves sans qu'il y paraisse. Faute de papier à lettres, il faut bien se débrouiller. Vous m'avez offert, l'autre jour, de…

— Mais oui ! Je vais déposer tout ça à la poste avec plaisir.

— Je n'avais pas d'enveloppes, non plus. J'ai donc écrit les adresses en haut de chacune des lettres. Il y en a quatre : une à ma sœur Anne, une autre au père Antoine Lacroix, celui dont je vous ai parlé l'autre jour. Le père de mon bébé… Et celle-ci est pour un de mes amis, Hugo Dubuque. La dernière s'adresse à la révérende sœur Plante, la directrice de l'école où j'enseignais. Pour les timbres, j'ignore comment vous remettre l'argent. Je ne possède pas un sou pour le moment.

— Il n'y a pas de problème, je m'occupe de tout. Et vous ne me devez rien. Tout sera fait comme vous le désirez et dans les plus brefs délais, soyez-en assurée. Et vous pouvez compter sur ma discrétion. Je ne lirai pas vos feuillets, c'est juré, même si j'aimerais bien en connaître davantage à votre sujet.

— Ça viendra ! Un jour, quand nous en aurons le temps, je vous raconterai tout. Mais je vous avertis, ce sera long !

Elle jeta un sourire oblique à l'étudiant en obstétrique. L'homme lui inspirait une confiance absolue, non seulement par sa stature d'où émanait une force puissante, mais surtout à cause de la bienveillance qui éclairait toute son attitude. Auprès de lui, elle se sentait parfaitement à l'aise. Elle n'avait rien à préserver ou à dissimuler, et cela la libérait d'un poids immense. Elle n'avait pas connu ce sentiment depuis si longtemps, gardée constamment aux aguets et dans la clandestinité, la tromperie et l'hypocrisie à cause de sa relation avec l'un des hommes les plus connus de la paroisse Saint-Joseph. Le docteur Beaulieu connaissait la vérité sur l'origine de son bébé, elle n'avait donc rien à lui prouver. De lui, elle n'attendait rien non plus, sinon une écoute attentive. Enfin, pendant quelques minutes, elle pouvait se montrer elle-même tout simplement. Et cela lui faisait l'effet d'un merveilleux baume.

Dans la rue Saint-Denis, en approchant de l'intersection Saint-Antoine, le médecin sembla devenir plus nerveux, jetant un regard scrutateur de tous les côtés.

— Ah, tiens, les voilà !

Une femme, poussant un landau dans lequel se trouvaient assises deux jumelles d'une dizaine de mois, s'approcha de Rémi. Il prit aussitôt l'un des bébés dans ses bras.

— Salut, mes trois amours ! Vous avez fait une belle sieste ? Marguerite, je vous présente mon épouse, Éva. Et voici mes deux trésors, Laurence et Philomène.

23

Montréal, 6 septembre 1887

Mon amour,

Enfin je me décide à rédiger cette lettre qui me déchire le cœur depuis des jours et des jours. Tu te doutes bien que je n'ai pas quitté Lowell pour les raisons officielles données à tout le monde. Non, je ne suis pas partie en vacances et non, je ne reviendrai pas non plus de sitôt. Je verrai, en février prochain, quand mon enfant sera né, si je décide de rentrer aux États-Unis ou si je choisis plutôt de m'installer définitivement au Québec.

Eh oui ! mon cher Antoine, j'attends un enfant. Un enfant de toi, mon chéri. Le fruit tangible et adorable de notre amour. Dussé-je te perdre à jamais, il me restera toujours cet enfant, celui ou celle que je suis en train de créer à ton image. Cette petite vie innocente, je la sens palpiter dans mes entrailles. C'est toi, Antoine qui vis là, en moi. C'est toi qui m'habites, qui me remplis. C'est toi que j'ai emporté avec moi. Je ne serai plus jamais seule, tu seras près de moi, toujours. Et je pourrai, chaque jour, plonger dans le bleu sans fond du regard de notre petit pour y retrouver le tien et la profondeur de ton âme. Notre enfant aura tes yeux, j'en suis convaincue, mon amour. Sache que je veillerai sur lui aussi longtemps que je vivrai.

Et jamais je ne le donnerai en adoption, je t'en fais le serment solennel. Ma décision est maintenant prise et irrévocable. Je vais sans doute perdre ma réputation et le respect voué aux filles de bonne famille. Sans parler de mon emploi... On me montrera du doigt, on m'ostracisera, on me méprisera indubitablement. Mais je resterai debout. Je n'ai pas à t'expliquer quel sort notre belle société catholique et puritaine réserve aux filles-mères et à leurs enfants. On traitera aussi ton enfant de bâtard, Antoine, ou au mieux, d'enfant illégitime. On prêche le pardon et la charité, mais on ne s'empêche pas de marquer des innocents au fer rouge! Savais-tu que le fils d'un religieux ne pourra jamais entrer en religion ? Marqué pour la vie, l'enfant d'un prêtre...

Mais tu peux être tranquille, je m'arrangerai pour éviter que cela se sache. Et je l'aimerai pour deux, cet enfant. Je l'aimerai pour toi, je l'aimerai pour nous. Je l'aimerai pour tous ceux qui ne l'aimeront pas. Et personne ne saura jamais qu'Antoine Lacroix est son père. Le secret restera scellé en moi jusqu'à ma mort. Fais-moi confiance. Tu pourras continuer d'exercer ton sacerdoce impunément, tu n'auras jamais à subir le jugement des hommes. Dieu seul saura sanctionner notre amour qualifié de maudit par les bien-pensants.

Pour ma part, sache que je ne regrette rien. Mon amour pour toi reste pur et absolu, et je le conserverai dans mon cœur pour le reste de mon existence, dussé-je passer l'éternité en enfer. Pourtant, il me semble que je n'arriverai jamais à réduire cet amour au rang de péché mortel.

Un jour, je reviendrai à Lowell pour te montrer notre trésor, celui ou celle qui nous prolongera, toi et moi. J'ignore à quel moment, par contre. Dans quelques mois, dans quelques années, qui sait… Pour le moment, je n'ai aucune idée de ce que me réserve le destin et je n'ai pas pris de décision à part celle de garder mon bébé malgré les recommandations insistantes des religieuses.

Je te laisse l'adresse personnelle d'un bon ami qui me remettra dorénavant tes lettres que j'attendrai avec une douce impatience.

Je t'aimerai toujours,

Marguerite

Antoine ne quittait pas la lettre des yeux et regardait son supérieur la brandir et battre l'air, puis la remettre sur la table, puis la reprendre de nouveau.

— Je n'en reviens pas, Antoine, je n'en reviens pas !

De son poing fermé, le père Garin martelait la surface du pupitre. La face rougie, les traits crispés, la lèvre humide, il bavait de rage. Le père Lacroix songea un instant que son curé allait faire une crise d'apoplexie.

— Calmez-vous, père Garin, calmez-vous, voyons ! Racontez-moi plutôt la mauvaise nouvelle que semble contenir cette lettre.

— Une mauvaise nouvelle ? C'est vous qui me demandez ça, Antoine Lacroix ? Il s'agit de la pire calamité du siècle ! Je n'en reviens simplement pas !

— Vous m'intriguez, mon père.

— Vous, mon fils, vous me dégoûtez ! Vous me donnez la nausée, tiens !

— …

— Croyez-moi, mon cher, c'est par pure distraction que j'ai ouvert cette lettre qui vous est destinée. Dieu a probablement guidé ma main. Quand le berger est malade, il faut remplacer le berger…

Antoine s'effondra sur une chaise sans qu'on l'y invite. Ainsi le père Garin venait de mettre la main sur une lettre de Marguerite et il l'avait lue, le sacripant ! Sans doute une lettre d'amour… Quelle affaire ! Ce simple geste venait de signer, à n'en pas douter, son arrêt de mort. Il aurait tout donné pour lire ces mots dans l'intimité de sa chambre. Des nouvelles de sa bien-aimée, enfin ! Depuis tant et tant de jours qu'elle était partie, comme s'il s'était agi d'une fuite, en lui donnant si peu d'explications qu'il n'en avait pas dormi pendant des nuits. Les sœurs de l'école l'avaient d'ailleurs informé, ce matin même, avoir reçu une lettre de la jeune femme pour les aviser de l'abandon de son poste à la rentrée scolaire de l'automne, mais sans donner d'éclaircissement ni justifier sa décision.

Au début de l'été, au moment du départ de Marguerite, il avait bien questionné Anne, mine de rien, à la fin d'une messe du dimanche, mais elle avait répondu sans donner de détails, comme si le sujet ne l'intéressait pas. Peut-être Marguerite avait-elle décidé de le laisser tomber ? Peut-être l'avait-il trop négligée ? Peut-être avait-elle besoin d'une relation plus ouverte et plus constante ? Quelle femme au monde accepterait de vivre une vie de couple illicite, sans aucun espoir de la voir jamais éclore au grand jour ? Un amour sans chaleur et sans lumière. Sans fleurs non plus. Un amour sans enfants. Un sinistre cul-de-sac… Au fond, elle avait eu raison de le quitter, sa belle Margot. Mais, tout de même, cette façon d'agir ne lui ressemblait guère. Elle aurait pu au moins le prévenir.

Hélas, il se trouvait dans l'impossibilité de lui donner davantage de temps et de présence. Comment faire autrement ? Combien de fois avait-il, pour elle, trompé son supérieur, menti, triché, usurpé une liberté qu'il ne possédait pas ? Non seulement il avait les mains et les pieds liés, mais aussi l'âme et le cœur. Le père Antoine Lacroix, oblat, n'était pas seulement lié, il était crucifié. Consacré à Dieu pour l'éternité. Et dans cet engagement irrévocable, il n'y avait pas de place pour l'amour humain. Le fameux « Aimez-vous les uns les autres » concernait la simple charité envers le prochain et aucunement l'amour charnel. Et dans cet engagement religieux, dans ce don de soi réel, il ne se trouvait pas de place pour une femme unique, fût-elle un ange. Fût-elle une sainte.

Pauvre, pauvre Marguerite, il ne l'avait pas aimée assez pour lui éviter cette impasse. Il aurait dû continuer à taire cet amour, à l'étouffer dans l'âme comme il l'avait fait durant les premières années. Cette retenue, ce silence… Ah ! sa petite Margot, l'avait-il adorée ! Dès le premier jour où il l'avait rencontrée en compagnie de son père, il n'en avait pas vu clair. Farouche, déterminée, belle à croquer et combien intelligente, la fillette ! Et, avec le temps, elle était devenue la plus merveilleuse des femmes.

Lui seul se trouvait responsable de sa peine. Et de sa perte. Voilà pourquoi elle ne revenait pas du Québec. Sans doute avait-elle trouvé là-bas la liberté. Et la paix. La sainte paix enfin ! Et pourtant non, non, ça ne se pouvait pas ! Elle ne pouvait pas ne plus l'aimer, il n'arrivait pas à le croire. Vite ! lire ce qu'elle lui avait écrit, y trouver peut-être une fibre, une lueur d'espoir…

— Vous me scandalisez, jeune homme ! Jamais je n'aurais cru ça de vous ! Seul Dieu pourra vous pardonner. Qu'il ait pitié de vous. Moi… il me faudra y mettre du temps et beaucoup de prières, croyez-moi !

— Puis-je savoir de quoi vous parlez précisément ?

— Je vous prie de faire vos bagages immédiatement. Vous retournez à notre maison-mère au Canada. Vous êtes renvoyé, mon cher. Vous avez besoin d'une longue, très longue retraite fermée pour réfléchir. Et… regretter ! Sans parler du ferme propos… Demain, nos paroissiens apprendront que le père Lacroix est parti en congé de maladie. Récidive de la tuberculose, tiens ! Dieu nous pardonnera ce mensonge pieux.

Sans plus de palabres, le curé chiffonna la lettre brutalement. Abasourdi, Antoine bondit sur ses pieds.

— Cette lettre m'appartient ! Vous n'avez pas le droit. Donnez-la-moi !

Mais avant même qu'Antoine puisse approcher, le père Garin s'était levé précipitamment et l'avait lancée dans le feu de la cheminée.

— Voilà ce que j'en fais, moi, de cette cochonnerie, de ce torchon du diable !

— Dites-moi au moins le contenu de cette lettre, puisque vous l'avez lue. S'il vous plaît…

— Allez au diable !

— Par pitié, mon père. Que me dit Marguerite ?

— Qu'elle vous quitte définitivement. Que tout est terminé entre vous deux. Elle ne vous aime plus, c'était écrit noir sur blanc. Il s'agit d'une lettre de rupture en bonne et due forme, mon fils. Il était temps !

Le vicaire demeura prostré, retenant ses larmes avec peine. Dans l'âtre, les mots de Marguerite s'effaçaient un à un, léchés par les flammes. Antoine avait beau y accrocher désespérément le regard, il voyait les lettres rondes tracées par sa bien-aimée perdre une à une leur sens à jamais. Et le flot de ses larmes ne suffisait pas à éteindre le feu. Ce feu diabolique, ce feu d'éternité…

— Allez, ouste ! Déguerpissez au plus vite et allez faire vos bagages. Je ne veux plus vous voir. Demain matin, vous prendrez le train à la première heure.

Antoine ne demanda pas son reste et sortit en claquant la porte. La pénombre avait déjà envahi la ville et une pluie glaciale lui fouetta le visage. Il erra longtemps comme un somnambule dans les rues boueuses avant de réintégrer, au milieu de la nuit, son lit au fond du presbytère plongé dans l'obscurité.

Le temps était peut-être venu de faire le geste auquel il songeait depuis longtemps. Depuis trop longtemps.

24

Antoine Lacroix ne prit pas le train pour le Canada, le lendemain matin. À sept heures, il dormait encore sur ses deux oreilles. Et ni la messe de six heures ni celle de sept heures, pas même celle de huit heures n'eurent lieu à la paroisse francophone de Lowell, au grand étonnement des paroissiens. S'ils avaient entendu la discussion qui avait lieu, ce matin-là, dans le dortoir du presbytère, ils n'en auraient pas cru leurs oreilles.

— Je vais partir, père Garin, et je vais vous débarrasser de moi, ne vous inquiétez pas. Mais pas pour la maison-mère du Canada.

— C'est un ordre, jeune homme !

Le curé, flanqué de l'autre vicaire, ne tenait pas en place. Un peu plus et, de rage, il aurait frappé Antoine. De son côté, le père Lagier restait immobile, appuyé contre le mur, les bras croisés sur la poitrine, et il se contentait de dévisager sévèrement son compagnon de travail. Ainsi, il ne s'était pas trompé. Il soupçonnait le père Lacroix d'activités coupables depuis plusieurs mois. Un retard injustifié par-ci, une absence inexplicable par-là, un refus de tâche sans raison valable, et surtout cet air distant et détaché, ce manque flagrant d'intérêt pour les affaires de la paroisse lui avaient mis la puce à l'oreille. Hier encore, une paroissienne était venue se plaindre que sa mère malade n'avait toujours pas reçu la visite du père Lacroix attendue depuis plusieurs jours. Trop de dossiers restaient en plan et certaines gens commençaient à exprimer leur insatisfaction. Il se devait de tirer les choses au clair.

La veille, après avoir cueilli et trié soigneusement le courrier à la sortie du bureau de poste, le vicaire Lagier avait donc fortement suggéré au père Garin de vérifier la nature d'une mystérieuse missive en provenance du Canada et destinée à Antoine Lacroix. N'incombait-il pas au pasteur de veiller sur ses brebis ? Et au chien de garde du pasteur de l'aviser de la menace d'un danger imminent ? Le curé s'était emparé de l'enveloppe en fronçant les sourcils. Il n'avait pas tardé à réagir, quelques heures plus tard, pour semoncer vertement le père Lacroix et l'obliger à quitter la paroisse au plus vite, compte tenu de la gravité du contenu de la lettre dérobée.

Mais le lendemain, au lieu de se retrouver à la gare, Antoine, assis sur le bord de son lit, se frottait cavalièrement les yeux devant un père Garin courroucé.

— Je vous avais dit de quitter dès ce matin !

— Je n'ai plus d'ordre à recevoir de vous, mon cher curé. Ni de vous ni de qui que ce soit. Je quitte officiellement l'Église catholique, aujourd'hui même.

— Quoi ? Que dites-vous là ? Mais vous n'y songez pas, mon fils ! Le sacrement de l'ordination vous a consacré pour la vie. N'agissez pas sur un coup de tête, de grâce ! Prenez au moins le temps de réfléchir. On n'adopte pas une telle décision à la légère. Il n'est jamais trop tard pour se racheter, vous savez. Devant Dieu, s'entend ! Lui seul peut tout pardonner sans condition, même vos folies avec… avec…

— Je songe à ce départ depuis longtemps, mon père. Depuis des années. Quant à Dieu, je saurai bien m'arranger avec lui.

— L'amour d'une femme vous a fait perdre complètement la tête !

— Comment cela ?

— Marguerite Laurin…

— Vous saurez que Marguerite Laurin n'a rien à voir avec ma décision. Pour être franc, j'y réfléchis depuis le jour de mon ordination.

Estomaqué, le père Garin faillit perdre pied. Soutenu par le père Lagier, il dut s'asseoir sur le bord du lit pour reprendre contenance. Jamais il n'aurait cru devoir vivre un tel moment au cours de sa carrière sacerdotale. Non seulement il perdait l'un de ses précieux vicaires, mais celui-ci allait probablement défroquer. Une calamité s'abattait sur la paroisse Saint-Joseph.

Antoine revint à la charge.

— Je ne crois plus au ministère que j'exerce, voilà toute l'affaire. J'en ai assez, vous comprenez ? Assez...

— Non, je ne comprends pas, Antoine. Expliquez-vous, pour l'amour du ciel. Vous avez commis le péché de la chair pour satisfaire un besoin physique naturel, je veux bien comprendre cela, mon fils, mais ça ne constitue pas une raison suffisante pour abandonner l'Église. Le sacrement de pénitence...

— Justement ! Parlons-en, du sacrement de pénitence ! Pas plus tard qu'hier matin, pour observer les règles strictes et rigides de notre chère Église, j'ai dû refuser l'absolution à trois femmes qui voulaient « empêcher la famille ». L'une d'elles avait mis au monde huit enfants en moins de dix ans. L'autre avait reçu une recommandation du médecin de ne plus enfanter. La troisième pleurait à chaudes larmes, n'en pouvant plus de faire « son devoir matrimonial » tous les soirs et tous les matins avec son mari brutal et obsédé. Les consignes déshumanisées de l'Église sont un non-sens ! On m'oblige à refuser l'absolution alors que j'éprouve une envie irrésistible de la donner. Imaginez-vous un peu mes problèmes de conscience, mon père ? Ils m'apparaissent bien plus graves que ceux d'avoir aimé une femme, je vous assure !

— Attention à ce que vous dites, mon fils.

— Je n'ai plus foi en l'Église catholique, père Garin, et je n'arrive plus à m'y soumettre. Pratiquer hypocritement des gestes auxquels je ne crois plus me trouble sans bon sens. Pire, ça m'horripile ! J'éprouve un sentiment de malhonnêteté envers moi-même.

— L'Église ne fait que respecter les lois naturelles, Antoine. Que faites-vous de la propagation de la race ? Les femmes ne sont-elles pas là pour ça ?

— Nous ne sommes pas du bétail, que je sache ! Et pas plus les femmes que les hommes ! Pour se reproduire chaque année, les animaux délaissent en général leur progéniture au bout de quelques mois. Pas après quinze ou vingt ans comme les humains ! Avez-vous une idée de ce qu'élever des enfants représente ? Les bêtes ne songent qu'à deux choses : survivre et perpétuer leur race. Mais la race humaine est différente. Vous criez sur tous les toits que les humains ont une âme. Eh bien, prenez-la en considération, cette âme, et que l'Église arrête donc de considérer les femmes comme des machines à mettre bas !

— Notre sainte Mère considère autant les femmes que les hommes, voyons ! Vous oubliez nos hôpitaux et nos orphelinats ouverts un peu partout, sans parler des écoles, des collèges et des couvents où des religieux prodiguent gracieusement aux filles comme aux garçons un enseignement de haute qualité. L'Église n'a qu'un souci, vous devriez le savoir : le salut des âmes, bien au delà des désirs terre à terre de l'être humain et de ses tendances pernicieuses.

— Pernicieuses, pernicieuses... Vous voyez du mal partout ! Vous ne m'empêcherez pas de dire le fond de ma pensée : les tenants de l'Église manipulent les femmes honteusement. L'autre jour, j'ai donné l'extrême-onction à une mère en péril, lors d'un accouchement compliqué. Selon la règle, j'aurais dû recommander au médecin de sauver l'enfant plutôt que la mère. Risquer l'hémorragie mortelle de la femme pour sauver un fœtus... Quelle absurdité quand on y pense ! Eh bien, je ne l'ai pas fait ! Au contraire, j'ai donné la consigne au médecin de sauver la femme à tout prix. Il s'agissait d'une mère de six enfants qui avaient besoin d'elle. Voir si ce règlement a du sens !

Le père Garin se leva d'un bond et vint se planter devant Antoine, hérissé comme un animal furieux.

— De quel droit décidez-vous de la vie et de la mort ? La volonté de Dieu doit s'accomplir par elle-même. Vous méritez l'enfer, mon fils, pour de tels agissements !

Antoine, emporté, ne se laissa pas impressionner par les arguments du curé et poursuivit sa diatribe sur un ton tout aussi belliqueux.

— Je ne suis pas votre fils et je ne crois plus à vos histoires de limbes et d'enfer. Je n'y ai jamais cru, d'ailleurs, et cela depuis mon plus jeune âge. Si Dieu est infiniment bon, comme vous le prêchez, pourquoi vouerait-il à la damnation éternelle un père de famille qui va récolter ses légumes le dimanche au lieu de les laisser pourrir après dix jours de pluie ? Ou un bûcheron qui mange de la viande un vendredi ? Où se trouve le mal, voulez-vous me le dire ? Et pourquoi Dieu priverait il de la vie éternelle un bébé mort-né, l'être le plus innocent parmi les innocents ? Pour la bonne raison qu'on n'a pas eu le temps de tracer une croix sur son front avec de l'eau bénite ? Allons donc ! Qui a dit ça ? Le Christ ? Jésus baptisait-il les adultes dans le Jourdain pour les sauver des limbes ? Je n'ai lu ça nulle part dans les Écritures, moi !

— Vous êtes devenu complètement fou ! Que le bon Dieu ait pitié de vous.

— Le bon Dieu, hein ? Infiniment bon, ce Dieu obsédé par le péché des hommes, qui tient des comptes et guette sans cesse, gourdin à la main, prêt à frapper à la moindre vétille, à la moindre erreur, au moindre écart de conduite ? Ah non ! Je n'y crois pas, père Garin. Pas à ce Dieu-là, en tout cas. Votre Dieu n'est pas le mien. Ne l'a jamais été…

Découragé, le curé semblait avoir perdu l'usage de la parole. À la colère du début avait succédé une infinie tristesse. Le père venait de perdre un fils… Comment son grand Antoine, cet homme si pur, si pieux, pouvait-il avoir entretenu une aussi piètre opinion de l'Église pour laquelle il exerçait son ministère depuis près de dix ans ? Quelle aberration ! Le père Lagier, quant à lui, s'il tentait de demeurer de glace, ne pouvait réprimer un tremblement trahissant sa déception.

Antoine ne resta pas insensible à l'ombre qui balaya le visage de ceux qu'il avait considérés comme un père et comme un ami. Il refréna aussitôt ses emportements. De se vider le cœur le soulageait, certes, mais il réalisait que son discours blessait ces deux hommes profondément engagés, à la fois dévoués et respectables. Jamais il ne changerait leurs convictions en dépit de ses arguments qu'il croyait pourtant convaincants. Un silence de plomb envahit le dortoir.

Antoine se mit à marcher de long en large dans la chambre, pieds nus, cherchant une manière de mettre un terme à cette rencontre insupportable. S'il songeait depuis belle lurette à quitter l'Église, il avait l'intention de le faire en douceur. Mais il avait manqué de courage pour concrétiser cette résolution et prendre une décision d'ordre exclusivement religieux. La venue de Marguerite dans sa vie avait brouillé les cartes et ajouté une nouvelle dimension plus pragmatique à ses interrogations. Jusqu'à maintenant, la confusion l'avait maintenu en place.

Qu'attendait Dieu de lui ? S'il défroquait, saurait-il rendre Marguerite heureuse ? De quoi vivraient-ils ? L'exemple du docteur Lewis ne lui avait guère plu. Il n'allait tout de même pas retourner aux études ! D'ailleurs, voudrait-elle encore de lui ? « Une lettre de rupture », avait dit le père Garin…

En maintenant le *statu quo* durant plus d'un an, il avait pris lâchement le meilleur des deux mondes : il demeurait prêtre tout en continuant d'aimer sa chère Margot. Quelle position égoïste et malsaine, à bien y songer ! Prêtre, il désirait cesser de l'être, et Marguerite… Avait-il seulement pensé à elle ? Son départ pour le Canada et sa décision de le quitter le laissaient pantois, mais il méritait bien cet abandon. Aujourd'hui, le temps était définitivement venu de la prendre, cette fameuse décision. Une décision strictement d'ordre religieux.

Le cri d'une corneille déchira le silence et le ramena à la réalité. Dans la chambre, nul ne bronchait. Il fallait en finir au plus vite. Restait un dernier point qu'il ne pouvait résister à commenter.

— Le pire, pour moi, est de voir l'Église se mêler de choses qui ne la regardent pas en s'infiltrant jusque dans les couchettes, dans l'intimité des chambres. Comme si les relations sexuelles, forcément obligatoires pour la « perpétuation de la race », comme vous l'avez si bien dit tantôt, représentaient quelque chose d'obligé mais de laid et de sale. De péché. À exécuter par devoir exclusivement. À la noirceur et les yeux fermés. Et sans plaisir. Et je m'adresse particulièrement à vous, père Lagier, dont l'enseignement à cet effet a une réputation de grande sévérité, selon les dires de certaines paroissiennes.

— C'en est assez !

Outré, le vicaire se leva et sortit en faisant claquer la porte. Le père Garin, maîtrisant mal sa colère, s'adressa alors à Antoine d'une voix perfide.

— Père Lacroix, allez-vous-en !

— Je ne m'appelle plus père Lacroix à partir de maintenant. Mais laissez-moi tout de même finir. J'étais entré chez les religieux pour cultiver l'espérance et apporter Dieu à l'humanité. Je voulais aider les hommes à traverser les épreuves. Malheureusement, depuis le début de mon ministère, la religion m'a surtout amené à imposer des entraves et des interdits un peu partout. Sans parler de l'étiquetage ridicule des péchés selon différentes catégories : capital, originel, mortel, véniel… Pire, j'ai dû me constituer juge et proférer des menaces de damnation bien plus souvent que j'ai ouvert le cœur des hommes à la confiance en un Dieu juste et bon. Ils appellent ça « la crainte de Dieu » !

— Si vous ne partez pas tout de suite, c'est moi qui vais vous jeter dehors, Antoine. Et pas de la manière la plus douce.

— Encore une minute, je partirai ensuite. Et vous ne me reverrez plus, n'ayez crainte !

Antoine avait cessé de marcher et affrontait de plein fouet le père Garin, comme si de décliner ses convictions jusqu'au bout allait justifier sa décision.

— Pour terminer, je voudrais affirmer que, quoi que vous pensiez, la présence de Marguerite Laurin dans ma vie aura été une bénédiction et n'aura en rien entravé mon envie obsédante de servir et de transmettre ma foi à l'humanité. Et la rupture annoncée dans la lettre d'hier me donne enfin le coup d'envoi, sachez-le !

Antoine s'arrêta pour reprendre son souffle. Il s'empara alors de sa soutane jetée sur le dossier d'une chaise et la lança sur le lit, devant le curé qui semblait ne plus écouter.

— Je vous remets ma soutane et mon collet romain, père Garin. Je n'en veux plus. Je songe à ce geste depuis le premier jour où je l'ai reçue. Sans doute me suis-je trompé de vocation. Je ne veux plus rester un homme dénaturé en robe noire qu'on appelle « mon révérend père » et qui n'a droit ni à l'amour humain ni à la paternité. Sachez que je vais continuer à prêcher l'Évangile, mais ce ne sera pas le vôtre.

Le père Garin, tourné vers la fenêtre, resta sans réaction, à part se signer. Antoine se chaussa à la hâte et, après avoir enfilé un chandail, il s'achemina en silence vers la porte. Mais avant de sortir, il se retourna d'un bloc vers le curé.

— Père Garin, j'aimerais vous dire que, malgré nos dissensions et nos différences, vous avez toute mon admiration pour votre générosité et votre zèle auprès des Canadiens français. Votre œuvre m'apparaît magnifique et méritoire, et j'ai aimé y participer. J'ai mis tout mon cœur à l'ouvrage malgré mes erreurs de parcours. Je m'engage peut-être sur un autre chemin, mais je sais que vous et moi, guidés par nos instincts de bergers, nous nous retrouverons un jour quelque part, sinon dans ce bas monde, à tout le moins dans l'autre. Sachez que Dieu m'habite toujours et qu'il guidera mes pas vers un ailleurs que je ne connais pas encore afin de continuer l'œuvre pour laquelle je suis fait. Adieu, mon père, j'ai aimé travailler avec vous malgré tout. Que Dieu nous vienne en aide à tous les deux.

Surpris par la conclusion de ce discours, le curé accepta de serrer d'une main tremblante celle, moite, que lui tendait Antoine. Il ne vit pas les larmes qui mouillaient le visage du jeune homme quand il franchit la porte, la tête haute et sans s'arrêter.

25

Anne, occupée à servir une cliente exigeante, remarqua à peine l'homme qui venait de s'introduire dans la boutique. Mais le fait qu'il se soit affalé sur un siège sans jeter le moindre coup d'œil sur les échantillons de chaussures en démonstration sur le comptoir l'intrigua tout de même un peu. Sans doute avait-il rendez-vous là avec sa femme afin de se procurer des chaussures et préférait-il l'attendre à l'intérieur à cause de la pluie glaciale. Les changements de saison amenaient toujours un surcroît de travail au magasin. Et comme cet automne-là s'annonçait frisquet, on songeait déjà aux bottes et aux couvre-chaussures chauds et confortables.

Quelques minutes plus tard, quand elle s'approcha de lui, Anne sursauta en reconnaissant le père Lacroix, simplement vêtu d'un pantalon et d'un épais lainage. Elle le gratifia de son plus beau sourire en lui tendant la main.

— Père Lacroix ! Je ne vous avais pas reconnu. Tu parles d'une surprise ! Quel bon vent vous amène ? Vous avez besoin de chaussures ?

— Non, non, je suis seulement venu prendre des nouvelles des sœurs Laurin.

— Ça me fait tout drôle de vous voir sans soutane. Je vous dis que ça change un homme !

Si elle avait osé, elle lui aurait avoué qu'elle le trouvait encore plus beau dans ce chandail bleu qui mettait en valeur la transparence de ses yeux et les rendait encore plus lumineux. Mais elle préféra se taire. Les prêtres, représentants de Dieu et détenteurs de la vérité, devaient constituer, aux yeux du monde, des êtres sans âge et sans sexe, uniquement chargés du salut des âmes. Ne prêchaient-ils pas que « hors de l'Église, point de salut » ? Leur fonction n'avait rien à voir avec la séduction. Ni leur stature, ni leurs beaux yeux, ni leurs traits fins ou leur chevelure attrayante ne devaient distraire les fidèles de la dimension rigoureusement spirituelle de leur mission. La soutane qui les couvrait de la tête aux pieds faisait d'ailleurs office de repoussoir à toute attirance physique.

Anne se retint de poser des questions au sujet de l'absence de vêtement sacerdotal et supposa que la soutane devait se trouver au nettoyage ou chez la couturière.

— Alors, comment allez-vous, ma petite Anne ?

Cette voix chevrotante, cette main posée nerveusement sur son épaule, ce regard effaré trahissant une grande détresse n'échappèrent pas à la vendeuse. De toute évidence, le père Lacroix filait un mauvais coton.

— Oh ! moi, je vais bien, mon père. Mais vous, vous ne semblez pas dans votre assiette. Quelque chose ne va pas ?

— Non, non... Ou plutôt, oui! Je quitte la communauté des Oblats de Marie-Immaculée ce matin pour des raisons de... de...

— Pour des raisons de santé? Ça se voit! Vous avez les yeux tellement cernés. Rien de grave, j'espère?

— Et vous, ma chère Anne, qu'avez-vous à me raconter? Est-ce que je rêve ou il y aura bientôt un baptême chez le couple Forêt? Quelle belle nouvelle! Félicitations! Et pour quand est prévu l'heureux événement?

Anne porta les mains à son ventre et sourit, les yeux pleins de rêve. Elle attendait son premier enfant avec tant de bonheur. Pierre et elle avaient déjà aménagé une chambre au milieu de laquelle trônait un berceau recouvert d'une courtepointe rose et bleue. Elle meublait ses soirées à préparer la layette du bébé, tricotant des vestes de laine et cousant des couvertures et des robes de nuit. Déjà le trousseau de baptême était taillé dans un coupon de soie blanche qui avait coûté les yeux de la tête. Mais qu'importe, il n'y aurait rien de trop beau pour le premier petit Forêt.

— Dans moins de cinq mois. En février, plus précisément.

— Ah bon. Et... et votre sœur, comment va-t-elle?

— Camille? Elle va bien. Toujours chez Rose-Marie et Paul. Elle s'occupe des enfants et ça semble lui plaire. Mais Camille est plutôt renfermée, vous savez. Elle ne s'exprime pas beaucoup et on ne sait pas toujours ce qu'elle pense. Je ne la vois pas souvent, à vrai dire. Pas assez souvent !

— Et... Marguerite ?

Antoine se garda bien de manifester l'inquiétude qui lui donnait mal au ventre. Il n'avait pas le droit d'exprimer le désarroi qui l'étouffait depuis la fin de juin, quand Marguerite avait déposé pour lui un trop court message sur le perron du presbytère pour l'avertir de son mystérieux départ. Comment avait-elle pu le laisser tomber aussi platement sans plus d'explications ? Il s'était senti tellement dérouté. Frustré, même ! Anne ne lui en avait guère dit davantage, le dimanche suivant, sur cette échappée vers le Canada qu'il avait interprétée comme un abandon pur et simple. Et depuis ce temps, il se morfondait. Aucun signe, aucune nouvelle, rien n'était venu l'éclairer à part cette fameuse lettre de rupture jetée méchamment au feu, la veille, par un père Garin en colère. Maudit soit cet homme qui l'avait empêché de comprendre le pourquoi de cette désertion !

La lettre comportait plusieurs feuillets, il avait eu le temps de le remarquer au milieu du brasier. Sans doute lui expliquait-elle les raisons de son départ et de sa décision de ne plus revenir. Les raisons, surtout, de son renoncement à leur bel amour. Après tout, on ne termine pas une relation aussi profonde, si interdite soit-elle, en s'enfuyant sans vraiment fournir d'explications. Qu'est-ce donc qui avait pu déclencher ce brusque revirement ? L'aurait-il blessée sans s'en rendre compte ? Avait-il fait un geste maladroit ou inconvenant ? Qui sait si devant la découverte du pot aux roses par quelqu'un, elle ne s'était pas enfuie au loin, écrasée de honte...

Il n'en pouvait plus de s'interroger et d'attendre. Après tout, il avait bien le droit de savoir. Au moins ça ! Ces explications, Marguerite les lui devait, même si au bout du compte il admettait qu'elle avait pris une sage décision. Pour elle et pour lui. Hélas ! il ne savait même pas où la retrouver. Quelle raison inventer pour obtenir son adresse sans qu'Anne se doute de quelque chose ?

Anne ne vit pas la lèvre de l'homme trembler et son pied s'agiter avec frénésie, et elle répondit avec une certaine indifférence.

— Ma sœur ? Oh... elle va bien, je pense.

— On ne l'a pas vue depuis un bon bout de temps à l'église. Et les religieuses m'ont dit hier qu'elle ne reviendrait plus à l'école. Je trouve ça plutôt surprenant.

— C'est normal, elle est actuellement au Canada.

— Elle a donc renoncé à son poste d'enseignante ? Elle adorait ça, pourtant !

— Ah ! ça...

— Où se trouve-t-elle, au Canada? Habite-t-elle maintenant là-bas en permanence?

Devant tant d'insistance, Anne résistait difficilement à ne pas livrer son secret, ce secret qui l'étouffait et empoisonnait ses pensées depuis bientôt trois mois. Sa sœur se trouvait seule, au loin et à l'abri des regards avec, elle aussi, un bébé qui grandissait dans son ventre. Mais Marguerite, elle, n'avait pas le droit de se réjouir, couverte de honte et morte de peur. Et elle était partie sans laisser d'adresse, sans même lui révéler le nom du père de son bébé. Et elle n'avait pas donné signe de vie de tout l'été. Anne s'était rongé les sangs et avait vu sa joie d'attendre un enfant ternie par ces préoccupations au sujet de sa sœur.

Et voilà qu'hier, enfin, enfin, une lettre était arrivée. Et, à la fin de la trop courte missive, une adresse. Celle d'un certain Rémi Beaulieu qui acceptait de s'occuper du courrier de Marguerite. Brièvement et sans se plaindre, l'aînée racontait son quotidien à l'hôpital de la Miséricorde, toujours sans signaler le nom du géniteur. Avec épouvante, Anne avait décelé, entre les lignes, la misère de sa sœur. Si, au bout de l'exil, elle-même avait réussi à se sortir de toutes ces années d'horreur, Marguerite, elle, vivait encore l'abomination.

Elle s'effondra devant un Antoine complètement dérouté.

— Puis-je vous révéler un secret, mon père ? Je sais que les prêtres sont liés par le secret de confidentialité.

— Bien sûr, mon enfant.

Sans s'en rendre compte, Antoine avait repris sa voix paternelle de vicaire.

— Pour être franche, Marguerite ne va pas très bien. J'ai enfin reçu une lettre d'elle, hier, la première depuis son départ. Je ne savais même pas où elle se trouvait.

Antoine la dévorait des yeux. Si elle avait porté plus d'attention, elle aurait pu entendre le cœur du jeune homme lui marteler la poitrine à un rythme effréné. Mais elle enchaîna, emportée par son propre chagrin.

— Ma sœur se trouve dans un refuge pour filles-mères. Elle est enceinte de quatre mois, exactement comme moi.

Bien malgré lui, Antoine tressaillit, et Anne mit cette réaction sur le compte de la répugnance qu'inspirait un tel péché à un religieux. L'homme se tourna vers la vitrine et porta une main à son front. Quel imbécile il faisait ! On n'accomplit pas des gestes de procréation sans qu'ils aboutissent, tôt ou tard, à… la procréation ! En dépit de toutes les précautions qu'il croyait naïvement avoir prises. Pourtant, durant les derniers mois, il avait largement ralenti la fréquence de leurs rapports sexuels, convaincu que, tôt ou tard, il devrait y mettre un terme définitif. Bien sûr, il suffisait d'une seule petite fois... Après quelques instants, il réussit à se ressaisir.

— Marguerite enceinte, voilà qui est surprenant ! Je comprends mieux, maintenant, sa fuite précipitée.

— Eh oui... Le père du bébé pourrait au moins prendre ses responsabilités. Mais on ne l'a pas vu dans le décor depuis des mois. Sans doute s'est-il sauvé en apprenant la nouvelle. À vrai dire, je n'en ai pas la moindre idée. Marguerite est partie si vite qu'elle ne m'a rien dit.

— Qui ça, le père ?

— Mais Hugo Dubuque, voyons !

— Hugo Dubuque ! C'est Marguerite qui vous a dit ça ?

— Elle n'a pas eu besoin de le dire ! C'était facile à deviner : le bel avocat lui contait fleurette depuis des mois. Il l'avait même demandée en mariage !

— Quoi ? Il l'avait demandée en mariage ?

— Eh oui ! Il avait promis de l'attendre aussi longtemps qu'il le faudrait. Au début, je croyais qu'elle était allée se marier secrètement avec lui au Québec. Ces deux-là filaient peut-être le parfait amour quelque part à notre insu, allez donc savoir ! Et je me sentais frustrée de ne pas avoir été mise au courant. Mais je devais me tromper puisque, selon sa lettre d'hier, elle fait partie du groupe de pénitentes d'un hôpital pour filles-mères. Quant à ce monsieur Dubuque, ce cher ami de mon mari, personne ne l'a revu depuis des mois.

Ahuri, Antoine se dirigea vers la sortie. C'était plus qu'il ne pouvait en supporter. Un peu plus et il allait vomir. Hier, l'annonce brutale de la rupture et, ce matin, la fécondation par un autre homme ! Tout à coup, Marguerite lui apparaissait comme une fille facile, une dévergondée qui l'avait trompé honteusement avec un autre pendant qu'elle lui faisait croire à sa fidélité. Une tricheuse ! Elle n'avait qu'à en prendre son parti, la diablesse ! Qu'elle s'arrange ! Elle avait tout ce qu'elle méritait ! Et tant pis pour elle !

Et pourtant non. Malgré la révolte qui grondait, tout son être avait envie d'appeler Marguerite et de la prendre dans ses bras. « Mon amour, mon amour, pourquoi m'as-tu fait ça ? Je croyais en toi, moi ! Ne savais-tu pas que je t'aime pour l'éternité ? » Hélas, non seulement Marguerite l'avait trompé, mais, hier, dans une lettre qu'il ne lirait jamais, elle l'avait laissé tomber platement comme une vieille croûte. Mademoiselle préférait vivre son drame en paix, toute seule là-bas, loin de ses deux amants. Ou de l'un d'eux. En tout cas, loin de lui, Antoine Lacroix.

Il ne demanda pas à Anne l'adresse de sa sœur. Dire que quelques minutes plus tôt, il se sentait prêt à mentir pour l'obtenir… Tant pis pour Marguerite Laurin, il mettait maintenant une croix sur elle. Et, au fond, mieux valait ainsi. Il pourrait alors vraiment recommencer sa vie à zéro, sans amour et sans attaches. Sans attaches?

En se retournant, il aperçut le visage tourmenté d'Anne. Il n'était pas le seul à souffrir à cause des silences de Marguerite. Ah! ces petites Laurin… Comment arriverait-il à s'en détacher? Il revint sur ses pas et déposa un baiser sur le front de la jeune femme, fort surprise de voir un prêtre agir de la sorte.

— Bon courage, ma chouette. Et bonne chance avec le bébé. Je repasserai peut-être, un de ces jours.

Il se dirigea vivement vers la porte. Il avait besoin d'air frais.

26

Quand Marguerite demanda à ses élèves les plus avancées, dans le cadre de ses cours de français, d'écrire une courte histoire inventée de toutes pièces, l'une d'elles se rebiffa et se mit à geindre devant sa plage blanche.

— Je n'y arrive pas, mademoiselle. Une seule histoire m'intéresse pour le moment et elle est vraie. Je voudrais m'en aller, s'il vous plaît.

— Dans ce cas, Béatrice, délivre-toi de cette histoire obsédante sur le papier, ça va te faire du bien. On va faire comme s'il s'agissait d'une fiction. L'important est d'apprendre à raconter une anecdote par écrit. Tu vas voir, une fois commencé, ça va tout seul.

— Je vous en prie, laissez-moi partir.

— Pour aller où ? Tu n'as pas le droit de quitter l'hôpital, tu le sais bien. Combien de temps te reste-t-il à travailler ici pour rembourser les sœurs ? À moins de décider de rester chez les Madeleines…

— Trois mois encore. Trois longs mois.

— Tu travailles à la buanderie, je crois ?

— Non, je suis nourrice à la crèche. Mais je ne veux plus faire ce travail, je n'en suis plus capable. J'ai fait une demande de mutation et on m'a obligée à venir suivre vos cours en attendant de prendre une décision à mon sujet. Mais, aujourd'hui, je voudrais me reposer. Je me sens malade, vous comprenez ? J'ai mal aux seins et…

— D'accord. Tu peux sortir mais n'oublie pas d'aviser la directrice avant de monter au dortoir.

Prise par son travail, Marguerite oublia l'incident du matin. Deux heures plus tard, une rumeur terrifiante se répandit au réfectoire. Une jeune fille venait de faire une tentative de suicide dans la deuxième salle des dortoirs. À l'aide de draps attachés les uns aux autres, elle avait réussi à former un nœud coulant et à les suspendre à un crochet du plafond. Après avoir passé le nœud autour de son cou, elle s'était lancée dans le vide en renversant la chaise sur laquelle elle avait grimpé. Mais, dans sa malchance, ou était-ce une chance ? le crochet n'avait pas tenu et elle en avait été quitte pour une peur bleue et quelques contusions.

Attirée par le bruit, la sœur de garde, aidée d'une compagne, n'avait trouvé rien d'autre à faire que de bâillonner la jeune fille en état de crise. Elles l'avaient attachée sur un lit et lui avaient enfoncé une serviette dans la bouche pour l'empêcher de hurler.

En entendant raconter cette atrocité, Marguerite ne mit pas de temps à établir un lien entre la suicidaire et la jeune fille qui le matin même pleurait sur son pupitre. Sans hésiter, elle prit ses jambes à son cou et grimpa à toute vitesse les escaliers jusqu'à l'étage des dortoirs. De loin, la mince silhouette de la patiente agitée sur son lit et surtout son abondante chevelure noire éparpillée sur l'oreiller confirmèrent ses doutes. Béatrice !

Légèrement essoufflée, Marguerite s'approcha du lit en faisant fi du regard désapprobateur des deux religieuses.

— Béatrice ? C'est moi, ton institutrice. Calme-toi, ma douce amie, calme-toi. Tout ça est ma faute. Je n'aurais pas dû m'entêter à te demander d'écrire ton histoire. Et encore moins te laisser partir toute seule durant les heures de classe en dépit du règlement. Je ne me doutais pas que… que tu allais si mal !

Mais l'adolescente semblait ne rien entendre, livrée à une agitation démente. Elle secouait la tête de tous les côtés en émettant des grognements alarmants. Marguerite posa une main douce et chaude sur le front de la jeune fille qui sembla y trouver un peu d'apaisement.

— Écoute-moi, Béatrice. Si tu arrives à te détendre, je vais t'enlever cette serviette qu'on t'a mise dans la bouche. Et on va se parler, toi et moi, comme de bonnes vieilles amies, tu veux bien ? Tu vas tout me raconter, tout me dire. À moi toute seule. Tu vas me confier ce que tu as sur le cœur, pourquoi tu ne veux plus travailler comme nourrice et pourquoi tu veux mourir. Et ça restera entre nous deux car je vais demander aux deux gardiennes de s'éloigner, d'accord ? Comprends-tu bien ce que je te dis, ma chérie ?

La pauvresse poussa un soupir, les yeux braqués sur Marguerite, et battit lentement des paupières pour marquer son assentiment. Prises au dépourvu, les deux religieuses chargées de la garde ne savaient comment réagir. Mais sous le regard insistant de Marguerite, elles prirent le parti de se relever, non sans avoir retiré la masse de tissu de la bouche de la malheureuse afin de vérifier son état. Elles insistèrent cependant pour la maintenir immobilisée sur son lit. Béatrice ne broncha pas et garda le silence. Mais au moment où elles s'éloignaient dans un froissement de jupes, elle cracha dans leur direction. Marguerite feignit de n'avoir rien vu et se mit à jouer doucement, du bout des doigts, dans la chevelure emmêlée de la jeune fille.

— Tu es si belle et si jeune, Béatrice, et tu as toute la vie devant toi. Tu n'as pas le droit de gaspiller ça. Pour l'instant, c'est la tempête, mais les orages ne durent pas éternellement, tu sais. Le beau temps finit toujours par revenir. Il faut croire en ta bonne étoile, je t'assure.

En prononçant ces paroles de sagesse de sa voix la plus douce, Marguerite avait l'impression de les prononcer autant pour elle-même que pour son interlocutrice.

— Je veux mon bébé. Je veux ma petite fille.

— Ton bébé ? Mais… ne l'as-tu pas donné à l'adoption ?

— Oui. Ma fille se trouve à la crèche et il arrive que, sans se rendre compte que c'est la mienne, on me l'apporte pour l'allaiter. Je veux la ravoir, je la veux, je la veux ! Elle est à moi, et je l'aime…

L'adolescente recommença à se débattre, et Marguerite lança un regard inquiet du côté des deux religieuses faisant sentinelle à l'autre extrémité du dortoir, l'œil écarquillé et l'oreille aux aguets.

— Chut ! Garde ton calme, sinon les deux espionnes vont s'approcher. Je ne comprends pas. Tu allaites parfois ton bébé? Comment ça? Explique-moi…

Béatrice raconta que pour s'acquitter de sa dette envers la communauté religieuse, elle avait accepté, après son accouchement, de servir de nourrice pour les bébés de la crèche pendant une durée de cinq mois au lieu de fournir les six mois habituels de travaux domestiques. Toutes les trois ou quatre heures, on lui apportait donc un bébé pris au hasard. Or, la jeune nourrice avait, à quelques reprises, reconnu sa fille pour laquelle elle s'était prise d'affection au point de vouloir maintenant la reprendre.

— Je l'aime tant, Marguerite. Je ne veux plus la donner. Je veux la garder avec moi pour toujours.

— Es-tu certaine que c'est bien elle?

— Oh oui! Je l'aurais reconnue entre toutes même si je ne l'ai aperçue qu'une seconde lors de la naissance. Sa tête ronde, ses yeux en amande, ses grosses bajoues comme celles de son père, ce menton avec un petit creux au milieu, ce sont des traits de famille indéniables, ça! Ma fille ressemble à l'homme que j'aime, Marguerite, et que j'aimerai pour le restant de ma vie. Elle m'appartient, cette enfant-là. On m'a conseillé l'adoption avec tellement d'insistance que je n'ai pas eu le choix de m'y résoudre.

— As-tu les moyens pour l'élever au moins?

La jeune fille se contenta de remuer négativement la tête en poussant un soupir. Marguerite, saisie de compassion, réprima un élan du cœur pour laisser plutôt parler sa raison, bien consciente de jouer un rôle de mère bien plus que d'amie auprès de Béatrice.

— Je pense que malgré tout, les religieuses n'avaient pas tort. Tu dois penser à ta fille, Béatrice, et à son bonheur. Pas à toi. Elle n'a pas demandé à vivre, cette petite-là, et elle a droit au bonheur comme tous les autres bébés du monde. Un jour, un homme et une femme qui n'arrivent pas à avoir d'enfant la choisiront sans doute et l'aimeront comme de vrais parents. Ils l'élèveront normalement dans une vraie famille. Peut-être même adopteront-ils d'autres enfants pour lui donner des frères et des sœurs. Quel âge as-tu, Béatrice ?

— Quatorze ans, bientôt quinze.

— Tes parents sont-ils au courant de ce qui t'arrive présentement ?

— Oui, ils m'ont mise à la porte. Ils ne veulent plus me voir.

— Et le père du bébé ? Tu dis l'aimer encore ?

— C'est le voisin. Il a déjà trois enfants et sa femme ignore tout. Mais je l'aime tant, Marguerite, je l'aime tant ! Il m'avait promis de les quitter pour venir vivre avec moi, dans une vraie maison pour fonder une vraie famille dans un autre village. Mais quand je lui ai annoncé attendre un bébé, il a changé d'idée. Il ne veut plus de moi, je pense.

— Il ne t'a même pas laissé un peu d'argent, je gagerais !

— Non, rien. Ni lui ni mes parents. Je ne possède rien, absolument rien. Je n'ai rien ni personne. Seulement ma petite fille…

Béatrice se remit à sangloter doucement, tout bas. Du fond du dénuement le plus total, elle n'arrivait plus à hurler tout haut la démesure de son désespoir. Marguerite regardait couler ces larmes silencieuses comme si c'étaient les siennes. À part six ans d'écart, il n'y avait pas beaucoup de différence entre elle et l'adolescente. Même amour impossible, même pauvreté, même noirceur à l'horizon. Même solitude aussi. Chère petite Béatrice ! Personne pour lui ouvrir les bras à part une parfaite inconnue aussi tourmentée qu'elle !

Marguerite non plus ne savait pas où elle s'en allait, en vérité. Six ans de plus et un peu plus d'expérience de la vie, un diplôme d'enseignante en poche, deux sœurs à Lowell et un père en prison suffisaient-ils à établir une véritable différence ? Non ! Marguerite Laurin se trouvait dans le même pétrin que cette jeune fille.

Elle prit la main de l'adolescente toujours ligotée et la caressa affectueusement.

— Il faut te montrer courageuse, Béatrice, et regarder en avant. La vie ne s'arrête pas aujourd'hui. On doit continuer bravement, toi et moi. Un jour, tu auras un mari qui t'aime, d'autres enfants, un foyer. Un jour, tu seras sereine et fière de penser à ton aînée, heureuse quelque part dans le monde grâce à ton admirable sacrifice d'aujourd'hui. Dieu te le rendra au centuple, Béatrice, sois-en assurée. Du moins les curés le prétendent-ils…

Marguerite songea un instant à l'aumônier de l'hôpital, un vieux prêtre pourtant sympathique avec lequel elle gardait ses distances. Pas question de lui révéler la vérité à son sujet. C'était risquer de semer des soupçons au sujet du père Lacroix. Son secret, elle devait le garder pour elle seule. Ce cher Antoine qui s'obstinait à ne pas répondre à ses lettres pour une raison inexplicable… À plusieurs reprises, depuis le début de septembre, elle lui avait écrit sans recevoir de réponse. Le docteur Beaulieu avait pourtant juré ne pas avoir oublié de mettre les enveloppes à la poste.

Béatrice buvait les paroles de Marguerite comme de l'eau de source et commença à s'apaiser, totalement épuisée par les heures pénibles qu'elle venait de vivre.

— Réfléchis bien. Pour le moment, tu n'as pas le choix d'abandonner ta petite fille. Mais, pour l'amour du ciel, cesse de tourner le fer dans la plaie en voulant l'allaiter chaque jour ! Mieux vaut écouler tes journées à la buanderie un mois de plus que de te morfondre devant la porte de la pouponnière en espérant la revoir chaque fois qu'on t'apporte un bébé, tu ne penses pas? Regarde où ça t'a menée... Viens, je vais te détacher et allons trouver ensemble les deux gardiennes pour leur dire que tu vas mieux.

Béatrice acquiesça tristement et Marguerite s'empressa de défaire les liens qui la retenaient au lit. Un fois debout, un vertige ébranla la jeune fille et elle tomba dans les bras de sa nouvelle amie qui eut l'impression de recevoir toute la souffrance du monde.

Ce soir-là, Marguerite s'attarda plus longtemps qu'à l'accoutumée à la chapelle, après la prière. Les yeux clos et les mains croisées sur sa poitrine, elle se jura, une fois de plus, de ne jamais abandonner son enfant, dût-elle quêter sa pitance au coin des rues, dût-elle demander la charité dans quelque hospice ou refuge pour marginales, dût-elle dormir à la belle étoile ou se faire voleuse ou prostituée. Elle quitta la chapelle la tête haute, habitée par le sentiment d'avoir conclu un pacte avec Dieu. Si elle avait le courage et la grandeur de tenir sa décision, il ne l'abandonnerait pas. Parce que lui, il savait pardonner.

Et peut-être lui ramènerait-il son Antoine très bientôt?

27

Lowell, 21 octobre 1887

Ma chère Marguerite,

Quel bonheur de recevoir plus régulièrement de tes nouvelles ! Après un été complet de silence, tu me vois ravie de te lire, même si tes quelques lettres ne m'ont pas donné beaucoup de précisions sur ton existence là-bas. Qui est donc ce Rémi Beaulieu chez qui je dois adresser mes réponses ? Un ami ? Un protecteur ? Un nouvel amoureux ? Quand, ma grande sœur, vas-tu enfin me parler des « vraies affaires » au lieu de m'entretenir de la température qu'il fait à Montréal et des cours de français que tu donnes à tes Madeleines ?

Tu me manques énormément et je pense souvent à toi, d'autant plus que je te sais « en famille » comme moi. Ta taille doit sûrement s'arrondir un peu plus chaque jour comme la mienne. J'ose à peine te dire à quel point cela me rend heureuse. Ça grouille là-dedans et cela me fait tout drôle. J'ai maintenant cessé de travailler à LaPar-botte. Pierre préfère me voir au repos à la maison.

En revanche, je trouve les journées longues, mon homme s'absente trop souvent à cause de son travail au journal. L'actualité continue de s'alimenter de disputes entre Irlandais et Canadiens français. On a encore désigné un évêque irlandais au diocèse de Boston pour succéder à Mgr Hendriken, décédé l'an dernier. Tu imagines les cris de protestation des catholiques francophones de la Nouvelle-Angleterre ! Encore une fois, les contestataires se sont rendus jusqu'à Rome. On a finalement gagné notre cause et un autre archevêque a été nommé. Même irlandais, celui-là se montre au moins sensible à notre cause. Il parle même le français. Autre nouvelle : la construction du nouveau presbytère Saint-Jean-Baptiste est enfin terminée, et nos prêtres s'apprêtent à déménager. Une annexe servira aux Petites Sœurs de la Sainte Famille. Bref, tout cela tient mon journaliste préféré fort occupé.

T'ai-je dit qu'un jeune couple nouvellement arrivé de Pologne a loué ton logement dès la première semaine après ton départ ? Cela me rend nostalgique de passer devant le magasin et notre ancien appartement. Ces lieux sont déjà chose du passé. Malgré tout, nous y avons écoulé des jours heureux, n'est-ce pas ?

À part ça, rien de neuf. J'ai écrit à papa mais il ne m'a pas répondu, comme d'habitude. Quant à Camille, je l'ai rencontrée à l'église, dimanche dernier. Elle te salue. Toujours égale à elle-même, la petite sœur : une princesse enfermée dans sa tour d'ivoire. Pas moyen de connaître le fond de sa pensée, celle-là ! C'est fou, je sens notre famille tellement éparpillée par les temps qui courent que souvent il me vient des vagues de mélancolie difficiles à supporter.

Parlant d'église, j'ai oublié de te dire que notre cher père Lacroix a délaissé la paroisse le mois dernier pour des raisons de santé. Il est, semble-t-il, retourné au pays pour se faire soigner. Le père Garin l'a annoncé, à la fin de septembre, durant l'homélie du dimanche, sans donner plus de précisions. Le père Lacroix est d'ailleurs passé au magasin pour me saluer juste avant de quitter Lowell. Il m'a paru triste et désemparé. Étrangement, il ne portait pas de soutane. C'est la dernière fois que je l'ai vu. Reviendra-t-il jamais, cet homme extraordinaire qui nous a tant aidées ? Toi surtout, Marguerite… En tout cas, j'espère qu'il ne souffre pas d'une maladie trop grave.

Voilà, c'est tout pour les nouvelles du moment. Je te souhaite d'être heureuse, ma grande sœur chérie. J'ai déjà hâte de te voir revenir.

Anne

Les yeux embrouillés, Marguerite lut et relut avec effarement les dernières lignes. Ainsi, Antoine était malade au point de recevoir des soins au Québec. Quelle abomination ! Était-ce donc si sérieux ? Une recrudescence de la tuberculose, peut-être ? Voilà donc la raison pour laquelle il n'avait répondu à aucune de ses lettres. S'il fallait qu'il meure… Marguerite secoua la tête. Ah ! mon Dieu, non, pas ça ! Pas Antoine, mon amour.

Pourtant, à bien y songer, même malade, même mourant, il aurait pu trouver le moyen de lui envoyer un mot pour la rassurer. À tout le moins l'avertir. S'il avait trouvé suffisamment d'énergie pour rendre visite à Anne lors de son départ, il était certainement en mesure de répondre aux lettres d'amour de sa maîtresse écrites hebdomadairement. Au pire, il aurait pu demander à quelqu'un de le faire pour lui. À Anne, par exemple. Évidemment, elle ne connaissait pas leur idylle et le désir du vicaire d'écrire à Marguerite Laurin l'aurait certainement intriguée.

Soudain, un puissant vertige s'empara de Marguerite, comme si le plancher se dérobait sous ses pieds. L'évidence était là et lui crevait les yeux : Antoine Lacroix ne voulait plus d'elle. Voilà la véritable raison de son mutisme et de son entêtement à ne pas répondre à ses lettres ! Des lettres que le père Garin devait assurément faire suivre à l'hôpital où il se trouvait... Sa maladie, elle n'y croyait pas. Il devait s'agir d'une pseudo-maladie. Après tout, il savait bien qu'elle portait son enfant, elle le lui avait écrit à plusieurs reprises. Il aurait dû répondre. Régulièrement, elle lui avait exprimé son amour en des pages vibrantes, lui jurant d'élever leur enfant sans jamais dévoiler le secret de ses origines.

Pourquoi, alors, ce silence inexplicable ? Un silence qui ressemblait à une fuite. En apprenant la grossesse de Marguerite, Antoine Lacroix avait vraisemblablement décidé de décliner ses responsabilités vis-à-vis d'elle et de se sauver au loin. Facile de feindre la maladie… Et même en supposant que le père Garin ait découvert la vérité à leur sujet et décidé de renvoyer son vicaire, pourquoi Antoine n'aurait-il pas avisé son amoureuse de son transfert ? Dans ses lettres, elle lui avait chaque fois indiqué une adresse où la rejoindre. Qui sait si ce n'était pas Antoine lui-même qui avait demandé à être muté dans une paroisse lointaine ? Parti incognito, le beau vicaire ! Lavé de tout péché ! Dire qu'il avait prétendu l'aimer pour l'éternité… Quel menteur ! Quel profiteur ! Quel monstre ! S'il l'avait encore aimée, il lui aurait fourni des explications. On ne quitte pas la femme de sa vie de cette façon. Surtout enceinte.

Et pourtant, elle l'avait bien fait, elle, au début de l'été. Partie de Lowell en ne lui laissant qu'un court message laconique. Et elle avait attendu plus de deux mois avant de lui donner signe de vie. De quel droit se permettait-elle de lui reprocher d'agir de la sorte ? Elle avait fait exactement la même chose ! Elle méritait bien son attitude indifférente. Mais de là à la laisser en plan…

Où retrouver Antoine maintenant ? Écrire à la maison-mère des Oblats de Marie-Immaculée ? Ou au couvent de Lévis où il avait passé sa convalescence la première fois ? S'il était réellement malade, peut-être allait-il mourir ? Comment le saurait-elle jamais ? Même le père Garin n'avait pas répondu à sa lettre.

Ce dimanche-là, assise sur le bord de son lit, Marguerite croyait vivre un cauchemar. Fini son bel amour… Elle se retrouvait maintenant toute seule au monde avec un bébé dans le ventre. Que s'était-elle donc imaginé ? Vivre le conte de fées d'Angelina et de son beau docteur ? Que son cher petit prêtre en or sonnerait un jour à la porte de l'hôpital de la Miséricorde sans soutane, un bouquet de fleurs à la main ? Balivernes ! Chimères de petite fille naïve ! Il lui avait répété tout aussi souvent « Je suis prêtre pour la vie » que « Je t'aimerai toujours ». La paternité avait dû l'effrayer et il s'était sauvé, aussi simple que ça ! Son sens du devoir l'avait emporté sur ses sentiments pour elle. Sentiments secrets et dégradants, sacrilèges…

Il s'avérait inutile de le rechercher, elle ne le retrouverait jamais. Et pourtant, quelque chose lui échappait dans toute cette affaire. Quelque chose de gros, d'horrible… Quelque chose d'incompréhensible.

Elle s'étendit sur le dos, les yeux rivés au plafond sur le trou béant laissé par le crochet arraché par Béatrice en essayant de mettre un terme à sa souffrance insupportable. Elle-même en était-elle rendue là aussi ? Peut-être bien. Oui… en finir une fois pour toutes avec cette vie de misère qui ne lui accordait pas de répit depuis le jour maudit où sa mère avait abandonné ses enfants pour un monde meilleur. Ah ! aller la rejoindre et se laisser bercer entre ses bras… Elle se mit à pleurer. « Maman-an… »

Le bébé perçut-il la détresse de sa mère ? Il fit un léger mouvement, et cette sensation d'une douceur infinie au tréfonds d'elle-même lui procura une consolation inespérée. Au fond, elle n'était pas seule, ce petit être dépendait d'elle et elle l'aimait déjà profondément. À cause de lui, et pour lui seul, elle n'avait pas le droit de se laisser abattre. Marguerite Laurin s'était toujours tenue debout dans l'épreuve, elle se devait de continuer. Pour l'amour de cet enfant et pour le souvenir de son géniteur qu'elle n'arriverait jamais à haïr.

Elle resta longtemps dans le silence du dortoir désert, en ce dimanche de grisaille où elle avait décidé de ne pas profiter de son unique heure et demie de liberté, fidèlement allouée chaque semaine par la directrice. Rémi était de garde dans un autre hôpital, ce jour-là, et il n'aurait pu la rejoindre, de toute façon. Elle aimait bien cet homme sobre et généreux. Lui et sa femme se liaient de plus en plus d'amitié avec elle, mais Marguerite ne s'expliquait pas bien leur si grande sollicitude. Sans doute par pure générosité, ces gens avaient-ils décidé d'adopter une des pénitentes de l'hôpital… Rien ne les obligeait à venir la rencontrer ainsi, de temps à autre, lors de sa promenade du dimanche.

Chaque fois qu'elle se trouvait en leur compagnie, elle avait l'impression de voir enfin du « vrai monde ». Elle appréciait ces courtes rencontres comme un bain de fraîcheur et une occasion précieuse de se ressourcer. D'ailleurs, les jumelles qui lui tendaient les bras la confirmaient dans sa décision de garder son bébé. Quelles adorables frimousses et quels sourires candides ! Dire que dans quelques mois, un tel trésor viendrait éclairer ses jours…

Il arrivait aussi à Rémi, à de rares occasions, de rencontrer Marguerite dans le silence de la chapelle. C'est dans ces moments-là qu'elle lui confiait ses inquiétudes. Elle se promit de lui parler du mutisme inexpliqué d'Antoine. Qui sait si le médecin ne lui donnerait pas quelques bons conseils ? En plus de précisions sur la tuberculose. Si tuberculose il y avait, évidemment ! Plus Marguerite y songeait, plus elle avait la conviction que tout était fini entre elle et Antoine.

Elle allait s'endormir quand elle sentit une main froide lui caresser maladroitement le bras. Elle sursauta. Béatrice venait de s'asseoir auprès d'elle.

— Tiens ! Voilà ma petite sœur spirituelle ! Comment vas-tu, ma belle Béatrice ? As-tu enfin cessé d'avoir des montées de lait ?

— Oui, oui, ça m'arrive encore d'avoir des pincements dans les seins quand je pense trop fort à elle. Mais ça va mieux. J'ai cessé mon travail de nourrice et je ne vais plus à la crèche maintenant, comme tu me l'as conseillé. On m'a envoyée à l'atelier de couture et, ma foi, je ne déteste pas ça.

Marguerite regarda la jeune fille d'un air perplexe. Avait-elle eu raison de lui conseiller d'abandonner son bébé ? Qui était-elle donc pour jouer à la femme forte et à la sage conseillère, elle qui n'avait aucune idée sur son propre avenir ?

Béatrice posa sur elle un œil attendri.

— Ça ne va pas très fort pour toi non plus, n'est-ce pas, Marguerite ?

— Bah… Moi, ça va. C'est le père de mon bébé qui m'inquiète. Je pense qu'il ne veut plus de moi et ça me déroute un peu, je t'avoue.

— Tu m'as dit, l'autre jour, que le temps finit toujours par arranger les choses et que, toi et moi, nous sommes riches de jeunesse et d'avenir.

— J'ai dit ça, moi ? Mais oui, c'est vrai, tu as parfaitement raison ! L'avenir nous appartient. Et c'est nous qui le bâtissons. Attends une minute, j'ai quelque chose pour toi.

— Quelque chose ?

— Oui. Un cadeau.

— Un cadeau ? Je n'ai jamais reçu de cadeau. Pas même une seule fois dans ma vie.

— Attends, tu vas voir. C'est un beau cadeau.

Marguerite souleva son oreiller à la recherche de son ange de porcelaine. Elle lui donna un rapide baiser du bout des lèvres, puis elle le tendit à l'adolescente d'un geste décidé.

— Tiens, Béatrice, je te le donne. Garde-le précieusement, il s'agit d'un ange miraculeux. Il va te protéger. Et il a le pouvoir d'arranger bien des choses.

— Tu ne veux plus le garder pour toi ?

— Non.

28

La fête de Noël, à l'hôpital de la Miséricorde, se passait tristement, autant pour Marguerite que pour le reste des pensionnaires. Plusieurs gémissaient silencieusement dans leur coin. D'autres, au contraire, fanfaronnaient et riaient plus fort qu'il n'aurait fallu. Certaines avaient la chance de recevoir une visite, qui une mère, qui une sœur ou une connaissance s'étant déplacée pour apporter un peu de réconfort dans une boîte de bonbons enrubannée.

Mais ni Marguerite ni Béatrice ne furent appelées au parloir. Aucune d'elles n'attendait quelqu'un, de toute manière. À Joseph, Marguerite n'avait même pas songé à envoyer un message de bons souhaits. De son côté, Anne, enceinte de sept mois, ne se trouvait pas en état de se déplacer pour visiter sa sœur. Quant à Camille, la benjamine ne s'était pas donné la peine de répondre au petit mot affectueux rédigé par son aînée. Seule Rose-Marie lui avait fait parvenir, par l'entremise du docteur Beaulieu, une longue lettre quelque peu morose où elle faisait abondamment état de ses problèmes matrimoniaux au lieu de lui envoyer des vœux à l'occasion de Noël et du Nouvel An.

La pauvre se plaignait des trop longues absences de son mari devenu un homme d'affaires riche et important. Était-ce vraiment nécessaire de passer cinq ou six jours à New York ou à Boston pour conclure des marchés et signer des contrats ? D'autant plus que la merveilleuse invention du téléphone servait de plus en plus à régler des affaires rapidement sans nécessiter de déplacements. « *Et moi, je reste enfermée dans ma prison dorée avec mes trois enfants* », écrivait-elle. « *À bien y songer, je devrais peut-être retomber enceinte, mais Paul ne veut rien entendre. Heureusement que notre chère Camille se trouve auprès de moi. Sans le savoir, elle me ragaillardit par sa présence et l'innocence de sa jeunesse. Les enfants l'adorent. Et moi, le soir, je l'écoute pendant des heures s'exercer au piano et je me sens moins seule. Tu devrais l'entendre, elle est en train de devenir une pianiste hors pair. Quand elle joue une sonate de Beethoven ou un nocturne de Chopin, c'est bien simple, je passe par la gamme de toutes les émotions !* »

Marguerite soupira en lisant ces lignes. Camille… une sœur, évidemment, mais aussi une étrangère. Elle mettait ce manque de communication sur le compte de ses années passées chez le docteur Lewis. Joseph l'avait laissée trop longtemps là-bas, en vase clos, enfermée dans une bulle aseptisée et confortable, certes, mais complètement coupée de sa famille. Camille n'avait pas grandi avec ses sœurs et n'avait pas connu leurs embûches ni partagé leur désarroi. Tous ces mois à la ferme de Jesse, l'entassement chez Léontine en même temps que la galère des manufactures, les disparitions mystérieuses et répétées de Joseph, puis les mois passés à la résidence de la Boott's, et enfin un travail plus décent pour chacune et l'autonomie durement gagnée dans leur petit logement au-dessus du magasin… Ces tribulations avaient amené les deux aînées à se soutenir mutuellement et à forger des liens qui ne concernaient nullement la benjamine.

Dieu merci, Camille n'avait manqué ni d'attention ni de tendresse. Mais, mis à part son terrible accident, on lui avait rendu la vie facile. Avait-elle été heureuse ? Lui était-il arrivé, certains soirs, de pleurer sur son oreiller l'absence de son père et de ses sœurs ? Et, à l'inverse, les deux grandes avaient-elles souffert de cette séparation ?

Honnêtement, Marguerite devait admettre avec le recul que, trop occupée elle-même à survivre, cet éloignement l'avait laissée plutôt indifférente, à part, au début, une certaine envie devant les beaux vêtements de la plus jeune et, en vieillissant, devant la vie douillette et sécurisante qu'elle menait à Colebrook. Une envie nuancée, tout de même, par le contentement sincère de la voir, au moins elle ! à l'abri de la misère. Et ce mélange de sentiments avait érigé, à la longue, une sorte de barrière mal définie, une barrière de silence et de distance qui n'avait jamais existé entre elle et Anne avec laquelle elle se sentait profondément unie pour le reste de son existence.

Cette chère Anne… Tôt ou tard, elle devrait lui dévoiler la vérité au sujet du père de son enfant, et ce temps approchait, elle le sentait bien. Sa sœur n'en croirait pas ses oreilles mais elle saurait se taire, Marguerite n'en doutait pas un instant. Quant à la duplicité qu'il faudrait bâtir ensuite autour de la présence d'un enfant dans sa vie, elle n'avait même pas osé y songer. Mais elle avait la certitude qu'Anne endosserait les mensonges et accepterait de les propager sans porter de jugement.

Isolée dans sa bulle au fond de l'une des berceuses de la salle commune, Marguerite n'avait pas prononcé une parole de l'après-midi. Si seulement ce Noël pouvait finir ! Après la messe de dix heures à la chapelle, elle s'était retirée dans la pièce où elle enseignait, sous prétexte d'un travail à terminer. Une religieuse n'avait pas tardé à frapper à sa porte.

— Noël est une fête d'obligation comme un dimanche, ma fille ! Travailler aujourd'hui constitue un manquement grave au quatrième commandement de Dieu. Un péché mortel. Je vous prierais de sortir de la classe.

Marguerite s'était contentée de hausser les épaules et avait suivi la religieuse sans protester. Au fond, elle n'avait pas envie de travailler et cherchait seulement une distraction, un dérivatif pour cesser de broyer du noir. Pour ne plus penser. Pour ne plus côtoyer d'autres femmes aussi navrées qu'elle. Ce jour de Noël constituait la limite précise qu'elle s'était donnée pour renoncer à attendre le retour d'Antoine. S'il n'avait pas donné signe de vie avant Noël, c'en était bel et bien terminé de son aventure avec le père Lacroix. Irrémédiablement. Elle ferait alors tout en son pouvoir pour l'oublier à jamais.

Dans un dernier et insensé sursaut d'espoir, malgré ses vaines tentatives pour se convaincre du contraire, elle avait persévéré à croire que Noël aurait pu servir de motif au prêtre pour la retrouver et renouer avec elle. Après tout, elle lui avait envoyé l'adresse du docteur Beaulieu tant et tant de fois. Au pire, de l'endroit mystérieux où il se trouvait, il n'aurait eu qu'à s'adresser à

Anne pour savoir où la rejoindre, à tout le moins pour obtenir une adresse où lui écrire. Au pire, pour demander de lui faire suivre son courrier.

Marguerite elle-même avait pris quelques initiatives pour le moins osées en écrivant au père Garin en personne pour lui demander où adresser « certains documents oubliés » appartenant au père Lacroix. Pour une raison demeurée inexpliquée, là encore, le curé s'était abstenu de lui répondre. Quant à sœur Sainte-Vitaline, du couvent de Lévis, elle l'avait assurée, dans une courte lettre accompagnée de ses meilleurs vœux, qu'aucun convalescent du nom de Lacroix ne séjournait dans l'hospice à l'heure actuelle. Pas plus qu'il ne se trouvait de patient de ce nom à l'Hôtel-Dieu et à l'Hôpital général de Montréal, vérification faite par le docteur Beaulieu. Même à l'Hôtel-Dieu de Québec, on lui avait répondu qu'aucun malade de ce nom n'y était hospitalisé présentement.

Ainsi, Antoine Lacroix avait bel et bien disparu. Disparu de la vie de Marguerite Laurin, mais aussi disparu de la circulation. Et s'il était disparu de la vie tout court ? S'il était mort quelque part, sans laisser de traces ? Elle n'osait y croire. Elle refusait d'y croire !

D'un autre côté, l'échéance venait de tomber. Peu importait la raison, en ce 25 décembre 1887, l'heure venait de sonner pour Marguerite Laurin de lever le couperet au-dessus de la tête d'Antoine Lacroix. Mort à son amour, mort à sa tendresse, le beau prêtre aux yeux bleus ! Et mort à son souvenir ! Marguerite voulait plus que tout oublier ces rares et sublimes instants vécus auprès de lui. Mieux valait éteindre ce feu qui la consumait toujours. Elle n'en pouvait plus. Le temps était venu de rayer de sa vie cet homme qui lui avait fait découvrir l'amour. Elle avait compris la leçon : elle devait maintenant tourner la page. Les cloches de Noël avaient sonné le glas, il fallait terminer la plus belle histoire d'amour du monde.

Mais comment se dire « plus jamais » et s'en convaincre ? Comment se retourner vaillamment, seule au monde et la mort dans l'âme ? Et se tourner vers quoi ? Marguerite serrait les dents et cherchait désespérément les réponses. Elle aimait la vie, pourtant, et savait puiser son bonheur dans les petites choses. Un jour, elle redeviendrait heureuse, il fallait y croire de toutes ses forces. Elle y mettrait le temps et l'énergie nécessaires. Après tout, elle avait peut-être le cœur déchiré, mais elle éprouvait une certaine plénitude quand elle mettait ses bras autour de son ventre.

Tout n'était pas fini. Au contraire, tout recommençait. Si Noël représentait la fête de la nativité, alors une nouvelle Marguerite Laurin venait de naître en ce jour même ! Meurtrie mais libérée. Avec un cœur neuf, un cœur de mère. Un cœur sans amertume dans une femme transformée qui, si elle ne croyait plus aux anges de porcelaine, faisait encore confiance à sa bonne étoile.

L'après-midi lui parut le plus long de l'année malgré les efforts de certaines pénitentes pour alléger l'atmosphère. L'une d'elles, à la jolie voix, entreprit de chanter des cantiques de Noël pour lesquels elle reçut peu de collaboration de la part des autres filles. Mais quand sa compagne se mit à turluter des chansons à répondre, l'assemblée se dérida quelque peu. Même sœur Sainte-Clothilde, dans un suprême effort de festivité, apporta un plateau de biscuits tenu à bout de bras comme le plus précieux trésor du monde. On délaissa les tricots pour finalement sortir les jeux de cartes.

Renfrognée dans son coin, Marguerite ne se mêla pas aux activités et nulle ne fut surprise de la voir se lever promptement en annonçant qu'elle s'en allait prier à la chapelle. Personne n'avait remarqué, à travers la vitre de la porte, le passage du docteur Beaulieu et, encore moins, son furtif signe de tête adressé à Marguerite.

La jeune femme pénétra sur la pointe des pieds dans le lieu de prières où Rémi se trouvait déjà agenouillé à l'endroit habituel, devant la châsse de sainte Marguerite.

— Joyeux Noël, ma chère amie !

— Joyeux Noël, docteur. Vous travaillez aujourd'hui ? Pas bien, ça ! Vous irez en enfer. Demandez à sœur Sainte-Clothilde.

— Le bon Dieu me le pardonnera bien ! Depuis que j'ai passé mes examens d'obstétrique, on ne me lâche plus. Que voulez-vous, les bébés ne connaissent ni l'heure ni la date… Comment va votre moral ?

— Euh… ça va, ça va. C'est le jour de ma naissance, aujourd'hui.

— Pour vrai ? Vous êtes née un 25 décembre ?

— Non, pas vraiment. C'est-à-dire que… je viens de naître aujourd'hui ! Vous avez devant vous la toute dernière version de Marguerite Laurin, une Marguerite qui ne pleurera plus et n'attendra plus personne sauf son petit. N'est-ce pas merveilleux ?

— Si je comprends bien, il s'agit d'une excellente nouvelle. Vous savez, mourir d'amour me paraît la chose la plus triste du monde.

— Ne vous inquiétez pas, je ne vais pas mourir d'amour. C'est déjà fait ! Mais je viens de ressusciter, en ce jour même. Et je me sens d'attaque pour repartir à neuf. Vraiment à neuf !

— Eh bien, il faut fêter ça, ma chère ! Voilà, c'est pour vous, de ma part et de celle d'Éva.

Rémi Beaulieu prit un air mystérieux et tira d'un sac déposé à ses pieds une boîte enveloppée de papier bleu. Marguerite observa les traits fins et réguliers du médecin, ce regard doux, ce sourire toujours avenant, ces mains qu'elle n'avait jamais touchées. Des mains habiles qui réparaient les blessures et mettaient les bébés au monde… Quel homme extraordinaire !

Un cadeau ! Marguerite n'en revenait pas. Quelqu'un avait pensé à elle pour Noël. Elle qui se croyait toute seule au monde. Elle ne repartait pas à zéro, elle avait un ami. Un vrai !

— Comme c'est gentil ! Je me sens tout émue.

La boîte contenait du papier à lettre magnifique, une douzaine d'enveloppes et autant de timbres.

— Ainsi, vous n'aurez pas à attendre après moi pour poster vos lettres, les dimanches où ma femme et moi serons occupés ailleurs.

Était-ce l'émotion de recevoir une si jolie étrenne ou celle, plus vive, de palper l'amitié sincère de cet homme ? Ou était-ce plutôt la victoire de sa raison sur son cœur, durement acquise au cours de la journée, ou encore le grand chambardement dans ses pensées et ses objectifs de vie ? Elle se mit à pleurer comme une petite fille, d'abord faiblement puis à gros bouillons, incapable de s'arrêter. Le médecin n'osa la toucher, de peur que quelqu'un ne pénètre à l'improviste dans la chapelle, mais il trouva les mots apaisants. Sans s'en rendre compte, il se mit à la tutoyer.

— Pleure, Marguerite, vide-toi enfin de tout ce qui te fait mal. Tu sais, les nourrissons pleurent toujours à leur arrivée au monde. Puis, tout doucement, ils s'apaisent et s'endorment sur le sein de leur maman. Tu viens de naître, tu l'as dit tantôt, et cela ne se produit jamais sans douleur. Te voilà en ce moment à la fois bébé et maman.

D'où ce grand bouleversement. Il te faudra grandir vite, ma bonne amie, car, à partir de maintenant, il te reste seulement deux mois pour te métamorphoser en véritable mère et attendre ce petit-là avec une joie sincère, comme toutes les mamans du monde.

— Vous pouvez compter sur moi, je vais y mettre toutes mes énergies !

Ce soir-là, Marguerite monta au dortoir plus tôt que ses compagnes sous prétexte d'un mal de tête. Elle se jeta sur son lit, complètement épuisée. En palpant son oreiller, elle trouva dessous un paquet maladroitement emballé dans du papier brun. Il contenait un joli ensemble de laine pour nourrisson, tricoté à la main. Une note s'y trouvait épinglée.

Joyeux Nœlle Margerite
Tu est pour moi non seulment une ami mais une vrai mère Une mervelleuse maman.
Je t'aîme,

Beatrice

29

« Sur le pont d'Avignon, on y danse, on y danse… »

Personne, parmi les invités, ne savait où se trouvait le pont d'Avignon, pas plus que Saint-Malo, beau port de mer, mais les mots des chansons, tous les connaissaient par cœur. Rassemblés autour du piano, c'était à qui chanterait le plus haut et le plus fort. On se regardait dans les yeux, on ébauchait des sourires, on se rapprochait, on se tenait par le bras et on se dandinait au rythme de la *toune*. Par ces gestes et par ces chants, on exprimait le besoin inconscient de se sentir comme autrefois, chez soi, solidaires les uns des autres et unis par un même héritage folklorique.

Nostalgie des temps passés dont on n'a retenu, en ce matin du jour de l'An, que les éléments positifs… La bénédiction paternelle, les étrennes des enfants, les cretons et la tête fromagée, les visiteurs qui se suivent à la *queue leu leu*, les robes neuves des cousines, les commérages des *matantes*, les éclats de voix de *pépère*, les interminables discussions sur la politique autour d'un *p'tit blanc*, puis les chansons et les danses aux accents d'un *violoneux*, sans oublier l'incontournable partie de cartes… Comment auraient-ils pu oublier cela, tous ces descendants d'ancêtres français en train de se transformer en Américains ?

Ils avaient jadis eu le temps de se forger une personnalité bien à eux, dans ce vaste pays de neige où ils étaient demeurés profondément français en dépit de la domination britannique depuis près de cent vingt-cinq ans. Et maintenant, perdus dans une mer anglophone à des centaines de milles de distance, ils l'appelaient toujours « chez nous », cette grande étendue de terre sauvage trop souvent inhospitalière. Au fond, ceux qu'on surnommait méchamment « les Chinois de l'Est » demeuraient profondément canadiens.

Et si, sur les coins de rues de Lowell, on commençait à voir certains jeunes Québécois parler anglais entre eux, si on trouvait maintenant des journaux américains dans plusieurs logements du Petit Canada, si certains immigrés francophones envoyaient, par choix, leurs enfants à l'école publique anglaise dans le but avoué de leur faire apprendre la langue du pays d'adoption, si Magloire Ducharme, un Canadien français, avait été nommé, l'année précédente, juge de paix en Nouvelle-Angleterre, si les statistiques prétendaient que, maintenant, une seule famille québécoise sur cinq était rapatriée, ceux que Paul et Rose-Marie avaient réunis, ce jour-là, pour le dîner du jour de l'An, en ce premier janvier 1888, avaient bien l'intention de conserver leurs coutumes et leurs valeurs. Bien sûr, Paul Boismenu, alias Smallwood, avait anglicisé son nom pour les besoins de sa *business*, mais qu'importe, lui et sa femme élevaient leurs enfants en français comme le reste de leurs amis. Ce cher Paul qui, aujourd'hui, tenait à peine sur ses pieds tant il avait bu…

Quand vint le temps de chanter le Gloria dans *Les anges dans nos campagnes*, son ami Pierre Forêt et lui sortirent leur plus belle voix de ténor, et la chorale improvisée se surpassa. Les applaudissements fusèrent et enterrèrent le martèlement répété sur la porte d'entrée. C'est le petit Patrick qui vint tirer sur la jupe de sa mère pour l'avertir que des visiteurs se pointaient. Ces derniers, un homme et une femme, ne se firent pas prier pour pénétrer dans la maison et secouer leurs pieds couverts de neige sur le tapis du vestibule.

— Salut la compagnie !

Cette voix… De loin, Anne reconnut immédiatement l'homme vêtu de son capot de chat, la moustache frétillante et l'œil brillant. Elle ne put retenir un cri.

— Hugo Dubuque !

Paul, ému par cette visite impromptue, se retourna d'un bloc et faillit perdre l'équilibre. Il s'agrippa au bras de son ami plutôt qu'il ne lui serra la main.

— Ah ben, ça parle au diable ! Un revenant ! Comment ça va, mon vieux ?

— Ça va bien, ça va même très bien. Je vous présente ma fiancée, la plus gentille femme d'Amérique. Ma chérie, voici mes bons amis Rose-Marie et Paul Boismenu, Anne et Pierre Forêt, et la pianiste, euh... Camille, si je ne me trompe pas ? Les autres sont, je crois, des amis de la famille Boismenu.

Anne fit un effort surhumain pour tendre la main de façon naturelle à l'intrus. Quoi ! Cet hurluberlu avait le toupet de se présenter avec une autre femme, une Irlando-Américaine de surcroît, pendant que Marguerite croupissait seule et couverte de honte à Montréal en portant son enfant ! Quel effronté ! Quel sans-cœur ! Il n'avait donc pas de conscience ? Quant à la fiancée, Anne se contenta de lui tourner le dos après l'avoir saluée froidement d'un signe de tête qui en disait long sur son antipathie.

Puis elle alla se réfugier dans un coin du salon pour l'observer de loin de pied en cap. Pouah ! Cette courtaude mal attifée n'arrivait pas à la cheville de sa sœur ! Dire que c'est Marguerite qui aurait dû se trouver au bras d'Hugo, heureuse, épanouie, un anneau au doigt et le ventre fièrement proéminent. Au lieu de cela, le monsieur, libre et libéré de toute responsabilité, se promenait la tête haute avec sa donzelle comme les riches Américains promènent leur chien. Anne n'allait tout de même pas faire des guiliguili à cette pimbêche ! Elle détestait les caniches...

À la vérité, aucune des personnes présentes, à part son propre mari, n'était au courant de la situation de Marguerite. Anne avait réussi à garder son secret depuis le début de l'été. Même Camille et Rose-Marie ne savaient rien. Anne leur avait raconté que, partie en vacances à Montréal, tel que prévu, Marguerite avait rencontré par hasard la directrice d'une importante institution pour jeunes filles, et qu'on lui avait offert un poste d'enseignante grassement rémunéré. Sachant ses jeunes sœurs bien casées, elle avait accepté l'aventure. Et qui sait s'il n'y avait pas, derrière cette histoire, une quelconque rencontre masculine intéressante… Tout le monde avait gobé la salade et cessé de demander des précisions.

Anne pinça les lèvres en voyant Hugo s'approcher d'elle après avoir terminé sa tournée de politesses. Elle aurait voulu se cacher derrière son fauteuil pour ne pas avoir à converser avec le grossier personnage.

— Dites donc, ma chère Anne, j'ignorais que vous attendiez un bébé. Quelle bonne nouvelle ! C'est pour bientôt ?

— Dans cinq semaines, j'aurai accouché.

— Et vous avez commandé une fille ou un garçon ? Je vous souhaite une fille… belle comme vous ! La grossesse vous va rudement bien, ma chère.

Anne faillit sortir de ses gonds. Quel chanteur de pomme, que ce type ! Et ça se prétendait l'ami de son mari ! Aurait-il séduit Marguerite de cette façon, l'an dernier, en l'étourdissant de compliments ? Le scénario paraissait facile à imaginer. Le chéri vient à Lowell quand bon lui semble et, à force de louanges, il fait la conquête de la belle Marguerite qui n'y voit que du feu. Il s'attire ainsi audacieusement ses faveurs pour partir ensuite sans demander son reste. Pour s'assurer de la revoir, il lui fait une demande en mariage, mais sans préciser quand. Et puis, bye ! bye ! il retourne chez lui à Fall River pour un temps indéfini. Que voulez-vous, les avocats-journalistes-conférenciers sont des hommes occupés ! Il reviendra quand ça lui conviendra, certain de la retrouver bras ouverts. Tant pis pour elle, pour ses sentiments, son ennui, sa solitude. Le profiteur n'en a rien à foutre. Et surtout, qu'elle ne tombe pas enceinte, la coquine ! Sinon, le prince charmant disparaîtra dans le décor et ne se montrera la face qu'au jour de l'An accompagné d'une autre fiancée. Pouah !

Chevalier de la conquête, le bel Hugo Dubuque ! Et chevalier de l'abandon. Chevalier du déshonneur et roi de la lâcheté. Anne se retenait pour ne pas éclater et révéler la vérité au grand jour. Seule sa promesse à Marguerite de ne rien dire sur sa grossesse, garantie maintes fois exigée et répétée dans chacune de leurs lettres, lui donna la force de se taire.

Avant de poursuivre la conversation, Hugo se retourna pour jeter un œil sur la fameuse fiancée en train de discuter avec Rose-Marie à l'entrée de la cuisine. Assuré qu'elle ne l'entendait pas, il revint à Anne et s'adressa à elle sur un ton confidentiel, chuchoté d'une voix feutrée.

— Dites donc, votre sœur Marguerite n'est pas ici ? Ça me surprend. Elle va bien, j'espère ?

C'est la dernière question à laquelle Anne se serait attendue. Se moquait-il d'elle ? L'air sincère de l'homme la rendit confuse.

— Marguerite ? Mais... elle se trouve à Montréal depuis la fin du mois de juin. Vous ne le saviez pas ? Elle...

— Elle est restée à Montréal ? Ah bon. Je l'ignorais. Puis-je vous confier, Anne, que j'ai beaucoup aimé votre sœur et patiemment attendu sa réponse à mes demandes en mariage répétées ? Hélas, au début de septembre, à la suite de ses vacances, elle m'a fait parvenir une lettre de rupture de notre relation, nette et définitive. Cela m'a chaviré le cœur. Ce rejet, ce désespoir... J'ai vécu une véritable peine d'amour, je vous avoue. Voilà la raison de ma si longue absence à Lowell. Mais la vie continue, vous comprenez, n'est-ce pas ?

Non, elle ne comprenait pas. Un bout du chaînon manquait à son entendement. Marguerite, malgré sa grossesse, aurait rompu avec Hugo, et dans une lettre ? Anne n'en revenait pas ! Et lui n'était pas au courant de son état ? Allons donc ! Quelle histoire incroyable ! Sa sœur ne lui aurait jamais annoncé attendre un enfant de lui? Était-elle devenue folle ou quoi? Entre une vie normale avec un homme tout à fait charmant, il fallait bien l'admettre, et la vie misérable d'une fille-mère, elle avait choisi la misère. Entre le soleil et le fond du gouffre... Entre la honte et la fierté, entre la solitude et l'amour, entre les siens et l'exil, elle avait choisi le pire. Non, non, cela n'avait aucun sens! Dès ce soir, elle allait écrire à sa sœur pour lui demander des éclaircissements.

Désarçonné par le silence de la jeune femme, Hugo mit un certain temps avant de desserrer les dents, sans doute remué lui-même par des souvenirs pénibles encore frais à sa mémoire.

— Ainsi, Marguerite a établi définitivement ses pénates à Montréal? Ça me surprend. Elle semblait tellement aimer son travail à l'école paroissiale d'ici. Ah... je soupçonne un beau jeune Montréalais d'avoir une part de responsabilité dans ce coup de tête-là, moi!

— Peut-être avez-vous raison. Mais elle ne m'en a jamais parlé.

— Ça ne me surprend pas. Votre sœur est une saprée cachottière, vous savez!

— Vous n'avez jamais si bien dit, mon cher Hugo...

L'appel de Pierre et Paul, chancelants et bras dessus, bras dessous, vint mettre un terme à cette conversation pour le moins singulière.

— Hé ! venez, tout le monde, venez chanter *Greensleeves.* Vas-y Camille, donne-nous la première note.

— *Greensleeves,* la vieille chanson d'Angleterre ? Vous voulez chanter en anglais ?

— Pourquoi pas ?

30

— Ça fait mal en *jériboire,* je t'avertis ! Mais on en sort vivante, t'en fais pas.

— Pas toutes ! Ma mère en est morte, Béatrice, et ça, ça ne s'oublie pas. D'ailleurs, à entendre les cris en provenance du troisième étage à toute heure du jour et de la nuit, qui ne s'affolerait pas ? Dieu, que j'ai hâte de voir tout ça terminé !

Les rôles venaient soudain de s'inverser. Béatrice passa un bras qu'elle voulait maternel autour des épaules de son amie. Forte de son expérience de l'enfantement, la jeune fille s'appliquait à rassurer une Marguerite de plus en plus énorme et manifestement inquiète.

Les premières semaines de l'année 88 s'étaient toutefois écoulées paisiblement pour la future maman. La directrice lui avait bien offert d'interrompre ses cours de français aux Madeleines jusqu'au moment de l'accouchement, mais elle avait refusé. Assise au milieu de ses élèves ou penchée sur des textes à réviser, elle arrivait à oublier ses frayeurs et même son inconfort. Considérée comme une excellente institutrice, elle perdait, pendant quelques heures, la conscience de sa condition humiliante de pénitente.

Ces dernières années, depuis la conversion de la Maternité Sainte-Pélagie en hôpital, de plus en plus de femmes mariées venaient accoucher à la Miséricorde. La déférence et l'estime que les religieuses vouaient à ces épouses la révoltaient. Comme si le simple nom d'un mari inscrit sur un formulaire d'admission constituait la condition *sine qua non* pour garantir le respect qu'on refusait aux filles-mères traitées comme de méprisables pécheresses. Marguerite enviait secrètement ces femmes qu'on appelait « madame ».

Son sac contenant ses rares affaires posé à ses pieds, Béatrice cherchait des mots qu'elle ne trouvait pas pour rassurer Marguerite atterrée par le souvenir de Rébecca morte lors de la naissance de son quatrième enfant. Comment dissiper les craintes de son amie qu'elle considérait comme une mère alors qu'elle-même se sentait morte de peur en ce jour fatidique, appréhendé entre tous, où elle devait quitter définitivement la Miséricorde ? À maintenant quinze ans, elle se préparait à affronter l'univers sans rien ni personne, pas même son bébé dont elle n'arrivait pas encore à faire le deuil.

Bien sûr, en lui remettant une maigre somme d'argent cueillie dans un fonds de charité, l'aumônier avait réussi à convaincre la grand-mère de Béatrice de la prendre en pension pour quelques semaines, le temps de se trouver un travail et un gîte. Mais la jeune mère n'était pas dupe. Après quelques jours, la vieille grincheuse la mettrait à la porte si elle n'arrivait pas à payer sa pension. Encore chanceuse si le grand-père, ce vieux vicieux, ne lui sautait pas dessus aux petites heures, un bon matin !

Les deux femmes se serrèrent l'une contre l'autre.

— On va rester amies pour toujours, hein, Marguerite ?

— Je t'en fais le serment solennel, ma belle Béatrice.

— J'aurais quelque chose à te demander avant de partir, mais ça me gêne un peu.

— Allons donc ! À moi, tu peux tout dire, tu le sais bien !

— Puisque je sors d'ici sans enfant, je… euh… J'aimerais être la marraine de ton bébé. Je pourrais l'aimer très fort, tu sais.

— La marraine de mon bébé ? Mais… pourquoi pas ?

Comment freiner ce pathétique élan du cœur et refuser une telle offre d'amour pour son enfant ? Bien sûr, Marguerite avait conclu un pacte avec Anne : chacune devait devenir la marraine du bébé de l'autre. La tournure des choses avait voulu qu'elles se transforment en des marraines lointaines et inaccessibles. Marraine, Marguerite l'était déjà depuis quelques jours à son insu puisque, le matin même, le docteur Beaulieu lui avait remis une lettre de sa sœur lui annonçant la naissance d'Élisabeth, le 5 février dernier. « *Une belle grosse fille joufflue, roussette comme moi, qui fait notre bonheur et notre fierté. L'accouchement s'est avéré assez difficile, par contre, et j'ai mis du temps à m'en remettre. Mais tout est rentré dans l'ordre maintenant. J'espère que tout va bien se passer pour toi. Je pense à toi très fort.* »

Rien de rassurant pour Marguerite qui aurait aimé lire que la naissance de sa nièce s'était déroulée avec une facilité incroyable. Mais les femmes n'accouchent pas toutes à la manière des chattes et des lapines, les Madeleines le lui avaient maintes fois répété. Et les souvenirs de la mort de Rébecca en disaient long sur les risques encourus par les femmes, depuis les débuts de l'histoire de l'humanité, pour donner naissance à chacun des humains de la planète. Marguerite se secoua. Il était trop tard pour y échapper, de toute façon. La nature n'avait d'autre choix que de suivre son cours.

— Marguerite ? Tu es dans la lune !

— Non, non, je songeais à la chance inouïe de mon enfant de posséder deux marraines pour l'aimer.

— Deux marraines ? Comment cela ?

— J'avais conclu une entente avec ma sœur Anne, l'été dernier, en apprenant nos grossesses respectives. Nous nous étions mutuellement nommées marraine de nos enfants. Mais ça n'a pas d'importance, mon bébé en aura deux, voilà tout ! L'une éloignée, l'autre toute proche. Tu deviendras donc officiellement marraine au moment du baptême. Tu vas y assister, dis ?

— Évidemment ! Si les sœurs me le permettent… Mais comment vais-je savoir que ton bébé est né, une fois rendue chez ma grand-mère ? On baptise habituellement les nourrissons peu de temps après leur naissance, à cause de la menace des limbes, tu comprends…

— T'inquiète pas, je vais m'organiser avec ça. Donne-moi l'adresse de ta grand-mère, je vais te tenir au courant.

Après avoir griffonné une adresse sur un bout de papier, Béatrice déposa un dernier baiser mouillé sur la joue de Marguerite, ramassa son bagage et se dirigea lentement vers la porte.

— Au revoir, ma vieille, et merci pour tout. Ça va bien aller pour l'accouchement, j'en suis certaine. Je vais prier pour toi.

— Moi aussi, je vais penser à toi, Béatrice. Ton retour dans la vraie vie va se passer plus facilement que tu ne le crois, tu vas voir. Le destin nous réserve parfois des surprises. De belles surprises ! Et n'oublie pas de me donner des nouvelles. Et…

— Et quoi ?

Marguerite fronça les sourcils mais sentit quand même son regard s'embrouiller.

— Et... de grâce, ne fais plus de folies, ma petite Béatrice. Reviens plutôt me voir si... si jamais tu regardes trop intensément les crochets du plafond !

— Margot, c'est juré. Et puis, j'ai mon ange de porcelaine pour me protéger, maintenant. T'en fais pas. Ça n'arrivera plus.

L'adolescente hocha la tête et referma la porte derrière elle sans faire de bruit. Marguerite garda longtemps les yeux rivés sur cette porte close. Avait-elle rêvé ou Béatrice l'avait-elle appelée « Margot » ?

Elle ressentit soudain un vide immense.

31

— Allez, ma belle, on pousse, on pousse... On pousse encore ! Puis on respire. Respirez avec moi. On prend une grande inspiration, allez... C'est ça ! Puis on expire lentement. Marguerite ? Regardez-moi : len-te-ment...

Marguerite se sentait entièrement soumise aux consignes du médecin. Presque hypnotisée. Elle n'aurait pu souhaiter de meilleures conditions pour accoucher en ce petit dimanche matin frisquet. Par un extraordinaire concours de circonstances, le docteur Beaulieu se trouvait de garde en remplacement d'un confrère grippé, et sœur Sainte-Clothilde, la plus affable des religieuses, l'assistait.

La gêne de se montrer nue et d'ouvrir les jambes devant son ami médecin et la religieuse avait tout de même effleuré son esprit. Mais elle n'eut pas le temps d'y songer longtemps, le besoin de pousser se faisant de plus en plus impérieux. Advienne que pourra ! Après tout, dans sa profession, Rémi devait voir des sexes féminins à cœur de semaine. Et sœur Sainte-Clothilde tout autant. Elle fut néanmoins reconnaissante au médecin de s'être limité, jusque-là, à ne l'examiner que sommairement et uniquement sur le ventre.

Les contractions avaient commencé au cours de la nuit. Elle avait bien reconnu les crampes menstruelles, mais l'intensité lui avait semblé multipliée à outrance. Une impression d'humidité l'avait d'abord réveillée. Elle s'était levée d'un bond et avait allumé une bougie d'une main fébrile. Une seule et unique chose l'obsédait, à ce moment-là, et l'empêchait même de ressentir les douleurs de plus en plus fortes : la couleur du liquide qui lui coulait le long des jambes. Couleur de l'eau ou couleur du sang ? Elle avait poussé un soupir de soulagement devant la transparence du chaud fluide organique. Il ne s'agissait pas de sang, elle pouvait rester tranquille. Son accouchement ne risquait pas de prendre la tournure sinistre de celui qui avait entraîné sa mère dans la mort.

Les contractions n'avaient pas tardé à se rapprocher et à s'intensifier. La douleur était devenue intolérable. Elle s'était rappelé les conseils de Béatrice de ne pas tarder à réclamer de l'aide, et elle s'en était allée en vitesse chercher la sœur de garde endormie dans son fauteuil.

— Ça y est, ma sœur ! Mon bébé s'en vient, je pense. Et il va naître un jour bien spécial : le 29 février. Ah ! que j'ai mal au ventre !

La religieuse avait à peine ébauché un sourire et s'était empressée de conduire Marguerite à l'étage, dans la salle des naissances dont les armoires étaient remplies de piles de linges, de potions et de chaudrons déjà pleins d'eau à faire bouillir. Puis, en maintenant sa longue jupe d'une main, la sœur était partie à la course chercher le médecin.

— Allez, on pousse encore, Marguerite ! Je vois sa tête. Mais, ma foi, ce sera un petit blond ! Allez, ma grande… on pousse, on pousse encore !

La parturiente se mordait les lèvres pour se retenir de hurler. Non, elle n'allait pas se lamenter et crier comme les autres entendues depuis six mois. Elle voulait se montrer grande et forte mais Dieu, qu'elle souffrait ! Elle avait l'impression que le bas de son corps allait éclater. Deux religieuses lui soutenaient la tête et les bras, et le médecin exerçait des pressions sur son ventre dans un ultime effort pour extirper le bébé du passage étroit qu'il devait franchir.

— Ça s'en vient, Marguerite. Encore une ou deux poussées et il va enfin se montrer le visage, ce petit-là.

Le docteur Beaulieu plongea ses yeux dans ceux de la jeune femme, et elle s'y accrocha comme une désespérée. Des yeux bruns et profonds d'où émanait une grande bonté. Pendant une fraction de seconde, d'autres yeux, bleus ceux-là, s'y superposèrent, mais ils étaient fixes et indifférents. Elle baissa les paupières et poussa de toutes ses forces, autant pour chasser cette vision que pour appeler la délivrance, enfin.

Un cri retentit soudain et, pendant un court moment, tous se turent pour écouter. Un cri unique. Moment d'infini où ce premier cri de l'humain ne manque jamais de rejoindre le cœur de ceux qui l'entendent. Cri déchirant de l'homme annonçant son arrivée sur terre. Ce même cri répété des milliards de fois depuis des milliers d'années. Cri d'amour ? Cri de frayeur ? Cri d'étonnement ? Cri primal de l'enfant arraché malgré lui à sa mère et cruellement mis en contact avec l'air froid ? Cri de l'âme ? Cri de la vie ? Cri d'angoisse ou de solitude soudaine, peut-être... Chose certaine, le premier cri de l'homme ressemblait davantage à un hurlement de douleur qu'à une explosion de joie. Marguerite se demanda pour quelles raisons les êtres humains venaient au monde en pleurant autant.

— Vous avez un fils, Marguerite, et il est magnifique ! Un beau bébé en santé. Mes félicitations !

Ne pouvant supporter les pleurs de son bébé, elle tendit instinctivement les bras. La religieuse s'empressa de le nettoyer sommairement puis, enveloppé dans un lange blanc, elle le déposa avec précaution sur la poitrine de la jeune mère, privilège de celles qui avaient décidé de ne pas donner leur enfant à l'adoption. Pour les autres qui ne garderaient pas leur bébé, c'en était fini à partir de ce moment précis. Elles ne conserveraient, de leur enfant, que le souvenir inoubliable d'un cri.

Au contact du sein chaud de sa mère, le bébé cessa immédiatement ses pleurs. Fière de ce nouveau pouvoir, Marguerite se sentit soudain dans un cocon, seule avec lui. Plus rien d'autre n'existait, ni le médecin en train de faire sortir le placenta attaché au cordon, ni sœur Sainte-Clothilde faisant office d'infirmière et la nettoyant, pas même l'autre sœur en train de préparer le moïse du bébé. Rien ! Marguerite ne percevait rien d'autre que son fils. « J'ai un fils à moi, à moi toute seule. Je suis la femme la plus riche du monde. »

— Tu avais froid, n'est-ce pas, mon tout-petit? Tu n'auras plus jamais froid, je te le promets, mon amour. Mon doux amour…

Elle ne se rendit pas compte qu'elle avait prononcé ces paroles à voix haute. Avec tendresse, elle caressait la peau fine et légèrement fripée. Quand elle frôla la petite main potelée, celle-ci s'enroula autour de son doigt. Marguerite en subit un choc plus grand que tout ce qu'elle avait jamais éprouvé au cours de son existence.

— Mon trésor, je t'aimerai tellement que tu auras des réserves d'amour pour le reste de tes jours.

Cette fois, elle avait parlé intérieurement, mais ces mots retentirent en elle comme si elle les avait criés par-dessus les toits du monde entier. Des mots qui s'imprégneraient à jamais au fond de son âme.

Sœur Sainte-Clothilde annonça que le bébé serait baptisé l'après-midi même par l'aumônier, dans la chapelle de l'hôpital. Puis ce fut au tour du docteur Beaulieu de s'approcher de nouveau du lit de la patiente après s'être minutieusement lavé les mains.

— Je suis content, tout s'est bien passé, Marguerite. Et puis, vous avez un beau bébé. Je pense même qu'il vous ressemble un peu.

Le mensonge du médecin, prononcé sur un ton badin, fit sourire la jeune mère. Tentait-il d'éliminer toute présence d'Antoine dans les pensées de Marguerite ? Quelle délicatesse, tout de même ! Elle se mit à rire.

— Je regrette de vous contredire, mon cher docteur, mais vraiment, ces oreilles-là ne ressemblent guère aux miennes !

— En tout cas, vous avez parfaitement réussi votre fils.

Il s'apprêtait à partir quand elle lui fit signe de se pencher plus près au-dessus du lit. Elle se racla la gorge et prononça à voix basse la demande à laquelle elle songeait depuis des semaines et qu'elle n'avait pas osé formuler.

— Docteur, accepteriez-vous d'être le parrain de mon fils ?

— Mais bien sûr, avec plaisir ! Ce sera un honneur pour moi.

— J'ai aussi autre chose à vous demander. La marraine a quitté la Miséricorde dernièrement et elle habite actuellement chez sa grand-mère. Vous la connaissez, il s'agit de mon amie Béatrice. Elle a mis un bébé au monde ici, il y a quelques mois. Son adresse est dans le premier tiroir de la commode à côté de mon lit, au dortoir. Une religieuse pourrait aller la chercher et vous la remettre, puisque je n'ai pas le droit de me lever avant huit jours. J'apprécierais beaucoup qu'elle assiste au baptême, cet après-midi. Vous serait-il possible d'envoyer quelqu'un l'avertir, s'il vous plaît ?

— Comptez sur moi ! Nous y serons tous les deux, votre Béatrice et moi. Et si vous le permettez, je vais également amener Éva. Elle sera ravie. Et peut-être vais-je demander à ma mère de se joindre à nous. Qu'en pensez-vous ? J'en profiterais pour faire visiter l'hôpital aux deux femmes de ma vie, ce fameux endroit où travaille leur cher petit Rémi.

— « Cher petit Rémi », vous êtes un amour !

Finalement, son enfant partait dans la vie déjà superbement entouré.

32

— Joseph-Antoine-Emmanuel, je te baptise au nom du Père, et du Fils, et du Saint-Esprit. Amen.

Le bébé n'apprécia pas l'eau bénite que le prêtre lui versa à profusion sur la tête et il se mit à crier à fendre l'âme pendant que le docteur Beaulieu renonçait solennellement, en son nom, à Satan et à ses pompes. On refusa cependant à Béatrice le droit de signer le registre des naissances en raison de son trop jeune âge.

Retenue au lit selon l'ordonnance médicale d'usage, Marguerite ne put assister à la cérémonie. Une heure plus tard, au moment de la tétée, la religieuse lui apporta un bébé affamé hurlant furieusement.

— Eh bien ! Notre petit ange possède tout un caractère ! Je vous dis qu'il a les poumons en santé, cet enfant-là ! Il a braillé comme ça durant tout le temps de son baptême. À croire qu'il avait son mot à dire dans cette affaire !

— Peut-être chantait-il un cantique à sa manière, ma sœur !

Marguerite éclata de rire. Il y avait si longtemps qu'elle n'avait pas ri. Elle se sentait épuisée, mais heureuse. Plus heureuse qu'elle ne l'aurait espéré. Délivrée de sa peur d'accoucher, délivrée aussi du poids qui alourdissait de plus en plus son corps fatigué. Et elle tenait maintenant dans ses bras le plus inestimable trésor du monde. Elle venait de tomber amoureuse.

Son fils… Marguerite Laurin avait un fils ! Elle n'arrivait pas à le croire. Et si cet enfant-là était le résultat des prouesses physiques de l'oblat de Marie-Immaculée, le révérend père Antoine Lacroix, il était surtout et avant tout son fils à elle. Bien à elle. C'est elle qui l'avait fabriqué jour après jour à même sa propre substance, il lui appartenait à elle, à elle seule, et elle saurait l'aimer pour deux, elle n'en doutait pas un instant. Et le diable pouvait emporter l'oblat, elle s'en contrefichait maintenant.

La religieuse l'aida à tenir le bébé de manière que sa bouche minuscule et avide saisisse facilement le mamelon. Le petit se calma enfin, et Marguerite sentit brusquement une puissante succion dans son sein gauche.

— Ouille ! C'est qu'il tire fort, le coquin ! Comme s'il n'avait fait que ça toute sa vie ! Un vrai expert !

Elle se pencha tendrement au-dessus de l'enfant. Comme elle le trouvait beau ! À la fois si fragile et si plein de promesses. Ces doigts minuscules, ces petits pieds si mignons qui deviendraient des mains et des pieds d'homme… De son père, Emmanuel n'avait pas hérité que des oreilles. Ce nez droit et ce front haut, cette bouche en forme de cœur… Qu'importe ! D'elle, il posséderait la vivacité d'esprit, la curiosité et une farouche détermination dans tout ce qu'il entreprendrait. « Bois mon lait, mon fils. Prends de moi le meilleur. Je suis la source de tout ce que tu deviendras. Et je ferai de toi le plus merveilleux des hommes. »

La religieuse allait s'éloigner mais se ravisa.

— Oh ! j'oubliais, mademoiselle. Le docteur Beaulieu m'a prié de vous remettre cette enveloppe. Et il y en a une autre de la part de Béatrice. Je les dépose sur la table, vous pourrez en prendre connaissance une fois la tétée terminée.

« Ah ? du courrier ? Croirais-tu ça, mon fils, nous recevons du courrier dès le premier jour de ton existence… » Dès le départ du bébé pour la pouponnière, Marguerite, intriguée, saisit la première enveloppe, blanche et rectangulaire, et reconnut aussitôt l'écriture toujours aussi mal formée du médecin. Laborieusement, elle entreprit de déchiffrer les mots un à un. Des mots qui ne mirent pas longtemps à danser devant ses yeux. Elle avait beau les relire, elle n'arrivait pas à croire au message qu'ils portaient. Cher, cher docteur Beaulieu… À travers ses larmes, elle dévora ces phrases comme une affamée.

Ma chère Marguerite,

Pour être franc, je n'ai pas eu beaucoup de temps pour réfléchir à un cadeau de baptême pour mon filleul et sa mère, à peine quelques heures après votre amicale demande de servir de parrain à votre fils.

Mais l'idée d'un cadeau d'amitié avait fait son chemin depuis plusieurs semaines dans mon esprit, je l'avoue. Vous avez peut-être trouvé curieux de me voir amener ma mère à l'hôpital pour le baptême d'Emmanuel. À vrai dire, j'avais déjà derrière la tête le projet de lui faire visiter l'endroit où vous avez séjourné ces sept derniers mois et où votre fils est né.

Malheureusement, elle n'a pu vous rencontrer, cet après-midi, la religieuse ne nous a pas permis de monter au dortoir après le baptême. Que voulez-vous, les visiteurs n'ont pas le droit de se rendre là-haut, surtout pas les docteurs en congé accompagnés de leur femme et de leur mère ! Mais dès qu'il vous sera possible de vous lever, nous ménagerons une rencontre dans le parloir. Vous allez adorer ma mère.

Il y a de cela quelque temps déjà, je lui ai parlé de vous dans un but bien précis et je me suis permis de lui raconter les circonstances qui vous ont amenée dans cet hôpital. Elle connaît donc votre vécu et votre dénuement aussi, dans ce grand Montréal que vous aurez à affronter très bientôt. Elle sait que vous ne connaissez pas d'endroit où aller.

Eh bien ! ma mère, sans même vous avoir rencontrée et se fiant à mes renseignements à votre sujet, accepte de vous prendre chez elle avec votre petit, quand vous sortirez de l'hôpital. Vous n'aurez rien à débourser, je me chargerai moi-même de défrayer votre pension, le temps de réorganiser votre vie comme bon vous semblera.

Voilà donc le cadeau de baptême que j'offre à mon filleul et à sa mère : un gîte chaud et confortable chez ma maman pour au moins quelques mois. Veuve depuis des années, ma mère vit seule dans sa grande maison depuis que nous, ses enfants, avons quitté le nid familial. Votre présence et celle d'un bébé chasseront momentanément son ennui. Elle appréciera grandement votre compagnie, j'en suis convaincu. Elle se dit tout excitée par ce beau projet et meurt d'envie de vous connaître.

En attendant, ma chère Marguerite, je vous félicite encore. Votre courage et votre grand cœur m'impressionnent. Vous m'avez fait infiniment plaisir en m'attribuant le rôle de parrain de votre fils et je m'en montrerai digne, soyez-en certaine. Avec votre permission, je ne cesserai de veiller sur lui.

En toute amitié et respect,

Rémi Beaulieu

Marguerite n'arrivait pas à y croire. Elle n'avait plus à s'inquiéter de l'endroit où elle et son fils dormiraient dans une douzaine de jours, dès qu'elle serait sur pied. Le docteur Beaulieu et sa mère réalisaient-ils la portée de leur généreux cadeau ? Plus d'inquiétude, plus de nuits blanches pour Marguerite Laurin. Seulement se remettre tranquillement de ses couches et se laisser vivre un certain temps sans se tracasser, enfin ! enfin ! Oublier le reste de l'existence et s'occuper uniquement de son bébé et… d'elle-même !

Elle disposerait donc de tout son temps pour décider quelle orientation elle donnerait à sa vie : soit rentrer à Lowell avec le petit sous la bannière de fille-mère, soit demeurer au Canada, incognito, avec l'étiquette de veuve ayant perdu son « pôvre mari » aux États. Au fond, ce mensonge pesait très peu dans ce dernier attribut de veuve : n'avait-elle pas perdu le père de son enfant justement quelque part aux États-Unis, peut-être même au Québec ? À l'exception près qu'il ne s'agissait pas d'un « pôvre mari » mais d'un « infâme amant » qui l'avait laissée tomber. Après tout, rien ne l'obligerait à donner de telles précisions à qui que ce soit !

À bien y songer, les titres de veuve et de mère lui allaient comme un gant. Et l'idée de rester au Canada en permanence ne lui déplaisait pas non plus. Son pays… Ne souhaitait-elle pas y revenir depuis ce fameux septembre 1880, quand elle avait quitté le Saguenay avec son père ? Pourquoi ne pas réaliser ce beau rêve ? Ses sœurs n'avaient plus besoin d'elle, après tout. Bof… elle verrait en temps et lieu. Pour le moment, elle préférait dormir et se remettre de ses émotions.

Elle se retourna sur sa couche et allait s'endormir quand elle aperçut l'autre enveloppe, la brune, qui provenait de Béatrice. Ah ! cette chère Béatrice, comme elle s'était attachée à elle ! Et comme elle lui faisait pitié, cette adolescente encore si proche de l'enfance. Maintenant, elle comprenait mieux sa détresse folle de l'autre jour, après avoir reconnu sa fille dans le bébé sans nom qu'on lui demandait d'allaiter. Comme elle, Béatrice avait dû ressentir un amour instinctif et exalté pour cette petite que la vie lui arrachait cruellement. Comment aurait-elle pu s'en occuper ? Elle aussi se trouvait à la rue, sans gîte et sans argent. Sans métier. Et sa grand-mère n'avait pas l'air de ressembler à la grand-mère des enfants du docteur Beaulieu ! Combien de temps durerait son séjour chez elle avant que ne survienne la dispute fatale qui la flanquerait à la porte ? Marguerite appréhendait de la voir mal tourner. Elle se promit de ne pas l'abandonner et de lui apporter son soutien. Mais elle se demandait bien de quelle manière.

Elle ouvrit la grande enveloppe et y trouva deux feuillets. Sur le premier, un dessin habilement tracé au fusain représentait le fameux ange de porcelaine. Mais l'ange serrait un poupon dans ses bras. Sur le second, un court poème occupait le centre d'une page blanche.

Pour Émanuel

Pour les enfant perdus
Ceux don ton ne veux plus,
Pour les abandoné,
Les délaissé,
Les mal-s-aimé,
Les oblié,
Moi, je vas t'aîmer,
Petit Émanuel
Envoyer du cièle,
Mon ange au courte zailes.

Ta mâraine Beatrice

33

— Coucou, ma femme ! As-tu vu ce qu'a écrit Prosper Bender dans le *Magazine of American History* ? Enfin un vrai plaidoyer en notre faveur ! Écoute bien ça : « *Nombreux sont ceux qui doivent à leur énergie, à leur intelligence et à leur probité de s'élever à des emplois de confiance qui leur apportent richesses et honneur*[1]. »

« Je ne sais pas si notre ami Hugo est au courant de cet article. Il va sûrement sauter de joie… Anne ?

Pierre avait pénétré dans la cuisine au milieu de la soirée, la revue dans une main et sa valise dans l'autre. De retour du Connecticut après deux jours d'absence, il avait bien vu sa femme en train d'allaiter la petite Élisabeth dans la berceuse de la cuisine, à la lueur de la lampe. Mais, obnubilé par l'article qu'il avait lu dans le train, il avait mis un certain temps avant de remarquer la tête basse et l'accueil silencieux de sa femme.

— Anne ? Que se passe-t-il ? Tu as les yeux tout rouges…

Le fait de voir sa femme et son enfant indemnes, là devant lui, le rassura tout de même

1. Cité par François Weil, *Les Franco-Américains. Crises et Croissances*, éd. Belin, 1989, p. 125.

un peu. Anne haussa les épaules et tourna la tête vers la fenêtre sans dire un mot.

— Réponds-moi, mon amour. Est-il arrivé un malheur à quelqu'un ? L'une de tes sœurs, peut-être ? Camille ? Ou Marguerite ? Ne me dis pas que tu as reçu une lettre de Marguerite t'annonçant qu'elle a perdu son bébé ! Ou bien qu'elle va débarquer ici en catastrophe avec son chérubin parce qu'elle se retrouve à la rue... Ou alors, il s'agit de ton père ? Trouvé malade, mourant dans sa cellule, incapable de supporter davantage l'isolement. Cher beau-père ! Anne, je t'en prie, réponds-moi. Ne me laisse pas tâtonner comme ça. Tu m'inquiètes !

— Chut, Pierre, ne parle pas si fort ! Camille dort en haut, dans notre chambre.

— Camille ? Ta sœur dort ici ? Elle est malade ?

— Écœurée, plutôt.

— Bon, si tu ne veux rien me dire, ça te regarde. Ne compte plus sur moi pour te poser davantage de questions.

Le silence, dans la cuisine, devint quasi insupportable. Pierre suspendit sa crémone et son bonnet de poil à l'un des crochets près de la porte de la cuisine et dénoua lentement les lacets de ses bottes de cuir avant d'aller déposer un baiser furtif sur la joue de sa femme et la tête duveteuse de son bébé. Il s'en allait porter sa valise à l'étage quand Anne éclata.

— Dis-moi que tu m'aimes, Pierre, dis-moi que tu m'aimes...

— Pour l'amour du ciel, veux-tu me dire ce qui se passe ?

— C'est Rose-Marie. Oh ! pauvre, pauvre Rose-Marie !

— Elle est malade ou quoi ? Ou alors, l'un des enfants a eu un accident ? Ah ! ne me dis pas qu'il est arrivé un malheur à Paul au cours d'un voyage d'affaires !

Anne bondit de sa chaise et posa le bébé presque brutalement sur la table.

— Parlons-en des voyages d'affaires de Paul Boismenu ! C'est lui, c'est ce maudit Paul qui a fait encore des siennes ! Figure-toi donc que le cher monsieur entretient une maîtresse. Une maîtresse, le réalises-tu ? Un époux et père de trois enfants, si ç'a du bon sens ! Il faut le faire, quand même, hein ? Quel front ! Quelle bassesse ! Tu en savais quelque chose, toi ?

— Moi ? Euh…

La jeune mère ne tenait plus en place devant l'air coupable de son mari qui se gardait bien d'ouvrir la bouche.

— Ne me dis pas, Pierre Forêt, que tu étais au courant et que tu n'as rien dit ! Ah ça, je ne le prends pas !

— Ça ne nous regarde pas, Anne. Ni toi ni moi. Je n'ai pas à juger ni à rapporter sur la place publique les bons ou les mauvais comportements des autres. Paul et Rose-Marie me paraissent assez matures pour régler leurs problèmes eux-mêmes, tu ne penses pas ?

— La place publique, la place publique... Je ne suis pas la place publique, moi ! Ah ! les hommes ! Tous des courailleux ! Dire que Rose-Marie reste sagement à la maison pour élever leurs enfants en attendant le retour des interminables tournées de son dépravé de mari. Une maîtresse... je n'en reviens pas ! Et ça, c'est sans compter les filles qu'il a dû débaucher depuis qu'il a l'âge de forniquer, l'écœurant !

— Exagère pas, tout de même !

— Ah, j'exagère ? T'ai-je déjà raconté que ce cher Paul, déjà marié à Rose-Marie, a tenté de m'embrasser, les premiers temps où je travaillais à La Par-botte ?

— Ah oui ? Tu ne m'as jamais dit ça !

— À l'époque, j'ai pris ça pour un accident de parcours. Et puis je ne voulais pas détruire la réputation du mari de Rose-Marie, ma grande amie. Mais je te jure que, cette fois-là, le cher monsieur n'est pas tombé sur la bonne personne ! Je connaissais les règles du jeu, mon cousin Armand s'était chargé de me les enseigner bien avant Paul Boismenu. Un bonne baffe bien appliquée et le beau coq s'est excusé, crois-moi ! Et il n'a jamais récidivé. Le scélérat ne voulait pas, je suppose, perdre la bonne vendeuse qui faisait marcher son commerce. Mais tenter d'abuser de Camille, par contre... Elle si naïve, si innocente. Ça, non ! Faut-il être corrompu ! Je n'en reviens pas encore. Pauvre Camille, mais aussi pauvre Rose-Marie...

— Ne me dis pas qu'il s'est essayé sur Camille !

— Oui, mon cher! La nuit dernière, il est rentré chez lui complètement soûl et il s'est affalé directement dans le lit de Camille qui dormait. Il a alors commencé à... à... Mais ma sœur a fait le saut et a commencé à crier, tu comprends bien. Et ç'a réveillé toute la maisonnée. La malheureuse Rose-Marie a alors découvert le drame. Paul lui a alors avoué sa vie de débauché tout d'un trait, devant ma sœur et les enfants.

— Ouais... pas brillant, ça !

— Tu vois la scène d'ici : Camille braillant toutes les larmes de son corps, Paul tenant à peine sur ses jambes et marmonnant ses bêtises sur un ton à peine coupable, et la mère complètement effondrée, entourée de ses petits qui pleuraient sans trop savoir pourquoi. Il a tout confessé en détail. Les partys à New York et à Boston, la putain, toujours la même, qu'il traîne avec lui là-bas, en plus des autres filles avec lesquelles monsieur s'amuse de temps en temps. Eh oui, il a bien dit « s'amuse », selon Camille qui m'a tout rapporté. Le fait d'utiliser ses deux noms, Boismenu et Smallwood, selon les circonstances, doit le servir royalement, le salaud !

Les deux coudes sur la table de la cuisine, Pierre ne desserrait plus les dents. Anne s'arrêta soudain. Et si son mari aussi? Ne partait-il pas souvent en dehors de Lowell pour couvrir les événements de l'actualité ou rechercher des sujets intéressants pour ses articles de journal ? Ou pour aller rencontrer la direction du *National* à Plattsburg ? Qui sait si... Ah ! non, de grâce, pas ça, mon Dieu !

— Et toi, Pierre, et toi ? Me restes-tu fidèle quand tu pars ? Tu n'as pas répondu tantôt quand je t'ai demandé si tu m'aimais...

— Anne, je te le jure sur la tête de notre petite fille : jamais, au grand jamais, l'idée ne m'a seulement effleuré l'esprit de te tromper avec une autre femme. Toi et Élisabeth occupez toutes mes pensées, n'en doute pas un instant. Vous êtes mes deux amours et le resterez toujours. Mes seules amours ! Ce n'est pas parce que Paul...

— Pardonne-moi mes doutes, mon chéri. Tu sais, les hommes ont tout fait pour m'inspirer la méfiance depuis mon jeune âge. Il y a d'abord eu les comportements irresponsables de mon père dont nous avons toutes les trois tellement souffert, mes sœurs et moi. Tout de même rien de sexuel, rassure-toi ! Puis est survenu ce fumier d'Armand qui a abusé impunément de moi, la petite cousine candide et vulnérable. Et quand, au cours de cette année, j'ai vu ma sœur enceinte refuser la demande en mariage d'Hugo, le père de son enfant, j'en ai conclu que, derrière ce mystérieux refus se dissimulait sans doute un problème de relation homme-femme. Que lui reprochait-elle donc ? Abus ? Grossièretés ? Obscénités ? Domination ? Exploitation ? Va donc savoir ce qui se passait dans la couchette de ces deux-là ! Et voilà maintenant que Paul admet ses infidélités après avoir agressé ma jeune sœur ! Comment alors aborder les hommes avec confiance ?

— L'idylle entre Marguerite et Hugo Dubuque ne nous concerne pas, Anne, et nous n'avons pas à nous interroger sur les raisons profondes de leur séparation. Quant à nous deux, je ne suffis donc pas, avec tout mon amour, à te prouver qu'il existe des hommes aimants et fidèles, des hommes transparents ? *Clean*, comme disent les Américains. Et qu'auprès d'eux, un bonheur tout simple devient possible ? N'est-ce pas pour cette raison qu'on s'est mariés, toi et moi ? Allons, nous n'avons pas le droit de gaspiller notre joie de vivre à cause des folies des autres.

— Mais quand « ces autres » sont nos proches amis et que ma sœur en subit les conséquences…

Anne jeta un regard tendre à son mari. Elle adorait cet homme, et le perdre signifierait pour elle la fin du monde. Certes, il n'était pas le plus bel homme de la terre avec ses cheveux toujours en bataille, sa paire de lunettes épaisses, son long nez et sa barbe rare. Une vraie tête d'intellectuel ! Mais quelle personnalité ! Et quelle intelligence ! Elle admirait sa façon rationnelle de voir les choses. Pierre Forêt trouvait toujours une solution à tous les problèmes. Que dire de sa culture ! Cet homme-là connaissait tout, avait une opinion sur tout et écrivait merveilleusement bien. Et il faisait vivre sa famille honnêtement, décemment. En dépit de son physique plutôt chétif, il dégageait une force morale prodigieuse et une grande sagesse. Auprès de lui, après toutes ces années d'errance avec son père et ses sœurs, Anne se sentait enfin sereine et en sécurité. Elle regretta d'avoir douté de lui, ne serait-ce que momentanément.

— Tu es le plus merveilleux des maris, Pierre chéri, et l'idée d'être trompée par toi n'aurait jamais dû m'effleurer l'esprit. Excuse-moi, j'ai perdu la tête. Tu as toute ma confiance.

Comme si elle voulait participer au discours de ses parents, Élisabeth se mit à geindre. Sans doute voulait-elle rappeler à sa maman que la tétée n'était pas tout à fait terminée. Pierre prit sa fille et l'embrassa doucement avant de la remettre à sa mère comme s'il lui présentait le centre de l'univers, un trésor qui, depuis déjà plusieurs semaines, était devenu la raison de vivre de leur couple. Pour le moment, la tête du bébé tenait dans une seule de ses grandes mains, mais au rythme où elle progressait, Élisabeth ne mettrait pas de temps à grandir et à prendre plus de place. Déjà, en petite curieuse, elle tournait la tête à gauche et à droite à la recherche de tout ce qui bougeait. Et elle ne se faisait plus prier maintenant pour distribuer les sourires édentés les plus mignons du monde.

— Toi, ma cocotte, compte sur ton papa pour t'apprendre tout sur l'existence des bons maris et des bons pères. Des hommes respectueux et respectables… Et pour te mettre en garde contre les autres !

Il vint ensuite entourer sa femme de son bras. À se voir ainsi, tous les trois serrés les uns contre les autres, Anne éprouva un étrange sentiment de puissance. Sa famille formait un noyau solide et inattaquable. Une forteresse. Elle soupira en songeant à la pauvre Rose-Marie.

— Vous ne dormez pas ?

Ni Anne ni Pierre n'avaient entendu Camille, pieds nus et vêtue de sa robe de nuit, descendre lentement l'escalier.

— Viens, Camille, viens te joindre à nous. À partir de maintenant, tu feras partie de notre petite famille. Il faut oublier la nuit dernière et la journée terrible que tu viens de passer. Tout s'est bien terminé, au fond. Te voilà ici, saine et sauve, et bien au chaud. J'ai tout raconté à Pierre. Il va parler à Paul à la première occasion. Et si tu veux bien, demain, on va aller chercher tes affaires chez les Boismenu. Tu vas dorénavant habiter ici avec nous.

— Mais… Rose-Marie ?

— Il lui reste le pardon, ma belle Camille. Elle n'a pas vraiment le choix. Tendre l'autre joue peut encore sauver sa famille. Un jour, tu vas devoir comprendre la force et la grandeur du pardon… Mais, pour éviter de tenter le diable, il serait vraiment plus sage d'embaucher une dame d'un certain âge comme bonne d'enfants. Qu'en penses-tu ?

Personne ne remarqua le rayon de lune qui, à travers les carreaux, jouait sur les visages et rendait plus lumineuse la lueur d'espoir qui les enflammait de nouveau. Quatre visages purs, ouverts, prêts à regarder vers le haut, encore et encore, à la recherche d'un bonheur auquel chacun avait droit.

34

Une odeur trop insistante de parfum à la rose, quelques bouts de dentelle, un chignon blanc comme neige retenu par des peignes d'ivoire et une main fripée aux ongles bien soignés auraient suffi pour distinguer madame Géraldine Beaulieu. Une grande dame. Raffinée, cultivée, et d'une gentillesse exquise. La digne mère de son digne fils Rémi. Et de tous ses autres enfants, Marguerite n'allait pas tarder à le réaliser lors de la réunion de famille du dimanche suivant son arrivée.

En effet, aucun des frères et sœurs du docteur Beaulieu ne l'avait dévisagée comme la « malheureuse fille-mère » hébergée charitablement par leur mère. Rémi l'avait présentée comme une de ses amies, et on l'avait considérée comme telle. À croire que le père de l'enfant n'avait jamais existé. On s'était pâmé sur la beauté du bébé, on s'était informé de sa santé, on l'avait surtout abondamment questionnée sur la communauté francophone de la Nouvelle-Angleterre.

La vie là-bas lui paraissait-elle réellement plus agréable et facile qu'ici? Et dans les usines, comment ça se passait...? Pourquoi de plus en plus de gens ne revenaient plus dans leur patrie? On s'attristait du fait que de nombreuses familles québécoises se dispersaient ailleurs alors que les régions d'ici manquaient dramatiquement de colons. Afin de ne pas être opprimés sous la bannière britannique, il nous incombait à tous de nous tenir debout pour défendre nos droits et contrer l'influence dominatrice des Anglais. Pas de nous sauver! Pour plusieurs, l'exode des Canadiens français ressemblait à une fuite indigne. L'un, scandalisé, raconta avoir reçu la visite de neveux émigrés qui ne comprenaient plus le français. Un autre affirma avec désolation avoir perdu tous ses amis, passés de l'autre côté de la frontière à la recherche d'on ne sait quoi de mieux.

Marguerite répondait poliment et au meilleur de sa connaissance. Comment traiter de l'industrialisation sans aborder les conditions de travail dans les manufactures de textile et les autres ? Sans évoquer les accidents dont elle avait été le témoin involontaire et sans parler des crises d'asthme de sa sœur ? Comment souligner le dévouement du clergé francophone sans mentionner les problèmes majeurs auxquels ils avaient à faire face, non seulement le manque d'argent, mais surtout leurs conflits avec les Irlandais catholiques, ces immigrés tout aussi étrangers qu'eux et qui les avaient précédés aux États-Unis et mettaient sans cesse des bâtons dans les roues à l'établissement d'institutions assurant la survivance des francophones ? Comment ne pas évoquer les termes d'« oiseaux de passage » et de « Chinois de l'Est » dont les Yankees affublaient les Canadiens ? Comment se retenir de prononcer le nom d'Antoine Lacroix et même celui, en discutant politique, d'Hugo Dubuque, avocat et journaliste assez connu parmi certaines élites québécoises ? Comment répondre à toutes ces questions en préservant, par-dessus tout, sa vie privée à elle, Marguerite Laurin, au milieu de cette galère où son père l'avait entraînée, nourri de l'impérieux désir de connaître autre chose que la misère ?

Même si Rémi connaissait tout de son histoire intime, elle faisait confiance à sa discrétion. Elle appréciait aussi, chez madame Géraldine, sa retenue à ne pas l'interroger sur son passé.

Marguerite ignorait si c'était par indulgence ou par manque d'intérêt, mais peu lui importait. La relation de la jeune femme et de sa logeuse s'était établie d'emblée à l'enseigne du respect mutuel.

Dans la grande maison située dans la côte de la rue Visitation, madame Beaulieu occupait tout le rez-de-chaussée. Marguerite avait installé ses pénates à l'étage dont les trois chambres étaient inoccupées depuis plusieurs années. La dame lui avait laissé le choix et la jeune mère avait opté pour celle dont la fenêtre donnait sur la rue. Pendant trop longtemps, à la Miséricorde, elle avait souffert de claustrophobie, enfermée malgré elle dans le dortoir placardé. Maintenant, elle dormait sans même tirer les rideaux, préférant assister au lever du soleil, toujours spectaculaire au-dessus des cheminées fumantes, tout en allaitant son cher Emmanuel qui prenait de plus en plus de poids et de vigueur.

Le petit coquin semblait posséder une horloge biologique immuable au creux de l'estomac, et il ne se gênait pas pour sonner rigoureusement l'alarme à toutes les trois heures, faisant fi du jour ou de la nuit. Les premiers temps, Marguerite accourait en toute hâte pour brancher le petit à son sein de crainte de déranger la vieille dame malgré l'étage qui les séparait. Mais cette dernière, un peu sourde, ne semblait pas s'en formaliser.

Aux heures de repas, la jeune mère descendait l'escalier en pressant son bébé contre elle et, après s'être assurée qu'il dormait profondément, emmailloté et couché dans un coin du divan, elle allait s'asseoir bien droite sur sa chaise en face d'une Géraldine qui mangeait en silence, du bout des lèvres. Affamée, Marguerite n'osait se servir une deuxième assiettée, jusqu'au jour où la faim fit valoir ses impératifs.

— Que diriez-vous, madame Géraldine, si je m'occupais du souper, ce soir? Aimez-vous le chou braisé et la saucisse? C'est très populaire aux États-Unis. Je pourrais aller en chercher quelques morceaux chez le boucher, rue Rachel, pendant qu'Emmanuel dort.

Cette initiative cassa la glace. Les deux femmes se mirent à cuisiner ensemble en bavardant et même en riant. Géraldine appréciait la fraîcheur et l'esprit d'initiative de sa locataire. Elle lui parlait longuement de son fils Rémi qu'elle avait failli perdre lors d'une épidémie de variole lorsqu'il était enfant.

— Le ciel a bien voulu me le laisser, et ce garçon-là fait ma fierté. Quand je pense qu'aujourd'hui, il sauve des vies. Rémi me fait tellement penser à son père parti trop vite. Même générosité sans limite, même cœur trop grand. Un homme qui ne savait pas dire non, qui ne cessait de penser aux autres.

— Sans votre fils, madame, je ne sais pas où j'en serais aujourd'hui. Je lui dois quasiment la vie. Pendant tout ce temps passé à la Miséricorde, il m'a écoutée avec patience, il m'a soutenue, il m'a aidée à garder contact avec les miens. Si les sœurs savaient toutes les lettres qu'il a mises à la poste pour moi ! Son amitié, et celle d'Éva, bien sûr, s'est avérée une véritable bouée de sauvetage pour moi. Je leur serai éternellement reconnaissante. Et maintenant…

Marguerite se leva spontanément et vint entourer de ses bras la vieille dame qu'elle sentit se raidir, sans doute peu habituée à de telles manifestations d'affection.

— Et maintenant, je vous ai ! Vous me prodiguez tant de bontés, madame, que je ne sais comment vous remercier.

— Vous vous sentez bien, mon enfant ? Voilà tout ce qui compte pour le moment.

— Il reste que l'avenir m'inquiète beaucoup, vous savez.

— Oubliez tout ça et prenez soin de votre petit. L'avenir, on en reparlera plus tard. J'ai ma petite idée là-dessus.

Marguerite retint son souffle. Madame Beaulieu avait une petite idée là-dessus ? Sur son avenir à elle ? Comment cela ? Voyait-elle un moyen pour sortir de l'impasse dans laquelle elle se trouvait ? Le docteur Beaulieu lui avait bien recommandé de ne pas prendre de décision précipitée, mais elle ne voulait tout de même pas abuser de l'hospitalité de cette vieille dame. À partir de la semaine prochaine, elle devrait commencer à se chercher du travail et un autre endroit où habiter. Et quoi encore? Que faire d'Emmanuel? Elle se tourna vers sa logeuse avec un air interrogateur, n'osant demander de précisions.

Madame Beaulieu saisit-elle la détresse de sa pensionnaire? Elle s'empressa de formuler son projet sur un ton qu'elle voulait rassurant.

— Ne vous tourmentez donc pas, Marguerite, nous allons sûrement trouver une solution à long terme. Voilà mon idée : la plus jeune sœur de mon mari a épousé un riche homme d'affaires anglais, George Greenberg. Ils habitent ici à Montréal et ils ont cinq enfants qui vont tous à l'école anglaise. L'autre jour, j'entendais ma belle-sœur se plaindre parce que ses petits, s'ils comprennent bien le français, car elle s'adresse à eux dans cette langue à la maison, ne savent ni lire ni écrire en français. J'ai aussitôt pensé à vous, institutrice et parfaite bilingue. Je me demandais si des cours privés de grammaire ne feraient pas le bonheur de cette famille.

— Ah! il s'agit d'une bonne idée, madame Beaulieu, mais je doute qu'elle puisse se réaliser. Que ferais-je de mon bébé? Je n'aime pas voir les choses de cette manière, mais cet enfant constitue dorénavant un boulet dans mon existence, il me faut bien l'admettre.

— Laissez-moi d'abord tâter le terrain et… faites-moi confiance ! Mais avant de vous présenter à ma belle-sœur, il faudrait bien vous trouver quelques vêtements. Je ne peux plus voir cette tunique que les sœurs vous ont laissée, je la trouve affreuse et fort défraîchie. Que diriez-vous si nous allions visiter ma couturière demain matin ? Je demanderais à Éva de nous prêter son landau et nous pourrions nous y rendre avec le petit.

— J'aimerais bien, madame, mais je ne peux accepter, car je ne possède pas un sou.

— Teut ! Teut ! Je m'en charge. Mon fils m'a recommandé de vous gâter, alors je vais le faire !

Quelques jours plus tard, Marguerite, vêtue d'une jolie robe en lainage moelleux, prenait possession d'une large chambre au grenier de la somptueuse maison de douze pièces de la famille Greenberg, rue McGill. Dans un recoin, une bassinette avait été aménagée pour Emmanuel. Elle n'en croyait pas ses yeux de la chance qui se présentait à elle.

Logée et nourrie, avec son bébé ! On avait même offert de verser une modeste rémunération « à la malheureuse veuve ayant perdu son mari aux États-Unis ». Premier mensonge que Marguerite avait difficilement proféré sur les conseils de madame Beaulieu. C'était le prix à payer pour se créer une place digne et respectable dans la bonne société montréalaise. En échange, elle devait d'abord aider les enfants de la famille à rédiger leurs devoirs et apprendre leurs leçons en anglais chaque jour après l'école. Ensuite, elle avait à compléter cet enseignement par quatre ou cinq séances de travaux en français par semaine afin de leur inculquer les règles de la syntaxe et les amener à maîtriser les difficultés de la langue. Le but était d'inciter ces jeunes à lire des livres écrits en français. Pour cela, on lui avait confié, à son étonnement, un budget dépassant largement la mesure.

Les enfants avaient d'abord accueilli l'étrangère avec curiosité, mais ils n'avaient pas mis longtemps à l'adopter. L'aînée de treize ans, Norma, avait immédiatement apprivoisé le petit Emmanuel et s'occupait spontanément de lui quand Marguerite faisait la lecture aux plus jeunes. Les parents, quant à eux, très occupés par leurs affaires et leurs activités sociales, s'intéressaient peu à Marguerite. Le fait qu'elle vive au grenier préservait l'intimité de la famille et, au fond, elle ne demandait pas mieux.

Assise au pied de son lit, les yeux fixés distraitement sur le grand érable qui montait la garde devant la fenêtre de sa chambre, elle songea un instant à Antoine Lacroix. Si l'oblat l'avait cruellement abandonnée, Dieu, lui, semblait l'avoir enfin prise sous sa garde. Il avait d'abord mis Rémi Beaulieu sur son chemin, puis Géraldine et, finalement, cette famille à laquelle elle était en train de s'attacher. Trois semaines seulement qu'elle habitait chez eux, et tout se déroulait à merveille, au-delà de ses espérances les plus folles.

Elle ne put s'empêcher de songer à Béatrice. La pauvre ne connaissait pas la même chance et semblait ne pas en mener très large. Chaque fois que ses pensées se tournaient vers elle, Marguerite se demandait de quelle manière elle pourrait l'aider. Après le baptême d'Emmanuel, l'adolescente s'était présentée à la Miséricorde pour offrir au bébé des chaussons tricotés durant ses heures creuses. Elle habitait chez sa grand-mère à ce moment-là, et sa relation ne semblait pas au mieux avec l'aïeule.

Puis Marguerite ne la revit guère sauf la semaine précédente où elle l'avait aperçue avec horreur déambuler sur un trottoir de la rue Saint-Laurent au bras d'un homme louche. Avait-elle renoué avec son ancien amant, homme marié et père de famille, ou se dirigeait-elle vers le quartier mal famé de Montréal où œuvraient les prostituées? Cette vision avait confirmé à Marguerite la pire de ses craintes. Elle avait bien tenté de la suivre, mais l'homme avait entraîné la jeune fille dans une ruelle où ils avaient disparu en se tenant par le cou.

Marguerite s'était alors présentée chez la grand-mère pour en savoir plus long. La vieille femme, elle-même d'allure dévergondée, avait haussé indifféremment les épaules en disant qu'elle avait perdu Béatrice de vue. « Cette guidoune... » En vain, Marguerite avait laissé une adresse où la rejoindre.

À la vérité, bien peu d'alternatives se présentaient à la jeune fille. En dépit des conseils insistants de Marguerite pour chercher du travail dans une manufacture afin de subvenir à ses besoins et cultiver son autonomie, il semblait que Béatrice n'ait rien trouvé de mieux que de se prostituer pour gagner son pain. Scénario qui la ramènerait inévitablement, un jour ou l'autre, à endosser de nouveau l'uniforme des pénitentes à la Miséricorde.

Marguerite en avait braillé de dépit. Elle s'en voulait de n'avoir rien d'autre à offrir à la marraine de son fils qu'une vague prière et la promesse silencieuse de lui tendre la main, un jour, pour la prendre sous son aile. Mais quand ? Et comment ?

— *Marguerite ? The children are waiting for you downstairs ! Are you coming*[1] ?

Dieu du ciel, c'était la gouvernante ! Comment avait-elle pu oublier l'heure ? Elle dévala l'escalier à toute vitesse, déposa son bébé endormi dans le ber installé dans un coin de la salle à dîner, et reprit le travail qu'elle adorait. Malgré

1. Marguerite ? Les enfants vous attendent, en bas ! Venez-vous ?

le peu d'enthousiasme des petits pour apprendre les règles ardues de la langue française, elle occupait sa fonction avec plaisir, sachant qu'avec sa détermination et son zèle, elle viendrait bien à bout de leur manque d'intérêt.

— Les enfants, aujourd'hui nous allons lire *Blanche-Neige et les sept nains.*

Le bonheur existait enfin.

35

Encombrée du bébé et d'un sac trop lourd, Marguerite tendit d'une main fébrile son billet au contrôleur qui l'aida à gravir les hautes marches du train. Dans une douzaine d'heures, elle se trouverait à Lowell et reverrait enfin ses sœurs. Cette seule pensée suffisait à lui faire monter les larmes aux yeux. Ah ! retrouver sa chère Anne, la prendre dans ses bras et contempler sa fille… Et surtout, surtout, lui présenter son fils.

Revoir Camille, aussi, qui habitait maintenant en permanence chez Anne et Pierre. Cette cadette méconnue qui gardait encore, dans les souvenirs de son aînée, des allures de petite fille… Elle avait pourtant l'âge de Béatrice, la

Camille ! Même âge, même origine québécoise, même cheminement hors de la normale. Même cruauté du destin aussi… Mais quels horizons différents ! L'une, surnommée « princesse » par son père, mais princesse boitillante, déracinée de trop nombreuses fois à des centaines de milles de son pays, l'autre, rivée à son quartier mais cavalièrement traitée de « guidoune » par sa grand-mère. L'une vierge, l'autre mère. Mais dans le regard des deux, ce même relent d'enfance, cette même persistance, ce même acharnement à croire, à vouloir au-delà de tout que le bonheur existe encore quelque part. Une même petite lueur au fond de l'œil en train de s'éteindre insidieusement…

Enfoncée dans son siège contre la fenêtre, Marguerite regardait défiler le paysage sans vraiment le voir, l'esprit déjà tourné vers sa destination. La présence d'un bébé avait sans doute chassé les autres voyageurs de son compartiment. Elle avait pu installer Emmanuel sur la banquette vacante à ses côtés. Son bel enfant. Sa raison de vivre. Trois mois et demi déjà, son petit mousse ! Et il commençait à comprendre qu'un simple cri attirait l'attention bienveillante de sa maman.

Marguerite n'avait pas prévu de faux-semblant, pour expliquer sa condition lors de sa visite aux États-Unis avec un bébé dans les bras. Si, à Montréal, on lui accordait le respect dû à une « veuve ayant, en cours de grossesse, perdu son mari lors d'un grave accident aux États », son entourage à Lowell devrait se faire à l'idée que Marguerite Laurin s'était enfuie au Canada pour aller mettre au monde un enfant conçu hors mariage. Le père ? Nul n'en saurait rien, évidemment. Puisqu'elle avait décidé de garder le bébé, le moment était venu de l'assumer. L'étiquette trompeuse qu'on lui attribuait à Montréal résultait de l'initiative du docteur Beaulieu et de sa mère. Là-bas, il s'agissait de survivre. Les bonnes gens, encouragés par l'Église, entretenaient de tels préjugés envers les filles ayant succombé au péché de la chair qu'à leurs yeux, leur faute paraissait presque aussi grave qu'un meurtre. Comme si les femmes commettaient seules ce péché mortel ! Marguerite n'avait pas eu le choix de mentir pour sauver sa peau et marcher la tête haute.

Mais aux États-Unis, auprès de sa famille, non ! Elle ne cultiverait pas la tromperie. Tant pis pour les commérages derrière les portes. De toute manière, elle avait l'intention de ne demeurer qu'une dizaine de jours à Lowell. Elle sortirait peu et rencontrerait peu de gens à part ses proches. D'ailleurs, pour quelles raisons devrait-elle justifier devant l'univers entier l'existence d'Emmanuel ? Il était là, un point c'est tout. Et la vie privée de Marguerite Laurin ne regardait personne.

En revanche, elle se promettait de révéler à Anne l'identité du père du bébé. Sa sœur ignorait tout de ses amours avec Antoine. Elle avait dû s'imaginer toutes sortes d'explications plus farfelues les unes que les autres au sujet de cette grossesse. Bien sûr, divulguer sa relation secrète entacherait à jamais la réputation du père Lacroix, mais tant pis ! Anne, Camille et Rose-Marie avaient le droit de connaître la vérité. Au moins ces trois-là. Et elle la leur dirait.

Et si elle continuait de vivre et de travailler chez les Greenberg, Marguerite envisageait aussi de raconter un jour sa véritable histoire à ces gens de religion protestante, tellement attentionnés à son égard. Elle se sentait mal à l'aise de les tromper ainsi sur son passé. Depuis deux mois, elle s'était prise d'affection pour cette famille d'accueil, sa planche de salut. Auprès d'eux, elle avait retrouvé sa dignité et un goût de vivre formidable. On l'estimait pour ses qualités de femme, de mère et d'enseignante, on lui donnait une place à la table, on lui faisait totalement confiance. On considérait même son bébé avec tendresse.

Elle adorait ces cinq enfants plutôt bien élevés. Grâce à eux, elle redécouvrait les livres de son enfance, ceux que lui lisait Rébecca à Grande-Baie, au coin du feu, pendant les interminables hivers. Ces histoires qu'elle avait parfois racontées à ses élèves de l'école Saint-Joseph…

Elle ne regrettait pas sa décision de demeurer à Montréal. Pour le moment du moins. Son fils serait élevé en français et, autant que possible, elle tenterait de lui éviter la dangereuse séduction du capitalisme, cette grande utopie... Le prêtre n'avait-il pas mis haut et fort le peuple en garde, l'autre dimanche, lors du sermon de la grand-messe à l'église Notre-Dame, en faisant référence à tous ceux qui quittaient leur patrie pour aller perdre leur âme et leur santé dans les usines insalubres des États-Unis : « *Qu'on se contente de ce qu'on a. Il n'y a pas de mal à se procurer des toilettes extravagantes et des beaux chapeaux à la condition de se les fabriquer soi-même. Si on n'a pas assez de sous, que l'on sache souffrir. La souffrance a son mérite. Quand les fils commencent à rougir du vêtement de leur père, ils sont bien près de ne plus savoir respecter son nom*[1]. » Si seulement Joseph avait compris cela...

La cloche du train annonçant l'un des multiples arrêts près d'une agglomération fit sursauter Marguerite. Lowell ! Elle y était ! Secoué au rythme des oscillations du train, Emmanuel n'avait réclamé la tétée qu'à deux reprises et elle lui avait donné le sein dans la toilette au bout du wagon. Elle s'empressa de ramasser ses affaires et s'en fut rapidement attendre qu'un contrôleur vienne lui ouvrir la porte.

Lowell... Sa gare et son haut plafond, la foule anonyme, grouillante et indifférente. Tant de souvenirs se rattachaient à cette gare ! Comment

1. Discours emprunté à un sermon de Mgr Taschereau, archevêque de Québec, cité par Yves Roby, *Les Franco-Américains de la Nouvelle-Angleterre*, Septentrion, 2000, coll. « Rêves et réalités », p. 50.

oublier le jour où elle s'y était retrouvée, perdue avec son père et ses sœurs, sans savoir où aller dormir. Cela remontait à combien d'années déjà ? Bientôt huit ans ! Et depuis huit ans, que de départs et de retours à partir de cette gare. Vers Colebrook et vers Concord aussi, où on avait enfermé Joseph. Au fait, comment allait-il, celui-là ? Depuis le temps… Elle n'y pensait même plus !

— Marguerite, Marguerite !

Elles étaient là toutes les trois qui l'attendaient, belles et souriantes, entourées d'enfants. Tellement émues que les larmes ne mirent pas de temps à jaillir. Anne, sa chère Anne, un bébé contre sa poitrine… Et Camille, un brin de timidité figeant son joli visage… Et Rose-Marie, sa grande sœur d'adoption pressant contre elle ses trois marmots. Seule cette dernière dissimulait mal une certaine morosité.

Incapable de prononcer une parole tant l'émotion l'étranglait, Marguerite leur tendit spontanément Emmanuel qui se mit à hurler. Toutes pouffèrent de rire et se pâmèrent devant sa beauté et son « petit caractère ». Elle s'exclama à son tour quand Anne lui remit sa fille entre les bras.

— Comme elle est mignonne ! C'est toi tout craché !

Élisabeth se montra plus sociable que son cousin et gratifia sa marraine du plus beau sourire du siècle. On s'achemina allégrement, à travers les rires et les pleurs, vers la résidence des

Forêt. Marguerite se rendit compte, à ce moment précis, que malgré les sentiments de solitude profonde qui l'avaient étouffée tout au long de son séjour au Canada, elle n'avait jamais été vraiment seule. Des êtres, au loin, n'avaient pas cessé de l'aimer.

36

C'est au cours de sa première nuit à Lowell que Marguerite, seule avec Anne devant le feu qui se consumait dans l'âtre, comprit l'ampleur de son propre drame. Les bébés dormaient côte à côte dans le berceau installé près du canapé, et les deux sœurs penchées au-dessus d'eux comparaient fièrement leurs progénitures :

— Ta fille est magnifique, Anne, et elle te ressemble comme deux gouttes d'eau. Le vrai portrait de sa mère en miniature !

— On ne peut pas en dire autant de ton fils. Je ne te retrouve pas vraiment dans ses traits.

— Non, Emmanuel ressemble à son père. On dirait même qu'il va hériter de ses yeux bleus.

— Ses yeux bleus? Mais, voyons, Marguerite, son père a de grands yeux remarquablement bruns et pétillants, avec de longs cils !

— Ne me dis pas, ma sœur, que tu n'as jamais remarqué les yeux bleus d'Antoine Lacroix ? Des yeux extraordinaires pourtant…

— Comment ça, les yeux bleus d'Antoine Lacroix ? Ai-je bien compris ? Ton fils aurait hérité des yeux bleus du père Lacroix ? Quoi ? Il serait le père de ton bébé ? Ce n'est pas vrai, tu te moques de moi ! Ou bien je suis en train de délirer. Le père Lacroix ?

Anne porta les mains à sa bouche pour s'empêcher de hausser le ton et d'ameuter toute la maisonnée.

— Mais non, tu ne rêves pas, sœurette. Emmanuel est bel et bien le fils du père Antoine Lacroix. Tôt ou tard, il me fallait bien te l'apprendre. Mais à qui d'autre avais-tu pensé ? Je ne me débauchais pas sur la place publique, tout de même !

— J'étais convaincue qu'Hugo Dubuque t'avait mise enceinte, Marguerite, et que tu t'étais enfuie au Canada afin de ne pas lui révéler ta grossesse, pour je ne sais quelle obscure raison. Voilà ce que j'ai cru.

— Hugo Dubuque ? Jamais de la vie ! Nous étions de bons amis, j'appréciais sa compagnie mais… rien de plus !

— Ne t'avait-il pas demandé en mariage ? Et il semblait le seul homme que tu fréquentais. Qui d'autre aurait pu… te fabriquer un bébé ?

— Je n'ai jamais donné de faux espoirs à cet avocat. S'il persistait à m'attendre, ça le regardait.

Je ne l'aimais pas d'amour et il le savait. Hugo Dubuque, père de mon bébé ! Non, vraiment ! Un homme aimable, certes, mais il n'était pas mon genre. Pas du tout !

— Mais, alors, quand je lui ai dit...

— Tu lui as dit quoi ? Tu n'as pas été raconter à Hugo Dubuque que j'attendais un enfant de lui, quand même ? Il a dû rire dans sa barbe, le bonhomme, car je n'ai jamais couché avec lui. Anne, je n'en reviens pas ! Tout ça est ma faute, j'aurais dû t'avouer la vérité avant de partir pour Montréal. Je me suis comportée comme une imbécile. Mais j'étais paniquée, tu comprends ?

Marguerite s'était levée et marchait de long en large dans la salle de séjour, assommée par les révélations de sa sœur. Mais celle-ci la ramena aussitôt vers le fauteuil en insistant.

— Viens te rasseoir. Tu fais mieux d'être assise pour entendre ce que je vais te dire. Écoute-moi bien...

Anne posa une main crispée sur le bras de sa sœur et plongea ses yeux dans les siens. Jamais Marguerite ne leur avait vu une telle intensité. L'heure semblait grave. Anne toussota et se mit à prononcer posément et en articulant très lentement des mots que Marguerite eut du mal à absorber.

— Ce n'est pas à l'avocat que j'ai parlé de ton état, Marguerite. Hugo, je ne l'ai revu qu'une seule fois, à Noël dernier, et il m'a présenté sa fiancée, figure-toi. Il ignorait tout à ton sujet. Non, c'est à… c'est au père Lacroix lui-même que je l'ai appris.

— Quoi ! Tu as annoncé à Antoine que j'étais enceinte d'Hugo Dubuque ? Eh bien, lui aussi a dû rire dans sa barbe parce qu'il connaissait déjà mon état. Je lui avais déjà tout raconté dans une lettre.

Anne, percevant une certaine rancœur dans la voix de Marguerite, se leva d'un bond et se prit la tête entre les mains.

— Non, il ne savait rien, je t'assure ! Le pauvre a failli perdre les pédales en apprenant la nouvelle de ta grossesse, surtout quand j'ai fait mention de la demande en mariage d'Hugo. Il n'était pas au courant, j'en suis certaine…

— Au courant de ma grossesse ? Oui, il l'était. Je lui ai parlé de sa paternité dans toutes mes lettres, crois-moi ! En ce qui concerne les demandes en mariage répétées d'Hugo, ça, c'est moins certain qu'il l'ait su. Bien sûr, j'ai attendu le début du mois de septembre avant de lui écrire mais, par la suite, je lui ai répété maintes fois mon intention de garder notre enfant en lui jurant de ne jamais divulguer la vérité sur sa paternité afin de ne pas nuire à sa vocation sacerdotale. Je l'ai même assuré de mon amour à travers notre enfant, jusqu'à la fin de mes jours.

— Début septembre, as-tu dit ?

— Oui. Il est vrai que durant mes deux premiers mois passés au Canada, je l'ai laissé sans nouvelles, mais je me sentais tellement déroutée, Anne, tellement bouleversée, tu ne peux pas savoir ! J'avais besoin de prendre du recul et de réfléchir à ma situation. Et puis les religieuses filtraient tout le courrier qui entrait et sortait de l'hôpital.

La voix de Marguerite se brisa. Elle se releva et se dirigea vers le berceau pour y soulever Emmanuel et le presser contre elle comme si ce geste maternel allait lui donner le courage de continuer.

— Et alors ? Vite, dis-moi la suite, Marguerite. Comment a réagi le père Lacroix après avoir reçu tes lettres ?

— Il ne m'a jamais répondu, le croirais-tu ? Depuis mon départ de Lowell, la communication a totalement cessé entre lui et moi. Pas une fois je n'ai reçu de ses nouvelles. Durant les deux premiers mois, je pouvais comprendre : il n'avait pas mon adresse. Mais ensuite… Même après avoir appris ma grossesse, Antoine Lacroix m'a lâchement laissée tomber. Plaquée bêtement ! Sauvagement, devrais-je dire… Comme un beau sans-cœur !

— Quand il est venu au magasin, il m'a dit quitter Lowell pour des raisons de santé.

— Raisons de santé, mon œil ! L'as-tu trouvé si mourant que ça quand tu l'as vu ? Tu ne penses pas qu'il aurait pu m'envoyer un petit mot d'encouragement ? Une courte phrase sur un bout de papier, barbouillée de sa petite main tremblante et faiblarde sur le point de mourir…

Le ton était persifleur. De toute évidence, Marguerite ne croyait pas à la maladie du prêtre. Elle l'imaginait plutôt en train de se bercer, la tête haute, sur la galerie du presbytère d'une paroisse éloignée, quelque part dans la province de Québec, enseignant la morale et prodiguant de précieux conseils à ses ouailles pour les inciter à pratiquer la chasteté.

— En tout cas, il aurait pu avoir la décence de m'annoncer son départ de Lowell. Au moins ça ! Départ qui ressemble à une échappatoire. La dérobade d'un beau profiteur… Du coureur de jupons qui se dégonfle. Je te le jure, Anne : chaque jour, je demande à Dieu de m'aider à lui pardonner. S'il est vrai que l'amour et la haine sont très proches, je commence à en faire le douloureux constat.

Cette fois, c'est Anne qui se releva et vint planter son regard mouillé dans celui de sa sœur. Marguerite y vit se refléter la flamme de la cheminée. Mais était-ce bien le feu de la cheminée ? Anne insista :

— Je persiste à croire que le père Lacroix ne savait rien à ton sujet quand il a décidé de quitter Lowell. Lors de sa visite au magasin, le jour même de sa disparition, il m'a paru triste et déprimé et, comme tu dis, certainement pas assez malade pour s'empêcher de t'écrire. Il s'est tout de même informé sur toi. Si tu l'avais vu sursauter, muet de stupeur quand je lui ai annoncé que tu te trouvais à Montréal, enceinte d'Hugo Dubuque. Il est d'ailleurs immédiatement parti sans le moindre commentaire dès que j'ai prononcé les mots « demande en mariage », je me le rappelle très bien. Sur le moment, j'ai trouvé ce comportement un peu étrange. Crois-moi, Marguerite, plus j'y songe, plus je mettrais ma main au feu qu'il ignorait tout. Ah ! je m'en veux tellement ! Je n'avais pas à lui faire part de mes conclusions hasardeuses sur votre relation à toi et à Hugo. Quelle affaire, mon Dieu, quelle affaire !

— Tu te trompes. Je te le répète : dans chacune de mes lettres depuis la fin de l'été, j'ai parlé à Antoine de notre enfant. Et il savait, depuis toujours, que rien de sérieux ne s'est jamais passé entre Hugo Dubuque et moi. Évidemment, comme tous les amants du monde, il s'énervait un peu lors de mes rencontres amicales avec l'avocat, mais rien de plus. Sincèrement, Antoine et moi étions follement amoureux, Anne. De vrais amoureux, tu comprends ?

Marguerite se mit à sangloter. Elle n'avait plus envie de ressasser ce sujet, de rouvrir cette blessure mal cicatrisée. Tout cela était chose du passé. Elle ne voulait plus en parler. Elle avait tant travaillé sur elle-même pour réussir à oublier son bel amant et à se tourner vers l'avenir. Seulement l'avenir.

— Et si le père Lacroix n'avait jamais reçu tes lettres ?

— Que dis-tu là, Anne ? Ce n'est pas possible, voyons ! « Paroisse Saint-Joseph de Lowell, Massachusetts, USA », ça ne constitue pas un mystère pour les postes américaines, ça. Je… je n'ai jamais envisagé ça, moi ! Mais, à bien y songer, même si Antoine n'avait pas lu mes lettres pour une raison que j'ignore, il a su, grâce à toi, que j'attendais un bébé. Il aurait dû normalement essayer de me retrouver, voyons ! Il aurait pu te demander mon adresse.

— Même en te croyant enceinte d'Hugo comme je le lui ai annoncé ?

— Ah, ça…

Troublée, Marguerite sembla réfléchir un moment mais continua sur la même lancée.

— Oui, il aurait dû me chercher. Facile de dénicher l'hôpital ou la communauté religieuse qui accueille les filles-mères à Montréal, surtout pour un oblat. Il n'aurait eu qu'à sonner à la porte de l'hôpital de la Miséricorde. En voyant un prêtre se présenter pour me rencontrer, les sœurs, à cent lieues de se douter de la vérité, l'auraient laissé entrer sans hésiter. Le salut de l'âme d'une pénitente, penses-y !

— Le père Lacroix a dû te croire partie au Canada pour épouser secrètement le bel Hugo. Voilà ce que je pense !

— Si Antoine m'avait réellement aimée, Anne, il ne m'aurait pas laissée partir sans protester, sans m'en demander la raison, sans exiger des explications. Il n'aurait pas gardé le silence et ne serait pas disparu dans le décor sans me donner signe de vie. Si seulement il avait tenu à moi un peu… Un tout petit peu.

— Mets-toi à sa place. La femme qu'il aime part sans lui laisser d'adresse, et voilà que deux mois plus tard, il apprend par sa sœur qu'elle est enceinte d'un autre homme qui veut l'épouser !

— Ouais, tu as peut-être raison…

— Et… s'il était réellement malade ? Et même mort ?

Marguerite recommença à gémir de plus belle. Antoine, mort ? Elle avait toujours écarté cette éventualité. Non, non, ça ne se pouvait pas ! Antoine ne devait pas mourir, son amant, si robuste, n'avait pas le droit de mourir. Elle s'effondra. Tout à coup, l'espace d'une seconde, cette pensée fit remonter à la surface tout l'amour qu'elle avait tenté si fort, pendant des mois, de refouler et de réduire à néant. Tout cet amour, plus palpable que jamais, plus grand et plus fort qu'elle-même. Comme une explosion. Elle se sentit anéantie et eut l'impression de devoir repartir à la case zéro.

Elle ne vit pas sa sœur serrer les poings de rage.

— Je ne me doutais de rien de tout ça, moi ! Quelle naïve je fais ! Si seulement j'avais su que le père Lacroix et toi, depuis si longtemps… Pourquoi m'avoir dissimulé votre liaison ? Tu aurais dû m'en parler, Marguerite. N'avais-tu pas assez confiance en moi ?

— Anne, tu avais déjà ta vie, ton amoureux, ton projet de mariage. J'avoue qu'après ton départ de notre logement au-dessus du magasin, les choses se sont avérées plus faciles pour Antoine et moi. Nous n'avions plus à manigancer pour dissimuler nos rencontres. J'ai surtout gardé le silence pour ne pas entacher sa réputation de prêtre, crois-moi. Je ne me doutais pas du bourbier dans lequel le destin me mènerait. Jamais je n'aurais cru que ça se terminerait de cette façon. J'aimais tellement cet homme, tu n'as pas idée…

Anne s'approcha du petit Emmanuel et le regarda de plus près.

— Tu as raison, cet enfant-là ressemble à son paternel. Marguerite, il faut retrouver le père Lacroix à tout prix.

— Non. Tout est bel et bien fini, je le sens. Je le sais. Antoine Lacroix ne reviendra plus dans ma vie. Tu sais, Anne, l'existence souterraine de maîtresse d'un prêtre n'est pas une sinécure. Pendant des mois, j'ai fréquenté cet homme-là dans le silence et la clandestinité. Dans le mensonge et l'attente aussi. Tellement d'attente ! Et la solitude inhérente… Et cela m'horripilait. Sans oublier la perspective du célibat pour le reste de mes jours. Ce n'est pas une vie, ça ! Au bout du compte, Dieu a dû remporter la victoire sur Marguerite

Laurin dans la tête et le cœur consacrés de son cher vicaire. Et c'est mieux ainsi, hélas !

— Je suis parfaitement d'accord avec toi.

— Anne, n'avons-nous pas, toi et moi, connu assez de misère dans le passé pour avoir le droit d'être enfin heureuses au grand jour ? En pleine lumière ? D'ailleurs, la pensée qu'Antoine ne m'aimait plus m'a aidée à renoncer à lui. Je m'en suis maintenant sortie. Bien sûr, il y a cinq minutes, l'idée de sa mort a réveillé des sentiments que je croyais éteints. Mais mon émotion n'est que passagère, ne t'en fais pas. Je refuse de revenir en arrière. Non de non, je ne vais pas recommencer à brailler pour Antoine Lacroix !

— Marguerite, quelle femme forte tu fais !

— Pas aussi forte que tu crois ! Mais ne te fais pas de souci pour moi, sœurette. Dans toute cette histoire, il me reste mon adorable petit garçon. Je ne suis plus seule. Et je vous ai aussi, toi et Camille, et Rose-Marie. Et, à Montréal, une merveilleuse famille m'a accueillie sous son toit. Chez eux, je peux tranquillement élever mon fils et gagner ma vie tout en exerçant un travail que j'aime. Et un couple d'amis s'est occupé de moi avec tant d'empressement. Que désirer de plus ?

— Le bonheur, Marguerite. Le vrai bonheur…

Marguerite ne sut jamais que, dès la première heure, le lendemain matin, Anne se présenta au presbytère pour s'informer de l'adresse du père Lacroix « afin de lui envoyer une carte de bons vœux ». Le curé Garin répondit sur un ton glacial qu'il ignorait absolument l'endroit où rejoindre son ex-vicaire et que, de toute manière, même s'il l'avait su, il ne pourrait pas le révéler, tenu par le secret professionnel.

— Dites-moi au moins s'il est encore vivant.

— Ça, mon enfant, Dieu seul le sait. Il y a la mort du corps, mais il existe aussi la mort de l'âme.

37

La route vers Concord parut interminable aux trois sœurs malgré le calme attendrissant des poupons. Aucune d'elles n'avait franchi la distance entre Lowell et cette ville depuis une éternité. Même Camille, au cours de la dernière année, n'avait pas réclamé d'aller visiter son père. Il faut dire qu'en dépit de sa persistance et de celle d'Anne à lui écrire, Joseph n'avait jamais répondu à leurs lettres. Était-ce par indifférence et désintéressement, ou encore pour des raisons de santé, nulle n'aurait su dire la véritable raison de ce mutisme. Une chose était certaine : s'il avait lu leurs écrits, il était au courant de sa nouvelle condition de grand-père. Marguerite avait décidé de mettre à profit son séjour aux États-Unis pour aller voir sur place ce qui se passait réellement.

Le gardien, à la barrière, émit quelques réticences à laisser passer les deux bébés. Les filles protestèrent qu'il s'agissait des petits-enfants de Joseph Laurin. De les connaître contribuerait sûrement à un meilleur moral et, par ce biais, au bon comportement du prisonnier. Après s'être assuré, avec ses grosses mains sales, qu'aucune arme ne se trouvait dissimulée parmi les langes et les couvertures, l'homme opina d'un signe de tête, davantage convaincu par le charme des mères que par leur argumentation.

Assises toutes les trois dans la salle des visites, les sœurs Laurin durent attendre une bonne vingtaine de minutes, les yeux rivés sur les guichets, avant que n'apparaisse, dans la pièce derrière les minuscules ouvertures, le vieillard qu'était devenu leur père. Le dos voûté, la barbe longue et grise, le regard fuyant, l'homme aux abords de la cinquantaine faisait vingt ans de plus. Marguerite se demanda si c'était l'alcool ou la prison qui l'avait à ce point amoché.

— Papa !

Camille se leva la première pour aller coller sa main ouverte sur les barreaux du guichet. L'homme réagit à peine.

— Papa, c'est moi, votre princesse ! Vous ne me reconnaissez pas ?

Joseph plissa les yeux dans un effort de concentration.

— Camille ? Oh !... c'est Camille, ma princesse !

— Comment allez-vous, mon beau petit papa ?

— Euh... ça va, ça va. Et toi ?

La voix était caverneuse, à peine audible. L'homme s'approcha du grillage et posa à son tour une main tremblante vis-à-vis de celle de sa fille.

— Je ne te reconnais pas. Tu es donc bien belle !

— J'habite maintenant à Lowell, chez Anne et son mari.

— À Colebrook ?

— À Lowell, papa. Chez Anne. Elle a eu un bébé. Regardez, vous voilà grand-père !

Manifestement, Joseph n'avait pas encore remarqué la présence de ses deux autres filles, chacune portant instinctivement son paquet emmitouflé dans une couverture de laine comme pour le protéger, ce paquet, gage de bonheur sur lequel, Dieu merci, leur père ne possédait pas de pouvoir.

Marguerite sentait son cœur battre à tout rompre. Ainsi, Joseph était devenu cette loque confuse, replié sur lui-même et à demi conscient de ce qui se passait autour de lui. Victime de son délire et de ses rêves fous, comme il avait été victime, autrefois, des affres de l'alcool et des hallucinations qu'il déclenchait. Victime surtout de sa grande illusion… Elle remercia le ciel de les avoir sauvegardées, elle et ses sœurs. Car, au bout du compte, malgré les guêpiers dans lesquels Joseph les avait entraînées, chacune avait réussi à conserver sa lucidité et même à se forger une place au soleil. Anne avait son Pierre et leur adorable petite Élisabeth… Elle-même, Marguerite, malgré ses trébuchements, pouvait envisager l'avenir avec sérénité avec un fils à aimer et, en poche, un diplôme pour gagner sa vie. Quant à Camille, en dépit de sa légère claudication, elle avait été sans doute la moins perturbée des trois, grâce à ses années passées chez les Lewis.

Anne vint rejoindre sa sœur devant le guichet et leva fièrement son bébé à la hauteur du prisonnier.

— Regardez, papa, je vous présente Élisabeth.

Joseph fit un signe affirmatif de la tête mais demeura muet. Il regarda distraitement le bébé puis reporta son regard vers Anne.

— Anne ? C'est toi, Anne ?

— Mais oui, c'est moi, papa ! Vous ne m'aviez pas reconnue ? Tenez, regardez, voilà mon bébé, votre petite-fille…

L'homme ne porta pas attention à l'enfant mais persista à scruter le visage d'Anne comme si, dans sa confusion, il cherchait un éclaircissement. Soudain, son visage s'illumina.

— Ne me dis pas que c'est l'enfant d'Armand !

— L'enfant d'Armand ! Qui ça, Armand ?

— Mais le fils de ma sœur Léontine, voyons ! Hier soir, au pied de l'escalier... Ah ! il l'a eu, mon coup de pied dans les gosses, le vicieux !

Abasourdie, Anne se releva d'un bond sans répondre et préféra retourner s'asseoir près de Marguerite tout aussi décontenancée.

— Papa est devenu fou. Il croit que mon cousin Armand est le père d'Élisabeth. Je n'en reviens pas !

Après avoir posé sa main sur Anne pour tenter de la calmer, Marguerite prit son courage à deux mains pour s'approcher du guichet à son tour et donner des explications à son père. Elle prit garde, au préalable, de déposer Emmanuel sur une chaise en priant sa sœur de le surveiller.

— Papa, votre sœur Léontine et son fils Armand ont quitté les États-Unis il y a presque sept ans. Nous sommes aujourd'hui en juin 1888. Dix-huit cent quatre-vingt-huit, papa... Depuis ce temps, Anne s'est mariée et elle a eu un bébé l'hiver dernier. Quant à moi...

Marguerite n'acheva pas sa phrase. Joseph restait figé, les yeux vitreux et les lèvres pincées. Mais soudain, comme dans un éclair, il se mit à la dévisager comme s'il la voyait pour la première fois.

— Tu es venue ! Je le savais que tu reviendrais. Je t'ai attendue depuis des années.

Impressionnée, Marguerite n'osait bouger. De toute son âme, elle espérait que son père retrouvât ses esprits. À tout le moins qu'il se souvienne d'elle, sa grande, et qu'il lance enfin le cri de joie qu'elle attendait. Celui de les retrouver là, toutes ensemble et portant dans leurs bras sa descendance.

Il le lança finalement, son cri de joie, sur un ton sans équivoque, et ce cri, s'il retentit dans toute l'aile du pénitencier, brisa le cœur des trois sœurs.

— Rébecca !

38

Camille, plus que les autres, se remettait mal de l'émotion causée par sa visite à la prison de Concord. Elle n'acceptait pas de voir son père aussi cinglé. Jusqu'à son arrestation, Joseph avait représenté pour elle un lien de continuité entre le passé et le présent, comme une sorte de pilier sécurisant malgré l'éclatement de la famille. Son paternel vivait quelque part, pas très loin dans la région de Colebrook, et il viendrait la protéger et la défendre en cas de danger. Certains dimanches, il se retrouvait à la même table qu'elle, chez Angelina et son mari, et il l'appelait affectueusement sa princesse.

Dans le train, au retour de Concord, la princesse n'en menait pas large. Mais, fidèle à sa nature, elle tenta de ne pas laisser paraître son état d'âme. Marguerite ne fut pas dupe, cependant. Derrière le mutisme buté, les reniflements difficilement contenus et cette jambe qui ne cessait de s'agiter avec nervosité, elle devina un grand désarroi chez la benjamine.

Pauvre Camille, « barouettée » depuis si longtemps sans jamais avoir son mot à dire ! Elle déposa spontanément un baiser sur sa joue.

— Console-toi, Camille, papa ne s'aperçoit plus de rien. Il ne faut plus y penser, car la vie continue pour nous.

À la vérité, la petite sœur ne se sentait pas très confortable chez Anne et Pierre, non seulement à cause de la présence d'un nourrisson mais surtout à cause de l'exiguïté du logement. Elle n'appréciait pas trop de dormir au milieu de la place, dans le salon, s'imaginant être un parasite supporté par obligation. Chez Rose-Marie, au moins, elle occupait la fonction officielle de bonne d'enfant avec la responsabilité et le travail que cela impliquait. On la rémunérait et, de son salaire, elle extrayait ses frais de pension pour les remettre à ses employeurs en toute dignité. Elle possédait une chambre, un coin bien à elle où se retirer dans l'intimité et où ranger ses affaires. Bref, elle existait à part entière et de façon autonome.

À présent, chez les Forêt, elle trouvait les journées interminables, errant comme une âme en peine, sans tâche domestique et sans but. Animée de sentiments maternels débordants, Anne préférait s'occuper elle-même de son bébé, à la grande déception de Camille. La jeune sœur ne disposait même plus de son piano, ce fidèle et unique ami à qui elle confiait ses joies et ses peines depuis des années. Jamais, de toute son existence, elle ne s'était sentie aussi seule et démunie que maintenant. Anne s'en était rendu compte et, avec son mari, ils avaient multiplié leurs efforts pour la mettre à l'aise et lui ménager une place malgré tout douillette au sein de leur étroit nid d'amour. En dépit de leur accueil sympathique, Camille persistait à se croire de trop. Mais elle ne voyait pas de quel autre côté diriger ses pas.

Rose-Marie lui avait bien offert de réintégrer sa chambre. Même les enfants l'avaient suppliée de revenir. Mais, méfiante, l'adolescente avait refusé poliment, tout comme l'emploi de vendeuse dans l'un des magasins de Paul qui, penaud, le lui avait proposé sur un plateau d'argent, histoire de se racheter de sa bêtise. Il n'était pas question pour Camille Laurin de recommencer à dépendre de cet homme. Les autres pouvaient bien lui avoir pardonné, elle, elle ne lui donnerait plus jamais sa confiance. Quant à son attachement aux enfants du couple, la petite Élisabeth avait vite créé une diversion auprès de sa jeune tante, malgré l'instinct possessif de la mère. Mais cela ne suffisait pas à redonner à Camille sa sérénité d'autrefois, même si la famille Boismenu, dans un élan généreux, continuait de lui verser son salaire « tant et aussi longtemps qu'elle ne trouverait pas un autre travail à son goût », selon les dires d'une Rose-Marie bouleversée.

Et voilà que Joseph, enfermé pour des années, l'avait à peine reconnue et semblait tout ignorer de sa situation en dépit des lettres qu'elle n'avait cessé de lui envoyer régulièrement. Cette matinée en prison l'enfonçait encore davantage dans le désarroi.

— Ça ne va pas mieux, hein, ma Camille ?

Il n'en fallut pas plus pour que n'éclate la jeune fille, là, au beau milieu du train, à mi-chemin entre Concord et Lowell. Marguerite passa autour d'elle un bras qu'elle voulait protecteur.

— Pleure, ma chouette. Il ne faut pas garder tout ça en dedans, sinon ça risquerait de pourrir. J'en sais quelque chose ! Pleure, vide-toi de ce qui te fait mal.

— C'est papa…

— Papa ne se rend plus compte de rien. Il ne sait même plus qu'il se trouve enfermé dans ce lieu infernal pour encore des années. N'est-ce pas préférable ainsi, plutôt que de le voir malheureux et révolté, prêt à tout casser parce qu'il n'en peut plus ?

— Moi aussi, Marguerite, moi aussi, je suis en prison. Moi aussi, je n'en peux plus…

— Je sais.

Camille avait prononcé ces derniers mots à voix basse et Anne avait détourné la tête, refusant de se mêler à la conversation. Bien consciente du problème de Camille, elle faisait tout, pourtant, pour lui faciliter les choses. Mais elle n'entrevoyait pas de solution à court terme. Comme sa cadette, Anne se sentait dépassée par les événements de ces derniers temps. En moins de cinq mois, un bébé et une jeune sœur passablement traumatisée avaient déboulé dans son logement exigu et perturbé son roman d'amour avec Pierre. Le bébé, passe encore, même s'il tétait la nuit. Mais Camille, avec son indiscipline, ses traîneries répandues un peu partout dans la maison, son manque de vaillance pour donner un coup de main, ses petits caprices qu'Angelina avait laissé passer et qu'un trop court séjour chez les Boismenu n'avait pas réussi à éliminer…

Anne rêvait d'une chose : retrouver son intimité avec son mari. Le chéri se montrait pourtant compréhensif et patient, gentil même, envers sa « belle belle-sœur » ainsi qu'il la surnommait affectueusement. Il restait que, tôt ou tard, une décision s'imposerait : ou Camille devrait partir, ou ils se verraient dans l'obligation de déménager dans un logement plus vaste où chacun disposerait de son espace vital.

Marguerite avait bien élaboré un vague projet depuis qu'elle avait mis le pied à Lowell, mais elle hésitait à en parler. Pourquoi ne pas amener la benjamine avec elle à Montréal ? Hélas, elle ne savait où la nicher. Les Greenberg l'avait embauchée comme institutrice, il n'était pas question de leur imposer sa sœur. D'un autre côté, l'expérience de Camille auprès des enfants devrait suffire à lui trouver un travail de bonne d'enfant bien rémunéré auprès d'une famille de Montréal riche et nombreuse. D'autant plus qu'elle aussi maîtrisait parfaitement l'anglais et le français. Oui, il s'agissait certainement d'une bonne idée. Elle décida de plonger.

— Dis donc, Camille, que dirais-tu de venir travailler à Montréal ? Je pense qu'on pourrait facilement te trouver du travail là-bas.

La jeune fille tourna vers elle un regard si pitoyable qu'elle-même, Marguerite, en eut le cœur chaviré. Pauvre sœurette… Voilà qu'on lui proposait encore une fois de la déraciner. Encore une fois ramasser ses affaires et faire ses bagages, encore une fois apprivoiser un lieu inconnu, un nouveau décor, un contexte étranger… Marguerite tenta de la rassurer.

— Tu sais, je suis presque certaine de pouvoir garder mon emploi chez les Greenberg tout en y amenant mon bébé, même si je décide de vivre à l'extérieur de chez eux. Ces gens-là me paraissent tellement ouverts ! Avec nos deux salaires, nous pourrions dénicher un petit logement pour nous deux. Ou plutôt pour nous trois. Et on pourrait y mener une petite vie tranquille et paisible. Qu'en penses-tu ?

L'idée fit lentement son chemin et bientôt, non seulement les yeux de Camille se mirent à briller, mais également ceux d'Anne. Un phare venait de s'allumer.

— Écoute, Camille, dès mon retour à Montréal, j'en parle à mes patrons et aussi à mon ami Rémi Beaulieu. Ces gens-là connaissent beaucoup de monde. Ils vont m'aider à trouver une solution, j'en suis convaincue.

Quand le train entra en gare, les trois sœurs Laurin éprouvaient le sentiment d'avoir laissé leur morosité derrière elles de la même manière que le convoi avait dépassé indifféremment les villages, les forêts et les champs. Elles descendirent du train le cœur plus léger, assurées que l'avenir leur appartenait enfin.

Quant à Joseph, il devrait continuer de se contenter de leurs prières et de leurs visites occasionnelles.

39

Le 24 juin, fête nationale de la Saint-Jean, occupait toujours la première place dans le cœur des francophones de Lowell, surtout quand y participait la Garde de Salaberry formée des héros de 1812. Leur costume noir, avec la plume au chapeau, leurs guêtres, leurs gants, tout leur accoutrement de cavalier avait du panache et rehaussait l'éclat de la fête.

Dix jours plus tard, par contre, lors de la célébration officielle de l'Indépendance des États-Unis, même si les usines fermaient obligatoirement leurs portes, la plupart des immigrés canadiens-français ne voyaient là qu'une simple occasion de s'amuser en famille. Des clubs de naturalisation en profitaient, ce jour-là, pour diffuser leur propagande. En réaction contre cette tendance, des associations sociales et culturelles francophones, telles que la Ligue du Sacré-Cœur, les Dames de Sainte-Anne, la Société Saint-Vincent-de-Paul, les Dames de Charité, l'Association Saint-Dominique pour les ouvriers, se faisaient un devoir de parader afin d'affirmer fièrement leur origine ethnique.

Puisque la Saint-Jean s'était écoulée loin des célébrations pour les sœurs Laurin, à cause de l'arrivée de Marguerite, Anne se promettait de se rattraper le 4 juillet. Elle proposa donc un pique-nique dans le parc, aux abords de la Merrimack, puis un souper amical chez Rose-Marie et Paul Boismenu en fin de journée.

Marguerite avait quelque peu hésité à accepter cette proposition de paraître en public à Lowell avec un bébé dans les bras. Les parents d'élèves de l'école Saint-Joseph ne manqueraient sûrement pas de la reconnaître et de venir la saluer. Elle finit néanmoins par se convaincre elle-même. « Assume tes choix, ma vieille ! Tu en as pour des années à te faire regarder de travers avec ton fils orphelin de père. Ça commence aujourd'hui ! »

Étonnamment, c'est l'annonce du consentement de Paul à se joindre au groupe et son aimable invitation à souper qui la firent basculer. Si, après ses erreurs avouées et son agression envers Camille pour laquelle il s'était repenti, le mari de Rose-Marie avait encore le courage de se présenter à ses amis, elle se devait, elle aussi, d'accepter les conséquences de ses actes et d'aller de l'avant en faisant fi des qu'en-dira-t-on.

Et si c'était l'arrogance et non pas le courage qui maintenait Paul dans le décor ? Non, non, depuis un mois, il s'était inscrit au Cercle de Tempérance et assistait à chacune des réunions. Il avait juré à Rose-Marie de ne plus jamais toucher à la bouteille. Et cela devait l'empêcher, en principe et selon ses dires, de succomber aux tentations en jupon. Il aimait encore sa femme et elle lui avait pardonné. Camille et Anne avaient accepté l'invitation non sans une certaine réticence difficilement dissimulée.

Quant à Marguerite, elle se demandait si c'était par amour ou à cause des trois petits collés à ses jupes que Rose-Marie, sa malheureuse amie, avait accepté de passer l'éponge sur cette pénible affaire. À la vérité, Marguerite ne faisait plus confiance à la gent masculine. Si des êtres purs et intègres comme Antoine Lacroix réussissaient à tricher et à mentir, que penser des autres hommes ? Les Paul Boismenu, Pierre Forêt, Hugo Dubuque et compagnie ? Antoine ne lui avait-il pas juré de « l'aimer pour l'éternité » ? La belle affaire ! Elle aurait dû comprendre « Je profite de toi, puis je t'ignorerai pour l'éternité ». C'eût été plus juste !

En ce matin ensoleillé, elle se sentait libre et légère, prête à envoyer au diable tous les hommes de la terre, y compris le bel Antoine. Sa conversation de l'autre nuit avec Anne l'avait ébranlée, évidemment, mais elle allait s'en remettre. Si elle avait réussi à refouler ses sentiments pendant plusieurs saisons, elle allait réussir encore. Marguerite Laurin n'avait pas dit son dernier mot.

Aujourd'hui, le temps était venu de s'amuser. Et elle s'amuserait, elle se le promettait. Célibataire et seule avec son petit, certes, mais indépendante et en paix. Aujourd'hui, elle voulait se distraire et prendre du bon temps. Et même danser si l'occasion se présentait.

— On devrait apporter un couteau pour tailler les légumes de la salade sur place et à la dernière minute. Ce serait meilleur !

Pierre Forêt s'était mêlé de la préparation du pique-nique. Marguerite aimait bien son beau-frère. Intelligent et cultivé, il ne se gênait pas, faisant fi de son orgueil de mâle, pour retrousser ses manches autant dans la cuisine que pour les soins du bébé. Elle le trouvait bien assorti à sa sœur, ce lettré qui gagnait honnêtement sa vie et celle de sa famille.

— On se dépêche, les « p'tites Laurin », si on ne veut pas manquer le début de la conférence. Marguerite, déposerais-tu les pains sur le dessus du sac, s'il te plaît ?

C'était le branle-bas de combat dans le minuscule logement des Forêt : deux bébés, trois sœurs et un mari ! Tout juste si on ne se marchait pas sur les pieds. Mais quel plaisir de se trouver ensemble ! Marguerite regimba en entendant le mot conférence.

— Une conférence ! Quelle conférence ? C'est fête, aujourd'hui, et il reste deux jours avant mon retour à Montréal. Quelqu'un, ici, a-t-il envie de perdre son temps à écouter un ennuyeux discours qui risque de durer une bonne partie de l'après-midi ?

Elle aurait voulu mettre les bouchées doubles et ne rien laisser la distraire de ces dernières heures auprès des siens. De penser qu'elle devrait les quitter bientôt lui fendait le cœur. Aux larmes des premiers jours avaient succédé les fous rires et la bonne humeur. Après avoir tiré les choses au clair au sujet de la maternité de Marguerite, après avoir admis les problèmes de débilité de Joseph, après avoir élaboré des projets précis pour l'avenir de Camille, on avait réussi à tourner la page et à laisser les contrariétés de côté. On avait préféré profiter tous ensemble des beaux jours de l'été. Et les deux bébés de quatre et cinq mois n'avaient pas donné leur place pour charmer la galerie.

— Il s'agit d'une conférence importante, Marguerite, et je tiens à y assister comme journaliste. Ce conférencier-là brasse trop de choses dans les villes de la Nouvelle-Angleterre pour ne pas produire son effet ici. Ça devrait tous nous intéresser. Et ça se passe justement au parc où nous projetons d'aller. Nos amis Boismenu vont d'ailleurs nous y rejoindre, juste en face du sixième piquet de la clôture, côté rivière.

— Ah bon. Sur quel sujet, cette belle causerie ?

— La religion. C'est le sujet à la mode, actuellement. Tu n'es pas sans savoir que la lutte continue de s'amplifier entre les curés francophones et les catholiques irlandais. Ces derniers détestent les Canadiens français.

— Je sais, je sais ! On nous a rebattu les oreilles avec ces problèmes-là depuis qu'on a mis les pieds aux États-Unis. Tu as vraiment envie d'entendre encore parler de ça aujourd'hui, toi ?

— Laisse-moi au moins finir ! Il s'agit de bien autre chose. Le conférencier est rarement invité par les clubs sociaux, mais il n'en déplace pas moins les foules. Il s'agit d'un ministre protestant qui promène son baluchon d'une ville à l'autre, de son propre chef. Il s'amène, un bon dimanche, dans un parc ou un endroit public, il monte sur un banc ou une petite estrade improvisée, et il commence simplement à s'entretenir avec les gens. Parfois, il amène un étudiant avec lui, sorte d'« apprenti-pasteur » en formation. En quelques minutes à peine, un attroupement monstre se forme autour d'eux. Un véritable phénomène social, je te dis ! Tout le monde en parle !

— Et d'où vient-il, ce surhomme ?

— De Manchester. L'Église catholique de la Nouvelle-Angleterre est sur les dents, tu penses bien ! Même les Irlandais veulent se joindre à nous pour combattre l'effet de ses prédications. C'est du sérieux ! Il convertit du monde à chacune de ses conférences.

— Comment ça ?

— Depuis quelque temps, un certain nombre de catholiques abandonnent la pratique religieuse, paraît-il. Plusieurs ne font plus leurs Pâques, certains bancs d'église restent vides le jour du Seigneur, on va même jaser sur le perron au lieu d'écouter le sermon. Alors, quand quelqu'un essaye d'entraîner les gens vers une autre religion, nos prêtres s'énervent. Il paraît qu'un curé, dans une autre ville de la Nouvelle-Angleterre, a interdit à ses paroissiens d'aller écouter le discours de cet homme qu'il a qualifié de traître. Certains catholiques y sont allés quand même, par curiosité sans doute, et, suite à la conférence, le même curé les a menacés d'excommunication s'ils refusaient de s'identifier sur la place publique. Il a aussi défendu à ses paroissiens de fréquenter ces gens-là. L'affaire est actuellement en cours, crois-le ou non, car un marchand poursuit le curé pour diffamation. Tu parles ! Même un journal américain a fait déborder le vase en publiant, à ce sujet, la caricature d'un prêtre catholique tenant un fouet. Il faut aller entendre ça sans faute cet après-midi. Marguerite, tu ne peux manquer ça ! Les autres sont d'ailleurs tous d'accord. Moi, je vais apporter ma tablette et prendre des notes, c'est certain.

— Et ton prédicateur, il s'adresse aux foules en français ?

— Il semblerait bien que oui.

— D'accord, le beau-frère, tu as gagné ! Je vais aller à la conférence de ton orateur. Tant pis si Emmanuel ou Élisabeth lui font compétition avec leurs pleurs !

Encore plus que les journaux, les annonces placardées sur le coin des rues dans le quartier du Petit Canada avaient produit leur effet : quelques centaines de personnes se bousculaient déjà autour de la plate-forme aménagée pour la conférence, en attendant l'arrivée du fameux John Anderson et de son disciple. Puisque, à Lowell, le père Garin n'avait émis aucun interdit d'y assister, les curieux avaient décidé de venir constater de visu de quoi il retournait.

Plutôt éloigné de l'estrade, le groupe des trois sœurs et de leurs proches regarda les conférenciers arriver d'un œil distrait. À la vérité, personne n'avait de véritable intérêt pour la religion protestante des Américains, hormis le mari d'Anne, et ce, pour des raisons purement professionnelles. Le journaliste avait d'ailleurs délaissé le groupe pour se faufiler dans la foule, tout à fait à l'avant, afin de mieux entendre la conférence. Demain, son journal publierait un magnifique compte rendu de l'événement signé Pierre Forêt.

Marguerite réprima un bâillement d'ennui. Un si beau jour, et être obligée d'écouter un sermon sur la religion… Elle souhaita que le discours ne s'éternise pas trop en voyant ses sœurs y porter soudain une certaine attention. Elles n'allaient pas écouter ça tout l'après-midi, tout de même ! La voix du conférencier lui parvenait de très loin et elle n'avait pas envie de se casser la tête pour comprendre le sens des mots prononcés. Elle se tourna vers la rivière et laissa son esprit vagabonder. Tant et tant de souvenirs remontaient à la surface devant ces eaux bouillonnantes…

Tout à coup, elle sentit une main ferme l'empoigner.

— Marguerite, viens avec moi, vite !

— Quoi ? Qu'est-ce qui se passe ?

— Viens, je te dis !

Pierre, le visage défait, entraîna sa belle-sœur vers la tête du rassemblement, en ne se gênant pas pour jouer des coudes.

— Regarde, Marguerite…

La jeune femme étouffa un cri et manqua défaillir quand elle se rendit compte, une fois près de l'estrade, que le jeune en formation qu'on avait présenté comme Antony Cross était nul autre qu'Antoine Lacroix. Sa première impulsion fut de prendre ses jambes à son cou pour fuir cette vision ahurissante. Antoine Lacroix, défroqué, devenu protestant et prêcheur de rue ! Elle n'arrivait pas à y croire, elle devait rêver. Il se trouvait bien là, pourtant, monté sur la tribune, vêtu d'un simple chandail de coton et chaussé de sandales. À cause de sa barbe et de ses cheveux très longs, de loin, elle ne l'avait pas reconnu. Mais les yeux… Ils n'avaient pas changé, ces yeux qu'elle avait mis tant de mois à oublier. Ah ! mon Dieu ! Pas encore ces yeux-là ! Ils allaient la rendre folle !

Vite s'enfuir, ne plus revoir cette image dont elle venait à peine de se libérer. Et poursuivre son chemin, aller de l'avant comme si elle ne venait pas de comprendre que le nom d'Antoine Lacroix se traduisait bel et bien par Antony Cross. Comment n'y avait-elle pas pensé ?

Ainsi, Antoine avait bien continué d'exister sans elle. Converti au protestantisme, l'amant chéri ! Elle n'en revenait pas. Eh bien ! il pouvait aller au diable s'il le voulait, ce cher monsieur Cross, elle s'en contrefichait. Il s'était bien passé d'elle depuis un an, il aurait à le faire encore pendant cent ans ! Elle ne le connaissait pas, elle ne le connaissait plus. Il pouvait aller au diable !

À ses côtés, Pierre, au courant du drame de Marguerite, ne disait mot, tout aussi sidéré qu'elle. Il ne put réprimer l'envie de signaler, d'un geste de la main, à l'aspirant en train d'écouter religieusement le discours de son maître, de regarder du côté de Marguerite. Mais quand il se retourna, elle avait déjà disparu. Sans prononcer une parole, elle était revenue rapidement vers ses sœurs pour prendre, d'une main leste, son bébé endormi au fond du landau. De loin, il la vit gagner la sortie du parc à toute allure.

Étonnée du départ précipité et inexplicable de sa sœur, Anne avait vainement tenté de la retenir.

— Marguerite ? Où vas-tu ? Qu'est-ce qui se passe, grands dieux ?

— Je rentre à la maison. Je… je me sens fatiguée, tout à coup. Je vais essayer de dormir. Je vous rejoindrai plus tard chez Rose-Marie pour le souper.

Pierre rejoignit Anne à grands pas et la retint de partir à la poursuite de la fugitive. Quelques mots d'explication suffirent à consterner tous les visages de la famille. Ainsi, le père Lacroix avait défroqué. Et il avait le front de revenir prêcher à Lowell la tête haute après avoir mis une fille enceinte et l'avoir abandonnée. Quel goujat ! Et apostat en plus ! Paul Boismenu esquissa une grimace.

— Il mériterait que je lui mette mon poing dans la face, l'écœurant !

Anne lui lança un regard noir. Qui était-il, celui-là, pour juger les autres ? Qui sait si lui-même, par les années passées, n'avait pas semé quelque descendant non déclaré… Mais elle chassa vite ces jugements téméraires. Elle avait bien d'autres chats à fouetter.

Une fois le discours du pasteur Anderson terminé, elle fit signe aux autres de partir sans l'attendre. Elle poussa un soupir et s'avança alors d'un pas déterminé vers l'estrade. Quelques paroissiens entouraient Antoine, tout contents de retrouver leur ancien vicaire malgré son changement d'appartenance religieuse. On n'en finissait plus de lui raconter les derniers événements et de lui donner des nouvelles du petit dernier ou de la grand-mère malade. Le père Lacroix avait été un prêtre apprécié des fidèles. On regrettait son départ, on s'informait de ses nouvelles croyances, de cette religion protestante pratiquée par la majorité des Américains, et qui en attirait plus d'un. On osa même demander les raisons de son changement d'obédience. Antoine répondait à chacun avec patience et gentillesse sans remarquer la présence d'Anne parmi l'attroupement.

Elle se mit à trépigner d'impatience derrière les derniers badauds jusqu'à ce qu'enfin Antoine lui-même l'aperçoive. Il s'approcha lentement d'elle, d'un pas hésitant, comme s'il voulait retarder jusqu'à la limite cette rencontre qu'il savait maintenant inévitable.

— Anne ! Comment allez-vous ? Je me disais bien que je rencontrerais l'une d'entre vous !

Après s'être assuré de n'être entendu que par la jeune femme, il la saisit par les épaules et plongea dans les yeux d'Anne son regard d'océan de toute évidence agité par une tempête déchaînée.

— Anne, je vous en prie, parlez-moi de Marguerite. Parlez-moi de Margot.

40

Les coups répétés à la porte tirèrent Marguerite du lit. Après avoir nourri l'enfant, elle s'était allongée à côté de lui et, tenant sa frêle menotte entre ses mains, elle s'était tournée de son côté.

Ce petit, son unique raison de vivre, ce souvenir vivant, tangible et palpable de l'homme de sa vie, ne lui suffisait-il pas ? Elle n'avait pas besoin de voir réapparaître sous ses yeux, plein de vitalité et plus beau que jamais, l'objet de sa peine, de ce chagrin qui n'en finissait plus de finir. Antoine… Comme si le hasard s'acharnait à aiguiser cruellement sa souffrance ! Pour quelle raison le destin s'acharnait-il ainsi à briser le château de verre de sa résistance ? Ce destin, elle le maudissait de toute la profondeur de son âme. Cette fois, il ne gagnerait pas la partie, le destin ! Cette fois, elle ne mordrait pas à l'hameçon. Antoine Lacroix pouvait bien prêcher là où il voulait, elle s'en moquait éperdument ! Du moins, essayait-elle…

Dans deux jours, elle serait en route pour Montréal. La distance la protégerait. Là-bas, au loin, elle retrouverait la sérénité de l'existence simple et confortable qu'elle avait entrepris de se bâtir tranquillement. D'ici là, elle resterait tapie dans cette maison et ne laisserait personne venir encore la troubler. Il n'y avait plus de place pour

Antoine Lacroix dans sa vie, et ce n'était pas maintenant que les choses allaient changer.

Elle s'était mise à parler à l'enfant à voix haute, haletante d'émotion.

— Un papa représente quelqu'un d'important pour un enfant, je le sais bien, mon petit Emmanuel. Je ne le sais que trop ! Mais quand ce quelqu'un contribue à nous rendre malheureux, aussi bien nous passer de lui et poursuivre le chemin sur lequel nous nous sommes déjà engagés, toi et moi... Pardonne-moi, mon fils, de ne pas te présenter ton père en ce moment. Je m'en sens incapable. Et je prends cette grave décision en espérant qu'un jour, tu comprendras.

Marguerite savait bien qu'un bébé de quatre mois ne pouvait comprendre quoi que ce soit à son discours, mais de prononcer ces mots à voix haute l'avait soulagée et aidée à approfondir sa décision. Le visage baigné de larmes, elle avait fini par sombrer dans un sommeil agité, peuplé d'orateurs déguisés en démons.

Le martèlement acharné sur la porte d'entrée finit par la réveiller.

— C'est bon, c'est bon, j'arrive ! Pas nécessaire de défoncer la porte !

Sans doute Anne et Pierre revenaient-ils la chercher pour le souper chez les Boismenu et ils avaient oublié leur clé. Elle ouvrit prestement et faillit perdre pied. Il était là, devant elle, pour elle, et il lui tendait un bouquet de marguerites.

Toute la rancœur envers Antoine qui minait Marguerite, toutes ses belles décisions, son choix d'indépendance, sa farouche détermination, son aplomb, sa ténacité à toute épreuve furent réduits à néant en une seconde. Même le souvenir des souffrances, au cours de l'année qui venait de s'écouler, explosa littéralement. Soudain, il n'existait plus rien d'autre au monde que la présence de cet homme adoré, là, devant elle, qui la regardait intensément de ses yeux brillants de larmes.

— Antoine !

— Mon amour…

Spontanément, ils tombèrent dans les bras l'un de l'autre. Tous les malentendus, toutes les rancunes, toutes les résolutions, le monde entier venait de s'effondrer autour d'eux.

— Tu as dit « mon amour », Antoine ?

— Marguerite, je n'ai pas cessé un instant de t'aimer ! Je sais tout, maintenant.

— …

— Margot, je t'aimerai pour l'éternité… L'avais-tu oublié ?

Ils avaient mille mots à échanger, des heures d'explications à partager, peut-être même des reproches à formuler, mais ils ne firent rien d'autre que de se réfugier dans cette étreinte muette en sanglotant. Ils restèrent là un temps infini, debout dans l'entrée, enlacés, soudés l'un à l'autre par un même trop-plein d'amour, incapables de se séparer ni de prononcer une parole.

Moment de grâce où les gestes en disent davantage que les mots. Moment de silence béni où le sentiment d'étreindre à la fois la vie, la mort, l'univers entier, mène sur les rives de l'absolu. Ce sont les pleurs du bébé qui les ramenèrent à la réalité.

— Emmanuel, mon fils, je n'en reviens pas ! Savais-tu que ce nom signifie « envoyé de Dieu » ? Anne m'a tout raconté tantôt, au parc. Tes lettres que je n'ai jamais reçues, sa méprise en m'annonçant que tu attendais l'enfant d'Hugo, et tout le reste. Marguerite, je...

— Chut ! Ne dis rien ! Suis-moi plutôt.

Elle caressa le bébé pour le calmer puis le souleva devant un Antoine désemparé et paralysé d'émotion. Au contact de son petit, Marguerite retrouva ses esprits et afficha le sourire le plus radieux de la Terre.

— Mon révérend père, voici votre fils envoyé de Dieu... Ou plutôt non, pas comme ça ! Je recommence : mon cher papa d'amour, voici ton petit Emmanuel chéri...

L'enfant comprit-il que l'homme devant lui était son père ? Il lui tendit les bras en souriant. Toujours figé, Antoine se mit à sangloter au lieu de se saisir du bébé. Marguerite dut lui tirer une chaise, croyant qu'il allait s'effondrer tant il paraissait ébranlé. Mais, à son grand étonnement, elle le vit se mettre à genoux en s'appuyant sur la chaise et joindre les mains en levant les yeux au ciel.

— Seigneur, aide-moi à supporter autant de bonheur…

Jamais Marguerite n'aurait cru qu'un homme puisse pleurer autant. Antoine paraissait inconsolable. Elle comprit alors que le destin, dans ses méandres tortueux, n'avait pas usé de cruauté qu'envers elle. Marguerite Laurin n'avait pas été la seule à souffrir de ces silences, de ces méprises et de ces erreurs. De l'autre côté de la frontière, Antoine aussi avait gravi son calvaire. Chavirée, incapable de se ressaisir, elle vint se blottir à genoux contre lui. Tous les deux pleurèrent un long moment, incapables de supporter autant d'émotions. Bien campé dans un coin du canapé, le bébé, dans son innocence, les gratifiait de ses plus beaux sourires.

— Regarde, Emmanuel veut se faire prendre !

Cette fois, Antoine accepta de serrer tendrement son enfant contre lui en se recueillant profondément, paupières baissées. Et ce visage absorbé rappela à Marguerite celui du prêtre qu'elle regardait lever l'hostie, autrefois, à la messe du matin dans l'église Saint-Joseph. « Antoine, je t'aime. » Oui, Emmanuel était vraiment l'enfant de Dieu…

— Mon fils… Comme il est beau ! Et comme je l'aime déjà ! C'est fou, il y a à peine une heure, j'ignorais son existence. Quand j'ai compris le malentendu qui nous avait séparés, je n'en croyais pas mes oreilles !

— Je t'avais pourtant écrit tout ça dans mes lettres, Antoine. Et même dans plusieurs lettres, au début de l'automne dernier.

— Une seule de tes lettres s'est rendue au presbytère avant mon départ : ta lettre de rupture.

— Comment ça, ma lettre de rupture ? Je ne t'ai jamais écrit de lettre de rupture ! Tu crois vraiment que j'aurais pu songer un seul instant à te quitter ? Allons donc ! Au contraire, toutes mes lettres te parlaient d'amour !

— Là, Marguerite, je commence à comprendre. Le père Garin ne m'a pas laissé lire cette lettre, je m'en souviens parfaitement tant j'étais frustré. Il l'a lancée devant moi dans la cheminée en affirmant haut et fort que tu me quittais définitivement et que notre histoire d'amour était bel et bien terminée. Je me rappelle l'avoir regardée se consumer dans les flammes avec un tel désarroi. Il y a de ces moments…

— Le père Garin a fait ça ? Je n'en reviens pas !

— Oui… Un bel écœurant ! Quand j'y songe, j'aurais le goût d'aller le battre !

— Antoine, Antoine… Qui donc prêchait le pardon, au parc, cet après-midi ? Parle-moi plutôt des autres lettres que je t'ai envoyées.

— Je n'en ai reçu aucune puisque j'ai quitté la paroisse dès le lendemain matin. Le père Garin, suite à son mensonge, a dû les mettre à la poubelle au fur et à mesure qu'elles arrivaient. Cependant, ton rejet aura eu au moins cela de bon : j'ai pris concrètement la décision qui me hantait. Depuis des années, je songeais à quitter l'Église catholique. Je n'y étais pas à ma place, ça ne l'avait jamais été.

— Mon rejet, mon rejet... Je t'en prie, Antoine, ne pense plus jamais ça ! Je n'ai jamais eu la moindre intention de te rejeter.

Emmanuel, sans doute contrarié parce qu'on ne s'occupait plus de lui, se mit à pousser de hauts cris. Antoine commença à l'embrasser fougueusement et à le chatouiller sous le regard attendri de la mère. Elle n'avait jamais imaginé le père Lacroix sous ce jour, et de le voir aussi paternel lui chavira le cœur. Il ferait le meilleur des papas. Le petit se mit à rigoler, et les éclats de rire du père et du fils coulèrent en elle comme le plus apaisant des remèdes, le calmant de toutes les douleurs, surtout celles de l'âme.

On prépara ensemble la purée et Antoine accomplit sa première véritable tâche de père : nourrir son enfant à la petite cuillère. Bien sûr, on retrouva des éclaboussures de carottes un peu partout autour, mais qu'importe, ce premier moment d'activité familiale resterait longtemps gravé dans la mémoire des parents enfin réunis.

Une fois le bébé rassasié et bien appuyé contre des oreillers, un hochet à la main, Antoine et Marguerite purent reprendre leur conversation interrompue.

— Je me sens responsable de notre malheur, Antoine. J'aurais dû t'informer de ma grossesse dès mon départ pour Montréal. Mais j'hésitais entre garder l'enfant ou le donner à l'adoption, tu comprends. Et je voulais aussi protéger ta réputation, toi, prêtre et vicaire.

— Moi aussi, je me sens coupable. Quand, en septembre, Anne m'a appris que tu attendais un bébé d'Hugo Dubuque, je l'ai crue. J'ai douté de toi, Marguerite, et je n'en suis pas fier. J'aurais dû chercher à te rejoindre pour entendre la vérité de ta bouche au lieu de me sauver loin de Lowell. Comment ai-je pu perdre confiance en toi à ce point? Il faut dire que la veille, le père Garin m'avait montré de loin ta soi-disant lettre de rupture. Les demandes en mariage répétées d'Hugo dont Anne m'a parlé ont tout fait basculer. Je n'ai eu qu'une idée : m'enfuir pour changer de vie. Et j'ai saisi l'occasion pour quitter l'Église catholique, comme tu vois.

— Et moi, je croyais que tu ne m'aimais plus. Moi, seule au monde avec mon secret, à Montréal, dans un hôpital pour filles-mères…

— J'ai erré de village en village pendant des semaines, Marguerite, complètement désabusé. Seule ma foi m'a sauvé, sinon je ne serais plus de ce monde. Dieu ne m'a pas abandonné. Un soir, à Manchester, le pasteur Anderson m'a ramassé ivre mort sur un banc de parc. Je ne me rappelais même plus mon nom. L'homme m'a hébergé, soigné, nourri, remis dans le droit chemin. Tranquillement, grâce à lui, j'ai repris goût à la vie.

Ma confiance en Dieu a grandi et mon besoin inné de dévouement s'est régénéré petit à petit. Je suis un mystique et jamais je ne pourrai changer cela. J'ai longuement fouillé dans les livres de théologie de mon sauveur et minutieusement étudié la doctrine de sa religion, puis j'ai décidé d'y adhérer et de me convertir au protestantisme pour devenir pasteur. Les croyances et les pratiques de l'Église baptiste évangélique me conviennent bien davantage que celles de l'Église catholique. De plus, les pasteurs protestants peuvent mener une vie plus normale en ayant le droit de se marier et d'avoir des enfants.

— Tu dois bien avoir un pied-à-terre quelque part ?

— Pour le moment, j'habite encore chez mon ami de Manchester au New Hampshire. Je viens de terminer ma formation et me sens prêt à voler de mes propres ailes pour porter la bonne parole aux hommes. Je t'avoue avoir hésité longtemps avant de suivre monsieur Anderson à Lowell. À la dernière minute, je n'ai pas trouvé le courage de prendre la parole, dans ce parc où je connaissais trop de monde. Je me sentais comme un traître…

En écoutant parler son bien-aimé, Marguerite pensa qu'il ne s'interromprait jamais et elle buvait ses paroles comme une assoiffée. Le bébé, pourtant, réclama plus d'attention, sans doute fatigué de sa position peu confortable. La mère décida de lui enfiler sa robe de nuit et de le mettre au lit sous l'œil émerveillé du père qui reprit la parole aussitôt la porte de la chambre refermée.

— Mais toi, Marguerite, je n'ai jamais cessé de t'aimer un seul instant, en dépit de tout. Quand j'ai vu Anne me faire signe, au parc, une seule pensée a surgi dans mon esprit : comment va ma petite Margot? Est-elle au moins heureuse avec son Hugo et leur bébé ? Je ne me doutais pas que peu de temps après, je me retrouverais ici, dans tes bras. Nous devons mille mercis à ta sœur, crois-moi, car, sans elle, nous serions repartis chacun de notre côté, le cœur toujours en charpie.

Dans son élan de générosité, Anne avait eu la délicatesse de spécifier à Antoine, en lui remettant l'adresse où se trouvait Marguerite, qu'elle ne s'inquiéterait pas si celle-ci ne se présentait pas au souper de Paul et de Rose-Marie. Elle ajouta que personne ne reviendrait au logement. Les Forêt dormiraient chez les Boismenu cette nuit. Manigance fraternelle pour laisser sa sœur régler ses problèmes de cœur. En apprenant cela, Marguerite se dit que jamais Anne n'aurait pu lui offrir de plus beau cadeau.

— Nous avons toute la nuit à nous, mon amour, pour reconstruire notre bonheur.

— Pas si vrai que ça, Antoine! Entends-tu Emmanuel pleurer? Je me demande bien pourquoi… Mais, j'y pense, tout à coup : je l'ai mis au lit sans lui donner le sein. Je n'aurais jamais cru que ça m'arriverait un jour. Disons que ce soir, les distractions ne manquent pas. Tout de même... Tiens, justement, je sens ma montée de lait.

Marguerite s'en fut chercher le petit gourmand et s'installa confortablement dans la berceuse. Sans faire de manières, elle dégrafa sa blouse et son corset et présenta le sein au bébé qui se tut immédiatement.

Antoine s'approcha et caressa le sein de la mère du bout des doigts.

— Marguerite, j'ai une proposition à te faire.

— C'est oui à l'avance, mon amour.

— Attends, attends, tu verras ! Ça va te demander réflexion. Après la tétée, nous allons sortir avec notre fils.

— Malgré l'obscurité ?

— Oui. Il faudra apporter quelques bougies, sans oublier le bouquet de marguerites, tu veux bien ?

41

L'immense excavation derrière le trottoir de la rue Merrimack sentait encore le ciment frais. Antoine, le bébé endormi sur son épaule, tendit la main à Marguerite, pour l'aider à y descendre.

— Pour l'amour du ciel, Antoine, que vient-on faire ici dans ce gigantesque trou noir, à une heure aussi avancée de la soirée ?

— Ici se trouvent les fondations de la future église Saint-Jean-Baptiste commandée par notre cher père André-Marie Garin. Tu sais sûrement que la vieille église Saint-Joseph tombe en ruine et ne suffit plus aux besoins du culte, les Canadiens venant de plus en plus nombreux s'installer à Lowell. Comme tu peux l'imaginer, cette église aura les dimensions d'une cathédrale.

Marguerite se demandait bien où Antoine voulait en venir. Le ton sur lequel il avait commencé son exposé lui faisait penser à un discours. L'ancien vicaire avait beau aimer disserter, elle ne pouvait croire qu'il l'avait amenée jusqu'ici pour préparer une prochaine allocution qu'il avait peut-être l'intention de prononcer dans ce lieu, ces jours prochains, à défaut d'aller dans un parc. Elle n'osa l'interrompre.

Ne se rendant pas compte qu'elle venait de pousser un léger soupir d'exaspération, Antoine continua sur sa lancée.

— Dans cet espace particulier où nous nous trouvons actuellement, des prières s'élèveront à toute heure du jour et de la nuit d'ici quelques années. On viendra y consacrer le pain et le vin, on y distribuera la communion, on y absoudra les péchés, on y célébrera des baptêmes, des mariages et des funérailles. Ce lieu mérite notre respect, Marguerite, car des hommes, des femmes et des enfants pénétreront dans cet espace avec l'intention de mettre leur âme à nu devant leur Créateur. Il n'existe pas de place pour le mensonge et l'hypocrisie dans un tel endroit. On vient dans la maison de Dieu tel quel, ou on n'y vient pas. Si les humains se permettent de tricher à l'extérieur de l'église, ici, ils n'ont pas le choix de se présenter humblement, tels qu'ils sont. Plus vrais que vrais. Comme les enfants de Dieu qu'ils sont. Ce temple du Seigneur qu'on érigera, comme toutes les églises du monde, sera celui de l'authenticité. Et de la vérité. Celui de l'espérance aussi. As-tu jamais songé à cela, Marguerite ?

Non, elle n'y avait pas songé. Elle se laissait davantage bercer par l'écho assourdi de la voix d'Antoine que par la signification réelle de ses paroles. Sous la voûte du ciel étoilé, au beau milieu de cette place déserte, la présence de son fils et de l'homme de sa vie réunis suffisait à la rendre doucement euphorique. Ce qu'elle pouvait les aimer, ces deux-là !

Comme Antoine n'avait pas reçu de réponse à sa question, il s'arrêta net de parler et chercha les bougies à tâtons. Il s'appliqua ensuite à les installer sur l'unique tréteau déniché sur les lieux en prenant soin de déposer au milieu, avec mille précautions, le bouquet de fleurs.

Intriguée, Marguerite le regardait faire sans broncher, en retenant son souffle. Elle qui avait cru passer la nuit au lit, bien au chaud dans les bras de son amant, voilà qu'il l'avait entraînée dans cet endroit bizarre pour venir y allumer des chandelles sur un vieux support servant à la menuiserie ! Elle ne put retenir une question.

— Veux-tu bien m'expliquer ce que tu fais là, mon chéri ?

— Attends, tu vas voir, il s'agit d'une surprise. Bon, j'y suis ! Alors, écoute-moi bien. Tu n'es pas sans savoir qu'un prêtre catholique demeure prêtre durant sa vie entière même s'il défroque ou s'engage dans une autre religion. En dépit de ma nouvelle allégeance de pasteur de l'Église baptiste, je me trouve donc en droit, en tant que prêtre catholique, d'administrer un sacrement dans ce lieu qui deviendra une église catholique. Tu es bien d'accord ?

Une fois de plus, Marguerite ne répondit pas, trop impressionnée. À travers la lueur des bougies, elle voyait briller les yeux d'Antoine. Jamais elle ne leur avait trouvé autant d'éclat.

— Tu sais, Marguerite, l'histoire ne retiendra pas cette courte cérémonie que nous allons célébrer maintenant, toi et moi. Dans quelques années, les gens vont venir s'agenouiller ici sans savoir que par une chaude nuit de juillet 1888, un homme et une femme s'y sont épousés, bénis par la main d'un prêtre, avec comme seul témoin un ange appelé Emmanuel. Viens, mon amour…

Toujours serrant son fils endormi contre son épaule, Antoine pria une Marguerite complètement abasourdie de s'approcher de lui. Avait-elle bien deviné ce qui allait se passer? Elle lança un faible cri, comme pour retenir un sanglot. Elle devait rêver, cela ne se pouvait pas. C'était trop beau pour y croire, plus qu'elle pouvait en supporter. Elle allait bientôt se réveiller et débouler dans la réalité, sa dure réalité.

Antoine ne lui laissa pas le temps d'éclater et lui tendit une main fébrile, puis il approcha son visage du sien.

— Marguerite Laurin, fille de Rébecca et de Joseph Laurin, consentez-vous, devant Dieu et devant les hommes, à me prendre, moi, Antoine Lacroix, pour légitime époux?

— Oui, je le veux.

— Et moi, Antoine Lacroix, alias Antony Cross, fils d'Isaïe et de Marie-Louise Lacroix, est-ce que je consens, devant Dieu et devant les hommes, à te prendre, toi, Marguerite Laurin, pour légitime épouse? Oui, je le veux. Nous sommes donc mari et femme. Que le Dieu tout-puissant bénisse notre union. Au nom du Père, du Fils et du Saint-Esprit. Amen.

Comme le moment était venu de passer les alliances, Antoine prit l'une des marguerites et en enroula la tige autour de l'annulaire de son épouse. Puis il tendit son propre doigt et la pria de faire de même. Il leva ensuite sa main droite pour bénir les étranges anneaux.

— Bénissez, Seigneur, nos humbles alliances, gages de notre amour éternel. Nous savons que, dans votre merveilleuse œuvre de création, la nature veillera fidèlement à renouveler ces tiges de vie à chaque année de notre existence, tout le temps de notre passage sur cette terre. Donnez-nous la grâce de renouveler de même cet amour que vous avez semé dans nos cœurs. Puissions-nous toujours nous en montrer dignes.

— Antoine, je t'aime.

— Et moi, Marguerite, je t'aimerai pour l'éternité.

Une légère brise s'amusa à souffler sur les bougies et les éteignit une à une. Silencieux, soudés l'un à l'autre, les époux s'embrassèrent longuement sous le regard bienveillant de la lune. Enveloppé dans sa couverture, le petit Emmanuel dormait comme un ange.

42

Deux jours plus tard, sur le quai de la gare de Lowell, les adieux entre Marguerite et les siens s'effectuèrent sur un ton presque joyeux. Évidemment, Anne ne put s'empêcher d'essuyer une larme, tout comme Camille qui mettait dorénavant ses plus grands espoirs dans les promesses de sa sœur aînée. Ne s'était-elle pas engagée à la faire venir bientôt à Montréal auprès d'elle ?

— Donne-moi quelques semaines, sœurette. Le temps de me retourner et je te fais signe dès qu'une solution se présente. On ne va pas t'oublier, promis, main sur le cœur, n'est-ce pas, mon chéri ?

Aux côtés de Marguerite, le chéri, rayonnant, s'occupait des billets, des bagages et même du bébé. Quand, la veille, elle avait appris la nouvelle du mariage secret de sa sœur, Anne avait sauté de joie et organisé un grand souper de fête, et en même temps d'adieu, pour les nouveaux mariés. Elle n'aurait pu souhaiter meilleur dénouement au drame vécu par son aînée.

Antoine avait pris la décision d'accompagner sa femme à Montréal, histoire de tâter le terrain. Depuis des mois, il avait son pied-à-terre à Manchester, mais l'idée l'emballait d'aller exercer son ministère dans son pays d'origine. Qui sait si l'Église baptiste n'apprécierait pas ses services dans la région montréalaise ? Une chose était certaine et coulée dans le béton : lui et Marguerite ne se sépareraient plus jamais même s'ils ignoraient encore à quel endroit ils fonderaient leur foyer. Ils allaient vivre au grand jour comme mari et femme, convaincus de la validité du sacrement qu'Antoine avait administré, l'avant-veille, dans l'espace qui deviendrait l'église Saint-Jean-Baptiste de Lowell.

Quelques minutes avant le départ du train, Marguerite jeta un œil furtif sur la voie ferrée dessinant ses détours à travers les bosquets pour finalement disparaître dans un tournant. Elle se rappelait un autre jour tout aussi ensoleillé, il y avait déjà quelques années, où elle avait regardé partir un autre train, avec à son bord un Simon Lacasse rempli de promesses de retour. La vie en avait décidé autrement, et elle ne regrettait rien. Aujourd'hui, c'était elle qui partait vers l'aventure, le cœur bercé d'espoir en un bonheur qu'elle méritait bien, enfin.

Le couple allait s'engager sur le marchepied quand Anne s'écria à brûle-pourpoint :

— Hé ! j'ai une surprise pour vous ! J'ai attendu à la dernière minute pour vous l'apprendre en guise de cadeau de départ : j'attends un autre bébé !

Note de l'auteure

Les oblats de Marie-Immaculée, André-Marie Garin et Lucien Lagier ont réellement travaillé dans la paroisse francophone de Lowell. Les sœurs Grises Saint-Lucien et Sainte-Léontine dirigées par sœur Plante ont également enseigné à l'école Saint-Joseph, de même que l'avocat Hugo Adélard Dubuque s'est avéré être un important défenseur des droits des francophones. Par contre, dans ce roman, les interventions de ces personnages auprès de la famille Laurin sont purement fictives et fruit de l'imagination de l'auteure.

À noter que le pamphlétaire Calvin Almaron, l'écrivain Prosper Bender, le syndicaliste Foster, le révérend Joseph Strong, Mgr Hendriken, de même que l'architecte Félis Albert, le juge de paix Magloire Ducharme et les abbés McGee et Joseph Laflamme ont également fait partie de l'histoire des francophones de la Nouvelle-Angleterre.

L'Insoutenable Vérité

Tant que des femmes pleureront, je me battrai.
Tant que des enfants auront faim et froid,
je me battrai.
Tant qu'il y aura un alcoolique, je me battrai.
Tant qu'il y aura dans la rue une fille qui se vend,
je me battrai.
Tant qu'il y aura des hommes en prison, et qui n'en sortent que pour y retourner, je me battrai.
Tant qu'il y aura un être humain privé de la lumière de Dieu, je me battrai.
Je me battrai,
Je me battrai,
Je me battrai.

William Booth,
Fondateur de l'Armée du Salut

À Audette P., pour sa générosité,
son courage et ses précieuses confidences

1

— Attends-moi ! Tu vas trop vite, je n'arrive pas à te suivre ! Antoine se retourna avec un air désolé. Encore une fois, il prenait les devants en oubliant que son rythme naturellement athlétique coïncidait mal avec celui, plutôt lent et laborieux, de sa bien-aimée. Surtout en raquettes. Et surtout sur une pente ascendante.

Le regard que Marguerite lui lança, à la fois indigné et inconsciemment enjôleur, déclencha chez lui le plus divin des sourires. Ce qu'elle lui paraissait séduisante, ainsi attifée de vêtements d'homme ! Comme si le port d'un pantalon et de grosses bottes aiguisait sa féminité, ses longs cheveux châtains dépassant de sa tuque enfoncée jusqu'aux yeux, ses lèvres en forme de cœur et sa silhouette si gracile sous la veste de peau. Il ouvrit spontanément les bras pour qu'elle puisse s'y blottir.

— Ah ! je t'aime tellement, toi, la plus mignonne, la plus merveilleuse des femmes !

Presque aussi adorable que les plus grandes saintes du paradis !

— Oui, mais moi, je n'ai pas la patience d'une sainte. Grrrr...

Le souffle court et les joues rougies par le froid, Marguerite se jeta contre son mari avec un tel élan qu'ils tombèrent tous les deux à la renverse dans la neige profonde avec un grand éclat de rire.

— Ah ! mais tu veux me faire mourir, mon petit Tony !

Elle s'amusait parfois à l'interpeller de cette manière, souvenir de l'été précédent où le beau vicaire Antoine Lacroix, métamorphosé en pasteur protestant dénommé Anthony Cross, montait sur les tribunes pour prêcher l'Évangile selon les préceptes de l'Église baptiste. Bien sûr, en réintégrant le Canada, le prêtre défroqué avait repris son identité québécoise, mais le nom de Tony ravivait encore chez Marguerite son immense bonheur d'avoir retrouvé, dans un parc de Lowell, un certain après-midi de juillet, celui qu'elle aimait le plus au monde et qu'elle avait cru perdre à jamais.

Six mois déjà qu'ils vivaient ensemble, et elle n'en revenait pas encore. Il faut dire que depuis ce moment béni, il s'était passé tellement de choses. Après un long séjour dans la communauté protestante de Grande-Ligne[1], dans la région du Richelieu, ils étaient enfin de retour à

1. Village situé à une cinquantaine de kilomètres à l'est de Montréal, appelé aujourd'hui Saint-Blaise-sur-Richelieu.

Montréal, lui devenu officiellement ministre de l'Église baptiste du Québec et elle, nouvellement convertie au protestantisme par la force des choses.

Marguerite se mit à lancer de la neige à Antoine, une neige fine et poudreuse jusqu'à ce qu'il réussisse à se tourner au-dessus d'elle et à lui couvrir le visage de baisers.

— Cette fois, je te tiens, vilaine ! Tu vas mourir étouffée d'amour, ma chère. Et vlan ! vers le purgatoire !

Marguerite eut l'impression que leur tumulte retentissait sur le tout le mont Royal.

— Chut ! S'il fallait qu'on nous découvre…

— Ben quoi ? C'est le carnaval, non ?

— Pas pour des amoureux comme nous. La horde des Trappeurs[1] ne va pas tarder à nous rejoindre. S'il fallait qu'un curé fasse partie de leur club, ou de celui de Saint-Georges[2], ou de Saint-Charles[3]…

— Puis après ? Je connais très peu de prêtres à Montréal et, de toute façon, ma belle, les curés ne vont pas au carnaval.

— Et s'il passe un journaliste trop catholique ou trop curieux qui te reconnaît ?

— Oublie ça, Marguerite. C'est terminé, ces histoires de nous cacher, toi et moi. Nous

1. Association sportive pour la pratique de la raquette.
2. Association sportive pour la pratique de la raquette.
3. Association sportive pour la pratique de la raquette.

sommes maintenant légalement mari et femme. Il va bien falloir t'y faire. Viens, descendons de la montagne et allons rejoindre la foule pour profiter plutôt de cette magnifique journée de congé.

Ce congé-là, ils le devaient à monsieur et madame Greenberg. Le matin même, après avoir signé un bail pour la location d'un logement de la rue Émery, disponible dans les prochains mois, ils s'étaient rendus chez cette riche famille de l'ouest de la ville où Marguerite avait fait office de gouvernante et de professeur de français après la naissance d'Emmanuel. Non seulement ils avaient l'intention de leur présenter fièrement Emmanuel, leur fils de onze mois, et de faire étalage de ses progrès, mais ils désiraient surtout rencontrer Camille, embauchée depuis son arrivée, au début du mois d'août, en remplacement de sa sœur auprès des cinq petits Greenberg.

L'été précédent, après leur départ précipité pour Montréal avec le bébé, au lendemain de leur mariage secret à Lowell, Marguerite et Antoine avaient quelque peu tourné en rond dans les rues de Montréal. Même s'ils avaient enfin retrouvé le bonheur, l'urgence de réorganiser promptement leur vie les avait passablement ébranlés. Que désiraient-ils en réalité ? Où s'installer ? Existait-il une communauté baptiste francophone dans la métropole ? Comment gagner leur pain? Où Antoine dénicherait-il un travail pour faire vivre sa famille? Marguerite ferait-elle mieux de reprendre son emploi chez les Greenberg ou bien de s'occuper exclusivement du bébé et de son mari?

Encore une fois, Rémi et Éva Beaulieu, les amis de Marguerite, s'étaient montrés d'un grand secours. Dès la première rencontre en couples, les nouveaux mariés avaient rappelé à leur mémoire la défection de l'ancien prêtre. Pas question de leur cacher la vérité. D'ailleurs, le médecin et sa femme ne s'étaient montrés ni surpris ni scandalisés, ils étaient même gardés d'émettre des commentaires. L'année précédente, Marguerite les avait déjà mis au courant de l'origine réelle du bébé au moment où elle se trouvait à la Miséricorde. Au contraire, Rémi, à peu près du même âge qu'Antoine, avait accueilli le pasteur avec une solide poignée de main.

— Bien content de savoir que tu nous ramènes définitivement Marguerite au Québec, mon vieux! Mais si je peux te donner un conseil d'ami, mieux vaudrait ne pas dévoiler à la bonne société montréalaise ton abandon de la prêtrise. On porte jugement facilement, par ici.

Il avait raison. Pourquoi révéler au public un passé que le couple risquerait de traîner comme un boulet? La page était tournée, il fallait repartir du bon pied dans la vie sans être constamment montré du doigt par le clergé ou gêné par les médisances des commères et le mépris des bien-pensants. Officiellement, Marguerite Laurin revenait des États-Unis au bras de son mari et père de son enfant, le pasteur baptiste Antoine Lacroix, rencontré là-bas. L'ancienne appartenance de l'époux à l'Église catholique demeurerait un secret bien gardé. Le couple présenterait dignement son bébé, ce pauvre petit né au Canada pendant que son père se remettait, en Nouvelle-Angleterre, d'une grave attaque des poumons par le bacille de Koch, maladie qui avait failli l'emporter. Vérité à peine déformée, en réalité, car Antoine avait déjà, par les années passées, souffert de la tuberculose. C'était là la version modifiée de l'histoire de la petite famille Lacroix. Seuls leurs proches et leurs rares amis connaîtraient la vérité.

De plus, Rémi avait dirigé le couple passablement désorienté vers la bourgade agricole de Grande-Ligne où existait justement une institution baptiste : l'Institut Feller, fondé en 1836 par Henriette Feller, missionnaire suisse, assistée d'un jeune pasteur, Louis Roussy.

— Si je me rappelle bien, mon père fréquentait, il y a une quinzaine d'années, un certain monsieur Normandeau autrefois chargé de l'enseignement supérieur, puis directeur de cette école, et maintenant à la retraite. À l'époque, la haute qualité de l'éducation et des apprentissages qu'on y délivrait attirait même des élèves provenant de certains foyers catholiques. J'ignore si les choses ont changé aujourd'hui, mais si vous allez directement sur place pour vous présenter, je mettrais ma main au feu qu'on n'hésitera pas à retenir les services d'un jeune ministre diplômé en théologie et de sa femme, institutrice de profession. Une mine d'or pour eux! Sinon, j'essayerai de retracer cet homme pour lui demander conseil.

Rémi n'eut pas à rechercher le fameux monsieur Normandeau. On avait engagé le couple sur-le-champ, et Marguerite s'était retrouvée dans l'obligation de remettre sa démission définitive au couple Greenberg. Elle se plaisait dans cette famille, pourtant, et elle s'était attachée aux enfants qui le lui rendaient bien. Avant de les quitter pour la vallée du Richelieu, elle leur avait présenté Antoine, ayant décidé de divulguer à monsieur et madame Greenberg son histoire d'amour avec lui. Elle leur devait bien ça! Ces gens l'avaient recueillie, dépannée et prise à leur service sans lui poser de questions. Comme elle avait l'intention de continuer à les fréquenter, elle n'aurait pu supporter une relation imprégnée de dissimulation. C'en était fini des mensonges envers ceux qu'elle considérait comme des amis. Elle avait maintenant envie de fonctionner ouvertement et sans cachotteries.

À l'instar du docteur et de sa femme, les Greenberg n'avaient pas semblé impressionnés outre mesure par l'aveu de l'apostasie d'Antoine. La famille appartenait à l'Église méthodiste où, là aussi, le clergé avait droit au mariage. Au contraire, on avait accueilli le révérend Lacroix comme un grand fils, et il leur en avait su gré, lui qui avait perdu ses parents longtemps avant de connaître Marguerite.

Quelques jours à peine après leur arrivée dans la métropole, l'été précédent, Marguerite et Antoine avaient vu surgir Camille en catastrophe. Après l'agression sexuelle de Paul et à cause du logement trop exigu de sa sœur Anne, l'adolescente, sans emploi et sans autre moyen de survivre, avait dû quitter rapidement les États-Unis pour venir se soumettre à la tutelle de sa grande sœur.

Le destin avait bien arrangé les choses : la sœurette avait pu remplacer son aînée chez les Greenberg. Sur la forte recommandation de Marguerite, on avait embauché la jeune fille déjà expérimentée dans le soin des enfants à Lowell, chez les Boismenu. Malgré le fait qu'elle ne possédât pas de diplôme en enseignement pour aider les jeunes à améliorer leur français, Camille était parfaitement bilingue et, grâce aux enseignements de la Française Angelina, elle parlait un langage châtié autant en français qu'en anglais. Cela avait suffi pour séduire monsieur et madame Greenberg. De plus, elle dispenserait aux petits des cours de piano, discipline qu'elle maîtrisait à la perfection.

Évidemment, l'adolescente s'était sentie quelque peu décontenancée quand elle avait vu sa sœur et son beau-frère s'en aller définitivement à Grande-Ligne quelques jours plus tard. Mais Marguerite l'avait rassurée.

— T'en fais pas, Camille, il s'agit d'une situation temporaire. Une fois installés à l'Institut, on trouvera bien le moyen de te faire venir là-bas et de te procurer une activité intéressante pour gagner ta vie. Et… qui sait s'il n'existe pas une haute concentration de princes charmants dans la région !

Mais Marguerite faisait erreur. Elle n'avait pas prévu qu'après quelques mois d'entraînement à l'Institut Feller, la direction allait leur suggérer fortement de retourner à Montréal pour y fonder un centre baptiste francophone, compte tenu des grandes qualités d'initiative et de compétence de leur couple.

On obligea néanmoins Marguerite à se convertir à la religion baptiste. Cela n'avait déclenché chez elle que très peu de problèmes de conscience. Sa foi déjà boiteuse n'allait pas s'encombrer des différences qui séparaient l'Église protestante de l'Église catholique. De toute manière, comme Antoine, ses convictions l'attiraient davantage vers le protestantisme, qu'elle considérait comme plus humain et à l'esprit plus large, basé uniquement sur les préceptes enseignés dans l'Évangile. L'importance accordée aux femmes l'avait séduite d'emblée. Contrairement aux catholiques, les femmes de pasteur se devaient de jouer un rôle prépondérant dans l'exercice du ministère de leur époux.

D'ailleurs, elle aurait accepté de suivre son Antoine chéri n'importe où et dans n'importe quelles conditions. Et le fait qu'une certaine nuit, ils se soient épousés à Lowell dans les structures de l'église Saint-Jean-Baptiste, sous la bénédiction sacerdotale d'Antoine lui-même, donc par un sacrement valide, avait satisfait à ses principes moraux. Elle pouvait dorénavant vivre en femme mariée avec la conscience en paix. Dès leur arrivée à Montréal, les nouveaux époux avaient officialisé civilement leur union, et c'est comme mari et femme, parents d'un enfant, qu'ils s'étaient présentés aux autorités de l'Église baptiste franco-canadienne.

Pour l'installation d'un centre francophone dans un quartier de Montréal, l'Église baptiste prévoyait de leur fournir un certain soutien financier. Il s'agissait d'abord de dénicher un local approprié. C'est ainsi qu'en ce jour enneigé de février 1889, Marguerite et Antoine avaient passé une grande partie de la matinée à la recherche d'un lieu convenable et suffisamment vaste pour loger leur petite famille. Ils prévoyaient de l'utiliser pour l'exercice du culte, les dimanches et les jours de fête, et aussi dans le but de recevoir des élèves, adultes et enfants, pour l'enseignement gratuit du français les jours de semaine.

On avait trouvé l'endroit idéal en fin d'avant-midi, sur la rue Émery près de Saint-Denis. Dans l'arrière-cour d'un logement aux dimensions respectables s'érigeait un très grand hangar désaffecté dont le coût d'utilisation était compris dans le loyer. Antoine, pourtant peu expérimenté en construction, avait toisé les murs du bâtiment de planches avec un air de connaisseur.

— Il suffira de poser un bon isolant pour parer aux grands froids et l'affaire sera dans le sac !

On venait de tomber sur l'endroit idéal dans un quartier populaire francophone et fort grouillant. Toutefois, en attendant de prendre possession des lieux, Antoine et Marguerite n'avaient pas le choix de retourner poursuivre leur œuvre à Grande-Ligne pour encore quelques mois.

Une fois le marché conclu, en ce dernier jour du carnaval d'hiver de la ville, le couple s'était donc dirigé, avec le bambin dans les bras, vers la résidence cossue des Greenberg, rue McGill. Contre toute attente, Camille avait très peu réagi en voyant arriver sa sœur. C'est à peine si elle s'était penchée sur son neveu qu'elle n'avait pourtant pas vu depuis l'été. Si Marguerite remarqua une vague morosité au fond du regard de sa cadette, l'agitation des jeunes Greenberg eut tôt fait de la distraire, et elle avait remis son questionnement à plus tard. Avant peu, elle serait davantage en mesure de s'occuper des états d'âme de Camille. L'annonce de leur décision de s'installer pour de bon à Montréal allait sûrement suffire à ramener la bonne humeur de sa jeune sœur.

Madame Greenberg, fort heureuse de cette visite impromptue, avait insisté pour que les jeunes mariés participent aux festivités du carnaval et s'était empressée de sortir deux paires de raquettes et des vêtements de sport d'une armoire.

— Prenez donc congé pour le reste de la journée, *my dear*! Et ne vous en faites pas pour votre petit *angel*, toute la famille va s'en occuper. Nous irons tous vous retrouver ce soir avec Camille et Emmanuel pour la clôture du carnaval. L'attaque du palais de glace est un événement à ne pas manquer, *you know*.

C'est ainsi que les deux tourtereaux se retrouvèrent sans leur rejeton, en cette fin d'après-midi, en train de s'embrasser, enfoncés dans la neige d'une pente douce du mont Royal. Après avoir minutieusement secoué leurs habits, ils dévalèrent le flanc sud de la montagne pour prendre ensuite le tramway hippomobile et se rendre au centre-ville, à travers les rues maintenant éclairées électriquement, en plein quartier Saint-Antoine où avaient lieu la plupart des festivités.

Les activités comprenaient des jeux et des mascarades sur patins, des promenades en traîneaux, des courses en raquettes, des glissades, des parties de curling, sans parler des réceptions et des banquets officiels. Cette année-là, tous les arcs, monuments et palais de glace portaient la marque du castor, l'emblème du Canada. Des conifères faisaient également partie du décor et ornaient rues et trottoirs.

Perdus dans la foule bigarrée, leurs raquettes sous le bras et main dans la main, Marguerite et Antoine n'avaient pas assez d'yeux et d'oreilles pour tout admirer, assourdis par les flonflons des fanfares et les cris de joie et d'encouragement des badauds regroupés autour des patinoires et des glissoires.

Au bout d'un certain temps, Antoine tiqua.

— As-tu remarqué, Marguerite, comme ça parle peu français autour de nous ?

— C'est connu, mon amour : les Canadiens français participent peu aux activités du carnaval conçues surtout pour les touristes et les riches anglophones qui peuvent se permettre de prendre congé. Les nôtres sont au travail. Ils n'ont pas suffisamment d'argent pour se procurer des billets de participation et ne possèdent pas non plus les équipements nécessaires. Il faut dire aussi que les principales manifestations se déroulent dans l'ouest de la ville, chez les anglophones. Malheureusement, le carnaval passe presque inaperçu dans les quartiers ouvriers.

— Sans parler du prêchi-prêcha de l'Église catholique qui a dû influencer les Canadiens français. Savais-tu, Margot, que, selon les bons curés, tu manques présentement aux principes élémentaires de la pudeur et que tu mets ta vertu en danger en t'habillant en homme pour te promener en raquettes ? Cette activité mixte n'a rien pour rassurer sur ta moralité, tu sauras ! Sans parler des risques que tu prends concernant ta frêle santé de femme. Regarde la patinoire Victoria, là-bas. Garde-toi bien d'aller y patiner, ma chère ! Que voilà une véritable occasion prochaine de péché ! Tous les prédicateurs en ont parlé dans les paroisses, la semaine dernière, d'après ce qu'on m'a raconté. Même les journaux l'ont répété, les uns endossant allégrement ces idées, les autres scandalisés par de tels propos.

Antoine se mordit les lèvres pour réprimer un sourire, trop content de ne plus se sentir associé à ces discours moralisateurs.

Vers les dix-neuf heures, tous se rejoignirent pas très loin du square Dominion. On s'était donné rendez-vous sous les fenêtres de l'hôtel Windsor. Les Greenberg s'y trouvaient au grand complet, le père, la mère et leurs enfants, de même qu'une Camille fort excitée tirant derrière elle, bien emmitouflé dans une couverture de fourrure au fond d'un traîneau, le petit Emmanuel profondément endormi malgré le vacarme environnant. La mine réjouie de sa sœur rassura quelque peu Marguerite.

L'apothéose du carnaval survint enfin, au grand plaisir d'une foule de près de cinquante mille personnes. Des centaines de raquetteurs se regroupèrent autour de l'énorme et magnifique palais de glace. À l'intérieur de la forteresse, une garnison de défense formée de miliciens et de pompiers s'installa dans les tours dont on barricada les portes. Au signal donné par un coup de canon pour le lancement d'une fusée lumineuse, les raquetteurs munis de pièces pyrotechniques se ruèrent sur les murs du palais. Les assaillants et les défenseurs se livrèrent bataille sous une pluie d'étincelles. Selon le scénario établi à l'avance, les assiégés finirent par capituler, et les raquetteurs, après leur invasion du palais, entreprirent une marche triomphale aux flambeaux vers le mont Royal pour y allumer un autre gigantesque feu d'artifice.

Serrée contre Antoine, Marguerite assistait à la fête avec des yeux éblouis. Mais, plus fracassant que le bruit des détonations, plus intense que les pétarades enchanteresses sur le ciel sombre, plus retentissant que le tapage de la foule en délire, un grand feu de joie éclatait à l'intérieur d'elle-même. Une joie délirante et profonde, bouleversante et tout aussi impressionnante que le plus prodigieux feu d'artifice du monde. Une joie pourtant insoupçonnée par ceux qui l'entouraient. Une joie si intense, si immense, que Marguerite retint difficilement les larmes chaudes qui lui embrouillaient la vue. « Mon bel Antoine, tu es là, et l'avenir se dessine enfin concrètement devant nous. Ces explosions, ces feux, ces couleurs, ces clameurs, tout ce bruit ne sont rien à côté de l'incendie qui brûle dans mon âme pour toi, mon amour. »

Quand elle aperçut au loin le salut amical dont la gratifia Rémi, accompagné d'Éva et de leurs jumelles, la joie silencieuse de Marguerite atteignit son paroxysme. Le médecin était en train de soigner un pompier légèrement blessé à la jambe par une pièce pyrotechnique. Même les Beaulieu se trouvaient par hasard auprès d'elle en cette fantastique célébration de la joie. Quel bonheur !

À part sa sœur Anne, sans doute à la veille d'accoucher à Lowell en ce moment même, Marguerite Laurin se trouvait entourée de tous ceux qui comptaient pour elle. Ceux qui meubleraient dorénavant son univers. Manquait aussi Béatrice, la fille-mère en quelque sorte adoptée à l'hôpital de la Miséricorde lors de la naissance d'Emmanuel, et dont elle était sans nouvelles depuis quelque temps. Tous les autres, tous ceux qui l'aimaient et qu'elle aimait étaient présents en ce soir de fête. Son nouveau monde. Le nouveau monde de sa nouvelle vie…

Eux seuls savaient la vérité à son sujet et aucun ne l'avait jugée. On la respectait, on l'accueillait, on l'estimait. Tous feraient dorénavant partie de cette existence qui commençait en ce jour précis où Antoine et elle venaient de signer un bail pour s'installer à demeure à Montréal et se lancer, le printemps venu, dans une formidable aventure. Leur amour, éclos dans le remords et la clandestinité, leur amour si cruellement retenu, pourrait enfin éclater au grand jour comme ces feux d'artifice qui éclairaient la nuit. Sa nuit. Une nuit trop longue où elle avait erré trop longtemps... Depuis ce jour inoubliable où Rébecca, emportée par la mort, avait abandonné ses trois petites filles aux mains d'un père ingrat qui les avait entraînées au bout de l'exil. Elle avait alors treize ans...

Soudain, aux yeux de la jeune femme, ces merveilleux feux d'artifice, symboles de réjouissance, marquaient la fin de toutes ces années de misère. Le temps était venu de prendre racine ailleurs, dans une terre fertile dont l'homme de sa vie serait le jardinier. Le temps était venu de regarder en avant, vers un horizon rempli de soleil. Le temps était venu, enfin...

Monsieur Greenberg profita du tumulte pour offrir une gorgée de caribou à la ronde, « *to warm up* ». Si Antoine accepta allègrement d'y tremper les lèvres, les femmes refusèrent avec une grimace de dégoût. Marguerite se dit qu'elle n'avait pas besoin de cela pour se réchauffer.

Antoine devina-t-il l'état d'âme de sa femme ? Il s'approcha soudain et darda son regard bleu sur elle sans prononcer une parole. Il y avait des étoiles dans ces yeux-là. L'espace d'un moment, perdus dans la foule, les deux amoureux se sentirent seuls au monde. Elle sut alors qu'il partageait son euphorie.

À leurs pieds, Emmanuel dormait en toute innocence dans son petit traîneau.

2

Le nez collé contre la vitre, Anne regardait d'un œil distrait passer les piétons sur le trottoir d'en face. Dans quelques minutes, on frapperait à sa porte. Dix fois elle était retournée devant le miroir pour vérifier sa coiffure, ajuster son col et les plis de sa jupe. Dix fois elle avait fait le tour du logement imprégné d'un arôme de gâteau aux pommes renversé. Elle ne cessait de replacer un objet ou de s'assurer d'avoir éliminé le moindre brin de poussière sur les meubles. Le curé de la paroisse francophone Saint-Joseph de Lowell serait bien accueilli.

Le père Garin semblait la bouder depuis le départ d'Antoine et de Marguerite, à la fin de l'été précédent. À tout le moins en avait-elle l'impression. À la sortie de la messe du dimanche, au moment où il offrait une chaleureuse poignée de main à ses paroissiens sur le parvis de l'église, elle s'était aperçue qu'il détournait systématiquement les yeux sur son passage. Cette manigance maintes fois répétée ne semblait pas alarmer son mari Pierre qui n'y voyait que l'effet du hasard.

Mais aujourd'hui, monsieur le curé effectuait ses visites de paroisse dans la rue où ils habitaient et il n'avait pas le choix de venir la rencontrer. En dépit de l'absence de son mari, Anne s'était surpassée pour rendre sa maison propre et accueillante. Il fallait absolument mettre un terme à ce malaise et, sinon de faire véritablement le point sur certains sujets délicats, elle souhaitait à tout le moins casser la glace avec lui.

Hélas, du haut de sa fenêtre, elle vit avec stupéfaction le curé sonner chez la voisine de droite, puis vingt minutes plus tard chez la voisine de gauche, sans se présenter devant sa porte. Quoi ? Le curé la fuyait au point de ne pas remplir son devoir de la visiter ? Ainsi, elle ne se trompait pas, même si Pierre blâmait son imagination trop fertile. De toute évidence, le père Garin l'évitait volontairement. Pour quelle raison, elle se refusait d'y songer. Il la connaissait bien, pourtant, pour l'avoir hébergée au presbytère à quelques reprises, en compagnie de sa sœur Marguerite, durant leurs premières années aux États-Unis.

Afin de se rassurer, elle mit sur le compte d'une raison personnelle ce refus de venir chez elle précisément ce jour-là. Sans doute le prêtre voulait-il lui consacrer plus de temps qu'aux autres et reviendrait-il le lendemain ou un autre jour, tout gaillard et prêt à discuter de certaines choses avec bonhomie. De ces « certaines choses » dont elle se doutait avec appréhension et qu'en même temps elle tentait de repousser dans le déni.

Cependant, au bout de deux semaines, le prêtre ne s'était toujours pas présenté. Un bon matin, ne tenant plus en place, elle glissa l'argent de la dîme dans une enveloppe, installa sa fille Élisabeth dans son landau et, prenant son courage à deux mains, se rendit au presbytère. Il lui fallait tirer les choses au clair. La chance était au rendez-vous : elle tomba pile sur le père Garin, en train de travailler seul à son bureau. Elle le vit aussitôt pâlir avant de reprendre contenance et de redresser altièrement la tête.

— Mon père, je vous apporte ma dîme. Vous êtes passé tout droit devant notre porte, il y a quelques semaines, et vous n'êtes pas revenu. J'aimerais bien savoir pour quelle raison vous me fuyez de la sorte depuis quelques mois.

Le prêtre fit la moue, comme frappé de surprise. Sans doute ne s'attendait-il pas à autant de franchise.

— Je ne vous fuis pas, voyons! Qu'allez-vous chercher là? Quant à ma visite chez vous, il s'agit probablement d'une simple distraction de ma part.

— Ah bon. Je croyais…

— Ne croyez rien, mon enfant, je vous en prie. Euh… comment va votre sœur?

— Camille? Elle se porte très bien. Elle travaille maintenant à Montréal pour les gens chez qui Marguerite...

— Marguerite! Ah… celle-là! Toujours avec mon vicaire?

Anne se sentit ébranlée. Ainsi le père Garin était au courant, elle ne s'était pas trompée. À n'en pas douter, sa froideur méprisante provenait de là. En dépit de la fuite rapide des mariés, réfugiés à Montréal, quelqu'un avait probablement renseigné le curé au sujet de la liaison de Marguerite avec le père Lacroix.

— On vous a informé de… des aventures de ma sœur ? Marguerite s'est convertie à la religion protestante, vous savez, et elle travaille actuellement à la propagation de l'Évangile avec son époux, le ministre Lacroix. Ils sont maintenant officiellement mari et femme.

— Le pasteur Cross, vous voulez dire. L'apostat…

Le père Garin se leva, manifestement énervé par la tournure de cette conversation qu'il aurait sans doute voulu éviter. Il s'appuya contre son bureau, directement en face d'Anne.

— Comme je vous trouve naïve, ma belle enfant ! Il a suffi qu'un paroissien aperçoive votre sœur de retour de Montréal avec un bébé dans les bras et qu'un autre la voie prendre le train en compagnie du vicaire défroqué pour tirer facilement des conclusions. Un et un font deux, ma chère. Tout le monde à Lowell connaît maintenant cette sale et abominable histoire qui fait la honte de notre paroisse à travers tout le nord-est des États-Unis.

Sans s'en rendre compte, le curé, rouge de colère, se tordait la bouche et martelait fébrilement la paume de sa main de son poing crispé. D'abord assommée, Anne bondit à son tour, prête à affronter le curé dans un face-à-face rempli de hargne. Cet homme-là jetait la pierre trop facilement, et elle allait lui rappeler vertement les règles de la charité chrétienne qu'il avait le front de prêcher du haut de la chaire sans les pratiquer.

— Sale et abominable, dites-vous ? Moi, je n'écoute jamais les cancans et j'ignorais que des ragots courent au sujet de ma sœur. Quel dommage ! Les gens portent des jugements et répandent des médisances sur notre famille tout en m'évinçant de leur route exactement comme vous le faites. Et cela me donne la nausée, vous saurez, monsieur le curé ! La nausée…

— Ne me tenez pas responsable de ces rumeurs, ma fille. Ce genre de nouvelles ne met pas de temps à se répandre comme une traînée de poudre, sachez-le !

Anne prit finalement le parti de se taire. Elle n'aurait jamais le dernier mot face à cet homme. Sans qu'elle le laissât paraître, les remarques du curé contribuèrent à approfondir la grisaille dans laquelle elle se trouvait déjà. Ainsi, les commérages allaient bon train dans son dos. Peut-être la traitait-on elle-même, à son insu, de « sœur de la débauchée » ? Elle n'arrivait pas à y croire et se sentit soudain écrasée par un effroyable sentiment de solitude.

L'enfant qu'elle portait en elle perçut-il la détresse de sa mère ? Il ne cessait de bouger et Anne en éprouva un certain inconfort. « Calme-toi, mon tout-petit, rien de grave ne se passe. Tout va bien. » Elle porta instinctivement la main sur son ventre et toucha, au fond dc sa poche, l'enveloppe froissée contenant la dernière lettre de Marguerite, cueillie au bureau de poste en route vers le presbytère. Non, tout n'allait pas si bien que cela.

Elle avait alors pris le temps de s'asseoir sur un banc de parc pour lire les deux courtes pages avant de sonner à la porte du père Garin. Enfin des nouvelles ! Hélas, autant elle et sa sœur vivaient autrefois en symbiose, autant Marguerite lui paraissait maintenant lointaine. Et cette distance relevait davantage du manque de partage sur leurs vies personnelles que des trois cents milles entre Lowell et Montréal. Comme à l'accoutumée, la lettre ne comportait aucun épanchement, aucune confidence ou effusion. Rien ! Que de stupides banalités ! Depuis belle lurette, l'aînée ne révélait plus ses états d'âme à sa sœur, sans doute trop accaparée par ses amours avec le beau pasteur. Du moins c'était l'interprétation qu'Anne donnait au mutisme buté de Marguerite depuis le tout début de sa relation avec Antoine.

Elle n'osait se l'avouer, mais elle souffrait de ce fossé qui ne cessait de s'élargir. À l'instant même où elle était tombée amoureuse d'Antoine Lacroix, la grande sœur avait brutalement pris des distances, et Anne se demandait bien quelles étaient les véritables raisons de ces silences, de cet éloignement qu'elle supportait difficilement. Introversion de la part de Marguerite ? Honte ? Peur ? Habitude du mensonge ? Perte d'estime ? Manque de confiance ? Crainte que sa cadette ne répande à tout vent la nouvelle de cette relation inavouable ? Et si c'était simplement de l'indifférence ? Toutes ces lettres insipides et superficielles qu'elle recevait de plus en plus rarement en témoignaient…

Bien sûr, ce n'était pas l'attitude rébarbative du curé ni les qu'en-dira-t-on qui allaient lui faire regretter d'être allée, un certain après-midi de l'été précédent, retrouver le jeune pasteur en formation, Anthony Cross, sur l'estrade du parc de la Merrimack, pour lui annoncer qu'il avait un fils et que Marguerite Laurin l'aimait toujours. Sans ce geste fraternel, courageux et spontané, le pasteur Cross serait sans doute reparti, la tête basse, pour aller prêcher l'amour et le pardon évangéliques dans une autre ville de la Nouvelle-Angleterre. Et Marguerite serait retournée à Montréal, en solitaire avec son bébé, espérant pouvoir troquer son étiquette de fille-mère pour celle, mensongère mais moins honteuse, de veuve éplorée.

Anne avait été la première à se réjouir du mariage secret du couple interdit, même si leur liaison passionnée constituait la dernière chose à laquelle elle se serait attendue. Bien sûr, elle comprenait l'urgence de la fuite des amants vers Montréal. Anthony Cross, l'assistant du *preacher*, n'avait pas intérêt à se pavaner dans les rues de Lowell au bras de sa maîtresse, pas plus que Marguerite n'éprouvait l'envie d'exposer sa progéniture conçue hors mariage braillant dans les bras de son père, ex-vicaire de la paroisse Saint-Joseph. Tandis qu'à Montréal où nul ne les connaissait, le dramatique début de leur roman d'amour s'effacerait et tomberait dans l'oubli s'ils évitaient d'en entretenir le souvenir.

L'annonce de la nouvelle grossesse d'Anne, révélée à la dernière minute sur le quai de la gare de Lowell, ce matin-là, était pratiquement passée inaperçue dans l'effervescence d'un départ dont elle-même n'était pas la vedette. Marguerite et Antoine avaient à peine eu le temps de la féliciter du bout des lèvres, que déjà le train se mettait en branle. Et tant pis pour la bonne nouvelle !

Le terrible sentiment d'abandon ressenti alors devant le convoi qui disparaissait derrière les buissons en créant le vide derrière lui, ce désert infini qu'on appelle l'absence, la jeune femme ne l'oublierait jamais. Même après sept mois, elle n'arrivait pas à le décanter. « Ma grande sœur, pourquoi es-tu partie si vite et si loin ? » Depuis la mort de Rébecca, Anne considérait sa sœur comme sa deuxième mère, en dépit de leur faible différence d'âge. Et elle ressentait toujours un vibrant besoin d'elle.

Quelques jours plus tard, c'était une Camille éplorée que le destin avait emportée à son tour vers le Canada. Cette fois, il fallait bien se l'avouer, ce départ avait constitué un certain soulagement pour les Forêt. Non que la benjamine fût difficile à vivre, mais le trois-pièces et demi exigu où ils habitaient s'avérait nettement insuffisant pour loger deux époux, un bébé et une pensionnaire. Il reste que ce nouveau déchirement avait approfondi l'impression de vacuité dans l'esprit d'Anne. Elle avait alors commencé à remettre bien des choses en question.

Plus elle y songeait, plus elle se serait sentie prête à regagner le Canada avec mari et enfant afin de rejoindre Marguerite et Camille. Il lui importait plus que tout de tisser à nouveau les liens précieux qui avaient toujours existé entre les trois sœurs Laurin.

Quant à leur père, elle n'en recevait plus de nouvelles et avait donc mis une croix sur lui. Jamais Joseph n'avait répondu à ses lettres et, afin de réduire le désarroi produit par des attentes invariablement déçues, la jeune femme avait décidé de cesser de lui rendre visite à la prison et même de lui écrire. Elle avait gardé une certaine amertume de sa dernière rencontre avec lui en compagnie de ses sœurs, l'année précédente, alors qu'il ne les avait même pas reconnues. Elle n'irait plus. Surtout seule et enceinte. À la vérité, Joseph ne représentait plus rien pour elle. Qu'importe ce qu'il lui arriverait dorénavant. Si jamais il tombait malade et venait à mourir, les autorités du pénitencier conservaient son adresse sur une fiche. Elle l'apprendrait bien assez tôt. La petite Élisabeth, endormie dans son landau, se mit à geindre tout doucement comme si elle voulait ramener sa mère à la réalité. Le père Garin lui fit écho en toussotant légèrement.

Anne sursauta.

— Pardonnez-moi, mon père. J'étais dans la lune. Bon, nous avons dit tout ce qu'il y avait à dire, je crois. J'espère que vous n'allez pas me tenir rigueur pendant encore longtemps pour les gestes de ma sœur dont je ne suis nullement responsable.

— Mais je ne vous en tiens pas rigueur, allons !

— En tout cas, c'était mon impression. Au revoir, mon père.

— Au revoir, ma chère. Et que Dieu vous pardonne. Euh… vous bénisse !

Sur le chemin du retour, Anne sentit un nœud lui serrer la gorge. Une fois à la maison, elle tomba dans les bras de son mari rentré plus tôt qu'à l'accoutumée. Pierre l'écouta patiemment raconter sa pénible rencontre, mais émit peu de commentaires. Ce genre de situation le contrariait. La réputation de sa famille tout autant que la considération du curé Garin revêtaient de l'importance aux yeux du jeune homme en train de se bâtir une carrière de journaliste aux idées bien arrêtées, surtout au sujet de l'Église.

Anne renifla un bon coup.

— Pierre, je voudrais retourner vivre au Canada.

— Tu n'es pas sérieuse ? Il n'en est plus question, tu le sais bien. Nous avons décidé ensemble de vivre ici définitivement et d'y élever nos enfants. Pourquoi changer d'idée tout à coup ? À cause d'un curé un peu malcommode ? Tout va rentrer dans l'ordre, tu vas voir. Le temps arrange bien les choses....

— Savais-tu que toute la paroisse nous montre du doigt, d'après les dires du père Garin ? Mais ce n'est pas tant cela... Montréal m'attire à cause de mes sœurs. Marguerite me manque sans bon sens, Pierre. J'y songe depuis longtemps, tu sais. Très longtemps !

— Et tu me dis ça aujourd'hui, comme ça, tout bêtement ! Mais... nous avions convenu de demeurer aux États-Unis. Je ne peux plus partir, moi !

— ...

— Il aurait fallu y songer avant, mon amour. Je me suis engagé à effectuer mon travail ici, maintenant. Qui sait si, un bon jour, je ne fonderai pas un nouveau journal dans la région ? J'y pense déjà, tu sais. Et compte sur moi pour me faire une place enviable dans notre société. Donne-moi seulement un peu de temps… De plus, il est question que *Le National* transporte bientôt ses quartiers généraux ici, à Lowell, et soit publié quotidiennement au lieu d'une fois par semaine. Je n'aurais plus à te quitter aussi souvent pour me rendre aux bureaux de Plattsburg. Ce serait formidable, tu te rends compte ?

— Tu pourrais exercer ton métier à Montréal. Il existe sûrement des grands journaux là-bas aussi.

— Tu oublies que mon pays, c'est ici dorénavant.

Ainsi, Pierre n'accepterait jamais de rentrer au Canada comme tant d'autres le faisaient. Anne n'en douta plus. Aussi bien se faire à l'idée ! Son mari était arrivé à Lowell en bas âge et si, à un certain moment, il était retourné au Québec avec sa famille pour y parfaire ses études, il s'était empressé de revenir, même seul, avec son diplôme en poche. L'ancien étudiant ne rêvait que d'une chose : pratiquer son noble métier aux États-Unis et y devenir célèbre parmi la francophonie. Pour le reste de ses jours, Pierre Forêt était et demeurerait l'archétype de l'émigré canadien-français installé à perpétuité aux États-Unis.

À la vérité, le mari d'Anne était plus américain que canadien, et il avait adopté sans trop s'en rendre compte le rythme de vie effréné de la cité industrielle. Mais il défendait les droits des Canadiens français avec la conviction d'un missionnaire. Et il mettait tout son cœur dans l'exercice de sa profession malgré les difficultés de la presse américaine-française, de son faible tirage et de sa qualité médiocre, en plus de son budget perpétuellement réduit. Rédacteur occasionnel pour des revues souvent dépourvues de moyens financiers tout en travaillant pour *Le National*, il s'acharnait à informer fidèlement ses concitoyens sur l'actualité régionale, nationale et internationale, dans une langue française mordante et de grande qualité.

Quelques mois auparavant, il était entré en campagne pour soutenir la candidature de son ami Hugo Dubuque comme représentant républicain à la législature du Massachusetts. Sans l'avouer ouvertement, il avait regretté que la relation entre Hugo et Marguerite n'ait abouti à rien. Il avait accueilli la victoire de l'avocat comme une réussite personnelle. Une récompense. Enfin les Canadiens français commençaient à prendre part au pouvoir chez les Américains ! Sa réjouissance avait, à ce moment-là, semblé laisser sa femme indifférente.

— C'est là ma nourriture, Anne, et l'une de mes raisons de vivre. Tu ne t'intéresses donc plus à la politique ?

La jeune femme, quelque peu amère, n'avait pu s'empêcher de rétorquer avec un regard corrosif :

— Je suis revenue de mes illusions ! Ce pouvoir-là ne nous apportera pas de l'eau au moulin pour déménager notre famille dans un logement plus confortable, ni pour arrondir notre budget à chaque semaine, mon cher. La pauvreté, j'en ai assez ! Je vis dans le concret, moi, pas dans les fantasmes et les beaux rêves !

Elle savait pourtant que son homme resterait toujours un idéaliste inquiet pour la survivance de son peuple face au danger d'une assimilation à la société américaine. Le puriste en lui refusait de voir la langue des siens s'entacher de plus en plus d'anglicismes. Le jour où il avait découvert dans un journal une annonce publicitaire indiquant qu'un « peddleur » pouvait livrer une certaine marchandise, mot emprunté à l'anglais *peddler*, il s'était créé des ennemis en protestant avec véhémence.

— On ne dit pas « peddleur », on dit « colporteur » ! Bonne mère, où s'en va-t-on ?

Il n'admettait pas que de nombreux parents de Lowell, préoccupés par l'avenir de leurs enfants dans un monde anglophone, souhaitaient fermement les voir apprendre la langue du pays d'adoption et les envoyaient à l'école publique au lieu de l'école paroissiale francophone. Par ses écrits exaltés sur la survie de son peuple, le journaliste se heurtait souvent aux autorités américaines soucieuses de favoriser l'intégration des Canadiens en leur imposant d'apprendre l'anglais. Au contraire, le journaliste prônait la reproduction exacte du modèle scolaire québécois axé sur le catholicisme et la culture française. Sa plus grande consolation était de voir des hommes d'affaires et des professionnels canadiens-français réussir à accumuler un petit capital. En effet, certaines élites telles que des médecins, des avocats, des notaires, des marchands s'installaient à demeure en Nouvelle-Angleterre et y faisaient fortune tout en préservant leurs valeurs et leur culture française.

Confinée à son rôle maternel et isolée dans son logement, Anne s'était repliée de plus en plus sur elle-même. Sans s'en rendre compte, l'ancienne vendeuse de chaussures, jadis sociable et engageante, avait perdu tout intérêt pour les affaires publiques qui accaparaient trop son mari. Maintenant coupée du monde, elle préparait la venue d'un autre bébé avec une certaine morosité.

Sa triste rencontre avec le père Garin n'améliora pas les choses, évidemment. Dieu merci, l'adorable Élisabeth contribua à sa manière à ramener la sérénité sur le visage de sa mère. Ce jour-là, en fin d'après-midi, elle l'emmena jouer au parc. Pour s'y rendre, elle dut passer devant une importante usine de textiles. Là, des femmes et des enfants restaient enfermés dix heures par jour, six jours par semaine. Dans son for intérieur, elle les plaignit et remercia le ciel de s'en être sortie à si bon compte. Jamais, pour tout l'or du monde, elle ne voudrait y retourner. Elle jura silencieusement à sa fille et à son futur enfant que, plus tard, ils n'auraient pas à travailler dans de tels lieux. Jamais ! Leur mère y veillerait. Et cela devint primordial à ses yeux. Tant pis pour le reste !

Non, elle n'était pas seule, et elle s'en faisait pour rien. Son mari l'adorait et sa petite fille avait besoin d'elle pour grandir et se développer. Quoi demander d'autre à la vie ? Bientôt, un autre enfant réclamerait soins et tendresse. Qu'importaient Marguerite, Camille et Joseph, qu'importait le curé, qu'importait le reste de l'univers ? Anne Forêt avait une merveilleuse famille et elle n'avait pas le droit de laisser l'amertume gaspiller son bonheur. Elle avait un rôle à jouer. Un rôle important. Le rôle le plus important du monde : celui de mère. Comme Rébecca, autrefois...

Malgré son maigre salaire, Pierre réussissait à faire vivre sa femme et sa fille décemment. Bien sûr, leur couple ne connaissait pas l'aisance de leurs amis Rose-Marie et Paul Boismenu, devenus officiellement les Smallwood, au grand dam du journaliste. Mais Anne s'en fichait.

Pauvre Rose-Marie... La richesse n'avait jamais contribué à son bonheur. Même si Paul avait fait amende honorable après sa tentative d'agression sexuelle sur Camille, les relations continuaient de s'envenimer entre lui et Pierre, autrefois les meilleurs amis du monde. Il arrivait même que le journaliste cite méchamment Paul en exemple.

— En voilà un prêt à renier ses origines pour l'amour de l'argent. Se faire appeler Smallwood, peux-tu imaginer ça, Anne? Même sa famille compte moins pour lui que son maudit *cash.* Un traître! Sans parler du reste…

Si les deux hommes ne se voyaient presque plus, leurs épouses, elles, se donnaient rendez-vous une ou deux fois par semaine, histoire de piquer une jasette et de maintenir le moral. N'avaient-elles pas en commun le même passé misérable dans les usines de textiles et, à présent, les mêmes préoccupations de mères de famille?

En réalité, Rose-Marie n'en menait pas très large. La plupart du temps, Paul la laissait seule avec les trois enfants. Leur somptueuse demeure faisait office de prison dorée, et Rose-Marie avait appris à la dure école que ni les tapis de velours, ni les tableaux de maîtres, ni les beaux atours, pas même la liberté que procure l'argent ne pourraient remplacer un mari aimant, fidèle et bon père de famille. L'automne suivant, son aîné serait en âge d'aller à l'école. À peine si le garçon connaissait son père, toujours en cavale et davantage préoccupé par ses affaires que par l'éducation de ses enfants. Les deux autres fils suivaient derrière, petits mâles pleins de vie qui auraient eu besoin d'un père plus présent comme modèle.

À les regarder vivre, Anne se disait qu'au fond, elle se plaignait le ventre plein. Ce soir-là, après le souper, une fois Élisabeth mise au lit, elle alla spontanément se blottir contre son Pierre en train de déchiffrer un billet à la lueur d'une lampe. Dans son esprit, elle envoya promener bien loin le père Garin, Camille, Marguerite et compagnie.

— Pierre, je t'aime.

3

Camille leva les yeux au ciel. Ce qu'elle la trouvait insignifiante, celle-là ! Comme le reste de la famille, d'ailleurs ! Dix fois qu'elle lui signalait le soupir[1] à la fin de la première ligne de la partition, et dix fois que la fillette l'oubliait et persistait à appuyer sur le *si* bémol jusqu'à la mesure suivante. La veille, c'était le petit frère qui, après des mois de cours de piano, n'arrivait pas encore à respecter de façon précise la durée des blanches, des noires et des croches. Cette fois, Camille n'en pouvait plus et se retenait difficilement pour ne pas lancer des jurons à la tête de cette niaiseuse de treize ans. Et des jurons en français, par-dessus le marché ! Des jurons qu'elle ne serait

1. Nom du silence de la durée d'un temps en musique.

pas fichue de comprendre, cette Anglaise pas même capable de se concentrer sur la plus rudimentaire feuille de musique. Comment Marguerite avait-elle pu adorer ces cancres-là et se sentir heureuse parmi eux, Camille n'arrivait pas à se l'expliquer.

Le temps doux avait beau se pointer et les outardes traverser le ciel à grands coups d'ailes, la grande sœur et son mari n'annonçaient toujours pas la date de leur retour de Grande-Ligne pour prendre possession de leur logement de la rue Émery. La venue du couple en février, au moment du carnaval, n'avait rien réglé à la détresse de la benjamine. À peine avait-elle approché son aînée une heure ou deux au milieu de la foule. Comment lui confier alors son écœurement ? Déjà le lendemain, Marguerite était repartie au bras de son beau pasteur avec des promesses imprécises de retour au printemps. Comme toujours, on avait relégué au second plan et remis à plus tard les problèmes de Camille Laurin. La « petite » n'avait qu'à se débrouiller !

Eh bien, la « petite » en avait assez d'enseigner le piano aux enfants Greenberg ! Et pas seulement le piano ! Le français parlé, et le français écrit, et l'histoire, et la géographie, en plus des problèmes de mathématiques auxquels ils ne comprenaient pas grand-chose. Elle non plus, d'ailleurs ! Sans parler de sa tâche d'occuper intelligemment leurs loisirs…

Ils avaient beau être riches, le génie ne ferait jamais exploser les cerveaux de ces enfants-là ! Voilà l'opinion que Camille entretenait à leur sujet. Sans doute s'avérait-elle la plus maladroite des gouvernantes et la plus médiocre des enseignantes. Un métier qu'elle n'aurait jamais choisi volontairement. Une chose était certaine : le courant ne passait pas entre Camille Laurin et les cinq petits Greenberg.

Marguerite, elle, tout en s'occupant de son bébé, avait réussi au contraire à se créer un univers douillet et confortable au sein de cette famille dont les enfants, considérés comme mal élevés et turbulents par Camille, semblaient incapables de fournir le moindre effort. L'adolescente se sentait décidément plus à l'aise auprès des tout-petits comme ceux de Paul et Rose-Marie Boismenu à Lowell, l'année précédente. Secrètement, elle admirait et enviait sa grande sœur pour la patience qu'elle-même ne possédait pas.

À la vérité, elle s'adaptait difficilement à sa nouvelle vie à Montréal, même après trois saisons. Une fois de plus, on l'avait parachutée sans la consulter dans un univers étranger auquel elle n'avait pas eu le choix de s'accommoder inconditionnellement. De toute manière, comment aurait-elle pu, seule et à seize ans, se débrouiller dans cette grande ville inconnue ? Son arrivée, l'été précédent, avait coïncidé avec le départ de Marguerite et Antoine pour Grande-Ligne.

C'était à peine si les deux sœurs s'étaient vues durant quelques jours. Marguerite avait tout réglé : Camille la remplacerait chez les Greenberg sur une base temporaire en attendant d'aller rejoindre le couple là-bas.

Mais la jeune fille ne s'était pas leurrée. Et avec raison. Elle avait vainement espéré, au début, recevoir rapidement un avis de sa sœur l'invitant à déménager dans la région du Richelieu. Hélas, ses lettres restaient gentilles, mais plutôt impersonnelles, sans jamais émettre la volonté formelle de la tirer de sa condition. Jusqu'au jour où Marguerite, en visite au moment du carnaval, lui avait annoncé son intention définitive de revenir vivre à Montréal avec mari et enfant. Effarée, Camille s'était vue condamnée pour encore quelques mois à son emploi détesté de bonne d'enfants insupportables chez des gens trop exigeants, trop bourgeois, trop suffisants. Pire, Madame Greenberg ne cessait de la surveiller et de la manipuler comme sa propre fille, et ces sentiments maternels exacerbés étouffaient littéralement Camille. Cette femme s'imaginait-elle remplacer Angelina ou même Rose-Marie ? Cette dernière, durant le peu de temps que Camille avait passé chez elle à Lowell, l'année précédente, l'avait habituée à plus de respect et de considération. Et à plus de liberté.

Mais où aller en attendant le retour de Marguerite ? Qui consulter ? Camille n'avait pas le choix d'attendre l'arrivée promise du pasteur et de sa femme, au printemps, pour qu'on veuille bien s'occuper d'elle et l'aider à réorganiser une fois de plus son existence.

Parfois, elle se demandait pour quelles obscures raisons le destin la traitait de la sorte. Depuis son départ de Grande-Baie après la mort de sa mère, neuf ans auparavant, elle avait vécu la plupart du temps coupée de ses sœurs. Toutes ces années passées à Colebrook, chez Angelina et le docteur Lewis où on l'avait traitée comme une reine, mais d'où elle était sortie toujours boiteuse et en quelque sorte orpheline… Et plus tard, son embauche chez les Boismenu d'où elle s'était enfuie à la suite de l'agression de Paul… Tout cela l'avait tenue éloignée de sa véritable famille. Si de famille on pouvait parler ! Une famille brisée, morcelée, éparpillée… et de plus en plus désunie.

Que dire de ces semaines catastrophiques écoulées, juste avant son arrivée à Montréal, dans le minuscule logement de sa sœur Anne, à dormir sur le vieux divan cabossé du salon en entendant, aux petites heures du matin, les pleurs d'un bébé qui ne faisait pas encore la distinction entre le jour et la nuit… Camille s'était pourtant réjouie, à ce moment-là, d'emménager enfin chez l'une de ses sœurs, malgré la promiscuité. On n'avait pas tardé, cependant, à l'évincer du décor et à la faire monter dans un train à destination du Canada sans lui demander son avis. Encore barouettée inconsidérément, la petite sœur !

N'existait-il pas de place au soleil pour Camille Laurin ? Elle ne réclamait pas grand-chose de la vie, pourtant : une occupation intéressante et l'assurance qu'on ne la déracinerait pas une fois de plus. Et pourquoi pas un attachement affectif sérieux et sécurisant? Au deuil de sa mère Rébecca et, plus tard, à l'éloignement de son père Joseph, avaient succédé la perte d'Angelina, puis le départ vers New York du docteur Lewis. Sans compter que, depuis bientôt dix ans, ses sœurs s'étaient mises à la considérer comme la benjamine lointaine, la « petite » que quelques rencontres par année suffisaient à rappeler à leur bon souvenir. Peu à peu, elle les avait vues s'éloigner d'elle, la connaissant de moins en moins, ignorant tout de ses états d'âme et des péripéties de sa vie. La petite « gâtée » d'Angelina vivait dans la ouate et ne manquait de rien, pourquoi s'en faire? S'étaient-elles jamais doutées que la benjamine se languissait affreusement de ses sœurs?

Les circonstances, et sans doute la destinée, en avaient voulu ainsi. Ses deux grandes sœurs avaient dû se battre pour survivre à la grande illusion de leur père, et il ne serait jamais venu à l'idée de Camille de leur en vouloir pour l'éclatement de leur famille. Mais Dieu sait que, parfois, elle aurait tout donné pour se sentir proche d'Anne et de Marguerite, et pour partager avec elles jusqu'à leur désarroi et la dureté de leur vie à Lowell.

Quant à Joseph, s'il l'appelait encore sa princesse, à peine l'avait-il reconnue, du fond de sa prison, les dernières fois où elle lui avait rendu visite. Princesse abandonnée, reniée et condamnée dans sa tour de solitude… Princesse de rien du tout, sans royaume et sans gloire. Princesse boitillante. Princesse sans amours et sans affection.

Heureusement, Béatrice était apparue dernièrement dans son existence. Au moment de son départ pour Grande-Ligne, l'été précédent, Marguerite lui avait fait connaître son amie dans des circonstances pour le moins bizarres. Tout d'abord, Emmanuel avait spontanément tendu les bras à cette jeune fille qu'elle avait présentée comme la marraine de l'enfant. En s'emparant du bébé, l'étrange Béatrice avait éclaté en sanglots. Puis, à son grand étonnement, Camille l'avait vue s'agripper au bras de Marguerite, au moment où elle montait dans le train, en la suppliant de ne pas l'abandonner là, platement, sur le quai de la gare. La femme du pasteur semblait incapable de la consoler. Effrayé, le bébé s'était mis à pleurer en même temps que Béatrice. De plus en plus de curieux se tournaient vers eux.

— On ne s'en va pas si loin, Béatrice. Trente-cinq milles de Montréal, ce n'est pas le bout du monde. Et je reviendrai de temps à autre. Il faut te montrer raisonnable, allons ! Tu pourras prendre le train pour nous visiter quand tu voudras. Mais de grâce, essaye de te trouver un vrai travail au lieu de… de…

— Marguerite, je suis partie pour la famille.

— Dieu du ciel ! Pas encore !

— C'est pour le mois de mars. Et cette fois, le voisin n'a rien à y voir. J'ignore qui est le père. Mon amie, je t'en supplie, ne me laisse pas tomber. Oh ! mon Dieu…

— Il faut retourner à l'hôpital de la Miséricorde, ma chouette. Là, on va prendre soin de toi, tu le sais bien.

— Non, non, je ne veux pas y aller. Je veux rester avec toi. Cette fois, je veux garder mon bébé, tu comprends ? Personne ne me fera changer d'idée. Si on m'en sépare comme l'an dernier, je vais en mourir, je te le jure. Et cette fois, je ne manquerai pas mon coup. Je vais trouver un crochet solide, tu vas voir…

Effarée, Camille avait vu Marguerite se passer la main sur le front en réfléchissant profondément. Ainsi, son aînée semblait avoir trois sœurs, deux légitimes, et la troisième, une adoptée encore plus malheureuse que les deux autres.

— C'est bon. Je ne vais partir que demain. On va régler tout ça maintenant.

Sans même quelques mots d'explication, Antoine, qui avait assisté à la conversation en silence, avait posé une main rassurante sur l'épaule de Béatrice. Puis, après un regard de connivence avec sa femme, il s'était aussitôt dirigé vers les guichets pour tenter d'échanger leurs billets pour le jour suivant. De son côté, Marguerite avait entraîné Camille et Béatrice vers l'extérieur de la gare.

— Si Antoine réussit à remplacer nos billets, nous allons rendre visite au docteur Beaulieu. Tu le connais, Béatrice, il aura sûrement une solution à nous proposer. Je ne vais pas t'abandonner comme ça, ma pauvre amie, tu le sais bien.

L'adolescente, complètement désemparée, n'avait pas réagi à ces bonnes paroles et avait continué de sangloter sous le regard d'une Camille abasourdie qui n'avait jamais entendu parler de cette fille.

Éva Beaulieu, suivie de ses deux turbulentes jumelles, était venue leur ouvrir. Son mari, Rémi, se trouvait présentement en fonction à l'hôpital mais il n'allait pas tarder à rentrer. La femme avait embrassé Marguerite et Béatrice comme de bonnes amies et avait serré chaleureusement la main du pasteur. À Camille, qu'elle rencontrait pour la première fois, elle s'était contentée d'un bienveillant signe de tête.

Marguerite avait rapidement expliqué la situation de Béatrice. Éva n'avait pu se retenir de manifester sa consternation en apprenant la deuxième grossesse de la jeune fille. Mais elle s'était aussitôt ressaisie.

— Écoute, Béatrice. Tu me sembles encore très en forme. Voici ce que je te propose : tu pourrais demeurer ici pour m'aider avec les jumelles et pour exécuter quelques menus travaux dans la maison durant les premiers mois de ta grossesse. Je suis certaine que Rémi serait content de cette initiative. Quand viendra le temps de la naissance, on te conduira à l'hôpital de la Miséricorde. Après, on verra. Ne t'inquiète pas. Si tu tiens à le garder, ce petit-là, on va t'aider. Viens, je vais te montrer la chambre libre, à l'arrière. Rémi s'en sert comme bureau à de rares occasions, mais ça lui fera sûrement plaisir de te la prêter momentanément.

Pleine de reconnaissance, Béatrice avait soupiré bruyamment, puis accepté la suggestion avec un certain empressement.

Marguerite n'avait pas prévu que, durant son séjour à Grande-Ligne, Camille et Béatrice se reverraient à de nombreuses reprises et développeraient une solide amitié. Le dimanche, les deux adolescentes d'à peu près le même âge s'organisaient pour faire coïncider leurs heures de congé afin de se retrouver soit sur les sentiers du mont Royal, soit dans le quartier des Greenberg ou dans celui des Beaulieu. Souvent, Béatrice entraînait Camille dans les cafés aux environs des rues Saint-Laurent et Sainte-Catherine, là où elle avait ses entrées, il n'y avait pas si longtemps. Ignorant maintenant celle dont la grossesse éclatait avec insolence, les hommes se tournaient vers la jeune Camille, malgré sa légère claudication, et ils ne se gênaient pas pour jeter un regard de convoitise sur la silhouette de la pétillante brunette à l'air des plus candides.

Ce jour-là, écœurée d'entendre piocher l'aînée des Greenberg sur le beau piano à queue du salon, Camille demanda la faveur de devancer ses heures de congé du dimanche. Elle s'en fut aussitôt sonner à la porte des Beaulieu dans l'espoir de se changer les idées auprès de sa copine. Éva insista pour que Béatrice prenne aussitôt congé.

— Va, va, je me débrouillerai bien toute seule. Profites-en, ça va te faire du bien de changer d'air ! Avant longtemps, si tu persistes à garder ton bébé, ce sera la tétée aux trois ou quatre heures, jour et nuit…

Les deux filles décidèrent d'aller prendre une boisson chaude dans un café de la rue Saint-Laurent. Un type se présenta soudain à leur table sans y être invité.

— Salut, mesdemoiselles. Comment allez-vous ?

Se tournant ostensiblement vers Camille, il lui tendit la main après s'être contenté d'un simple signe de tête envers Béatrice qu'il semblait bien connaître.

— Je me présente : Hervé Latour.

L'homme, dans la jeune trentaine, plut immédiatement à Camille. Cheveux blonds, teint basané, l'air mature de celui qui sait où il s'en va, il dégageait une sorte d'assurance tranquille qui fascina l'adolescente. Sans doute perçut-elle en lui la force virile sur laquelle elle cherchait inconsciemment à appuyer sa frêle existence. Hervé sembla ignorer les coups d'œil méfiants lancés par Béatrice à sa copine et n'eut d'yeux que pour Camille. La jeune fille papillotait naïvement, riait plus fort qu'il n'aurait fallu, faisait du charme sans s'en rendre compte.

Soudain, Béatrice mit un terme à l'entreprise de séduction en se levant spontanément et en enfilant son manteau.

— Bon. Viens-t'en, on s'en va. Il se fait tard et je me sens fatiguée. Camille ? Bouge-toi, je te dis !

— Euh... Les Greenberg ne m'attendent pas avant six heures.

Béatrice se mordit les lèvres. L'innocente ne comprenait donc rien ! Ne flairait-elle pas la manipulation dont elle faisait l'objet ? Elle n'aurait jamais dû amener cette idiote dans ce quartier mal famé. Ce n'était pas une place pour les jeunes filles honnêtes et bien élevées. Trop de loups rôdaient dans les rues où des bars, des cabarets, des maisons de jeu ou de prostitution s'installaient petit à petit. Les aventures qui naissaient dans ce quartier, si elles procuraient momentanément une valorisation illusoire et une certaine manne dans le désert, ne menaient au bout du compte qu'à la déchéance ou à la pendaison au bout d'un crochet dans un dortoir sombre de l'hôpital de la Miséricorde. Béatrice se trouvait bien placée pour le savoir. Quelle idée stupide d'avoir entraîné jusque-là sa vulnérable amie !

— Viens-t'en vite, Camille, j'ai à te parler.

Hervé s'avança gentiment.

— Pourquoi ne resteriez-vous pas, mam'selle Camille ? Je vous raccompagnerai chez vous tranquillement, c'est promis. Et à l'heure que vous voudrez.

— T'en fais pas pour moi, Béatrice. Je vais demeurer sage. Dans deux heures, j'aurai repris mon travail, rue McGill. Ce que tu as à me dire peut attendre à dimanche prochain, non ?

— Camille, j'insiste. Et toi, Hervé Latour, fiche-lui la paix, tu m'entends !

— Voyons, la tigresse, calme-toi les nerfs ! Je vais pas la manger, ta copine ! C'est pas défendu de lui parler, quand même ?

— Camille, je t'en prie, viens-t'en... Bon. Comme tu veux. Mais j'aurais préféré faire un bout de chemin avec toi.

— On remet ça, d'accord ?

Béatrice fit la moue et lança un regard courroucé au charmeur. Puis elle se retira sans même saluer. Camille ne s'offusqua pas de cette attitude pour le moins insolite et, complètement conquise, préféra se retourner vers le séduisant adonis.

Quand Hervé Latour plongea ses yeux verts dans les siens en s'emparant de sa main, elle se sentit fondre littéralement. Jamais un homme ne lui avait porté autant d'attention et ne l'avait considérée de la sorte. En l'espace de quelques minutes, l'adolescente venait de se transformer en une femme belle et désirable. Et ravie.

— Parlez-moi de vous, ma chère Camille.

4

Marguerite regardait Antoine clouer des lattes de bois sur les murs intérieurs du hangar dans l'intention de fabriquer une double paroi qu'il remplirait ultérieurement de copeaux de bois. Cet isolant empêcherait l'air glacial de s'infiltrer durant les mois d'hiver. Resterait ensuite à installer un plancher de pin et un bon poêle, puis à trouver quelques tables et chaises, et le bâtiment serait enfin prêt à recevoir des fidèles pour l'office religieux du dimanche et des élèves pour les classes de Marguerite.

La jeune femme interprétait le vacarme produit par les coups de marteau comme des éclats de joie. L'homme de sa vie se trouvait en train de travailler à ses côtés, et plus jamais il ne s'éloignerait. Elle l'aimait jusque dans ses gestes. Sa façon de soulever les planches et de caresser le bois en se penchant légèrement, sa façon aussi de se concentrer, yeux plissés et langue entre les dents, en oubliant le reste de l'univers, tout cela la faisait sourire. Elle n'arrivait pas encore à croire qu'ils construisaient leur nid bien à eux, non seulement le refuge où ils vivraient leur amour et élèveraient leur famille, mais aussi leur lieu de travail où ils évolueraient tous les deux ensemble.

Ensemble… Une réalité au-delà de tout ce que Marguerite avait pu espérer, ces dernières années. Elle se rappelait encore l'instant précis où elle avait sonné à la porte de l'hôpital de la Miséricorde, l'année précédente, en pauvre fille sans le sou et seule au monde avec son gros ventre. À peine un an et demi plus tard, elle voyait son fils trottiner en riant auprès de son père. Quel contraste ! Et au lieu de perdre patience, l'heureux paternel souriait à l'enfant avec une telle tendresse qu'elle en aurait pleuré d'émotion. La joie de vivre… enfin !

Ils n'avaient pas pris possession de leur logement depuis quatre jours que déjà Antoine, avec dans les poches une enveloppe remise par la collectivité protestante de Grande-Ligne, s'était attaqué à la grande remise de l'arrière-cour, en se donnant pour mission officielle de la convertir en salle communautaire. Cependant il en arrachait avec les travaux de construction, Marguerite le voyait bien. Le mystique au pur tempérament d'intellectuel semblait plutôt malhabile de ses mains, mais il n'avait pas le choix de se transformer en ange de patience et de persévérance. En dépit de ses efforts, il lui arrivait de se tromper dans les mesures, d'égarer un outil ou de répandre sa boîte de clous par terre. La veille, il avait même réussi à se donner un coup de marteau sur un doigt. Elle aurait bien voulu l'aider davantage, mais Emmanuel, heureux comme un prince au milieu des dangers de ce chantier, requérait trop de surveillance.

Toutefois, devant le nombre presque nul de protestants dans ce quartier ouvrier francophone, Marguerite doutait que ce local devînt jamais un réel temple consacré au culte baptiste. Elle hésitait à s'incliner devant l'optimisme délirant de son époux sans manifester quelque inquiétude.

— On n'intéressera personne ici, Antoine. Surtout avec les homélies antiprotestantes prononcées par les prêtres catholiques dans toutes les églises de la ville. Selon eux, on représente le diable en personne !

— Ils viendront, Margot. Les fidèles et les nouveaux convertis viendront. Donne-moi deux ou trois mois pour en convaincre quelques-uns, et tu vas voir comme leur conversion va faire boule de neige. Et s'ils ne viennent pas à nous, nous irons à eux. La rue deviendra notre temple. Nous leur apprendrons à vivre l'Évangile malgré eux. Tu vas voir.

— Nous ne sommes pas aux États-Unis ici, ne l'oubliez pas, mon cher Anthony Cross ! Bonne chance pour convertir un catholique canadien-français convaincu !

— Ils ne pourront pas résister à l'attrait d'une religion aussi simple et proche de l'Évangile que la nôtre…

Elle lui enviait sa confiance inébranlable, mais en songeant à la foule qu'elle avait vue dans la rue Saint-Denis, la veille, se diriger allégrement vers la messe du dimanche de l'église Saint-Jacques située tout près, elle ne pouvait réprimer un certain scepticisme. Malgré cela, le ministre Lacroix, toujours souverainement sûr de lui, ne cessait de ressasser les mêmes arguments.

— La foi peut déplacer des montagnes, mon amour, et cette foi, je la porte en moi, tu le sais bien. Arrête donc de te tourmenter pour rien !

— Avec quel argent allons-nous vivre ? Cette subvention de Grande-Ligne ne me semble pas faramineuse…

— La Providence y pourvoira, t'en fais pas. Les gens font souvent des dons.

« Font des dons, font des dons… » Elle arrivait mal à y croire. Et quand ils n'en font pas ? Elle et Antoine en viendraient-ils à devoir quêter leur pitance pour le reste de leurs jours ? Perplexe, elle tentait désespérément de s'appuyer sur la foi aveugle de son mari. De lui émanait une force d'une telle puissance ! Une force transcendante qui transformait les êtres et les remplissait de lumière. Et qui donnait envie d'être meilleur. Cette force dont Marguerite prenait ombrage, elle qui avait simplement rêvé d'élever une grosse famille… L'argent n'était pas facile à gagner, et il faudrait sans cesse bûcher pour récolter le strict nécessaire, elle l'avait appris à la dure école de la vie. Et cela l'inquiétait.

De son côté, l'ex-prêtre autrefois torturé par le doute au sujet de sa vocation sacerdotale avait enfin trouvé sa véritable voie, et il s'y engageait à fond sans plus se poser de questions. L'heure était venue de passer aux actes. Antoine Lacroix vivait maintenant sans regrets et dans le présent, sans se soucier du futur. Il sèmerait la Bonne Parole, et cela lui suffirait. « Mon cher Tony flotte sur les nuages », affirmait souvent sa femme avec un sourire taquin légèrement teinté d'anxiété. Côté pratique et côté famille, Marguerite sentait que la responsabilité reposerait sur ses épaules à elle.

Si, après réflexion, elle avait accepté de s'impliquer corps et âme sur les traces de l'homme de sa vie, elle savait pertinemment que son engagement pencherait à l'évidence du côté de l'action, et non vers celui de la propagation de la foi. À l'Institut Feller, elle avait appris que l'Église baptiste représentait ses priorités sur les cinq doigts de la main. Le pouce incarnait la diffusion de la parole de Dieu par la Bible, l'index désignait la prière, le majeur figurait les rencontres communautaires et paroissiales, l'annulaire évoquait l'affirmation de soi comme témoin du Christ, tandis que l'auriculaire symbolisait la charité pratiquée avec humilité.

Marguerite avait opté pour l'auriculaire, car cela lui convenait davantage. La charité constituerait donc son domaine, et son homme s'occuperait des autres doigts. Le don de soi, ça, elle pouvait. À Grande-Ligne, elle avait consacré tout son temps à enseigner le français, et cela lui avait plu. N'importait-il pas de savoir lire pour découvrir les Saintes Écritures ? Faute de promouvoir l'Évangile et de se répandre en prières, Marguerite Laurin prêcherait par l'exemple et pratiquerait la charité chrétienne à sa manière, en instruisant généreusement les adultes et les enfants. Et elle se proposait de leur donner le meilleur d'elle-même.

Cette perspective l'enthousiasmait et la préoccupait en même temps. Là-bas, à l'Institut dont la renommée n'était plus à faire, les classes se trouvaient déjà formées, et on avait fourni au couple le logement et la nourriture. Mais comment organiser maintenant leur vie à Montréal ? Où recruter des élèves ? De quelle manière gagner leur croûte ? Pour l'instant, ils disposaient d'une somme suffisante pour la rénovation du hangar. Mais ensuite ?

Antoine avait suggéré à sa femme de distribuer des exemplaires de la Bible de porte en porte, selon la coutume protestante, et d'accepter tous les dons qu'on lui offrirait.

— Distribution de la Bible et alphabétisation vont de pair, ma chérie : tu leur donnes les textes sacrés et tu offres de leur apprendre à lire pour y comprendre quelque chose. Ça va marcher, tu vas voir. Ajoute à cela ma prédication dans les parcs, et l'affaire est dans le sac ! Ceux qui seront en mesure de te payer le feront, c'est certain. Pour les autres, on pratiquera l'amour du prochain, tout simplement. Songe à la femme de William Booth qui a fondé, avec son mari, l'Armée du Salut en Angleterre. Pourquoi ne nous lancerions-nous pas comme eux sur cette voie fantastique ?

Marguerite lui avait jeté un regard oblique. Jamais, l'année précédente, quand elle rêvait au bel Antoine, elle n'avait envisagé ce genre de vie. Enseigner le français, l'histoire, les mathématiques et même le catéchisme aux enfants dans une école reconnue, et avec un salaire assuré, oui. Mais vivre de la générosité des gens et faire gratuitement la classe dans une remise au fond d'une cour… Ouf ! Cela représentait un tout autre défi, et l'enthousiasme d'Antoine mit un certain temps à gagner sa femme.

Distraite par le tapage d'Antoine et d'Emmanuel batifolant dans un coin de l'atelier, Marguerite s'arrêta de peinturer sa planche. Le père avait laissé tomber ses outils et faisait tournoyer à bout de bras l'enfant qui riait à gorge déployée. Elle leur envoya un baiser de la main. Oui, elle pouvait croire au bonheur, même si la réalité présente ne ressemblait en rien à celle que son imagination avait dessinée sur le coin de son cœur aux instants de noirceur de sa pénible adolescence.

Elle s'approcha tranquillement d'eux en souriant.

— Dis donc, Antoine, nous voilà à Montréal depuis plusieurs jours et je n'ai même pas trouvé une heure pour rendre visite à Camille chez les Greenberg. Que dirais-tu si je te laissais, cet après-midi, pour aller remplir mon devoir de grande sœur? Une petite visite surprise lui fera certainement plaisir. J'aimerais bien savoir comment elle va.

— Bonne idée, mon amour. Mais au lieu de rester ici, je vais faire un bout de chemin avec toi et en profiter pour aller tâter le terrain au carré Phillips. Peut-être pourrais-je aller y prêcher, un bon dimanche matin. Savais-tu qu'il est question de déménager un grand magasin à rayons dans la rue Sainte-Catherine, juste au nord de cette place? Ça va attirer du monde dans le coin, on en parle justement dans le journal de ce matin. Et puis, ça va nous faire du bien de sortir un peu d'ici. Cette poussière me tue.

— On pourrait arrêter chez les Beaulieu en passant, pour emprunter leur voiture d'enfant.

Je pourrais y faire dormir Emmanuel. Après tout, Éva ne s'en sert pas pour le moment. Ni Béatrice. Pas encore, du moins, je ne pense pas.

Les jumelles Beaulieu accueillirent le pasteur et sa femme avec des cris de joie. Mais Marguerite remarqua une grande lassitude dans les yeux cernés de Béatrice, toujours en pension chez le docteur et sa femme, et dont la date d'accouchement approchait à grands pas. Marguerite ne put s'empêcher de prendre dans ses bras l'adolescente devenue énorme.

— Ma petite sœur d'adoption… Dis donc, ne va-t-il pas se pointer bientôt, ce petit-là? Une semaine ou deux encore et on va lui voir la binette, n'est-ce pas?

— Euh…

— Demain, dimanche, viens donc visiter notre *wigwam*, rue Émery, après la messe. Tu vas pouvoir admirer nos travaux dans le hangar.

— Vous exécutez des travaux?

C'est Rémi qui avait posé la question. Rémi, le médecin, mais surtout le grand ami, l'homme noble et secourable que Marguerite considérait encore comme son sauveur.

— Si vous le permettez, Marguerite, Éva et moi irons aussi faire un tour chez vous demain, en même temps que Béatrice, histoire de voir où vous vous installez. Ces travaux de réfection m'intéressent beaucoup. Je ne suis pas le bricoleur le plus habile, mais j'aimerais bien vous donner un coup de main, si cela est possible.

— Quelle gentillesse ! On vous attend donc avec plaisir et... merci pour le landau !

— Prenez-le pour quelques jours, en attendant que notre Béatrice l'utilise. Ça lui fera une chose de moins à se procurer. D'ailleurs, Éva est en train de lui constituer une magnifique layette...

Si elle ne s'était pas retenue, Marguerite aurait sauté au cou de ses amis. Elle savait bien que les Beaulieu ne laisseraient pas tomber Béatrice après la naissance de son bébé. Antoine, qui n'avait à peu près dit mot, se contenta d'acquiescer d'un signe de tête.

De toute évidence, l'approche de la naissance de son bébé tourmentait Béatrice. Une fois complètement remise sur pied, où nicherait-elle avec le petit ? Sans travail et sans argent, sans abri... et un enfant orphelin de père sur les bras ! Sans doute ne voudrait-elle pas continuer à encombrer la famille Beaulieu déjà bien assez charitable de l'avoir hébergée durant sa grossesse.

Marguerite frissonna. Chère Béatrice... si fragile, si démunie. Antoine devina-t-il le désarroi de sa femme ? Une fois sortis de la maison, il la prit tendrement par les épaules.

— T'en fais pas, Margot, on va s'occuper de ta copine en temps et lieu. Je viens tout à coup d'avoir une bonne idée. Une incroyable et extraordinaire bonne idée. Tu vas être contente...

— Ah oui ? Laquelle ?

— On en reparlera plus tard, si tu veux. La rue McGill se trouve tout de même assez loin d'ici. Tu ferais mieux de t'y rendre tout de suite si tu veux rentrer pour le souper.

Quand le couple se sépara, Emmanuel dormait déjà à poings fermés dans le landau sous une épaisse couverture de laine. Près d'une heure plus tard, une Marguerite quelque peu essoufflée se présentait allégrement à la somptueuse résidence des Greenberg. Camille, au moins, ne se trouvait pas dans une situation aussi pénible que Béatrice. Elle avait de l'instruction et effectuait, bien en sécurité, un travail intéressant et rémunéré dans une famille sympathique. Elle possédait surtout un tempérament plus solide. D'ici quelques années, la plus jeune des Laurin rencontrerait probablement l'âme sœur, elle aussi, et elle fonderait son propre foyer.

La vieille gouvernante de la maison vint répondre. Marguerite la salua chaleureusement.

— Bonjour, Lucy. *How are you*? Je voudrais voir ma sœur Camille.

— Oh… elle n'est pas ici.

— Elle est sortie pour longtemps?

— Je… je ne sais pas.

— Et madame Greenberg, elle est là?

— Non, elle est partie en voyage avec son mari pour un mois. Ils visitent actuellement l'Angleterre. C'est moi qui ai pris la maison et les enfants en charge.

— Et ma sœur, elle va bien?

— *I don't know.* On ne l'a pas vue depuis trois ou quatre jours.

— Trois ou quatre jours ! Êtes-vous sérieuse ? Et elle est partie comme ça, sans prévenir ? Mais il faut appeler la police pour signaler sa disparition, voyons !

— *Oh ! no, no !* Je ne vois pas la nécessité d'appeler les policiers à la rescousse, car c'est la deuxième fois qu'elle disparaît comme ça. Ne vous en faites pas, elle va finir par revenir. Exactement comme l'autre jour… *Don't worry, my dear !*

Marguerite n'en dormit pas de la nuit. Le lendemain, lors de la visite des Beaulieu accompagnés de Béatrice, rue Émery, elle ne put s'empêcher de partager ses préoccupations au sujet de Camille. Elle vit aussitôt sourciller la future mère.

— Quoi ? Camille n'est pas rentrée chez les Greenberg depuis plusieurs jours ? Hum… je me demande si…

— Que veux-tu dire, Béatrice ? Aurais-tu une idée de l'endroit où ma sœur pourrait se trouver ?

— N… non. Ça ne me regarde pas ! À son âge, elle peut bien gérer sa vie comme elle le veut.

— Camille est encore une petite fille naïve et sans défense, même si elle a ton âge, tu le sais autant que moi, Béatrice Larochelle ! Ne me cacherais-tu pas quelque chose, toi, par hasard ?

— Euh… En tout cas, je ne l'ai pas vue depuis un bon bout de temps, c'est tout ce que je peux te dire.

Les jumelles et Emmanuel s'en donnaient à cœur joie dans l'atelier. Rémi s'intéressa à la rénovation du hangar, donna son opinion, fit des suggestions et promit de venir participer aux travaux dès qu'il aurait un moment de libre. Éva, de son côté, conçut le projet de confectionner, dès la semaine suivante, des rideaux pour la demi-douzaine de petites fenêtres à carreaux de la remise et même pour celles de l'appartement des Lacroix, plus larges et donnant sur la rue.

Mais Marguerite écoutait tout cela d'une oreille distraite, dévorée d'inquiétude. Où Camille se trouvait-elle donc ?

Malgré ses doutes au sujet de l'étrange réaction de Béatrice, elle soupçonna sa jeune sœur d'avoir pris la poudre d'escampette et d'être retournée aux États-Unis sur un coup de tête.

5

Marguerite retourna vainement chez les Greenberg dans l'espoir de retrouver sa jeune sœur. Au bout de deux jours, obsédée par le mirage du suicide manqué de Béatrice l'année précédente, elle retourna chez les Beaulieu pour questionner la future mère. Quelque chose lui échappait.

Qui sait si Camille, dans un moment de découragement, perdue seule à Montréal… Non, non, ça ne se pouvait pas. Camille la joviale n'aurait jamais songé à mettre fin à ses jours, voyons ! Camille la joviale, mais aussi Camille la secrète, la silencieuse, celle que Marguerite connaissait mal, qu'elle n'avait rencontrée que de loin en loin depuis dix ans. Celle qui parlait rarement d'elle-même, celle qu'on avait secrètement enviée autrefois parce que dorlotée par Angelina, mais celle aussi dont on ne s'était guère soucié. Celle que Joseph – ou était-ce le destin ? – avait retranchée de la famille sans lui demander son avis. Manipulée et déracinée insidieusement, la prin cesse ! Et, ces dernières années, celle dont les grandes sœurs avaient géré la vie en négligeant de s'informer si leur façon de considérer les choses et d'agir à son sujet lui plaisait ou non.

On ne lui avait pas donné le choix d'aller travailler chez Rose-Marie, l'année précédente, puis de sortir brutalement de là à cause d'un Paul Boismenu trop entreprenant. Et on n'avait pas hésité, non plus, à l'envoyer à Montréal à la suite de son aînée. Et quelques jours plus tard, Marguerite, obligée d'accompagner son mari à Grande-Ligne, avait reçu comme une bénédiction du ciel le consentement des Greenberg à engager Camille sans même la consulter.

En y réfléchissant plus sérieusement, Marguerite se rappelait avoir récemment décelé quelques signes de nostalgie entre les lignes des courtes lettres de la jeune fille. Ne s'était-elle pas plainte, un jour, de l'arrogance des jeunes Greenberg ? Hélas, la grande sœur n'y avait pas porté attention, habituée depuis toujours de voir la princesse se plier de bonne grâce et sans protester à toutes les consignes. Quelqu'un avait-il songé qu'il fallait bien s'attendre, tôt ou tard, à une réaction de sa part ? « Rien de plus normal », se disait Marguerite. Mais de là à disparaître mystérieusement sans en aviser personne, il y avait une marge !

Elle ne tenait plus en place. Rien d'autre, maintenant, n'avait plus d'importance à ses yeux que la disparition subite de Camille. Ni Antoine, ni Emmanuel, ni leur installation dans le logement, ni les travaux du futur temple, pas même la lettre d'Anne gardée précieusement au fond de son sac et lui rappelant l'arrivée prochaine de son deuxième enfant. Pour l'instant, seule comptait l'urgence de retrouver sa petite sœur.

À la porte des Beaulieu, elle trépigna longtemps d'impatience avant que Béatrice ne vienne elle-même répondre d'un pas lent et pesant. Cette fois, c'est Marguerite qui s'effondra dans les bras de sa jeune amie.

— Le docteur Beaulieu et sa femme sont absents. Ils ne reviendront pas avant…

— Peu importe ! C'est toi que je viens voir, Béatrice. On a réellement perdu Camille, tu sais. Voilà maintenant six jours qu'elle n'est plus revenue chez les Greenberg. Et la domestique a constaté qu'elle a emporté la plupart de ses affaires avec elle. Je n'en peux plus de me morfondre. J'ai bien envie d'alerter la police, même si Antoine me conseille d'attendre encore un peu. Aurais-tu une idée de l'endroit où elle pourrait se trouver ?

Béatrice lâcha un juron et s'affala dans un fauteuil en se mordant les poings. Malgré elle, Marguerite se mit à la secouer et à la bombarder de questions.

— Toi, tu sais quelque chose. Parle, pour l'amour du ciel !

— Oui… j'ai ma petite idée. Mais je n'arrive pas à y croire. Tout ça est ma faute. J'aurais dû me méfier, ou du moins la mettre en garde. Jamais je n'aurais cru…

— Que veux-tu dire ? Tu me rends folle ! Jamais tu n'aurais cru quoi ?

— Je me trompe peut-être mais… Viens-t'en, Marguerite, on sort ! Donne-moi seulement le temps de prendre mon manteau.

Marguerite connaissait mal ce secteur de Montréal à la réputation sulfureuse. Durant son séjour à l'hôpital de la Miséricorde et les six mois où elle avait travaillé chez les Greenberg, dans l'ouest de la ville, elle ne s'y était guère aventurée. Les trottoirs animés de fêtards de tout acabit, les nombreux restaurants et bars dont la musique se répandait jusque dans la rue, les lanternes rouges signalant les lieux de prostitution et surtout les filles outrageusement maquillées mais légèrement vêtues qui sollicitaient les clients à la porte des maisons closes, tout cela lui causa une vive impression. L'espace d'une seconde, elle se demanda quels péchés de la chair s'avéraient les plus graves aux yeux de Dieu : ceux commis dans ce quartier pour gagner de l'argent ou les siens, répétés autrefois avec tant d'amour avec son Antoine, un prêtre consacré ayant prêté le serment de chasteté perpétuelle.

Elle n'avait pas assez d'yeux et d'oreilles pour tout voir et tout entendre. Mais l'angoisse remplaça vite l'effet de surprise. Le cœur serré, elle voyait Béatrice s'introduire dans chaque établissement en quête d'un certain Hervé Latour. De nombreuses personnes semblaient reconnaître la future mère et lui répondaient aimablement tout en jetant un coup d'œil à son ventre ayant pris des proportions titanesques. À propos du fameux Latour, tous affirmaient évasivement ne pas l'avoir vu depuis plusieurs jours.

Le gérant du restaurant Gaîty's finit par fournir une réponse plus précise.

— Hervé ? Il a quitté Montréal la fin de semaine passée, soit pour Québec, soit pour Toronto, je me rappelle plus.

— Tu ne sais vraiment pas à quel endroit il est parti ?

— Trois ou quatre fois par mois, Hervé se rend à l'une ou l'autre de ces villes. C'est selon, mam'selle ! Pourquoi veux-tu savoir ça ? Ça t'intéresse ?

— Non, plus maintenant.

Béatrice prit le parti de se taire et se contenta de poser une main nerveuse sur sa bedaine, à côté d'une Marguerite trop effarée pour prononcer une seule parole. L'homme revint à la charge avec un air condescendant.

— À te voir, ma chérie, on peut comprendre que ces petits voyages te disent plus rien. As-tu trouvé un mari, coudon, la Béatrice ?

— Ça te regarde pas. Et Hervé… il est parti tout seul là-bas ?

— Ben, voyons ! Tu sais bien qu'il part jamais tout seul. Cette fois, deux filles l'accompagnaient. Une blonde et une brune. Deux pétards, surtout la brunette. Ça va faire fureur chez les Québécois ou les Torontois, ça, ma fille ! Je gagerais pas mal cher là-dessus, moi !

— Et il revient quand, le cher homme ?

— D'habitude, on le revoit au bout de cinq ou six jours, dix tout au plus. Ce genre de voyage d'affaires, ça dure jamais très longtemps, tu le sais !

— Voici le numéro de téléphone de l'endroit où j'habite présentement. Tu m'appelles dès que tu sais quelque chose, d'accord ?

— T'as le téléphone ? Ouais, on rit pas ! T'as frappé le *jack pot*, on dirait !

— J'ai affaire à Hervé et c'est urgent. Très urgent, tu comprends ? Puis-je vraiment compter sur toi ?

— O.K., mam'selle ! C'est promis, moyennant, euh... un petit dédommagement peut-être ?

Béatrice lança rageusement une pièce de monnaie sur le comptoir et tourna les talons, suivie d'une Marguerite ahurie qui croyait rêver et se refusait d'admettre ce qui devenait de plus en plus clair à son entendement.

— Béatrice, ai-je bien compris ? Ne me dis pas que Camille se serait enfuie avec ce... Hervé ?

— Viens d'abord t'asseoir sur un banc, Marguerite, tu vas en avoir rudement besoin.

Les deux femmes traversèrent la rue et s'assirent côte à côte, raides de nervosité, sur le bout d'un banc de bois installé sur un carré de terrain vague sans doute destiné à être transformé en petit parc. Marguerite ne s'était jamais sentie aussi tendue.

— Vite, explique-moi, Béatrice. Je n'en peux plus.

— J'ai rencontré Hervé Latour après la naissance de mon premier bébé. Tu te rappelles, à ma sortie de l'hôpital, j'étais allée habiter chez ma grand-mère, une espèce de folle qui ne voulait pas de moi… Ça n'a pas pris de temps pour qu'elle me mette à la porte et que je déguerpisse de là ! À ce moment-là, je me sentais tellement désemparée d'avoir perdu mon bébé en le donnant à l'adoption, tu n'as pas idée. J'ai alors tourné en rond comme une âme perdue. En quelques jours, je me suis retrouvée sans le sou et sans endroit où aller dormir.

— Et alors ? J'entrevois la suite… Vite, raconte !

— Un soir, je suis tombée dans les pattes de ce… de ce dégoûtant personnage nommé Hervé Latour. Oh ! tu sais, le type est beau comme un dieu et gentil comme tout. Généreux même. Et il sait te donner l'impression qu'il vient de rencontrer la femme de sa vie. Toi, l'abandonnée, la perdue, tu deviens tout à coup séduisante aux yeux d'un homme riche et aimable. Alors tu tombes dans le panneau, comme toutes les autres filles, jusqu'au jour où le salaud te propose de rendre quelques petits services à l'un de ses amis. Services d'escorte, mais surtout services de lit, pour te donner plus de précisions. Tu comprends ce que je veux dire ?

— Ah, mon Dieu ! Mon Dieu !

— Services discrets et ponctuels qui n'engageront à rien. Bien sûr, le type en question laissera un pourboire à partager avec le cher Hervé. Un incroyable et exorbitant pourboire qui risquera, si tu en accumules plusieurs, de transformer ta vie. Tu te vois déjà à l'aise et indépendante, financièrement parlant, enfin ! En plus d'être adulée par des hommes qui roulent sur l'or. Tout ça parce que tu acceptes de relever tes jupes pendant quelques heures sur une période de deux ou trois jours avec le fameux ami, un homme en voyage d'affaires. Évidemment, la paye est plus généreuse si tu acceptes de ne pas utiliser de préservatif. Alors tu prends des risques en te fermant les yeux… Jusqu'à ce qu'un bon matin, la nausée te tire du lit comme ça m'est arrivé, il y aura bientôt neuf mois.

— Arrête, arrête, Béatrice ! Tu fais fausse route. Tout ça n'a pu arriver à Camille. Tu oublies qu'à Lowell, elle s'est enfuie de chez les Boismenu et a renoncé à un travail qu'elle adorait parce que Paul, justement, une nuit… Ma sœur est pure, elle n'accepterait jamais de faire ça, j'en suis certaine.

— Le contexte était différent à Lowell. Il s'agissait alors d'une agression en bonne et due forme. Maintenant, imagine un peu Camille seule à Montréal pendant des mois, sans ressources et travaillant dans un milieu qui ne lui plaît pas.

— Les Greenberg sont des gens formidables, tu sauras !

— Ils le paraissaient pour toi, mais pas pour ta sœur. À moi, elle en a souvent fait mention. Un jour, un don juan se pointe, il lui fait les yeux doux et réussit à la conquérir. Il existe un million de chances pour que la petite fille crédule le suive, d'autant plus qu'elle n'a de comptes à rendre à personne : son père se trouve en prison, sa sœur Anne, à trois cents milles d'ici, et toi, à Grande-Ligne avec ton Antoine. D'après moi, Camille constituait la candidate idéale et tout à fait mûre pour se faire enfirouaper par le premier venu. Par malchance, elle est tombée sur Hervé Latour, le meilleur proxénète de la ville.

— Je n'arrive pas à y croire, Béatrice. Tu te trompes, j'en suis convaincue. D'ailleurs, comment aurait-elle connu cet entremetteur ?

— Ah ! là... Je me sens coupable et stupide, je l'avoue ! Pardonne-moi, Marguerite. Je n'aurais jamais dû amener Camille prendre un thé dans ce restaurant de la rue Sainte-Catherine. Je n'avais pas prévu de rencontrer Hervé. Évidemment, le fin renard n'a pas été long à flairer la proie facile.

— Mais Toronto et Québec ?

— Une fois la fille convaincue d'agir par amour pour lui et prête à se prostituer, le traître l'entraîne dans l'une de ces deux villes avec des promesses à la pelle : court séjour agréable, hôtel luxueux, client gentil, retour rapide, salaire fabuleux, anonymat garanti. Le pauvre homme d'affaires s'ennuie, tu comprends ? Et le monsieur est prêt à payer n'importe quoi pour qu'une jolie femme lui fasse vivre quelques jours enchanteurs dépassant ses rêves les plus fous…

— Autrement dit, il s'agit d'un job de putain de luxe, à ce que je vois. Ma malheureuse Camille… Je ne l'avais pas prévenue de notre retour à Montréal parce que je voulais lui faire une surprise. J'aurais dû la visiter le jour même de notre arrivée ici. Je suis à blâmer pour ne pas avoir vu venir tout ça. Ah… je m'en veux tellement !

— Et moi, donc ! J'ai pourtant insisté pour qu'on quitte le restaurant au plus vite, ce jour-là. Mais déjà conquise par Hervé, elle a refusé obstinément de me suivre.

Les deux amies se mirent à pleurer dans les bras l'une de l'autre au milieu des badauds indifférents. Tout à coup, Marguerite se leva d'un bloc en secouant ses jupes.

— Non ! Ça ne se peut pas ! Je n'arrive pas à y croire ! On fait erreur, Béatrice. Il faut chercher ailleurs.

Béatrice ne répondit pas et porta encore une fois les mains à son ventre en fronçant les sourcils.

— Ouille ! Marguerite, je ferais mieux de m'en aller à la Miséricorde, moi ! Et vite, ça presse ! Oh, là, là ! C'est qu'il pousse, ce petit-là !

6

Il passait neuf heures, ce matin-là, quand Anne éprouva les premiers signes de l'arrivée du bébé, trois semaines avant la date prévue. Alarmée à l'idée de se retrouver seule dans cette situation, Pierre étant parti pour le Connecticut le matin même, elle s'en fut chez une voisine pour demander de l'aide. La sage-femme du quartier demeura introuvable, et la pauvre Anne n'eut d'autre recours que de réclamer son amie Rose-Marie pour venir l'assister. Celle-ci se présenta aussitôt et, constatant que les douleurs devenaient plus fréquentes et plus intenses, elle s'empressa de faire bouillir de l'eau et de préparer des linges propres.

— Eh bien, il nous joue des tours, ce petit-là ! Il a hâte de connaître sa mère, faut croire !

— Ah ! Rose-Marie… j'ai tellement mal au ventre. Vite ! Vite ! Il arrive, il arrive…

À peine quelques minutes plus tard, des vagissements retentissaient dans le petit appartement, doublés par les exclamations de joie d'une mère comblée. Émue, l'amie Rose-Marie se demanda si les cris d'un nouveau-né traduisaient la colère d'être séparé de sa génitrice ou la peur d'être lancé si brutalement vers sa destinée. Peut-être exprimaient-ils seulement l'exaltation d'une âme errante ravie de venir enfin habiter à l'intérieur d'un petit être... Ces cris de vie, ces premiers vagissements issus des profondeurs du mystère de la vie... Elle regrettait de n'avoir plus d'enfants à cause de Paul qui exigeait maintenant des relations sexuelles protégées. « Et sans doute avec ses nombreuses maîtresses aussi... », songea-t-elle. Elle soupira.

Serrées l'une contre l'autre, les deux amies admiraient, les larmes aux yeux, la petitesse et la fragile beauté du fils d'Anne et de Pierre Forêt, réclamant à pleins poumons sa place dans la meute des humains. Aussitôt, la mère pressa son petit Philippe contre son sein et lui donna sa première dose d'amour. Un silence bienfaisant se répandit alors.

Anne ne mit pas de temps à se remettre de l'accouchement. Sous les regards admiratifs de ses parents et de sa sœur Élisabeth, le garçon devint rapidement un adorable poupon aux yeux brillants d'intelligence. Pierre finit par dénicher, dans une rue paisible de Lowell, un logement plus confortable et aéré pour loger sa famille. Rien de luxueux ni de comparable à la demeure cossue de leurs amis Boismenu, mais qu'importe. La jeune mère se consacra à la décoration entre les séances de tétée, et elle y prit goût. Elle réussit même à accrocher sur les murs deux ou trois peintures à l'huile exécutées de sa propre main. Dans ce nouveau cadre de vie, elle retrouva une certaine sérénité et oublia ses idées d'aller vivre au Canada. La famille Forêt commença enfin à traverser des jours sans trop de nuages.

Anne agitait nerveusement sa cuillère dans sa tasse de porcelaine. En d'autres circonstances, elle aurait pris davantage de précautions pour ne pas risquer de heurter trop durement la porcelaine importée d'Angleterre de son amie Rose-Marie. Mais d'entendre Pierre et Paul se disputer avec acharnement sur des sujets d'ordre social et politique la contrariait à un point tel qu'elle en oubliait les bonnes manières. Des bonnes manières d'ailleurs apprises sur le tas, et que personne ne lui avait jamais enseignées.

Ce soir-là, les deux copines avaient décidé d'un commun accord d'organiser un souper « en couples » dans une nouvelle tentative de rapprochement entre leurs maris. À la grande déception des épouses, les anciens amis avaient laissé s'élargir les distances entre eux depuis les incartades de Paul de l'été précédent, non seulement à cause de leurs modes de vie respectifs et de leurs codes moraux différents, mais aussi à cause de leurs façons tout à fait opposées de voir les choses.

Les Boismenu n'avaient pas remplacé Camille pour s'occuper des enfants, mais Rose-Marie disposait toujours d'une cuisinière fort habile, et elle lui avait commandé un repas d'envergure pour cette soirée remplie d'espoir. Bien sûr, il n'était pas question de jouer les parvenus ni de lever le petit doigt en l'air. À vrai dire, l'hôtesse Rose-Marie provenait d'une classe sociale aussi humble que ses invités, et le snobisme l'horripilait au même titre. Par contre, l'obligation de recevoir, vêtue de luxueux atours, quelques « grands » de ce monde lui était très souvent imposée.

Hélas, les « grands » de Paul ne ressemblaient guère aux « grands » de sa femme. Comme si la fortune ou le pouvoir politique conféraient une certaine grandeur et suscitaient l'admiration et l'envie ! Aux yeux de Rose-Marie, seule la grandeur d'âme méritait considération. Treizième enfant d'une famille de seize vivant dans un village perdu au nord de Trois-Rivières, la jeune femme avait appris la valeur de l'argent à la dure pendant tout le temps de sa prime jeunesse. Elle avait surtout appris la générosité et le partage. Et quand elle avait quitté les siens pour émigrer aux États-Unis en solitaire, l'idée d'indépendance et d'autonomie l'avait attirée bien davantage que celle de l'argent.

Le fait que son mari soit devenu l'un des chefs d'entreprise canadiens-français les plus importants de la Nouvelle-Angleterre, s'il la soulageait des soucis financiers, ne lui était pas monté à la tête. Au contraire, l'obsession du capital qui animait Paul ne l'atteignait guère. Femme d'intérieur introvertie, mère de famille hors pair, citoyenne empathique et au grand cœur, Rose-Marie trouvait le caractère superficiel des rencontres mondaines souverainement déplaisant. Elle préférait d'emblée les soupers en tête à tête avec son mari et de véritables amis ou, encore mieux, les activités familiales avec leurs trois fils de six, cinq et trois ans.

Malheureusement, au grand regret de sa femme, Paul se désintéressait des parties de ballon et des promenades au parc. À vrai dire, ses enfants ne le captivaient pas du tout. Il ne voyait en eux qu'une relève pour l'avenir et rêvait déjà du moment où, sur ses cartes de visite, le nom de son consortium de magasins passerait de Smallwood's à Smallwood's & Sons. Manifestement, les rares moments où il se trouvait à Lowell, Paul Boismenu avait les idées ailleurs. Et Rose-Marie le ressentait avec désarroi.

Anne soupçonnait l'homme d'affaires de revoir son amante, mais jamais elle n'aurait osé confier ses doutes à son amie. Cette façon qu'il avait de dévisager les femmes avec concupiscence, ce désir inavoué de conquérir toujours présent derrière ses sourires, ses manières, son attitude mielleuse… Surtout ses absences inexplicablement trop fréquentes et trop longues… Après son intrusion dans le lit de Camille, l'homme s'était pourtant sérieusement repenti, et on l'avait même vu assister à quelques reprises aux réunions du Cercle de Tempérance. Mais les bonnes résolutions n'avaient pas duré, et il s'était remis à boire « socialement ». Si Rose-Marie persistait à jouer à l'autruche et à croire à la probité de son homme, Anne, elle, ne se leurrait guère. Paul Boismenu ne devait certainement pas se priver de tâter de la bouteille quand il allait dans ses multiples *business trips* ! Et pas que de la bouteille ! Dieu sait comme l'alcool fait tomber les fragiles barrières en n'importe quelles circonstances !

Bien entendu, ce soir-là, ainsi qu'Anne l'avait appréhendé, l'effet de quelques carafes de vin fit tomber tous les espoirs. Le ton montait progressivement entre les deux hommes, et la réunion qui se voulait amicale semblait sur le point de tourner au vinaigre. L'intellectuel et le capitaliste en vinrent finalement à s'affronter sans retenue, à la grande consternation de leurs femmes qui, affligées, les envoyèrent poursuivre leur discussion au salon. Évidemment, Paul sortit un flacon de cristal ciselé rempli de cognac.

Anne et Rose-Marie, leur enthousiasme tombé à plat, prirent le parti de se taire pour écouter, de loin et bien malgré elles, l'évolution des débats entre les anciens copains. À l'évidence, chacun représentait à sa façon les deux grands courants de pensée qui opposaient les émigrés francophones de la Nouvelle-Angleterre : d'un côté les tenants de l'assimilation des Canadiens français à la société américaine et, de l'autre, les défenseurs de la survie du fait français dans tout l'est des États-Unis.

— Toi, Pierre Forêt, tu me fais chier avec tes articles sur la survivance. Arrête de te servir de ce mot-là à toutes les sauces ! Survivance, survivance... Quel mot insignifiant ! Quel danger veux-tu donc surmonter ? Tu veux survivre à quoi, au juste ? À quelque chose de périmé et de dépassé ? Toi, le trouillard, cesse donc de nous croire menacés par un péril !

Tu n'as rien compris, mon vieux. Si tu buvais moins, tu aurais peut-être les idées plus claires !

— Il est disparu, le péril, Pierre ! Il est même resté au Canada. Et il s'appelle pauvreté. On l'a laissé au nord quand on est descendus jusqu'ici, toi et moi. Eux, là-bas, doivent survivre au péril de la misère. Eux tentent de résister à la conquête des maudits Anglais. Eux ont la vie dure, pas nous ! Rappelle-toi les étendues immenses et sauvages, les intempéries auxquelles sont soumis les cultivateurs épuisés, la bêche ou la hache à la main. Songe aux difficultés de la colonisation, au manque de travail dans les villes, à l'exploitation des travailleurs par les riches compagnies anglaises. Pense à nos frères de la province de Québec... Eux peuvent te parler de survivance, obligés qu'ils sont de fabriquer des enfants comme des machines pour résister à l'emprise britannique et conserver leur caractère français. Eux doivent survivre, alors que nous...

— Le caractère français, justement ! La famille ne constitue-t-elle pas notre plus belle valeur ? Tu dis n'importe quoi, Paul Boismenu. Un vrai codinde !

— Penses-y un peu : les Canadiens français ne réalisent pas que de mettre au monde quinze ou dix-huit enfants les enfonce encore plus profondément dans la pauvreté. Tout ça pour sauvegarder leur identité française et religieuse. Quelle aberration ! Arrête de te caler dans tes vieilles idées de curé, mon cher ! Tu es aux États-Unis, ici, pas au Canada ! Ici, on ne survit pas, on vit. ON VIT, Pierre Forêt, on vit... On vit le progrès, on se développe, on avance et on regarde en avant avec assurance. Ici, les Américains sont libres. Libres et maîtres chez eux, y as-tu seulement pensé ? Toi, le journaliste, admets au moins que dans ce pays d'adoption, c'est la vie facile et l'abondance. Et il y a du travail pour tout le monde !

Pierre sentit la moutarde lui monter au nez et se leva brusquement. Il n'allait tout de même pas laisser l'homme d'affaires gagner la bataille avec ses idées farfelues.

— Et tu penses qu'on n'exploite pas les travailleurs, ici ? Ouvre-toi les yeux, grands dieux ! Toi qui embauches je ne sais combien d'employés dans tes multiples commerces, leur demandes-tu parfois leur avis sur leurs salaires et leurs conditions de travail ? Non ! Eux, ils travaillent et toi, tu t'en fiches et te contentes de ramasser le magot. Vrai ou pas vrai, Paul Boismenu ?

— Désolé, je m'appelle Paul Smallwood depuis un bon bout de temps.

— Tu es trop bien assis sur ta fortune, Mister Smallwood, ça t'empêche de regarder autour de toi. Si tu appelles ça vivre, toi, être obligé d'envoyer des femmes et des enfants travailler comme des bêtes dans des usines empoussiérées et pour des salaires indécents ! Savais-tu que la paye d'un père de famille de Lowell ne suffit pas à elle seule pour faire vivre sa femme et ses enfants ? Et quand, abrutis, ils sortent des usines, ces gens-là vont s'entasser comme des sardines dans des logements insalubres afin de pouvoir économiser quelques « cennes ». Sors de ton château et va faire un tour dans le quartier du Petit Canada, mon cher, tu vas peut-être comprendre. Renoncer à notre identité, à nos traditions, à notre mentalité, à notre culture française et à notre religion pour ça ? Ce serait renoncer à notre seule et unique richesse, d'après moi. Notre plus belle richesse ! Et ne pas s'engager dans la lutte pour la survivance de ces valeurs relève de la traîtrise. La France est notre mère patrie, pas les États-Unis ni l'Angleterre !

— La France ? Laisse-moi rire ! Elle s'est bien fichue de nous, notre très chère mère la France, quand est venu le temps de nous défendre contre les envahisseurs anglais ! « Quelques arpents de neige », qu'il a écrit – comment s'appelait-il déjà ? Ah ! oui, Voltaire… Tu sauras que je m'en balance, de Voltaire et de ma très sainte culture française. La culture américaine vaut tout autant pour moi, comprends-tu ? Ce qui m'importe, moi, c'est de vivre. VIVRE… Et de vivre à l'aise, avoir du bon temps, jouir de la vie et profiter des dernières découvertes technologiques qui font avancer l'industrie et améliorent l'existence. La hache et la bêche ne m'intéressent pas, si tu veux savoir. Plus jamais ! Et je me fiche totalement de vivre en anglais et d'être assimilé aux Américains. Ils forment un peuple intelligent, libre et heureux, tourné vers l'avenir, pas vers le passé. Et d'en faire partie constitue un privilège pour moi et ma famille, tu sauras, mon cher !

Les deux hommes se faisaient face, hérissés comme des bêtes féroces en train de défendre leur territoire. Le ton montait au même rythme que se vidait le flacon de Courvoisier. Anne et Rose-Marie tentèrent, inutilement, de créer une diversion en offrant un thé chaud, mais ni l'un ni l'autre des adversaires ne daigna tourner la tête. Ils défendaient leurs idées comme s'il s'agissait d'une lutte à finir.

— As-tu oublié, Paul, que la langue est gardienne de la foi ? Notre religion…

— La religion ? Peuh ! Ton écrasante Église catholique canadienne-française est assoiffée de pouvoir et n'a qu'une obsession : dominer dans toutes les sphères de la vie et mener ses ouailles à son gré et par le bout du nez jusque dans leurs couchettes ! J'en n'ai rien à foutre, moi, de cette religion-là ! Les Américains font aussi partie de la chrétienté, que je sache, et ils ne deviennent pas fous avec ça comme tes morons de curés !

— Tu dérapes, mon cher ! Il nous incombe à tous de préserver ce que nous sommes. Nos belles familles, nos fêtes…

— Nos fêtes ? Tu me fais rire ! Parlons-en de nos fêtes : fêtes de la Saint-Jean-Baptiste, du Sacré-Cœur, de l'Annonciation, de l'Immaculée Conception, de la Sainte-Famille, de la Pentecôte, de Saint-Joseph, Fête-Dieu… Toujours des fêtes religieuses, hein ? Et la prière six fois par jour ! La messe, puis les vêpres, puis le mois de Marie, puis le mois du Sacré-Cœur, puis l'Avent, puis le Carême, puis les retraites, tout ça ne fait pas avancer le monde, tu sauras ! Pour progresser, il faut des fêtes populaires, des rassemblements où on se tient les coudes, où on s'amuse, discute et se sent solidaires les uns des autres, quoi !

On se donnait du « mon cher », mais plus la discussion s'envenimait, plus les deux amis prenaient des allures de guerriers, bouches mauvaises et poings serrés.

— Justement, les Américains n'ont rien de solidaire avec nous autres. Ils n'ont qu'une idée en tête : nous assimiler pour nous noyer dans la masse.

— Tu sauras, mon cher Pierre Forêt, que le progrès provient de l'industrie et du commerce, pas des grand-messes ! Il faut absolument enseigner autre chose que la religion et le français dans les écoles.

— Là, tu exagères, Paul Boismenu !

— Smallwood, Pierre… PAUL SMALLWOOD !

Cette fois, Anne n'en pouvait plus. Elle bondit sur ses pieds et s'en fut d'un pas ferme au salon où les deux hommes étaient sur le point d'en venir aux coups. Mais elle eut beau tenter de les rappeler à l'ordre en faisant valoir leur amitié de jadis, rien n'y fit. Au bout d'un moment, elle retourna dans la salle à dîner où Rose-Marie semblait elle aussi sur le bord de la crise de nerfs. Les opposants, après avoir à peine porté attention à l'intervention d'Anne, reprirent leur discussion de plus belle.

— Moi, je veux que mes enfants apprennent l'anglais. Les Irlandais, eux, se sont bien assimilés. Pourquoi pas nous ? Même les Grecs, les

Polonais, les Italiens qui arrivent ici à pleins bateaux s'assimilent aussitôt. Et ils ne meurent pas pour ça !

— Facile pour les Irlandais : ils parlaient déjà anglais en arrivant ici. D'ailleurs, ils ne nous accueillent pas à bras ouverts, tes Irlandais jaloux de nos églises et de nos institutions catholiques francophones. Quant aux autres immigrants, ils sont tellement minoritaires et privés de l'essentiel à leur arrivée sur le territoire américain qu'ils n'ont pas le choix de s'assimiler. Tandis que pour nous, le pays d'à côté est le nôtre. Le NÔTRE, pas celui du voisin ! Comprends-tu ça, Paul Bois… euh… Smallwood ? Et nous sommes venus ici par centaines de milliers avec notre identité propre. Pour tous ceux qui ne retournent pas au Canada, il faut sauvegarder cette identité à tout prix. Pourquoi ne pourrions-nous pas créer un État francophone à l'intérieur des États-Unis ?

— Je m'excuse, mais le Canada, ce « pays d'à côté qui est le nôtre », comme tu dis, appartient à l'Empire britannique depuis cent vingt-cinq ans.

— On parle tout de même encore français dans la province de Québec.

— M'en fiche ! Moi, je veux vivre une vie de pacha à l'américaine. J'ai lu dans tes articles que tu prônes la naturalisation mais ne veux pas devenir américain. Je ne comprends pas :

naturalisé américain mais pas assimilé par les États-Unis ? Quelle absurdité ! Survivance et naturalisation, ça ne va pas ensemble, que je sache ! Fais-toi une idée, le journaliste : ou c'est l'un ou c'est l'autre. As-tu perdu le sens de la logique ?

— Mais oui, ça va de pair. Si je prêche la naturalisation, c'est pour une seule raison bien facile à comprendre : ça nous permet de voter et d'avoir notre mot à dire dans la gestion de l'État. Savais-tu, toi, l'homme d'affaires, qu'actuellement, treize élus francophones nous représentent déjà en Nouvelle-Angleterre ?

— Puis après ? Ça ne va rien changer, ça ! Ils vont prêcher l'assimilation, tu vas voir. Fais-toi à l'idée, mon cher : ou tu adoptes la nationalité américaine et tu t'assimiles, ou tu retournes au Canada. Cesse donc de rêver d'agrandir le Québec jusqu'ici et de croire que tu vas convertir les États-Unis à ta langue et à ta religion ! C'est une utopie que de t'imaginer rester encore longtemps un Canadien français chez les Américains.

— Tu es un vendu, Paul Boismenu. L'argent t'a fait perdre la carte.

— Smallwood… *God damned*, que t'as la tête dure ! Vas-tu finir par te mettre dans la caboche que ma famille et moi sommes devenus des Smallwood ? La misère, c'est terminé pour nous. Mes enfants, nés ici, sont déjà américains et ils portent des prénoms anglais : Patrick et Charles. T'avais jamais remarqué ? Nous avons même transformé celui de notre plus jeune, Geoffroy, en Jeffrey. Ils parleront la langue de ce pays et adopteront ses coutumes. Et l'automne prochain, notre aîné ira à l'école américaine sous le nom de Smallwood. On n'a pas peur d'évoluer, nous !

— Tu vas pas faire ça? C'est de la trahison pure et simple ! D'ici deux ou trois ans, les Frères maristes prévoient d'ouvrir un collège français ici. Tu pourrais l'envoyer à la petite école française de Lowell en attendant.

— C'est pas de la trahison, c'est de la clairvoyance ! M'en moque, moi, de ton collège administré par des religieux francophones !

— Va donc chez le diable, Paul Boismenu, je ne veux plus te parler !

— Smallwood ! Écoute bien ce que je vais te dire, Pierre Forêt : un jour, nos enfants vont se parler entre eux en anglais, et tes descendants vont s'appeler Forester. Retiens bien ce que je te dis ! Je suis prêt à gager n'importe quoi là-dessus, mon homme !

— Gager, gager… Toujours l'argent, hein ?

Les deux antagonistes s'étaient levés et avaient commencé à jouer du coude. La couleur des visages présageait une bagarre en règle. Dieu merci, il resta suffisamment d'esprit à Pierre pour juger préférable de partir avant d'en venir aux coups. Il se leva brusquement, buta contre la table et signala le départ d'une bouche pâteuse à Anne qui se morfondait, pâle comme une morte.

Chavirées, les deux amies décidèrent de fustiger les adversaires.

— Vous n'avez pas honte, les gars? Allez, donnez-vous la main. Chacun a le droit de penser ce qu'il veut. Ce n'est pas une raison pour se chamailler de la sorte. Deux grands amis comme vous…

Les anciens amis, fulminants de colère, refusèrent la poignée de main. Paul conserva son attitude guerrière tandis que Pierre monta bruyamment à l'étage en compagnie de sa femme pour chercher ses deux enfants endormis. Ils partirent sur un claquement de porte.

Sur le chemin du retour, dans le calme silencieux des rues de Lowell, Anne ne cessa de sangloter. Quel fiasco, et quelle soirée pathétique… Sans contredit, le dérapage de leur relation avec leurs uniques amis s'était accentué. Pierre Forêt et Paul Boismenu ne redeviendraient plus jamais des proches, elle devait l'admettre. C'en était terminé de leur relation amicale. Encore heureux que son mari, sous l'effet de l'alcool, n'ait pas traité Paul de courailleux et d'obsédé sexuel! Tout autant dérouté, Pierre déambulait à côté d'elle en titubant légèrement, avare de paroles.

Le fait de perdre le contact avec Paul Boismenu ne chagrinait guère Anne. Ce coureur de jupons imbu de lui-même et se croyant doté de tous les pouvoirs parce qu'il possédait de l'argent ne lui manquerait guère. Mais son plus gros défaut consistait à être le mari de Rose-Marie, sa seule amie de cœur, celle dont la présence avait dépanné et sécurisé autrefois les deux petites sœurs perdues, quand elle et Marguerite s'étaient retrouvées à la résidence pour femmes de la Boott's Company. À présent, cette amie généreuse tenait toujours lieu pour Anne de confidente et même de sœur, surtout depuis le départ de son aînée. Elle appréhendait maintenant de voir le vil personnage, qu'elle s'était mise à détester, défendre à son épouse de la fréquenter désormais.

Une fois de plus, Anne Forêt se demanda comment retrouver le goût de vivre dans ce pays où l'atmosphère se trouvait aussi controversée. Elle en avait assez de ces discussions à n'en plus finir entre les Canadiens exilés. Tout cela les éloignait les uns des autres au lieu de les rapprocher.

Arrivés chez eux, un télégramme les attendait sur le pas de la porte. Anne déchira l'enveloppe d'une main fébrile et tenta de déchiffrer le message. Il s'agissait d'un court billet de Marguerite demandant si Camille ne se trouvait pas par hasard à Lowell. Elle avait, semblait-il, disparu depuis huit jours. Quoi ? La petite sœur avait disparu ? Ah ! Seigneur ! Où donc pouvait-elle se trouver ? Camille ne lui avait-elle pas confié dernièrement, dans l'une de ses rares lettres, sa difficulté de vivre auprès de la famille Greenberg, qu'elle trouvait arrogante et hautaine ?

Anne aurait tout donné, ce soir-là, pour se trouver à Montréal en compagnie de Marguerite. Pour se serrer contre elle et s'inquiéter avec elle au sujet de leur jeune sœur. Elle se sentait soudain confinée dans un univers restreint, à l'autre bout du monde, sans autre moyen que la prière pour se rassurer. « Oh ! Camille, je t'en prie, reviens vite ! Rassure-nous ! Mon Dieu, protégez-la ! » Le lendemain, elle irait au bureau de poste pour envoyer d'urgence une réponse à Marguerite et lui affirmer qu'elle partageait son angoisse. Mais, écrasée par un profond sentiment de solitude, elle se demanda cyniquement si quelqu'un songerait à la prévenir du dénouement heureux ou malheureux de cette inquiétante disparition…

En cette fraîche et claire nuit de printemps, ni elle ni son mari ne remarquèrent la voûte céleste parsemée d'étoiles, ni la lune qui souriait silencieusement derrière la silhouette dégarnie des arbres. Anne mit longtemps à s'endormir, blottie contre un Pierre ténébreux. Lui aussi rongea silencieusement son frein pendant de longues heures avant de trouver enfin la paix entre les bras de sa bien-aimée.

7

Marguerite ne se possédait plus. Ainsi, Camille avait disparu et ne se trouvait nulle part. D'un commun accord avec Antoine, elle décida d'alerter les autorités policières. La tête basse et le moral dans les talons, le couple se dirigea à petits pas vers le quartier général de la police de Montréal.

En route, Marguerite ne put s'empêcher, selon son habitude depuis près de deux semaines, d'entrer au bureau de poste du voisinage au cas où un miracle se serait produit. Hélas, chaque jour, l'employée l'accueillait d'un geste négatif de la main accompagné d'un haussement d'épaules en signe de désolation avant même que la jeune femme en proie à l'inquiétude n'ait franchi le seuil de la porte. Non, elle n'avait reçu aucune lettre pour Mme Antoine Lacroix, pas plus que la veille et l'avant-veille. Et sans doute pas plus que le lendemain.

Mais ce jour-là, en voyant le pasteur et sa femme apparaître devant la vitrine, la femme s'empressa d'agiter bien haut une large enveloppe brune. Marguerite sentit son cœur bondir. Une enveloppe brune ? Non, ça ne pouvait pas provenir de Camille. Elle aurait utilisé l'une de ces enveloppes blanches conventionnelles dont elle se servait habituellement quand elle écrivait de Lowell, l'hiver précédent. Elle s'empara néanmoins nerveusement de l'enveloppe et la déchira d'une main énergique. Déçue, Marguerite n'en reconnut même pas l'écriture.

L'envoi contenait un feuillet écrit à la main et, ô soulagement, une autre enveloppe blanche encore scellée, adressée aussi à Mme Marguerite Lacroix, à l'adresse de l'Institut Feller de Grande-Ligne. Cette fois, elle portait bien l'écriture penchée et finement ciselée de Camille. Le message qui l'accompagnait, signé par la secrétaire de l'Institut, indiquait que la femme du pasteur avait reçu, tout juste après avoir quitté Grande-Ligne, cette lettre en provenance de Montréal qu'on s'empressait de lui retourner à son nouveau domicile.

Marguerite ne prit même pas le temps de sortir du bureau de poste avant de se mettre à lire à voix haute la longue lettre de Camille. Mais elle ne réussit pas à se rendre jusqu'à la fin, le regard trop embrouillé par les larmes. Antoine dut prendre la relève devant la postière triturant elle aussi son mouchoir.

Montréal, 10 mars 1889

Ma chère grande sœur,

Comment vas-tu ? J'ai tellement hâte de te voir revenir définitivement à Montréal, tu n'as pas idée. Chaque jour, j'attends un signe de toi pour m'indiquer la date de votre arrivée. Je rêve de pouvoir te rencontrer aussi souvent que je le voudrais ou en aurais besoin. Enfin, je pourrai dorloter mon neveu Emmanuel à mon gré. Et je ferai aussi plus ample connaissance avec mon nouveau beau-frère. Je n'arrive pas à y croire. L'an passé, les quelques mois vécus à Lowell à travailler chez Rose-Marie n'ont pas suffi à me faire prendre conscience de posséder une vraie famille. As-tu une idée de ce que vivre auprès de ma grande sœur va représenter pour moi qui n'ai jamais connu cela, sauf quelques jours chez Anne et Pierre ? Tu sais, je t'écris en pleurant. Pourquoi est-il plus facile de formuler certaines choses par écrit plutôt que de les exprimer verbalement ?

Mon existence à Montréal n'a pas toujours été une sinécure jusqu'à maintenant, je dois l'avouer. Comment arrivais-tu à supporter des enfants aussi turbulents que les Greenberg ? Et leur mère qui me tapait sur les nerfs en se prenant pour la mienne… Dernièrement, j'ai profité de l'absence de mes patrons pour fuguer, crois-le ou non. Eh oui, j'ai décidé spontanément de quitter mon emploi chez eux. Ne me le reproche pas, Marguerite, je n'en pouvais plus.

Imagine-toi qu'un homme que je croyais merveilleux m'a conté fleurette et m'a amenée jusqu'à Québec avec lui. Je n'ai pas eu le courage de refuser. Ne me dispute pas, c'était là l'occasion rêvée pour sortir de chez les Greenberg. Malheureusement, une fois là-bas, j'ai vite flairé la manigance. Le fin renard s'était mis en tête de me présenter à un de ses amis en me demandant d'accompagner ce monsieur barbu durant quelques jours. Bien sûr, on sait à quel genre d'accompagnement s'attendait le vieux qui puait. Pouah ! Angelina m'avait mise en garde, autrefois, contre ce genre de vautours, et ça m'a servi, crois-moi ! Il a eu beau brandir une liasse de dollars sous mon nez, j'ai refusé catégoriquement les avances de ce vilain, et j'ai vite déguerpi, tu penses bien. J'avais l'impression de vivre pour une deuxième fois ma fuite de chez Rose-Marie, la nuit où Paul…

Par chance, j'avais apporté un peu d'argent et j'ai pu reprendre le train vers Montréal afin de réintégrer mes quartiers généraux chez les Greenberg, deux jours plus tard. Ils n'ont jamais rien su de cette histoire, car j'ai simplement expliqué à la gouvernante qu'on m'avait appelée d'urgence pour des affaires personnelles. Elle m'a boudée durant plusieurs jours, la vache ! Évidemment, je n'ai raconté à personne cette mésaventure dont je suis peu fière, pas même à mon amie Béatrice qui a dû avoir son bébé à l'heure actuelle, du moins je le suppose.

Tout cela m'a fait comprendre une chose : il en allait de ma tranquillité d'esprit de quitter les Greenberg, sinon je risquais de perdre la tête un jour ou l'autre. J'ai donc profité d'un long voyage de mes patrons et je suis partie de ma propre initiative dans les rues de Montréal, à la recherche d'un autre travail. Bien sûr, d'autres invitations à la prostitution se sont présentées mais j'ai résisté. J'ai aussi scruté à la loupe les annonces dans les journaux. J'y ai finalement déniché un emploi de vendeuse dans une boulangerie, grâce à ma maîtrise de l'anglais. Je n'ai même pas averti la gouvernante en quittant la rue McGill. Qu'elle aille au diable, avec son air bête ! Cependant, quand monsieur et madame Greenberg reviendront de voyage, dans trois semaines exactement, j'ai bien l'intention d'aller m'excuser pour ce départ précipité. Malgré tout, je suis bien élevée. Je les remercierai aussi de m'avoir gardée parmi eux pendant tous ces mois, en dépit de mon manque évident d'intérêt et de compétence.

La propriétaire de la boulangerie m'a loué une chambre au-dessus de la boutique, et j'habite maintenant dans cet espace minuscule. Ça ne ressemble en rien au paradis, tu penses bien, mais j'ai enfin le sentiment de respirer à l'air libre malgré la solitude. La solitude déprimante qui semble mon lot en ce bas monde…

Je trouve dommage que tu ne m'écrives pas plus souvent, ma chère Marguerite. Anne non plus ne se fait pas beaucoup de souci pour moi. Je suppose que vos activités respectives vous tiennent toutes les deux très occupées, Anne avec son nouveau bébé, et toi à Grande-Ligne en train de préparer votre retour à Montréal. Retour très attendu par « la petite », tu peux me croire ! Je vois revenir le temps doux avec excitation en me disant que très bientôt, ma grande sœur demeurera dans la même ville que moi. Ce sera une vraie bénédiction du ciel !

Je te donne donc ma nouvelle adresse, juste au-dessus de la boulangerie À Ma Mie Dorée, rue Saint-Gabriel au coin de Saint-Paul. Dès ton retour, tu pourras m'y trouver. Viens-t'en vite, j'ai tellement hâte !

Ta petite sœur qui t'aime,
Camille

Marguerite pleura longtemps, ce matin-là, autant d'attendrissement à l'égard de sa sœur enfin retrouvée saine et sauve que de regret de l'avoir à ce point négligée. Saine et sauve, mais malheureuse et délaissée… La sachant en sécurité chez les Greenberg, la grande sœur était partie vers Grande-Ligne l'été précédent en éliminant de son esprit toute préoccupation à son sujet. Il en allait de même pour Béatrice, qu'elle avait casée entre bonnes mains à l'hôpital de la Miséricorde, deux semaines plus tôt, sans aller la visiter et sans plus s'en inquiéter. Comme Camille le mentionnait dans sa lettre, la fille-mère avait dû elle aussi mettre son bébé au monde à l'instar d'Anne à Lowell.

Marguerite se sentait quelque peu dépassée par les événements. Dur, dur, pour une nouvelle épouse et jeune maman, d'endosser en même temps le rôle de mère adoptive pour deux adolescentes, deux jeunes filles immatures à leur manière. L'une, Camille, trop naïve, vierge et pure, presque encore une enfant mais tout de même capable de dire non et de fuir devant l'agresseur, l'autre, Béatrice, complètement irresponsable, engrossée pour la deuxième fois pour l'amour de l'argent, indifférente devant les conséquences de relations sexuelles hors mariage. Deux adolescentes du même âge, pourtant marquées du sceau de la même solitude et de la même détresse. Deux blessées de l'enfance. Et en plus, deux personnes que Marguerite chérissait.

C'est Antoine qui pénétra le premier dans la boutique À Ma Mie Dorée. Il s'adressa à la jeune employée vêtue de blanc sur un ton ronflant, avec un demi-sourire.

— Bonjour, belle demoiselle…

— Père Lacroix ! Euh, je veux dire… Antoine ! Enfin, enfin, vous revoilà à Montréal ! Depuis quand ? Et Marguerite, où est-elle ?

Marguerite abandonna à la porte la voiturette dans laquelle Emmanuel s'amusait avec un jouet et vint se jeter dans les bras de sa sœur.

— Pardonne-moi, Camille, de t'avoir laissée trop longtemps sans nouvelles. Quand tu as quitté les Greenberg, tu nous croyais encore à Grande-Ligne, mais nous étions déjà arrivés ici. J'ai mis trop de temps à te contacter. Pardonne-moi, pardonne-moi. Je m'en veux tellement !

— C'est tout pardonné, voyons !

— Ce soir, quand tu auras terminé ta journée de travail, tu empaquetteras tes affaires. Je ne veux même pas visiter ta chambre car, à partir de maintenant, tu n'habites plus là. Tu t'en viens chez nous jusqu'à… jusqu'à ton mariage, tiens ! Plus jamais je ne vais t'abandonner, je t'en fais le serment solennel, ma petite Camille chérie.

En entendant le rire se mêler aux sanglots des deux sœurs, Antoine se racla la gorge et tenta de créer diversion.

— Maintenant qu'on en a trouvé une, on va partir à la recherche de l'autre.

— L'autre ? Comment ça, l'autre ? De qui parles-tu donc ?

— Que dirais-tu, Marguerite, si on poussait notre promenade jusqu'à l'hôpital de la Miséricorde ? On va laisser notre chère Camille terminer sa journée de travail et on reviendra ensuite pour l'aider à transporter ses bagages. On pourra alors lui donner des nouvelles de son amie Béatrice.

— Bonne idée !

— Te rappelles-tu, l'autre jour, quand je t'ai parlé d'une « extraordinaire bonne idée » ? On n'en a plus reparlé par la suite, mais... elle tient toujours !

— C'est vrai, cela m'est complètement sorti de la tête. Alors ?

— Alors... tu verras !

Le regard que Marguerite porta à son mari ne reflétait pas la curiosité mais tout l'amour du monde.

8

Sœur Sainte-Clothilde ne reconnut pas Marguerite immédiatement. Elle avait l'habitude de jauger le ventre des arrivantes avant d'examiner leur visage.

— Revenez dans quelques mois, mademoiselle. Votre grossesse n'est pas assez avancée. Pour le moment, vous n'avez rien à cacher. Et nous sommes débordés, il n'y a plus de place.

— Sœur Sainte-Clothilde ! C'est moi, Marguerite Laurin. Vous ne me reconnaissez pas ? J'enseignais le français aux Madeleines, l'année passée.

— Marguerite Laurin ! Mais oui, je vous reconnais ! Et... c'est votre petit ?

Comme si elle venait tout juste de les apercevoir, la religieuse leva les yeux sur Antoine qui tenait affectueusement son fils dans ses bras.

— Oui, mon petit et mon grand ! Voici Emmanuel. Et voici son père, mon mari Antoine Lacroix.

La jeune femme jugea bon de ne pas donner d'autres précisions à la religieuse. Elle aurait pu mentir et ajouter que le père avait dû rester aux États-Unis au moment de la naissance du bébé, l'année précédente, pour des raisons de maladie, selon la version qu'ils s'étaient forgée. Elle aurait pu aussi présenter Antoine comme le nouveau pasteur protestant du quartier sans faire mention de ses antécédents de vicaire catholique. Au pire, elle aurait pu clamer bien haut son mariage tout récent avec ce ministre baptiste, géniteur de l'enfant. Mais elle préféra ne rien dire. Sœur Sainte-Clothilde n'en avait probablement rien à foutre du passé, du présent et du futur des anciennes patientes de l'hôpital de la Miséricorde.

— Nous venons simplement pour une visite. Béatrice Larochelle se trouve-t-elle encore ici ? Elle a dû accoucher, il y a une quinzaine de jours.

— Béatrice Larochelle ? Attendez, voir... Oui, oui, elle a refusé de laisser son bébé en adoption, cette fois. Elle demeurera donc ici pour plusieurs semaines afin de rembourser sa dette à l'hôpital. Actuellement, elle travaille à la pouponnière où elle allaite un autre nouveau-né en même temps que sa fille.

— Pourrions-nous la voir ?

— Désolée, vous devrez revenir. Les visites ont lieu le dimanche entre deux et quatre heures seulement. Vous devriez bien le savoir !

— Oui, mais on ne lui parlerait que quelques minutes. Nous avons quelque chose de très important à lui dire.

— Je regrette. À moins d'une urgence absolue que je pourrais lui transmettre moi-même…

— Je vous en prie, ma sœur. C'est de la plus haute importance et…

— N'insistez pas ! Vous imaginez notre situation si on commençait à se plier aux caprices de tout un chacun !

Marguerite sentait la fureur s'emparer d'elle et d'anciens élans de révolte remonter à la surface. Cette inflexibilité, cette indifférence… À ses côtés, Antoine frétillait d'impatience. L'homme rétorqua finalement sur le ton autoritaire du pasteur qui ne laisse pas de place à la réplique.

— Écoutez-moi bien, ma révérende sœur. Ma femme et moi avons l'intention de fonder un centre d'accueil pour jeunes filles abandonnées ainsi que pour les filles-mères et leur bébé : le Refuge Lacroix, sur la rue Émery, pas très loin d'ici. Non seulement nous voulons rassurer Béatrice sur son avenir immédiat, car nous allons l'héberger dès sa sortie, bien sûr, mais nous voulons aussi lui demander si elle accepterait de travailler pour nous. Elle pourrait aider au ménage et à la préparation des repas tout en élevant son enfant. C'est capital pour nous de connaître sa réponse, car un refus de sa part nous obligerait immédiatement à prévoir d'embaucher quelqu'un d'autre.

— Vous allez ouvrir un refuge pour jeunes filles ? Mais c'est merveilleux, ça, mes enfants ! On cherche toujours un endroit où caser nos filles.

Marguerite réprima un sourire et se demanda jusqu'à quel point les demi-vérités constituaient des mensonges. Si sœur Sainte-Clothilde avait connu l'allégeance religieuse d'Antoine et su que, le dimanche, on allait bientôt célébrer des offices protestants dans cet endroit, elle ne chanterait pas sur le même ton !

À mi-chemin entre la boulangerie À Ma Mie Dorée et l'hôpital de la Miséricorde, Antoine avait finalement révélé son idée de génie à sa femme et lui avait fait une proposition excitante. Ils s'étaient installés sur un banc du carré Viger, près du marché au bétail, afin de reprendre leur souffle.

— Écoute-moi bien, Marguerite, et donne-moi sincèrement ton opinion.

La suggestion avait aussitôt enthousiasmé Marguerite. Antoine lui avait confié ce projet auquel il songeait depuis quelque temps : faute de convertir des Canadiens français à l'idéologie protestante, il avait l'intention de transformer la remise de l'arrière-cour en résidence pour quelques jeunes filles dans la situation de Béatrice, ou même celle de Camille. Des jeunes filles seules, rejetées par leur famille ou agressées par un violeur, des adolescentes qui voulaicnt fuir la prostitution, des filles-mères qui décideraient de garder leur bébé et n'auraient pas d'endroit où dormir. Tant de misère existait dans une grande ville comme Montréal.

— Tant de travail nous attend, Marguerite. Tant d'amour à donner...

Le jeune pasteur avait pris les mains de sa femme dans les siennes et l'avait regardée avec la même ferveur que lorsqu'il lui avait déclaré son amour. Une telle lumière brillait dans ses yeux que Marguerite n'avait pas eu le choix d'endosser une si formidable proposition dans laquelle elle reconnut l'appel de son destin. En cet instant précis, elle voyait enfin se tracer concrètement le chemin sur lequel elle irait de l'avant pour le reste de ses jours. Un chemin sans doute accidenté et rempli d'embûches, non sans pentes dangereuses et tournants vertigineux, mais un chemin qu'elle franchirait main dans la main avec l'homme grand et fort qu'elle avait épousé pour le meilleur et pour le pire.

Pour la première fois depuis son départ de Grande-Baie dans une charrette, après tant et tant de routes parcourues souvent à tâtons et bien malgré elle, à la noirceur ou sous des vents d'orage, toujours vers l'inconnu et l'incertain, perpétuellement vers le provisoire ou le sauve-qui-peut, pour la première fois depuis l'âge de treize ans, Marguerite Lacroix avait le sentiment d'avoir enfin trouvé sa voie. Sa vraie voie. Là où elle se sentirait elle-même et enfin heureuse. Désormais, plus rien ne l'arrêterait.

Elle avait cheminé d'un pas allègre vers l'hôpital de la Miséricorde, bénissant le ciel d'avoir placé Antoine Lacroix sur sa route, ce pilier, ce phare lumineux qui guiderait chacun de ses pas. Antoine, sa force et son amour. Antoine, son merveilleux époux…

Et Béatrice serait la première à apprendre l'existence du fantastique projet du Refuge Lacroix. La simple visite amicale qu'ils désiraient d'abord lui rendre venait de se transformer en une explosion de bonnes nouvelles. Marguerite imaginait déjà l'enseigne en forme de demi-lune au-dessus de la porte de la remise : Refuge Lacroix, Centre d'accueil pour jeunes filles.

Après la repartie d'Antoine, les traits durs de la religieuse s'adoucirent comme par enchantement. La métamorphose n'échappa pas au pasteur qui en profita pour donner des précisions et même pour pousser audacieusement quelques demandes à peine camouflées.

— D'ici quelques semaines, ma sœur, nous serons déjà en mesure de commencer à recevoir des pensionnaires. Ne vous gênez pas pour nous en envoyer deux ou trois. Ma femme et moi les accueillerons dans la mesure du possible. Marguerite pourra même leur enseigner à lire et à écrire. Il ne nous reste qu'à compléter l'ameublement. Si jamais vous avez des lits ou du matériel de trop, pour adultes et pour enfants, nous vous saurions gré de…

— Justement, nous faisons actuellement le grand ménage du sous-sol de l'hôpital passablement encombré. Certaines choses pourraient peut-être vous servir. Je m'engage à y voir moi-même de plus près. Mais dites-moi, qui êtes-vous donc, jeune homme, pour concevoir de telles idées philanthropiques ?

— Je suis Antoine Lacroix, pasteur de l'Église baptiste, au service de Dieu et des hommes, ma sœur.

— Dieu du ciel ! Un ministre protestant ! Il ne manquait plus que ça ! Déguerpissez d'ici au plus vite, monsieur !

Sœur Sainte-Clothilde se signa prestement. Elle aurait rencontré Satan en personne qu'elle n'aurait pas plus mal réagi. Un peu plus et elle allait s'effondrer, frappée d'apoplexie. Marguerite dut lui tirer une chaise et lui offrir un mouchoir pour sécher la sueur qui perlait sur son vieux visage.

Comme s'il n'avait pas remarqué cette réaction d'hostilité, Antoine s'approcha de la religieuse et, plongeant son regard bleu dans le sien, il se mit à lui parler d'une voix douce et feutrée, en souriant.

— Vous savez, ma sœur, la vraie charité, celle que nous pratiquons avec sincérité, vous et moi, n'a pas d'étiquette. Elle n'est ni catholique, ni baptiste, ni anglicane, ni méthodiste et ni presbytérienne. Elle est chrétienne. Simplement chrétienne. Et la misère non plus n'a pas d'étiquette, sachez-le !

— Votre objectif réel consiste à convertir les résidentes du fameux refuge à votre religion, je suppose ?

— Aucunement, ma sœur. Notre unique but est de vivre selon l'Évangile et de prêcher la charité par l'exemple. Exactement comme vous le faites si bien vous-même dans votre hôpital. Tout le reste importe peu, ne croyez-vous pas ? Ne prions-nous pas le même Dieu, vous et moi ? Ne lisons-nous pas la même Bible ? Ne combattons-nous pas le même mal, chacun de notre côté, chacun à notre manière ? Dieu, Lui, dans sa bonté infinie, ne fait pas les mêmes distinctions que les humains. Il nous aime tous…

La religieuse jeta sur Antoine un regard à la fois courroucé et intrigué. Qui donc était cet homme qui parlait comme un curé et venait lui faire la morale ? Un ministre protestant ! Ne fallait-il pas fuir comme la peste ce genre de personnage, cette race de monde ? Dire que

Marguerite Laurin s'était acoquinée avec un tel énergumène. Un hérétique, un suppôt de Satan, un voleur d'âmes…

Antoine revint à la charge, toujours avec son air innocent.

— Puisque nous ne sommes pas tombés sur le jour des visites, ma sœur, pourriez-vous au moins faire le message à Béatrice de ne plus s'inquiéter ? Nous l'accueillerons à bras ouverts lors de sa sortie. Elle aura chez nous un endroit chaud et propre où dormir, de la nourriture en abondance et tout ce qu'il faut pour soigner son bébé. Dans moins d'un mois, le Refuge Lacroix sera prêt, en autant que des âmes charitables nous aident à concrétiser notre beau projet. Au pire, nous la prendrons dans notre maison, en attendant. La rassurer serait vraiment un geste charitable, je crois… De toute façon, nous reviendrons sûrement dimanche prochain. Entre deux et quatre heures, pour les visites, avez-vous dit ?

Marguerite s'empressa d'ajouter ce qui lui tenait le plus à cœur.

— Et dites à Béatrice que nous avons retrouvé ma sœur Camille et qu'elle se porte très bien. Cette nouvelle va sûrement la rassurer et lui faire plaisir.

La religieuse hésita un moment avant de répondre, comme si elle cherchait ses mots. Au moins, elle ne criait plus à Antoine de s'en aller. Marguerite vit ses lèvres trembler et sa main caresser nerveusement la croix suspendue à sa ceinture. Serait-elle tombée sous le charme du pasteur ? Finalement, après lui avoir jeté un œil interrogateur, elle retrouva sa langue et se releva promptement.

— Ne bougez pas, je vais la chercher, votre Béatrice !

— Oh ! merci, ma sœur. Dieu vous le rendra.

— Euh… Vous avez bien dit rue Émery près de Saint-Denis, c'est bien ça ? Puis-je savoir l'adresse exacte ?

Deux jours plus tard, un inconnu sonna à la porte du logement des Lacroix.

— C'est la livraison pour le refuge.

— La livraison ? Quelle livraison ?

Devant le passage menant derrière la maison se tenait un cheval harnaché à une charrette remplie à ras bord de meubles, de matelas et d'une multitude de sacs. Marguerite et Antoine y trouvèrent quatre vieilles couchettes d'enfant, cinq matelas pour adultes encore assez propres, une pile de draps et de couvertures, et un large assortiment de vêtements pour bébés, de couches de coton et de biberons.

Le livreur, une fois tout le matériel déposé dans la remise, tendit une enveloppe à Antoine. Elle contenait un formulaire de reçu que l'homme lui demanda de signer. Sur la feuille, une courte ligne sans signature était rédigée à la main, d'une écriture en pattes de mouches :

Au nom du même Dieu que le vôtre…
S. S. C.

Ému, Antoine s'empressa d'ajouter, avant de tracer ses initiales :

Ma chère sœur, qu'Il vous bénisse et vous le rende au centuple !
A. L.

9
« C'est un rempart, que notre Dieu, en ces jours de détresse… »

La mélopée montait, vibrante, enivrante comme un parfum calmant qui apaisait les cœurs. Une grande partie de l'assistance avait la vie dure. Ces filles-mères ostracisées, sans travail, avec la responsabilité d'un enfant sur les épaules, ces nouveaux convertis au protestantisme sans cesse montrés du doigt, ces rares fidèles tirant le diable par la queue pour faire vivre leur famille nombreuse… Sans doute ces gens trouvaient-ils dans ces lectures, ces chants et les paroles rassurantes du pasteur, un brin de consolation et un germe d'espoir pour une vie meilleure.

Camille s'en donnait à cœur joie pour accompagner les chorals sur le petit orgue placé à côté de la Bible déposée au milieu, sur un trépied de fortune formé de vieilles boîtes empilées les unes sur les autres. Si la pauvreté et le détachement des biens de ce monde faisaient partie des priorités du ministère protestant, Marguerite et Antoine y adhéraient parfaitement, sans compter leur dévouement à l'égard du prochain. Envers et contre tous, ils arrivaient à se débrouiller avec les moyens du bord.

En mêlant sa voix à celles de la petite assemblée réunie pour l'office du dimanche, Marguerite y trouvait son compte et éprouvait une certaine fierté. Bien sûr, les sons nasillards et les fausses notes émis par Antoine détonnaient et détonneraient toujours sur l'harmonie de ces hymnes si beaux. La nature avait, hélas, oublié de le doter d'une oreille juste, mais le cher homme chantait avec tant d'ardeur que sa femme lui pardonnait cette cacophonie qui la faisait sourire. Après tout, c'était là son seul défaut !

Comme cet homme-là avait transformé sa vie ! Depuis la fondation du Refuge Lacroix, quelque deux ans auparavant, elle se sentait enfin utile, emportée dans l'existence avec un élan sans pareil. Les tâtonnements d'autrefois n'existaient plus. Le couple avait décidé d'avoir un deuxième enfant, et chaque mois elle attendait avec frénésie les signes de sa présence en elle. Mais son idéal dépassait maintenant celui d'être simplement une mère de famille. Plus haut, plus loin, plus grand que son couple et que les siens, elle avait maintenant la conscience profonde d'appartenir à la grande communauté humaine et d'y jouer un rôle, sinon essentiel, à tout le moins prépondérant. Ainsi, tout en s'occupant de son cher Emmanuel, elle se donnait pour tâche quotidienne d'améliorer le sort de ses semblables, main dans la main avec l'homme de sa vie.

En cette fin du printemps 1891, cinq jeunes filles logeaient dans le refuge de l'arrière-cour à l'abri de la pauvreté et du désœuvrement, et loin du danger. Non seulement Marguerite et son mari leur procuraient le gîte, mais ils leur offraient aussi une écoute attentive et une assistance empressée. Combien de fois Antoine, avec son impressionnant pouvoir de persuasion, n'avait-il pas empêché l'une d'elles de sombrer de nouveau dans la prostitution ? Ou encore l'avait-il aidée à se chercher du travail pour acquérir son autonomie et retrouver sa dignité, se faire une place au soleil et recommencer à marcher la tête haute ? Et combien de fois Marguerite n'avait-elle pas emmené un bébé malade chez le docteur Beaulieu pour le faire soigner ?

Et ce club de tricot qu'elle avait formé pour habiller les enfants pauvres, et les cours de lecture et d'écriture qu'elle offrait gratuitement à tous ceux qui s'y intéressaient, catholiques et protestants confondus… Même Camille, toujours pensionnaire chez eux, écoulait ses heures de loisir auprès des enfants du refuge en revenant de la boulangerie.

Antoine s'avança devant les fidèles pour prononcer son sermon. Dans ses homélies, il parlait avec tant de conviction que Marguerite ne comprenait pas pourquoi la ville de Montréal au complet ne se présentait pas aux services religieux de la rue Émery. Malheureusement, après des mois et des mois d'une présence remarquable et remarquée dans le voisinage, à peine une infime poignée de fidèles se présentaient à l'office du dimanche. On y comptait quelques résidentes du refuge ainsi que cinq ou six habitants du quartier, pour la plupart des émigrés ayant adopté la langue française. De nouveaux convertis, il ne s'en pointait guère.

Il faut dire que les membres du clergé de la paroisse voisine livraient à Marguerite et Antoine une lutte sans merci et affirmaient haut et fort que l'association de catholiques et de protestants ne pouvait produire rien de bon. À leurs yeux, le Refuge Lacroix n'était rien d'autre que l'« antre du démon ». Les deux sociétés distinctes de Montréal, séparées par la langue, la religion et les moyens financiers, demeuraient pourtant en interaction constante et partageaient pacifiquement les rues, les endroits publics, les magasins et les milieux de travail.

À sa sortie de l'hôpital de la Miséricorde, deux ans auparavant, Béatrice s'était installée au fond du hangar des Lacroix avec son bébé, accompagnée d'une autre fille-mère avec qui elle s'était liée d'amitié dans les corridors de la maternité. Grâce à l'envoi discret de matériel par sœur Sainte-Clothilde, Marguerite et Antoine avaient pu aménager un dortoir pour femmes et enfants. Par contre, la religieuse s'était bien gardée, par la suite, de leur confier des jeunes filles. Mais la publicité de bouche à oreille eut tôt fait de remplir le gîte presque continuellement à pleine capacité.

Emballé par l'initiative, le docteur Beaulieu avait offert de payer de sa poche l'installation, au fond de la remise, d'une petite cuisinette élémentaire garnie de quelques armoires, d'une glacière et d'une cuisinière à charbon pour la cuisson. On avait alors couru tous les bazars de la ville pour dénicher les ustensiles usuels, la vaisselle et autres nécessités. Et quand Camille et Marguerite s'étaient rendues chez les Greenberg, eux-mêmes protestants, pour leur donner des nouvelles et s'enquérir de la santé de chacun, elles ne s'attendaient guère, en les invitant à venir visiter le refuge, à recevoir un petit orgue en cadeau dès le lendemain de leur visite. Même l'Armée du Salut, ayant enfin pignon sur rue en dépit des émeutes qui l'avaient accueillie à Montréal et à Québec quelques années auparavant, accepta de leur trouver une table et des chaises.

Ainsi, il n'était resté à Antoine qu'à fabriquer des bancs pour la partie réservée au culte du dimanche ainsi qu'à fixer une longue pôle au milieu du plafond pour permettre de tirer un rideau au travers de la remise de façon à créer une séparation lors des offices religieux et des heures de classe.

Le pasteur toussota légèrement et se tourna vers l'assemblée devenue silencieuse en ouvrant tout grand les bras.

— Mes amis, voici venu le temps de demander pardon à Dieu pour nos péchés. N'oubliez pas qu'il vous pardonne en permanence, à toute heure du jour et de la nuit. Ici, il n'existe pas de confessionnal. Avouez-lui directement vos fautes en toute confiance, en sachant qu'il vous a absous à l'avance.

En entendant ces paroles, Marguerite soupirait d'aise chaque fois. C'en était fini des visites au confessionnal dont elle se souvenait comme d'un cauchemar. Finis, les aveux honteux au sujet desquels le confesseur ne se gênait pas pour demander des précisions. Avec qui ? Combien de fois ? En avait-elle ressenti du plaisir ? Jamais elle n'avait accepté de divulguer le nom de son amant quand elle se confessait au père Lagier, à Lowell. Et quand venait le temps d'affirmer pieusement son regret et son ferme propos de ne plus recommencer, elle savait qu'elle mentait, à elle-même autant qu'au prêtre. Mais on ne ment pas à Dieu…

La seule pratique qu'elle n'appréciait pas dans le rituel baptiste était le baptême par immersion totale où même l'officiant devait pénétrer dans l'eau. Elle n'était pas arrivée à s'y soumettre, ni sur les bords du Richelieu ni sur la rive du grand fleuve. Pas encore… Elle appréciait, par contre, que l'on se garde de baptiser les bébés totalement inconscients, préférant les conduire plusieurs années plus tard vers ce sacrement, à un âge où ils pouvaient décider par eux-mêmes et en toute connaissance de cause de faire un geste symbolique de foi réelle et d'un engagement en conséquence.

L'assemblée se leva d'un bloc. Le temps était venu de passer à chacun le pain et le vin consacrés. Au moment de s'avancer vers l'officiant, Marguerite se retourna et crut apercevoir des visages inconnus dans l'une des fenêtres du refuge. Avait-elle rêvé ? Quelqu'un voulait-il les attaquer ou semer le trouble ? Peut-être avait-elle l'imagination trop fertile…

Elle n'avait jamais oublié les histoires d'horreur qu'on lui avait racontées sur les débuts de l'Institut Feller à Grande-Ligne. Quand la fondatrice, Henriette Feller, et le jeune Roussy étaient arrivés de Suisse en 1835, ils avaient été la cible de la colère populaire entretenue par les prêtres catholiques. À tel point, qu'ils avaient dû, avec leurs acolytes et une cinquantaine de familles, s'exiler aux États-Unis pour un certain temps avant de pouvoir revenir courageusement au Québec. On avait attaqué les maisons des convertis, saccagé leurs jardins et brûlé leurs biens. On s'était même amusé à organiser des charivaris à leurs portes. Et ça n'avait pas été facile non plus pour les deux autres centres protestants, l'Institut de Pointe-aux-Trembles et l'Institut méthodiste français.

Depuis ce temps, l'Église catholique n'avait jamais cessé de blâmer publiquement les protestants avec hargne et animosité. Le mois précédent, un ministre presbytérien, Charles Chiniquy, le célèbre prêtre catholique défroqué et excommunié, dont les mémoires connaissaient un énorme succès aux États-Unis, était venu malgré son grand âge pour prononcer quelques discours virulents décriant l'Église catholique. À la suite de cette visite, dans toutes les paroisses de la ville, on mettait les fidèles en garde contre ces faux prophètes protestants associés à Satan, ces loups galeux déguisés en brebis pour monter un complot contre le Dieu vivant. On ne manquait pas de préciser aux fidèles que les exemplaires de la Bible distribués par les protestants étaient vomis des entrailles de l'enfer et que leur lecture allait perdre leur âme. Évidemment, à la suite de ces événements, la communauté protestante de Montréal se plaignit de vandalisme et de sabotage à de nombreux endroits.

Malgré les efforts d'Antoine pour la rassurer, Marguerite s'attendait tôt ou tard à des actions belliqueuses perpétrées contre le Refuge Lacroix par ceux qui prétendaient détenir seuls la vérité. Distraite de la cérémonie qui se déroulait à l'avant, elle n'avait de cesse de surveiller la porte et chacune des fenêtres. Elle ne s'était pas trompée. Terrorisée, elle vit tout à coup l'un des intrus portant un masque brandir le poing devant la vitre. Elle se mordit les lèvres pour se retenir de crier. Mieux valait ne pas broncher, pour l'instant, et éviter de provoquer les importuns.

Inconscient du danger, Antoine leva la main pour esquisser le geste de la bénédiction.

— Que le Seigneur vous garde tous. Rappelez-vous que vous êtes les témoins du Christ dans le monde.

Au moment où l'orgue entamait l'introduction du dernier cantique, un vacarme insolite vint interrompre l'office. Dans l'arrière-cour, un groupe de jeunes frappaient sur des chaudrons et soufflaient dans des instruments de musique. Ils commencèrent à lancer des pierres pour fracasser les carreaux des fenêtres en criant : « Arrière, Satan ! »

Effarouchés, les quelques fidèles se précipitèrent candidement de l'autre côté du rideau, dans l'espace qui servait de logement aux jeunes filles, avec le fol espoir de se protéger contre les agresseurs. Les enfants commencèrent à hurler de frayeur. Le pasteur, en bon gardien de son troupeau, tenta de les calmer un peu.

— Ne bougez pas ! Vous les encouragez en leur montrant que vous avez peur.

Antoine sortit alors en refermant brusquement la porte derrière lui et marcha d'un pas assuré vers les agresseurs. Les jeunes voyous, au nombre de six ou sept, se figèrent sur place, surpris par l'attitude frondeuse du pasteur.

— Salut, les gars ! Essayez-vous de chasser les mouches avec des cailloux, dites donc ?

— Non, on chasse le démon.

— Où ça ? Vite, vite, dites-moi où ! Moi aussi, je veux le combattre !

Antoine s'empara d'une grosse pierre et la souleva très haut, ce qui eut pour effet de couper le souffle aux assaillants.

— J'espère bien qu'il ne se trouve pas parmi vous, le démon… Dites donc, les gars, c'est dimanche aujourd'hui. Avez-vous assisté à la messe ?

— Euh…

— Bon, je vois… Écoutez, je vais vous arranger ça. On va chasser le démon tous ensemble. Si vous regrettez sincèrement vos mauvais coups, Dieu est prêt à vous pardonner. Je me charge de lui en parler, tout de suite, là, en ce moment même. Ici, on ne communie qu'une fois par mois et ça adonne bien, c'est aujourd'hui ! Il me reste un peu de pain et de vin pour vous faire communier, je crois. Ça vous intéresse? Mais il vous faudra d'abord regretter sincèrement vos bêtises avant de recevoir Jésus.

— Bof...

— Ensuite, j'ai une autre surprise pour vous : derrière ce rideau, ma femme est en train de servir du thé et les meilleures galettes à la mélasse de la ville. Et devinez à qui? Aux cinq plus belles filles de Montréal. Ça vous dit quelque chose?

Était-ce la perspective de boire du vin ou celle de rencontrer des jolies filles en avalant les meilleurs biscuits de la ville, ou encore celle d'être pardonnés de leurs fautes? Dépités, les jeunes délinquants pris au dépourvu ne mirent pas de temps à capituler.

C'est parmi eux que, ce jour-là, Camille rencontra son premier amoureux. Antoine Lacroix s'en mordit les pouces pendant longtemps.

10

— As-tu vu ça, Anne? Des terrassiers irlandais et des ouvriers canadiens-français d'une compagnie de Holyoke se sont mis en grève pour protester contre une réduction de salaire doublée d'une hausse de productivité. Pour une fois que les nôtres ont le courage d'exprimer leur désaccord ! Évidemment, les pauvres travailleurs ont été remplacés comme d'habitude par d'autres Canadiens français plus lâches. Les salauds ! Mais, crois-le ou non, les grévistes ont réussi à convaincre ces foutus briseurs de grève de renoncer à jouer les *scabs*, et ils ont accepté ! Les patrons, désemparés, ont dû engager des Italiens et des Polonais peu entraînés pour les remplacer. Eh ! eh ! C'est là que les Américains vont commencer à apprécier à leur juste valeur les qualités de nos ouvriers de plus en plus spécialisés et leur haute compétence dans plusieurs secteurs. Il est temps que nos immigrants québécois fassent l'apprentissage de moyens de pression comme la grève et arrêtent de se laisser exploiter sans défendre leurs droits.

— Hum hum…

Absorbée par le tableau qu'elle était en train de peindre, Anne répondit à peine. Elle en avait marre de tous ces sujets dont son mari lui rebattait les oreilles à cœur de jour. Tantôt il en voulait aux propriétaires de compagnies imbus de « nativisme » qui n'embauchaient que des Américains ou des gens naturalisés et complètement assimilés, tantôt, il reprochait au Québec, sa mère patrie, son désintéressement et son attitude méprisante envers le pays d'adoption de plusieurs dizaines de milliers de ses enfants émigrés, et tantôt il se lançait dans de longues diatribes sur les guerres religieuses entre catholiques canadiens et irlandais.

Anne, qui autrefois possédait une bonne conscience sociale et s'intéressait à tous ces problèmes d'actualité, n'aspirait plus maintenant qu'à un bonheur tranquille et sans histoire auprès de sa petite famille.

L'année précédente, Pierre s'était réjoui de voir, comme il s'y attendait, le journal *Le National*, produit dans l'État de New York et pour lequel il travaillait, déménager ses pénates au Massachusetts, précisément à Lowell. Mais son contentement s'était avéré de courte durée, car une mésentente entre lui et la direction l'avait amené à remettre sa démission. Il avait alors postulé pour un emploi plus régulier au journal *L'Étoile* situé sur la rue Prince et, par une chance inespérée, on l'avait embauché le jour même à cause de sa bonne réputation.

Anne avait bondi de joie. Enfin son mari n'aurait plus à la quitter à tout moment pour visiter les bureaux de Plattsburg ou aller faire des reportages un peu partout en Nouvelle-Angleterre. Mais elle se leurrait. Les dirigeants de *L'Étoile* formaient eux aussi le projet de transformer l'hebdomadaire en quotidien avant une année ou deux, et ils appréciaient le fait d'avoir mis la patte sur un journaliste de la trempe de Pierre Forêt. On allait l'entraîner et le mettre au courant de tous les dossiers en prévision de lui offrir un poste clé dans la future équipe. Jamais, depuis ce temps, le mari d'Anne n'avait autant brillé par ses absences, trop souvent prolongées. Quand il ne partait pas pour Boston, il s'embarquait pour New York, Fall River ou Pittsburg, ou toute autre ville importante de l'est des États-Unis.

Cela n'avait pas empêché l'homme de faire un troisième bébé à sa femme. Hélas, cette grossesse imprévue donnait du fil à retordre à la mère et semblait de plus en plus tourner au vinaigre. Dès le début, des saignements abondants s'étaient manifestés sans raison, et le médecin lui avait recommandé avec insistance de garder le lit à toute heure du jour et de la nuit. Avec un mari absent et deux enfants… Il en avait de bonnes, celui-là !

Un matin, Anne se retrouva en hémorragie, tenant à peine sur ses jambes pour aller demander, encore une fois, l'aide de la voisine. Cette fois, le docteur se montra catégorique : elle devait absolument demeurer à l'horizontale et les jambes soulevées en tout temps. Il s'agissait là d'une question de vie ou de mort.

On engagea donc une servante, une jeune Américaine d'une quinzaine d'années, pour préparer les repas et s'occuper d'Élisabeth et de son petit frère Philippe. En fin de journée, Pierre prenait la relève, partagé entre son travail et les travaux ménagers, rédigeant ses textes à la maison ou au bureau, évitant autant que possible les déplacements à l'extérieur de la ville. Harassé, il se mit à jurer par tous les saints que cette grossesse-là serait « la dernière des dernières ». Trois enfants suffiraient à leur bonheur, « quoi qu'en disent les curés ». Anne se gardait bien d'émettre une opinion à ce sujet. Sauver d'abord cet enfant-là et surtout sauver sa propre vie, c'était là tout ce qui importait pour elle à ce moment.

Petit à petit, la situation sembla s'améliorer. Les saignements s'espacèrent et Anne atteignit quatre mois de grossesse. Mais la consigne de rester alitée fut maintenue. Installée sur le grand sofa du salon, elle sombrait dans l'ennui, comptant les heures une à une en soupirant, se contentant de regarder d'un œil attendri ses deux enfants jouer autour d'elle en présence de la servante. La lecture et même la rédaction de lettres à ses sœurs de Montréal avaient perdu tout intérêt à ses yeux. Que lui servait de raconter ses malheurs à Marguerite et Camille, elles vivaient ailleurs, dans un autre univers, à des centaines de milles au nord de Lowell, et elles ne pouvaient l'aider en rien. La famille Laurin, disloquée, scindée, brisée, n'existait plus.

Seule son amie Rose-Marie comptait pour elle, avec sa tendresse et ses petites attentions, sa sollicitude, son écoute bienveillante. Quelques semaines auparavant, elle s'était pointée, un bon après-midi, avec un assortiment de toiles, de tubes de couleurs et de pinceaux de tous les formats. Le parfait ensemble de l'artiste peintre !

— Mais que veux-tu que je fasse avec ça, Rose-Marie ? Je ne peux même pas quitter ce satané sofa !

— On peut peindre assise, non ? À tout le moins, c'est ce qu'on raconte, parce que moi, je n'y connais rien. Pourquoi ne pas t'y remettre ? Tu as un talent fou.

— Qu'en sais-tu ? Je ne possède aucune notion technique. Moi non plus, je ne sais pas peindre. Il me faudrait d'abord suivre des cours, tu ne penses pas ?

— J'adore tes tableaux suspendus au-dessus du guéridon. Essaye-toi encore ! Tu ne verras plus le temps passer.

— Mais il s'agit de paysages. Je vais peindre quoi, moi, rivée à ce divan ? Je ne peux même pas sortir à l'extérieur de la maison !

— Allons donc ! Tu as des enfants qui peuvent te servir de modèle, et puis un chat, des bibelots, un pot de fleurs sur la table, une fenêtre où regarder la rue et le ciel. Je ne sais pas, moi… Ouvre-toi les yeux, bon Dieu de la vie ! Je n'en peux plus de te voir démoralisée de la sorte ! J'avais pensé qu'un nouveau centre d'intérêt, une nouvelle activité te sortirait de la grisaille.

— Au fond, tu as raison. Je vais faire un effort. Une chance que je t'ai, toi, ma douce amie ! La meilleure amie du monde !

Ainsi, grâce à Rose-Marie, Anne commença à se consacrer à la peinture. Rapidement, elle prit un plaisir incroyable à barbouiller des toiles à longueur de journée. Barbouillages fort habiles et magnifiques, d'ailleurs, et devant lesquels un Pierre ébahi ne tarissait pas d'éloges. Même Rose-Marie se pâmait d'admiration.

Alors naquirent des scènes d'enfants accroupis en train d'examiner une fourmi ou penchés au-dessus d'un pot de fleurs, puis celle d'un chat, une patte menaçante tendue sur le rebord d'un aquarium, puis celle d'un bourgeon en train d'éclore sur le bout d'une branche, perçu à travers les rideaux d'une fenêtre, et bien d'autres sujets tout aussi adorables les uns que les autres.

Un jour, Rose-Marie demanda la permission d'apporter quelques toiles à la maison pour les montrer à Paul. Les deux maris ne s'étaient pas réconciliés depuis leur dernière prise de bec, quelques années auparavant, et on évitait systématiquement les rencontres en couples. Elle revint le lendemain, pleine d'enthousiasme, ravie de l'excellente nouvelle qu'elle apportait.

— Tu sais pas quoi, Anne ? Paul a adoré tes tableaux et il te demande la permission de les exposer, et éventuellement de les vendre, dans le hall d'entrée du Rosemary's Fair de Lowell. Tu sais, l'une de ces boutiques de prêt-à-porter pour dames maintenant devenues une chaîne de magasins ? Il semble convaincu que ce style naïf plaira à ses riches clientes américaines. Et si ça marche bien, il va t'en commander d'autres.

— Allons donc, tu te moques de moi!

— Non, non! C'est sérieux, je t'assure! Mon mari a ses défauts, mais il n'est pas sans cœur. Il affirme devoir ce petit service à sa première et meilleure vendeuse, celle qui, à l'époque, a moussé sa carrière en faisant si bien démarrer son premier magasin de chaussures. La Par-botte, tu te rappelles?

— Certain que je me rappelle! J'avais seize ans...

Anne ne put terminer sa phrase, trop émue par ce qui lui arrivait tout à coup. Anne Forêt, peintre officiellement reconnue dont on mettrait les œuvres en vente dans l'un des plus grands magasins de Lowell, et peut-être même ailleurs en Nouvelle-Angleterre... Wow! Elle croyait rêver.

— Tu le mérites bien, mon amie, et ça va t'aider à passer le temps. Il te reste encore quelques mois de grossesse à écouler, ne l'oublie pas.

Comment pouvait-elle l'oublier? Ainsi, quand Pierre annonça son intention de partir pour Holyoke afin de tâter le terrain là-bas, elle lança des cris de protestation. Et si elle se remettait à saigner? Elle se fichait éperdument de cette histoire de grève, elle! Pierre s'était alors approché et avait susurré son argument, tout en portant un œil distrait sur le nuage qu'elle était en train de peindre au-dessus des logements de brique alignés de l'autre côté de sa rue lui servant de modèle.

— Je pourrais pondre quelques articles sur ce qui se passe à cet endroit, voir comment les gens réagissent, recueillir les opinions, faire le point sur cette affaire. Mon journal apprécierait sûrement de me voir fouiller ce sujet à fond et en faire une manchette. Ça réveillerait peut-être quelques Canadiens. Sans parler de l'augmentation de salaire à laquelle j'aspire depuis quelque temps…

Outrée, Anne se mordit les lèvres pour ne pas crier et poussa deux longs soupirs plutôt qu'un avant de réagir.

— Et si je recommence à me sentir mal, moi, je fais quoi pendant l'absence de monsieur le journaliste ? Dois-je t'attendre avant de mourir, ou préfères-tu que je boucle le tout avant ton retour ?

— Ne sois pas cynique, Anne. Tu vas mieux depuis une quinzaine de jours. Et je ne partirais que pour quarante-huit heures tout au plus. Deux jours, c'est vite passé. Une affaire de rien, quoi !

La jeune épouse ne répondit pas. Depuis plusieurs mois, le soin de sa femme l'avait emporté sur la vie professionnelle de Pierre, et elle lui en était grandement reconnaissante. Mais, cette fois, il ne plierait pas. Après tout, elle ne resterait pas seule, la servante se trouvait là. Cependant, pouvait-on faire confiance à cette boniche anglophone à l'attitude peu délurée et aux gestes trop souvent maladroits ?

Anne fit la moue et consentit finalement d'un simple signe de tête au départ de son mari soulagé et tout à fait content. Était-ce par instinct, intuition ou prémonition ? Ce jour-là, elle ajouta plusieurs nuages gris dans le ciel de sa toile.

Hélas, contrairement aux prévisions de Pierre, ces deux jours ne furent pas vite passés. À peine quelques heures après le départ du journaliste, la future mère commença à ressentir des crampes au bas du ventre. Au bord de la panique, elle reconnut ces douleurs qu'aucune femme n'oublie jamais. C'étaient les douleurs de l'accouchement. À cinq mois et demi de grossesse.

11

Lowell, 9 août 1891

Ma chère Marguerite,

J'ai le malheur de t'annoncer la perte de mon bébé, la semaine dernière. À travers l'énorme quantité de sang et le monceau de débris, grumeaux, caillots et placenta qui sont sortis brutalement de mes entrailles, personne n'a songé, dans l'affolement du moment, à rechercher le sexe du minuscule corps flasque emporté par le flot. Je ne saurai jamais si l'ange que j'ai envoyé au ciel est un garçon ou une fille. J'espère en tout cas qu'il ne se trouve pas dans les limbes pour reprocher à sa mère, durant l'éternité, d'avoir négligé de l'ondoyer. Comment aurais-je pu ? Et la servante américaine, une protestante, n'y a pas songé elle non plus. J'ai réellement failli perdre la vie, Marguerite, et si le docteur s'était trouvé à l'extérieur de chez lui quand la bonne est allée le chercher en catastrophe, je serais au paradis moi aussi. Car Pierre avait quitté Lowell, ce jour-là.

Tout ce sang… J'ai tellement pensé à maman quand elle nous a quittées, tu n'as pas idée. Je n'avais que onze ans, à l'époque, mais je n'ai rien oublié. Ce sang répandu sur ses jambes et ses pieds, sur ses vêtements, sur les draps, les serviettes, les couvertures. Partout ! Et maman qui criait à fendre l'âme qu'elle ne voulait pas mourir…

J'ai fait pareil, Marguerite. J'ai prié, j'ai crié, j'ai juré, j'ai hurlé à mort. Lorsque le docteur s'est enfin présenté en courant, il m'a rapidement placé les jambes en l'air sur une pile de coussins, puis il a essayé d'extirper toutes les cochonneries qui me restaient dans le ventre. Ensuite, il m'a bourrée de tampons. Il criait à la servante de lui trouver de la glace, mais de la glace, ça ne court pas les rues en été.

Petit à petit, le miracle s'est produit. Le sang a cessé de gicler, puis il a commencé à s'écouler goutte à goutte. Finalement, au bout d'un certain temps, il s'est arrêté de me vider de ma substance et d'emporter ma vie. J'ai alors perdu connaissance. Quand je me suis réveillée, plusieurs heures plus tard, le médecin se trouvait encore à mes côtés ainsi que Rose-Marie. Elle a passé la nuit à mon chevet à me tenir la main.

Pierre, au courant de rien, est rentré le lendemain. En apprenant la perte du bébé et le grand péril auquel je venais d'échapper, il s'est mis à pleurer, la tête dans mon cou, en me demandant pardon. Je n'avais rien à lui pardonner, à vrai dire, sinon d'être simplement parti accomplir son devoir de travailleur, sans plus. Fatalement, cette fausse couche se serait produite même s'il s'était trouvé auprès de moi. Mais il est demeuré inconsolable.

Moi aussi, je ressens un grand chagrin. J'accepte mal la perte de cet enfant. Tu me manques sans bon sens, ma grande sœur, et je pense très souvent à toi. Je n'en peux plus, tu sais. Alors hier, après une concertation à mon insu, mon mari et Rose-Marie se sont approchés de moi, toujours en convalescence sur le sofa du salon. Affichant un sourire inhabituel, ils m'ont présenté avec un air mystérieux une petite boîte emballée et enrubannée comme une étrenne du jour de l'An.

Je me suis empressée de l'ouvrir, tu penses bien ! Sais-tu ce qu'elle contenait ? Tu n'en reviendras pas : un billet de train aller-retour pour Montréal !

« Parce qu'on t'aime et qu'on veut te changer les idées », avaient-ils écrit sur la petite carte qui accompagnait le cadeau. Tu parles ! Trois semaines à Montréal auprès de mes sœurs ! Je n'en reviens pas encore. Le bonheur... Peux-tu imaginer combien cette délicate pensée m'a fait plaisir ? À tel point que j'ai recommencé à pleurer !

Rose-Marie s'offre pour garder Élisabeth et Philippe durant mon absence. Je n'aurai donc pas à m'inquiéter. Il me reste à reprendre des forces et à me remettre sur pied. D'ici mon départ, je compte bien avoir retrouvé la forme et le moral. Depuis le temps que tu me demandes de te rendre visite, ma chère grande sœur, cette fois, je te réponds oui avec excitation et une immense joie.

Si tout se passe bien, j'arriverai à la gare Bonaventure le 24 août, par le train du Grand Tronc de quatre heures de l'après-midi. Je t'y donne rendez-vous. J'ai tellement hâte de te serrer dans mes bras et de revoir Emmanuel. Et Antoine et Camille aussi. Comment va-t-elle, cette vilaine qui ne m'a pas écrit depuis des lunes ?

En attendant ce moment extraordinaire, je t'envoie à l'avance mille et un baisers.

Anne

Marguerite détestait les gares. Elles lui rappelaient trop de mauvais souvenirs, dont le plus douloureux la ramenait à sa première arrivée à Lowell, après avoir quitté Colebrook en compagnie de son père et de sa sœur. Comment oublier leur détresse alors qu'ils ne savaient pas où aller dormir ? Et comment, aussi, ne pas revivre son désarroi de l'été 1888, quand elle était débarquée à Montréal, seule au monde avec le fruit de son péché grossissant secrètement dans son ventre et l'adresse de l'hôpital de la Miséricorde en poche ? Trois ans déjà…

Et presque trois ans qu'il avait, l'adorable bout de chou qui trépignait à ses côtés, avide d'aller fouiner dans tous les recoins de la gare, frémissant, joyeux, plein de vie. Trois ans d'amour, trois ans de bonheur… Mais ce matin-là, en attendant l'arrivée d'Anne, ce bonheur la rendait mal à l'aise, et son ventre déjà légèrement gonflé par la présence d'un petit trésor à venir lui semblait indécent. Sa sœur ne venait-elle pas tout juste de perdre un enfant ?

— Marguerite ? Allo, ma grande sœur chérie !

Perdue dans ses pensées, Marguerite s'était trompée de quai et n'avait pas vu surgir le train en provenance des États-Unis.

— Anne ! Comme tu es belle !

Ces admirables yeux pers, ce teint de pêche, cette chevelure fauve, et surtout ce sourire enjôleur, comment Marguerite avait-elle pu les oublier ? Combien de temps les deux sœurs restèrent-elles enlacées en sanglotant, là, parmi la foule et au beau milieu de la gare? C'est Emmanuel qui manifesta son impatience en tapochant les jupes de sa mère.

Anne ne put réprimer un cri d'admiration.

— Emmanuel! Quel mignon garçon! Beau comme son père, si je me rappelle bien le visage d'Antoine. Comment va-t-il, ce cher pasteur?

— Il nous attend à la maison avec un repas digne d'une reine, ma chère.

— Et toi, la grossesse, ça va? Et Camille? Elle n'a pas pu venir à la gare?

— Euh... Camille, on ne la voit pas très souvent de ce temps-ci. Je te raconterai ça plus tard. Viens, on rentre à la maison.

Bras dessus, bras dessous, les deux sœurs empruntèrent les voitures publiques jusqu'à la rue Émery, accompagnées d'Emmanuel et encombrées des nombreux bagages de la voyageuse.

Antoine accueillit sa belle-sœur à bras ouverts et s'empressa de l'inviter, avant le repas, à faire le tour du propriétaire du Refuge Lacroix derrière la maison. Épatée, Anne vit deux jeunes femmes en train d'effectuer des travaux de couture, l'une taillant une large pièce de tissu sur la table de la cuisine, une autre, bien calée au fond d'une chaise berceuse, brodant du nid-d'abeilles sur le corsage d'une robe d'enfant du nid-d'abeilles tandis qu'une troisième pédalait hardiment sur une machine à coudre. Une quatrième, un peu plus âgée que les autres, brassait un bouilli de bœuf aux légumes dans une grande casserole sur le poêle pendant que la dernière, aux allures de fillette, allaitait un bébé d'à peine quelques semaines.

Antoine crut bon d'apporter quelques précisions.

— Ces jeunes mamans travaillent pour monsieur Muir, un manufacturier de Montréal qui nous a loué cette machine à coudre et vient porter du travail ici chaque semaine. Évidemment, c'est payé fort bon marché et à la pièce. Par contre, l'avantage pour ces jeunes mères est de pouvoir s'occuper de leur bébé tout en participant aux dépenses du refuge. Elles demeurent ici en transit, en attendant de se trouver un travail bien à elles et un logement approprié. Bref, elles habitent ce gîte pour se bâtir une autonomie et surtout se refaire une dignité. Nous travaillons très fort sur ce dernier point, Marguerite et moi, car il ne s'agit pas seulement de les dépanner momentanément, mais aussi de les aider à se débrouiller. C'est pourquoi Margot leur donne des cours de français deux soirs par semaine.

Le pasteur saisit fièrement sa femme par les épaules, et Anne sursauta devant ce geste affectueux exempt de pudeur. Elle n'avait été en contact avec Antoine dans son rôle d'homme marié que durant deux jours à Lowell, avant son départ définitif pour Montréal avec Marguerite, au lendemain de leur mariage clandestin. Dans les souvenirs d'Anne, datant déjà de quelques années, Antoine prenait davantage la figure du bon père Lacroix, vicaire de la paroisse Saint-Joseph, que de celle d'époux et de père de famille. Et même de beau-frère !

Béatrice vint d'elle-même serrer la main de la visiteuse.

— Salut ! Je suis Béatrice Larochelle, la plus ancienne pensionnaire de la maison et... la plus coriace ! Je suis surtout la grande amie de votre sœur Camille et même, si j'ose dire, un peu la fille adoptive de Marguerite, malgré notre faible différence d'âge. Je dois la vie à votre sœur, vous savez...

Anne prit conscience d'avoir manqué un grand bout de l'existence de Marguerite. Mais la vue de tous ces bébés dormant paisiblement dans leurs couchettes installées dans le dortoir attenant à la cuisine eut tôt fait de lui changer les idées. Elle retint difficilement ses larmes, assumant encore avec douleur le deuil de son troisième enfant. Et de tous les autres enfants qu'elle n'aurait sans doute jamais, si elle suivait scrupuleusement les conseils du médecin. « *Too risky*, avait-il clamé, *you could die*[1]... »

Elle n'eut pas à expliquer ce brusque saisissement. Marguerite perçut le chagrin sur le visage

1. « Trop risqué, vous pourriez mourir... »

de sa sœur et elle s'approcha aussitôt pour se serrer contre elle sans dire un mot. Une sœur, c'était cela, ce geste simple et éloquent, ce silence complice, cette compréhension naturelle et spontanée, ce partage qui dépassait la proximité physique et rejoignait l'âme. Le cœur de l'âme… Il n'en fallut pas plus pour qu'Anne éclate pour de bon. Dieu, que le contact avec Marguerite lui faisait du bien !

Antoine se racla la gorge, sans doute pour chasser le trop-plein d'émotions qui s'emparait aussi de lui.

— Dis donc, la belle-sœur, tu dois avoir faim ! Si on ne veut pas manger du poulet brûlé, on ferait mieux de rentrer.

Camille, qui avait accepté de bon cœur de partager sa chambre avec Anne, ne se présenta ni pour le souper ni pour la nuit. De toute évidence, la sœurette causait de vives inquiétudes au couple Lacroix. Marguerite n'hésita pas à partager ses appréhensions avec sa sœur.

— Imagine-toi qu'elle s'est amourachée d'un voyou. Une espèce de dévergondé, buveur et racoleur, qui n'a pas froid aux yeux et cherche continuellement le trouble. On a beau la mettre en garde contre ce genre de fréquentations, elle n'y voit que du feu et nous envoie promener là où tu penses ! Je soupçonne ce garnement fort louche d'être un voleur. L'autre soir, Camille est rentrée complètement soûle, vêtue d'une robe de grand luxe et arborant un superbe collier en or. Où a-t-elle pris ça, penses-tu ? Elle ne se l'est sûrement pas offert avec son maigre salaire de vendeuse à la boulangerie ! D'ailleurs, avec ses trop nombreuses absences, elle va finir par le perdre, cet emploi à la boutique de pain, j'en ai bien peur. Antoine a encore parlé à sa patronne, hier, pour la rassurer sur cette « mauvaise passe » et la supplier de faire preuve de patience. Mais la patience a ses limites, les affaires étant les affaires...

— On doit faire quelque chose, Marguerite. Angelina l'avait pourtant bien élevée, cette enfant-là...

— Cette enfant-là, comme tu dis, s'en va sur ses dix-huit ans. On ne peut tout de même pas l'attacher !

— Et si je la ramenais à Lowell avec moi ? Nous habitons maintenant un plus grand logement, nous pourrions lui faire une place.

— Bonne chance ! Tu peux toujours lui en parler... En tout cas, l'autre jour, Antoine lui a fait un sermon en bonne et due forme sur la morale. Elle a à peine écouté en levant les yeux au ciel. Sais-tu ce que mon mari a fait ? Crois-le ou non, il lui a donné un plein sac de préservatifs. Au moins, de ce côté-là, je me sens un peu rassurée. Elle ne se mettra pas les pieds dans les plats comme les filles du refuge. Pas question de faire un bébé avec le blanc-bec !

— Des préservatifs? Ça existe? Et ton mari pasteur en possède une réserve et il les donne aux filles! Allons donc!

— Mais oui. La religion protestante considère les femmes comme égales aux hommes et ne les oblige pas à mettre un bébé au monde chaque année. Notre Église préconise les belles et nombreuses familles plutôt que la contraception, cela va de soi. Cependant, elle prend aussi en considération la santé et la qualité de vie. Pas question de faire mourir les femmes à force d'accoucher, ni d'imposer à des enfants de vivre dans la pauvreté et l'insalubrité. Certaines Canadiennes françaises, si elles ont la chance de ne pas mourir lors d'un accouchement, mettent au monde jusqu'à quinze ou vingt enfants, au cours de leur existence. Ça n'a aucun sens!

— Et personne n'ira en enfer avec ces empêchements de la famille tellement condamnés par les prêtres? Je n'en reviens pas!

— Non, personne n'ira chez le diable.

Un silence lourd envahit la pièce. On aurait pu entendre une mouche voler. Marguerite se dit qu'il s'agissait peut-être d'un ange. Au bout d'un instant, Anne sembla se ressaisir.

— Oh! dis donc, j'ai apporté des cadeaux pour tout le monde, moi!

De son immense sac de toile, elle extirpa deux adorables oursons de peluche « pour mes deux neveux », l'un, gigantesque, destiné à Emmanuel qui s'en empara avec un grand sourire de contentement, et un plus petit, minuscule mais tout à fait semblable, qu'Anne déposa délicatement dans le moïse vide disposé, en attente, au fond de la chambre des parents.

— Comment ça, pour tes deux neveux ? Pour l'instant, tu n'en possèdes qu'un seul, que je sache ! Et comment peux-tu savoir que j'attends un garçon ?

— Les fées me l'ont dit, eh ! eh !

Pour Camille, Anne avait tricoté un magnifique châle de mohair aux couleurs de l'arc-en-ciel, mais la jeune fille ne se trouvait pas là pour le recevoir.

— Je l'ai fabriqué pendant mes relevailles. J'aurais eu le temps d'en tricoter dix, je pense ! Quant à vous deux, Marguerite et Antoine, j'ai peint ces deux tableaux en pensant à vous dès les premiers jours où j'ai eu la permission de sortir de ma tanière et d'aller me promener un peu. J'espère qu'ils vous plairont.

Pour sa sœur, Anne avait peint l'église Saint-Jean-Baptiste de Lowell dont la construction avançait tranquillement et qui prenait forme de plus en plus au fil des années.

— Puisque vous vous êtes épousés dans les fondations de cette église, je sais que ce lieu, même transformé, aura toujours une place de choix dans ton cœur, ma grande sœur. Est-ce que je me trompe ?

— Quelle bonne idée ! Tu as raison, je songe très souvent à cette église où toute mon existence a basculé sous une nuit étoilée. Comment as-tu pu le deviner ?

Pour Antoine, le tableau reproduisait le parc de la Merrimack, à l'endroit précis où le *preacher* Anthony Cross avait enfin retrouvé sa bien-aimée.

— Tu n'as jamais dû oublier cet instant-là, n'est-ce pas, mon beau-frère ?

— Comment ne pas me rappeler le moment le plus important de ma vie ? Quelle belle sensibilité tu as, ma chère Anne !

La pureté des lignes, la vivacité des couleurs et, surtout, la pertinence des sujets enchantèrent le couple Lacroix. On installa les deux peintures bien à la vue sur le plus grand mur du salon, à la grande satisfaction de la peintre.

— Chère Anne, toujours aussi délicate et généreuse ! Mais j'y songe, à part notre hospitalité, nous n'avons pas de cadeau à t'offrir, nous…

— Un sac de préservatifs, au moment de m'en retourner aux *States*, devrait me suffire. Ça fera plaisir à mon médecin et à mon mari.

La jeune femme se mit à rire, mais Marguerite ne douta pas un instant qu'elle riait jaune.

12

Les premiers jours, Marguerite, en dépit de sa grossesse, servit volontiers de guide touristique pour Anne. Tôt le matin, elle abandonnait Emmanuel à son père pour la journée avec mille recommandations. Antoine, bon diable, se faisait rassurant.

— Pars en paix, mon amour, et oublie-nous pour quelques heures, je saurai me débrouiller. Tu le mérites bien !

Leurs inquiétudes dissipées, les deux sœurs partaient bras dessus bras dessous à la conquête de ce qui était en train de devenir la métropole économique du Canada. Bien sûr, au moment du retour, en fin de journée, elles manquaient de trébucher sur des jouets et de nombreuses traîneries jonchant le sol, et le souper n'était pas préparé de la façon recommandée, mais qu'importe, Antoine accueillait les deux femmes avec une telle bienveillance, un intérêt tellement sincère pour connaître leurs péripéties de la journée, que Marguerite n'osait protester. D'ailleurs, Anne ne cessait de répéter à sa sœur qu'elle avait épousé un homme en or.

— Ce n'est pas mon Pierre qui aurait le courage de prendre la maisonnée en charge pendant toute une journée ! Il a fallu que Rose-Marie s'occupe de mes deux petits pour me permettre de venir ici. Qui aurait cru que notre cher père Lacroix deviendrait un si bon père de famille? Je te le dis, ma sœur, tu as remporté le gros lot en mettant le grappin sur ce bonhomme-là! Je le trouve extraordinaire.

Marguerite baissait la tête en rougissant et n'osait répondre que c'était plutôt lui qui avait usé du grappin pour l'attraper, elle! Et que rien ne s'était avéré facile au début. Son bonheur, elle avait l'impression de l'avoir mérité au prix de vives souffrances.

En quelques jours, les deux sœurs firent allégrement le tour de la ville. Marguerite ne négligea rien et accompagna chaque visite de moult commentaires : la cathédrale de Montréal en construction sur le modèle de Saint-Pierre de Rome, la place d'Armes où l'église Notre-Dame fut la première église de la paroisse Ville-Marie, le marché Bonsecours, principal lieu de rencontre des citadins et des agriculteurs, la chapelle du même nom, très souvent en rénovation, le mont Royal, si agréable à parcourir, le carré Philips où le magasin Morgan venait d'ouvrir ses portes du côté nord de la rue Sainte-Catherine, le parc Logan situé au nord de la rue Sherbrooke près de Papineau, où aller faire des pique-niques, sans oublier les magasins et les édifices à bureaux de la St. James Street, occupés par des Anglais, pour la plupart.

Anne remarqua la sobriété, sinon la pauvreté, des quartiers ouvriers où habitaient les masses populaires francophones par rapport aux secteurs situés plus à l'ouest de la ville. Là, se dressaient des demeures princières à peu de distance des marchés financiers et commerciaux. Il s'en trouvait jusqu'au pied du mont Royal, toutes habitées par des Montréalais anglophones dont un grand nombre étaient d'origine anglo-écossaise.

— Les gens de langue anglaise et ceux de langue française ne paraissent pas se fréquenter davantage ici qu'à Lowell, tu ne trouves pas, Marguerite ?

— Pas pour les mêmes raisons ! Aux États-Unis, les francophones essayent en quelque sorte d'éviter la noyade dans un monde étranger, et leur résistance se base d'emblée sur la sauvegarde de leur culture. Tandis qu'ici, les Canadiens français sont chez eux. Ici, chez nous, c'est l'argent qui fait toute la différence. Pour le reste, les deux sociétés se tolèrent tacitement. Quelqu'un a écrit que Montréal constitue une ville britannique avec un cœur français. Et le cœur ne s'avère-t-il pas l'organe le plus important ?

En passant devant le Théâtre Royal, Anne nota qu'on y donnait la version dramatique du roman de Walter Scott, *Bride of Lammermoor.*

— Oh ! On a présenté ce spectacle dernièrement à Lowell. Rose-Marie l'a vu et elle en est sortie enchantée.

— Savais-tu que l'immense majorité des représentations offertes ici se jouent en anglais? Il s'agit, pour la plupart, de vaudevilles et de spectacles de variétés offerts par des troupes américaines en tournée. Les bourgeois s'installent au parterre, les ouvriers au balcon. C'est pourquoi la Société Saint-Jean-Baptiste, en réaction contre l'anglicisation, a pris l'initiative de construire le Monument national sur la rue Saint-Laurent. Elle entend bien voir ce théâtre devenir le grand foyer culturel de la francophonie en Amérique du Nord.

— Dis donc, Marguerite... On devrait assister à *Bride of Lammermoor*. J'adore l'acteur Henry Irving. Je le trouve tellement beau!

— Malheureusement, mes moyens ne me le permettent pas, ma pauvre Anne. Les maigres revenus de nos résidentes ne suffisent pas à couvrir entièrement les dépenses du refuge. Antoine et moi, en dépit de son salaire dérisoire de pasteur, vivons surtout de dons de charité qu'on investit aussitôt dans nos bonnes œuvres. Le Refuge Lacroix s'est avéré une entreprise de plus grande envergure que prévu. Je ne m'en plains pas, tu sais, mais de là à m'offrir un billet de théâtre...

— Et si je t'offrais ce billet?

— Non, j'ai autre chose en tête. Quelque chose qui, je pense, va t'emballer. Ça m'est venu à l'idée juste comme ça, ce matin, mais je préfère en parler à Antoine auparavant, question de budget encore une fois.

— Là, tu m'intrigues avec tes manigances !

— Eh ! eh ! Tu connaîtras mon idée en temps et lieu, ma chère. D'ici quelques jours, probablement, quand Camille viendra souper.

Anne fit mine de pincer sa sœur. Elle savourait avec un bonheur sans égal ces moments privilégiés en présence de Marguerite. Rien n'avait finalement changé entre elles, elle le voyait bien. Les deux femmes se retrouvaient comme si elles s'étaient vues la veille. À vrai dire, Anne n'avait jamais vraiment compris ni accepté la fuite si soudaine et sans explications de son aînée, enceinte et en état de crise, au début de l'été 1887. Et l'année suivante, son nouveau départ vers Montréal, au bras d'Antoine, l'avait aussi terriblement affectée. Bien sûr, elle s'était réjouie du bonheur de sa sœur, mais elle avait tout de même vécu cette séparation impromptue comme une déchirure, un arrachement d'avec celle qui avait partagé son enfance et sa jeunesse. Marguerite s'en était allée précipitamment sans prendre le temps de lui faire des adieux, et Anne avait vu partir avec désespoir la seule personne au monde qui autrefois, à part Rose-Marie, la comprenait, la soutenait, l'encourageait, la guidait même, malgré leurs âges rapprochés. Marguerite, son héroïne, son modèle, son idole... Marguerite sa sœur, son amie, sa presque mère...

Après ces trois années de séparation, Anne ressentait toujours de façon aiguë les sentiments qui la liaient à sa sœur. Et depuis le début de cette visite, Marguerite le lui rendait bien. Mature, responsable, toujours aussi rationnelle et déterminée, la grande sœur continuait de manifester une affection profonde envers sa cadette qui ne s'y attendait plus. Anne s'était trompée. Au bout du compte, l'éloignement n'avait atténué en rien leur attachement, même si elle avait souvent protesté du manque d'émotion et de confidences dans les lettres trop courtes et fort occasionnelles de son aînée. La tendresse et la complicité avaient perduré, elle le voyait bien. Marguerite Laurin possédait tout simplement une nature moins sentimentale et extravertie, voilà tout. Un peu comme Camille, quoi !

En passant devant le Montréal General Hospital niché sur le flanc de la montagne, Marguerite expliqua que, dans cette singulière société montréalaise, les Canadiens anglais et les Canadiens français, malgré leur bonne entente, tiraient tout de même chacun de leur côté de la couverture.

— Les anglophones dénigrent nos politiques de patronage et les sommes, selon eux exorbitantes, englouties par le gouvernement du Québec dans les travaux publics. De l'autre côté, les francophones reprochent aux Canadiens anglais d'investir uniquement dans leurs propres institutions, comme cet hôpital, par exemple. Aussi, ils possèdent leur université bien à eux, la McGill University, alors que nous, à Montréal, devons nous contenter d'une simple ramification de l'Université Laval de Québec. Dieu merci, quelques hommes d'affaires canadiens-français commencent à percer parmi les élites et à former une bourgeoisie francophone qui, je l'espère, fera changer les choses.

— Le même espoir existe pour nous, en Nouvelle-Angleterre : les francophones possédant une certaine fortune augmentent en nombre. Malheureusement, un début d'assimilation à la société américaine se fait maintenant sentir, au grand désespoir de mon mari, tu penses bien ! Plusieurs des nôtres parlent de plus en plus anglais à l'extérieur de la maison et ne vont plus à l'église. Et ça donne des démangeaisons à Pierre Forêt !

Pierre… Depuis son départ, Anne y songeait souvent, à son homme, surtout tard le soir, les yeux rivés au plafond dans l'obscurité de la chambre en attendant le retour de Camille. Elle se languissait de lui, cet homme lui aussi rationnel, sage et sérieux, dévoré de patriotisme et féru de politique mais en même temps excellent époux et bon père de famille. Ses petits lui manquaient aussi. Mais, malgré tout, ce voyage lui faisait un bien immense. Il lui arrivait même, certains jours, prise dans le feu de l'action, d'oublier complètement la perte de son troisième enfant.

Le soir, autour de la table, Antoine prenait la relève dans les discussions et s'employait à refaire le monde. Il lui arrivait même de critiquer vertement l'Église catholique.

— Si seulement le clergé cessait d'idéaliser le passé et de se montrer réfractaire à l'industrialisation… Qu'ils cessent donc de prôner l'agriculture comme mode de vie ! Comme si le repli sur soi pouvait déboucher sur le progrès… Ça n'a aucun sens ! Au fond, ces chers évêques veulent s'approprier tous les pouvoirs et ne cherchent qu'à se substituer à l'État. Je connais bien leur jeu !

Parfois, le fougueux pasteur allait trop loin, et Marguerite ne résistait pas à l'envie de lui lancer quelques reproches afin de modérer ses emportements.

— Tony, je t'en prie ! Tu oublies que les évêques vont très souvent bénir l'ouverture d'une usine. D'ailleurs, l'Église catholique n'a-t-elle pas toujours pris en main la gestion de nos écoles et de nos hôpitaux ? Tous ces religieux et ces religieuses qui consacrent leur vie aux autres… Elle ne fait pas que des mauvais pas, cette Église ! Tu exagères, mon chéri !

Malgré ces petits rappels à l'ordre de sa femme, Antoine exerçait toujours sur elle, après trois ans de mariage, un ascendant formidable : celui du représentant de Dieu, doté de tous les savoirs, de tous les dons et de tous les pouvoirs sur les autres humains. Aux yeux de Marguerite, son époux incarnait encore et toujours celui qui détenait la vérité, l'homme choisi entre les hommes, l'élu de Dieu et son représentant à qui les humains n'avaient pas le choix de vouer respect et considération. Et par-dessus tout, obéissance. Prêtre ou pasteur, quelle différence ? Même si elle le connaissait maintenant dans tous les hauts et les bas de la vie quotidienne, et dans des domaines, plus terre-à-terre que celui de la religion, elle portait encore sur lui un regard frisant l'idolâtrie.

À vrai dire, une seule et unique chose la choquait chez son mari : elle ne tolérait pas de l'entendre dénigrer l'Église catholique, convaincue que la critique ne menait à rien. Elle avait lu récemment quelques-uns des mémoires du fameux prêtre défroqué Chiniquy, et ses foudres enflammées lancées contre l'Église avaient scandalisé la jeune femme. Pourquoi détruire au lieu de bâtir ? Mais Antoine, dans toute sa primauté, ne se laissait pas désarmer par les réticences de sa femme.

— Dire que les évêques s'opposent aux syndicats internationaux…

— Antoine, au lieu de les dénigrer pour leurs faiblesses et leurs erreurs, tu arriverais mieux à contrer la mentalité des évêques en proposant ton programme à toi, différent et davantage ouvert au progrès, tu ne crois pas ? Regarde, tu as déjà baptisé dans le fleuve deux des jeunes filles qui ont habité au refuge dernièrement. Pour quelles raisons, crois-tu ? Parce que tu as prêché par l'exemple en pratiquant la charité, et non pour tes blâmes envers l'Église catholique. Laisse-leur donc la paix, à ces chers catholiques, si tu veux qu'ils te la laissent, et fais donc honnêtement ton travail, rien de plus. L'indifférence peut devenir la plus dangereuse des armes, tu sais.

— Tu ne vois donc pas l'effet de leurs prédications sur la mentalité des pauvres fidèles ? Comment ne pas en garder de l'amertume ? Et comment ne pas réagir et protester très haut, grands dieux !

— Je sais, je sais. Tu as peut-être raison. Après tout, c'est vous le pasteur, *dear Mister Cross* !

Au cours de ces discussions autour de la table, Anne regrettait la présence de Pierre. Le journaliste aurait pu apporter des arguments à la discussion. Il aurait si bien su analyser les problèmes, peser les pour ou les contre avec le pasteur. Tandis qu'elle… Une vraie niaiseuse ! Ses centres d'intérêt d'autrefois s'étaient réduits ces dernières années, et ils se limitaient maintenant à l'univers restreint d'une mère de famille à l'esprit étroit et dont l'ouverture sur le monde n'allait pas au-delà de la communauté francophone de Lowell.

Elle admirait Marguerite, toujours aussi belle et intelligente, et de plus en plus cultivée en dépit de ses rôles de mère de famille et de femme de pasteur. Sûre d'elle-même, elle semblait tout connaître et ne craignait pas d'émettre une opinion sur tout. Comme elle avait évolué depuis le temps où elle exerçait la fonction de secrétaire de la paroisse Saint-Joseph de Lowell !

On ne pouvait en dire autant de Camille. Secrète et renfrognée, elle se défilait devant les questions et fuyait littéralement la compagnie de ses deux sœurs. Rarement la voyait-on partager le repas du soir avec elles et le pasteur. Anne ne reconnaissait plus la benjamine candide mais sociable qui avait quitté Lowell, trois années auparavant, pour venir rejoindre Antoine et Marguerite à Montréal. Quand elle rentrait, aux petites heures du matin, Camille s'empressait de se réfugier sous les draps, inquiète et l'oreille aux aguets, en évitant tout contact avec sa grande sœur couchée dans le même lit.

Un soir, Anne l'avait entendue sangloter silencieusement et avait étiré son bras pour caresser maternellement la chevelure de sa cadette. Prise au dépourvu, Camille l'avait laissée faire pendant un certain temps, puis, cessant ses reniflements, elle s'était brusquement retournée contre le mur. Mais la grande sœur avait insisté.

— Dis-moi ce qui ne va pas dans ta vie, Camille. Tes secrets vont rester entre nous deux, juré, craché !

— Rien.

— Comment ça, rien ? Rien ne va, ou bien tu ne veux rien me dire ?

— Les deux ! Laisse-moi dormir.

— Dis-moi au moins quelque chose, Camille. À quoi penses-tu en ce moment précis ?

— M'ennuie de papa.

— Tu t'ennuies de notre père ? Allons donc ! Il ne répond pas à nos lettres depuis des années, et il ne se souvenait même pas de qui nous étions quand nous lui avons rendu visite toutes les trois. Tu ne te le rappelles pas ?

— Oui, je me le rappelle. Moi, il m'avait reconnue. « Ma princesse », qu'il avait dit... Pourquoi tu ne vas plus le voir ? Tu habites plus près de Concord que nous, après tout.

— Tu as raison. Il pourrait aller mieux sans qu'on le sache, et ses filles lui manquent peut-être, sait-on jamais... Toi, surtout, qu'il voyait plus régulièrement à Colebrook. Je retournerai à Concord, un de ces jours, et je t'en donnerai des nouvelles. Je te le promets. Maintenant, parle-moi de ton amoureux.

— Je n'ai rien à raconter. Te l'ai dit tantôt.

— Pourquoi ne l'amènes-tu jamais ici ? Marguerite, Antoine et moi aimerions bien le connaître, tu sais. Certes, il a déjà fait une erreur en créant tout un émoi à la porte du refuge avec ses amis, mais ce n'est pas la fin du monde. Les gens d'ici savent comprendre la jeunesse et pardonner... Surtout Marguerite et Antoine.

— …
— Le trouves-tu beau ? Le trouves-tu fin ?
— Ah oui, il est beau. Très beau.
— Et fin ? Toujours fin ?
— …
— Tu n'es pas très heureuse avec lui, ça se voit bien. Parfois, je t'entends pleurer la nuit. Est-ce que je me trompe ?
— N…on, tu te trompes pas.
— Et ton emploi ? Tu aimes toujours ça travailler à la boulangerie ?
— Je travaille plus là depuis… ce matin !
Anne eut beau tergiverser et tenter de faire sortir le chat du sac, rien n'y fit. La mystérieuse Camille refusait obstinément de s'exprimer au sujet de son aventure amoureuse, tout comme de la perte de son emploi. Elle accepta néanmoins de se blottir entre les bras de sa sœur comme un petit chat qui a besoin de protection.

Quelques minutes plus tard, Anne reconnut la respiration régulière et sifflante de la dormeuse. Camille était de toute évidence épuisée.

Ce n'est que le lendemain matin, aux premières lueurs du jour, que, frappée de stupeur, Anne remarqua les nombreuses ecchymoses sur les bras et les jambes décharnés de sa sœur. Pire, quand Camille quitta doucement le lit en tâchant de ne pas la réveiller, Anne la vit sortir de la chambre en boitant plus fortement qu'à son habitude, une main sur la hanche et l'autre, tremblante, tâtant son œil noirci et à moitié fermé.

13

Les trois sœurs se tenaient bien droites à l'avant du navire fendant les flots, solidement agrippées au bastingage. En les examinant de loin et même de derrière, on pouvait facilement deviner le lien fraternel qui les unissait : même silhouette mince et longiligne et même voix légèrement flûtée. Seule la chevelure les distinguait : une châtaine, une rouquine et une brunette aux cheveux bouclés. Quand elles se retournaient, les deux aînées affichaient une véritable similitude de traits tandis que la plus jeune présentait une figure plus ronde arborant un relent d'adolescence dans son sourire. Les yeux aussi se différenciaient par la couleur, nettement plus foncée chez Camille. Par contre, l'expression brillante d'intelligence assombrie par une teinte à peine perceptible de mélancolie caractérisait le regard de chacune.

Quand la proue du *Corinthian* fendait une vague avec fracas, les jeunes femmes s'esclaffaient, et leurs éclats de rire se déversaient sur le pont du bateau à vapeur en même temps que les trombes d'eau. Elles jubilaient au point qu'en ce jour béni, nulle tempête ne serait arrivée à les effrayer. Ce voyage constituait un cadeau du ciel, et assurément ni le hasard ni le mauvais sort, et encore moins le mauvais temps, ne pourraient entraver leur bonheur, elles en avaient la certitude. La certitude candide propre aux enfants…

Car il s'agissait bien de cela : en ce sixième jour du mois de septembre 1891, les sœurs Laurin étaient redevenues des enfants. Trois petites filles debout, face au vent, les yeux rivés sur le grand fleuve déchaîné par la bourrasque, conscientes qu'à chaque nœud parcouru, elles approchaient de l'embouchure du Saguenay, à l'endroit où le navire changerait de cap pour s'engager dans le fjord assurément plus calme. Et ce fleuve les mènerait dans la région qu'elles se plaisaient encore à appeler leur « chez-nous ».

« On revient chez nous, on revient de l'exil », songeait Marguerite, quelque peu étourdie par la nausée dont elle accusait davantage sa grossesse que les eaux tumultueuses. Bien sûr, elle éprouvait le sentiment de prendre sa revanche sur le destin et se réjouissait d'être partie à la recherche de ses racines dans son village de Grande-Baie.

Mais ce lieu représentait-il vraiment l'autre bout de l'exil ? Par rapport à sa vie actuelle, elle ne savait plus où se situait ce fameux exil. Se trouvait-il à Lowell ou à Grande-Baie, ou bien à Montréal, ces trois agglomérations si éloignées les unes des autres entre lesquelles sa difficile existence s'était étirée ? Elle ne savait plus établir la frontière entre ce qui lui appartenait et ce qui la laissait indifférente. À quel âge s'approprie-t-on un lieu pour le considérer comme son véritable chez-soi ? Les enfants à la vie stable et ordinaire n'ont pas à arrêter ce choix, ils se sentent d'emblée chez eux. Mais les petits qu'on déracine, qu'on arrache du nid sans leur demander leur avis et qu'on parachute dans un ailleurs inconnu, à quel âge deviennent-ils en mesure d'adopter définitivement un nouvel environnement ? Quand arrivent-ils à s'incruster suffisamment pour y produire d'autres racines et d'autres tiges vigoureuses et pleines d'avenir ?

Et son « chez-nous » à elle, Marguerite Lacroix, son lieu, sa patrie, sa terre, son bercail, où se trouvaient-ils présentement ? Elle avait mis si longtemps à s'adapter à la vie chez les Américains. Et maintenant, quelques années à Montréal suffisaient-elles pour développer un réel sentiment d'appartenance ? Montréal, entre le Massachusetts et le nord de la province de Québec… Sans compter qu'elle ne portait même plus le nom de Marguerite Laurin, mais celui de Marguerite Lacroix !

Si, la veille, elle était montée dans un train pour Lowell au lieu de mettre le cap sur le

Saguenay, aurait-elle autant frémi d'excitation ? Revoir « sa » rue où elle avait vécu en célibataire avec Anne, au-dessus du magasin de chaussures, pénétrer à nouveau dans « son » église Saint-Joseph, retrouver « son » école où elle avait enseigné, et passer devant « son » usine où elle avait tant peiné… Non, assurément non ! En ce moment même, en route vers le lieu de sa naissance, elle savourait l'impression unique de tourner enfin le dos à l'exil.

Au Saguenay, elle reverrait son village et sa maison sur le chemin Saint-Bruno. Son nid, quoi ! Mais il n'y aurait plus de maison, plus d'allée de fleurs, plus de jardin potager, plus de Rébecca. Et personne pour l'aider à retrouver sa petite école dont elle ne se rappelait plus l'emplacement. Il n'y aurait même pas de tombe dans le cimetière derrière l'église Saint-Alexis pour aller se recueillir et raviver concrètement la mémoire de celle dont elle oubliait de plus en plus le visage. La tante Léontine n'avait-elle pas affirmé un jour, à Lowell, que leur maison avait brûlé avec la dépouille de leur mère à l'intérieur, la nuit de leur départ ?

D'où venait alors cette frénésie à l'idée de retourner dans ce sinistre patelin ? Elle, Marguerite, avait au moins conservé quelques souvenirs précis de cette époque, de bons souvenirs enfoncés profondément dans sa mémoire, mais qui ne manqueraient pas de remonter à la surface. Mais Anne ? Et surtout Camille ? Elles n'avaient que onze et six ans au moment de la cavale de Joseph ! Qu'avaient-elles retenu des premières années de leur enfance ?

Elle semblait pourtant très excitée, ce matin, la Camille ! Dieu merci, son œil blessé avait désenflé, mais il afficherait assurément les couleurs de l'arc-en-ciel pendant encore quelques jours ! Sans doute cette escapade représentait-elle davantage pour la benjamine une fuite hors du temps présent qu'une quête de son passé. Se dérober aux menaces et aux assauts de la brute, ce délinquant qui la maltraitait, mettre momentanément un terme à cette relation amoureuse malsaine et à sens unique, fuir les dangers de ce milieu louche où elle s'enlisait… Fuir aussi le regard réprobateur d'Antoine quand elle rentrait de ses nuits blanches. Et contourner surtout cette obligation, ce devoir pressant envers elle-même et envers ceux qui l'aimaient de se prendre en main et de changer de mode de vie. Et en même temps que tout cela, aller découvrir les éléments d'un passé plus ou moins embrouillé dans sa mémoire.

Quant à Anne, ce retour aux sources semblait la réjouir au plus haut point. À l'instar de Marguerite, elle avait dû emmagasiner une foule de souvenirs toujours vivants mais enfouis sous une tonne d'aventures et de mésaventures vécues depuis cette fameuse nuit où Joseph Laurin avait entraîné ses trois filles vers l'inconnu.

L'idée de retourner quelques jours au Saguenay avec ses sœurs avait germé dans l'esprit de Marguerite, durant les dernières années, comme un rêve farfelu difficilement réalisable. La venue impromptue d'Anne à Montréal avait constitué l'occasion rêvée pour le concrétiser. Bien entendu, le voyage allait engendrer des dépenses inévitables, et elle avait un peu appréhendé la réaction d'Antoine en lui confiant ce secret désir. Mais le pasteur s'était montré au contraire emballé par l'idée.

— Va, va, ma chérie, tu le mérites bien. Et tu as surtout le droit, comme tout le monde, de retourner un jour ou l'autre au pays de tes ancêtres.

Elle avait aussitôt présenté son projet à sa sœur. Anne avait trouvé l'idée géniale et avait aussitôt offert de défrayer une partie du voyage de ses sœurs par une large contribution.

— Merci pour ta générosité, ma chère Anne, mais pensons plutôt à Camille. Si on l'aidait, elle pourrait se joindre à nous. Ça lui ferait tellement de bien ! Tu nous imagines, réunies toutes les trois à Grande-Baie ? Quel bonheur !

Camille ne s'était pas fait prier. Elle avait même affirmé pouvoir assumer elle-même ses propres dépenses. Marguerite lui avait lancé un regard soupçonneux mais n'avait pas osé poser de questions. Et la jeune fille s'était évidemment bien gardée de révéler la provenance de son mystérieux magot.

La veille, Béatrice était venue la retrouver pendant que, l'œil à moitié fermé et les membres encore endoloris, Camille tentait d'apaiser sa détresse sur l'orgue du refuge. Jamais la toccata en *ré* mineur de Jean-Sébastien Bach n'avait résonné avec autant de fougue et de rage. Devant son visage tuméfié, la copine avait poussé de grands cris.

— Quand vas-tu te décider à lâcher ce trou-de-cul ?

— Je sais pas, je sais plus. Je l'aimais, moi, ce gars-là. Le pire, c'est qu'on m'a mise à la porte de la boulangerie, hier. Ça va mal…

Camille s'était levée spontanément et jetée dans les bras de son amie.

— J'en peux plus, Béatrice. Je voudrais m'en aller. Ou mourir…

— T'en aller ? Mais t'en aller où ? Tu n'es pas bien ici, chez ta sœur ?

— Oui, mais je ne me sens pas libre. Marguerite et Antoine me surveillent sans cesse, mine de rien. Et puis, j'ai peur de mon cavalier. Il… il est dangereux, je pense. Franchement, je voudrais recommencer ma vie ailleurs, tu comprends ? Loin, très loin d'ici. Ma vie à moi, à moi toute seule, à ma manière à moi.

— Et si tu retournais à Lowell ? Parles-en à Anne, profite de sa présence.

— Lowell ? Bof…

— Attends une minute !

Béatrice s'était levée subitement et avait traversé la grande salle au pas de course pour se rendre au dortoir, à l'autre bout du refuge.

— Pleure pas, « matante Mimille »...

La jeune fille s'était retournée avec étonnement. Elle n'avait pas remarqué la présence de la petite Clémence qui la dévisageait de ses grands yeux verts interrogateurs. Camille adorait la fille de Béatrice, petit bout de femme de deux ans qui trottinait à longueur de journée dans le refuge et ne manquait jamais de venir s'asseoir au pied de l'orgue quand Camille s'y exerçait.

— Là... je ne pleure plus, ma chérie, répondit Camille en s'essuyant le visage du revers de la main. Es-tu contente ? Viens, nous allons chanter. « Matante Mimille » va t'apprendre une nouvelle chanson. Elle s'appelle « Il était un petit navire ». Écoute comme c'est joli.

Camille s'était élancée sur le clavier, mais Clémence n'avait eu le temps de rien apprendre car Béatrice était aussitôt revenue pour remettre à son amie une enveloppe bourrée d'argent.

— Tiens ! C'est à toi, je te le donne. Après tout, ta sœur Marguerite m'a bien sauvé la vie, il y a quelques années, et elle m'héberge encore depuis deux ans. À mon tour de faire une bonne œuvre pour quelqu'un. Aussi bien que ce soit pour toi ! Prends ça et sauve-toi pendant qu'il en est encore temps. Il y a là de quoi recommencer ta vie quelque part.

— Mais où as-tu pris ça ?

— S'il te plaît, ne pose pas de questions.

— Ben quoi ? Ne me dis pas que tu as recommencé à… Je n'en reviens pas, Béatrice !

— Puis après ? Ça me regarde !

— Si Antoine savait ça, il te flanquerait tout de suite à la porte du refuge, j'en ai bien peur, ma chouette !

— Si c'est ça, le pardon qu'il prêche… Mais notre cher pasteur ne se doute de rien. Je sors d'ici en douce vers dix ou onze heures, le soir, longtemps après que la lumière de sa chambre soit éteinte. Et je rentre avant l'aurore. Ni vue ni connue. Et les résidentes du refuge se ferment la trappe à mon sujet grâce à un petit montant d'argent d'encouragement que je leur refile chaque semaine.

— Béatrice, Béatrice, tu n'en reviendras donc jamais ?

— Pas grave, c'est mon choix ! Quant à toi, prends cet argent et va t'installer ailleurs si c'est là ton désir. Sinon, ce sauvage va finir par te tuer, j'en ai bien peur. Va-t'en à Québec ou à Trois-Rivières, à Lowell ou à Paris, si tu veux, mais va-t'en ailleurs et loin pour un bon bout de temps. Compris ? Je n'ai pas envie d'assister à tes funérailles, moi ! Mais je mets une condition, une seule : tu n'oublies pas de me donner de tes nouvelles !

Ainsi, le lendemain soir, au moment du souper, Camille avait accueilli la proposition d'un voyage au Saguenay comme une bénédiction du ciel. Bien sûr, cette échappée ne durerait que quelques jours, mais cela lui donnerait momentanément le temps de respirer un peu. Au retour, elle prendrait sa décision : soit demeurer à Montréal, soit s'installer aux États-Unis pour de bon. Pourquoi ne retournerait-elle pas vivre à Colebrook ? Après tout, elle ne détesterait pas ça. Ou encore, elle pourrait rejoindre le docteur Lewis à New York. Ne le lui avait-il pas proposé dans sa dernière lettre ?

La sirène du bateau fit sursauter les trois voyageuses. Tadoussac était en vue, et l'heure du repas arrivait déjà. Le cœur dans la gorge à cause de la houle, elles n'eurent pas à se concerter très longtemps pour décider d'un commun accord de renoncer à manger pour ce midi. Quel voyage, tout de même ! La veille, elles avaient dû prendre le train entre Montréal et Québec, puis passer une nuitée dans une vieille auberge mal tenue. Et voilà que maintenant elles devaient écouler une journée entière à se faire brasser sur ce satané bateau par le plus exécrable des temps.

Qu'importe ! Le soir, elles débarqueraient à Chicoutimi. Et le lendemain ou le surlendemain, elles partiraient pour Grande-Baie dans le but d'y reconstruire mentalement leur passé.

Elle avait beau rire et feindre de s'amuser, Marguerite trouvait cette journée bien longue. Le navire s'engagea enfin sur les eaux noires du Saguenay et se mit à glisser plus tranquillement à travers un dédale de masses rocheuses moussues, de falaises escarpées et de versants abrupts recouverts de forêts. Devant la beauté du paysage, elle soupira, n'ayant pas prévu découvrir un tel paradis. Le calme s'empara d'elle, comme un apaisement soudain, une paix indéfinissable qui la réduisit à l'immobilité et au silence, ce silence méditatif qu'une colonie de goélands ne manqua pas de briser avec des cris de joie au-dessus d'un banc de poissons.

Elle se retourna vers ses sœurs. Appuyées à la rambarde, ni l'une ni l'autre ne disait mot. Étaient-elles emportées, elles aussi, par tant de magnificence ? Elle devina dans l'œil d'Anne l'intérêt artistique, cette petite étincelle appelée inspiration, elle qui, ces derniers mois, avait réussi à survivre à ses tourments grâce à l'art de la peinture. Camille, quant à elle, semblait à des siècles du moment présent, retournée dans son univers intérieur vraisemblablement imperméable à la somptuosité du panorama. À quoi pouvait-elle songer ? Marguerite lui souhaita secrètement de trouver enfin la paix.

Sur elle-même, elle ne s'interrogea guère, obnubilée par la seule pensée de retrouver enfin son lieu de naissance. Comment avait-elle pu oublier que la région du Saguenay était si belle ? Et aussi sauvage ? Il lui semblait que derrière les montagnes, par delà les grands arbres feuillus, plus rien d'autre n'existait. Fallait-il être aventurier et téméraire pour venir coloniser une contrée si lointaine ! Les sœurs Laurin étaient entrées dans l'existence à l'endroit le plus inculte et éloigné de la Terre ! Un véritable lieu d'exil…

À sa grande déception, le navire ne s'engagea pas dans la baie des Ha ! Ha ! et fila plutôt directement vers Chicoutimi. Mais Marguerite ne put s'empêcher de lorgner de ce côté.

— Regardez, les filles ! Voilà Grande-Baie, là, juste au fond de l'anse ! Voyez-vous le clocher de l'église se dresser sur le bord de la rive ? Chez nous, c'était par là.

Personne ne desserra les dents, mais on garda les yeux rivés sur le fond de la baie jusqu'à ce qu'elle disparaisse, derrière le rivage accidenté.

Au quai de Chicoutimi, quelques charretiers attendaient les rares voyageurs qui allaient débarquer du *Corinthian*. Marguerite s'empressa d'aborder le premier.

— Jeune homme, pourriez-vous, s'il vous plaît, nous conduire jusqu'à l'hôtel Martin ? En autant qu'il reste de la place à cette heure tardive…

— À ce temps-ci de l'année, mam'selle, on trouve toujours des chambres de libres. Sinon, je vous mènerai à l'auberge.

— Nous aurons aussi besoin de quelqu'un, au cours de la semaine, pour nous mener à Grande-Baie.

— Pas de problème, je vous conduirai moi-même avec plaisir. Vous n'avez qu'à fixer le jour et l'heure et je viendrai vous chercher.

Anne retrouvait-elle ses tendances bavardes de jadis? Elle ne put se retenir d'ajouter quelques précisions.

— Nous sommes nées toutes les trois à Grande-Baie, vous savez.

— Ah oui? Moi aussi! Mais ma famille a déménagé à Chicoutimi, voilà déjà une douzaine d'années. Au fait, quel est votre nom?

— Anne Laurin. Et voici Marguerite et Camille Laurin.

— Laurin? Et... vous arrivez de loin?

— Mes deux sœurs vivent à Montréal, mais moi, j'habite toujours aux États-Unis depuis notre départ en 1880, voilà onze ans exactement.

— Ben, ça parle au diable! Me dites pas que vous êtes les filles de Joseph Laurin, celui qui a émigré aux États avec ses enfants après avoir perdu sa femme Rébecca? Ah ben, ça, par exemple!

— Exactement! Mais comment le savez-vous? On n'a pourtant annoncé notre visite à personne d'ici!

— Des Laurin, y en a pas tant que ça dans la région. Et à l'époque, tout le monde a parlé de votre histoire...

— De notre histoire? Comment ça?

Le jeune homme repoussa son chapeau sur le bout de sa tête sans répondre, préférant dévisager attentivement chacune des trois filles à la lueur de sa lanterne. Marguerite se mit aussitôt sur la défensive.

— Que se passe-t-il, monsieur ? Pourquoi nous examiner de la sorte ?

— Ben, je pense que vous et moi, on est des cousins. Ma mère s'appelait Hélène Laurin avant de marier mon père, et elle est la sœur de votre père Joseph et de ma tante Léontine. Cette dernière nous avait beaucoup parlé de vous, à son retour de... Où c'était donc ? Une ville américaine située en haut de Boston, si je me rappelle bien.

— De Lowell ?

— Exactement ! De Lowell !

Estomaquées, les sœurs restèrent coites pendant que le jeune homme retirait son chapeau et leur faisait une profonde révérence.

— Alfred Tremblay, pour vous servir, mes très chères cousines.

Anne se renfrogna sans que personne s'en rende compte. S'il disait vrai, Alfred Tremblay était donc sans contredit le cousin d'Armand, le violeur de sa jeunesse. Qui sait s'ils n'avaient pas joué ensemble autrefois et n'étaient pas restés de bons amis...

14

Il n'était pas encore huit heures du matin quand on frappa à la porte de la chambre des trois sœurs. Marguerite s'attendait à voir apparaître le propriétaire de l'hôtel pour les aviser de faire moins de bruit. L'établissement leur avait pourtant paru désert à leur arrivée, la veille. À croire que les Saguenayens ne recevaient jamais de visite !

Mais ce matin-là, une petite souris fort téméraire avait effrontément traversé la chambre en se faufilant entre les pieds d'Anne en train de se brosser les cheveux devant le miroir. Horrifiée, la jeune femme avait bondi sur le lit et lancé un cri de terreur, ce qui avait déclenché le fou rire des deux autres. Camille n'avait pu se retenir de la taquiner.

— Ah ! ces Américaines, elles ont peur de tout ! N'as-tu jamais vu de rongeurs à Lowell ? Moi, j'en connais à Montréal qui traversent de temps en temps certaines arrière-cours de la rue Émery… Et ils n'ont jamais mangé personne !

— Au moins, aux États-Unis, les souris respectent les visiteurs, tu sauras ! Elles ne viennent pas les effrayer jusque dans leur chambre. D'ailleurs, ma chère Camille, à ta place, je regarderais un peu aux alentours avant de me moquer des autres… As-tu remarqué les jolies petites crottes que cette charmante souris canadienne a gentiment laissées dans ton soulier au cours de la nuit ?

Il n'en avait pas fallu davantage pour déclencher le chahut dans la chambre.

Les coups redoublèrent à la porte, et Marguerite, rouge d'avoir trop ri, s'y précipita en s'attendant à recevoir un sermon en règle sur les bonnes manières de certaines touristes dans les lieux publics.

— Salut les filles ! Comment allez-vous ? Mon Dieu, que vous êtes belles ! C'est toi, Marguerite ? Je te reconnais à peine. Et vous deux, comme vous avez changé aussi !

— Madame… ?

— Vous ne me reconnaissez pas ? Tante Hélène, la sœur de votre père. Vous pensez bien que quand mon fils Alfred m'a informée de votre visite, hier soir, j'ai aussitôt eu envie de venir vous retrouver ici. Pas besoin de vous dire que j'ai trépigné d'impatience jusqu'à huit heures, ce matin ! On ne reçoit pas de la grande visite comme ça tous les jours ! Vous êtes dans la région pour longtemps ?

— Quelques jours seulement. Anne doit retourner aux États-Unis ensuite.

— Et votre père ? Parlez-moi de Joseph. Toujours en vie, j'espère ? Pas une seule fois, il ne m'a donné des nouvelles depuis votre départ de Grande-Baie, à la mort de cette pauvre Rébecca. Quel vilain merle !

— Je pense qu'il n'en donnait à personne, ma tante.

— Dieu merci, Léontine vous a rencontrés à Lowell, il y a quelques années, et le reste de la famille a pu savoir à quel endroit vous vous étiez établis. Et alors, ce cher frère, comment va-t-il ? Il ne vous a pas accompagnées ?

Marguerite hésita à révéler à cette quasi-étrangère que Joseph purgeait alors une peine de dix ans de prison. Ce secret honteux demeurait emmuré au tréfonds de son silence et jamais elle ne le révélait à qui que ce soit. Dans son esprit, son père n'existait plus. Cette femme, à cause de ses liens familiaux, méritait-elle ce genre de confidence ? Y avait-elle droit ? Marguerite hésitait. La sœur aînée de Joseph, bien vivante, se trouvait devant elle... Elle n'en revenait pas encore !

Après tout, elle se rappelait à peine cette tante peu fréquentée autrefois par ses parents, même si elle aussi habitait tout près, sur le chemin Saint-Charles de Grande-Baie, avec son mari et ses enfants. Marguerite n'avait retenu, parmi ses souvenirs, que quelques vagues rencontres annuelles, à l'occasion du jour de l'An, avec des cousins et des cousines pour la plupart plus âgés, et qu'elle ne revoyait plus par la suite.

Par contre, en ce moment précis, un souvenir bien particulier, pénible et insistant, surgit inopinément dans sa mémoire. Elle revoyait sa tante

Hélène en train d'aider Joseph à laver et vêtir convenablement la dépouille mortelle de Rébecca avant de l'exposer sur des planches placées sur deux tables, au milieu du salon. La sœur et le frère se disputaient parce que Joseph voulait passer une robe rouge à sa femme et qu'Hélène prétendait qu'il était inconvenant d'habiller une morte dans une couleur aussi flamboyante. « Tu n'y penses pas, Joseph, habiller ta femme de la couleur du sang ! Et même de l'enfer ! » Joseph avait rétorqué d'une voix sifflante : « Ça lui va mieux que ton bleu ciel ou ton blanc pureté ! » Au bout du compte, on avait opté pour enfiler à la pauvre mère une blouse blanche brodée de fleurs multicolores, ce qui avait contenté tout le monde. Impressionnée, Marguerite n'avait rien compris aux arguments des deux opposants, et elle avait mis du temps à reléguer cette scène aux oubliettes. Et voilà que tout à coup, sans crier gare, elle retrouvait tous ces gestes et ces mots qui l'avaient laissée perplexe.

— Mon père ? Euh… il va bien. Il se trouve toujours en Nouvelle-Angleterre. À Concord, New Hampshire, plus précisément.

— Ah bon ! Il travaille là-bas, je suppose ? A-t-il refait sa vie avec une autre femme ?

— Non, non, il est demeuré veuf.

La tante releva-t-elle la gêne qui se répandait tout à coup sur le visage de ses nièces ? Elle entreprit finalement de se renseigner sur l'existence quotidienne des trois sœurs, « les plus mignonnes de la Terre quand elles étaient petites ». Marguerite se demanda si elle changeait de sujet par délicatesse ou par indifférence à l'égard de son frère.

Chacune y alla de son histoire personnelle, brièvement résumée et quelque peu embellie. Anne ne s'attarda pas longuement sur sa dernière fausse couche mais fit l'éloge d'Élisabeth, de Philippe et de leur père, journaliste aux États-Unis. Camille se vanta d'être la meilleure vendeuse de Montréal sans spécifier qu'on l'avait congédiée quelques jours auparavant. Marguerite, quant à elle, annonça sa grossesse actuelle en évitant de mentionner le statut de prêtre défroqué de son mari. Elle se contenta de le présenter comme un pasteur de l'Église baptiste.

En apprenant ces nouvelles, la tante ne cessait de s'exclamer. Quoi ? Anne était déjà mère de deux petits ! Quoi ? Marguerite avait épousé un ministre protestant et attendait un deuxième enfant ! Quoi ? Camille savait jouer du piano ! Quoi ? Les trois sœurs étaient parfaitement bilingues !

— Et vous, ma tante ? Parlez-nous de vous.

À vrai dire, Hélène Tremblay, belle femme au début de la cinquantaine, leur paraissait fort avenante et sympathique. Elle avait mis au monde dix enfants, tous casés maintenant, et elle était déjà grand-mère de treize petits-enfants. Même le plus jeune, Alfred, leur charretier de la veille, attendait un premier enfant pour le mois suivant. Employé à la scierie de la Price Brothers's & Co., il arrondissait ses revenus en conduisant les voyageurs et leurs bagages à l'arrivée des bateaux ou en acceptant quelques contrats de transport à l'extérieur de Chicoutimi. Après le départ de sa progéniture, Ludger Tremblay, le mari d'Hélène et père de toute cette famille, avait vendu sa terre de Grande-Baie pour ouvrir, assisté de sa femme, un magasin général à Chicoutimi, sur la rue Racine. Au-dessus du commerce, on avait aménagé un vaste et confortable logement où le couple habitait toujours.

Hélène semblait couler des jours sans histoires au cœur de ce dur pays de colonisation. Si le magasin faisait de bonnes affaires au cours de l'été grâce aux nombreux touristes qui ne manquaient pas de profiter du beau temps pour visiter leurs familles, on ne pouvait en dire autant quand les temps froids survenaient. La petite communauté de Chicoutimi, isolée et laissée à l'abandon, n'avait pas le choix de se replier sur elle-même. Le magasin général devenait alors le lieu de rencontre où on réglait tous les problèmes de l'univers et où couraient toutes les informations, nouvelles, racontars, rumeurs et ragots. La boutique constituait le site idéal pour les commères de la place auxquelles la tante Hélène semblait du genre à prêter une oreille attentive et complaisante. Il fut à peine question de Léontine qui tenait toujours une boulangerie à Bagotville, entre Chicoutimi et Grande-Baie. Les sœurs Laurin se gardèrent bien de demander des précisions à son sujet et sur sa famille.

— Écoutez, les filles, il n'est pas question de dépenser votre argent pour dormir à l'hôtel. Refaites vos valises, on s'en va chez nous. Ludger va venir nous chercher avec sa berline dans moins d'une demi-heure. Et demain, c'est lui qui va vous mener à Grande-Baie. Aujourd'hui, lui et moi allons vous faire visiter Chicoutimi. Si vous êtes d'accord, bien sûr !

Marguerite n'avait pas prévu cette tournure des événements. Depuis belle lurette, le mot « famille » n'évoquait plus pour elle que les êtres très proches, père, mère et sœurs. La notion de parenté n'avait pas d'extension et ne signifiait rien. Bien sûr, les sœurs Laurin avaient connu leur tante Léontine et les siens à Lowell, mais leur rapatriement au Québec les avait à ce point soulagées que, d'emblée, elles avaient mis une croix sur le mot « parenté ». Certes, Marguerite s'était longtemps languie de ses grands-parents, suite à leur passage à Baie-Saint-Paul, au moment de leur fuite vers les États-Unis. Cependant, quelques mois plus tard, quand Léontine avait parlé de la maladie grave de la vieille madame Laurin, la fillette avait volontairement tenté d'oublier ses grands-parents qu'elle ne reverrait probablement jamais. Au moment de partir en exil, on devait renoncer, semblait-il, à tout ce qui s'appelait famille, surtout la famille élargie. Le grand-père et la grand-mère avaient effectivement trépassé peu de temps après, Hélène venait de le confirmer.

En revenant dans sa région natale, Marguerite ne s'attendait pas à tomber sur des membres de la parenté. Ce matin, par contre, à l'instar d'Anne et de Camille qui paraissaient enchantées de cet imprévu, elle enfouit avec une excitation mal retenue sa robe de nuit et sa brosse à dents au fond de son sac, prête à déménager ses pénates sur la rue Racine, chez cette charmante tante qu'elle venait à peine de découvrir. Advienne que pourra !

Hélène ne prononça pas le nom de Joseph de la journée, et les trois sœurs en firent autant. S'agissait-il d'un hasard ou bien d'un évitement volontaire ? Personne ne s'en formalisa. On admira les principaux édifices de Chicoutimi, la cathédrale nouvellement rénovée, le séminaire, l'hôpital Hôtel-Dieu de Saint-Vallier. L'oncle leur fit admirer l'évêché, superbe bâtisse de briques rouges et aux arêtes de pierre, récemment terminée, puis il fit remarquer le couvent du Bon Pasteur pour jeunes filles, avec ses corniches et son toit français. La tante raconta que le secteur de l'est de la ville avait failli devenir la proie des flammes au mois de juin précédent, parce qu'on avait boucané de la viande trop près d'un hangar rempli de bois. L'équipée trouva même le temps de prendre la barge pour traverser de l'autre côté du Saguenay, question de jeter un coup d'œil à Sainte-Anne et ses manufactures de tinettes à beurre et de scies à douelle.

À l'heure du souper, toute la famille se réunit devant la traditionnelle omelette de lard salé. On discuta longuement d'éducation, de santé, de politique, mais on évita le sujet de la religion, sans doute par délicatesse pour Marguerite, mariée à un protestant. On traita plutôt de la difficulté des colons à se consacrer à l'agriculture à cause des sols très accidentés et peu fertiles de la région, et on reprocha au climat trop rigoureux de causer des gelées hâtives avant la fin des récoltes. On parla aussi de l'industrie forestière appartenant aux Anglais, gagne-pain d'une grande partie de la population francophone, des scieries qui ouvraient un peu partout, sans oublier de mentionner la montée des fromageries et de la cueillette industrielle des bleuets sauvages qu'on appelait la « manne bleue ».

Ludger, grand bonhomme bedonnant, tempes grises et lunettes sur le bout du nez, arborait des allures de bon vivant. Il ne manquait jamais de tirer par deux fois sur sa pipe avant d'exprimer son opinion d'une voix calme et posée. En l'examinant, Marguerite eut une pensée pour Joseph. Si seulement son père avait ressemblé à cet homme-là : paisible, réfléchi, affable et joyeux. Et combien rassurant ! Tout le contraire de son paternel !

La tante Hélène ne remit sur le tapis le sujet du père de ses nièces que tard dans la soirée, au moment de les installer pour la nuit. Avec l'aide d'Anne et de Marguerite, elle venait tout juste d'étendre des draps propres dans le grand lit de la « chambre de la visite ». Camille, elle, devrait se tracer un chemin jusqu'au sofa à travers l'encombrement de la pièce attenante qu'on appelait le boudoir, mais qui servait ni plus ni moins à prolonger la remise trop exiguë du magasin.

— Dites donc, les filles, mon frère travaille-t-il toujours dans les chantiers pendant l'hiver, comme il le faisait autrefois ?

— Non, ma tante. Papa ne travaille plus depuis plusieurs années. Il… il…

— Il n'est pas malade, toujours ?

— Euh… physiquement, il se porte bien.

— Alors ? Il se fait vivre par une riche héritière ?

Anne, plus courageuse que ses sœurs, ou tenant moins à cœur à la réputation de Joseph, se décida à dévoiler la vérité.

— Papa est en prison, ma tante. Pour avoir mis le feu à un hôtel et proféré des menaces de mort envers un jeune détraqué qui l'avait lui-même menacé.

— Il a mis le feu à un hôtel ? Dieu du ciel !

— Vous savez, l'histoire ne dit pas s'il l'a fait exprès ou non. Il ventait très fort, ce soir-là, paraît-il.

La tante Hélène devint aussi blanche que les draps du lit et dut s'agripper à la commode pour ne pas perdre pied. Intriguées par sa réaction, les filles la firent asseoir, mais elle mit quelques minutes avant de retrouver ses esprits. Elle demanda alors, d'une voix chevrotante, si Joseph, durant toutes ces années, leur avait déjà parlé de l'incendie de leur maison.

Cette fois, c'est Marguerite qui se sentit pâlir, de peur que sa tante ne lui fournisse des précisions et ne lui confirme une vérité dont elle se doutait un peu et qu'elle n'avait pas du tout envie d'entendre révéler.

— Non. Papa détestait qu'on revienne sur le passé. Il n'était sûrement pas au courant que notre maison avait été incendiée avec le corps de notre mère à l'intérieur, la nuit de notre départ. Il a paru vraiment surpris et consterné quand Léontine lui en a parlé, à Lowell, quelques mois plus tard. J'ai moi-même remarqué une grande tristesse sur son visage, à ce moment-là. Et il a même essuyé une larme, lui qui devait croire maman bel et bien enterrée en terre chrétienne, derrière l'église. Sans doute voyait-il, dans la maison brûlée, le signe que nous ne retournerions plus jamais chez nous…

— Ah bon. Tu es certaine de ce que tu avances : il ne savait rien au sujet de cet incendie ?

— Oui, certaine.

— Ça me rassure, ma fille…

15

La charrette tanguait sur le chemin cahoteux entre Chicoutimi et Grande-Baie. La vieille picouille de l'oncle Ludger avançait à pas de tortue. En voyant défiler le paysage d'abord plat et ennuyeux, puis de plus en plus accidenté le long du rang de l'Anse-à-Benjamin, Marguerite se disait qu'ils n'en finiraient jamais de parcourir la douzaine de milles qui séparaient les deux villes.

Sans vraiment s'en rendre compte, et sans se concerter, les trois sœurs s'étaient automatiquement installées aux mêmes places qu'elles occupaient lors de leur interminable voyage avec leur père, en route vers la Nouvelle-Angleterre : les deux grandes derrière, Anne à droite, Marguerite à gauche, et Camille juchée sur le banc à côté du conducteur. Si Joseph portait autrefois un vieux galurin de feutre bien enfoncé, l'oncle, lui, arborait un large chapeau de paille décolorée qui menaçait de s'envoler à chaque soubresaut causé par la route mal entretenue.

Heureusement, Ludger Tremblay avait la parole facile et, ce matin-là, l'entrain ne lui manquait pas. Il se retournait constamment pour commenter ici un site ou un panorama, là une ferme, ou pour apporter des renseignements sur le gagne-pain des habitants du canton. La plupart passaient l'hiver à couper le bois dans les nombreux chantiers de l'arrière-pays, et l'été, à travailler à une exploitation agricole difficile, à la merci des intempéries et des caprices du marché. Entre les deux saisons, certains faisaient la drave pour mener les billots jusqu'aux scieries, d'autres travaillaient dans les rares *factories* qui existaient, scieries, crémeries, fromageries, tout cela pour des salaires de crève-faim. Mais de nouvelles usines poussaient maintenant çà et là et réalisaient de plus en plus de réels progrès. Notamment, une entreprise de bois de fuseau, installée justement à Grande-Baie et appartenant à un type de la place, paraissait des plus florissantes.

Camille semblait écouter religieusement son nouvel oncle, et Marguerite eut l'impression qu'un rapport d'affection était en train de s'installer entre Ludger et sa jeune nièce, comme si la présence paternelle d'un homme d'un certain âge manquait toujours à la « princesse ». Ou plutôt comme si la pauvre tentait inconsciemment de remplacer son cher Joseph dont elle n'arrivait pas encore à assumer l'éloignement, tel un deuil.

De temps à autre, une volée d'outardes brodait sur le ciel clair des points de croix en forme de larges flèches désignant la direction du sud. « La direction des États-Unis, se disait Marguerite. La direction de l'enfer ! » Les souvenirs de son séjour chez les Américains gardaient encore pour l'aînée les couleurs sombres du malheur. Aux États-Unis, on l'avait exploitée et abandonnée. Elle y avait connu la misère et la solitude. Bien sûr, elle avait rencontré là-bas son Antoine chéri, mais les débuts de cette liaison s'étaient avérés des plus difficiles. Jamais elle ne cesserait de se féliciter d'avoir installé ses pénates à Montréal pour y élever ses enfants. De plus en plus, ce voyage dans la région du Saguenay l'aidait à prendre conscience de son véritable « chez-nous », dans son pays à elle, parmi les siens, auprès de ceux de sa race. Elle caressa son ventre, submergée par une bouffée d'émotions.

Puis elle jeta un coup d'œil à Anne dont la tête dodelinait mollement au rythme de la charrette. Elle lui parut profondément absorbée dans ses pensées. Elle, jadis si bavarde et pleine de vie, était devenue silencieuse et introvertie. Depuis son arrivée à Montréal, Marguerite l'avait rarement entendue rire. Évidemment, il y avait cette fausse couche toute récente et la consigne du médecin de ne plus retomber enceinte. Mais ce voyage aurait dû lui faire oublier tout ça. Momentanément, du moins. Et puis, n'avait-elle pas déjà deux autres enfants pour entretenir son bonheur? Et un mari qui l'adorait malgré ses trop nombreuses absences?

Le fait d'évoluer dans une bulle, isolée du reste de sa famille et dans un pays étranger aux coutumes et aux mœurs différentes, ne devait sans doute pas s'avérer une sinécure pour cette pauvre Anne, songea Marguerite. Osciller continuellement entre devenir une véritable Américaine et s'entêter à conserver sa culture canadienne-française envers et contre tout, devoir choisir chaque jour entre sa langue maternelle et l'anglais dès qu'elle mettait les pieds hors de chez elle, vivre auprès d'un mordu de nationalisme comme Pierre Forêt alors qu'elle-même n'avait jamais vraiment développé de sentiment d'appartenance ni aux États-Unis ni au Canada, tout cela devait lui gruger le moral à la longue. Marguerite sentit son cœur se dilater. Un peu plus et elle aurait pris sa sœur dans ses bras en la suppliant de rester à Montréal pour vivre à nouveau auprès de ses sœurs.

Vers la fin de l'avant-midi, on fit une pause afin de casser la croûte car la tante Hélène avait gentiment préparé un panier rempli de victuailles. En dépit de leurs larges chapeaux pour se protéger du soleil, les filles suaient à grosses gouttes, et le teint de lait des deux aînées prenait des couleurs dangereusement rougeoyantes. Qui aurait cru vivre une telle canicule en septembre, dans ce coin de pays si nordique ?

— On arrive bientôt, les filles, découragez-vous pas ! Dès qu'on aura pris le tournant, là-haut, on aura une vue magnifique sur la baie. Vous allez voir comme c'est beau.

— On est né loin, mon oncle !

— Ah oui ? Et loin de quoi ?

L'oncle éclata de rire, d'un grand rire gras et bruyant. D'un rire contagieux et réconfortant. Du rire vrai d'un homme vrai, simple et serein. Toutes se mirent à l'imiter et à rigoler. Oui, elles étaient nées très loin, en effet ! Et dans quelques minutes, elles allaient retrouver ce lieu où elles avaient d'abord pris racine, là même où elles avaient lancé leur premier cri et où un père et une mère les avaient aimées, choyées, élevées normalement dans un univers normal, comme tous les enfants normaux du monde. À tout le moins, c'est la vision qu'elles gardaient de leur passé.

Marguerite s'essuya les yeux d'un geste furtif. Un peu plus et son rire allait se transformer en sanglots. À ses côtés, ses sœurs avaient elles aussi cessé de rire et même de bavarder. Était-ce l'émotion ? Ou le sentiment trouble de se retrouver bientôt dans leur ancien « chez-nous » ?

Un silence à couper au couteau envahit la charrette. Seul le vent, ce grand porteur de tourmente autant que de chants d'espoir, se permit de siffler malicieusement à leurs oreilles.

— Bon, nous y voilà ! Écoutez, les filles, j'ai affaire au village. Je vous dépose chez vous et je reviens vous chercher, disons... dans une heure. Qu'en pensez-vous ?

« Chez vous ! », il avait dit « chez vous » ! Marguerite fut reconnaissante envers son oncle pour cette délicatesse de les laisser seules afin de prendre possession de cet endroit sacré. Réveiller leurs souvenirs nostalgiques et surtout se recueillir au-dessus des cendres de leur chère mère se devaient d'être vécus sans témoin et entre elles. Seulement elles.

Une fois l'église de Saint-Alexis dépassée, le convoi s'engagea enfin sur le chemin Saint-Bruno. Après avoir roulé une vingtaine de minutes, l'homme montra du doigt, sur le bord de la route, un terrain vague envahi par de hautes herbes. Quelques champs défrichés l'entouraient et une forêt dense et touffue le délimitait d'un côté et à l'arrière-plan. Seule une maison de ferme séparée par un petit boisé à quelques centaines de pieds sur la droite témoignait de la présence humaine dans cet endroit isolé.

— C'est ici. La maison se trouvait à cet endroit, exactement derrière cet érable.

Malgré elle, Marguerite jeta un regard scrutateur sur le grand arbre aux feuilles d'or agitées par le vent, celui-là même qui montait autrefois la garde devant leur maison. Elle trouva le géant plus colossal que dans ses souvenirs, mais la balançoire suspendue à l'une des branches ne s'y trouvait plus. Avant de partir, l'oncle ajouta un dernier renseignement.

— Si vous examinez attentivement le sol, vous dénicherez peut-être quelques pierres résiduelles de la fondation. La maison a brûlé de fond en comble, vous savez, et ce fut une perte totale. Quant à votre mère…

Ludger se mit à tousser légèrement et sembla hésiter à révéler de nouveaux détails au sujet de Rébecca. Puis il secoua allégrement la tête et se lança.

— Quant à votre mère, mes pauvres enfants, on n'a jamais pu récupérer ses restes puisque l'incendie a tout détruit. Monsieur le curé a dû venir célébrer ses funérailles ici même, quelques jours après votre départ, le temps de laisser refroidir les décombres. Le site de la maison et le jardin derrière ont été laissés à l'abandon depuis ce temps. Par contre, ces dernières années, les champs des alentours qui, soit dit en passant, appartiennent toujours à la famille Laurin, sont cultivés par l'unique voisin, moyennant un certain loyer payé au conseil de famille en attendant le retour de votre père. Comme il ne nous a jamais donné son adresse aux États, nous avons cru bon de procéder de la sorte. C'est votre tante Léontine qui se charge d'administrer les montants d'argent.

Quoi ? Jamais l'idée que la terre puisse toujours appartenir à Joseph n'avait effleuré l'une ou l'autre des filles. En aucun temps, leur père ne leur en avait parlé ou avait révélé quoi que ce soit concernant le fameux incendie. Comme Marguerite l'avait formellement assuré à sa tante la veille, Joseph semblait avoir appris la tragédie en même temps qu'elles, de la bouche de Léontine, à Lowell. Par la suite, il n'avait plus été question de Grande-Baie, et encore moins d'un retour éventuel au Canada. Joseph avait toujours catégoriquement refusé de discuter du sujet. L'espace d'une seconde, Marguerite songea au minuscule terrain accidenté qu'il s'était procuré à gros prix dans la banlieue de Colebrook, et sur lequel il avait projeté de bâtir la maison de ses rêves. Pauvre Joseph… S'il savait que ses trois filles se trouvaient à ce moment précis à l'emplacement même de sa ferme du Saguenay, emplacement qui semblait toujours lui appartenir, il n'en reviendrait pas !

Abasourdies, les sœurs descendirent de la charrette et se contentèrent de saluer leur oncle en hochant la tête. Puis elles restèrent là, immobiles sur le bord du chemin, n'osant s'avancer sur cet espace couvert de ronces où elles avaient connu leurs rares années de bonheur, ce lieu précis d'où on les avait arrachées sans leur demander leur avis, ce lieu qui avait englouti leur mère pour l'éternité.

Des rafales de vent secouaient les hautes herbes brûlées par le soleil, et les fleurs sauvages d'automne se balançaient joyeusement en dégageant un parfum capiteux. Un parfum que les jeunes femmes retrouvaient avec un plaisir soudainement renouvelé. À la vérité, aucune n'avait oublié l'odeur du jardin de leur mère en septembre. Comment oublier les effluves du bonheur et de la liberté des enfants qui courent joyeusement et sans soucis à travers les champs ?

Anne se mit à pleurer.

— Maman dort dans un bel endroit.

Il n'en fallait pas plus pour que les deux autres l'imitent et commencent à larmoyer elles aussi.

— Pauvre maman, elle n'a pas eu de tombe ni de croix blanche au cimetière.

Camille, qui n'avait que six ans au moment du drame, se souvenait très peu de Rébecca.

— Moi, je préfère savoir maman ici, en pleine nature. Les cimetières me semblent trop lugubres et déprimants !

Anne se jeta tout à coup à genoux et, à la grande stupéfaction de ses sœurs, elle se pencha au-dessus de la terre à laquelle elle s'adressa à voix haute.

— Bonjour, maman... Nous vois-tu? Nous reconnais-tu? Regarde comme on a grandi. Tu es grand-mère maintenant, le savais-tu? Tu as trois petits-enfants, maman, et bientôt quatre. Peut-être es-tu en train de bercer, tout là-haut, celui que je viens de perdre... Oh! réponds-moi, réponds-moi, ma petite maman, s'il te plaît. On a un peu perdu papa, tu sais. Et toi, tu nous as tellement manqué! M'entendais-tu, autrefois, quand je pleurais sur la route de Lowell et que je t'appelais à notre secours? Réponds-moi, je t'en prie. Je pense que je suis venue ici un peu pour ça, te retrouver et te dire ce que j'ai sur le cœur. Te dire que je t'aime encore...

Un grand oiseau blanc traversa tout à coup le ciel en lançant des cris étranges. Un oiseau inconnu que nulle ne réussit à identifier. Était-ce là un signe de Rébecca? Déroutées, les trois sœurs tombèrent dans les bras les unes des autres, submergées par cette douleur brutalement ravivée au plus profond d'elles-mêmes et qu'elles avaient crue éteinte. Une douleur inconsolée et toujours vivante. Une douleur toujours cruellement insupportable : le silence de leur mère.

— Maman...

En creusant du bout des doigts à l'endroit exact où se trouvait la maison, on dénicha effectivement quelques roches vermoulues, vestiges de la cheminée éparpillés et à demi enfouis dans le sol. À partir de là, elles réussirent à déterminer précisément où se trouvait l'entrée de la maison, celles du salon et de la cuisine, les chambres étant situées à l'étage. Étonnamment, le rosier rustique planté devant la galerie et particulièrement affectionné par Rébecca avait survécu, quoique chétif et rabougri, à moitié étouffé par les foins. Chaque année, au moment de son anniversaire en juin, la mère surveillait son rosier pour savoir s'il allait lui offrir ses premières roses de l'année en guise de cadeau.

Étrangement, en cette journée de fin d'été, sans doute l'une des dernières, trois roses seulement émergeaient à travers les ronces, trois roses éclatantes de fraîcheur et de beauté au-dessus desquelles voltigeait un papillon blanc. Naturellement, les sœurs ne manquèrent pas d'y voir un autre signe.

— Maman nous attendait. Ces trois fleurs sont pour nous ! Peut-être même nous représentent-elles...

Anne affirma, en reniflant, qu'elle tenait absolument à revenir dans cet endroit afin de le fixer sur un tableau avant son retour aux États-Unis.

— Moi, renchérit Marguerite, j'aimerais bien retrouver le chemin de l'école du rang. Si je me rappelle bien, il fallait marcher longtemps dans cette direction-là, puis tourner une fois ou deux à gauche avant d'atteindre la petite maison blanche.

— Moi, ajouta Camille, je ne me rappelle pas grand-chose, mais j'aimerais bien habiter dans un endroit comme celui-ci.

— Es-tu sérieuse ? Toi, une fille de la ville ?

— Pourquoi pas ? Je me sens bien, ici.

La jeune citadine, d'abord de Colebrook, puis de Lowell et finalement de Montréal, et sur le point de mal tourner ces derniers temps à cause d'un mauvais garnement, voyait-elle dans ce rêve de vie à la campagne une échappatoire à la vie malsaine dans laquelle elle était en train de se perdre ? La simplicité des gens de la région et leur bonhomie l'avaient-elles séduite ? Ou bien était-ce le calme et la paix émanant de ces paysages qui la fascinaient ?

Marguerite lui lança un regard interrogateur. Sa sœur n'était peut-être pas faite pour la vie trépidante de la ville, après tout. De là pouvaient provenir son instabilité et ses égarements. Elle n'eut pas le temps de réfléchir plus longuement. À leur insu, un inconnu s'était approché sur le chemin et se mit à les interpeller de loin.

— Hé ! Qu'est-ce que vous faites là ? Vous êtes sur un terrain privé, ici ! Puis-je savoir ce que vous cherchez, mesdemoiselles ?

16

La foule se pressait sur le perron du couvent du Bon Pasteur. La présentation d'une pièce de théâtre constituait toujours un événement d'importance pour les habitants de Chicoutimi et de la région. De simples amateurs étaient les acteurs, mais certains possédaient un réel talent et tous y mettaient tant de zèle et d'ardeur qu'au bout du compte, le spectacle s'avérait la plupart du temps original et d'assez bonne qualité.

Ce soir-là, on jouait *Le Malade imaginaire* de Molière, et les sœurs Laurin s'étaient concertées pour offrir des billets au couple Tremblay en guise de remerciement pour leur hospitalité généreuse et spontanée. Hélène avait revêtu sa plus belle robe et l'oncle Ludger était méconnaissable dans son habit nouvelle mode, long gilet jaune, large col et boutons d'écaille.

Au moment de pénétrer dans la grande salle bondée, on croisa par hasard le fermier rencontré la veille à Grande-Baie, celui-là même qui s'était approché pour s'enquérir de ces étrangères qui osaient s'aventurer sur un terrain qui ne leur appartenait pas. Il s'était identifié par son nom, Étienne Beauchêne, propriétaire de l'unique ferme voisine de la terre des Laurin.

La veille, une fois leur frayeur surmontée, Anne et Marguerite avaient reconnu l'un de leurs compagnons de jeu d'autrefois. Elles n'en revenaient pas ! Jamais elles ne se seraient attendues à ce genre de rencontre. Le jeune homme, lui-même à la joie de retrouver ses anciennes amies, avait ouvert les bras pour les embrasser. Émues de tant d'effusion, elles avaient eu peine à retenir leurs larmes. Un représentant concret de leur passé venait d'apparaître, plus grand que nature. Et plus beau aussi…

Au cours de cette rencontre, Camille avait regardé la scène sans trop réagir, ne dénichant dans les carnets de sa mémoire qu'une image floue du fascinant personnage de quelques années plus âgé qu'elle et qui lui souriait gentiment. Elle se souvenait de s'être rendue à quelques reprises dans la maison des habitants d'à côté en compagnie de Rébecca, mais les jeunes Beauchêne, orphelins de mère, se trouvaient aux champs ou à l'école, la plupart du temps.

En face de ce garçon, Anne avait curieusement retrouvé, une fois de plus, son exubérance de jadis et raconté avec force détails les péripéties de leur émigration aux États-Unis. De son côté, Étienne, le plus jeune des Beauchêne et toujours célibataire, leur avait appris que, pour l'instant, il vivait seul avec l'aînée de la famille. Leur père, Roméo, veuf depuis de nombreuses années et décédé récemment, lui avait fait une donation notariée de la ferme familiale à la condition de loger et de nourrir sa sœur, tant et aussi longtemps qu'elle ne dénicherait pas un mari. Elle le méritait bien, cette chère Eugénie, puisqu'à la mort de leur mère, elle avait pris la relève pour élever ses sept frères et sœurs. Au début de la quarantaine, la grande sœur semblait de moins en moins en passe de trouver chaussure à son pied. En ce moment, Étienne et elle s'occupaient ensemble de l'exploitation agricole, des animaux et de la vieille maison de ferme du chemin Saint-Bruno.

À un moment donné, une ombre avait semblé passer sur le visage du jeune homme.

— Dites donc, êtes-vous revenues à Grande-Baie parce que votre père a l'intention de reprendre sa terre dans un avenir rapproché ?

— Ah, mon Dieu, non !

Si Marguerite se voulait rassurante, elle s'était tout de même gardée de dévoiler la vérité au sujet de Joseph encore en prison pour les quatre prochaines années.

— Vous pouvez continuer à exploiter les… euh… à louer nos terres, papa réside à Concord et il y restera sûrement encore longtemps. Il n'a d'ailleurs jamais parlé de revenir dans la région. Nous sommes simplement venues par curiosité, à la recherche de notre passé. Peut-être bien aussi pour prier sur les cendres de notre mère et faire notre deuil de cet endroit béni dans nos souvenirs. Nous sommes parties si vite, vous comprenez.

Un silence lourd s'était installé, vite rompu par Étienne qui s'était empressé de changer de sujet.

Il leur avait rappelé leurs jeux de cache-cache dans les bottes de foin et leurs glissades sur les pentes enneigées de la colline, de l'autre côté du chemin. Les filles avaient apprécié son tact et sa délicatesse, et tous s'étaient finalement quittés sur une note joyeuse, non sans se serrer la main avec une certaine émotion, convaincus de ne plus jamais se revoir.

Mais voilà que le lendemain soir, dans le hall d'entrée du couvent, le même jeune homme réapparaissait, encore plus séduisant que la veille. Chevelure noire propre et luisante, grands yeux bruns ardents, barbe bien taillée, chemise blanche empesée, le rustre paysan s'était métamorphosé en homme du monde. Une femme passablement plus âgée que lui l'accompagnait. « Sans doute sa sœur, songea Marguerite, mais elle a plutôt l'air de sa mère ! »

Étienne tendit aussitôt une main avenante.

— Tiens, tiens, mes anciennes voisines ! Bonsoir Marguerite, bonsoir Anne, bonsoir jolie Camille ! Bonsoir monsieur et madame Tremblay, comment allez-vous ?

Cette fois, pas de bise non plus. On se contenta de se saluer poliment.

— Puis-je vous présenter ma sœur Eugénie ? Eugénie, voici les sœurs Laurin dont je t'ai parlé hier soir.

La femme salua froidement sans prononcer une parole. « Assurément une vieille fille haïssable », se dit Anne, sans se douter que Marguerite pensait la même chose. L'une et l'autre ne se rappelaient que vaguement Eugénie et elles n'en revenaient pas que cette grande efflanquée, maigre comme une échalote et à la voix éraillée, ait élevé jadis sept enfants, les faisant obéir au doigt et à l'œil. Camille, de son côté, avait l'impression de la rencontrer pour la première fois.

Une religieuse agita une clochette afin d'interrompre les conversations. Le spectacle allait commencer dans quelques minutes, et on priait les spectateurs de bien vouloir se choisir une chaise dans la salle de récréation aménagée pour la circonstance.

Camille sentit son cœur palpiter quand elle vit Étienne s'installer de biais dans la rangée d'en avant. Elle ne le quitta pas des yeux tout le temps du premier acte, incapable de se concentrer sur l'intrigue qui déclenchait à tout moment des rires dans l'auditoire. Le garçon ne l'avait-il pas appelée « jolie Camille » ? À côté de cet homme à l'air doux, mature et déjà bien installé dans la vie, son cavalier violent et malhonnête de Montréal ne supportait pas la comparaison. Quel dommage que cet Étienne vive à deux cent soixante-dix milles plus au nord !

Au moment de l'entracte, tous se retrouvèrent dans le vestibule, à l'entrée de la salle. À la grande déception de la benjamine, l'oncle Ludger accapara le fermier et ne cessa de s'entretenir d'affaires avec lui, tandis que les autres émettaient des commentaires sur la représentation. De toute évidence, les Tremblay et les Beauchêne se connaissaient bien, sans doute à cause du magasin général. La « jolie Camille », hélas, semblait ne plus exister.

À la fin du spectacle, quand Hélène, bonne dame, offrit à Étienne et Eugénie de venir terminer la soirée à la maison avant de retourner à Grande-Baie, « pour goûter à la meilleure tarte aux bleuets du canton », ils refusèrent poliment.

— Merci beaucoup, madame Tremblay, mais un de nos frères de Chicoutimi nous a offert d'aller dormir chez lui et il nous attend. Ce sera pour une autre fois.

Camille poussa un soupir de déception. Adieu veau, vache, cochon, couvée et... bel ancien voisin ! De toute manière, l'homme habitait à Grande-Baie, il ne servait à rien d'entretenir des illusions à son sujet et de s'imaginer le séduire. Cependant, au moment de partir, Étienne se tourna spontanément vers les trois sœurs pour s'informer de leurs prochaines activités avant leur départ définitif. C'est Anne qui prit la parole, une fois de plus.

— Nous repartirons pour Québec par le bateau à vapeur dans trois jours. De là, mes sœurs prendront le train vers Montréal tandis que moi, je filerai sur celui du Grand Tronc jusqu'à Lowell. J'ai bien hâte de revoir mon mari et mes petits, vous pensez bien ! Mais demain matin, si c'est possible, je vais essayer de trouver quelqu'un pour me ramener à Grande-Baie. J'ai tellement envie de peindre le site de notre ancienne maison, ce lieu qui sert aussi de sépulture à notre mère. Je voudrais tant fixer cet endroit impressionnant sur la toile afin de ne jamais l'oublier. Dieu sait quand je reviendrai ici, si jamais je reviens ! Heureusement, l'oncle Ludger dispose dans son entrepôt de tout le matériel nécessaire à un artiste peintre.

— Vous peignez ? Intéressant ! Écoutez, ça adonne bien, je dois rentrer chez nous très tôt, demain matin. Vous pourriez monter avec moi et là-bas, il se trouvera certainement quelque bonne âme pour vous ramener. Le postillon, par exemple, retourne toujours à Chicoutimi en fin de journée. Par contre, ma sœur Eugénie ne sera pas du voyage car elle doit demeurer ici quelques jours pour garder les enfants d'une belle-sœur sur le point d'accoucher.

— Dans ce cas, Marguerite et Camille pourraient-elles m'accompagner ?

— Certainement ! Il y a suffisamment de place dans ma charrette.

« Ah ! Ah ! pensa Camille, il reste encore de l'espoir ! Cette fois, la balle est dans mon camp. À nous deux, mon beau ténébreux… »

Le lendemain matin, la même scène se reproduisit sur le chemin de Grande-Baie : la plus jeune des sœurs Laurin assise sur la banquette avant, riant et bavardant joyeusement avec celui qui tenait les rênes, tandis que les deux autres somnolaient au fond de la voiture, taciturnes et le regard perdu sur le paysage plutôt monotone balisant la route.

En voyant Camille user de son charme pour séduire le jeune fermier, Marguerite songea au destin par lequel l'âme navigue au gré des vents et marées. Vents de tempête ou vents favorables… Quelle était donc cette force inextricable qu'on appelait le destin, puissante et redoutable, et à laquelle l'existence soumettait tous les êtres hors de leur volonté ? Jusqu'à quel point les humains détenaient-ils le pouvoir de contrôler leur navire, même en gardant une main ferme sur le gouvernail ? Qui sait si sa sœur n'était pas sur le point d'être emportée inconsciemment vers un tournant imprévu ?

Quant à Anne, en ce matin chaud et ensoleillé, quelle forme donnerait-elle au vide qu'elle allait peindre sur sa toile ? Comment le concrétiser, ce vide, à l'aide d'un simple pinceau, comment matérialiser l'absence d'une mère et la dislocation dramatique d'une famille ? De quelle manière dessiner, sur un rectangle vierge, une enfance perdue, cet espace vacant créé par l'ambition d'un père, ce barbouilleur de maisons rasées et de rosiers moribonds ? Comment traduire l'effet d'une destinée troublée ? L'érable l'avait pourtant défiée, lui, cette tempête, et il avait continué de grandir envers et contre tout, comme le témoin insolent de la vie qui continuait. Une vie soumise à la fatalité que chacun tentait d'influencer à sa chancelante et maladroite manière...

Marguerite frissonna. Soudain, sans qu'elle s'y attende, elle perçut un faible mouvement au creux de ses entrailles. Un mouvement à peine perceptible, silencieux, dérobé. Le premier cadeau d'un enfant à sa mère. Un cadeau pour elle seule. Pour la première fois, elle sentait son bébé bouger, là, bien vivant. Petit être innocent, déjà à la merci de son destin. Vivrait-il longtemps, vivrait-il heureux? Elle sentit jaillir une bouffée d'amour et se jura que jamais cet enfant n'aurait à souffrir à cause des désirs fous de sa mère ou des idées saugrenues de son père. Ni de leur égoïsme.

Tout à coup, un grand ennui d'Antoine la saisit. Ah ! lui confier sa joie intime et secrète, et prendre doucement sa main chaude pour la porter à son ventre... Encore quelques jours et elle se retrouverait dans ses bras, cet être pur dont la grandeur d'âme et la force morale, dont la foi inébranlable surtout, devaient assurément détenir un certain pouvoir sur cette fameuse destinée. Auprès de lui, elle ne craignait pas les aléas du lendemain. Maintenant, ni le passé ni le futur ne lui importaient. Appuyée contre l'épaule solide de son homme, elle préférait mordre dans le présent à belles dents.

Une fois rendus sur place, dans le petit rang serpentant derrière le village de Grande-Baie, Anne ne mit pas de temps à installer son chevalet et à sortir ses tubes de couleurs.

— Le tableau existe déjà vaguement dans ma tête.

Les deux sœurs n'eurent pas le temps de répondre que déjà Étienne leur tirait sa révérence.

— Bon, moi, les filles, je retourne chez moi. Mon remplaçant doit s'impatienter. Je vous attends donc à la maison pour vous restaurer sur l'heure du dîner, dès que le tableau sera terminé. Pas besoin de vous indiquer le raccourci à travers le boisé, vous le connaissez sûrement. Entre-temps, je vais me rendre au village à la recherche de quelqu'un pour vous ramener à Chicoutimi en fin d'après-midi. Est-ce que ça vous convient, mesdemoiselles ?

Marguerite s'approcha en hésitant.

— Me permettez-vous de vous accompagner au village, Étienne ? J'aimerais tellement revoir mon église et mon école.

Camille s'empressa de renchérir :

— Moi aussi, moi aussi, je veux y aller !

— Et moi, alors ? protesta Anne, le pinceau en l'air. Vous n'allez tout de même pas me laisser toute seule ici ?

Marguerite haussa les épaules et condescendit, non sans regret, à rester auprès de sa sœur Anne. Mais Étienne, bon prince, trouva un compromis à la satisfaction de tout le monde.

— Écoutez, je vais vous conduire au village unc à la fois. Cc n'cst qu'à vingt minutcs d'ici, après tout. Donnez-moi seulement une heure ou deux pour voir si tout se passe bien à ma ferme, puis je m'occupe de vous. Ça vous va ? Aucune de vous n'aura à rester toute seule.

Camille se sentit rougir et offrit son plus beau sourire. Décidément, ce garçon-là lui paraissait fort charmant. Il sauta d'un bond dans la charrette, saisit les guides et s'apprêta à partir.

— Alors, jolie Camille, vous venez ? Je vais commencer avec vous, si vous le permettez. Mais il faudra d'abord m'accompagner à ma ferme…

17

Il fallait s'y attendre. À cause de la chaleur humide et insupportable qui écrasait la région du Saguenay depuis quelques jours, un orage d'une violence extrême menaçait d'éclater d'un instant à l'autre. Ce soir-là, en effet, devant la fenêtre du salon d'Hélène et Ludger Tremblay situé au-dessus du magasin général, les trois sœurs Laurin regardaient d'un air inquiet les paquets de pluie fouetter la chaussée et les devantures des maisons, à travers les éclairs et les grondements du tonnerre. On craignait que le départ du *Corinthian* pour Tadoussac et Québec, prévu pour le lendemain matin, ne soit reporté à plus tard à cause du mauvais temps. Si Anne et Marguerite préféraient rentrer au bercail le plus rapidement possible, Camille, pour sa part, aurait apprécié un délai.

À vrai dire, elle n'avait aucunement envie de revenir sur la rue Émery. Elle se plaisait trop dans ce nouvel environnement, comme si on l'avait soudainement parachutée dans un univers paisible et rassurant. À Montréal, il lui faudrait dénicher un autre emploi et réorganiser sa vie. Elle devrait surtout se débarrasser du pseudo-amoureux délinquant et possessif qui lui faisait la vie dure. Trop dure. Dieu sait comment il réagirait quand elle lui montrerait la porte…

— Le souper est prêt !

La tante Hélène s'était donné du mal. Elle avait sorti l'argenterie de son coffret capitonné de velours et dressé la table comme au jour de l'An. Ce dernier repas pris ensemble se devait d'être remarquable. Elle avait même décidé de surprendre ses nièces en invitant Léontine Gauthier et son mari. Sa belle-sœur n'avait cependant pas répondu à son télégramme envoyé quelques jours plus tôt. Mais Hélène avait bon espoir de les voir enfin surgir.

En s'approchant de la table, Marguerite remarqua les deux couverts en surplus et ne put résister à sa curiosité.

— Vous attendez des visiteurs, ma tante ?

— Oui, Léontine et Léopold devraient arriver d'une minute à l'autre. Mais, avec cet orage, mieux vaudrait qu'ils n'aient pas quitté leur demeure. Bagotville se trouve tout de même à un bon bout de chemin. Je voulais vous faire une surprise.

Un coup de tonnerre salua l'évocation de Bagotville, mais Marguerite sursauta pour une tout autre raison. Ah non ! Elle ne pouvait croire que sa tante avait invité Léontine, la dernière personne au monde qu'elle avait envie de rencontrer ! Elle bénit l'orage et pria tous les saints du ciel de le faire durer toute la soirée.

— Mais puisque le repas est prêt, nous allons passer à table. Tant pis pour Léontine. Dans quelques instants Ludger devrait monter du magasin. Un client le retient probablement en bas.

Camille se leva promptement et s'engagea aussitôt dans l'escalier.

— Je descends le chercher, ma tante !

Elle aimait bien l'odeur du magasin, ce mélange d'épices, de tabac, de savon, de parquet ciré, de vernis et d'huile rancie. Durant ce court séjour à Chicoutimi, elle avait passé des heures à fouiner dans le commerce de son oncle, soulevant un couvercle ici, fourrant son nez au-dessus d'un sac là, tripotant une casserole, caressant un tissu, laissant courir ses doigts de petite fille curieuse sur les multiples denrées entassées les unes par-dessus les autres jusque dans les recoins les plus inaccessibles du magasin.

Elle n'avait franchi que la moitié de l'escalier quand elle le vit. C'était bien lui, elle l'aurait reconnu entre tous. Le bel Étienne se trouvait là, lui tournant le dos, en grande conversation avec l'oncle Ludger. Il mit quelques secondes avant de se retourner, et elle eut le temps de remarquer la robustesse de sa nuque et la carrure de ses épaules. Un homme fort. Un homme de la nature. Un vrai. C'était bien lui. Quelle chance! Elle qui croyait ne jamais le revoir…

La veille, lorsqu'ils s'étaient retrouvés tous les deux seuls dans la charrette, il lui avait quelque peu conté fleurette. Bien sûr, la visite du village de Grande-Baie en sa compagnie s'était prolongée plus qu'il n'aurait fallu, et les deux autres sœurs en avaient été quittes pour une tournée expédiée à la hâte, suivie d'une piètre collation sur le coin de la table, dans la cuisine du cultivateur. Il lui avait même pris une main et l'avait baisée avec ferveur et recueillement. À tel point qu'elle s'était sentie fondre, croyant vivre un rêve.

— Jolie Camille, quel dommage de vous voir repartir dans si peu de temps. Si seulement il existait l'ombre d'une possibilité de vous fréquenter pour la bonne cause, je le ferais, croyez-moi. Mais...

— ...

Peu habituée à autant de galanterie avec son voyou montréalais, Camille n'avait su que répondre et s'était contentée de hocher la tête, rouge de confusion. D'ailleurs, quoi dire devant une si cruelle réalité ? Elle allait retourner à Montréal dans moins de deux jours. Pendant un long moment, seul le sourire bienveillant d'Étienne avait réussi à remplir le silence martelé par le bruit des sabots du cheval sur le chemin pierreux. Toujours grimpés sur la charrette, ils s'étaient longuement arrêtés devant la belle église de pierre de Saint-Alexis. Si elle avait accepté de pénétrer à l'intérieur pendant quelques minutes, Camille avait par contre refusé de déambuler dans le cimetière situé derrière.

— Ce n'est pas la peine, je ne connais personne ici.

Elle ne s'était guère intéressée, non plus, à l'usine de fuseaux de bois en retrait du village.

— La *factory* est située sur le chemin de la baie Saint-Paul. Vu l'importance des rouets pour faciliter le travail des femmes, on taille les fuseaux dans du bois de bouleau, tendre et malléable. Cette manufacture-là appartient à l'un des nôtres, vous savez. Aimeriez-vous y aller pour une visite ? Par contre, c'est passablement loin d'ici, on n'aura pas le temps, aujourd'hui...

— Euh... non merci. Ce sera pour une autre fois.

Une autre fois ? Elle en avait de bonnes ! Il n'y aurait pas d'autre fois. Comme il avait dû la trouver stupide ! Pourtant, les rouets, ça l'intéressait. N'avait-elle pas passé des heures et des heures à filer de la laine sur celui d'Angelina, à Colebrook ? Mais cela, c'était dans une autre vie...

À ce moment-là, une seule et unique chose avait obnubilé Camille : la présence d'Étienne Beauchêne à ses côtés. Plus le temps passait, plus elle avait senti ces minutes bénies lui échapper inexorablement, une à une, dans le puits du désespoir. Encore un peu et elle ne reverrait plus cet homme. Plus jamais. Ou peut-être dans dix ans, alors qu'il lui présenterait sa femme et leurs sept enfants. Cette vision avait donné envie de pleurer à la jeune fille, encore une fois en train de subir les affres du mauvais sort. Le surlendemain, le bateau l'emporterait vers Montréal, à des milles de ce sourire charmeur et de cette voix chaude, de ces lèvres douces qui lui avaient pudiquement effleuré la main.

Quand était venu le moment de rebrousser chemin pour retrouver ses sœurs, un sanglot l'avait silencieusement étranglée. Étienne avait-il aussi ressenti cette détresse ? Juste avant que la voiture ne s'engage dans le tournant pour apparaître à la vue d'Anne et de Marguerite affairées à la réalisation du tableau, il avait passé son bras autour d'elle et l'avait pressée légèrement contre lui sans dire un mot.

Qu'aurait-il pu ajouter ? Que la vie était bête ? le chemin, sans issue ? l'espoir, inexistant ? la malchance, de leur côté ? Camille était descendue de la charrette en serrant les dents et en se disant qu'elle n'était pas faite pour le bonheur. Il lui fallait se faire à l'idée. Les feux de paille s'éteignaient bien vite et d'eux-mêmes, elle le savait. Le silence et la noirceur ne manquaient jamais de revenir aussitôt…

Et voilà qu'en cette fin de journée d'orage, en ce dernier soir passé dans la région, l'objet de ses rêves les plus fous se tenait là, de nouveau devant ses yeux, au pied de l'escalier menant au magasin de son oncle ! Elle le trouva plus séduisant que jamais avec ses grands yeux bruns rieurs sous les arcades broussailleuses, son teint de bronze, ses larges épaules éclatant sous la chemise à carreaux. Avec son sourire irrésistible, surtout… Elle vit son visage s'éclairer en la découvrant.

— Jolie Camille ! Quelle belle surprise !

— Bonjour, monsieur Étienne.

Elle se demanda si sa présence au magasin général était le résultat du hasard ou s'il avait volontairement cherché à la revoir. Elle toussota nerveusement, ayant du mal à retrouver une contenance.

— Mon oncle Ludger, le souper est prêt. Tante Hélène vous attend en haut.

L'oncle se tourna alors spontanément vers Étienne.

— Dis donc, jeune homme, tu vas pas t'en retourner à Grande-Baie par un temps pareil ? Tu y arriveras jamais, avec ce temps de cochon ! Et puis tu connais les dangers de la foudre.

— Vous avez raison, monsieur Tremblay. Je vais aller dormir chez une de mes sœurs, en haut de la côte. Elle a toujours de la place pour moi.

— Reste au moins à souper avec nous autres, tu repartiras après. Attends-moi, je vais aller mettre ton cheval dans l'écurie.

L'oncle enjamba l'escalier, et Camille en profita pour descendre les trois ou quatre marches qu'il lui restait à franchir avant de se jeter dans les bras du jeune homme. Cette fois, elle n'hésita pas une seconde et ne lui laissa pas le temps d'ouvrir la bouche.

— Étienne, je pense que je pourrais vous aimer beaucoup, moi aussi...

Cet audacieux « moi aussi » voulait tout dire. Ils s'aimaient déjà, elle en avait la certitude. Et le hasard ne les réunissait pas de nouveau sans raison. Trop de coïncidences et de rencontres impromptues étaient survenues depuis quelques jours, ce n'était pas pour rien. Ça ne pouvait être pour rien. Et ce « moi aussi » contenait une promesse, à tout le moins un espoir. Ni elle ni Étienne ne devaient tourner le dos au sort enfin favorable, ni éteindre ce feu qui ne demandait qu'à grandir et enflammer leurs cœurs. Oui… ce « moi aussi » pouvait faire basculer toute la vie de Camille Laurin. Elle se devait de saisir cette chance unique, mais comment, grands dieux, comment ? Elle partait le lendemain.

Sur ces entrefaites, Ludger Tremblay entra en vitesse, complètement trempé…

— Vous pouvez monter, Étienne, on vous attend. Et vous pourrez manger de la ouananiche pour deux si vous voulez, car ni la belle-sœur ni son mari n'ont montré le bout du nez ! Le cheval est à l'abri et a de l'avoine en masse.

La tante Hélène, devant l'évidence que ses invités surprises ne viendraient pas, ne remarqua pas le soulagement qui se lisait pourtant sur les visages d'Anne et de Marguerite. Depuis leur arrivée, ni l'une ni l'autre n'avait demandé de nouvelles de la famille Gauthier. Elles ne l'auraient fait pour tout l'or du monde. Pourquoi réveiller des souvenirs amers, les viols du cousin et l'indifférence crasse de sa mère ? Dans leur esprit, l'épisode chez les Gauthier, à Lowell, se trouvait enfoui à jamais au fond du cloaque des cauchemars à oublier. Ils pouvaient tous aller au diable, les trois nièces s'en fichaient !

L'atmosphère se détendit et tourna à la bonne humeur en dépit de la fureur des forces de la nature qui, derrière les fenêtres, se déchaînaient. Les mains des nouveaux amoureux en profitèrent pour s'étreindre sous la table. Chaque coup de tonnerre faisait l'effet d'une explosion dans le cœur de Camille. Elle ne tenait plus en place, cherchant désespérément une solution à leur situation, un dénouement heureux, un rayon de lumière, si faible fût-il, et dût-il jaillir par la plus infime des brèches du destin. Étienne, lui, s'entêtait à garder le silence, se contentant de triturer la main moite de Camille.

Sans s'en rendre compte, l'oncle Ludger entrouvrit cette porte sur l'espoir.

— La région se développe de plus en plus, vous savez.

Camille prit une longue inspiration et plongea.

— Dites-moi, monsieur Étienne, existe-t-il beaucoup d'opportunités à Grande-Baie pour une jeune fille de mon âge ?

Elle vit Étienne sourire et elle se demanda s'il avait bien saisi le sous-entendu.

— Vous voulez dire des opportunités d'emploi ? Euh… non, pas beaucoup. Comme ailleurs, la plupart des filles de famille se marient très jeunes et mettent au monde de nombreux enfants. D'autres se vouent à la vie religieuse, certaines demeurent célibataires et se consacrent au soin des malades ou à l'enseignement durant toute leur vie. Mais c'est assez rare. En général, le marché du travail reste peu ouvert aux femmes, et par ici, on embauche surtout des hommes dans les scieries et les chantiers. Ce n'est pas comme dans une grande ville. Ne me dites pas que vous seriez intéressée à demeurer dans la région du Saguenay? Oh, là, là! C'est là toute une décision à prendre, mais quelle bonne idée, mademoiselle!

— J'aimerais bien ça rester, mais je n'ai pas d'endroit où aller, pas d'emploi non plus. Rien!

L'oncle réagit aussitôt.

— Mais je pourrais t'en offrir un, moi, un emploi! Je me cherche justement quelqu'un pour m'aider au magasin cet automne! Hélène se sent fatiguée, elle pourrait relâcher un peu. Si quelqu'un la remplaçait, elle pourrait enfin rendre visite à sa sœur de Québec pour quelques semaines. Elle rêve de ce voyage depuis tellement longtemps, la pauvre!

Un peu plus et Camille aurait sauté au cou de son oncle, mais elle tenta de dissimuler son excitation.

— Vous croyez que je pourrais?

— Ben, pourquoi pas? T'as déjà une bonne expérience de la vente, d'après ce que tu m'as raconté. Bien sûr, une boulangerie, c'est pas un magasin général, mais t'es intelligente et débrouillarde. T'apprendrais vite.

Marguerite n'avait pas bronché. Camille se rendait-elle compte qu'elle allait s'embarquer dans un autre bateau? Peut-être même une galère? Encore une fois transplanter ses racines, encore une fois s'adapter à un nouveau milieu et à de nouvelles gens... À la voir se trémousser devant Étienne, l'aînée ne douta pas de la raison de cette folle décision que sa sœur semblait sur le point de prendre. Elle ne connaissait cet homme-là que depuis quelques jours, après tout ! Allait-elle vivre encore une autre aventure amoureuse qui ne mènerait à rien ?

Elle jeta un œil scrutateur sur son ancien voisin. Étienne lui paraissait tout de même sérieux et bon travailleur. Mais que ferait Camille d'un fermier, elle, la petite fille de la ville autrefois dorlotée par Angelina et menant ces derniers temps une vie des plus tumultueuses à Montréal ? Vendeuse dans un magasin général d'une petite ville comme Chicoutimi, oui, elle le pourrait sans doute. Mais fermière à Grande-Baie ? Ouf...

Marguerite chercha l'approbation de sa sœur Anne qui se contenta d'un clignement de paupières, l'orientation de la benjamine ne la concernant pas vraiment. Puis elle croisa le regard de Camille dont les yeux trahissaient une telle supplication qu'elle ne put s'empêcher de consentir à son désir, non sans manifester une certaine réticence.

— Ne me dis pas, sœurette, que tu vas rester à Chicoutimi et ne rentreras pas à Montréal avec moi demain ! Allons donc, tu n'as même pas pris le temps d'y réfléchir sérieusement !

— Bien... Si ma tante et mon oncle veulent bien de moi, pour un certain temps du moins, je pense que... c'est tout réfléchi.

La tante Hélène se leva et passa un bras autour des épaules de sa nièce en signe d'acquiescement.

— Ça nous ferait une nouvelle fille… Tu pourrais occuper la chambre d'amis.

— Oh ! merci, ma tante ! Je vais rester.

Ludger et Anne imitèrent Hélène et se montrèrent contents en lui souhaitant bonne chance. Marguerite, de son côté, se leva moins rapidement pour aller embrasser sa sœur. Encore une fois, les trois Laurin allaient vivre une séparation et s'éloigner à des centaines de milles l'une de l'autre…

Un peu mal à l'aise au milieu de ces effusions familiales, Étienne jeta un regard tendre à Camille et s'approcha doucement de la fenêtre.

— Tiens ! Il a cessé de pleuvoir, mais à bien y songer, je ne vais rentrer à Grande-Baie que demain. Et demain soir seulement.

18

Si, pour Anne, le retour à Lowell fut agréable et l'accueil enthousiaste, il n'en fut pas de même pour Marguerite, qu'un Antoine à l'air préoccupé vint chercher à la gare Bonaventure. Il se contenta de se saisir de sa valise et de se tourner hâtivement vers la sortie après avoir déposé un baiser distrait sur sa joue et prononcé du bout des lèvres quelques mots à peine chaleureux. Il ne s'inquiéta même pas de l'absence de Camille, supposée rentrer à Montréal avec elle ce jour-là.

— Te voilà enfin, ma chérie.

— Que se passe-t-il ? Tu me parais tellement soucieux, je ne te reconnais plus !

En temps normal, le pasteur aurait accueilli sa femme à bras ouverts et se serait aussitôt informé sur son voyage. Mais là, il déambulait à ses côtés, la tête basse et muet comme une carpe. Marguerite s'arrêta pile au milieu de la salle des pas perdus et se tourna brusquement vers lui.

— Antoine, tu m'intrigues à la fin ! Est-il arrivé quelque chose de grave ? Comment va Emmanuel ? Pourquoi n'est-il pas avec toi ? Parle, pour l'amour du ciel !

L'homme entraîna sa femme et l'obligea à s'asseoir sur un banc. Puis il prit ses mains dans les siennes et articula, un à un et fort lentement, les mots terribles qui portaient en eux l'écho du malheur.

— La grosse picote vient d'atteindre le refuge.

— Quoi ? La variole ? Ah ! mon Dieu ! Pas Emmanuel, j'espère ?

— Pas encore, mais je l'ai trouvé fiévreux ce matin…

— La variole à ce temps-ci de l'année ? Ça me surprend...

— Tu as raison. En général, ce sont plutôt la typhoïde et le choléra qui font rage à l'été. Mais Rémi Beaulieu m'a raconté qu'une épidémie de variole a fait trois mille cent victimes à Montréal, à la fin de septembre 1885. Il faut croire que la chaleur humide qui nous étouffe depuis trois semaines a dû favoriser l'explosion de la maladie. Selon lui, on en est déjà rendu à l'état épidémique. Les médecins ont d'ailleurs entrepris une vaste campagne de vaccination. Malheureusement, bien des Canadiens français la refusent. Ils ont peur de ça, je suppose.

Antoine parlait d'une voix brisée et ses mains tremblaient dans celles de Marguerite qui n'osait poser les questions qui lui brûlaient la langue. Combien d'enfants atteints ? Et lesquels, parmi les cinq hébergés au refuge ? Ces petits sans défense, marqués au fer rouge et déjà soumis, au seuil de leur vie, à un organisme de charité... Des innocents condamnés à grandir au fond d'une remise sans la présence d'un père et auprès d'une mère souvent inadéquate ou dénaturée... De qui l'effroyable maladie s'était-elle emparée ?

Quand elle apprit qu'un bébé de sept mois était déjà mort deux jours plus tôt et qu'une fillette de trois ans se trouvait actuellement très mal en point, Marguerite pensa défaillir. La seule fillette de trois ans vivant au centre, parmi les nourrissons, était Clémence, la fille de Béatrice. Vite ! Il urgeait de se rendre auprès de son amie pour la consoler et la rassurer. Et surtout pour prendre les choses en main.

Marguerite entra dans le refuge avec une telle brusquerie que la pancarte suspendue au milieu de la porte tomba par terre. L'écriteau jaune portait une inscription pathétique écrite en grosses lettres noires : *Contagion. Prière de ne pas entrer.* Marguerite se dit qu'ils auraient pu tout aussi bien indiquer : *Antre du diable. Restez dehors, malheur garanti.* C'eût été pareil ! En moins de deux, elle pénétra à l'intérieur où tout lui parut chambardé et dans un état pitoyable.

On avait désinfecté le bâtiment au complet à l'acide carbolique [1], enlevé les rideaux et les tapis, lavé les meubles et les planchers à grande eau… On avait même mis les draps, les oreillers et les couvertures au four pour les stériliser. On avait été jusqu'à pousser les lits des pensionnaires et les couchettes des bébés aux quatre coins de la remise afin de les isoler. Chacune des mères et son enfant devaient éviter le contact direct avec les autres. L'espace aménagé pour le culte et les cours de français n'existait plus. Une âcre odeur de désinfectant prit Marguerite au nez.

À ses côtés, Antoine restait muré dans le silence, les bras croisés sur la poitrine. Elle lui sut

---

1. Phénol.

gré de s'être si bien débrouillé et d'avoir pris les mesures qui s'imposaient sur les conseils insistants de leur ami Rémi.

— Où est Emmanuel ? Où se trouve mon petit garçon ?

Une jeune résidente se chargea de lui répondre.

— Il est chez vous, dans votre logement, madame. Le révérend Lacroix n'a pas voulu le laisser venir à l'intérieur du refuge depuis la mort du bébé Julien. Quand monsieur le pasteur ne peut pas s'en occuper, c'est moi qui vais le garder dans votre maison.

— Merci, ma chère, j'apprécie beaucoup !

Marguerite s'avança alors dans le recoin le plus éloigné du refuge, genre de réduit situé derrière la sacristie où Antoine rangeait sa bible et ses objets sacerdotaux. Elle se retrouva nez à nez avec le docteur Beaulieu qui s'apprêtait à sortir. Il la salua silencieusement avec un air découragé.

— Ça ne va pas, mon cher Rémi ?

— Non, pas du tout ! Je dirais même que je n'ai plus d'espoir pour cette petite-là, à moins d'un miracle. Et à voir sa mère la tripoter de cette manière en dépit de mes avertissements, je ne risque pas de me tromper en vous annonçant que d'ici deux ou trois semaines, c'est elle que je devrai soigner ! Et Dieu sait combien de personnes elle aura contaminées…

Derrière le médecin, Béatrice, calée au fond d'une vieille berceuse transportée là, pressait sur son cœur une Clémence complètement défigurée, le visage et le corps couverts de protubérances rouges et de vésicules dont s'écoulait un pus jaunâtre. L'enfant haletait comme un petit chiot, et son râle se mêlait dramatiquement aux sanglots de sa mère. Marguerite n'oublierait jamais cette scène où le regard éploré d'une mère portait toute la souffrance du monde. Elle faillit s'élancer pour prendre Béatrice dans ses bras, mais dut refréner son élan, rappelée à l'ordre avec vigilance par le docteur Beaulieu.

— Ne la touchez pas, malheureuse ! La maladie se propage par le pus, vous devriez le savoir. Il faut éviter tout contact. Me fais-je bien comprendre ? ÉVITEZ TOUT CONTACT !

— Oui, je le sais. Excusez-moi. Ne connaissez-vous pas de médicament ou quelque chose d'autre à faire ? C'est épouvantable !

— Nous avons commencé à vacciner la population. Espérons que la foule ne se mettra pas à assiéger les bureaux de santé comme en 1885 et à lacérer les affiches pour protester contre la vaccination. Cette année-là, le maire Beaugrand avait dû faire appel à six cents militaires pour faire respecter l'ordre, et les vaccinateurs devaient se faire accompagner par des policiers. Même le journal *La Minerve* avait mené une campagne intensive contre l'inoculation obligatoire du vaccin et l'isolement des malades. Que voulez-vous, les gens craignent ce qu'ils ne connaissent pas et ne réalisent pas que le vaccin est moins risqué que la maladie elle-même. Finalement, cette année-là, le clergé et la communauté anglophone étaient intervenus en faveur de la vaccination. Hélas, le journal *Herald* avait attisé la colère en attribuant l'épidémie à la malpropreté des francophones. Dieu merci, nous n'en sommes pas encore là présentement, et il existe maintenant de plus en plus de services locaux d'hygiène dans les municipalités. Souhaitons que l'épidémie ne prenne pas la même ampleur.

— Et… Clémence ?

— Clémence va s'en aller au royaume des anges très bientôt. Dans quelques heures, je le crains. À moins d'un retournement inespéré de la situation…

Ne sachant comment réagir et n'ayant pas le droit de la toucher, Marguerite se jeta aux pieds de Béatrice et, mains jointes, se mit à pleurer.

— Mon amie, mon amie, je suis là maintenant, auprès de toi. Je ne repartirai plus et je vais tellement prier que Dieu va accomplir un miracle juste pour toi, tu vas voir. Tu n'es plus seule, ma petite Béatrice chérie.

Elle sentit soudain quelqu'un la prendre par les épaules et l'obliger à se relever. Antoine. Il avait assisté à la scène sans ouvrir la bouche. Pour la première fois, elle voyait son mari dépassé par les événements. Son surhomme, redevenu tout à coup un simple être humain écrasé par la douleur, prenait conscience de son impuissance… Sans doute se sentait-il aussi choqué parce que

Béatrice n'obéissait pas à la consigne du médecin et ne laissait pas sa petite fille mourir seule dans son lit, sans y toucher. Mais quelle mère agirait autrement ? Marguerite n'eut pas le temps de se poser la question. Antoine reprit aussitôt son autorité et l'obligea à sortir de la pièce en lui emboîtant le pas. Ce fut à peine si elle réussit à lancer un « Je reviens le plus vite possible, Béatrice » platement interrompu par le claquement de la porte.

— Viens, Marguerite. Tu dois protéger ta santé. Puis Emmanuel a bien hâte de revoir sa maman.

Comment avait-elle pu l'oublier, celui-là ? Le prendre dans ses bras et le serrer contre elle lui avaient pourtant manqué pendant toute la durée du voyage, et voilà que plus d'une heure après son retour, elle avait à peine songé à lui. Hélas, il ne lui tendit pas les bras comme elle l'espérait. Recroquevillé au fond de son lit, son petit corps brûlant de fièvre, le bambin restait sans réaction. La jeune fille à qui on l'avait confié affirma que la fièvre n'avait cessé de monter au cours de la journée. Marguerite n'hésita pas une seconde et empoigna son fils presque avec brutalité.

— Va chercher une lampe, Antoine, vite ! Et éclaire-le, s'il te plaît. Vite !

Antoine s'approcha sans dire un mot avec la plus grosse lampe à huile qu'il put trouver. Elle dégrafa d'une main nerveuse le vêtement de nuit du garçon et commença à l'examiner minutieusement, à la recherche de la moindre rougeur ou de la plus minuscule éruption cutanée. Elle n'en trouva point. « Merci, mon Dieu, ce n'est pas la variole. Pas encore... » Elle s'effondra. C'en était trop pour elle qui croyait revenir avec, en poche, l'annonce du nouvel exil de Camille et celle, plus joyeuse, des premiers mouvements du bébé perçus dans son utérus.

À l'instar de Béatrice, elle prit son petit garçon dans ses bras et se mit à le bercer tendrement, en sanglotant, sur la chaise berçante du salon. Réveillé par toute cette agitation, Emmanuel aperçut sa mère et émit un pauvre sourire.

— Maman...

Selon son mystérieux et incompréhensible plan, Dieu n'accomplit point le prodige attendu cette nuit-là, en dépit des supplications de Marguerite et des ablutions et des prières d'Antoine. Clémence rendit l'âme vers quatre heures du matin, la tête appuyée sur le cœur de sa mère. Une fois le petit corps recouvert d'un drap blanc, Marguerite offrit témérairement à Béatrice de venir finir la nuit avec elle et Antoine, dans leur logement. Mais elle essuya un refus.

— Je préfère ne pas bouger d'ici pour le reste de la nuit. Je m'attendais à la perdre, tu sais. Rémi m'avait bien préparée et je me sentais prête. Ne t'en fais pas pour moi, Marguerite. Va plutôt dormir, tu en auras rudement besoin demain matin. Moi, je... je suis juste contente que tu sois là, ma grande amie. Tu sais à quel point je t'aime...

— Essaye au moins de te reposer un peu, Béatrice.

Le pasteur et sa femme, profondément troublés, prirent donc la décision de réintégrer leur logement afin de prendre quelques heures de sommeil et de retrouver Emmanuel endormi paisiblement dans son lit.

Ce n'est que le lendemain matin qu'Antoine découvrit l'horreur. Le corps de Béatrice se balançait, pendu à une poutre du balcon de l'arrière-cour. Cette fois, elle n'avait pas raté son coup. À ses pieds, Marguerite reconnut les débris de l'ange de porcelaine qu'elle lui avait offert, quelques années auparavant. Il avait éclaté en mille miettes.

Elle se mit à gémir.

19

« Il est né, le divin enfant... » Même la cuisinière et la femme de chambre des Smallwood s'étaient jointes à la petite chorale improvisée.

Rose-Marie avait généreusement invité à participer à la fête ces femmes esseulées et sans famille, perdues dans le grand pays des États-Unis, à des centaines de milles de leurs proches. En ce jour particulier, les deux domestiques s'accrochaient à leur famille d'adoption comme à une bouée de sauvetage.

Dehors, d'énormes flocons tombaient doucement, silencieusement, presque avec recueillement, en cette fête de la naissance de Celui qui était venu apporter l'espérance au monde. Petit à petit, la neige transformait le paysage en un décor de conte de fées. L'espace d'un moment, Anne regarda par la fenêtre et, séduite par tant de magnificence, elle se promit de peindre de telles scènes pour se rappeler, les jours de grisaille, que la beauté existait toujours à l'état pur.

Triste fête de Noël, en réalité, où l'absence de nombreux êtres chers ne cessait de torturer les cœurs trop sensibles. Ou trop aimants. Même l'excitation des enfants ne réussissait pas à détendre l'atmosphère. Malgré les protestations de Pierre Forêt, toujours soucieux de conserver les traditions canadiennes, Anne et Rose-Marie s'étaient mises de connivence pour distribuer les étrennes en ce jour de Noël, selon la coutume américaine, au lieu du matin du premier de l'An après la bénédiction paternelle, comme cela se pratiquait dans la province de Québec.

De toute manière, il semblait bien que les trois petits Smallwood ne recevraient pas de bénédiction, le premier janvier de cette année-là, leur père n'ayant donné aucun signe de vie depuis plus de deux mois. Bien sûr, Paul n'avait précisé aucune date de retour de son périple en Europe où il était parti avec l'intention d'établir des liens commerciaux avec certains pays. Pourtant, Rose-Marie avait secrètement espéré le voir ressourdre à la dernière minute, la veille de Noël, les bras chargés de cadeaux pour elle et les enfants. Hélas, il n'en fut rien.

Après la messe de Noël du matin où, même à l'église francophone de Lowell, on avait curieusement remplacé les chants grégoriens et les hymnes françaises traditionnelles par le Kyrie et le Gloria d'une messe de Mozart, il avait été entendu qu'Anne et Pierre viendraient prendre une bouchée chez Rose-Marie avec leurs deux enfants. Anne appréciait cette tradition établie depuis quelques années, malgré les différends entre les deux maris anciennement amis.

Ce matin-là, le moral d'Anne se trouvait à la hausse, d'autant plus que l'éloignement de Paul Smallwood éviterait les escarmouches. D'autre part, elle avait reçu la veille une autorisation fort bienvenue de son médecin de famille, lors d'une visite de routine.

— Contre toute attente, votre utérus semble avoir retrouvé son état normal, ma petite dame. Vous avez très bien récupéré de votre fausse couche de l'été dernier.

— Est-ce à dire que je pourrais « repartir pour la famille », docteur ?

— Euh... Disons que je ne vous interdis plus aussi formellement qu'avant de redevenir enceinte. Évidemment, une autre grossesse comporterait certains risques dans votre cas. Vous avez perdu beaucoup de sang, vous savez. Mais de nombreuses femmes font une telle fausse couche et mettent ensuite normalement au monde une trâlée de marmots. C'est commun, et n'étant pas devin, je ne peux prédire l'avenir, ni vous assurer de rien. À vous de décider si vous relevez le défi ou non. Par contre, il faudrait alors vous montrer très prudente et garder le lit dès le début, comme vous l'avez fait pour votre grossesse précédente. Et j'insiste sur le « très prudente », vous m'entendez ?

Ce risque, Anne avait bien envie de le prendre. Pourquoi mettre sur le dos de l'hérédité la perte de son bébé, l'été précédent ? Ce qui était survenu à Rébecca jadis n'allait pas nécessairement lui arriver de nouveau ! Sa sœur Marguerite ne menait-elle pas normalement ses grossesses ? Elle qui, d'ici peu, allait probablement accoucher sans problème d'un bébé normal...

La grande sœur lui avait justement écrit, quelques semaines auparavant, une lettre pathétique où elle racontait la perte tragique de deux enfants du refuge, emportés par la variole pendant qu'elles se trouvaient toutes les trois en voyage à Chicoutimi. L'une de ces enfants était la fille de Béatrice qu'Anne avait rencontrée lors de son séjour à Montréal, quelques mois auparavant À ce moment-là, la visiteuse avait cru deviner, sous l'air trop enjoué de cette jeune fille, une détresse secrète et mal dissimulée dont personne ne semblait prendre conscience. Quelle horreur ! Béatrice s'était suicidée sitôt après la mort de son enfant. Rien qu'à y penser, Anne en avait des frissons.

S'il fallait qu'elle perde un jour Élisabeth ou Philippe, elle ne pourrait jamais s'en remettre, elle non plus. Marguerite aussi avait failli voir mourir son petit Emmanuel au cours de cette épidémie, semblait-il, mais la faucheuse l'avait épargné « *in extremis* », d'après sa lettre.

> « *C'est un miracle, avait-elle écrit, car le médecin l'avait condamné lui aussi, deux jours après la mort de Clémence. Mon amie Béatrice a dû le protéger de là-haut, où Dieu l'a sûrement accueillie à bras ouverts en dépit de son effroyable geste, cette pauvre malheureuse… Peu importe que le visage de mon fils reste marqué par les cicatrices de la variole, Emmanuel est revenu à la vie et il éclate maintenant de santé. La beauté de ses yeux, magnifiques comme ceux de son père, masquera bien la laideur des rares et minuscules taches qui stigmatiseront à jamais ses joues d'homme.* »

Dans le salon abondamment décoré des Smallwood, quelqu'un proposa de reprendre les hymnes de Noël et se mit à chanter « Il est né, le divin enfant ». Mais avant qu'on ait eu le temps d'entamer le « Jouez hautbois, résonnez musettes », Rose-Marie avait commencé à sangloter silencieusement, mettant un terme aux vocalises plutôt maladroites du petit groupe. La pauvre avait plus envie de pousser des hurlements que de moduler des chants joyeux, mais le cri restait là, oppressant, prisonnier au fond de sa gorge.

Elle savait bien, au fond d'elle-même, que Paul ne reviendrait plus. Qu'il ne reviendrait jamais. Une autre femme s'était emparée du cœur de son mari, elle s'en doutait depuis longtemps. Sinon, il lui aurait au moins écrit pour lui demander des nouvelles d'elle et des enfants. Au moins ça ! Et il lui aurait envoyé de l'argent. Rose-Marie, la femme du richissime Paul Smallwood, n'avait plus un sou. Elle n'avait même plus de quoi payer le salaire des deux employées qui chantaient à ses côtés. Elle s'était donné jusqu'à Noël avant de les congédier, faute d'argent. Le lendemain, elle se verrait dans l'obligation de remercier les malheureuses femmes. Bien entendu, elle continuerait de les héberger en attendant qu'elles dénichent un nouvel emploi, mais comment allait-elle les nourrir ?

La semaine précédente, après avoir gratté les fonds de tiroir, elle avait dû se rendre auprès du remplaçant de Paul à la direction de sa chaîne de magasins, pour lui demander une avance. Une avance de quoi, elle se le demandait. L'homme lui avait répondu assez froidement n'avoir reçu aucune consigne à cet effet, mais elle avait fait valoir ses droits d'épouse et la légitimité de la petite famille de monsieur Smallwood. « S'il ne veut plus de moi, soit ! Mais mes enfants sont aussi les siens ! » L'assistant-directeur lui avait finalement remis un chèque de cent dollars sans prononcer un seul mot de réconfort.

Si elle avait poussé un soupir de soulagement, Rose-Marie ne se leurrait pas : son histoire d'amour avec Paul Smallwood venait de se terminer bêtement, par défaut. Nulle indifférence cruelle de son mari n'avait refroidi les ardeurs, nul ennui, nulle dispute, nulle mésentente n'avaient fait monter l'agressivité, nulle exigence folle n'avait cultivé la haine dans son cœur. Rien ! Paul s'en était allé comme ça, tout simplement, un bon matin, sans explications et sans laisser à sa femme et à ses enfants une seule raison d'espérer son retour. Presque dix ans d'une union somme toute vivable, en dépit de certains moments houleux, venaient de se terminer. Rose-Marie n'en doutait plus, même si elle avait cultivé le secret espoir de le voir rentrer au bercail pour la période des Fêtes.

En ce pathétique jour de Noël, on entoura la douce amie et on tenta en vain de la consoler.

Anne se désola de l'absence de Marguerite. Elle aurait su trouver les mots, elle ! Rapidement, elle se racla la gorge et fit tout de même une tentative.

— Quand, jeunes filles, nous étions en difficulté tout au long de notre périple vers les États-Unis, Marguerite nous répétait souvent cette pensée, toujours la même, et cela nous revigorait : « Les orages finissent toujours par cesser et le beau temps, par revenir. » Depuis, je m'en suis servie très souvent. Elle tenait cette maxime de notre mère, je crois.

Rose-Marie secoua la tête.

— Pour moi, ma pauvre Anne, il ne s'agit pas d'un orage mais d'une tornade qui a tout balayé. Tout ! Qu'allons-nous devenir, mes trois petits et moi ? Oh ! excusez-moi. C'est Noël, un temps de réjouissances, et je suis en train de gâcher le plaisir de tout le monde.

Les enfants se rapprochèrent spontanément de leur mère.

— Pourquoi tu pleures, maman ?

La sonnerie du téléphone fit exploser le silence. Rose-Marie faillit trébucher en se rendant à l'appareil accroché au mur, au milieu du corridor.

— Deux grands coups, un petit coup, c'est ici ! Paul ! Ça ne peut être que lui ! Allô, Paul ? Ah… Oui, monsieur. Merci, monsieur.

Elle eut à peine le temps de se retourner que quelqu'un agita énergiquement le heurtoir en forme de cœur fixé à la porte d'entrée. Cette fois, elle ne se fit pas d'illusions en se dirigeant vers le vestibule. Paul n'aurait pas pris la peine de frapper avant d'entrer chez lui ! Elle aperçut alors un étranger en train de se secouer les pieds. C'est qu'ils ne perdaient pas leur temps, les gens de la poste, même le jour de Noël ! À peine venait-on de lui annoncer au téléphone l'arrivée d'un télégramme en provenance du Canada, que déjà le facteur se trouvait à la porte pour le lui remettre en main propre. Quel service, tout de même !

Mais ce n'était pas le facteur. L'inconnu n'apportait aucun message et demanda plutôt à parler à Yvette avec un accent que Rose-Marie reconnut immédiatement, cet accent acadien si savoureux et identifiable entre tous. Le même que celui de sa femme de chambre née au Nouveau-Brunswick et arrivée à Lowell depuis peu. La fameuse Yvette se jeta sur l'homme avec effusion.

— Georges ! Quel bonheur ! Je ne t'attendais que la semaine prochaine. Comment s'est passé ton voyage, avec toute cette neige ?

La femme de chambre se tourna vers Rose-Marie en tirant l'homme dans la trentaine par la main jusqu'au milieu du salon.

— Madame, puis-je vous présenter mon grand frère de Bouctouche, Georges, qui réalise enfin son grand rêve d'émigrer aux États-Unis ? Georges, voici ma patronne, Rose-Marie Smallwood. Voici ses amis Anne et Pierre Forêt.

Une certaine gêne s'installa dans le salon. Rose-Marie dévisageait l'homme sous cape en espérant qu'il ne s'agirait pas là d'une autre bouche à nourrir. Yvette devina-t-elle sa pensée ? Elle s'approcha pour s'enquérir discrètement si son frère pourrait occuper la chambre d'amis, le temps de se trouver du travail et un logement.

— Il vous dédommagera pour la chambre, madame, soyez-en assurée. Mon frère possède un diplôme d'ingénieur et il n'est certainement pas venu ici sans argent.

— Mais oui, je veux bien. Je suis cependant dans l'obligation de lui imposer des frais de pension…

La conversation n'échappa pas à Pierre qui vint trouver Rose-Marie dès que l'étranger, guidé par sa sœur, fut monté à l'étage avec sa valise.

— Dis donc, Rose Marie… Puisque ton sans-cœur de mari semble t'avoir abandonnée dans cette magnifique maison, que dirais-tu de transformer provisoirement ce château en maison de pension ? Tu pourrais louer les trois chambres du personnel et celle de la visite à des pensionnaires. Cela te procurerait un bon revenu et t'éviterait un déménagement, le temps de prendre une décision.

— Quelle bonne idée, Pierre ! Comment n'y ai-je pas pensé plus tôt ? La perspective d'une solution me soulage tellement ! Que voilà mon plus beau cadeau de Noël !

De nouveaux coups à la porte interrompirent encore une fois la conversation. L'espace d'une seconde, le mirage de Paul remonta de nouveau à la surface des pensées de Rose-Marie, bien malgré elle. Cette fois, il s'agissait bel et bien de l'employé des postes qui lui remit enfin le fameux télégramme. Elle déplia nerveusement le feuillet et déchiffra à travers ses larmes le court message de Marguerite.

Joyeux Noël à tous. Stop. Fêtons chez les Beaulieu et pensons à vous. Stop. Camille semble se plaire à Chicoutimi. Stop.
Marguerite

Elle tendit le feuillet à Anne, poussa un grand soupir, puis demanda finalement aux enfants de s'approcher.

— Dites donc, les marmots, c'est si beau de voir tomber cette neige. Si on allait tous jouer dehors?

Quelques minutes plus tard, le « divin enfant » de cire put dormir seul et paisiblement au pied du sapin décoré de friandises. Dehors, sous une fenêtre, un énorme et magnifique bonhomme de neige montait la garde en affichant un grand sourire formé de boutons multicolores, au milieu des cris joyeux.

20

Camille, la langue entre les dents, ajoutait minutieusement les poids un à un sur le plateau de la balance.

— Une livre de sucre et deux de farine, c'est bien ça, madame ? Et aussi trois morues et quelques filets de hareng, m'avez-vous dit. Ne bougez pas, je cours chercher le poisson congelé dans le cabanon derrière le hangar. Quelques cubes de viande avec ça ? Il nous reste plusieurs sacs d'excellent bœuf. Quelques poules aussi.

Elle adorait son travail. Depuis le mois de septembre, depuis le fameux soir où, sans réfléchir, elle avait pris la folle décision de demeurer au Saguenay, elle filait des jours heureux. Son oncle et sa tante se montraient de bonne compagnie, et ils la laissaient mener sa barque à sa guise. Une fois sa chambre propre, son linge bien repassé, la vaisselle rangée et les patates épluchées, elle descendait au magasin et s'occupait de recevoir les clients. Ludger lui payait un salaire de soixante cennes par jour en plus de lui fournir le logement et la nourriture.

Au milieu des denrées comestibles, des bibelots, pelleteries, casques, vêtements, lunettes, bijoux, images pieuses, peintures, moulins à coudre et même carrioles et cabrouets[1] disposés dans la cour, elle évoluait paisiblement. Les jours où la clochette de la porte sonnait plus rarement, « quand il y avait un *slac*[2] », comme disait son oncle, elle s'affairait dans quelque recoin du magasin à broder des taies d'oreiller ou à manier l'aiguille pour confectionner de jolies courtepointes. Pas question de flagosser[3] chez Ludger Tremblay !

Depuis six mois qu'Étienne Beauchêne la fréquentait, Camille entretenait l'espoir secret de recevoir un jour ou l'autre une demande en mariage en bonne et due forme. Le jeune homme n'avait-il pas renoncé à monter dans les chantiers cet hiver-là, contrairement à ses habitudes ? Sinon, pour quelle autre raison aurait-il accepté cet emploi à l'usine de Saint-Alexis ? Camille avait vu venir les temps froids avec une certaine appréhension. Comme il le faisait chaque année, le beau prétendant allait sans doute prendre la route des chantiers de la Price pour ne revenir qu'en avril afin de reprendre en main les travaux de la ferme. Et elle, l'étrangère, se morfondrait, sans amoureux et sans amis, seule à l'autre bout du monde dans l'univers restreint du magasin général.

1. Cabriolets, voitures rudimentaires hippomobiles sur deux roues et munies d'un seul siège.

2. Une accalmie.

3. Perdre son temps.

Mais contre toute attente, Étienne n'était pas parti. Un soir du début d'octobre, alors que la bourrasque s'amusait méchamment à défaire, dans un froissement infernal de feuilles mortes, le magnifique décor d'or et de feu, il lui avait annoncé tout bonnement, platement, comme on parle de choses et d'autres, qu'il allait par exception passer l'hiver à Grande-Baie. Pas question de chantiers pour cette année ! À la lueur du feu brûlant dans l'âtre, le jeune homme avait-il remarqué l'explosion de joie que Camille tentait difficilement de retenir ? Elle n'avait pas osé répéter le geste spontané qui l'avait jetée dans ses bras et fait avouer son amour, le mois précédent. Ouf ! Étienne n'allait pas partir ! Et il reviendrait sans doute à Chicoutimi tous les dimanches pour lui faire la causette et l'inviter à quelques promenades sur le bord du bassin. Elle s'était mordu les lèvres, folle de joie.

Dieu merci, elle ne s'était pas trompée. En effet, chaque semaine, le fermier lui avait fait une cour assidue, bien que fort sage. Trop sage ! Si, la veille du départ de ses sœurs sur le bateau à vapeur, Camille, certainement plus expérimentée que lui en matière de fréquentations amoureuses, lui avait audacieusement sauté au cou, Étienne avait, depuis ce temps, maintenu une distance plus que respectueuse, évitant tout rapprochement qui aurait pu s'avérer contraire à la morale et même aux bonnes manières. Le beau cavalier se contentait de lui prendre une main, qu'il gardait longtemps dans les siennes, et d'un bref baiser sur la joue au moment de s'en retourner à Grande-Baie. Pourtant, certains regards langoureux en disaient long sur ses sentiments, la belle n'en doutait pas. Mais le jeune homme était un pur. Trop pur, trop parfait aux yeux de Camille. Et quand il laissait lentement glisser, avec un air songeur, le bout de ses doigts sur les mains blanches de sa favorite, elle savait, elle sentait qu'un avenir se dessinait tranquillement devant eux.

Elle avait alors commencé à broder des bouquets de trois roses sur les contours d'une nappe blanche et sur la bordure de taies d'oreiller. Elle les remplissait de « flâse[1] » rose en songeant au rosier sauvage qui n'avait jamais cessé de fleurir devant la tombe de sa mère, à Grande-Baie. Qui savait si un jour elle ne retournerait pas sur le lieu de sa naissance pour y vivre définitivement... Elle l'espérait tant !

Pas une seule fois, elle ne s'était demandé si la vie de fermière dans cette région éloignée lui conviendrait. Éloignée de quoi, d'ailleurs ? À bien y songer, elle ignorait où se trouvait le véritable port d'attache de Camille Laurin. Où, dans quel pays, dans quelle ville ? Certainement pas à la campagne d'où elle tirait pourtant son origine. À vrai dire, dans ses souvenirs d'enfance, elle ne

1. De *floss*, bourre de soie, fil à broder.

se souvenait que de l'agitation et des rumeurs de la ville, celles des rues achalandées de Colebrook, puis celles des usines et des boutiques le long des trottoirs de Lowell et, plus tard, celles autour des maisons serrées les unes contre les autres des rues de Montréal. De la vie rurale, paisible mais rude, elle n'avait pas la moindre idée. Mais pour suivre son Étienne, elle se sentait prête à toutes les concessions. La faculté de s'adapter au changement, elle la possédait au plus haut degré ! Tout en cet homme l'attirait. La force silencieuse qu'il dégageait, son regard franc et transparent, son authenticité, et surtout sa façon toute logique et si simple d'envisager les choses.

Elle se serait attendue, pour Noël, à recevoir une bague de fiançailles discrètement glissée à son doigt au cours de la messe de minuit, mais rien ne s'était passé. Dans l'atmosphère glaciale et sombre de la cathédrale de Chicoutimi, malgré les centaines de lampes à huile et de cierges allumés, si Étienne s'était légèrement serré contre elle pendant que la chorale entamait le *Gloria in Excelsis Deo*, il n'avait plus bronché par la suite. Elle l'avait plutôt vu bayer aux corneilles et presque s'endormir durant l'interminable sermon. Parfois, le chéri semblait penser à n'importe quoi sauf à elle.

Avait-il oublié que Camille était demeurée à Chicoutimi pour la seule et unique raison de son amour insensé pour lui ? Après la messe, ils avaient dansé durant tout le temps qu'avait duré le réveillon chez Hélène et Ludger, mais il s'était bien gardé de se rapprocher d'elle plus qu'il ne fallait en tourbillonnant sur les gigues, les airs de valse et autres sets carrés à la mode. Par contre, au moment de la quitter, le coquin avait déposé sur son front un baiser plus brûlant qu'à l'accoutumée et elle en avait frissonné de plaisir. Elle ne se trompait pas, elle ne voulait pas se tromper : l'homme lui laissait entendre, à sa manière, que l'espoir continuait d'exister et qu'avant longtemps, leur amour éclaterait au grand jour.

— Heureusement que dimanche n'est que dans deux jours, jolie Camille. D'ici là, vous allez me manquer.

— À moi aussi, mon chéri.

Elle l'avait appelé « mon chéri » ! Quelle audace ! Et quel toupet de la part d'une jeune fille bien élevée ! Elle aurait pourtant voulu lui crier : « Ne pars pas, ne me quitte pas, mon amour ! Marie-moi, emmène-moi avec toi au bout du monde, prends-moi toute si tu veux ! Je n'en peux plus de te voir repartir chaque semaine, je n'en peux plus de compter les jours et les heures, et de scruter le ciel chaque dimanche matin, de crainte qu'une tempête ne t'empêche de venir me prendre la main. J'ai envie de me donner à toi tout entière, moi ! Les gars de la campagne n'ont-ils pas envie de ça ? Je t'en supplie, mon amour, mon amour, ne m'abandonne plus… »

Mais elle s'était tue. Une seule fois, à l'automne, à la veille de retourner à Montréal avec ses sœurs, elle avait risqué le tout pour le tout et lui avait lancé son « Moi aussi, je pourrais vous aimer ». Et un miracle s'était produit. Faudrait-il donc qu'elle prenne encore l'initiative des mots d'amour pour faire sauter l'embâcle qui semblait endiguer le cours de la rivière vers l'avenir? Les Fêtes étaient maintenant passées et rien de prometteur ne se produisait. Après avoir rangé les étrennes non vendues dans la remise du magasin, elle avait repris en soupirant la préparation secrète de son coffre d'espérance. Espérance, en effet! Camille ne vivait plus que de cela.

— Voilà, madame. Je pense que votre commande est complète. Farine, sucre, poisson et poulet. Et un sac de cubes de bœuf. Laissez-moi vous aider à transporter tout ça dans votre traîneau.

— Non, non, vous risqueriez de prendre froid. D'ailleurs, je vous trouve bien pâle, aujourd'hui, mademoiselle Camille. Vous allez bien, j'espère? Parlez-moi un peu de vous…

Au magasin, les clients s'attardaient souvent pour une jasette. Sans s'en douter, ils faisaient du bien à Camille en lui changeant les idées. Il arrivait même qu'un attroupement se forme près des comptoirs pour commenter l'actualité et rapporter les nouvelles du coin. On regrettait l'annonce du départ de Mgr Bégin, mais on se réjouissait de l'agrandissement de l'hôpital Hôtel-Dieu de Saint-Vallier. On discutait de la construction du pont du bassin, prévue pour le printemps suivant, et de celle du nouveau chemin de fer entre Chicoutimi et Chambord d'où partaient les trains pour Québec. Avec force détails, on commentait les aventures d'un voisin ou les malheurs d'une cousine. Ainsi, toute la paroisse s'inquiétait pour madame Gagnon présentement atteinte de la fièvre typhoïde. Le docteur Caron l'avait mise au lait bouilli et au vin blanc et, quand elle prendrait du mieux, elle aurait la permission de manger enfin des pommes cuites. Le docteur Beauchamp, lui, aurait certainement prescrit autre chose… On se désolait souvent de la mort qui rôdait, toujours cruelle, toujours présente, surtout chez les enfants qui tombaient comme des mouches à cause de la grippe en train de dégénérer en « consomption galopante », cette année-là. On achetait donc, au magasin général, de grandes quantités de baume d'épinette rouge afin de conjurer le sort.

Camille suivait les conversations avec une oreille attentive, absorbant peu à peu la simplicité et la bonhomie de ce petit peuple isolé et vivant en symbiose durant les longs mois d'hiver. Si on pratiquait d'emblée la sollicitude et l'entraide, d'importantes discordes ne manquaient pas de survenir quand il s'agissait de politique. De génération en génération, on se déclarait rouge ou on se déclarait bleu, mais jamais entre les deux. Et les discussions passionnées se poursuivaient parfois tard le soir, même après l'heure de fermeture du magasin. Ludger, après avoir renvoyé sa nièce en haut, ajoutait deux ou trois bûches dans la truie, tirait les chaises et les crachoirs, et les vieux de la place allumaient alors leur pipe ou prenaient une chique de tabac. Parfois, bon prince, il offrait une tournée d'absinthe, et on se mettait alors à régler les problèmes du monde entier.

L'hiver 1892 fut particulièrement rigoureux. En dépit du froid cinglant, la municipalité organisa, un dimanche du début de février, un après-midi costumé sur le « rond à patiner ». Il gelait à pierre fendre, mais cela n'empêcha pas les participants de venir nombreux. Même la fanfare réussit à jouer plusieurs airs, au grand plaisir des badauds. Comme le magasin général se chargeait de vendre des biscuits et du café chaud à cinq cennes la tasse, Camille s'offrit pour faire office de vendeuse. La tante Hélène, de retour de son voyage à Québec, refusa net.

— Il n'en est pas question ! Tu vas te déguiser et t'amuser comme les autres jeunes de ton âge. Tu travailles assez fort, Camille. Aujourd'hui, je te donne congé.

— Mais je n'ai pas de déguisement, ma tante !

— Je m'en occupe.

Quand Camille Laurin, vêtue en Diane la chasseresse, un drap blanc croisé sur son épaule, une couronne de lauriers sur son bonnet de laine ainsi qu'un arc et des flèches accrochés dans son dos, fit son apparition sur la patinoire, elle aurait voulu se trouver à cent lieues de là tant elle se sentait ridicule. Par miracle, Étienne ne s'était pas pointé ce dimanche-là, il ne pourrait donc pas se moquer d'elle, ne fût-ce que gentiment. Elle parada donc à contre-cœur parmi les loups-garous, les fausses Indiennes, les pirates et les sorcières, sous les applaudissements de la foule. Mais elle garda un œil sur la sortie où elle ne manquerait pas de se faufiler dès que les musiciens cesseraient leur vacarme étourdissant.

Hélas, par distraction, la belle chasseresse buta soudain contre un petit monticule de glace et, après un vol plané spectaculaire, elle s'étala de tout son long au milieu de la patinoire. Un peu sonnée, Camille essaya de se relever mais retomba aussitôt. On s'empressa alors autour d'elle en attendant l'arrivée des renforts.

— Ça va. Je n'ai rien de cassé, je me sens juste un peu étourdie.

C'est alors qu'elle entendit une voix chaude, reconnaissable entre toutes.

— Allons, jolie Camille, laissez-moi vous aider. Donnez-moi le bras.

C'était lui ! L'homme de sa vie, déguisé en chasseur. Comment aurait-elle pu le reconnaître derrière son masque ? Elle s'agrippa à lui de toutes ses forces et réussit enfin à se relever, rouge de dépit.

— Moi qui voulais justement, aujourd'hui, vous proposer une aventure de chasse…

— Une aventure de chasse ? Comment cela, Étienne ?

— Une aventure de chasse… au bonheur.

— Je ne comprends pas.

— Jolie Camille, voulez-vous m'épouser ?

21

Marguerite recevait peu de nouvelles de ses sœurs. À part une courte visite de Camille et Étienne à Montréal, lors de leur voyage de noces au milieu de l'hiver 1892, elle n'avait revu personne depuis son voyage au Saguenay, plus de trois ans et demi auparavant. Elle ne connaissait pas plus les petits Beauchêne de Grande-Baie que la troisième enfant d'Anne, une « chouchoune » qui faisait, paraît-il, la joie de ses parents.

Curieuse coïncidence, monsieur Greenberg, chez qui Marguerite avait déjà fait office de gouvernante après la naissance de son premier-né, était décédé le même jour que le père André-Marie Garin, curé de Lowell, soit le 17 février 1895. Cet hiver-là, la scarlatine avait emporté l'homme d'affaires en quelques jours, comme des centaines d'autres personnes à Montréal. Même si les Greenberg appartenaient à l'Église méthodiste, on avait fait appel à Antoine pour célébrer l'office funèbre dans une église protestante de l'ouest de la ville.

Le pasteur n'avait pas hésité à louanger l'ouverture d'esprit et la générosité du riche industriel, à la fois financier et entrepreneur. Depuis la fondation du Refuge Lacroix, les Greenberg ne cessaient d'envoyer des meubles, de la lingerie, des vêtements, du matériel scolaire et même des produits d'épicerie pour le confort et le bien-être des résidentes. Tous les deux ou trois mois, une charrette remplie de victuailles surgissait à l'improviste dans l'arrière-cour. Quelqu'un déchargeait discrètement les marchandises devant la porte d'entrée et s'en retournait sans même demander de signer un accusé de réception.

Mais Antoine et Marguerite savaient bien d'où provenaient ces largesses. Afin de remercier ces gens de tant de générosité, Marguerite demandait parfois aux pensionnaires de confectionner quelques tartes et gâteaux qu'elle allait gentiment porter sur la rue McGill en compagnie d'Antoine et des deux enfants, certains dimanches après-midi.

On rentrait par le tramway électrique de la rue Craig, inauguré quelques années auparavant et connu sous le nom de *Rocket.* Cette promenade en « petit char » avait le don d'exciter passablement les deux garçons. Emmanuel venait de célébrer ses sept ans, petit bonhomme sage et premier de classe. Il ne pouvait renier son père tant il lui ressemblait par la douceur des traits, ses yeux bleus romantiques et ses cheveux bouclés comme ceux d'un ange. À l'opposé, Bertrand, boute-en-train de trois ans, avait déjà l'énergie et la détermination farouche de sa mère.

Occupant ses jours entre la pratique du culte et celle, plus accaparante, de la charité, la famille Lacroix menait une vie plutôt trépidante. À toute heure du jour ou de la nuit, les résidentes réclamaient de l'attention. Quand ce n'était pas Marguerite qu'on appelait à cause d'un enfant malade ou Antoine, pour régler une dispute, on demandait de l'aide pour l'organisation logistique et le partage des lieux, pour les travaux de couture, et même pour obtenir des explications supplémentaires pour la rédaction d'un devoir de français, matière toujours enseignée gratuitement par l'épouse du pasteur.

De plus, les crises de désespoir n'étaient pas rares chez ces jeunes femmes dont, pour la plupart, on avait profité, abusé, et qu'on avait abandonnées par la suite. Toutes avaient un passé dramatique et des histoires d'horreur à raconter. Et la promiscuité n'aidait pas toujours dans l'espace restreint de ce cocon niché au fond d'une cour. Les esprits s'y heurtaient et s'échauffaient souvent. Non seulement on se chamaillait, mais parfois des pensionnaires en venaient même aux coups, prêtes à défendre bec et ongles ce minuscule et unique territoire que la charité avait placé dans leur lamentable existence.

À cause de l'épidémie de scarlatine qui faisait rage, Rémi Beaulieu avait bien averti les Lacroix d'user de prudence. Cent fois il avait répété les règles d'hygiène et réexpliqué de quelle manière minutieuse il fallait nettoyer le refuge.

Le docteur Beaulieu faisait partie du personnel de l'un des deux hôpitaux spécialement ouverts par l'administration municipale, l'année précédente, afin d'isoler et de traiter ces horribles cas de scarlatine. Le Montréal General Hospital assurait le fonctionnement de la nouvelle clinique anglophone, et l'hôpital Notre-Dame gérait l'autre, sur la rue Moreau. En plus d'avoir rendu la vaccination obligatoire et d'avoir ouvert des services municipaux d'hygiène et de soins de santé, le gouvernement avait multiplié les stations de quarantaine auxiliaires, en plus de celle de Grosse-Île, pour y retenir les bateaux amenant des passagers contaminés par les maladies contagieuses. On avait même réglementé la distribution et la vente de lait dans la province en exigeant que les bidons et autres ustensiles soient quotidiennement nettoyés. Il était, de plus, interdit de transporter des déchets dans les véhicules servant à la distribution du lait. On avait même installé une étuve pour désinfecter les vêtements des familles atteintes par la maladie.

Malgré ces mesures, la scarlatine faisait rage et les Montréalais tombaient comme des mouches. Morte de peur de devoir revivre un scénario semblable à celui de la variole, quelques années auparavant, Marguerite, le cœur oppressé, passait en revue toutes les pensionnaires du refuge chaque matin et posait une main nerveuse sur le front de chacun des enfants. Antoine avait beau tenter de la rassurer, rien n'y faisait.

— Aie donc confiance, Margot ! Si jamais cela se produit, Dieu nous donnera la force, tu le sais bien.

— Pourquoi a-t-Il laissé Béatrice se pendre, alors ? Je n'arrive pas à oublier ça, Antoine. Je ne l'oublierai jamais...

Après avoir longuement caressé ses deux petits endormis dans la chambre d'à côté, Marguerite finissait par s'endormir tard dans la nuit, blottie contre son Antoine chéri. Elle lui enviait sa foi aveugle et inconditionnelle. Parfois, elle se réveillait en sursaut, couverte de sueur et bouleversée par son rêve, toujours le même, dans lequel elle voyait Béatrice marcher dans sa direction en tenant à bout de bras son ange de porcelaine. Elle s'approchait, s'approchait si près que Marguerite tendait la main pour le prendre. Mais au moment précis où elle s'apprêtait à le saisir, Béatrice le laissait tomber par terre et il se brisait à ses pieds. Le bruit de cet éclatement hantait alors Marguerite toute la journée.

Inquiet de voir sa femme fatiguée et amaigrie, Antoine posa, un soir, une main chaude sur son épaule, en affichant un sourire enjôleur. Son sourire de manipulateur.

— Toi, ma belle Margot, tu as besoin de vacances, ça crève les yeux. Pourquoi ne pas aller passer quelques jours à Lowell ou à Grande-Baie ?

— Tu n'y songes pas ! S'il fallait que la maladie surgisse ici, un bon matin.

— La maladie, la maladie… Tu ne songes qu'à ça ! Il faudrait te distraire de temps en temps, mon amour. Je te rappellerai tout simplement, si jamais j'ai besoin de toi, voilà tout.

Parlant de se changer les idées, le pasteur du petit centre baptiste de la rue Émery ne croyait pas si bien dire. Le lendemain, il recevait par la poste un chèque faramineux au montant de dix mille dollars envoyé par la succession de monsieur G. Greenberg, décédé le mois précédent. Dix mille dollars, une fortune ! Antoine faillit en tomber par terre. Il alla aussitôt trouver Marguerite, en train de remplacer les draps d'un lit du refuge, et il brandit l'enveloppe avec une excitation qu'elle ne lui connaissait pas.

— Tu sais pas quoi, mon amour? Je tiens là quelque chose pour t'occuper l'esprit pendant un bon bout de temps.

La liste d'inscription des nouveaux convertis francophones à l'Église baptiste s'allongeant avec une lenteur propre à décourager le plus zélé des pasteurs, Antoine et Marguerite décidèrent d'investir la majeure partie de ce don inespéré pour l'agrandissement du refuge plutôt que de construire une église. Ils obtinrent facilement l'accord de la Baptist Convention for Ontario and Quebec. Le reste de l'argent servirait à améliorer les espaces consacrés au culte et à l'enseignement. Dans l'engagement du couple Lacroix, la charité importait davantage que la piété. Grâce à cette somme, ils allaient pouvoir doubler le nombre de places, et une dizaine de pensionnaires et leur enfant pourraient dorénavant profiter d'un foyer d'accueil mieux organisé. On allait acheter d'autres meubles, agrandir la cuisine et l'atelier de couture, bref, améliorer tout l'équipement du refuge.

Quant aux cours de Marguerite, elle les dispenserait dorénavant dans une vraie classe aménagée dans le logement voisin qu'ils allaient louer, et dont le salon double serait transformé à la fois en école et en chapelle. Ces derniers temps, le pasteur et sa femme étaient justement partis en campagne pour mousser la promotion de l'instruction. Si le nombre d'analphabètes avait passablement diminué à Montréal au cours des dernières années, il restait qu'un grand nombre de jeunes des quartiers ouvriers de Sainte-Anne et de Saint-Jacques travaillaient dans les manufactures sans savoir lire ni écrire. Des leçons gratuites, un ou deux soirs par semaine, n'empiéteraient pas sur leurs heures de travail tout en leur apportant une ouverture sur le monde et la capacité de mieux se débrouiller dans l'existence. Bien entendu, Antoine ne perdait pas de vue le fait que cela permettrait à ces jeunes de lire les Saintes Écritures, même si Marguerite ne ciblait pas vraiment cet objectif particulier.

On se retroussa donc les manches, on tira des plans et, après une campagne pour réclamer l'aide des gens du quartier, on embaucha quelques ouvriers. Bref, un mois plus tard, le Refuge Lacroix avait pris de l'expansion et, pourquoi pas, du panache. Sur le devant, côté rue, à la porte de l'appartement attenant à celui des Lacroix, une enseigne affichait : Centre évangélique baptiste et Maison d'enseignement. En dessous, une flèche indiquait de passer par l'arrière pour accéder au Refuge Lacroix, Foyer d'hébergement. Ce renouveau donna des ailes à Marguerite, d'autant plus que – était-ce l'effet des prières d'Antoine ? – la scarlatine épargna les pensionnaires de la rue Émery.

La jeune femme oublia l'idée d'un voyage à Lowell ou à Grande-Baie.

22

Après la naissance de la deuxième enfant de Camille, une petite fille, sa belle-sœur Eugénie ne cessait de lancer des remarques désobligeantes autour du berceau garni de dentelles.

— Pauvre mignonne, une autre qui va souffrir ! Un petit frère pour ton fils Daniel, ça aurait été préférable pour bien des raisons…

— Ben quoi ? Ma fille va vivre une vie heureuse, voyons donc !

— Ah, tu crois ça, toi ? T'as pas remarqué qu'à part de mettre des enfants au monde, les femmes sont considérées comme des moins que rien ? Dans quelques années, on va te dire avec un certain regret que c'est pas Sophie qui va fournir de l'aide sur la ferme et qu'en plus, il faudra payer une dot quand elle va se marier. On va même ajouter qu'Étienne est chanceux d'avoir un héritier mâle pour perpétuer son nom et s'occuper plus tard de la terre paternelle, tandis qu'on soupirera au sujet de ta fille !

De quoi se mêlait-elle, celle-là ? Camille se retenait pour ne pas sauter au cou de sa belle-sœur, toujours sarcastique, toujours négative. Non sans tiraillements, les deux femmes avaient tout de même établi, petit à petit, leurs territoires respectifs.

Le manque d'expérience de Camille en matière agricole et ses deux grossesses l'avaient naturellement dispensée de s'occuper de la vache et des poules, ainsi que de participer aux durs travaux de labourage, hersage et coupe à la faucille, et même des récoltes. La belle-sœur, avec ses gestes brusques et peu féminins, se trouvait davantage en mesure d'assister Étienne sur la terre. L'entretien du potager, les travaux ménagers et la préparation des repas, sans compter les soins aux enfants, suffisaient amplement à la jeune mère.

Pour le reste, pour la fabrication du savon et celle du beurre, pour la production du sirop d'érable, pour la boucherie, la lessive ou le récurage des planchers, on tentait de partager les tâches à l'amiable. Malheureusement, une guerre ouverte se déclarait trop souvent entre les belles-sœurs, prêtes à défendre avec un zèle outré leurs points de vue et leur façon de faire souvent aux antipodes.

Camille admettait qu'elle avait encore beaucoup à apprendre. Mais grâce à Angelina, elle savait filer la laine et tisser, et elle n'avait pas de conseils à recevoir quand elle entreprenait des travaux de couture et de tricot. La belle-sœur pouvait bien aller au diable avec ses recommandations farfelues. Camille Laurin savait aussi bien actionner une machine à coudre que cette vieille folle de campagnarde engluée dans ses idées démodées savait traire une vache !

À vrai dire, les deux femmes en étaient venues à se détester royalement. Sans la présence d'Eugénie, Camille aurait facilement construit un nid heureux au sein de cette ancienne demeure ne manquant pas de charme et autrefois voisine de la sienne.

Cependant, aux yeux de la célibataire, la maison n'appartenait pas à celle qu'elle considérait comme une intruse, et elle ne lui appartiendrait jamais ! C'était la sienne, à elle, Eugénie Beauchêne, et uniquement la sienne. Elle y était née et y avait écoulé quarante-trois ans de sa vie, pourquoi aurait-elle accepté qu'une étrangère, une jeunette de la ville par surcroît, décide de changer la couleur d'un mur ou d'orner le canapé du salon de nouveaux coussins ? Cette casse-pieds avait déjà bien assez de la chambre matrimoniale et de celle des enfants à décorer, elle n'avait pas à se mêler du reste. Quelle calamité que cette « envahisseuse » qui coupait les tomates et les concombres en cubes plutôt qu'en jolies tranches, mettait trop de savon dans l'eau de vaisselle et repassait les manches et les cols de chemise sans y ajouter suffisamment d'empois !

Bien sûr, pour Camille, la vieille maison de ferme des Beauchêne ne ressemblait en rien aux logements nettement plus modernes d'Anne et de Marguerite, ni à la magnifique demeure de Rose-Marie ou à celle du couple Lewis de Colebrook dans laquelle elle avait vécu de nombreuses années. Des réparations s'imposaient, de toute évidence. Comment le frère et la sœur avaient-ils pu négliger à ce point le bois de la galerie en train de pourrir ? Et la source d'eau potable ? Ils auraient pu au moins aménager une *champlure* dans la cuisine au lieu d'utiliser encore cette pompe usée installée derrière la maison. Et pourquoi pas une toilette à l'intérieur ?

Parfois, Camille se demandait à quoi aurait ressemblé la maison d'à côté, si elle n'avait pas brûlé. Pour dire le vrai, elle ne se le rappelait guère. Une seule image remontait à sa mémoire avec une certaine précision. Il s'agissait de la balançoire suspendue au grand érable devant la maison. Elle se voyait encore, assise sur la planche, ses petites mains solidement agrippées aux câbles de jute qui lui piquaient les doigts. Elle se donnait alors de si gros élans qu'elle avait l'impression de voir ses pieds toucher le ciel. Invariablement, Rébecca se montrait dans la porte de la maison en s'essuyant les mains sur son tablier et, invariablement, elle lui criait :

— Attention, Mimille, tu vas trop fort ! Tiens-toi bien, sinon, tu vas tomber !

Et Mimille ralentissait sagement et se contentait de monter juste assez haut pour jeter un œil sur le toit de la maison des Beauchêne située à un jet de pierre. Qui aurait cru alors qu'une fois adulte, elle habiterait là et y élèverait une famille ?

Un jour, elle avait timidement demandé à Étienne d'installer une balançoire sous le grand érable qui étendait autrefois ses longs bras devant la maison des Laurin.

— Je pourrais prendre les enfants sur mes genoux et leur chanter des comptines.

— Pour quelle raison veux-tu utiliser cet érable-là ? Pourquoi pas juste ici, derrière ? Il y en a deux bien solides.

— Parce que… parce que… j'ai l'impression que maman se trouve encore là, chez nous, sur notre terrain. Sous notre terrain, devrais-je dire, comme dans une chapelle ardente, et j'aime y aller. Après tout, c'est juste à côté et en longeant le boisé, ça ne prend que deux minutes pour s'y rendre.

Étienne s'était plié de bonne grâce et avait suspendu la balançoire sans se douter que ce lieu deviendrait à la longue une sorte d'oasis pour sa femme. Plus qu'une oasis, un sanctuaire. Quand Eugénie lui tapait sur les nerfs, Camille prenait ses petits et allait se réfugier dans ce havre de paix, le temps de quelques larmes ou d'une prière à sa mère. Elle y puisait en général suffisamment de force et de courage pour retourner dans l'autre maison et affronter de nouveau les exigences de la belle-sœur, malgré sa conviction profonde que la princesse de Joseph Laurin n'arriverait jamais à détrôner cette détestable reine du foyer Beauchêne.

La présence quotidienne de la vieille fille au milieu de son ménage et dans « sa » maison rendait Camille folle, et elle ne cessait de se plaindre à son mari de son attitude désobligeante. Hélas, parti aux champs durant l'été et retourné aux chantiers dès l'hiver suivant leur mariage à cause des salaires supérieurs à ceux de l'usine, Étienne ne semblait pas saisir à sa juste mesure la morbidité de l'atmosphère qui régnait chez lui à cause de sa sœur. Pour sa part, il vouait à cette dernière une reconnaissance inconditionnelle pour les avoir élevés, lui et ses frères et sœurs, après la mort de leur mère. De là provenait assurément sa trop grande tolérance au sujet de certains comportements inacceptables.

À sa manière un peu gauche, Étienne avait pourtant aidé sa femme à s'adapter à la vie paysanne. Peu exigeant, toujours satisfait, il s'amusait gentiment des maladresses de l'ancienne citadine. Et il était plutôt du genre à donner un coup de main à sa jolie Camille au lieu de lui reprocher un plancher mal lavé, par exemple, ou l'oubli sous une ondée de draps mis à sécher sur l'herbe. En réalité, le mari et la femme se ressemblaient jusqu'à un certain point : même tempérament un peu renfermé, même pudeur à exprimer leurs états d'âme, et même façon simple et accommodante de voir les choses.

De loin, Camille regardait s'activer le frère et la sœur sur les terres des Beauchêne et celles, louées, des Laurin, et elle enviait Eugénie, cette voleuse de mari, de passer autant d'heures en parfaite harmonie avec Étienne, l'homme qui aurait dû lui appartenir tout entier.

Il lui arrivait parfois de regretter le temps écoulé avec son oncle et sa tante au magasin général de Chicoutimi. Là, au moins, elle voyait du monde, ça bougeait, ça tournait autour d'elle. À tout instant, elle entendait retentir le rire contagieux de Ludger et celui des clients. Tandis que dans cette maison de ferme perdue dans l'immensité de la nature, le temps n'en finissait plus de s'étirer en dépit des multiples et harassantes tâches à accomplir.

Providentiellement, un vieux piano se trouvait dans le salon. Il n'avait pas servi depuis des années et avait un urgent besoin d'être accordé, mais qu'importe, Camille y passait des heures, confiant à ce fidèle compagnon des émotions qu'elle aurait préféré vivre autrement.

Et le soir, quand les deux travailleurs sales et affamés rentraient des champs et qu'elle leur servait une large assiettée de ragoût, le frère et la sœur dévoraient en silence, rompus depuis toujours à ce mutisme et ce régime de vie. Alors

Camille se sentait comme une importune. À croire qu'elle avait épousé la sœur en même temps que le frère !

Dans ces moments-là, elle aurait tout donné pour se retrouver seule avec son mari et leurs petits trésors. Mais Étienne, exténué, préférait monter se coucher très tôt. À peine s'il lui faisait l'amour de façon expéditive pour s'endormir aussitôt, emporté à des lieues de sa femme qui aurait eu envie, sinon de plus de caresses, à tout le moins de plus de complicité. Camille Laurin se disait parfois qu'elle avait simplement épousé « un bon diable » et qu'elle devait s'en contenter.

Il en était de même pour le soin et l'éducation des enfants. Étienne ne se formalisait de rien et s'en remettait entièrement à Camille, même durant les saisons où il n'était pas parti aux chantiers. « C'est une affaire de femmes, répétait-il souvent, et tu fais si bien ça, jolie Camille ! » La jolie Camille serrait les poings et s'en allait en silence changer la couche de l'aîné qui venait encore de se souiller. La belle-sœur, elle, ne se gênait pas pour se mêler de ce qui ne la regardait pas et pour lancer ses critiques sur un ton acerbe.

— Daniel devrait être propre, à son âge… T'as vraiment pas le tour, Camille ! Franchement, deux enfants aux couches, ça n'a pas de sens ! Et ce petit-là marche à peine tellement il manque d'énergie. Arrête donc de le dorloter et de le bercer comme un bébé ! Heureusement, sa sœur Sophie semble plus dégourdie, elle va le dépasser avant longtemps. Moi, ça m'inquiéterait, en tout cas. Il me fait penser à un de nos cousins de Saint-Alphonse, du côté de mon père, qu'on a connu il y a quelques années. Pareillement mou, toujours malade, toujours enfargé partout. De la misère à mettre un pied devant l'autre et deux mots en ligne. Il est mort d'une otite à l'âge de cinq ans, le ti-pit. Moi, à ta place, je l'emmènerais chez le docteur, cet enfant-là.

— Mêle-toi donc de tes affaires, Eugénie Beauchêne ! Daniel est juste un peu en retard. Il va se rattraper avec le temps, j'en suis certaine. Et puis, il est rarement malade, à peine un rhume de temps à autre. Laisse-le donc tranquille !

— Un rhume de temps à autre ? Mais il morve tout le temps, ce p'tit-là ! Quand il n'est pas en train de vomir… Réveille-toi, la belle-sœur !

Encore là, Eugénie avait le toupet de se mêler de ce qui ne la regardait pas. Forte de son expérience d'avoir jadis pris la relève de sa mère, la vieille fille se permettait, non seulement de lui donner des conseils, mais aussi de lui dire quoi faire au sujet des enfants. Et Camille recevait ces commentaires et ces ordres comme une manifestation flagrante de jalousie de la part de celle qui n'avait pas connu le bonheur d'enfanter, cette sainte-nitouche qu'aucun homme n'avait sans doute approchée…

Oui, elle devait bien l'admettre, Daniel marquait peu de progrès au fil des mois, et elle le trouvait parfois maladif. Eugénie n'avait pas tort :

Sophie, plus jeune de dix-huit mois, se développait plus rapidement. Mais pour l'instant, il n'y avait pas lieu de s'alarmer. Bien sûr, le bambin tombait souvent et se frappait partout, n'arrivant pas à franchir une bonne distance sur ses petits pieds fragiles. De plus, il s'exprimait davantage par des gestes et des cris que par des mots. Et après ? Ça lui prenait juste un petit peu plus de temps que les autres, voilà tout ! Elle en discuterait avec Étienne dès son retour des chantiers, et ils décideraient ensemble des mesures à prendre.

L'hiver 1895 parut à Camille le plus long de son existence. En ce début d'avril, la jeune mère jetait un coup d'œil par la fenêtre du salon dix fois par jour, imaginant le moment où elle verrait enfin son cher Étienne, de retour du chantier, tourner à la croisée des chemins. Mais ce n'était pas pour tout de suite, elle devait prendre son mal en patience. Elle n'avait pas vu l'homme qu'elle adorait depuis des semaines et elle l'imaginait la prenant dans ses bras et la regardant dans les yeux avec son sourire irrésistible, ce sourire teinté d'une certaine timidité et d'une certaine retenue. Il lui dirait alors, de sa belle voix chaude :

— Bonjour, jolie Camille. Comment vas-tu ?

Elle frissonnait rien que d'y songer. Elle sentirait alors son souffle sur sa peau, la douceur un peu piquante de sa barbe, la chaleur de son étreinte, son odeur virile. Et elle ne se sentirait plus seule, enfin ! Si seulement la maudite belle-sœur pouvait avoir la délicatesse de disparaître l'espace d'un jour ou deux. Au moins celui du retour d'Étienne. N'avait-elle pas de la parenté, des amis, des connaissances à Chicoutimi ou dans un village voisin ? Mais Camille ne se leurrait pas. La chipie scruterait méchamment chacun de leurs gestes et soupirs, et quand ils se donneraient l'un à l'autre au cours de la nuit, la jeune mère savait qu'ils allaient devoir s'exécuter en silence, en évitant les craquements du lit et en retenant leur souffle et leurs gloussements de plaisir ; sachant bien que des oreilles malicieuses et certainement envieuses resteraient aux aguets jusqu'au matin.

Ce jour-là, la neige s'était mise à tomber dru, et Camille cessa bientôt son guet inutile dans la fenêtre. Les hommes ne redescendraient certainement pas des chantiers avant quelques semaines, que lui servait de tant rêver ? Elle reprit son tricot en soupirant aux côtés d'une Eugénie de mauvaise humeur qui jeta rageusement deux bûches dans le poêle. La jeune mère la regarda d'un air perplexe. Sans doute la chère belle-sœur s'attendait-elle à ce que Camille se charge elle-même du chauffage de la maison. Elle réprima une grimace.

Depuis le matin, le petit Daniel semblait filer un mauvais coton. Pendu aux jupes de sa mère, il chignait pour tout et pour rien. Par trois fois, il avait manqué mettre le feu en poussant une chaise de paille contre le poêle brûlant. Outrée,

Eugénie l'avait réprimandé violemment, puis s'était tournée vers Camille qui s'obstinait à garder le silence.

— Occupe-toi donc de ton petit morveux, Camille ! Tu vois bien que cet enfant-là est fatigué. Va donc le coucher, il va cesser de nous embêter, à la fin !

— Ça te regarde pas, la belle-sœur. Je le coucherai quand je le déciderai, pas avant.

— J'ai pas envie de voir brûler ma maison, moi !

— À ce que je sache, il s'agit de ma maison autant que de la tienne.

— Pas moyen d'avoir la paix avec vous autres, les Laurin ! V'là quinze ans, c'était ta mère, puis là, c'est toi !

— Comment ça, « v'là quinze ans, c'était ma mère » ? Que veux-tu insinuer, Eugénie Beauchêne ?

— Rien, rien… J'ai rien dit !

Le ton avait monté dangereusement et eut pour effet d'énerver davantage le bambin qui redoubla ses pleurs. Comble d'agacement, Sophie se joignit à lui pour une séance de pleurnichage en règle.

— Quand est-ce que tu vas commencer à les élever, ces petits-là, Camille ? C'est pas du monde, j'ai jamais vu ça, des affaires de même !

— Sors donc un peu, la belle-sœur, tu vas peut-être finir par en voir des affaires ! Ça va te déniaiser un peu. Puis tu vas arrêter de m'empoisonner la vie, tout le temps collée sur moi sans arrêt comme une sangsue. J'en peux plus, moi…

— Toi, la boiteuse, fais attention à ce que tu dis.

— C'est toi qui n'es pas capable de finir ce que tu commences, espèce de lâche ! Dis-le donc, ce qui se passait avec ma mère, il y a quinze ans, hein ? Dis-le donc !

— Ah, tu veux le savoir ? Eh bien, je vais te le dire, vu que tu insistes ! Tant pis pour toi, tu auras couru après ! Ta chère mère, tu sauras, pendant que ton père Joseph travaillait aux champs ou coupait des arbres dans le fin fond des bois, eh bien… Eh bien, elle venait ici par la lisière du bois, en arrière, pour coucher avec mon père ! Eh oui, ma chère, ta mère couchait avec ton futur beau-père, Roméo Beauchêne, le père de ton mari… Au moins, lui, il avait l'excuse d'être veuf. Mais elle, une femme mariée…

— Je te crois pas, maudite menteuse !

— Ah non ? Ben moi, je les ai vus faire, puis pas rien qu'une fois, tu sauras ! Des dizaines et des dizaines de fois, et pendant des années ! Ils s'enfermaient dans la chambre du haut côté, celle d'où l'on peut voir arriver un visiteur de loin.

Le lendemain, dès que la tempête de neige fut terminée, Camille prépara un grand sac de vêtements et supplia le postillon de l'amener à Chicoutimi avec ses enfants. Si Hélène la reçut à bras ouverts, Camille ne sut que répondre aux questions empressées de Ludger.

— Que se passe-t-il donc, la Camille ?

— Je ne sais pas, mon oncle. Je file un mauvais coton. J'ai seulement besoin de quelques jours de congé avant le retour d'Étienne. Ma belle-sœur, vous savez…

— Ah, celle-là…

C'est tout ce que Ludger Tremblay se donna la peine de répondre à sa nièce qui venait d'éclater en sanglots.

23

Pierre lança le journal sur la table dans un geste colérique.

— Regarde-moi ça, Anne, c'est un non-sens ! *Le Messager* s'américanise de plus en plus. As-tu vu les annonces, les caricatures, les illustrations et même les potins locaux ? Et c'est sans compter le grand nombre d'articles sur les sports pratiqués par les Américains. Et ça se prétend défenseur des valeurs culturelles francophones ! Le directeur Couture va savoir ma façon de penser. Je vais lui écrire dès maintenant, à ce cornichon !

Anne jeta un regard distrait sur l'édition de mars du journal français de Lewiston et poussa un soupir d'ennui. La campagne toujours vibrante de son mari pour la survivance du fait français ne l'intéressait guère. L'éducation de leurs trois enfants, l'entretien de la maison et ses activités artistiques de peintre lui suffisaient amplement. Élisabeth allait maintenant à l'école paroissiale de Lowell où l'on continuait de mettre l'accent sur la culture française et le catholicisme malgré l'obligation d'enseigner l'anglais plusieurs heures par semaine au cours de l'après-midi.

Une annonce publicitaire retint toutefois l'attention d'Anne à la troisième page du journal : on y faisait la promotion de moulins à laver mécaniques. Tiens, tiens… Ce serait une bonne idée d'en acquérir un et de mettre la planche à laver au rancart pour ménager ses doigts d'artiste et éviter les gerçures qui ne manquaient pas d'apparaître automatiquement sur la peau de ses mains tous les lundis, jour de la lessive. Après tout, la vente de ses tableaux allait bon train, et leur budget leur permettait maintenant ce que Pierre ne manquerait pas d'appeler une dépense folle. Elle allait justement lui en parler quand quelqu'un frappa trois coups à la porte. Ah ? Elle n'attendait pourtant personne.

Elle bondit sur ses pieds. Cette silhouette à travers la vitre...

— Camille !

C'était bien elle.

— Toi, ma sœur ? Tu parles d'une surprise ! Mais que fais-tu ici ? Jamais je n'aurais imaginé te voir « retontir » aujourd'hui comme un cheveu sur la soupe ! Tu n'apportes pas de mauvaises nouvelles, au moins ?

— Non, non, j'en avais juste assez de ma belle-sœur. Étienne ne redescendra pas des chantiers avant au moins deux bonnes semaines. Alors, j'ai décidé de prendre un petit congé.

— Mais où sont tes enfants ?

— Ma tante Hélène a offert de les garder pour quelques jours. Heureusement que je l'ai, celle-là ! Une vraie mère pour moi !

Anne eut de la difficulté à comprendre que la simple intolérance envers une belle-sœur avait suffi à motiver Camille à quitter la région du Saguenay et à effectuer un si long périple jusqu'à Lowell, en plein hiver par-dessus le marché ! Et pour quelle raison ne s'était-elle pas plutôt arrêtée à Montréal, à peu près à mi-chemin entre Grande-Baie et Lowell ?

La benjamine devina-t-elle les questionnements de sa sœur ? Elle apporta aussitôt quelques vagues explications.

— La sœur d'Étienne n'est pas toujours facile à vivre, je te jure. Elle se mêle de tout, veut tout gérer, même l'éducation de mes enfants. Sans parler de son sale caractère... J'ai tellement hâte de voir revenir mon mari, tu n'as pas idée. Mais avec la neige tombée ces derniers jours, les hommes ne vont pas quitter le bois de sitôt. Comme j'avais un besoin urgent de changement, j'ai trouvé quelqu'un pour me reconduire à Chicoutimi, chez l'oncle Ludger et la tante Hélène. Au début, j'avais l'intention de passer seulement quelques jours chez eux, mais finalement, la petite idée de venir à Lowell a fait son chemin. Hélène a insisté pour s'occuper des enfants et Ludger a offert de me conduire jusqu'à Chambord en traîneau. À partir de là, tout s'est avéré facile. J'ai pris le train jusqu'à Québec et, de là, j'ai filé vers les États-Unis. J'aurais pu m'arrêter chez Marguerite, mais j'ai pensé à toi. Et aussi à papa...

— À papa? Oui, je sais, papa sera libéré dans quelques mois et... je crains que l'on doive prendre des décisions à sa place. Je ne crois pas qu'il soit en mesure de...

— Non, non, c'est pas ça du tout! Je ne suis pas venue décider de l'avenir de notre père, j'ai juste envie de le voir et de l'embrasser, rien de plus. Un ennui qui m'a prise tout à coup, et auquel je n'ai pu résister.

— Il faudra quand même s'informer s'il a des projets, ce cher père. A-t-il l'intention de se réinstaller aux États-Unis ou préférera-t-il retourner au Canada ? Je ne sais même pas s'il est en mesure de le décider, le malheureux…

— Grâce aux sommes qu'Étienne et Eugénie ont payées depuis des années au conseil de la famille Laurin, en l'occurrence à papa, pour la location et l'utilisation des champs déjà défrichés, notre père pourra réclamer une bonne petite somme à tante Léontine, si jamais il décide de reprendre possession de sa terre à Grande-Baie. Et même s'il reste chez les Américains. Bien sûr, depuis notre mariage, ma chère belle-sœur Eugénie refuse de continuer à payer ce loyer en alléguant qu'une fille de Joseph est revenue chez elle et occupe maintenant les lieux. La dispute est prise dans la famille, et je n'ai vraiment pas envie de m'en mêler. Crois-tu que je doive revendiquer les droits de papa ?

— Aucune idée ! Tu voudrais régler ça avec lui, je suppose ? Je t'avertis, il n'est plus tout à lui, notre pauvre père. Je suis allée le voir, il y a quelques mois et…

— T'en fais pas, Anne. Ces histoires d'argent ne m'intéressent aucunement. Je lui en ai cependant parlé dans chacune de mes lettres, mais mes questions sont toujours restées sans réponse. Le reste aussi, d'ailleurs.

Camille faillit s'écrier que le seul motif de sa visite était d'apprendre la vérité au sujet du vagabondage sexuel de leur mère avec le voisin, Roméo Beauchêne, le père d'Étienne décédé quelques années auparavant. Cette vérité qu'elle voulait à la fois connaître et ne pas connaître... Mais elle préféra ne pas confier ses doutes à Anne. Elle ne possédait aucune preuve des horreurs avancées par Eugénie. Pourquoi tourmenter sa sœur à ce sujet et risquer de détruire la réputation de Rébecca ? Il importait d'abord de tâter le terrain, mine de rien, auprès de Joseph.

Mais une fois assise devant son père, trouverait-elle le courage de l'interroger ? Et s'il n'était pas au courant ? S'il apprenait seulement maintenant, après toutes ces années, les tricheries de sa femme, comment réagirait-il ? Et encore fallait-il qu'elles aient réellement eu lieu. Et si tout cela n'était que mensonges de la part de la vieille chipie ? Peut-être valait-il mieux se taire et laisser mourir ces calomnies probablement déguisées en médisances... Pourquoi ne pas laisser les morts avec les morts et garder le secret des disparus à jamais enfoui sous le terreau du silence, mêlé aux cendres de sa mère et de la maison familiale ? Toute cette histoire empêchait Camille de dormir.

— J'aurais bien aimé rencontrer tes deux petits, Camille. C'est insensé de rester ainsi séparées toutes les trois pendant aussi longtemps. Nos enfants ne se connaissent même pas !

— En tout cas, les tiens ont beaucoup changé, et je les trouve adorables. Je n'en reviens pas qu'Élisabeth aille maintenant à l'école. Comme le temps passe...

— Pour Pierre et moi, la famille est vraiment complète, tu sais. J'ai même obtenu une dispense du prêtre grâce à un papier signé par le médecin. La naissance de ma troisième ne s'est pas avérée plus facile que la précédente, et une autre tentative risquerait de me mener encore à l'hémorragie. Nous devons maintenant employer des moyens plus radicaux que l'allaitement maternel pour empêcher la famille. Il faut croire que j'ai hérité de notre mère cette difficulté à mettre au monde. N'oublie pas que maman est morte en donnant naissance à un quatrième enfant. Je me demande parfois si ce bébé perdu était un frère ou une autre sœur…

Camille faillit une fois de plus saisir la perche et ouvrir son cœur. « Si tu savais ce que j'ai appris sur notre mère… » Mais elle serra les dents. Qui était-elle, au fond, cette mère dont elle avait oublié le visage ? Si au moins elle pouvait la voir sur une photo comme celle de ce Roméo Beauchêne faisant le beau derrière sa femme à laquelle Eugénie ressemblait tant, et qu'elle dévisageait chaque jour dans le grand cadre suspendu dans le salon. Hélas, l'unique photographie de Joseph et Rébecca avait brûlé avec la maison. Et la petite fille de six ans n'avait absorbé dans sa mémoire aucun des regards de Rébecca, ni la forme de son visage, ni le timbre de sa voix. À peine une ébauche de tendresse, la douceur d'une main chaude qui frôle un visage, revenait-elle parfois dans la pénombre d'une chambre pour troubler Camille. Ou encore, un vif éclat de rire résonnait-il dans le vent comme un chant lointain lorsqu'elle berçait l'un de ses deux petits sur la balançoire accrochée au grand érable. « Est-ce toi, maman ? Maman, maman, es-tu là ? Fais-moi signe, s'il te plaît... » Mais rien ne se produisait. Jamais rien.

— Dis donc, Rose-Marie doit venir dîner avec son mari et les enfants, ce midi. Elle n'en reviendra pas de te voir ici. Ça va lui faire toute une surprise.

— Comment va-t-elle ?

— Depuis la mort de Paul Smallwood, elle file le parfait bonheur avec Georges Boulanger, son Acadien. Tout le contraire d'autrefois ! Cet homme, vraiment charmant, a facilement adopté les trois enfants et il se comporte comme un époux fidèle et un père aimant, toujours présent. Enfin, notre grande amie a trouvé le bonheur, je crois.

Camille n'ignorait pas que le premier mari de Rose-Marie, de retour d'Europe après six mois d'absence sans donner signe de vie, avait rapporté sur le bateau, en plus d'une pétillante et plantureuse Française, une Panhard-Levassor, l'une des premières automobiles équipées d'un moteur Benz. Au lieu d'écouler ses temps libres auprès de sa femme et de ses enfants, il avait préféré parcourir à toute vitesse, au volant de son bolide et en compagnie de sa donzelle, les routes sans revêtement ni signalisation de la Nouvelle-Angleterre.

Bien sûr, en propriétaire des lieux, il avait chassé dès son retour les quatre pensionnaires à qui Rose-Marie louait des chambres afin de joindre les deux bouts. Elle l'avait pourtant accueilli à bras ouverts, ce cher mari, le pardon à peine enrobé de quelque rancune. Mais il était trop tard. Paul lui préféra sa Française. De toute manière, un amour passionné était né entre le bel Acadien et Rose-Marie. Un amour que les deux hésitaient à laisser éclore à cause de l'existence pourtant ténébreuse et indifférente, mais bien réelle, du mari absent.

Après son arrivée du Nouveau-Brunswick, Georges Boulanger n'avait pas mis de temps à se trouver un emploi et à monter en grade au sein de la Suffolk Mills de Lowell, de même qu'à militer au sein de la société mutuelle l'Assomption, société acadienne de secours, ce qui avait eu l'heur de le rendre sympathique aux yeux de Pierre Forêt. Bien sûr, les Acadiens parlaient un langage coloré et fort différent, et ils ne possédaient pas les effectifs pour former de grandes communautés distinctes des Petits Canadas. Par contre, leurs unions matrimoniales avec les Canadiens français, leurs activités culturelles communes et surtout le courant d'assimilation à la société américaine favorisaient la fusion des deux groupes. Après quelques mois, Georges et Rose-Marie étaient devenus secrètement des amants.

Paul Smallwood n'eut pas le temps d'apprendre l'existence d'un autre homme dans le cœur de sa femme. Il perdit la vie dans un terrible accident de la route deux semaines après son retour d'Europe. Rose-Marie le pleura à peine et porta le deuil pour la forme lors des funérailles à l'église Saint-Jean-Baptiste. Quelques jours après son décès, elle eut la bonne surprise d'apprendre que son mari, s'il venait tout juste de déposer une demande de divorce, avait négligé de modifier son testament. Elle héritait donc d'une fortune qui assurerait son avenir et celui de ses trois enfants. Six mois plus tard, elle épousait son amoureux acadien après avoir réglé la vente de la chaîne de magasins Rosemary's Fair.

— Salut, la compagnie !

Rose-Marie entrouvrit la porte et, interdite, porta une main à la bouche.

— Est-ce que je rêve ? Est-ce que je vois bien la jeune Camille qui prenait soin de mes enfants, il y a quelques années ? Tu parles d'une visite inattendue !

Les deux femmes tombèrent dans les bras l'une de l'autre. Chacune avait légèrement changé, mais aucune ne le mentionna. Si la jeune Camille d'autrefois avait pris de la maturité, les années de tromperie et d'abandon de son mari avaient dessiné quelques rides sur le beau visage de Rose-Marie. Après avoir salué le nouvel époux, Georges, avec une curiosité à peine retenue, Camille se pencha sur les enfants Smallwood, mais elle les reconnut à peine.

— Comme ils ont grandi ! Et quels jolis garçons !

Les trois fils de Rose-Marie ne se rappelaient pas Camille, l'une parmi les trop nombreuses gouvernantes qui avaient traversé leur enfance. Ils la saluèrent poliment et s'empressèrent de rejoindre les autres au salon.

Camille ne s'en formalisa pas, mais s'étonna d'entendre les enfants d'Anne et de Rose-Marie se parler entre eux, moitié en français, moitié en anglais.

24

Camille franchit à pas lents le chemin rocailleux qui menait de la route principale jusqu'à la prison de Concord. À chacune de ses visites, par les années passées, elle avait marché dans cette direction avec un cœur léger pour en revenir systématiquement la tête basse, dépitée de voir son père aussi perturbé mentalement. Depuis son mariage, elle n'y était pas retournée et, à l'instar de Marguerite, elle avait laissé à Anne la lourde tâche de visiter leur père de temps à autre. Visites inutiles, selon Anne, et de plus en plus rares car l'homme restait imperturbable même quand elle emmenait les enfants. Joseph Laurin avait littéralement perdu la raison.

Cette fois, Anne avait préféré ne pas accompagner sa sœur, prétextant un rendez-vous avec le gérant des ventes de la succursale de Rosemary's Fair de Lowell, qui continuait de vendre ses tableaux en grandes quantités en dépit du changement de propriétaire de la chaîne de magasins. Camille, sans l'avouer, lui sut gré de cette défection. Il lui fallait tirer les choses au clair car le doute semé dans son esprit par Eugénie l'étouffait et hantait ses nuits. Celle qui dormait pour l'éternité sous le grand érable méritait-elle les élans de cœur de sa benjamine quand elle allait méditer auprès du rosier en compagnie de ses enfants afin de chercher une consolation, une douceur, une force ?

Camille risquait gros en allant interroger son père, et elle le savait. On ne détruit pas sans douleur, dans le cœur d'une femme, l'estime et le respect éprouvés envers sa mère, fût-elle morte depuis quinze ans. L'estime, mais aussi le besoin… Si Eugénie avait dit vrai, où Camille allait-elle trouver le courage du pardon ? Et pourquoi lui reviendrait-il à elle seule de pardonner à Rébecca ?

Quand Joseph se présenta finalement derrière le guichet du parloir, la jeune femme le reconnut à peine. Même si Anne l'avait avertie que l'état de leur père empirait d'année en année, elle s'attendait inconsciemment et malgré elle à retrouver le papa chéri de son enfance, à tout le moins celui qui se pointait joyeusement chez Angelina, à Colebrook, certains dimanches midi, en lui tendant une friandise. D'entrée de jeu, elle s'approcha tout près des barreaux et se mit à murmurer d'une voix émue :

— Papa ? Me reconnaissez-vous ? C'est moi, Camille, votre fille.

— …

L'œil restait vide et le visage, impassible.

— Colebrook, papa… Lowell… Ça ne vous dit rien ?

Quand l'homme sortit enfin de son mutisme et fit signe que non, la tête basse, Camille sut qu'un contact venait de s'établir. Si Joseph Laurin n'arrivait plus à se reconnecter avec le passé, il semblait à tout le moins capable de faire un lien, si minime soit-il, avec le présent.

— C'est moi, votre princesse, papa. Votre princesse. M'entendez-vous ?

Cette fois, le regard s'alluma et un éclair le traversa, l'espace de quelques secondes. Mais il s'éteignit aussitôt, et l'homme retourna dans son mystérieux univers intérieur. Du coup, Camille se sentit découragée, prête à renoncer. Ce visage maigre et buriné par la souffrance lui faisait pitié. Elle fit une dernière tentative pour ranimer, une fois de plus, le feu du souvenir.

— Grande-Baie, papa. Rébecca...

Sans crier gare, l'homme se mit à trembler et saisit les barreaux à pleines mains.

— Rébecca... Morte, Rébecca. Morte dans le sang...

— Oui, et elle dort sous les cendres de notre maison de Grande-Baie, papa. Je vis là-bas maintenant, vous le rappelez-vous? Je vous l'ai écrit bien des fois dans mes lettres, mais vous n'avez jamais répondu. Et vous savez quoi? Je vais très souvent prier sur la tombe de maman parce que... Rébecca, papa... Rébecca, vous vous en souvenez maintenant?

— Morte, Rébecca... En enfer, la maudite!

Joseph avait prononcé ces derniers mots d'une voix gutturale et frémissante de colère, une colère mal contenue. La jeune femme sursauta. La bouche de son père était devenue écumante et ses poings serraient les barreaux avec rage. Elle voyait ses jointures blanchir à vue d'œil et ses ongles pénétrer cruellement dans la chair de ses paumes, et elle comprit à ce moment-là que Joseph était de nouveau revenu à la réalité. Soudain, elle eut peur et tenta de faire diversion.

— Savez-vous, papa, que je suis mariée à Étienne Beauchêne, le fils de Roméo, votre ancien voisin à Grande-Baie ? Nous avons deux adorables enfants et...

— Roméo Beauchêne ? Le démon en personne, Roméo Beauchêne ! Le fils de Lucifer ! Mais elle a pas gagné, la garce ! Je l'ai tuée, j'ai tué ma femme ! Et j'ai tué le petit Beauchêne dans le ventre de ma femme. Je les ai tués tous les deux. Tués, tués... Partis, morts, brûlés, la Rébecca et son bâtard...

— Qu'est-ce que vous dites là, papa ? Ça ne se peut pas...

— La poudre dans la soupe... Les champignons mortels... Puis le sang, le sang partout... Eh ! eh ! Je l'ai bien eue ! Cette fois-là, c'est moi qui ai gagné. Elle a cessé de rire de moi, la vache ! J'ai tué Rébecca. J'ai brûlé la mère de mes enfants et son bâtard. Et j'ai brûlé ma maison. Oh ! mon Dieu, mon Dieu ! Je l'ai tuée ! Et j'ai tout perdu, tout perdu...

Joseph hurlait à fendre l'âme. Il se mit à se frapper la tête contre les barreaux de fer et le bruit retentissait furieusement dans la pièce comme des coups de hache sur l'écorce d'un arbre. Puis il se jeta par terre et, le visage en sang, il commença à se rouler d'un côté et de l'autre en s'arrachant les cheveux et en s'égratignant la figure.

Camille restait là, sans broncher, les mains devant les yeux, non seulement atterrée par la crise de son père mais surtout par la terrible vérité qu'elle venait d'apprendre, infiniment pire que le pire de ce qu'elle aurait pu imaginer. Ainsi, Eugénie n'avait pas menti, Rébecca couchait bel et bien avec le voisin. Et à sa mort, elle portait l'enfant du père d'Étienne et non celui de Joseph. Quelle abomination ! Camille ne savait plus qui elle devait haïr le plus : sa mère, pour ses trahisons ignobles, ou son père, pour son meurtre sordide. Pâle comme une morte, elle faillit tomber de son banc. Les fondements mêmes de son bonheur familial passé venaient de s'écrouler à jamais.

De l'autre côté du mur, des gardiens s'étaient mis à quatre pour essayer de calmer Joseph qui lançait des coups de poing et des coups de pied à qui mieux mieux en criant comme un forcené. On finit par l'immobiliser en l'enveloppant de draps et en lui maintenant une serviette sur la bouche. Puis on l'attacha sur une civière. Jamais Camille n'aurait cru assister, à travers le guichet, à un spectacle aussi cauchemardesque. La pensée l'effleura tout de même que son père avait crié « je l'ai tuée » en français, ce qui empêchait les autorités américaines d'interpréter ses cris comme les aveux d'un véritable meurtre pour lequel on risquerait de lui faire un autre procès ou de l'envoyer aux autorités judiciaires canadiennes.

Un homme cravaté vint alors trouver Camille et la pria de le suivre dans son bureau, après avoir ouvert la porte fermée à clé qui menait dans les corridors intérieurs de la prison. Ils passèrent près de la civière où se trouvait Joseph et Camille s'arrêta un moment auprès de lui. Jamais elle n'oublierait le regard de détresse que lui lança alors son père. Elle y décela une telle douleur qu'elle se mit à pleurer. Instinctivement, elle se pencha au-dessus de lui et déposa sur son front un baiser brûlant. Baiser de Judas? Baiser du pardon? Baiser d'adieu? Elle ne le savait pas. Peut-être était-ce simplement le baiser de la petite fille qui ne pouvait plus supporter de regarder, et maintenant de comprendre, la blessure atroce qui avait brisé la vie de son père.

L'homme se présenta comme l'un des directeurs de l'établissement pénitentiaire.

— Asseyez-vous, je vous prie, madame ou mademoiselle? Vous êtes bien l'une des filles de Joseph Laurin, n'est-ce pas?

— Oui, monsieur.

— Vous n'êtes pas sans savoir que votre père est passablement dérangé mentalement. Ce n'est pas la première fois qu'il perd la carte et nous fait ce genre de crise d'une intensité extrême. Nous croyons qu'il est devenu dangereux pour les autres et pour lui-même car il devient violent, et cela le conduit à s'infliger de graves mutilations. Ce qui vient de se passer à l'instant confirme notre décision : comme il est citoyen américain et qu'il ne lui reste que six mois de détention à compléter, il a été décidé dernièrement en haut lieu de le transférer dans un établissement psychiatrique à la fin de sa sentence. Mais, après ce que vous venez de voir, vous admettrez que le garder ici plus longtemps s'avérerait totalement inutile. Et si son état ne s'améliore pas là-bas, je crains, ma pauvre dame, que votre père ne finisse ses jours dans cette institution pour malades mentaux. Il s'avérerait très risqué, de toute manière, de remettre cet homme en liberté. Compte tenu des circonstances, je prends donc moi-même et dès maintenant la décision de le faire transporter aujourd'hui même à l'Hôpital d'État du New Hampshire dès qu'il aura repris connaissance. Il s'agit d'un excellent hôpital, rassurez-vous. Aimeriez-vous l'accompagner lors du transfert ?

— Euh... non, je ne crois pas. Mais je vais prendre toutes les informations pour aller très bientôt le visiter à cet hôpital, en compagnie de mes sœurs. Je vous remercie, monsieur.

C'en était plus que Camille pouvait supporter. Elle fit le trajet de retour vers Lowell les yeux fermés et la tête appuyée sur la banquette, hors du temps et en quelque sorte hors du train, se demandant comment elle arriverait à se sortir seule de la fange immonde dans laquelle on venait de la plonger.

La mine basse de Camille n'échappa pas à Anne dès son arrivée.

— Dis donc, toi, tu n'en mènes pas large, on dirait... Ça ne s'est pas bien passé à Concord avec papa ?

— Euh... oui... Non... Sa santé mentale a empiré, je crois.

— Ah bon. Rien de grave, au moins ?

— C'est juste que... que... on l'a transporté à l'hôpital psychiatrique dès hier. Il a fait une crise et... Il risque d'y rester pour le reste de sa vie, paraît-il.

— T'es pas sérieuse, pas encore une crise ! Bof... tu sais, au fond, je m'y attendais un peu. Sonné comme il est, de te revoir sans être prévenu a dû l'impressionner. Sa princesse... Je me demande bien pourquoi notre père est comme ça. Tu imagines si l'une d'entre nous s'était trouvée dans l'obligation de l'héberger après sa libération ? À l'hôpital, on prendra soin de lui, et j'irai le voir une fois ou deux par année. Au fond, voilà un problème de résolu.

— Anne, je vais rentrer à Grande-Baie par le train de demain, je pense.

Camille n'était pas arrivée depuis deux heures à Grande-Baie quand elle s'empara du portrait de mariage de Roméo Beauchêne et de sa femme suspendu au-dessus du guéridon pour le lancer par terre de toutes ses forces en fulminant. Le cadre se brisa dans un vacarme retentissant. Elle s'appliqua ensuite à verser un grand verre de jus de tomate directement sur la photo.

Elle avait attendu qu'Eugénie sorte pour se rendre à la bécosse avant d'agir de la sorte, dans l'espoir de se défouler de sa rage et de son désarroi. Ce maudit Roméo, ce voleur de femmes mariées, ce briseur de famille, ce tricheur, ce cochon qui avait entraîné sa mère n'avait plus le droit d'afficher son sourire perfide sur le mur de la maison qui ne lui appartenait plus. Ah non ! Camille n'allait pas passer devant sa face d'hypocrite à cœur de jour en songeant que c'était sans doute avec cette expression-là, mielleuse mais empoisonnée, qu'il avait enjôlé jadis Rébecca Laurin. Il lui fallait de toute urgence détruire ce portrait qui risquait de la rendre folle, et le faire disparaître à jamais. Dieu merci, avec ses yeux brillants, son regard droit, son sourire désarmant, cette fossette juste là, sur la joue gauche, le visage d'Étienne ressemblait en tous points à celui de sa mère, et non à celui de son père...

Ah... aimer tellement le fils et haïr tout autant le père, saurait-elle y arriver ? Peut-on détester les morts ? Les avoir en horreur jusqu'à s'en rendre malade ? Et sa mère ? Saurait-elle l'absoudre de ses folles transgressions ? Depuis qu'elle avait appris la vérité, à peine deux jours auparavant, Camille baignait dans un état de confusion totale.

Eugénie rentra à la hâte, alertée par le fracas d'une vitre brisée.

— Ah, Seigneur ! Tu as cassé le portrait de mes parents, malheureuse ! Et tout ce jus renversé… ce rouge, comme du sang… La photo est gâchée, j'en ai bien peur. Et je n'en ai pas d'autre.

— Oui, Eugénie, la photo est gâchée. Une énorme araignée noire traversait le portrait et j'ai voulu la tuer, mais j'ai perdu l'équilibre. En essayant de retenir le cadre, je n'ai réussi qu'à le faire basculer et à répandre mon jus. Désolée…

— Hum ! Une araignée en hiver, hein ? Ça me paraît plutôt étrange. Quelle maladroite, tu fais ! Bon. Puisque c'est arrivé… Arrange-toi avec les dégâts !

— T'inquiète pas, je vais y voir.

Avant même de balayer les éclats de verre, Camille déchira furieusement la photo et s'empressa de jeter les morceaux au feu avec rage. « Puissiez-vous brûler dans le feu éternel, maudit beau-père ! Je ne veux plus voir votre visage à deux faces, votre visage de vieux salaud. Seul le bon Dieu peut pardonner vos cochonneries. Pas moi ! »

Pardonner… Quel grand mot ! Détester les morts ou leur pardonner ? Et Rébecca, alors ? Arriverait-elle à lui pardonner ? Après tout, la vie passée de sa mère ne la regardait pas. Celle de Joseph non plus. Et pourtant, il y avait eu ce poison mortel… Comment oublier cet abominable drame que personne n'avait jamais soupçonné ? Elle seule, Camille Laurin, ou plutôt Camille Beauchêne, le connaissait maintenant. Elle et son père… L'oublier, ne plus le savoir, dissoudre la vérité comme la neige qu'à travers la fenêtre de la cuisine elle voyait fondre et disparaître au soleil. Oublier les terribles révélations de Joseph pour ne plus souffrir. Les oublier aussi pour arriver à ne pas les divulguer tôt ou tard à ses sœurs et semer en elles la même souffrance. Et les taire à son mari aussi, quand il rentrerait du chantier quelques jours plus tard, pour ne pas ternir le tendre souvenir qu'il avait de son père…

Elle se jura de ne plus retourner sur le terrain des Laurin où avait brûlé la maison. Plus jamais. Et que le diable emporte le rosier et la balançoire. Que le diable emporte aussi la tombe de sa mère où elle aimait tant se recueillir. Elle n'avait plus rien à lui dire, à sa mère ! Elle n'y reviendrait plus. Et personne ne saurait pourquoi. Pas même Étienne. Parce qu'elle ne raconterait rien, ni à lui ni à personne. Jamais, jamais. Et pour aucune raison. Elle, Camille Beauchêne, transformerait l'horrible vérité en un secret éternel. Un secret enfoui au fond de son cœur et qu'elle habillerait de silence. Et ce silence deviendrait sa force et son unique refuge.

Elle demanda à Dieu de lui venir en aide, mais douta d'être exaucée car une haine sournoise remplissait déjà son cœur. Celle qu'elle vouait à

Eugénie pour lui avoir ouvert une porte sur l'enfer. Pour lui avoir révélé une vérité qu'elle n'aurait jamais voulu connaître.

25

Mine de rien, Camille déposa ses ustensiles sur le bord de son assiette, qu'elle repoussa légèrement. Elle n'avait plus faim. La conversation que lui tenait Hélène depuis quelques minutes la déconcertait et lui coupait l'appétit.

À son retour de Concord, la semaine précédente, la tante et la nièce avaient à peine eu le temps de se saluer que déjà l'oncle Ludger pressait Camille et les enfants de s'entasser dans le traîneau s'ils voulaient rentrer à Grande-Baie avant la brunante. Lui-même irait dormir chez son beau-frère, sur le chemin Saint-Charles, pour ne rentrer à Chicoutimi que le lendemain matin. On se donna donc rendez-vous pour le dimanche suivant afin de placoter plus longuement.

La tante avait insisté.

— Ludger pourrait venir te chercher avec les enfants très tôt le matin. On irait ensuite à la messe à la cathédrale, puis on mangerait tous ensemble. Il te ramènerait à Grande-Baie au cours de l'après-midi. Ne te gêne pas pour amener ta belle-sœur Eugénie, si jamais le cœur t'en dit.

Le cœur de Camille ne lui en dit rien de bon, et elle se garda bien de transmettre l'invitation à la mégère. L'insistance de la tante pour la revoir dès la semaine suivante surprit néanmoins la voyageuse, mais elle accepta de bon gré.

Ce dimanche-là, le sermon de l'archevêque fut interminable et Camille dut sortir sur le perron de l'église avec ses deux enfants turbulents. On décida donc de faire manger les petits dès le retour à la maison et de les mettre au lit pour une sieste afin de laisser les grands déguster en paix l'excellent repas préparé par la tante. À peine cette dernière avait-elle servi de généreuses portions de ragoût de boulettes à Camille et à Ludger que, déjà, elle posait à sa nièce la dernière question que celle-ci aurait souhaité entendre.

— Parle-moi de mon frère, Camille. Comment as-tu trouvé Joseph lors de ta visite à Concord?

La jeune mère prit le parti de dire la vérité. À tout le moins une partie de la vérité. Elle avait eu sa dose de mensonges et de non-dits ces derniers temps, et elle n'avait plus envie de taire ce qui était conforme à une certaine partie de la réalité de son père. Hélène s'était toujours montrée affable et compréhensive, et elle avait le droit de savoir exactement ce qui se passait dans la vie actuelle de son frère. Bien sûr, il n'était pas question de lui révéler les malheurs de Joseph survenus à Grande-Baie, quinze ans auparavant, encore moins de lui divulguer ses bêtises. Le temps présent suffirait amplement pour alimenter la conversation.

— Papa ne va pas très bien, ma tante. Les autorités ont décidé de l'interner dans un hôpital psychiatrique du New Hampshire le jour même de ma visite. Mon père vit complètement en dehors du monde réel et, croyez-moi, je trouve cela épouvantable.

— Ça ne me surprend pas que Joseph en soit arrivé là. Toute sa vie, il a eu des comportements étranges. Au cours de sa jeunesse, il disparaissait souvent durant plusieurs jours, et cela perturbait la famille entière. Notre mère, qui le couvait exagérément, devenait alors folle d'inquiétude, et nous tous avec elle, tu penses bien ! Elle craignait qu'il ne mette le feu quelque part, ce qu'il a fait à plusieurs reprises, d'ailleurs. Je ne l'ai jamais dit à mes parents mais j'ai la certitude qu'il a déclenché un grand feu de forêt dans la région, à un moment donné. Il avait dix-huit ans.

— Vous n'êtes pas sérieuse ?

— Malheureusement, oui. Je possède des preuves que je n'ai jamais révélées à personne. Et puis les années ont passé, et cette histoire-là est tombée dans l'oubli.

— Dois-je en conclure que mon père était déjà dérangé mentalement ?

— Pas officiellement. Mais parfois, il racontait des choses bizarres, comme s'il avait des hallucinations, et il vivait davantage dans son monde imaginaire que dans la réalité. Maman, elle, refusait de l'admettre et prétendait plutôt qu'il avait seulement l'imagination trop fertile. Quand Joseph est tombé amoureux de ta mère, une fille de Sherbrooke belle et intelligente, on a tous poussé un soupir de soulagement, convaincus qu'enfin notre frère retomberait les deux pieds sur terre et y gagnerait en stabilité et en sagesse. Ça ne s'est pas produit, je le crains. Pauvre Rébecca, je ne sais pas comment elle a fait pour endurer mon frère aussi longtemps.

— Que voulez-vous dire ?

— Malgré ses responsabilités de mari et de père, Joseph a continué de vivre dans sa bulle. Il disparaissait souvent durant des jours pour un oui ou pour un non, surtout durant l'été, alors que la ferme et les champs avaient besoin de main-d'œuvre. Tout cela retombait sur les épaules de ta mère. Heureusement, quand il le pouvait, le voisin, c'est-à-dire ton beau-père, Roméo Beauchêne, veuf et père de huit enfants, venait lui prêter main-forte. Puis un bon jour, Joseph réapparaissait comme si de rien n'était, insouciant et absolument inconscient des problèmes que ses étranges disparitions pouvaient provoquer. On ne sait trop où il allait. Sans doute errait-il dans les bois des alentours, perdu dans son monde intérieur clos et mystérieux, connu de lui seul.

— Ainsi donc, mon père éprouvait déjà des problèmes d'ordre mental, à l'époque. Je n'en reviens pas, ma tante ! Ça explique tellement de choses…

— Un jour, Joseph s'est mis en tête de rénover sa maison et de la transformer en château. Il a alors entrepris des travaux insensés, hors de tout bon sens. Pour ce faire, il lui fallait gagner beaucoup d'argent et il décida donc d'abandonner les travaux agricoles pour devenir peddleur, puis guenillou, puis laitier, puis postillon. Mais l'alcool s'est chargé de lui faire perdre chacun de ces métiers l'un après l'autre. Ah ! le vilain en a fait voir de toutes les couleurs à cette malheureuse Rébecca ! Une sainte femme, que votre mère, surtout qu'elle n'avait ni parenté ni amis dans la région pour la soutenir.

Une sainte femme, Rébecca ? Camille ravala sa salive. Une sainte femme, enceinte du voisin ? Hum… Mais pourquoi porter un jugement ? Rien ne l'obligeait à prendre parti pour son père ou pour sa mère. En un sens, les affirmations d'Hélène la réconfortaient. Au moins, elle comprenait mieux maintenant le pourquoi des agissements de ses parents. Les lubies de Joseph, son instabilité et sa dépendance à l'alcool depuis sa prime jeunesse relevaient de la maladie mentale. Cela pouvait expliquer, sans les justifier bien sûr, ses négligences commises envers ses filles durant leurs premières années aux États-Unis, ses coups de tête insensés, son obsession pour le feu, l'abandon de Marguerite et Anne à Lowell, son ambition extravagante de se construire une maison à Colebrook, sans oublier l'incendie de l'hôtel et les menaces de mort envers le fils de Jesse. Évidemment, cela n'excusait nullement le fait que, même trompé par sa femme, il l'ait assassinée et ait fait brûler son corps en même temps que la fameuse maison à moitié rénovée.

D'un autre côté, comment jeter la pierre à sa mère, aux prises avec trois enfants et une ferme à gérer, pour avoir succombé aux avances d'un homme bon et généreux envers elle, et veuf par surcroît ? Il reste que tout cela sentait mauvais et que Camille aurait préféré ne rien connaître de cette histoire de meurtre. Une fois de plus, elle se jura que jamais ni ses sœurs ni Étienne, et pas même sa tante Hélène, n'apprendraient de sa bouche la moindre parcelle de cette tragique vérité.

— T'as pas faim, Camille ?

— Euh… pas tellement, ma tante.

— Est-ce moi qui te coupe l'appétit en te parlant du passé de tes parents ? Ne sois pas bouleversée par ce que je te raconte au sujet de Joseph, mon enfant. Remercie plutôt le ciel que ton père n'ait pas commis de bêtises plus graves au cours de sa vie. Qu'il se retrouve maintenant dans une clinique pour malades mentaux ne surprendra personne parmi ceux qui l'ont connu jadis.

Réjouis-toi plutôt de le savoir entre bonnes mains et de vous en être tirées à si bon compte, toi et tes sœurs.

— Comme vous avez raison, ma tante…

— Tu comprends notre émoi à tous quand, le matin des funérailles de Rébecca, après avoir attendu l'arrivée du corps pendant un temps interminable sur le perron de l'église, quelqu'un est venu nous aviser de votre disparition et de la destruction complète de votre maison par le feu. Il ne restait plus rien, absolument rien. Évidemment, nous avons d'abord imaginé le pire : que toute la famille avait brûlé, à tout le moins les enfants, car la vieille picouille de Joseph et la charrette avaient curieusement disparu. À notre grand soulagement, maman nous a écrit de baie Saint-Paul, quelques jours plus tard, pour nous signaler votre passage, tous les quatre, en route vers les États-Unis. As-tu une idée du soupir de soulagement qu'on a tous poussé, Camille ? Mais on n'a vraiment été rassurés que lorsque Léontine nous a raconté vous avoir vus arriver sains et saufs à Lowell.

Un silence lourd s'installa dans la cuisine. Camille se mordait les lèvres pour ne pas se mettre à crier. Incapable d'en supporter davantage, Ludger, qui n'avait pas émis un son depuis le début de la conversation, prétexta quelques rangements urgents pour descendre dans son magasin durant quelques minutes.

— Si on repart pour Grande-Baie dans environ une heure, Camille, cela te convient-il ?

— Bien sûr, mon oncle. Et même tout de suite si vous le désirez. J'entends Sophie qui se réveille. Votre heure sera la mienne.

— Dans ce cas-là, je remonte dans une vingtaine de minutes.

Si elle avait pu déguerpir sur-le-champ et en courant, Camille l'aurait fait. Pour s'éloigner de ces gens qui savaient des choses qu'elle ne voulait pas savoir et fuir un passé dont elle n'avait rien à foutre. Se soustraire à ces relents fétides et étouffants et revenir au plus vite dans sa réalité quotidienne à elle, à l'intérieur de sa maison, et reprendre malgré la présence d'Eugénie son existence simple de paysanne qui attendait impatiemment, d'une journée à l'autre, le retour de l'homme de sa vie.

Elle s'empressa d'aller chercher Sophie dont les cris venaient de réveiller son frère. Hélène accueillit la fillette à bras ouverts.

— Je vous dis que cette petite-là, elle va faire son chemin ! Elle n'a pas encore deux ans et je la trouve déjà plus délurée que son frère !

La tante, soudain interdite en voyant Camille sourciller, sembla regretter ses dernières paroles et tenta maladroitement de se rattraper.

— Ce n'est pas que Daniel ne soit pas intelligent, Camille, non, non ! Mais quand je l'ai gardé, la semaine dernière, il n'a pas cessé de dormir. Une vraie marmotte ! Tu trouves ça normal, toi ? Au lieu de déborder de vitalité comme les enfants de son âge, ce garçon m'a paru bizarrement épuisé. Il avait peine à marcher et même à jouer, en plus d'éprouver des problèmes de digestion. Il a vomi deux ou trois fois durant son séjour ici.

— Il a été malade ? Je l'ignorais. A-t-il fait de la fièvre ?

— Non, pas de fièvre. Mais, de toute évidence, cet enfant manque d'énergie. Es-tu bien certaine, Camille, qu'il ne souffre pas d'un mal chronique ? Moi, je m'inquiéterais à ta place et je le ferais examiner par le docteur.

— Comment ça, un mal chronique ? Daniel a deux ans et demi, ma tante. Il faut lui donner le temps. Il se développe tout simplement plus lentement que sa sœur, voilà tout.

— C'est justement ce qui me tracasse. Je ne voudrais pas te causer de chagrin ni t'énerver avec ça, mais Daniel ne me semble pas en parfaite santé. Physiquement, je veux dire !

Affolée, Camille se rappela les observations similaires d'Eugénie, quelques jours auparavant. Instinctivement, elle les avait mises sur le compte de la méchanceté. Mais tôt ou tard, il lui faudrait bien admettre qu'une ombre au tableau existait, qu'en mère naïve, elle avait toujours refusé de voir. Le temps était venu de cesser de jouer à l'autruche. Puisque même sa tante l'avait évoqué, elle n'avait plus le choix d'envisager le problème, si problème il y avait, évidemment.

Le petit n'était-il pas tombé endormi, l'autre jour, au beau milieu d'une partie de ballon avec elle ? Qui sait si elle n'avait pas interprété un évanouissement réel comme la simple manifestation d'une grande fatigue… Incapable de réveiller l'enfant, elle l'avait transporté dans ses bras jusque sur le divan du salon, et il avait mis un temps infini à se réveiller. Mais elle avait vite chassé le doute qui l'avait effleuré pendant un court moment. Et ces vomissements inexplicables qu'elle mettait sur le compte des petites mains malpropres ou de saletés quelconques, ce n'était pas normal et cela durait depuis déjà quelque temps. Eugénie et la tante Hélène avaient peut-être raison : Daniel souffrait possiblement d'un mal inconnu. Dieu du ciel ! Elle n'avait pas besoin de ça dans sa vie !

Peu loquace, elle s'empressa d'habiller les deux enfants pour partir au plus vite. Elle remercia néanmoins sa tante pour sa gentille invitation. Hélène le fit-elle exprès ? Elle pria instamment sa nièce de la tenir au courant des résultats de sa visite chez le médecin avec Daniel.

— N'oublie pas de m'écrire. Je suis attachée à ces enfants-là, moi, et je veux savoir ce qui se passe.

Tapie au fond du traîneau, Camille trouva la distance entre Chicoutimi et Grande-Baie interminable. Une neige fondante tombait silencieusement et enjolivait pourtant le paysage, parant chaque branche d'arbre d'une délicate dentelle. Mais elle n'en vit rien. Une boule lui serrait la gorge et la plongeait dans un état d'hébétude proche de l'écœurement. Le mauvais sort semblait s'acharner sur elle : tout d'abord les révélations au sujet de Joseph et de Rébecca, puis les doutes sur l'état de santé de son fils.

Elle pressa ses petits contre elle et souhaita que la vieille jument de Ludger la ramène le plus rapidement possible au bercail. Puis elle se ravisa. Pourquoi se dépêcher? Rien ni personne ne l'attendait sur le chemin Saint-Bruno, à part sa détestable belle-sœur toujours aussi aigrie et peu avenante. Elle eut soudain envie de lancer un grand cri de détresse à travers le son joyeux des grelots, mais trouva le courage de se retenir à cause de la présence de son oncle qui demeura silencieux tout le long du trajet.

C'est cependant un grand cri de joie qu'elle laissa échapper en entrouvrant la porte de sa maison quand elle aperçut, bien à la vue sur le tapis devant la porte, une paire de bottes qu'elle aurait reconnues entre toutes. Celles d'Étienne.

26

Camille n'hésita pas avant de confier à son mari, dès son retour, les doutes semés par Hélène et Eugénie au sujet de la santé de Daniel. Le jeune père n'avait pourtant pas manqué de s'émerveiller devant la beauté de ses enfants, ni de s'exclamer au sujet de leurs progrès accomplis au cours de l'hiver.

— Comme ils ont grandi tous les deux ! Sophie se fait de mieux en mieux comprendre, la coquine, et Daniel a même appris de nouveaux mots. J'avais quasiment oublié à quel point mes enfants sont adorables.

Camille le regardait avec des perles d'eau au bord des paupières. Comme son homme lui avait manqué ! Elle le trouvait plus fort, plus beau que jamais avec son teint bronzé, sa barbe brune, ses larges épaules contre lesquelles elle pourrait enfin s'appuyer. Elle aimait son air effacé, sa réserve, sa pudeur, comme si son silence camouflait des sentiments si purs et d'une telle intensité qu'il ne pouvait les exprimer avec des mots. Et pourtant, au moment de son arrivée, Étienne semblait plus volubile qu'à l'accoutumée, prêt à ouvrir son cœur, comme si l'écoute de sa femme lui avait fait défaut pendant trop de mois.

— Tu sais, Camille, la vie dans les chantiers n'est pas toujours facile. Un paquet d'hommes sans femmes obligés de vivre ensemble vingt-quatre heures par jour… Peux-tu imaginer le bruit des voix et des rires qui retentissent dans la cantine aux heures des repas, l'odeur des bas qui sèchent autour du poêle, le soir venu, puis les ronflements et les soupirs, la nuit, de ceux qui s'ennuient ? On travaille de l'aube jusqu'au soir, on ne sait plus qui on est et on écrase nos pensées, nos rêves, nos désirs à grands coups de hache sur le dos des géants de la forêt auxquels on se mesure continuellement. Oh ! on finit toujours par gagner la partie et on peut regarder avec une certaine fierté les colosses plier l'échine et s'effondrer de tout leur long sur la neige dans un vacarme infernal. Malheureusement, cette victoire-là coûte bien plus que de la sueur et des muscles endoloris, je te le jure. À la longue, tu n'es plus toi-même, tu deviens une machine à tuer des arbres, un robot qui n'a plus le temps de penser. Il en ressort une terrible solitude, tu sais. Crois-moi, à la longue, on en vient à oublier qu'ailleurs, la terre continue de tourner, que les enfants grandissent et que les femmes sont belles…

Jamais Étienne n'avait parlé avec autant de fougue. Emporté par ses émotions, il ne remarquait pas la détresse qui allongeait le visage de sa femme. Il finit par s'approcher d'elle et la prendre dans ses bras.

— Je me suis tellement ennuyé de toi, jolie Camille, tu n'as pas idée. Tout l'hiver, je n'ai cessé de penser à toi et aux enfants. Les chantiers, ce n'est pas fait pour les pères de famille. L'an prochain, je vais y penser à deux fois avant de m'éloigner pour aussi longtemps. Parle-moi de toi, mon amour.

Camille ne put se retenir de plonger, dès le début, dans le gouffre de ses inquiétudes. D'une voix brisée, elle demanda à son mari de bien observer leur fils. Daniel avait-il l'air malade ? Décelait-il quelque anomalie dans son comportement ? Voyait-il une raison de s'alarmer comme l'avaient suggéré Eugénie et Hélène ? Était-elle une mauvaise mère qui n'avait pas su détecter la maladie ?

L'homme choisit de s'accroupir devant le petit qui s'amusait tranquillement avec un bout de papier.

Ferme tes yeux, fiston, papa va disparaître.

Ce ne fut pas long pour que la partie de cache-cache entre le père et le fils ne se termine dans l'anxiété. Daniel, tout excité au début, avait brusquement cessé de chercher son paternel dissimulé à quatre pattes derrière un fauteuil, et il s'était soudainement étendu par terre, immobile et à bout de forces, pour s'endormir en quelques secondes.

— Je ne connais pas grand-chose aux enfants, Camille, mais ta tante a peut-être raison. Mieux vaudrait retourner à Chicoutimi pour le faire examiner par le docteur Beauchamp.

Deux jours plus tard, la petite famille se présentait au cabinet du médecin. L'homme possédait le physique de l'emploi, la carrure rassurante et la tempe grise garante d'une longue expérience. Les lunettes sur le bout du nez, il écouta attentivement le cœur du garçon, colla son oreille sur son dos en lui demandant de bien respirer, palpa son ventre, abaissa de son pouce une paupière inférieure afin d'examiner l'œil et frappa quelques petits coups sur ses genoux pliés. Il l'invita ensuite à prononcer quelques mots et lui posa une ou deux questions auxquelles l'enfant répondit correctement. Puis sans prononcer une parole, il passa à Sophie dont il expédia rapidement l'examen en quelques minutes à peine.

Étienne et Camille, suspendus aux gestes du médecin, n'osaient ouvrir la bouche. Ce dernier termina enfin son investigation et pria froidement Camille de rhabiller les petits. Puis il retourna derrière son bureau et nota ses observations dans un dossier, les sourcils froncés et l'air préoccupé. Un silence à couper au couteau envahit aussitôt la pièce, finalement rompu à voix basse par le médecin après un léger toussotement.

— Écoutez, je ne peux jurer de rien, mais je crois que votre fils souffre d'anémie. Par contre, son développement intellectuel me semble normal. Je le trouve pâle et passablement faible.

Mange-t-il suffisamment? Il faudrait lui donner de la viande rouge et l'obliger à prendre plusieurs collations consistantes entre les repas pour lui redonner des forces et améliorer son tonus. Le mettre au lit plus souvent et plus longtemps aussi.

— Est-ce grave, docteur?

— Je ne sais pas encore. Il est de la première importance de prévenir les infections contre lesquelles, dans l'état de faiblesse où il se trouve actuellement, il risquerait d'éprouver des difficultés à se défendre. À la moindre alerte, petit bobo, blessure, simple rhume, douleur quelconque, promettez-moi de me l'amener aussitôt. Là, je suis sérieux, très sérieux.

Camille porta les mains à sa bouche, puis s'adressa au médecin d'une voix rauque.

— Vous m'inquiétez, docteur! Peut-on guérir de cette maladie-là?

— Tout dépend de ce qu'il a... Évidemment, il existe d'autres maladies plus rares et plus graves occasionnant ce genre de symptômes. Mais nous allons procéder par élimination et songer d'abord à une anémie sévère. Je vais vous prescrire un tonique. Euh... avez-vous d'autres enfants à part cette petite Sophie qui me paraît en parfaite santé?

— Non, pas encore...

Le médecin sembla hésiter et se racla la gorge.

— Bon. Écoutez-moi bien. Je vous conseille de ne pas avoir d'autres enfants, pour un certain temps du moins. Pas avant que mon diagnostic ne soit confirmé. Je vais suivre Daniel de près, l'observer, voir d'abord l'évolution de son mal, et on reparlera de grossesses plus tard. Pour l'instant, abstenez-vous de tomber enceinte, madame, si vous le voulez bien. Vous savez comment empêcher la famille, n'est-ce pas ? Et si votre directeur de conscience vous refuse l'absolution, je vais aller moi-même lui parler. Tenez, je vais vous signer un billet en bonne et due forme à ce sujet.

Camille repassa en esprit les multiples relations sexuelles qu'elle et Étienne avaient eues depuis son retour du chantier, « histoire de rattraper le temps perdu », prétendaient-ils en riant. Peut-être se trouvait-elle déjà enceinte ?

Cette fois, c'est Étienne qui s'énerva sur sa chaise.

— Pourquoi s'empêcher d'avoir un autre enfant, docteur ? Quel rapport avec cette mystérieuse maladie ? Ça s'attrape ?

— On ne sait jamais, monsieur Beauchêne. Attendez quelques mois, c'est plus prudent.

Un mois plus tard, c'est un enfant toujours aussi chétif que Camille et Étienne présentèrent au docteur Beauchamp, qui le reçut avec un pli songeur au milieu du front.

— Manque-t-il encore d'énergie ?

— Hélas oui, même si on l'oblige à manger toute la nourriture riche déposée dans son assiette. Il l'accepte mais la vomit quelques minutes plus tard.

Camille tenta de déglutir mais il n'y avait rien à déglutir tant elle se sentait énervée. À ses côtés, Étienne ne bronchait pas, muet d'inquiétude. Elle se ressaisit finalement pour lancer, d'une voix brisée, la question qui la hantait jour et nuit.

— Qu'est-ce qu'il a, mon fils, qu'est-ce qu'il a, docteur ?

L'homme se leva et poussa un long soupir avant de répondre.

— J'en suis maintenant presque certain : il ne s'agit pas d'anémie chronique. Votre fils souffre malheureusement d'une maladie rare. Une maladie congénitale.

— Congénitale ? Qu'est-ce que ça veut dire ?

— Une maladie congénitale signifie une maladie familiale héréditaire, transmise par les parents. Vous ne seriez pas des cousins par hasard ?

— Mais non, pas du tout, voyons !

— Je vous demande cela parce que l'Église accorde parfois une dispense, moyennant une certaine somme d'argent, pour accepter de donner le sacrement de mariage à des cousins.

— Eh bien, ce n'est absolument pas notre cas.

— Ce genre de maladie existe-t-il dans l'une ou l'autre de vos familles, même chez des parents éloignés ?

Étienne répondit le premier d'une voix assurée.

— Non, pas que je sache. Pas parmi nos plus familiers, en tout cas. Par contre, nous ne fréquentons pas tout le monde car plusieurs n'habitent pas la région. Mes parents étant décédés, je ne peux vous en dire plus long. Mais je vous promets, docteur, de faire une petite enquête à ce sujet auprès de mes frères et sœurs, proches ou éloignés.

Camille songea aux deux sœurs de Joseph et s'empressa de formuler sa part de la réponse.

— Cette maladie n'existe pas non plus du côté des Laurin. À tout le moins, je ne crois pas. Ma tante Hélène m'en aurait sûrement parlé. Du côté de ma mère, par contre, je n'en sais rien. Ils vivent tous à Sherbrooke et je ne les connais pas du tout.

Soudain, elle tressaillit. Les paroles d'Eugénie lui revenaient à la mémoire tout à coup. N'avait-elle pas prétendu qu'un lointain petit cousin, emporté par une otite, avait souffert des mêmes troubles physiques que Daniel, de nombreuses années auparavant ? Tout le mal provenait donc du côté des Beauchêne. Elle se retourna vers son mari. Comment tenir son bel Étienne, pétant de santé, responsable d'avoir transmis un tel mal à leur enfant à cause d'un héritage génétique familial ? Après quelques hésitations, elle décida néanmoins d'en parler au médecin qui se contenta d'acquiescer de la tête devant la confirmation éventuelle de son diagnostic.

— Habituellement, le mal existe dans la famille de chacun des deux parents. C'est la raison pour laquelle elle se transmet.

— Mais cette maladie, docteur, ça peut se guérir, n'est-ce pas?

— Si je ne me trompe pas, je mentirais en affirmant que ce n'est pas grave. J'ai rencontré ce genre de maladie seulement à deux ou trois reprises au cours de ma carrière, et, chaque fois, ça a mal tourné. Au bout d'un certain temps, une infection secondaire a emporté l'enfant quand ce n'est pas le cœur qui a flanché lors d'une activité physique un peu excessive.

Camille s'effondra dans les bras d'Étienne qui n'en menait pas plus large qu'elle. Le médecin, impuissant devant l'horreur du pronostic, semblait aussi ébranlé que les parents. Comment réconforter un père et une mère quand on sait qu'à court terme, leur fils n'échappera probablement pas à l'issue fatale?

— Par malheur, il n'existe pas grand-chose à faire pour contrer ce genre de maladie. Toutefois, restons optimistes et prenons la vie au jour le jour, si vous le voulez bien. Les miracles, ça existe peut-être... À partir de maintenant, il faudra user d'encore plus de vigilance pour garder votre fils au calme et éviter les infections. Et surtout, surtout, il ne faudra plus avoir d'autres enfants, car cette maladie risquerait d'apparaître de nouveau parmi votre progéniture.

— Oh, mon Dieu ! Docteur, c'est que je suis déjà enceinte.

27

Grande-Baie, 15 mai 1895

Chère Marguerite,
J'arriverai par le train de trois heures, mardi prochain, pour passer quelques jours avec toi et Antoine. J'aimerais que votre ami le docteur examine mon fils Daniel.
Camille

Marguerite trouva curieux l'absence d'explications. À peine quelques semaines auparavant, sa sœur avait surgi à Lowell sans crier gare, et Anne avait mentionné dans sa dernière lettre qu'elle avait trouvé Camille plutôt triste et renfermée, et tenant mordicus à aller visiter leur père. Ennui ? Nostalgie du temps passé ? Sentiment d'isolement dans la région lointaine du Saguenay ? Mésentente avec Étienne ? Anne n'était pas arrivée à trouver la cause de la mélancolie de sa sœur.

Dans cette missive plutôt laconique, Camille n'indiquait pas si elle arriverait en compagnie de tous les siens ou seulement avec son petit garçon, que ni Marguerite ni Antoine n'avaient encore eu l'occasion de rencontrer. De quel mal pouvait-il souffrir pour que sa mère se donne la peine d'entreprendre un si long voyage afin de le soumettre à l'examen approfondi de Rémi? N'existait-il pas de bons médecins dans la région de Chicoutimi?

Elle se rendit, non sans une certaine appréhension, à la gare Bonaventure pour accueillir sa sœur. Une brise légère enveloppait Montréal d'un parfum de printemps, et les passants s'attardaient en levant le nez en l'air pour jouir des premières caresses du soleil. En ce jour lumineux, Marguerite n'avait pas très envie d'être confrontée à quelque chose de navrant, ni de recevoir une mauvaise nouvelle. Mais elle prit son courage à deux mains et se composa un visage des plus bienveillants.

Quand elle l'aperçut au loin, sur le quai de la gare, elle remarqua aussitôt la pâleur de Camille. Ce ne fut pas long pour que, derrière le sourire forcé de sa sœur, Marguerite ne détecte une détresse certaine. Vêtue d'une large mante de laine grise, la jeune femme portait une valise cartonnée d'une main et donnait l'autre à un bambin maigre et de petite taille qui semblait venir tout juste de se réveiller. Les deux sœurs s'étreignirent avec émotion, puis l'aînée se pencha aussitôt sur le garçonnet figé qui la dévisageait avec de grands yeux interrogateurs.

— Oh ! comme il ressemble à Étienne ! Bonjour, Daniel, je suis ta tante Marguerite. Tu vas bientôt pouvoir jouer avec tes deux cousins. As-tu hâte de les rencontrer ?

Le petit fit un oui timide de la tête et se colla contre la hanche de sa mère. Camille lorgna soudain le ventre légèrement protubérant de Marguerite.

— Mais dis donc, toi, tu nous avais caché ça ! C'est pour quand, le troisième petit Lacroix ?

— Pour le début de septembre seulement. J'ai préféré attendre un bout de temps avant de rendre ça officiel, tu comprends ?

— Moi aussi, je suis enceinte. Ça vient tout juste de se confirmer.

— Quelle bonne nouvelle !

— Je n'en suis pas certaine…

— Comment ça ?

— On s'en reparlera plus tard, si tu veux bien.

Dans le tramway qui les menait vers la rue Émery, Camille desserra à peine les dents, au grand étonnement de sa sœur. Une fois au refuge, malgré l'accueil à bras ouverts d'Antoine, elle visita les lieux récemment agrandis et rénovés sans s'exclamer, ni émettre les commentaires élogieux auxquels le couple aurait pu s'attendre. Daniel s'amusa à peine avec les jouets que lui présentaient Bertrand et Emmanuel et demanda le lit à peine sorti de table.

— Le pauvre enfant, un si long voyage a dû l'épuiser, commenta Marguerite.

Camille haussa les épaules et lança en l'air la petite remarque qui ouvrit enfin la porte aux confidences.

— Si c'était rien que ça…

Marguerite ne manqua pas de saisir la perche et entraîna sa sœur au salon après un clin d'œil complice d'Antoine.

— Viens, Camille, viens t'asseoir à côté de moi. On va se parler de ce « rien que ça » entre sœurs.

La jeune mère ne mit pas de temps à vider son sac. Submergée par un trop-plein de chagrin, elle parlait en hoquetant, et Marguerite arrivait difficilement à tout saisir. Elle crut entendre « maladie familiale » et « plus jamais d'enfants » lancés d'une voix pathétique. Elle posa une main sur le bras de sa sœur après lui avoir tendu un mouchoir, mais ne réussit pas à interrompre ses pleurs.

— Arrête, Camille, arrête ! Calme-toi d'abord, tu m'expliqueras ensuite. Que t'arrive-t-il donc, ma petite sœur adorée ? Qu'entends-tu par « maladie familiale » ?

La jeune mère expliqua tout : son voyage à Lowell, la visite à Joseph malade mentalement et son transport immédiat en institution, les mises en garde d'Eugénie et de la tante Hélène au sujet de la santé de Daniel, les symptômes apparus depuis deux ou trois mois qu'elle-même avait refusé d'admettre et avait lâchement qualifiés de léger retard physique sans importance, puis ses deux visites chez le docteur Beauchamp réputé être l'un des meilleurs médecins de la région.

Par contre, fidèle à la promesse qu'elle s'était faite à elle-même, Camille se garda bien de divulguer l'entière vérité et d'expliquer les véritables motifs de son voyage à Lowell, et surtout à Concord, afin de tirer au clair le drame de Joseph et de Rébecca. Il s'agissait là d'une tout autre histoire, et elle resterait enfouie à jamais sous le silence.

— Étienne aussi est atterré par la nouvelle de la maladie de Daniel. C'est lui qui a insisté pour m'envoyer à Montréal afin de vérifier l'exactitude du diagnostic du médecin de Chicoutimi. Après tout, ici, dans cette grande ville populeuse, les médecins voient davantage de patients, des cas plus rares et plus nombreux. Je veux d'autres enfants, tu comprends, Marguerite ? Et mon petit Daniel a peu de chances de se rendre à l'âge adulte, selon les dires du docteur. C'est épouvantable, épouvantable… Je refuse de l'admettre, je ne veux pas, je ne veux pas le perdre, tu comprends ? Je ne veux pas… Oh ! excuse-moi !

Marguerite prit sa sœur dans ses bras et commença à la bercer silencieusement, trop bouleversée par ce qu'elle venait d'apprendre pour trouver les mots réconfortants qui rassurent. Mais Camille n'avait pas terminé ses révélations.

— Peut-être maman m'a-t-elle jeté un mauvais sort ?

Marguerite sursauta.

— Comment ça? Pour quelles raisons notre mère t'aurait jeté un mauvais sort? Je ne saisis pas. Que veux-tu dire, Camille?

— Parce que... parce que... je ne lui ai pas pardonné.

— Tu ne lui as pas pardonné quoi, grands dieux? Qu'est-ce que maman a à voir dans cette histoire?

— Euh... il s'agit d'une maladie familiale, ne l'oublie pas.

— Mais ça viendrait du côté d'Étienne, tu me l'as dit tantôt. Un vague petit cousin, il y a plusieurs années... Ta belle-sœur ne t'en a-t-elle pas parlé?

Camille tenta de se ressaisir, prenant soudain conscience de s'aventurer sur un terrain dangereux.

— Je ne pardonne pas à maman de m'avoir abandonnée quand je n'avais que six ans. J'avais besoin d'elle, moi, et elle est partie sans avertir. Quand, à Colebrook et à Lowell, et plus tard à Montréal, je la priais de venir m'aider, elle ne s'est jamais occupée de moi. Depuis ce temps, je ne peux m'empêcher de lui tenir rancune pour... pour ça!

— Pour ça? Allons donc, Camille, tu dérailles, ma foi! Où vas-tu chercher ces idées farfelues? Penses-tu que notre mère nous a quittées de son propre gré? On ne choisit ni le jour ni l'heure du grand départ, voyons ! Quant à ton enfance, maman l'a peut-être rendue moins difficile, du haut de son nuage. Pense à toutes ces belles années passées chez Angelina… Tes propos me surprennent, sœurette. Est-ce la fatigue qui te fait divaguer de la sorte ? Viens, allons nous coucher, nous en reparlerons demain, et je demanderai à Rémi d'examiner minutieusement mon neveu. On verra bien ce qu'il va dire.

« Non, je ne divague pas. Papa a tué maman parce qu'elle était enceinte du voisin. Jamais je ne pourrai pardonner cela à notre mère, dût-elle se venger sur toute ma descendance pour la haine que j'éprouve maintenant envers elle. Nous sommes des filles de pute, Marguerite, des filles de pute… Pauvre papa, il n'a pas commis le geste fou de la tuer et de la brûler dans notre maison pour rien… »

Ces mots montaient à la gorge de Camille et semblaient sur le point de l'étouffer. Elle implora le ciel de lui donner la force de ne pas les prononcer. Jamais, au grand jamais, elle ne devait dévoiler ces faits qui détruiraient dans le cœur de ses sœurs la douce mémoire de leur mère et le souvenir déjà bien assez amer de leur père.

Elle se leva brusquement et s'en fut vomir dans la salle de bains.

Marguerite se dit que la troisième grossesse de sa sœur ne serait pas facile, ni physiquement ni psychologiquement.

Rémi Beaulieu retira son stéthoscope et secoua la tête en signe d'impuissance.

— Une chose est certaine : cet enfant-là ne souffre pas d'anémie. Cependant, comme je n'ai jamais rencontré ce genre de symptômes, j'opterais pour l'amener à l'Hôtel-Dieu afin de lui faire passer des examens plus poussés. Vous ne seriez pas cousins, ton mari et toi, par hasard ? Habituellement, ce genre de maladie se présente quand il y a des cas dans les deux familles…

Camille se contenta de hocher la tête en signe de négation.

Deux jours plus tard, la confirmation du diagnostic du docteur Beauchamp tomba comme un couperet : il s'agissait bel et bien d'un mal très rare pour lequel on ne connaissait aucun traitement. Il affectait parfois plusieurs membres d'une même famille et son pronostic s'avérait très sombre la plupart du temps. On répéta formellement, et en insistant, à la mère éplorée de ne plus avoir d'enfants car il s'agissait probablement d'une maladie héréditaire, même si aucun des parents n'en souffrait.

Camille s'effondra et Rémi dut la retenir pour l'empêcher de tomber.

— Mais je suis présentement enceinte, docteur !

— Écoutez, votre fille Sophie semble pour l'instant en parfaite santé, selon vos dires. Rien ne prouve que la maladie se développera chez elle, ni que votre futur enfant en sera atteint.

— Et si ça se révèle plus tard, comme pour Daniel ?

— Cela apparaît habituellement en bas âge. Il faut vous montrer optimiste, madame Beauchêne, et croire en votre bonne étoile. Mais de grâce, il ne faudra plus tenter le diable dorénavant. Cessez de faire des bébés ! Mieux vaut vous priver d'enfants que de risquer de mettre au monde des petits qui ne connaîtront qu'une courte vie de souffrances. Vous pourrez toujours en adopter si vous rêvez d'une famille nombreuse. Nul n'échappe au destin, vous savez, tout est dans la façon de l'assumer… Concernant Daniel, il faudra prévenir les infections avec vigilance.

Antoine, qui avait accompagné Camille, passa son bras autour des épaules de sa belle-sœur en fort piteux état.

— Aie confiance dans la Providence, ma chère Camille. Et puis nous sommes là avec toi, Marguerite et moi, et nous allons te soutenir et t'aider. Si toi et Étienne rêvez vraiment d'une famille nombreuse, eh bien ! sans le savoir, les pensionnaires du refuge vont s'en charger, elles qui envoient des bébés à tour de bras à l'orphelinat. Vous pourrez adopter le nombre d'enfants que vous désirerez. Quant à ce petit Daniel, remettons-le entre les mains de Dieu. Tu dois vivre ta grossesse sereinement et t'employer à rendre cet enfant heureux. Nul ne connaît le moment où le Seigneur décidera de ramener ce petit ange dans son paradis.

Le pasteur ne croyait pas si bien dire…

28

Le Seigneur ne mit pas de temps à ramener le petit ange dans son paradis. À peine deux mois plus tard, en pleine canicule de juillet 1895, la fièvre typhoïde décima de nombreuses familles de la région. Elle emporta également Eugénie et le jeune Daniel à quelques jours d'intervalle, et Camille et Étienne furent anéantis de chagrin.

Tout avait commencé un matin de chaleur insupportable où l'humidité traçait de longues coulisses sur les murs. Eugénie, pâle comme une morte, s'était plainte d'un insupportable mal de tête et de crampes à l'abdomen. Retenue au lit par une forte fièvre, ce ne fut pas long avant qu'elle ne réclame que l'on vienne vider son pot de chambre à toutes les deux heures. La diarrhée avait commencé ses ravages, et Eugénie Beauchêne n'allait plus se relever.

Quelques jours plus tard, elle rendait l'âme dans les bras de sa belle-sœur et de son frère en larmes. La mourante, malgré la léthargie dans laquelle elle se trouvait plongée depuis vingt-quatre heures, sembla retrouver un moment de lucidité à la toute fin et porta un regard insistant sur Camille. Celle-ci s'approcha du lit mais ne réussit pas à comprendre les mots marmonnés d'une bouche pâteuse et d'une voix à peine audible. Qui sait si sa belle-sœur ne lui demandait pas pardon pour son irritabilité et son mauvais caractère ? Le cœur rempli de clémence et de compassion, Camille lui saisit la main et se pencha pour recueillir son dernier souffle.

À cause de la contagion, on déposa le matin même le corps à peine refroidi dans un rudimentaire cercueil de planches qu'on alla porter au plus vite au cimetière, après s'être arrêté quelques minutes devant l'église de Saint-Alexis où le curé n'en finissait plus de bénir les dépouilles mortelles qu'on conduisait directement au lieu du repos éternel. Étienne planta, en reniflant, une simple croix de bois au-dessus de la tombe de celle qu'il avait considérée comme sa mère durant la majeure partie de son existence.

Les autorités médicales, après avoir constaté que la fièvre typhoïde avait causé un décès de plus dans le canton, exigèrent que les Beauchêne quittent la maison avec leurs deux enfants pour une mise en quarantaine au cours de laquelle on entreprendrait une désinfection en règle des lieux au grand complet. Hélas, on n'eut pas le temps de plier bagages que déjà le terrible fléau faisait une autre victime. Le petit Daniel, avec ses moyens de défense amoindris, ne résista pas à l'assaut de la maladie et, à peine quelques jours plus tard, il alla rejoindre sa tante au cimetière pour son dernier sommeil.

Agenouillée devant la minuscule croix blanche dressée dans un coin du cimetière, Camille pleura toutes les larmes de son corps. Étrangement, elle en voulut à sa belle-sœur de passer l'éternité juste à côté de Daniel, son trésor, son amour, son fils adoré, perdu à jamais. Elle ne trouva qu'une vague consolation teintée d'inquiétude en caressant son ventre. « Allons, ma vieille, la vie continue... »

Après l'enterrement, elle pensa tout de même devenir folle, autant de chagrin que de crainte que le mal ne poursuive son tragique carnage auprès des siens. On finit par épandre du bran de scie imbibé d'un antiseptique malodorant sur les planchers et dans tous les recoins de la maison. Hélène et Ludger offrirent magnanimement à la petite famille d'occuper une chambre dans leur logement de Chicoutimi, et un parent charitable de Ludger habitant dans le chemin Saint-Charles accepta de s'occuper de la vache et du poulailler pour un certain temps. Mais

Camille sentait bien que son oncle et sa tante, tout généreux se montraient-ils, craignaient eux aussi la contagion. Au bout d'une semaine, le couple prit la décision de retourner chez eux. Advienne que pourra !

Si elle pleura très peu la perte de sa belle-sœur, Camille resta inconsolable au sujet de son fils. Seul le sentiment de partager sa peine avec Étienne l'aidait à maintenir le cap. Lui savait trouver les gestes et les mots, répétés cent fois, pour la consoler. Le soir, après avoir mis Sophie au lit, elle allait se blottir contre celui qu'elle considérait toujours comme une force et un pilier dans sa vie. Il posait alors sa main chaude sur le bras de sa femme, et il se mettait à lui parler d'une voix douce.

— Tu sais, ma jolie, même si Daniel n'avait pas souffert de ce mal héréditaire, la maladie l'aurait peut-être emporté quand même. Il paraît que la semaine dernière, seulement à Grande-Baie, une famille a perdu trois enfants à cause de la typhoïde, et une autre, deux. Des enfants en parfaite santé… Remercions le ciel de nous avoir laissé notre Sophie et cet autre petit trésor qui grandit en toi. Il va naître en janvier, au commencement d'une année nouvelle. Tout va changer et tourner pour le mieux, il faut avoir confiance, mon amour.

— Et si le bébé n'est pas normal ? S'il souffre de la même maladie que Daniel ? Y as-tu songé, Étienne ?

— Arrête de t'en faire pour rien, voyons ! On traversera le pont quand on sera rendu à la rivière, pas avant ! Et de là-haut, Daniel sera notre ange gardien, j'en suis certain.

— Ce sera sûrement mieux que ma mère !

— Comment ça, « mieux que ta mère » ? Je me demande ce qu'elle a à voir là-dedans, ta mère !

Camille n'avait jamais confié à son mari le secret révélé par Eugénie au sujet des relations amoureuses entre son beau-père et Rébecca. Elle n'avait pas raconté, non plus, le déchaînement de Joseph, lors de sa visite à la prison, ni son aveu d'avoir empoisonné sa femme. À la longue, Camille réussissait à se convaincre que son père, dans ses délires hallucinatoires, avait tout imaginé afin de calmer ses frustrations de se savoir trompé par sa femme. Si Camille restait persuadée de la culpabilité de sa mère, elle croyait de moins en moins à celle de son père. Joseph n'avait pu poser un tel geste, cela ne se pouvait pas. Mais toute cette histoire morbide, jamais dévoilée, demeurait en elle comme un espace noir, un coin d'amertume sombre et sale où sa pensée s'abstenait de vagabonder. Elle n'allait plus méditer sur le terrain d'à côté. Ah ça… elle n'y retournerait plus jamais ! Il en allait de sa sérénité. Parce que malgré elle, malgré ses prières, malgré ses supplications pressantes et quotidiennes auprès de Dieu pour l'aider à pardonner, elle gardait toujours une pointe de rancœur envers Rébecca.

— Tu as raison, Étienne, je dis n'importe quoi. Ma mère n'a absolument aucun lien avec toute cette histoire.

Avec la disparition de sa belle-sœur, Camille se sentit libérée d'un énorme poids. Elle pouvait enfin respirer ! Elle adopta avec zèle et empressement son plein rôle de maîtresse de maison, femme de cultivateur, mère d'une adorable petite fille et enceinte d'un autre enfant. Enfin, il n'y avait plus personne pour critiquer sans cesse la gelée de pommes trop sucrée et la sauce pas assez épicée !

Camille tentait tout de même de ne plus en vouloir à la vieille fille, se réjouissant simplement de s'en savoir débarrassée. « Pourvu que la chipie n'aille pas tourmenter les âmes des autres trépassés ! » se surprenait-elle à souhaiter en retenant un sourire amer. La vie avait cruellement privé Eugénie d'une famille, elle qui avait pourtant donné le meilleur d'elle-même pour élever ses frères et ses sœurs. Aucun d'eux ne viendrait pleurer sur sa tombe car tous étaient partis vers des régions lointaines sans lui ménager l'amour et la reconnaissance normalement voués à une mère. Pour eux, elle demeurait la sœur aînée qui n'avait pas réussi à se caser, celle qui, après leur départ, s'était occupée de leur père jusqu'à la fin et s'était entêtée à veiller sur leur jeune frère Étienne, même s'il avait grandi et trouvé une jolie Camille sur son chemin. Maintenant, tout était fini. Pourquoi Camille Laurin continuerait-elle de la détester ? Mieux valait la laisser tomber dans l'oubli !

Étienne avait finalement pris la décision de ne pas retourner aux chantiers l'hiver suivant, comme il l'avait fait depuis toujours, sauf l'année de son mariage. En reprenant son travail de menuisier à l'usine de Grande-Baie, il retrouverait son rôle de chef de famille à la fin de chaque journée, et d'amant chaque nuit, au grand bonheur de sa femme.

Quelques jours après le retour du couple sur le chemin Saint-Bruno, Camille se mit en frais de trier les effets personnels de la disparue, histoire de s'en débarrasser et d'éliminer définitivement la moindre odeur, la moindre parcelle de souvenir de celle qui avait empoisonné son bonheur.

Eugénie ne possédait pas grand-chose et, en un tournemain, Camille réussit à vider le placard et les tiroirs, et à déposer les vêtements encore propres dans des sacs destinés aux pauvres. Dans le premier tiroir de la table de chevet, par contre, elle découvrit une tonne de paperasses dont une série de calepins servant de journal intime à Eugénie, classés par années. Camille allait les jeter à la poubelle quand l'idée lui vint de lire les pages écrites lors de l'année de sa propre naissance. Elle faillit s'écrouler en lisant l'un des paragraphes.

Aujourd'hui, 5 octobre 1874, la femme d'à côté, madame Laurin, a mis au monde une fille de six livres supposément prématurée. Je me pose vraiment des questions sur les origines de cette enfant-là, moi... Et puis non ! Papa n'aurait jamais osé faire un bébé à la voisine, voyons ! Mieux vaut chasser ces idées peu charitables de mon esprit.

Demain, les sœurs organisent un encan au couvent de Chicoutimi, et papa a justement offert de m'y conduire. Je suis tout excitée. J'espère qu'il fera beau. Si cette satanée pluie peut cesser...

Dans le même tiroir se trouvait une enveloppe contenant deux photographies, l'une d'Eugénie à l'âge de quinze ans, et l'autre de monsieur et madame Beauchêne entourés de leur huit enfants. Camille s'approcha de la fenêtre et se pencha au-dessus des portraits qu'elle tenait d'une main tremblante. Et si les doutes d'Eugénie au sujet de son origine étaient fondés ? Elle examina attentivement, en retenant son souffle, le visage de Roméo Beauchêne. L'évidence lui sauta aux yeux, et elle n'eut pas le choix d'y reconnaître la forme de ses propres yeux bruns, son nez retroussé et sa chevelure foncée et bouclée. Tout le contraire de ses sœurs !

Comment n'y avait-elle pas songé avant, quand l'autre photo se trouvait accrochée dans le salon ? Si le voisin avait fait un bébé à sa mère une fois, il pouvait bien l'avoir fait deux fois ! Et pourquoi elle-même, Camille Laurin, possédait-elle toutes les caractéristiques d'une brunette alors que ses sœurs affichaient le teint clair, les yeux pâles et les cheveux couleur de paille de leurs deux parents ? Et tous ces médecins qui l'interrogeaient sur un lien de parenté quelconque entre elle et Étienne, comment ne lui avaient-ils pas mis la puce à l'oreille ? Ah !... ils ne croyaient pas si bien dire !

L'appréhension d'une catastrophe la saisit de plein fouet : Camille Laurin aurait-elle épousé, sans le savoir, son demi-frère Étienne Beauchêne ? Abasourdie, elle tomba par terre et demeura immobile pendant un temps indéterminé. Non, non, cela ne se pouvait pas, elle avait l'imagination trop fertile ! Eugénie aurait empêché son mariage avec Étienne, voyons donc ! Mais non... n'avait-elle pas écrit dans son journal personnel qu'elle ne croyait pas à une telle audace de la part de son père ?

Quand elle retrouva ses esprits, il dépassait quatre heures, et Sophie, sa sieste terminée depuis longtemps, réclamait à grands cris, du fond de sa bassinette, l'attention de sa mère. Camille se dépêcha de remettre les papiers dans le tiroir, non sans avoir jeté un rapide coup d'œil sur la page du journal portant la date de l'incendie de la maison des Laurin, ce qui acheva de la bouleverser.

3 septembre 1880. Gros événement dans le canton : la maison des voisins a pris feu au cours de la nuit dernière. Ce matin, il ne reste plus rien : plus de père, plus d'enfants, plus de dépouille de la mère couchée dans le salon. Il ne reste que des cendres. Ce n'est pas moi qui vais brailler sur leur disparition ! Papa, lui, semble inconsolable et se demande qui a mis le feu. Tout le monde pense qu'un cierge allumé oublié aurait pu déclencher l'incendie. Moi, je dis que c'est la mère qui a voulu entraîner ses enfants avec elle jusqu'au plus profond des ténèbres…

Camille descendit à la cuisine en pressant sa fille sur son cœur. Dans tout ce bourbier, il lui restait au moins cette enfant-là, en santé et débordante de vie. Mais en santé pour combien de temps ? Et si elle se mettait à souffrir de cette maudite maladie congénitale ? Quant à Étienne, il allait rentrer dans une heure ou deux. Trouverait-elle le courage de lui confier ses présomptions au sujet de sa condition de demi-frère ?

C'est alors qu'elle aperçut un bout de papier par terre au pied de l'escalier, dépassant sous le piano. Il s'agissait sans doute d'un vieux billet autrefois collé sur une paroi intérieure de l'instrument et tombé par terre lors des travaux de désinfection, la semaine précédente. N'avait-on pas donné l'ordre de déplacer tous les meubles ? Le petit mot rédigé sur une feuille sale et jaunie avait dû échapper aux regards des travailleurs. L'écriture en était fine et régulière, penchée vers la droite.

C… vient de naître,
Elle est à nous,
Elle est de toi
Elle est de moi,
Et mon cœur le sait
Qui l'aimera pour deux.
Dieu aussi le sait.
Il nous pardonnera
Nos doux faux pas.
Elle sera notre secret,
Ne t'en fais pas pour ça.
R.

Les yeux de Camille s'embrouillèrent de nouveau à la lecture du poème. De toute évidence, elle tenait là, sur ce papier écrit par Rébecca et enfermé depuis vingt et un ans dans le piano comme dans un coffre-fort, la confirmation d'une vérité qu'elle n'aurait jamais voulu connaître. La vraie, la seule, la vérité absolue. L'insoutenable vérité.

Quand Étienne rentra, il trouva sa femme effondrée dans un fauteuil du salon, pleurant à fendre l'âme comme si la fin du monde venait d'arriver. C'est à peine s'il put saisir ses premières paroles.

— Viens, mon amour, j'ai à te parler.

29

Marguerite et Antoine ne savaient où donner de la tête tant leurs tâches au refuge se multipliaient. Montréal, en voie de devenir une capitale industrielle, avait vu sa population sur le point de tripler en moins de cinquante ans à cause de l'affluence des gens de la campagne en quête de travail. Hélas, comme pour toute grande ville, le chômage causé par cette invasion de paysans, l'insalubrité, le manque de logements et l'analphabétisme semblaient installés à demeure. Monseigneur Bourget avait eu beau, par les années passées, transformer Montréal en « ville de charité » en faisant venir d'Europe de nombreuses communautés religieuses afin de fonder des hospices, des orphelinats, des asiles pour handicapés et des refuges pour personnes âgées, le besoin de nouveaux centres d'accueil se faisait encore cruellement sentir en ce printemps de l'année 1897. Même en ayant doublé les cinq places d'origine grâce à l'héritage de monsieur Greenberg, le Refuge Lacroix ne pouvait suffire à la demande.

Car en même temps que le progrès s'installaient les fraudes, le marché noir et la prostitution, sans parler de l'inceste et des nombreux viols impunis qui existaient depuis toujours. Les bonnes âmes prenaient plaisir à montrer du doigt les filles célibataires engrossées comme si elles avaient commis le pire crime du siècle. Sans porter de jugements, Antoine et Marguerite continuaient de les recueillir à leur sortie de l'hôpital, brisées, ostracisées, marquées pour la vie. Si quelques-unes se présentaient avec leur bébé dans les bras, la plupart le laissaient à l'adoption, engorgeant ainsi les orphelinats. Le refuge abritait également des jeunes femmes abandonnées ou rejetées, certaines fuyant un foyer où on les battait ou abusait d'elles, et d'autres aussi qu'on avait sommées de quitter l'orphelinat où elles avaient grandi pour laisser la place à des plus jeunes.

Au grand dam d'Antoine Lacroix, le Québec, sous l'influence de l'Église catholique, demeurait une société cléricale et rurale. Le pasteur tenait l'Église responsable de la lenteur des progrès sociaux et économiques. En effet, le clergé tentait par tous les moyens de dissuader les francophones de se tourner vers l'industrie pour gagner leur vie.

— Ce penchant pour l'agriculture, c'est ridicule ! Ce culte insensé du passé, quelle aberration ! Ils sont complètement déconnectés, ces curés ! Heureusement que je me suis sorti de leurs pattes, sinon, ça me rendrait malade !

Marguerite, plus tempérée dans ses opinions, tentait plutôt de trouver d'autres explications plus modérées.

— Les Canadiens français ont si peu d'argent. Pourquoi blâmer l'Église de tenir à ce qui leur a permis de survivre aux épreuves pendant trois cents ans ? Il n'y a pas de mal à créer des industries chez nous, je te le concède, Antoine. Mais les gros entrepreneurs sont pour la plupart britanniques ou américains… et protestants ! Les gens d'Église veulent sans doute protéger le Québec de l'influence néfaste de ces étrangers sur la culture et la religion du peuple, ça me semble évident !

— Moi, je pense que l'Église n'a qu'une unique vision et un seul but : se substituer à l'État pour christianiser l'Amérique. Comme si nous, les protestants, n'étions pas des chrétiens ! Imagine quand les protestants sont anglophones, en plus !

Marguerite finissait par hausser les épaules, sachant bien, au fond, qu'Antoine avait raison. Pourquoi argumenter ? Elle aimait quand il s'emportait de la sorte, prêt à monter aux barricades pour défendre ses idées. Il se dressait alors comme un coq fier et fort, et ses yeux lançaient des étincelles. Il aurait pu la convaincre de la théorie la plus farfelue qui soit, tant elle se sentait prête à le suivre les yeux fermés jusqu'au bout du monde, dans la jungle ou dans le désert, peu importe.

Ils avaient récemment pris la décision d'agrandir leur famille. Après avoir mis le point final aux travaux d'agrandissement du refuge, et suite à la visite de Camille en compagnie de son fils malade, Marguerite avait mis au monde, à l'automne 1895, une ravissante fille, Évangéline, qui atteignait maintenant ses deux ans et avec laquelle Antoine était littéralement tombé en amour. Cette fois, la prochaine grossesse serait la dernière. Quatre enfants leur suffiraient amplement.

Comme pour les fois précédentes, Marguerite n'avait pas tardé à annoncer à son mari « qu'elle était partie pour la famille ». Deux mois de faits déjà, et tout se passait bien. Pour le moment du moins. À maintes reprises, Rémi Beaulieu avait chaudement recommandé à son amie de suspendre ses activités trop harassantes et de se reposer plus souvent, à tout le moins durant les premiers mois, afin de prévenir une fausse couche. Mais comment ralentir ? On avait tellement besoin d'elle au refuge où un problème n'attendait pas l'autre.

Il n'était pas rare que douze ou quinze jeunes femmes occupent les dix lits disponibles du dortoir. On se tassait, on se serrait les unes contre les autres. Pas question de laisser quelqu'un à la rue, surtout les soirs d'hiver. Il fallait nourrir, soigner, organiser tout ce monde-là, répartir les travaux de couture que monsieur Muir ne manquait pas d'apporter, gérer le budget de ce qui était devenu une véritable petite entreprise à but non lucratif, sans parler des bébés à nourrir, à soigner, à laver, à vêtir. Quand Marguerite et Antoine n'avaient plus suffi à la tâche, ils avaient embauché deux domestiques grâce au peu d'argent qui restait de l'héritage de monsieur Greenberg. Mais cela suffisait à peine. Comment trouver, dans cette galère, le temps et le moyen de s'allonger en rêvant à un nouveau rejeton tout mignon ?

Antoine disposait lui aussi de moins de temps pour s'occuper du culte. Dans ses sermons du dimanche, il s'était pourtant mis en frais de faire la promotion du syndicat international Les Chevaliers du Travail [1], une organisation que le pape avait condamnée durant quelques années, par le passé, et qui prônait l'association de tous les travailleurs sans égard à leur pays, leur race, leur sexe, leur métier et leurs qualifications.

En raison de son engagement pour cette cause, le pasteur de la rue Émery avait reçu de sérieuses menaces, rédigées sur des feuillets, concernant

1. Filiale francophone des *Knights of Labour*, un syndicat international formé à Philadelphie en 1869.

sa femme et ses enfants. « *Si vous ne modérez pas vos transports dans vos homélies du dimanche, monsieur le révérend, vous allez le regretter.* » Ces avertissements provenaient-ils de membres conservateurs de l'Église ? Ou de factions ultramontaines[1] de la ville ? Par mesure de prudence, Antoine avait dû changer son fusil d'épaule et cesser de répandre ses idées réformistes à gauche et à droite. Marguerite avait poussé un soupir de soulagement.

— Contente-toi donc de questions purement religieuses, mon chéri. Je n'ai pas envie de nous voir massacrés par des fous pour l'amour des droits des travailleurs, moi ! Tu te souviens des délinquants qui avaient fait du grabuge, un certain dimanche matin, il y a quelques années ? Quand je pense que Camille s'était alors amourachée de l'un d'eux…

— La charité ne consiste pas à prier les bras en croix durant des heures, Margot ! Les choses doivent bouger. Comment ne pas réagir devant la misère générale, l'exploitation éhontée des ouvriers ?

À partir de ce moment, Antoine changea d'attitude et commença à se faire des amis au sein des membres de la direction de quelques manufactures de vêtements de la rue Saint-Laurent, pour la plupart anglophones et protestants. Grâce à cette initiative, certains patrons n'hésitèrent plus

1. Qui défendent le pouvoir absolu du pape.

à fournir des emplois stables et intéressants à de nombreuses pensionnaires du refuge. On s'entraidait alors en partageant la garde des enfants jusqu'à ce que les filles-mères, assurées d'un salaire régulier, puissent acquérir suffisamment d'autonomie pour voler de leurs propres ailes. À son humble manière, et en se rapprochant davantage de la communauté protestante montréalaise, Antoine avait, tout bien considéré, le sentiment de faire un peu avancer les choses.

Mais la situation ne s'avérait pas toujours aussi simple. Des parents, outrés de voir leur fille prise en charge par des protestants, la faisaient sortir de force du centre d'accueil. Ou bien des amoureux éconduits par leur blonde terrée au refuge venaient revendiquer à coups de poing leur droit à la paternité. Ou encore, des jeunes filles violentées par leur amant frappaient à la porte la nuit, le visage tuméfié, suppliant Antoine de les protéger. On avait même vu des policiers s'introduire de force dans le dortoir pour passer les menottes à une prostituée accusée de vol qui se croyait à l'abri à cet endroit.

Un soir de mai, en allant dans la rue Fullum chercher une détenue condamnée pour vol et vagabondage à l'asile Sainte-Darie, prison des femmes, Antoine fut assailli par un homme ivre mort qui voulait s'emparer de la jeune femme remise en liberté depuis à peine quelques minutes.

— Ôte-toé de là, l'grand ! Jeannine est à moé ! Ça fait des mois que je guette sa sortie de prison, tu vas pas me l'enlever, stie !

Antoine ne se gêna pas pour le repousser avec une certaine brutalité.

— Passe ton chemin, mon homme ! Jeannine, elle s'en vient avec moi.

La Jeannine en question, morte de frayeur, se mit à trembler et à se presser contre Antoine en suppliant l'assaillant de s'en aller.

— Va-t'en, Roland, c'est fini entre nous deux, je te l'ai dit cent fois, je te l'ai même écrit ! Je ne veux plus te voir, plus jamais ! Va-t'en !

Mais l'homme insistait et Antoine dut le menacer de retourner chercher du renfort à la prison s'il ne déguerpissait pas.

— Viens, Jeannine, dépêchons-nous de rentrer au refuge. Ne t'en fais pas, ma belle, le bonhomme est saoul et tient à peine sur ses pieds. Il ne te fera aucun mal.

— Peuh ! Vous ne le connaissez pas, monsieur Lacroix. Roland est le plus bel écœurant de la ville !

C'est le lendemain soir que le « plus bel écœurant de la ville » revint à la charge à la porte du refuge. Cette fois, il n'avait pas bu et semblait en possession de tous ses moyens. Il ouvrit la porte d'un coup d'épaule et pénétra dans la cour.

— Hé ! Jeannine, sors d'icitte ! Tu'suite, tu m'entends !

Ses vociférations attirèrent l'attention du pasteur qui n'hésita pas à sortir de son logement pour aller sommer l'individu de s'en retourner chez lui. Mais l'autre résistait.

— Allez chez l'diable ! J'veux ma Jeannine, moé, pis j'partirai pas d'icitte sans elle.

— Tu ne toucheras pas à Jeannine, compris ? Sacre-moi ton camp au plus vite !

Antoine n'avait pas remarqué la haute stature du fameux Roland, pas plus que le bâton qu'il tenait dans sa main droite, collé contre son flanc.

— Si tu ne t'en retournes pas chez toi, j'envoie tout de suite quelqu'un chercher la police. Le poste n'est pas loin d'ici, je t'avertis !

— Ôte-toé de là, l'pasteur ! Va-t'en donc dire ta messe ! Jeannine, c'est ma blonde, pis j'la veux, pis je vas l'avoir !

Sans crier gare, l'homme assena un coup de son bâton à la tête d'Antoine avant de s'enfuir à toutes jambes en tirant par les cheveux une Jeannine épouvantée. Le malheureux Antoine s'écroula sur le sol comme un sac de sable. Sans connaissance.

Quelques secondes plus tard, les hurlements de Marguerite se mêlèrent à ceux des filles du refuge.

30

— Je vous en prie, Rémi, sauvez Antoine, sauvez mon mari !

— Ma pauvre Marguerite, votre époux est entre les mains des meilleurs spécialistes de Montréal. Mais ils ne font pas de miracles, il faut accepter la volonté de Dieu.

— Je ne veux pas qu'il meure, je ne veux pas...

Marguerite ne se rendait pas compte qu'elle avait empoigné à deux mains le bras de son ami et qu'elle y enfonçait les ongles avec le désespoir d'une condamnée. Non, ça ne se pouvait pas, ça ne pouvait pas arriver... Le docteur Beaulieu posa sur elle une main chaude qui se voulait rassurante.

— Calmez-vous, calmez-vous, ma bonne amie. Il faut garder espoir. Venez, je vais aller prier avec vous à la chapelle, comme nous le faisions à l'hôpital de la Miséricorde, il y a quelques années. Vous vous souvenez ?

Elle refusa, préférant demeurer au chevet du malade. Cette vaine tentative de l'ami pour ramener à la surface un souvenir qui aurait pu s'avérer doux au cœur de la jeune femme n'eut pas l'effet escompté. Au contraire, il raviva dans son esprit l'énormité de ce qu'elle risquait de perdre en ce moment même. Autrefois, quand elle rencontrait Rémi devant la châsse de Sainte-Marguerite, rien ne menaçait de lui échapper tant elle se trouvait seule et démunie.

Maintenant, tout son univers courait un grand péril en dépit de la présence de ses trois enfants et de cet autre qui grandissait en elle. Bien sûr, elle avait deux sœurs au loin. Trop loin… Et le docteur Beaulieu et sa femme, ses valeureux amis, ne la lâchaient pas. Mais sans Antoine, à côté d'elle depuis neuf ans, sans leur amour né dans la souffrance, sans leur bonheur si durement conquis, sans l'idéal que leur couple s'était fixé et sans cette vie de famille intense et inestimable, que deviendrait-elle ? Arriverait-elle à tenir le coup et à se refaire une vie ? L'amour d'Antoine Lacroix représentait ce qu'elle avait de plus précieux au monde.

— Je vais plutôt prier ici. J'ai trop peur qu'il parte pour l'au-delà en mon absence. Mais s'il vous plaît, Rémi, restez avec moi. Ne me laissez pas toute seule.

Elle se jeta désespérément à genoux, la tête appuyée sur le lit où le corps cireux et livide du pasteur restait allongé depuis dix jours, la tête enveloppée d'un pansement et les membres inertes. Dix jours qu'on veillait le mourant, dix jours aussi que le personnel infirmier lui injectait des médicaments et pratiquait en vain toutes sortes d'exercices de stimulation pour le sortir de son état végétatif.

Hélas, même si le cœur et les poumons continuaient d'exercer leurs fonctions, le malade demeurait dans un état d'inconscience totale. Le coup à la tempe avait porté durement. Non seulement il avait causé un important bleuissement et de l'enflure sur le beau visage du pasteur, mais on avait diagnostiqué, dès son arrivée à l'hôpital, une fracture du crâne et une hémorragie cérébrale dont il ne se remettrait peut-être jamais. Antoine Lacroix se trouvait radicalement plongé dans un profond coma.

Petit à petit, la vie s'écoulait insidieusement de ce grand corps brisé couché sur un lit blanc, entouré de murs et de rideaux blancs, et soigné par des religieuses et des infirmières vêtues de blanc. Tout paraissait trop blanc à Marguerite dans cette salle commune où le fondateur du Refuge Lacroix avait perdu son identité et était devenu un malade comme les autres, un malade à sauver, blanc comme un mort. Blanc comme le néant, blanc et vide comme l'absence. Blanc comme son âme.

L'aumônier de l'hôpital venait le visiter chaque jour et posait silencieusement une main sur l'épaule de Marguerite. Un bon matin, défiant sans doute l'allégeance religieuse de « monsieur Lacroix », il avait offert de lui donner le sacrement des mourants. Et Marguerite avait accepté sans hésitation. Antoine n'avait-il pas répété un million de fois que Dieu était le même pour tout le monde, sans distinction de race et de religion ?

La veille, c'était le neurologue de l'hôpital qui avait fait venir « la famille de monsieur Lacroix » à son bureau. Incapable d'absorber seule le message terrible que le médecin allait probablement lui transmettre, Marguerite s'y était rendue, la mine défaite et appuyée sur sa sœur Anne, récemment arrivée, qui la soutenait comme s'il se fût agi d'une petite vieille.

— Vous savez, madame, le coma donne du fil à retordre au monde médical. Cet état nous échappe souvent, mais il arrive aussi qu'il nous ménage des surprises. Votre mari peut très bien se réveiller demain matin, comme il peut se réveiller dans cinq ans. Il pourrait aussi s'éteindre d'ici quelques jours. Notre unique possibilité est d'essayer de le stimuler pour l'amener à réagir. Qui sait s'il ne nous entend pas lorsque nous nous trouvons auprès de lui… Il pourrait simplement ne pas être en mesure de communiquer avec nous, comme si une partie de son cerveau dormait et n'arrivait plus à commander le reste de son corps. J'ai vu cela plusieurs fois au cours de ma carrière.

— Voulez-vous dire que je peux encore espérer ?

— J'ose à peine vous dire oui. Les malades ne se réveillent pas tous dans le même état lorsqu'on réussit à les réanimer. Certains ne récupèrent pas complètement leurs esprits, d'autres rendent l'âme malgré tout, au bout d'un certain temps.

Mais j'en ai vu qui ont fini par s'en remettre parfaitement. En ce qui concerne votre mari, je ne saurais me prononcer. Il a reçu un méchant coup, vous savez.

Un méchant coup, en effet! Ce soir-là, on n'avait pourtant pas lésiné à porter secours au blessé. Des voisins du refuge, alertés par les cris de Marguerite et des pensionnaires, avaient eu la bonne idée d'accourir au presbytère de l'église Saint-Jacques, situé tout près du coin de la rue, pour demander de l'aide. Ironie du sort, le curé avait lui-même prêté sa voiture et sa jument pour transporter jusqu'à l'Hôtel-Dieu, coin Saint-Urbain et des Pins, celui qu'il critiquait si haut en chaire, le fameux pasteur Lacroix, inconscient et couvert de sang. D'autres alertèrent les autorités policières qui ne furent pas longues à mettre le grappin sur le malfaiteur réfugié derrière un magasin de la rue Saint-Denis avec la jeune fille devenue complètement hystérique.

Dès le lendemain matin, Éva Beaulieu avait elle-même pris l'initiative de télégraphier chez Anne, à Lowell, afin de l'informer de la tragédie qui venait de se dérouler dans la vie de son aînée. Puisque Rose-Marie et Georges s'étaient gentiment offerts pour garder les enfants au cas où Pierre aurait à s'absenter lui aussi, Anne n'avait pas hésité une seconde et avait sauté dans le premier train pour venir prêter main-forte à sa sœur. D'emblée, elle avait pris la direction du refuge dès son arrivée à Montréal.

— Toi, Marguerite, tu restes à l'hôpital auprès d'Antoine. Dis-moi seulement quoi faire au sujet des enfants et du refuge. Ne crains rien, je vais me débrouiller.

Marguerite lui avait rapidement expliqué les quelques priorités à respecter pour que le refuge continue de bien fonctionner : vérifier quotidiennement les quantités de nourriture, garder un contact quotidien avec monsieur Muir, le fournisseur de travaux de couture et de tricot pour les résidentes, faire observer les règlements de bonne entente et le couvre-feu des pensionnaires, ne pas laisser pénétrer des inconnus dans la cour et encore moins dans le refuge et, surtout, ne pas hésiter à emmener un enfant malade chez le médecin.

Marguerite ne trouvait pas les mots pour exprimer sa reconnaissance à Anne. Malgré la distance et les années qui avaient passé, le lien fraternel qui unissait les deux sœurs lui semblait plus solide et plus fort que jamais. Si elle perdait Antoine, sa vie serait brisée éternellement, mais une oasis dans le désert demeurerait : l'amitié entre les trois sœurs Laurin. Car Camille aussi, de son côté, n'avait pas manqué de s'offrir en apprenant la nouvelle par télégramme, et elle se tenait prête à s'embarquer pour Montréal au premier signe. Mais Marguerite lui avait aussitôt rétorqué d'attendre et de s'occuper plutôt de ses deux petites filles.

« *Merci :* Stop. *Anne déjà ici.* Stop. *Quand retournera à Lowell, t'aviserai.* Stop. *Va prier sur tombe de maman pour nous.* Stop. *Marguerite*

Chaque matin, Marguerite prenait donc bravement le chemin de l'hôpital, après avoir pleuré une partie de la nuit, puis s'être écroulée au fond d'un sommeil rempli de cauchemars. Anne avait beau essayer de la rassurer tout en préparant Emmanuel et Bertrand pour l'école et en aidant Évangéline à s'habiller, la femme du pasteur s'acheminait vers l'Hôtel-Dieu la tête basse et les mains fermement appuyées sur son ventre comme si elle craignait de perdre aussi ce petit-là. À ses yeux, il représentait un phare dans la nuit. Cette vie, une vie grandissante, forte et saine, normale, elle se devait de la protéger en dépit de tout, bien consciente de compter sur la naissance de ce bébé pour se consoler, advenant le cas où… Mais elle refusait l'éventualité terrible de mettre au monde un enfant sans père.

À son arrivée à l'hôpital, des religieuses de la communauté des Hospitalières de Saint-Joseph saluaient la femme du pasteur protestant d'un air condescendant.

— Rien de nouveau, madame Lacroix. Votre mari a encore passé une nuit un peu agitée, mais il n'a toujours pas repris connaissance.

Marguerite posait alors un furtif baiser sur le visage tuméfié et de plus en plus émacié de son Antoine chéri, et elle caressait d'une main douce la peau froide de son cou, de son épaule et de son bras en lui murmurant des mots d'amour à l'oreille. Puis elle rapprochait la chaise de bois systématiquement placée au pied du lit et s'y installait pour de longues heures de veille. Parfois, Rémi ou Éva, ou même Anne, venaient la remplacer pour quelques heures. Hélas, tel un pantin inerte, Antoine ne bronchait pas malgré ces présences chaleureuses.

Marguerite n'en pouvait plus. Quand elle se trouvait seule avec le malade, elle se mettait à lui parler d'une voix implorante.

— Réveille-toi, mon amour, je t'en supplie, je t'en supplie…

Une fois, une seule fois, elle avait eu l'impression qu'il lui serrait légèrement la main. Elle s'était empressée d'en aviser le médecin de garde qui avait immédiatement prescrit de nouveaux exercices de stimulation sans obtenir les résultats escomptés. On avait mis cette minime réaction sur le compte de l'imagination de la malheureuse épouse, complètement épuisée.

Les jours passaient, tous semblables et de moins en moins pourvus d'espoir. Marguerite était rendue à bout et Anne tout autant, se faisant du mauvais sang pour Rose-Marie qui, là-bas à Lowell, avait généreusement pris en charge les trois petits Forêt en plus des trois siens. Pris par leur travail respectif, ni le mari d'Anne ni celui de Rose-Marie ne devaient participer pour la peine à la garde des enfants. L'amie avait beau clamer avoir déniché une gouvernante en or, Anne se sentait mal à l'aise de tant l'encombrer. Elle se languissait aussi de son homme et de ses enfants. Mais il n'était pas question, bien sûr, d'abandonner sa sœur.

De plus en plus, un vent de tempête effroyable semblait s'infiltrer entre la rue Émery et l'avenue des Pins.

31

Marguerite, constamment au chevet d'Antoine, finit par tomber dans une sorte de torpeur profonde malgré tout le va-et-vient de la salle d'hôpital. À la quinzième journée après l'agression, elle ne vit pas arriver Camille tenant à la main une rose rouge quelque peu fanée. La jeune femme toucha légèrement sa sœur du bout des doigts.

— Marguerite ? C'est moi ! Je ne pouvais plus rester au loin sans savoir réellement ce qui se passe ici et sans venir te prêter main-forte. Je suis donc partie en laissant les deux petites à ma tante Hélène, Étienne étant trop pris par son travail pour s'en occuper. Elle saura bien se débrouiller pour quelques jours.

— Camille ! Ah ! mon Dieu, c'est toi, ma petite sœur ! Quelle bonne surprise… Ça me fait tellement du bien de te voir, tu n'as pas idée ! Anne et moi, on n'en peut plus, tu sais.

— Comment va mon cher beau-frère ?

— Bof… Son état reste stationnaire. Aucune dégradation, mais aucun progrès non plus. C'est décourageant, je t'avoue.

— Tiens, je t'ai apporté une rose. Elle vient du chemin Saint-Bruno. Tu devines de quel rosier précisément…

— Le rosier de maman à Grande-Baie ? Tu m'as apporté une rose de chez nous ? Je n'en reviens pas ! Ah… C'est maman, c'est maman qui vient me trouver pour m'aider, j'en suis certaine.

— Oui, je l'ai cueillie en parlant de toi à notre mère. C'est une des premières roses de la saison. Le voyage en train l'a un peu maganée, mais je n'ai pu résister à l'envie de te l'apporter.

Camille retint un sanglot. Depuis son voyage à la prison de Concord, surtout depuis la découverte du poème de leur mère dissimulé dans le piano et confirmant que Roméo Beauchêne était bel et bien son père, elle avait tenu sa promesse de ne révéler son secret à personne sauf à son mari. Si Rébecca avait trompé son époux autrefois, puis menti au sujet de sa naissance, elle n'en demeurait pas moins sa mère et celle d'Anne et de Marguerite. Pour elles, mieux valait préserver l'intégrité de son image, de même que celle de Joseph. Les bêtises passées de leurs parents ne concernaient qu'eux seuls et devaient rester dans l'ignorance comme si elles avaient brûlé en 1880, en même temps que la maison et les restes de leur mère. Comme si elles avaient sombré, avec Joseph, dans le monde obscur de la folie et de l'hallucination.

Seul Étienne connaissait la vérité. Il n'avait pas eu le choix de l'accepter, aussi scandalisé par le comportement de son propre père que Camille pouvait l'être par celui de sa mère. En dépit de leur incroyable lien de parenté, et forts de leur amour, le demi-frère et la demi-sœur avaient décidé de poursuivre leur vie ensemble. Toutefois, ils s'étaient juré de ne plus concevoir d'autres petits Beauchêne. Tout en dissimulant leur terrible réalité à leur entourage, ils allaient mener une vie normale avec une famille normale et remplie d'enfants adoptés normaux, et ils mettraient sur le compte d'un problème d'utérus leur incapacité de procréer de nouveau. Chaque jour, Camille priait pour trouver la force de garder pour elle, jusqu'à la fin de ses jours, le secret effroyable qui l'étouffait et lui donnait l'impression de vivre en hypocrite et en menteuse.

Déjà, ils avaient deux merveilleuses fillettes en bonne santé. Comme pour Sophie, le destin avait épargné la petite Charlotte, née quelques mois après le décès de son frère, et la nature semblait l'avoir dotée d'une excellente santé. Pour le moment du moins. La poupée rondelette et débordante de vie faisait la joie et la consolation de ses parents depuis près d'un an et demi. Cependant, tant et aussi longtemps qu'elle n'atteindrait pas l'âge où le mal s'était déclaré chez Daniel, Camille ne dormirait pas en parfaite tranquillité.

Le fait d'avoir fait le geste héroïque de retourner sur la tombe de sa mère pour la prier, à la demande de sa sœur rédigée dans un télégramme, constituait pour Camille une courageuse, voire une audacieuse tentative, non seulement de réconciliation avec le souvenir de Rébecca, mais surtout de pardon pour ses inacceptables erreurs passées. Jusqu'à ce moment précis, en ce matin ensoleillé de juin 1897, la jeune femme s'était refusé à traverser le boisé pour se rendre sur les cendres de leur ancienne maison devenue la tombe de leur mère. Même Étienne n'avait pas remarqué que depuis deux ans, elle n'allait plus balancer les enfants sous le grand érable.

Mais pour l'amour de Marguerite, et surtout dans l'espoir de sauver Antoine, Camille s'était vaillamment rendue, après la lecture du télégramme, dans son ancien sanctuaire, ce lieu autrefois béni qu'elle voyait maintenant comme l'antichambre de l'enfer. Elle y avait cueilli une rose d'une main tremblante. Mais cette tentative d'amnistie avait échoué car, d'une certaine manière, elle n'avait pas trouvé la paix, et cette volte-face n'avait rien changé à sa rancœur à l'égard de Rébecca. Une rancœur qui n'aurait pas assez d'une éternité pour se dissoudre. C'était trop grave, trop gros, trop effrayant. Plus que Camille Laurin ne pouvait en supporter. Certains jours, elle se demandait si Joseph s'était jamais douté que sa princesse n'était pas de lui…

Il avait fallu un appel au secours d'Éva Beaulieu décrivant la détresse de Marguerite pour lui donner le courage, avant de partir pour Montréal, de retourner à pas hésitants sur le terrain couvert de ronces pour y cueillir une fleur. Cette fois-là, Camille n'avait pas pleuré, elle avait plutôt serré les poings et jeté un regard cynique sur la tombe de sa mère en la sommant aigrement de faire quelque chose pour son aînée et les siens.

— Cette fois, la mère, cette fois, tu fais mieux de bouger, sinon…

Elle n'avait pu en dire davantage, préférant prendre ses jambes à son cou et s'enfuir au plus vite vers la maison des Beauchêne devenue sienne, tenant sa rose à bout de bras comme on porte un cierge dans l'obscurité. Mais ces quelques mots prononcés sur un ton de menace résonnèrent longtemps dans son esprit. « Cette fois, la mère, tu fais mieux de bouger, sinon… »

Sinon quoi ? De quoi peut-on menacer une morte ?

Marguerite se leva spontanément et déposa la rose avec douceur sur la poitrine d'Antoine en priant Rébecca à haute voix.

— Maman, prends soin de mon Antoine. S'il te plaît, ramène-le à la vie, je l'aime tant ! Les enfants et moi avons tant besoin de lui... Pense à tes petits-enfants, maman !

À sa grande stupéfaction, le malade réagit subitement comme si une épine l'avait piqué, lui qui bougeait à peine depuis des jours.

— Antoine ? Antoine, m'entends-tu ?

Un grognement caverneux bien plus qu'une plainte se fit entendre, provenant du malade qui bougeait la tête dans tous les sens. Marguerite saisit sa main crispée et la porta en tremblant contre sa joue.

— Antoine, m'entends-tu, mon amour ? Calme-toi, tout va bien. Je suis là, auprès de toi. C'est moi, Marguerite. Me reconnais-tu ?

Le malade prit une longue inspiration et s'apaisa aussitôt. Elle se mit alors à prononcer doucement à son oreille ces mots usés, répétés des milliards de fois par tous les amoureux de la Terre, ces mots qui portent toujours le même élan du cœur humain livré et mis à nu pour le plus prodigieux des dons de soi.

— Je t'aime, Antoine, je t'aime tellement ! Comprends-tu ce que je te dis ?

Pour la première fois depuis deux semaines, Antoine cligna des yeux. Marguerite aurait tout donné pour plonger dans le bleu de ces yeux-là et s'y noyer de nouveau, comme autrefois. Mais pour l'instant, ces simples mouvements effectués intentionnellement à l'instant précis où elle les réclamait, et même ces faibles serrements de doigts de toute évidence volontaires et consciemment effectués, la rendaient folle de joie.

— Camille, vite, retourne à la maison et demande à Anne d'amener Emmanuel, Bertrand et Évangéline. Je pense que leur papa est sauvé. De voir ses enfants va achever de le réveiller, j'en suis certaine. Maman, de là-haut, vient d'accomplir un miracle. Cette rose…

Marguerite ne comprit pas pourquoi Camille eut du mal à se relever tant elle se sentait chavirée.

Ce soir-là, de retour dans la rue Émery, les trois sœurs sombrèrent très tôt dans le sommeil, serrées les unes contre les autres dans le lit de Marguerite et d'Antoine, incapables de se séparer après un tel événement. Un événement trop grand, trop impressionnant pour être absorbé d'un seul coup. Ces retrouvailles imprévues, ce serrement des unes contre les autres devant l'épreuve, ce sentiment d'impuissance partagé, mais aussi ce grand espoir et surtout la joie de cette guérison soudaine sous l'intervention de leur mère… Mais Rébecca avait-elle réellement entendu leurs prières ? Sans doute qu'aucune d'elles n'obtiendrait jamais de réponse à cette question, pas plus que les médecins de l'hôpital, d'ailleurs. Pas même Camille, dans la profondeur de son silence. Et pourtant, cette rose…

Tout cela eut néanmoins pour effet de rapprocher les trois sœurs au-delà de tout. Jamais elles n'oublieraient le sourire silencieux d'Antoine à la vue de ses enfants. Un sourire mystérieusement déclenché par une humble fleur déposée avec tendresse sur sa poitrine… Marguerite cria au miracle.

Elles s'endormirent en se tenant la main, l'aînée au milieu et les deux autres de chaque côté, unies pour le meilleur et pour le pire, pour le reste de leurs jours. Nul exil, nulle distance, nul méandre du destin n'arriverait plus jamais à les séparer. Et Camille, blottie contre Marguerite, se disait en elle-même : « Et nulle insoutenable vérité… »

Sur la table, à côté du lit, la rose flétrie répandait un étrange parfum de victoire.

Le lendemain soir, pendant le souper, après s'être assurée qu'Antoine prenait vraiment du mieux, Camille toussota légèrement avant d'adresser à sa sœur la question qui la chicotait depuis longtemps.

— Dis donc, Marguerite, ce n'est pas le moment de te parler de ça, mais si j'en faisais la demande officielle avant de retourner à Grande-Baie, crois-tu que ça prendrait du temps avant de pouvoir adopter un enfant ?

32

Les années 1898 et 1899 tournèrent sur la grande horloge du temps sans imposer trop de drames dans l'existence des sœurs Laurin.

Si, après le sauvage assaut du bandit, Antoine mit un certain temps à retrouver l'équilibre cognitif et un parfait état de santé physique, son amour pour sa femme et leurs quatre enfants de même que son zèle à mettre en pratique le message évangélique constituèrent autant de stimulants pour l'aider à se remettre sur pied, même si d'occasionnels blancs de mémoire se produisaient, seules séquelles d'une tragédie qui aurait pu tourner encore plus mal. Quand Marguerite le voyait faire sauter sur ses genoux sa petite

Marie de dix-huit mois, elle décelait encore dans les yeux de l'homme de sa vie l'étincelle magique capable d'embraser chacun de leurs jours au grand feu du bonheur.

Les demandes d'hébergement ne dérougissaient pas tant les besoins se faisaient pressants. Antoine, avec les profits du travail des résidentes et les dons et subventions de la part de son Église, avait pu louer un troisième logement, au-dessus du leur dans l'édifice de la rue Émery, afin d'agrandir le dortoir et installer dans les autres pièces un véritable atelier de couture.

Le pasteur ne se formalisait plus du peu de conversions au protestantisme parmi les habitants du quartier et chez les pensionnaires du refuge. Même si le nombre de fidèles présents dans la petite salle où il célébrait l'office du dimanche n'augmentait guère, il se sentait fier du bien qu'il accomplissait généreusement avec Marguerite. « La religion, ça se pratique sur le terrain et non sur un prie-Dieu », s'amusait à répéter l'ex-père Lacroix.

De son côté, Anne filait elle aussi des jours heureux à Lowell auprès de son mari et de leurs trois enfants. Si Pierre Forêt maintenait la ligne dure au sujet de la survivance canadienne-française aux États-Unis, Anne, elle, jouait avec bonheur son rôle de mère de famille, tout en s'impliquant, au grand plaisir de son mari, comme militante pour l'organisation d'une association censée voir le jour dans quelques mois : la Société Saint-Jean-Baptiste d'Amérique. La jeune femme faisait office de secrétaire bénévole pour ce regroupement des sociétés locales de langue française de la Nouvelle-Angleterre afin de lutter plus efficacement et résolument contre les organismes anglophones puissants et dynamiques qui risquaient de les assimiler. Mais surclassant cette occupation, ce qui s'avérait jadis un simple loisir était maintenant devenu pour elle une pratique quotidienne essentielle en même temps que fort lucrative : l'art de la peinture.

Dès qu'elle trouvait une minute, Anne se rendait dans son atelier aménagé par Pierre dans un coin du balcon, auquel il avait posé murs et fenêtres pour le transformer en solarium. Elle y retrouvait ses tubes de couleurs, ses pinceaux et ses toiles avec un plaisir certain. De plus en plus, ses tableaux se vendaient à gros prix dans les nombreuses succursales de Rosemary's Fair qui s'étaient multipliées en dépit du changement de propriétaire, après la disparition de Paul Smallwood.

Petit à petit, Anne se bâtissait une renommée de grande artiste. Déjà deux galeries réputées l'avaient approchée pour une exposition. Quand elle peignait, elle se sentait libre et heureuse. À sa manière, elle cherchait à traduire le bonheur et la beauté du monde sur chacune de ses toiles qu'elle remplissait de scènes d'enfants et de merveilleux paysages. D'un œil attendri, elle mémorisait certaines images touchantes du quotidien où, par exemple, une fillette caressait sa poupée ou un bambin riait aux éclats, juché sur les épaules de son père. Ces tableaux remplis de charme ne laissaient personne indifférent, tout comme ses paysages qu'elle rendait si lumineux qu'ils donnaient au spectateur l'envie d'y pénétrer un moment pour rêver. On ne résistait pas, et on achetait.

Sur l'un des murs du petit atelier, un seul tableau restait en place, à l'abri des acheteurs. Anne ne passait pas une journée sans y jeter un regard attendri. Il s'agissait d'un petit champ couvert d'herbes folles et limité à l'arrière par une forêt automnale. À l'avant-plan, à gauche, se dressait un grand érable dont le feuillage affichait les couleurs du feu. À l'une de ses branches, pendait une balançoire sur laquelle se berçait une fillette, cheveux au vent. De l'autre côté, trois roses rouges s'épanouissaient sur un rosier sauvage. Grande-Baie, chemin Saint-Bruno, ancienne propriété des Laurin. Invariablement, cette peinture ramenait Anne vers son pays natal, sur cette terre refermée non seulement sur la tombe de sa mère mais aussi sur une enfance trop brutalement interrompue. Et invariablement, elle rejoignait par la pensée ses sœurs dont elle se sentait solidaire malgré le cruel éloignement imposé par le destin.

Un jour, elle reçut une lettre de Camille datée de la fin d'octobre 1899, l'invitant avec son mari et ses enfants à venir passer la fête du Nouvel An à Grande-Baie.

On s'organisera bien pour loger tout le monde. Après tout, le passage au vingtième siècle pendant la nuit du jour de l'An me semble un événement de suffisamment d'importance pour le vivre toutes ensemble et avec les nôtres, enfin ! Certains de nos enfants ne se connaissent même pas, il est temps d'organiser une rencontre familiale dans notre lieu d'origine, tu ne penses pas ? J'ai envoyé la même invitation à Marguerite. Je vous attends donc dans la semaine entre Noël et le jour de l'An.
Camille

Ce « avec les nôtres » de la lettre ne précisait pas leur père Joseph, même s'il se trouvait physiquement en mesure de quitter, pour quelques heures ou quelques jours, l'Institut psychiatrique de Concord où il résidait toujours. Seule Anne, à cause de la proximité, se faisait un devoir d'aller le visiter à de rares occasions. Cependant, si Joseph avait retrouvé unc meilleure condition physique, il n'en allait pas de même pour sa santé mentale. Certes, il avait de rares moments de lucidité durant quelques minutes, mais il lui arrivait encore plus fréquemment de délirer ou de tomber en état de crise hystérique majeure où seules les courroies le retenant de force à son lit pouvaient en venir à bout.

En revanche, lors de sa dernière visite, Anne avait trouvé son père d'un calme déroutant. Il avait même semblé l'avoir reconnue pendant un court laps de temps. À son arrivée, elle l'avait vu, attablé seul à l'extrémité de la grande salle commune, en train de peindre à la gouache des langues de feu sur de larges feuilles de papier dans les tons de rouge et d'orange. Des milliers de langues de feu recouvraient des dizaines et des dizaines de pages du haut jusqu'en bas sans marges ni d'espaces à découvert.

Quoi ? Joseph en train de peindre ? C'est la dernière chose à laquelle Anne se serait attendue. Devant son air ahuri, l'infirmière avait expliqué que « Mister Laureen » pratiquait sans arrêt ce qu'elle appelait du *raw art*[1]. Cela, semblait-il, l'aidait à se libérer des tensions incontrôlables qui risquaient de le faire exploser à tout moment. Mais mystérieusement, systématiquement, inlassablement, Joseph ne peignait que des flammes. Devant cela, Anne avait tressailli se rappelant trop bien les feux follets dont il parlait si souvent, autrefois. Quant à leur maison brûlée…

Elle chassa vite l'éventualité d'amener leur père dans la région du Saguenay, mais elle se réjouit, par contre, de l'extraordinaire initiative de Camille. Il s'agissait là d'une excellente idée. Évidemment, l'organisation serait de taille pour recevoir tout ce monde chez les Beauchêne, avec

1. Art brut.

leurs quatre enfants de moins de six ans dont les deux derniers commençaient à peine à marcher. En effet, deux ans après avoir donné une petite sœur en bonne santé à leur fille Sophie, Camille et Étienne n'avaient pas hésité à adopter d'adorables jumeaux. Et il semblait qu'une nouvelle demande d'adoption était en marche.

À vrai dire, depuis la mort du petit Daniel, la princesse autrefois adorée de Joseph, gâtée par Angelina mais détestée par Eugénie, s'était métamorphosée pour laisser enfin fleurir à l'air libre sa véritable vocation, soit celle d'épouse et de mère de famille. Le temps où la jeune écervelée fréquentait les bars de la rue Saint-Laurent en compagnie de Béatrice, et celui où elle s'était acoquinée avec le plus beau voyou de Montréal étaient restés loin derrière elle. Avec son mari, elle continuait de tisser une belle histoire d'amour et menait enfin une vie rangée de paysanne calme et heureuse.

Elle avait tout de même hésité avant de faire part à Étienne de son projet de réunir tous les siens durant la période des Fêtes, s'attendant à des protestations : « Quoi ? Tu n'y penses pas ! Tu n'en as pas déjà assez sur les épaules ? Où allons-nous mettre tout ce monde-là ? Et combien ça va coûter ? »

Mais à son grand étonnement, son mari avait réagi tout autrement.

— Bonne idée ! J'ai bien hâte de connaître mieux tout ce monde-là, moi !

Déjà il faisait des plans.

— Dès mon retour de la chasse, on pourra commencer à découper le gibier et cuire des ragoûts et des tourtières, maintenant que la température a baissé. Que dirais-tu d'un énorme cipâte ? On mettra tout ça à geler dans un coin du hangar.

Ravie par une telle réaction, Camille ne l'en aima que davantage.

— Attendons au moins qu'arrivent les réponses à mes lettres d'invitation, mon amour.

— Ça ne va pas tarder, tu vas voir ! Je suis certain que tout le monde va venir.

En effet, Marguerite et Anne se montrèrent enchantées et acceptèrent promptement l'invitation. Pour célébrer l'arrivée de l'année 1900, les trois sœurs Laurin et tous les membres de leurs familles en provenance de Lowell, de Montréal et de Grande-Baie seraient réunis.

Camille ne portait plus à terre.

33

La famille Lacroix arriva la dernière à Grande-Baie, quelques jours avant le jour de l'An. Antoine s'était montré quelque peu réticent à délaisser ses fonctions de pasteur et à renoncer aux offices du temps des Fêtes en dépit du petit nombre d'assistants, et malgré les protestations de sa femme. Il refusait d'abandonner les pensionnaires pendant plusieurs jours, surtout durant cette période de l'année où les malheureuses filles se trouvaient plus vulnérables que jamais. Aux yeux du pasteur, le refuge revêtait presque autant d'importance que sa propre famille, et Marguerite avait eu l'impression de lui imposer cette rencontre organisée par Camille « à l'autre bout du monde », comme il s'entêtait à nommer Grande-Baie.

Mais Marguerite ne pouvait refuser une telle invitation pour réunir les trois familles au grand complet. Moment privilégié s'il en était ! Elle avait donc insisté et gagné son point. D'ailleurs, sans son mari, comment aurait-elle pu se rendre seule à « ce bout du monde » avec les bagages et les quatre enfants ?

Un pasteur anglophone de l'Église baptiste avait finalement accepté de remplacer Antoine durant son absence, malgré son accent quasi incompréhensible quand il parlait français. Il verrait aux urgences et s'occuperait des lectures lors des offices du jour de l'An et du dimanche suivant. Mais au moins, pour Noël, le révérend Lacroix, père spirituel de toutes ces femmes, avait été là pour les écouter et les consoler.

La petite famille, père, mère et enfants, se retrouva donc à la gare Bonaventure, tôt le matin du 28 décembre, pour prendre le train de Montréal vers Québec, puis celui de Québec vers Chicoutimi. L'oncle Ludger les avait gentiment attendus dans son large traîneau afin de les reconduire à Grande-Baie par les routes enneigées.

Le « mononcle » se pâma sur le charme des enfants et, bon prince, Antoine amorça sa conquête avec de vifs remerciements pour son transport et des exclamations de ravissement sur la féerie du paysage, lui qui découvrait la région pour la première fois. Ludger en profita pour lui proposer une excursion de pêche sur glace avec ses beaux-frères, et dont le départ était pour le lendemain.

— Tout est organisé pour notre « sortie entre hommes ». On part à l'aube. Dommage que vous arriviez si tard, on vous attendait hier. Vous n'aurez pas trop de temps, monsieur le pasteur, pour voir les femmes et les enfants ce soir avant de repartir demain matin.

— Je vous en prie, mon oncle, appelez-moi Antoine. Dites donc, cette pêche, ça va durer longtemps ?

— Deux jours, trois tout au plus. On sera de retour pour la veille du jour de l'An, ne vous inquiétez pas.

Frémissant d'excitation, Antoine jeta un regard en coin à sa femme en quête d'un signe d'approbation. Le sourire épanoui de Marguerite suffit à le rassurer. Ce plaisir anodin, ces deux jours d'évasion totale, son mari les méritait bien, après tout, lui si entièrement dévoué aux autres, sept jours par semaine et vingt-quatre heures par jour... Et puis, cela allait lui fournir l'occasion de faire plus ample connaissance avec les maris de ses sœurs. Après toutes ces années, il n'avait même jamais rencontré Étienne !

Le traîneau s'arrêta devant la maison des Beauchêne au son joyeux des clochettes. Une ribambelle d'enfants en habits d'hiver sortit de derrière un banc de neige et accourut pour accueillir les visiteurs. Devant ces adorables binettes rougies par le froid qui les examinaient avec curiosité, Marguerite lâcha un cri de joie.

— Ah ! mes neveux et mes nièces, que vous êtes beaux ! Les enfants d'Anne et de Camille... Venez, que je vous présente vos cousins et cousines de Montréal.

Quand la porte s'ouvrit et qu'elle reconnut ses sœurs et leurs maris lui souriant dans l'entrebâillement, elle manqua défaillir de plaisir.

Même si, lors du souper de ce soir-là, les beignes s'avérèrent un peu dur et le vin de gadelles trop acide, les tourtières furent particulièrement délicieuses et le cipâte excellent.

Le bonheur était au rendez-vous.

Le premier arrêt s'effectua au magasin général de Chicoutimi pour prendre les provisions.

L'oncle et la tante avaient tout préparé à l'avance, convaincus qu'aucun des maris ne refuserait l'invitation à la pêche, surtout Pierre et Antoine, « les deux gars de la ville ». Étienne, quant à lui, habitué à de telles excursions, prêterait main-forte à Ludger. On traversa ensuite le Saguenay jusqu'à Sainte-Anne sur le pont de glace naturel, ce qui, évidemment, impressionna les « deux gars de la ville ».

Si Marguerite, Anne et Camille avaient pu voir la mine réjouie et l'agitation à peine retenue de leurs hommes, engoncés au fond du traîneau dans leur capot de poil prêté par Ludger, elles auraient ri à s'en tenir les côtes. On aurait dit de vrais petits garçons ! Vraiment, elles avaient de quoi se réjouir de cette belle initiative du cher oncle, mais elles soupçonnaient leur tante Hélène, avec sa délicatesse toute féminine, d'en avoir été l'instigatrice. Sans la présence de leurs épouses et de leurs enfants, leurs maris se montreraient davantage au naturel et tisseraient assurément de précieux liens d'amitié.

Le chemin jusqu'aux lacs parut tout de même monotone aux passagers. La colonisation avait fait peu de progrès dans ce coin de la région.

— On va s'arrêter en cours de route au « campe » Bissonnette. C'est vieux et pas très confortable mais mieux vaut y réserver nos lits pour ce soir et demain soir dès maintenant car c'est souvent complet, rendu en fin de journée, surtout à ce temps-ci de l'année.

Une fois les réservations faites, on dépassa le lac Charles[1] et on se rendit au lac Clair où l'oncle abandonna les trois hommes près de la petite île en recommandant à Étienne de commencer à creuser dans la glace pour installer les lignes en attendant son retour.

— Je vais aller voir du côté de l'anse à Gotte et de la grosse île pour voir l'état de la glace. Demain, comme on disposera de plus de temps, on pourrait aller pêcher de ce côté-là et même pousser jusqu'à la passe d'en bas.

Pierre et Antoine lui recommandèrent la prudence sans trop savoir en quoi elle consistait. Après un amical signe de la main, on oublia l'oncle. La timidité naturelle d'Étienne fit un bond en avant quand il se retrouva seul en présence de ses beaux-frères, ces gens de la ville instruits, inscrits dans une classe sociale qualifiée d'élite. Lui, le gars de Grande-Baie, jamais sorti de son patelin sinon pour se rendre à la ville voisine de Chicoutimi, lui, le paysan, l'habitant, le colon, l'agriculteur, le gars de chantier, le bûcheron, le pêcheur, le chasseur, l'héritier de la terre familiale avec un bulletin de quatrième année primaire dans ses tiroirs, ne se sentait pas de taille à entamer des discussions avec eux et encore moins à devenir leur ami intime.

Mais le pasteur et le journaliste ne connaissaient rien à la pêche sur la glace tandis que lui,

1. Ancien nom du lac Grenon.

il savait appâter les hameçons et tendre les lignes. Et, bien sûr, chasser la perdrix et trapper le lièvre n'avaient pas de secrets pour lui. Il arrivait aussi à retrouver son chemin à travers les champs de neige à toute heure du jour et de la nuit. De plus, il pouvait prédire la température seulement à regarder le ciel. Et il connaissait évidemment le nom de tous les arbres, de toutes les plantes et fleurs sauvages, sans oublier sa capacité d'identifier aussi les oiseaux. Il pouvait même dire à quel moment et à quelle profondeur il fallait planter chacune des différentes graines du potager au printemps. Tuer une poule en lui évitant de souffrir et dépecer un bœuf n'avaient pas non plus de secrets pour lui. Il n'en perdait pas une once ! Et à la pêche, il n'avait pas son pareil pour taquiner le poisson et, plus tard, pour le découper en filets.

Mais comment parler de politique et d'économie avec un journaliste reconnu quand on vit isolé sur sa terre natale, seul avec une trâlée de marmots et leur mère, sans informations ni nouvelles sur le reste du monde sinon celles qui courent à l'occasion au magasin général ou sur le parvis de l'église, le dimanche matin ? Quand la survie devient la seule préoccupation de chaque jour ?

Et comment discuter de religion avec un diplômé en théologie, ancien prêtre missionnaire et pasteur protestant par surcroît ? Pour lui dire quoi ? Que les bancs de l'église Saint-Alexis de Grande-Baie coûtent une piastre et quatorze cennes par année pour une famille de quatre enfants ? Que le sermon du dimanche précédent prononcé par l'évêque de Chicoutimi, Mgr Labrecque, avait duré plus d'une heure et que lui-même, Étienne Beauchêne, était sorti sur le perron, incapable de supporter ces sempiternelles palabres sur le péché ?

Rencontrer ces deux hommes-là en présence de leurs épouses, cela pouvait toujours aller. Il se faufilait derrière sa jolie Camille, experte en relations sociales, semblait-il. Mais là, perdu au milieu de rien en leur seule compagnie... hum ! sa réserve naturelle l'emportait largement sur la hardiesse.

L'oncle revint sans que nul s'en rende compte, chacun étant absorbé silencieusement par la tâche de creuser les derniers trous dans la glace à l'aide de vilebrequins.

— Hé, les gars ! Vous ne voyez donc rien ? Antoine, Antoine, il y a une ligne qui bouge là-bas ! Vite ! Vite ! Et toi, Pierre, regarde de l'autre bord, ça grouille là aussi ! Sors de la lune, Étienne, pour l'amour du ciel, et va me relever ça !

Ludger et Étienne ne fournissaient pas à décrocher toutes les truites qui mordaient pour les lancer dans les seaux tandis que les deux autres sautillaient sur la grande étendue glacée comme des enfants en vacances.

Au crépuscule, le nordet se leva et se mit à souffler en rafales, effaçant les chemins jusqu'au camp. Mais l'oncle s'y connaissait et ramena l'équipée à bon port où un encombrement de chiens et de *sleighs* se trouvait à la porte. Tel que prévu, des charretiers étaient descendus des chantiers pour ramener deux blessés et une sauvagesse malade à Chicoutimi, et ils s'étaient arrêtés au « campe » en quête d'un gîte pour la nuit. Le propriétaire de l'auberge allait renvoyer tous ces gens-là faute de place quand Antoine offrit spontanément sa couchette aux visiteurs.

— Qu'au moins la pauvre Indienne prenne ma place, voyons donc ! Je vais simplement dormir par terre. Pas plus grave que ça ! Je me sens tellement fatigué après cette journée au grand air que je ne m'en rendrai même pas compte. En cinq minutes, je dors, c'est garanti !

Les trois autres imitèrent aussitôt son geste généreux. Les blessés et la *sqaw* d'abord, les vacanciers ensuite… Une fois tout le monde installé, Ludger ne put se retenir, à la veillée, de traiter avec Antoine du seul ministre protestant qui résidait à Chicoutimi depuis quelques années, pratiquant son ministère pour une vingtaine de fidèles seulement.

— Tous des Anglais qui travaillent pour la Price. Leurs meetings ont lieu dans la maison de l'un d'eux, si je ne me trompe pas.

— Ah bon… Un peu comme moi à Montréal.

— Ce n'est pas tout. On a déjà eu à Chicoutimi, par les années passées, un agent des terres de la Couronne protestant, mon cher. Un fanatique. Un vrai fou, je vous dis ! Pas parce qu'il était protestant mais... Quand on pense que Mgr Bégin, de connivence avec l'honorable Price lui-même, l'avait fait nommer agent des terres afin de garder un œil sur ses décisions... L'Église est parfois prête à toutes les concessions pour exercer son pouvoir, même indirectement, je vous dis ! Vous avez bien fait, mon cher Antoine, de quitter cette race-là.

La conversation resta en suspens car tous préféraient garder le silence sur ce sujet délicat plutôt que de déblatérer, comme l'oncle, contre la religion catholique.

Le lendemain ramena les quatre hommes sur le lac Clair. Cette fois, les néophytes connaissaient mieux la musique et ne se firent pas prier pour garder l'œil aux aguets et le pied alerte autour des trous creusés dans la surface gelée.

Soudain, Pierre Forêt lança un grand cri de frayeur et se mit à courir sur la glace.

— Dieu du ciel, qu'est-ce que je viens de sortir là ? Un serpent ? Ou le diable, peut-être ?

Étienne ne put retenir un fou rire devant le geste spontané du journaliste de lancer sa prise le plus loin possible sur la neige et de s'enfuir à toute vitesse dans la direction opposée.

— Mais non, mais non ! Il s'agit seulement d'une belle grosse anguille. Voilà pourquoi ça ne mordait pas depuis un bout de temps. Elle rôdait probablement aux alentours.

Étienne se montra content, il allait se délecter ! Il promit de faire cuire l'anguille le soir même, au « campe » :

— Hein ? Ça se mange, cette bébitte-là ?

Les deux beaux-frères n'en revenaient pas. Étienne, toujours un peu timide, haussa les épaules et décrocha l'anguille grouillante sous leurs regards ébahis. Le pasteur devina-t-il le malaise du jeune fermier ? Il lui donna une bourrade amicale.

— Dis donc, le beau-frère, tu m'impressionnes ! Tu m'as l'air de tout connaître, toi ! Comme tu dois nous trouver niaiseux, Pierre et moi !

— Non, non, au contraire…

— Eh bien, moi, j'admire les gens comme toi, mon vieux. Toi, tu fais réellement corps avec la nature, tu vis une vraie vie auprès des vraies affaires dans notre vrai pays. Rien de faux ni d'artificiel dans ton existence. Toi, mon Étienne, tu représentes le vrai Canadien français. T'es pas un contaminé comme nous qui vivons sur le béton !

— Tu penses vraiment ce que tu dis ? Ça fait plaisir à entendre ! Euh… je ne parle pas des contaminés, je…

— Certainement ! Toi, au moins, tu as le courage de rester ici au pays, de développer le

Québec, de le coloniser malgré les embûches et la dureté de la vie dans cette région éloignée. Toi et Camille, vous avez toute mon admiration.

— Merci de me le dire, Antoine !

Dans son élan de bienveillance, le pasteur ne remarqua pas que, non seulement le cultivateur avait relevé la tête, mais que le journaliste, lui, avait quelque peu tiqué quand il avait entendu prononcer le mot « contaminé ». Pierre Forêt ne put s'empêcher de demander des explications à son beau-frère.

— « Contaminé comme nous »... Qu'entends-tu par ça, Antoine ?

— Euh... Contaminés par le progrès, la production, le capital, la consommation, l'anonymat parmi la foule, le matériel, le superficiel... La vie nouvelle, celle de la ville, quoi ! On ne peut pas arrêter ce genre de progrès, Pierre, je te l'accorde, et tant mieux si notre peuple prend cette tangente et améliore ses conditions de vie. Mais la terre nourricière, la nature ne sont-elles pas à l'origine de tout ? Les gens de la terre, ces déclencheurs de la grande chaîne de la vie, sont à mes yeux tout aussi importants à notre survie que ton gérant de banque ou ton chef d'usine.

Pierre hocha la tête. Antoine avait raison. Avant même que le père Lacroix abandonne la prêtrise, le journaliste ressentait déjà une secrète admiration pour le vicaire de la paroisse Saint-Joseph, ce jeune homme de son âge si fervent, si engagé, qui avait consacré sa vie à Dieu et aux hommes. Évidemment, à l'époque, son histoire d'amour avec Marguerite avait quelque peu dérouté le mari d'Anne. Cependant, il avait constaté qu'au-delà de son apostasie et de son allégeance à une autre religion, Antoine demeurait toujours le même homme, intelligent, authentique, dévoué et généreux. Un grand homme. Il ressentit soudain une grande fierté de l'avoir comme beau-frère. Et de compter aussi Étienne Beauchêne parmi les siens, cet homme du pays, ce véritable pionnier de la race… Ce « vrai Canadien français », comme l'avait dit Antoine.

Ce soir-là, un bon feu ronronnant dans le poêle du « campe », l'incontournable omelette et quelques morceaux d'anguille frite qu'une lampée de brandy dans le café bouillant aida à faire passer, tout cela acheva d'engourdir les esprits. Les pêcheurs ne demandèrent pas leur reste pour aller se coucher et ronfler aussi fort que la bourrasque, entre les draps des vieux lits cabossés qu'on avait, cette fois, réussi à leur garder.

Là aussi, le bonheur était au rendez-vous.

On rentra à Grande-Baie le jour suivant, veille du jour de l'An, la mine réjouie et les joues colorées par le froid. Quarante-trois truites s'entassaient dans le grand seau à l'arrière du traîneau. Des cris de joie accueillirent le retour des quatre hommes, des cris que l'écho répercuta jusque loin sur le Saguenay.

34

— Au nom du Père, et du Fils, et du Saint-Esprit. *Amen.*

Nul, dans le salon, ne broncha suite à ces paroles accompagnées du geste de la croix tracé simultanément par les trois hommes, la main ouverte et les doigts pointés vers le haut. Ni les enfants, ni les mères et ni les pères, trop émus par la solennité de l'événement… N'eût été les petits qui se relevèrent ensuite d'un bond pour reprendre leurs jeux, un silence solennel aurait régné longtemps en maître en cet impressionnant moment du premier janvier 1900.

Qui aurait cru qu'un jour, les onze enfants des trois sœurs, agenouillés auprès de leurs mères dans la maison des Beauchêne anciennement voisine de celle des Laurin, recevraient en même temps la traditionnelle bénédiction de leurs pères alignés côte à côte, l'œil humide et la main frémissante. Ces hommes que les jeunes femmes adoraient et qui avaient transformé leur vie. Vingt ans déjà qu'elles avaient quitté Grande-Baie, ces petites orphelines de mère, endormies au fond d'une charrette…

Et voilà qu'en ce premier matin du vingtième siècle, elles se retrouvaient toutes les trois à Grande-Baie, à quelques centaines de pieds du lieu de leur naissance, en présence de l'homme de leur vie et de leurs enfants, ceux-là mêmes qui allaient assurer leur descendance. Chacune se sentait prête à entamer le nouveau siècle en croyant enfin au bonheur.

Ne manquait que Joseph, l'aïeul, le père, le beau-père et le grand-père de tout ce beau monde. Toujours vivant, toujours déconnecté de la réalité, toujours retenu dans un asile américain, la raison démolie par un passé de malheur qu'une grande illusion de vie heureuse aux États-Unis, « ce pays d'abondance et de félicité », n'avait jamais réussi à réparer…

En ce magnifique matin blanc de neige où les pères venaient d'implorer la Providence de bénir leurs familles, si les femmes retenaient leurs larmes avec peine, les hommes, eux, cherchaient à contrôler leur émotivité chacun à sa manière. Pierre Forêt regardait par terre en se frappant le bout du pied avec son talon, Étienne Beauchêne toussotait pour chasser de sa gorge un chat qui n'existait pas. Quant à Antoine Lacroix, fort impressionné d'avoir accompli ce devoir religieux traditionnel en même temps que ses deux beaux-frères, il ne cessait de poser les yeux en soupirant sur les petits-enfants de Joseph Laurin, en train de s'organiser pour une partie de cache-cache dans la maison. Il se demanda si quelqu'un d'autre que lui avait eu une pensée pour son bon-père en ce moment précis où c'était Joseph lui-même qui aurait dû donner la bénédiction paternelle.

La veille du jour de l'An, Ludger avait ramené de la pêche trois beaux-frères ravis et devenus de bons amis, puis il était reparti dans sa parenté en promettant de revenir le lendemain avec la tante Hélène pour saluer tout le monde, si le temps le permettait.

Ce soir-là, on avait veillé tard dans la cuisine, à la lueur des lampes à huile, en attendant le coup de minuit, et Étienne avait sorti une bouteille de rhum. À la longue, l'alcool avait délié les langues et fait tomber les dernières barrières. Même les femmes avaient accepté de prendre un « petit coup », une fois les trois enfants d'Anne, les quatre de Camille et les quatre aussi de Marguerite endormis dans les lits alignés au grenier. Après tout, il ne fallait pas manquer l'arrivée du nouveau siècle.

Quand la grande horloge du salon avait commencé à sonner ses douze coups, on s'était levé spontanément pour se souhaiter non seulement « une bonne et heureuse », mais aussi une longue vie en santé et un début de siècle sans trop de heurts. « Et que ça continue ! » fut répété sur toutes les lèvres. Anne commença alors à pleurnicher.

— Nous voici enfin, enfin, enfin tous ensemble. Je n'en reviens pas ! Fallait-il un changement de siècle pour revenir véritablement de l'exil ? On devrait répéter ces moments extraordinaires chaque année, il me semble. En tout cas, ça compte beaucoup pour moi, mes sœurs chéries. Vous me manquez tellement, tellement... Je fais donc le vœu solennel de retrouvailles plus fréquentes.

— Moi aussi, moi aussi ! répondirent en chœur les deux autres.

Il n'en fallut pas plus pour qu'on fasse écho aux pleurs de la belle Anne, maintenant naturalisée américaine, et qu'on vienne se serrer contre elle. Les souvenirs d'antan ne manquèrent pas de surgir. On évoqua l'enfance choyée auprès de Rébecca, le départ brutal et inexplicable en charrette avec Joseph après la mort de leur mère, une nuit de septembre 1880, puis la route interminable vers les États-Unis, l'accident de Camille et l'arrêt à Colebrook, puis l'abandon par leur père de ses deux grandes à Lowell où les attendaient quelques années difficiles. De Joseph, de son comportement malsain et imprévisible, de son irresponsabilité envers ses enfants, de ses multiples lubies, nulle ne fit mention. En ce moment béni, les affres de Joseph Laurin semblaient n'avoir jamais existé pour ses filles. Elles les avaient rayées de leurs souvenirs. La rancune avait disparu.

Camille s'en sentit soulagée. Malgré ses efforts pour oublier le passé, l'acte meurtrier de son père et son mobile terrible remontaient périodiquement à la surface de sa mémoire comme une cruelle obsession, même après tout ce temps. Arriverait-elle jamais à oublier les tromperies innommables de sa mère quand elle-même se voyait obligée de dissimuler sa parenté honteuse avec son mari, ce demi-frère condamné à enfiler obligatoirement un préservatif pour encore des années et des années lorsqu'il couchait avec la femme de sa vie ? Comment ne plus en vouloir à Rébecca, les jours où elle allait au cimetière de Saint-Alexis pour prier sur la tombe de son fils Daniel, mort en bas âge à cause de la consanguinité ? Et ces serrements de cœur qu'elle ressentait immanquablement chaque fois qu'elle avait à passer devant le terrain des Laurin où plus jamais elle ne se rendait… Ce bilan du passé en compagnie de ses sœurs l'énervait sans bon sens, elle qui faisait tout pour le réduire à néant. Elle se méfiait d'elle-même. Jusqu'où pourrait-elle résister à l'envie de divulguer son secret si jamais on touchait ces sujets de trop près ?

Sans le savoir, Marguerite vint lui prêter main-forte.

— À quoi nous sert de brasser tant de souvenirs ? On vit dans le présent, maintenant. Regarder en avant en croyant au bonheur, chacune à sa manière, voilà l'important !

Anne avait remis son mouchoir brodé dans sa poche même si des larmes persistaient à mouiller son visage.

— Dans ce cas, comme je me sentirai malheureuse, dorénavant, si je passe plus de six mois sans vous voir, je vous invite donc officiellement pour un pique-nique au parc de la Merrymack de Lowell, à la Saint-Jean-Baptiste, en juin prochain. Ça vous va ? Après tout, l'Amérique du Nord n'est pas si vaste… Pas assez pour nous empêcher de nous rencontrer chaque année, en tout cas ! Et je pense qu'on devrait adopter cette pratique et en faire une coutume familiale.

On avait acquiescé en chœur, yeux fermés et mains croisées sur la poitrine. Il passait une heure du matin quand on était monté aux chambres en se donnant rendez-vous pour le lendemain matin, assez tôt pour la messe de neuf heures à l'église Saint-Alexis. Antoine avait accompagné le groupe à l'église sans protester et Marguerite lui en avait su gré. Après tout, circonstances obligeant, un pasteur baptiste pouvait bien se permettre d'assister à une messe catholique sans en faire tout un plat.

C'est au retour de l'église qu'on avait effectué la bénédiction paternelle. Quelques minutes plus tard, malgré la poudrerie qui prenait de la vigueur, un bruit de grelots vint mettre un terme aux effusions religieuses. L'oncle Ludger suivi de sa femme Hélène entra dans la maison les bras chargés d'étrennes pour les enfants.

— Salut, la compagnie ! Ah, cré torrieu ! Mais ils sont combien, ces petits-là ?

— On en a onze et... c'est peut-être pas fini ! Dégreyez-vous, mon oncle, ma tante. Restez pas dans la porte, on gèle !

— On est juste venu deux minutes pour vous en souhaiter une bonne et heureuse en passant. On s'en retourne rejoindre le reste de la famille chez ma sœur, sur le chemin Saint-Charles. D'habitude, la fête dure trois jours et deux nuits.

L'oncle se retourna alors vers les trois hommes quelque peu amochés par une nuit trop courte.

— Coudon, les gars, avez-vous dégusté toutes vos truites c'te nuite ?

Puis il enchaîna devant un Antoine qui bayait aux corneilles :

— C'est ça, les gens d'Église... Ça chasse les péchés mais ça vaut pas cinq cennes pour pêcher, ha ! ha !

Le rire communicatif de Ludger dérida finalement toute la maisonnée. Avec sa femme, il distribua des oranges et des ballons à chacun des enfants. Puis Hélène sortit trois enveloppes de son grand sac.

— C'est pour vous, les filles. J'ai rencontré votre tante Léontine, cet automne. Je ne sais pas si c'est parce que ma sœur souffre de tuberculose avancée et qu'elle veut faire place nette dans sa conscience et dans ses tiroirs, mais elle a offert de vous redonner les sommes d'argent payées par les Beauchêne en location, à partir de 1880, de la terre appartenant à Joseph. Ma sœur présidait le conseil de famille et administrait l'argent au nom de votre père, au cas où il reviendrait. Après le mariage de Camille avec un Beauchêne, vous vous rappelez qu'Éugénie avait cessé de payer ce loyer et que la dispute avait pris dans la famille. Comme Joseph va sans doute finir ses jours dans un asile aux États-Unis et que vous êtes ses seules héritières, Léontine a décidé de vous remettre cet argent tout de suite. Le terrain voisin appartient donc maintenant à toutes les trois.

Il n'en fallut pas plus pour que les trois sœurs, saisies d'étonnement, ressortent leurs mouchoirs. La tante poursuivit toutefois sur un ton plus officiel.

— Il vous faudra par contre, Marguerite et Anne, signer à Camille une donation en bonne et due forme de la terre des Laurin, sinon, selon la loi, elle devra vous payer les deux tiers du loyer, si elle veut que son bel Étienne continue à la cultiver.

Reprendre légalement possession du lieu de leur enfance constituait la dernière chose à laquelle Marguerite, Anne et Camille se seraient attendues, en ce premier jour de l'année 1900. L'aînée réagit aussitôt.

— Bien sûr que je donne entièrement ma part à Camille, c'est évident ! Elle habite à côté depuis des années, et la terre de mon père contribue à nourrir ses enfants.

Anne fit immédiatement écho à sa sœur sur un ton sans équivoque.

— Cette terre-là t'appartient dorénavant en entier, sœurette.

Camille éclata en sanglots. C'était plus qu'elle ne pouvait en supporter. Ce terrain maudit où dormait sa mère et où elle n'avait pas mis les pieds depuis cinq ans, sauf pour aller y cueillir une rose dans l'espoir de guérir Antoine, ce lieu lui revenait en entier à elle, et à elle seule. C'est en reniflant qu'elle salua le départ de son oncle et de sa tante, incapable de trouver les mots pour les remercier.

Un grand silence s'installa alors dans le salon. Marguerite s'empressa de sortir des boîtes de biscuits en pain d'épice confectionnés par les pensionnaires du refuge et elle en distribua à tous en guise d'étrennes. Camille, tentant de se remettre de sa confusion, extirpa d'un grand sac des paires de mitaines assorties à des bonnets de laine qu'elle avait elle-même tricotés. Anne offrit aux enfants des tableaux miniatures sur lesquels elle avait peint des animaux stylisés « pour suspendre au-dessus de chaque petit lit ».

Elle s'en fut par la suite à l'étage et redescendit aussitôt avec deux paquets soigneusement emballés qu'elle tendit à ses deux sœurs d'une main fébrile.

— J'aimerais que vous les ouvriez en même temps.

Camille et Marguerite s'exclamèrent de la même manière à la vue du tableau peint à la main, contenu dans chacun des paquets. Il s'agissait de deux fidèles reproductions de celui accroché dans le solarium d'Anne. Il représentait le terrain des Laurin. Rien n'y manquait : la douce colline, le grand érable, la balançoire et la petite fille et le rosier aux trois roses rouges, souvenir du premier retour d'exil des trois sœurs, peint par Anne le jour où Camille avait rencontré Étienne.

— Je voulais que vous vous rappeliez toujours d'où nous venons. Mais je n'aurais jamais pensé qu'aujourd'hui même, notre tante Hélène me devancerait…

Elle ne termina pas sa phrase. On pleura et on s'embrassa à qui mieux mieux. Personne ne devina l'amertume que couvraient les remerciements de Camille. Ce lieu qu'elle continuait à fuir venait encore une fois à elle, malgré elle, plus fort qu'elle… Maman !

Elle tenta de rassembler ses esprits, ferma les yeux et sembla réfléchir un moment. Puis, elle poussa un long soupir avant de s'écrier, d'une voix étranglée par l'émotion :

— Dites donc, si on allait allumer un beau grand feu de joie sur ce fameux terrain d'à côté ?

— Là où se trouvait notre maison ? Tu es sérieuse, Camille ? Un feu de camp en plein hiver ? Dehors, dans notre ancien chez nous ?

— Pourquoi pas ? Le vingtième siècle commence si bien et il semble tellement plein de promesses, il faut fêter ça !

Les femmes habillèrent les enfants et les hommes fendirent du petit bois d'allumage et le transportèrent en même temps que quelques brassées de bûches. Une demi-heure plus tard, en cette fin d'après-midi où, entre chien et loup, le jour cède la place à la nuit, de magnifiques flammes éclairèrent le grand érable et sa vieille balançoire. Tout à côté, le rosier sauvage pointait le bout de quelques branches tordues à travers la neige piétinée par les petits-enfants de Joseph Laurin.

À un moment donné, Camille sortit de sa poche un vieux calepin et un bout de papier portant un poème, puis elle s'approcha pour les lancer dans le feu.

Seul le jeune Emmanuel la vit faire.

— Qu'est-ce que tu fais, ma tante Camille ?

— Oh ! rien, je brûle des vieux papiers qui traînaient dans ma poche.

Elle se recula et regarda silencieusement le feu détruire les seules preuves qu'elle avait conservées de l'insoutenable vérité.

Joseph Laurin n'avait-il pas déjà qualifié le feu de purificateur ?

Épilogue

Lowell, 21 novembre 1912

Ma chère Camille,

J'ai le regret de t'annoncer le décès de notre père, avant-hier, à huit heures le soir, à l'âge de soixante-dix ans. Quand l'hôpital d'État du New Hampshire m'a avisée que sa santé se détériorait rapidement, je m'y suis rendue immédiatement. Papa est mort dans mes bras sans avoir vraiment retrouvé sa lucidité, sauf son entêtement à réclamer sa princesse auprès de lui. Je pense qu'il t'aimait beaucoup. Tu étais même sa préférée !

Nous l'avons enterré, ce matin, dans le cimetière de Concord, après un court service à l'église. Pierre, nos trois enfants et moi y avons assisté, accompagnés de nos meilleurs amis, Rose-Marie et son deuxième mari qui ne s'appelle plus Georges Boulanger mais George Baker. Que notre père repose enfin en paix au paradis, auprès de maman et de ton cher Daniel… Étrangement, à notre retour à Lowell, nous avons appris que notre belle église Saint-Jean-Baptiste a été sévèrement endommagée par le feu au début de la journée, juste au moment de l'enterrement de Joseph.

J'espère que cette mauvaise nouvelle de la disparition de papa ne nous empêchera pas de rire et de nous amuser lors de notre prochaine rencontre prévue cette fois à Montréal chez Marguerite et Antoine, à l'occasion des Fêtes. Cette tradition de nous revoir toutes les trois en compagnie des nôtres, au moins une fois par année, constitue l'une des plus belles richesses de mon existence.

Salue bien Étienne pour moi et fais une bise de ma part à chacun de tes sept enfants.

Anne

FIN

Note de l'auteure

Comme pour les deux tomes précédents, les pères oblats Garin et Lagier, de même que l'avocat Hugo Dubucque ont effectivement fait partie de l'histoire. Par contre, leurs interactions avec les personnages de ce roman sont tout à fait fictives et relèvent entièrement de l'imagination de l'auteure. Au même titre, Henriette Feller, la fondatrice de l'Institut Feller, et son associé Louis Roussy, William Booth et sa femme, les fondateurs de l'Armée du Salut, le directeur d'école M. Normandeau, le prédicateur anticatholique Charles Chiniquy, l'homme d'affaires montréalais Muir, le directeur d'un journal américain, M. Couture, les docteurs Caron et Beauchamp ainsi que les évêques Mgr Bourget, Mgr Labrecque et Mgr Bégin ont réellement existé tout au long de l'époque qui sert de cadre au roman, mais leurs interventions sont purement le fruit de l'imagination de l'auteure.

Achevé d'imprimer par N.I.I.A.G.
en avril 2013
pour le compte de France Loisirs, Paris

N° d'éditeur : 72388
Dépôt légal : mars 2013

Imprimé en Italie